1922

# BRIEF EINER UNBEKANNTEN

# 一位陌生女子的來信

## 茨威格中篇小說選

Stefan Zweig 史蒂芬・茨威格

姬健梅——譯

導讀

# 茨威格的流轉人生

歐茵西教授

史蒂芬・茨威格（Stefan Zweig, 1881-1942）是二十世紀奧地利知名作家，與霍夫曼斯塔（Hugo von Hofmannstahl, 1874-1929）並列當時象徵主義文學代表。他的創作甚豐，體裁多樣，詩歌、戲劇、短篇故事、中長篇小說，都文字晶瑩，深刻思考歷史與人類命運，德語文學界稱道他是傑出的「人、民族及文化的中間人」，作品轉譯為多種文字，英語及斯拉夫語學界迄今常見對他的引述和研究。

茨威格出生維也納猶太家庭，天資聰穎，十七歲寫詩〈秋〉（大地靜謐如夢／偶聞沙啞的烏鴉嘶叫／撲撲掠過收割後的麥田／陰鬱的天呆滯如鉛壓上大地／秋輕輕穿梭灰與單調／我也墜入沉甸甸的緘默／……），這種敏感的「秋愁」表現兩世紀交替之際奧匈帝國首都睡美人般的闇寐氛圍，是茨威格的重要特質之一。早年詩集《銀弦》（*Silberne Saiten*, 1901）、《往日花環》（*Frühe Kränze*, 1906），深受崇尚完美形式及夢幻意境的維也納現代派與法國象徵主義影響，優美細緻，藝術魅力強烈，特別受青年人喜愛，每有新作發表，必爭先搶閱，茨威格迅速成名。

大學時期，他先後在維也納和柏林專攻德語語文學與哲學。「我常靜坐小酒館中，觀察酗酒鬼、吸毒者、同性戀者。對社會邊緣人的好奇和同情伴我一生，深知那是人類世界真實的一部分。」一九〇四年至一次世界大戰前的十年間，茨威格遍遊法、英、義、瑞典、西班牙、加拿大、美國、古巴、墨西哥、印度、中國、非洲，結識不少藝文界名人，包括作家羅曼·羅蘭、高爾基、蕭伯納、指揮家托斯卡尼尼（Arturo Toscanini, 1867-1957）、瓦爾特（Bruno Walter, 1876-1962）、史懷哲醫師（Albert Schweitzer, 1875-1965）。他們對真理和人性的關懷，對歷史和政治的省思，開闊了他的視野，成熟豐富的內省，從個我走向歐洲，走向全人類，在戰爭的挫折中尋找愛和勇氣。「我第一次感覺，我的所言所寫不僅出自一己的肺腑，也出自這個世代。我盡力關心他人，實際上也幫助了自己。」但是，「當我描述危機之時，無法不因千奇百怪的時代悲劇而深深痛苦，必須一再偽裝冷酷。……種種權力衍生的麻木心靈，勝利口號下的民族廝殺，將我拋入了黑暗深淵，我不斷要問：怎樣才能向上攀升？」

戰後他發表一系列名人傳記：《三大師》（1920）寫巴爾扎克、狄更斯與杜斯妥也夫斯基，《羅曼·羅蘭》（1920），《與惡魔之鬥》（1925）寫德國作家、哲學家荷爾德林（Friedrich Hölderlin, 1770-1843）、克萊斯特（Heinrich von Kleist, 1777-1811）、尼采。茨威格追蹤他們的經驗與思想，試圖從這些典範尋求精神復原之道，好能在逆境中繼續維持希望、對人類的信賴、對生活的目標。因為誠懇嚴肅，他一路走來，特別辛苦。羅曼·羅蘭曾如此記述：「我們相識於一次大戰前，現在仍是好友。我目睹他的心靈忍受極大的折磨，戰爭撼動他最珍視的道德準則，掠奪對藝術與人性的信心，甚至帶走生命的意義。在他給我的信中，處處是裂解和失望。」這些名人傳記及一九三〇年代以後茨威格多部以歐洲歷史為背景的社會批判與哲思小說，特別受重視，其價值歷久彌新。以短篇故事集《人類的轉捩時刻》（*Sternstunden der Menschheit*, 1928）與中篇小說〈西洋棋的故事〉（Schachnovelle, 1941）為例，前者選取十二件史實，以故事體裁，貫穿中世紀以來的歷史大背景，敘述不同世代不同人物的偉大夢想與成敗：一四五三年拜占庭淪陷，十六世紀西班牙人發現太平洋，十八世紀韓德爾創作彌賽亞，法國詩人李爾寫〈馬賽曲〉，一八一五年拿破崙滑鐵盧挫敗，一八二三年歌德寫下暮年情詩，一八四九年杜斯妥也夫斯基被判死刑與西伯利亞流放，一九一〇年托爾斯泰離家出走，不久病逝，二十世紀初英國與挪威科學家南極探險，一九一七年列寧結束流亡，俄共政權上台。茨威格像偵探一般追蹤各人物各事件，這些事件對人類歷史發生過重要影響，我們從中看到人類的理想，文明的演進，一代又一代的努力。但他強調，即使平凡如農夫，都不應屈從命運，要有不盲從信仰及傳統訓令的膽識。唯有面對真相，揭露真相，真相才得以傳諸後世。

〈西洋棋的故事〉寫二次大戰前夕，一艘由美國駛往巴西的輪船上，驕傲的棋王與工程師對奕，一名神秘旁觀者指點工程師，使得棋王落敗。此人原是奧地利律師，希特勒入侵維也納後，律師被捕，獄中日日以想像的棋盤與自己對奕，腦中裝滿各種棋局，終於精神分裂，卻因此獲釋，得以坐上這艘船，流亡海外。應棋王要求，兩人對決，律師贏了第一局。再因棋王堅持，不得不繼續下第二局。下棋者與旁觀群眾的情緒都緊張異常，律師舊疾即將復發之際，毅然中途離去。小說在有限的空間內進展，人物心理紛亂，氣氛緊繃，戲劇性強烈，從個人際遇批判政治，而文采優雅如散文詩，是茨威格時常被提起的作品。

茨威格在文壇上的成就使他經濟無憂，內心卻始終不得安寧。他關切人類命運，致力維護公平正義。第一次世界大戰事起，流亡瑞士，參與羅曼・羅蘭等人的反戰活動；一九三三年納粹執政，猶太人處境艱難，次年，他移居英國，一九四〇年遠走巴西。茨威格長期資助許多親人朋友，援救他們逃脫納粹魔掌，匯寄生活費，寫信鼓勵，自己卻陷入無以自拔的絕望，一九四二年二月二十二日，在里約熱內盧自殺。

一九四一年十二月十五日，自殺前數週，在一封致友人信中，他說：「多麼悲哀！只有我們這些少數人明白真相，而且完全無能為力。身處如此灰暗的時代，友誼之手特別珍貴。……七年了，我漂泊異鄉，像不斷奔行的列車，腳下顫動如地震，沒有固定的圖書館，如何寫作？……」自殺前夕，他寫下遺書：「我的心智清明，自願離開人世。行前，我要誠懇感謝巴西收留了我。在我失去故鄉，離開心的依靠的時候，巴西提供我歇息之地。在這裡，我每天都學到豐厚的愛。不過，活了六十年，實已無力重新開始，該有尊嚴地結束生命了。我曾奉獻一生智力與精神於人性自由及最純淨的喜悅，那是大地上至高的價值。祝福每一位朋友！祝願長夜將盡時，你們再見美好的晨曦！我耐性不足，先走一步。」

（本文作者為台大外文系教授）

〈專文推薦〉

# 睽違四十年，魅力不減的世紀大師

廖輝英

第一次讀史蒂芬．茨威格的小說，是初中二年級的寒假。照例在考完期考的當天，從北一女往重慶南路的書店街，去尋找我整整二十天寒假的精神食糧。

從數大排長長的書架上被挑出、試讀幾頁後又可能合乎自己脾味的作品，已經不多；如果還必須考量口袋裡的金錢，幾經猶豫再痛苦的割愛、刷掉一半以上的初選作品後，能夠被買下的書籍，基本上應該有如中樂透獎般的不容易吧？茨威格的中篇小說選，就是在那一年的那種閱讀饑渴下，被十四歲的文藝少女給捧回家的。

展讀後的兩三個深夜，澎湃的思緒和翻攪的激情，交織成撲天蓋地滾滾而來的浪濤，幾乎要從那承載不了的幼稚身心迸裂而出！老實說，茨威格所描述的令人驚心的激情，對保守的年代中那十四歲未經世事的少女來說，實在是太陌生、太驚心動魄、太不可思議、卻又太具有想像空間和巨大吸引力了！那幾個不眠之夜，以及接下來的兩個星期，我的身心因為這種激盪而陷入無可名狀的恍惚之中，一次又一次的，我重翻其中的一些篇章，為書中他所描繪的種種情狀，再一次的沉緬激動。

對於翻譯小說，我其實一點也不陌生，初二寒假以前，舉凡講得出書名的大師名作，我幾乎都已讀過，其中不乏令人低迴感動的作品，像《塊肉餘生記》、《孤星淚》等等；當然，或許因年齡和閱歷的關係，有些知名之作的情感章節，當時並無法充分體會，以致感覺不出太大的震撼。茨威格的小說，卻能突破年齡和閱歷的障礙，帶給苦於課業和聯考、幾乎不敢放任想像力多做馳騁的初中生，無以名狀的感動與震撼。

往後四十年，我閱讀的書籍越來越多，範圍越來越廣，種類也越來越雜；畢業、就業、結婚、生子；轉業闖入文壇後，光是自己創作的小說就不下三十本，其中拍成電影電視的更高達十二本之多；從少不更事的少女，到步入中年，在很多方面成為人們的心靈導師。就在這風霜遍歷的年紀，重讀茨威格的小說，以為不再感動、不再驚心，卻訝然發現：因為人生的閱歷，因為看過、聽過、走過和經歷過，才尤其能夠發現茨威格的小說，遠遠比我初識它時更豐富、更深邃、更有料！更能具現二十世紀的精神風貌。

我們評斷一位小說家或藝術家的地位，除了他的創作藝術和內涵之外，時間也是另一個重要的評鑑指標。換言之，他必須經得起時間的考驗和淘洗。茨威格在這一點上，無疑是通得過考驗的。

＊

現在，讓我們回到小說本身。

茨威格的小說，很多都在描寫愛情，他在敘說愛情（特別是激情）時，的確也別具功力；不過，愛情只是他作品中的一部分，在他短短六十一年的生命中，寫作生涯卻長達四十年，公認與俄國的契訶夫及法國的莫里亞克並稱為二十世紀最傑出的中短篇小說家，其小說的質量都很可觀。除了愛情，這本中篇小說選中，還包括同性戀、扒手、心死的父親、企圖喚醒外遇妻子的丈夫的苦心小計謀、一位高尚女人短暫但卻差一點永遠淪落的歷程，以及戰爭中被軟禁逼供而心神淪喪的西洋棋背譜高手等。

從這些篇章中，茨威格小說風格，可以用幾個面向來標出：

評論者認為茨威格擅於刻劃幽暗複雜的內心衝突，很多作品都著重於描述人物的內心世界。這的確是很中肯的評斷。不過，以今天的眼光來看，茨威格的小說其實更具有一個非常現代化的特點，那就是影像化和完整的情節。

茨威格的確用許多篇章在描述人物的內心世界，像〈情感的迷惘〉中，那位熱愛並心折於老師講課時炫人丰采的大學生，一下子被吸引、被召喚、被允許親近；一忽兒又被冷然的推開、斥拒，在忽冷忽熱中出入穿梭於天堂和地獄之中，這些描述的心理過程，其實都曾佐以各種具體的動作與表情刻劃。我們讀著小說，眼前就同時出現他所描繪的影像，這就是茨氏小說不會淪於冷僻而特別引人入勝的一個很大的原因。讀者跟著他的小說，在各種場景中，經歷不同的人生景況，就連一般局外人覺得單調乏味的西洋棋棋局，茨氏都能寫得跌宕有趣、緊張刺激。

又如〈灼人的秘密〉中，十二歲的男孩被母親帶到一個度假地休養生息，在那裡，為了阻止母親被心懷不軌的男爵傷害（事實上是被男爵引誘出軌。在小男孩心中，並不了解大人間的挑情和追逐，他母親對男爵挑逗的軟弱抗拒，被男孩誤以為是一種求救；也因此，男孩自認為的營救行動，事實上卻是被兩個大人憎惡的「破壞行動」），男孩展開了他幼稚而無力的破壞行動——我們同時目睹了小孩心中的所有感情起伏，和小孩奮力以赴的具體行動，場景一次一次的變換，張力一層一層的加劇，一點也不感覺單調。到了小孩憤而私自逃離度假地回祖母家、父親質問原因時，小說的張力達到高峰，叫人忍不住血脈賁張、瞪大雙眼！

不久前我從電視看到這篇小說改編而成的影片，自頭至尾，毫無冷場。我們全程目睹了一個年華即將老去、和丈夫感情又不甚篤的女人在面臨挑逗時的意亂情迷、無濟於事的掙扎、瀕臨淪陷的手足無措；也看到一位紈綺子弟輕浮而老到的獵艷手法；幾乎也差點看到一場家庭悲劇。也許它的情節並不誇張或有巨大的起伏，不過確乎是非常細膩繁複的轉折；而所有的轉折，讀者都看得清清楚楚——因為字裡行間都有影像交待。這個特徵，庶幾就是茨威格小說多部被改編為電影的原因，編劇幾乎不必加料或特別具有功力，只要忠於原著、照章編寫即可。

*

茨氏小說的另一特點，乃在他擅於撰寫激情的沈淪，與不對等的感情關係。這一層面的代表作，非〈一位陌生女子的來信〉和〈馬來狂〉莫屬。

前者，實質在敘寫一段長達十六年的苦戀。一個寡婦的十三歲女兒，因為寂寞與個性的關係（孤獨的孩子，才能將他們的熱情集中），將自己的感情投注在一位剛搬到她家隔鄰的成名作家身上。即使搬家而遠離，這個寂寞的孩子仍想方設法回到維也納，接近她心目中的愛人。而她的愛人，卻是一個博愛濫情、不願被約束，頗受女性喜愛的男人。

但即使她從來就知道女人是陪伴他的常客，她仍然摒棄了所有因為她的美貌而追求她的人！她一心只想委身於他、做他的女人，於是，十八歲時，她在他住處門口等他，佯裝自己不是處女（怕被他因不想負責拒絕）而和他有了連續三夜的激情。三夜過後，男人以要遠遊支走了她，答應回來以後會和她聯絡。但男人一走就將口頭之約摜在腦後，回到居處，照樣風流的留宿不同的女人；這個寂寞而執拗的女子，卻因為三夜風流生下他們的兒子，並為了養育兒子而淪為被男人包養的妓女。她年輕貌美，只要她願意，便可以成為伯爵夫人或有錢的工廠老闆娘；可這些機會，卻都被她自己的苦戀斷送了！她不惜辜負並羞辱了供養她的男人，製造了兩次和那作家再幽會的機會。儘管女子如此痴心和深情，但隔了一段時間再見到她的作家，卻沒有一次能認出她來！這是多麼悽涼、多麼不公道、而代價又多麼慘痛的苦戀啊！作家對她，連「記得」的起碼情分都沒有，她怕坦白就會被他視為拒絕往來戶，也就只好繼續噤口的單戀苦撐下去。故事的結局是女方沒有男人的供養，兒子因病無醫而死，女人在瀕臨死亡前給作家寫了一封說明一切的信，還有一把前幾天送出、一如往年每次他生日時她匿名送給他的白玫瑰……沒有留下地址，更不曾在作家腦海裡喚起任何把她「認出來」的回憶！

像這樣痴心的女子，對很多現代男女而言，似乎完全不可思議；然而茨威格精緻動人的描述，卻譜出了淒艷迷人的篇章。隔了四十年再次讀它，為了作者的功力，也為了對愛情力量的敬畏，我仍然感受到自己的顫然心動，和小說字裡行間無與倫比的魅力。

＊

茨威格的小說，篇篇都以幽微的觀察力，精確細緻而生動的描寫各種人際關係的僵持、緊張、拉鋸和角力，有些得以在最關鍵處轉危為安，有些則慘遭滅頂。不管結局如何，閱讀的過程，都像經歷一場驚心動魄的雲霄飛車之旅，抵達終點，發現自己安好，卻猶然忍不住回頭探看，直到聽到胸膛內漸次平緩的心跳聲，慢慢得到一種安定，才又浮起一個念頭：也許，找個時間再坐一次吧。

（本文作者為作家）

目次

# 家庭女教師

# Die Gouvernante

兩個孩子此刻獨自在她們的房間裡。燈光已經熄滅，她們之間一片黑暗，只有隱隱的白色微光從床上透出來。兩個孩子輕聲呼吸，讓人以為她們睡著了。

「姊！」一個聲音說。是那個十二歲的女孩，輕聲朝著黑暗中發問，幾乎怯生生的。

「怎麼了？」姊姊從另一張床上應道，她只比妹妹大一歲。

「妳還醒著，真好。我……我想跟妳說件事……」

從另一邊沒有回答傳來。只是床上一陣窸窸窣窣，姊姊坐了起來，期待地望過來，看得見她的眼睛閃閃發亮。

「妳知道……我想要問妳……不過，妳先告訴我，妳不覺得最近這幾天我們的家庭老師有點怪怪的嗎？」

另一個女孩遲疑著，在思索，然後說道：「是啊，可是我不確定是怎麼回事。她不像以前那麼嚴格。最近我有兩天沒寫功課，而她根本沒說我什麼。還有，我說不上來她是怎麼了，我覺得她根本就不再在乎我們，總是遠遠地坐著，不再像從前那樣跟我們一起玩。」

「我覺得她心裡很難過，只是不想流露出來。她也不再彈鋼琴了。」

又是一陣沉默。

這時候姊姊提醒道：「妳先前想跟我說件事。」

「對，可是妳不可以告訴別人，真的誰都不能說，不能告訴媽媽，也不能告訴妳朋友。」

「不會，我不會說！」姊姊已經不耐煩了。「到底是什麼事！」

「嗯……好吧，我們要睡覺的時候，我突然想到我沒有跟老師說『晚安』。我已經把鞋子脫掉了，但還是走到她房間去，妳曉得的，很小聲，想嚇她一跳。所以我很小心地把門打開，起初我以為她不在房間裡。燈亮著，可是我沒有看見她。然後我突然聽見有人在哭，把我給嚇壞了，這才看見她躺在床上，把頭埋在枕頭裡，衣服還穿得整整齊齊的。她在啜泣，我嚇了一跳，可是她沒有發現我。於是我又輕輕地把門關上。我發抖得厲害，不得不站在那裡好一會兒。這時候啜泣聲又清楚地從門後面傳出來，而我就趕緊跑了回來。」

兩個女孩都沉默了。然後一個聲音輕輕地說：「可憐的老師！」這句話像一個沉沉的低音，顫抖著在房間裡傳開來，隨即又寂靜下來。「我想知道她為什麼哭。」妹妹開口了，「這幾天她又沒有跟誰吵架，媽媽也總算不再喋喋不休地去煩她了，而我們也肯定沒惹她傷心。那她究竟為什麼哭呢？」

「這我可以猜想得到。」姊姊說。

「是為了什麼，告訴我，為什麼？」

姊姊猶豫著，終於說道：「我想她戀愛了。」

「戀愛了？」妹妹跳了起來。「戀愛了？愛上誰？」

「妳難道一點都沒發現嗎？」

「不會是愛上了奧圖吧？」

「不會嗎？而他沒有愛上她？那為什麼他這幾個月來突然每天都來陪我們？他住在我們家，在這裡上大學都已經三年了，以前他從來沒有陪過我們。在老師來我們這兒之前，他什麼時候親切地對待過我們？現在他整天都在我們身邊轉來轉去。我們老是湊巧碰到他，在國民花園或是市立公園還是普拉特遊樂園，總是在我們跟老師在一起的時候。妳難道從來沒注意到嗎？」

「對……對，我當然注意到了。只是我一直以為那是……」

她的聲音一變，沒有再往下說。姊姊說：「起初我也那麼以為，我們女孩子總是這麼傻。可是我還是及時發現了他只是拿我們當藉口。」

這會兒兩個女孩都沉默了。談話似乎已經結束，兩人都在思索，或許已經進入夢鄉。此時妹妹突然又茫然地從黑暗中說道：「那她又為什麼哭呢？他明明很喜歡她。我一直以為，如果戀愛了，一定是很美好的事。」

「我不知道，」姊姊若有所思地說：「我也以為那一定是很美好的事。」

又一次，輕輕地、帶著惋惜，從那已經睏倦的嘴唇飄出了這句話：「可憐的老師！」房間裡隨即寂靜下來。

第二天早上她們不再談起這件事，然而彼此都能感覺出她們的心思繞著同一件事打轉。她們走過彼此身邊，互相閃避，然而，當她們從旁邊打量著家教老師，目光卻不經意地交會。吃飯時她們觀察著奧圖，那位這幾年來都住在這裡的堂哥，就像觀察一個陌生人。她們沒跟他說話，但一再從低垂的眼簾下瞄過去，看他是否在跟她們的老師暗暗示意。兩個女孩身上有股不安。由於焦急地想要弄清楚這個祕密，今天她們沒有玩耍，做著沒有用處而且無關緊要的事。到了晚上，只有一個女孩會淡淡地問：「妳又發現什麼了嗎？」彷彿她並不在乎。「沒有。」另一個女孩說，別過了身子。說不上來為什麼，兩人有點害怕交談。就這樣又過了幾天，這兩個孩子默默觀察，四下刺探，她們不安而不自覺地感到自己正接近一個閃爍的祕密。

終於，幾天之後，一個女孩注意到女教師在吃飯時悄悄地用眼睛向奧圖示意。他點點頭，做為回答。女孩由於興奮而顫抖，在桌子底下悄悄去碰姊姊的手。當姊姊朝她轉過頭來，她和姊姊對望，兩眼發亮。姊姊立刻會意，也不安起來。

她們用完餐後才要起身，女教師就對兩個女孩說：「妳們先回房間去自己做點事。我頭痛，想先休息半個小時。」兩個孩子垂下目光，小心翼翼地碰碰彼此的手，像是要互相提醒要留心。女教師才走，妹妹就跳到姊姊面前：「妳看著好了，奧圖現在會到她房間去。」

「當然！就因為這樣，她才把我們支開！」

「我們得要在門前偷聽！」

「可是萬一有人過來呢？」

「誰會過來？」

「媽媽。」

妹妹驚慌了。「這樣的話……」

「我有辦法了。我在門邊偷聽，妳待在走道上，如果有人走過來，妳就給我打個暗號。這樣我們就安全了。」

妹妹露出懊惱的表情。「可是妳之後什麼都不會告訴我！」

「全部都會告訴妳！」

「真的嗎？全部喔！」

「對，我向妳保證。如果聽見有人過來，妳就咳嗽。」

她們在走道上等待，興奮地顫抖。血液急速流動。接下來會發生什麼事？她們緊緊地互相依偎。

一陣腳步聲。她們飛奔而去，沒入黑暗中。沒錯，那人是奧圖。他按下門把，門關上了。姊姊像支箭般跟著衝過去，倚在門上，屏住呼吸，豎耳傾聽。妹妹巴巴地望過去。好奇心煎熬著她，拉著她離開了崗位。她偷偷靠過去，但姊姊生氣地把她推開。於是她又在外頭等待，兩分鐘，三分鐘，那似乎無比漫長。她由於不耐煩而焦躁，站立難安，宛如站在灼熱的地面上。由於激動和氣憤，她差點就要哭了，想到姊姊什麼都聽見了，而她什麼都沒聽見。此時在另一頭，在第三個房間，有一扇門關上了。她咳起嗽來，姊妹倆衝回她們的房間。在那裡她們上氣不接下氣地站了一會兒，心臟怦怦地跳。

然後妹妹急切地催促：「那就跟我說吧。」

姊姊做出深思的表情。終於，她沉思地像在自言自語：「我不懂！」

「嗄？」

「事情好奇怪。」

「什麼……什麼……？」妹妹不停吐出這幾個字。這時姊姊努力回過神來，妹妹緊緊靠著她，很近很近，唯恐聽漏了一個字。

「事情很奇怪……跟我先前想的完全不同。我認為他進了房間之後想要擁抱她或是親吻她，因為她對他說：『別這樣，我有重要的事跟你談。』我什麼也看不見，鑰匙從裡面插在鑰匙孔裡，可是我聽得很清楚。『是怎麼回事？』奧圖接著說，而我從來沒聽過他這樣講話。妳曉得的，他平常喜歡大聲嚷嚷，這句話他卻說得很膽怯，我馬上感覺出他在害怕，不曉得為了什麼。她也一定察覺了他在說謊，因為她只小聲地說：『你明明知道。』──『不，我什麼也不知道。』──『是嗎？』她說，很傷心，傷心得要命，『那你為什麼突然不再理我？這八天來，你沒有跟我說一句話，你盡可能避開我，不再跟那兩個孩子一起走，不再到公園裡來。這會兒我對你來說變得這麼陌生了嗎？噢，你明明知道你為什麼突然避開我。』他沉默著，然後說：『我快要考試了，有很多書要唸，沒時間做別的事。目前沒有別的辦法。』這時候她哭了起來，然後帶著淚，但是很溫柔，很和氣對他說：『奧圖，你為什麼要說謊？你就說實話吧，我實在不該受到你這樣的對待。我沒有要求過你什麼，可是我們兩個之間總該談一談。你明知道我要跟你說什麼，我從你的眼睛就看出來了。』──『是什麼呢？』他結結巴巴地說，但是聲音很微弱。而她說……」

女孩突然發起抖來，由於激動而無法說下去。妹妹跟她靠得更緊了。「什麼……她說了什麼呢？」

「她說：『我可是有你的孩子呀！』」妹妹像道閃電一般跳起來：「孩子！孩子！這根本不可能啊！」

「可是她是這麼說的。」

「妳一定是聽錯了。」

「沒有，沒有！而且他把那句話又說了一次。就跟妳一樣，他吃了一驚，喊道：『孩子！』她沉默了很久，然後問道：『現在該怎麼辦？』後來……」

「後來怎樣？」

「後來妳就咳嗽了，我只好跑開。」

妹妹愣愣地呆望著前方。「一個孩子！這根本不可能。她的孩子會在哪兒呢？」

「我不知道。這就是我不懂的地方。」

「也許在她家裡……在她還沒有到我們這兒來之前。媽媽當然不准她把孩子帶來，為了我們的緣故。所以她才會那麼傷心。」

「才怪，那時候她根本還不認識奧圖！」

她們再度沉默，不知所措，猶豫不定地苦苦思索。這個念頭折磨著她們。妹妹又開口了：「一個孩子，這根本不可能！她怎麼能有孩子呢？她又沒有結婚，只有結了婚的人才會有孩子，這我知道。」

「也許她結過婚。」

「妳別傻了。總不會是跟奧圖。」

「可是為什麼……？」

她們面面相覷，不知所措。

「可憐的老師。」一個女孩難過地說。這句話一再出現，化為一聲同情的嘆息，而好奇心一再從中閃現。

「不知道那是個女孩，還是男孩？」

「誰會曉得。」

「妳覺得……如果我去問她一下的話……很小心很小心地……」

「妳瘋了！」

「為什麼……她明明對我們那麼好。」

「妳在想什麼！這種事大人反正不會告訴我們，他們什麼都瞞著我們。當我們走進房間，他們總是不再交談，跟我們說些蠢話，好像我們還是小孩子似的，而我都已經十三歲了。妳又何必去問他們，他們反正只會對我們說謊。」

「可是我很想知道。」

「妳以為我不想知道嗎？」

「妳知道……我最不懂的其實是奧圖居然什麼都不知道。一個人有孩子的話，他總該知道，就跟一個人知道自己有父母一樣。」

「他只是裝的，這個壞蛋。他總是假裝。」

「可是總不會在這種事情上假裝。不過……不過……如果他想要騙我們的話……」

此時老師進來了。她們立刻安靜下來，看似在做功課，但是從旁邊朝她瞄過去。她的眼睛紅紅的，聲音比平常低沉，也比平常顫抖。兩個孩子十分安靜，帶著一種敬畏的羞怯，她們突然對她感到欽佩。「她有個孩子。」她們不禁一再地想，「所以她才這麼難過。」漸漸地，她們自己也難過起來。

第二天在飯桌上，她們得知一個突如其來的消息。奧圖要離開這個家。他向叔叔解釋，說他不久之後就要考試了，必須要努力用功，在這裡他太受打擾。這一、兩個月他會找個地方租個房間，等到一切結束。

兩個孩子聽到這個消息非常激動。她們猜想到這跟昨天那番談話有某種祕密的關連，以她們變得敏銳的直覺，她們感覺到一種懦弱，一種逃避。當奧圖想跟她們道別，她們無禮地轉身背對他。但是當他此刻站在那位女教師面前，她們偷偷去瞄。她的嘴唇四周在抽搐，但她平靜地跟他握手，一句話也沒說。

在這幾天裡，兩個孩子完全變了。她們忘了遊戲，忘了笑容，眼睛缺少快活無憂的光芒。在她們身上有種不安和惶惑，對身邊所有人都懷著難以抑制的猜疑。她們不再相信別人對她們說的話，嗅出謊言和每一句話背後的用意。整天她們都在張望窺探，窺伺每一個動作，看見每一道抽搐，聽見每一聲強調。她們像鬼魅一樣追蹤一切，在門前豎起耳朵，想偷聽到什麼，她們拚命想把這張黑色的祕密之網從自己不情願的肩膀上抖落，或是透過一個網眼朝真實的世界至少瞥上一眼。那種稚氣的信賴脫離了她們，那種無憂無慮的盲目。再加上，從所發生之事件的壓抑氣氛中，她們有預感另一件事將要爆發，而她們唯恐會錯過。自從她們曉得謊言圍繞著她們，就變得頑固而暗中窺伺，自己也變得狡猾而虛偽。她們在爸媽身邊百依百順，表現出如今乃是佯裝出來的稚氣，然後驟然變得敏捷機靈。她們整個人都化為一種緊張不安，從前她們的眼睛帶著一種溫和的淡淡光芒，如今顯得更閃爍，更深沉。在不斷的窺伺和刺探中，她們是如此無助，以致於她們彼此之間的愛變得更加真摯。有時候她們感覺到自己一無所知，對溫柔的渴望頓時湧起，過於激動地順應這份渴望，便會突然熱烈地互相擁抱，或是淚流滿面。看似毫無來由地，她們的生活突然成了一場危機。

在她們如今才感受到的許多委屈當中，有一個最令她們難受。她們默默無言地擔起責任，盡可能為如此傷心的女教師帶來喜悅。她們勤勞而細心地做功課，互相幫忙，她們安安靜靜，毫不抱怨，不待老師說出就滿足她的心願。可是老師根本沒有察覺，這令她們十分難過。最近老師完全變了一個人。有時候，當一個女孩跟她說話，她會嚇一跳，彷彿從睡夢中驚醒，然後目光才四下張望地從遙遙的遠方縮回來。往往她坐在那兒好幾個鐘頭，作夢般地凝視前方。於是兩個女孩就踮起腳尖悄悄地走來走去，免得打擾她，她們神祕地隱隱感覺到：此刻她在想她的孩子，那個在某個遙遠地方的孩子。如今女性的特質從她們心底深處甦醒，她們越來越愛這個老師，她現在變得如此和氣而溫柔。她原本活潑忘形的走路姿勢如今變得謹慎，她的動作更加小心，而那兩個孩子在這一切當中都感覺到一種祕密的憂傷。她們從沒見過她哭，可是她的眼圈常是紅的。她們察覺到老師想在她們面前隱藏她的痛苦，為了無法幫助她而感到絕望。

有一次，當老師轉身面向窗戶，用手帕擦眼睛，年紀較小的女孩突然鼓起勇氣，悄悄抓住她的手，說：「老師，最近妳是這麼悲傷。不是嗎？該不會是我們的錯吧？」

老師受感動地看著她，伸手撫摸她柔軟的頭髮。「不，孩子，不是的。」她說：「肯定不是妳們。」然後溫柔地親吻了她的額頭。

她們窺伺著，觀察著，不放過在她們目光所及之處的任何動靜，在這些日子裡，一個女孩在突然走進房間時偶然聽到了一句話。那就只是一句話，因為爸媽立刻中斷了談話，可是如今每一個字都在她們心中引發千百種揣測。「我也注意到了，」母親說：「我會好好盤問她。」那個女孩起初以為這話說的是她，幾近恐懼地急忙跑到她姊妹那兒請求建議和協助。但中午時，她們發現爸媽的目光停留在女老師的臉上審視，然後彼此交會，老師恍惚出神，毫無警覺。

飯後母親隨口對女老師說：「請到我房間來，我有話跟妳說。」老師微微點頭。兩個女孩強烈地顫抖，感覺到有件事情將要發生。

當老師往裡走，她們立刻衝出去跟在後頭。像這樣貼在門上、搜尋角落、偷聽和窺探對她們來說已經成了再自然不過的事。她們再也不覺得這樣做有何卑鄙，有何放肆，她們只有一個念頭，就是攫取所有的祕密，大人用來矇住她們目光的那些祕密。她們偷聽，但只聽到輕聲的低語。她們的身體緊張地顫抖，擔心會錯過一切。

此時房間裡一個聲音大了起來。那是她們母親的聲音，聽起來生氣而帶著責備：

「妳以為所有的人都瞎了，以為別人不會察覺這種事？我可以想見妳是怎麼善盡職責的，懷著這種想法和這種品行。而我竟然把孩子的教育託付給這種人，我女兒的教育，天曉得妳是怎麼忽略了她們……」

女老師似乎回了句什麼，但是她說得太小聲，兩個女孩聽不清楚。

「藉口，藉口！每個輕浮的人都有自己的藉口。這種人碰到第一個男人就送上門去，什麼都不考慮，以為老天爺自然就會幫忙。這樣的人還想當老師，教育女孩子，真是無恥。妳總不會以為在這種情況下，我還會繼續把妳留在家裡吧？」

兩個孩子在門外偷聽，打了個寒顫。這一切她們都不懂，可是聽見母親的聲音如此憤怒令她們感到可怕，而此時唯一的回答是老師輕聲的激動啜泣。眼淚從她們眼中流出，但她們的母親卻似乎更加惱怒。

「現在妳就只曉得哭。這打動不了我，對妳這種人我沒有同情心。之後妳會怎麼樣，這根本不關我的事。妳自然會曉得該去向誰求助，我問都不會問。我只知道，像妳這樣無恥地忽略了自身的職責，我不會容忍妳在我家裡多留一天。」

回答她的只有啜泣聲，這種絕望、野獸般的激動啜泣，像一陣高燒一樣撼動了門外那兩個孩子。她們從不曾聽過這種哭泣，而她們隱隱覺得，像這樣哭泣的人不可能有錯。她們的母親此刻不再說話，等待著，然後突然斬釘截鐵地說：「我就只是想把這些話告訴妳。今天收拾好妳的東西，明天一早來領妳的薪水。再見！」

兩個孩子急忙從門邊跑開，躲進她們的房間裡。剛才那是怎麼回事？那有如一道閃電在她們面前擊落。她們站在那兒，蒼白而戰慄。不知怎麼地，她們頭一次意識到現實，也頭一次膽敢對父母感覺到一種類似反抗的情緒。

「媽媽那樣做很過分，那樣子跟她說話。」姊姊咬緊了嘴唇說。

妹妹對這句斗膽的話還有點害怕。「可是我們根本不知道她做了什麼。」她結結巴巴地抱怨。

「肯定不是什麼壞事。老師不可能做什麼壞事。媽媽不了解她。」

「而且她哭成那樣，讓我好害怕。」

「沒錯，那很可怕。可是媽媽也那樣對她吼。那很過分，我告訴妳，那很過分。」

她跺著腳，眼淚遮住了她的眼睛。此時老師進來了，樣子很疲憊。

「孩子們，今天下午我有事要忙。妳們自己待在這兒，我可以信賴妳們，對吧？晚上我再來看妳們。」

她走了，沒有察覺兩個孩子的激動。

「妳看見了嗎？她的眼睛都哭腫了。我不懂，媽媽居然會這樣對她。」

「可憐的老師！」

這句話再度響起，充滿同情，深深帶淚。她們站在那兒，驚惶失措。此時母親走進來，問她們要不要跟她一起搭車去兜風。兩個孩子閃躲了，她們對媽媽感到害怕。接著她們感到憤怒，老師被解除了職務，別人卻什麼也沒對她們說。她們寧可獨處，像兩隻燕子在狹小的籠中，衝過來，衝過去，謊言和緘默的氣氛壓抑著她們。她們考慮是否該去找老師，去問問她，跟她談談這一切，說她應該留下來，說媽媽錯了。可是她們怕會惹她傷心，也感到羞愧，因為她們所知道的一切都是偷聽來的，竊取來的。她們必須裝傻，就像在兩、三個星期以前那麼傻。於是她們獨自度過一個無比漫長的下午，苦苦思索，流淚哭泣，耳中不斷響起那嚇人的聲音，母親凶惡無情的怒氣和老師絕望的啜泣。

晚上老師匆匆進房間來看看她們，跟她們道晚安。兩個孩子顫抖著，看著她走出去，很想再跟她說些什麼。此刻，當老師已經走到門邊，她突然又再度轉過身來，彷彿被這個無聲的願望給拉了回來。她眼中有樣東西閃閃發亮，濕潤而憂鬱。她擁抱了兩個孩子，她們放聲啜泣，她又親吻了她們一次，然後倉促地走出去。

兩個孩子站在那裡，眼淚汪汪，感覺到那是告別。

「我們以後再也見不到她了！」一個女孩哭著說。

「妳瞧著吧，等我們明天放學回來，她就不在了。」

「也許我們以後可以去拜訪她。那她一定也會讓我們看看她的孩子。」

「對呀，她人這麼好。」

「可憐的老師！」又是一聲對她們自身命運的嘆息。

「妳能想像沒有了她會怎麼樣嗎？」

「我永遠不會喜歡另一個家庭老師。」

「我也不會。」

「再沒有人會對我們這麼好。再說……」

她們不敢說出來。可是自從她們知道她有個孩子，一種不自覺的女性意識讓她們對她感到敬畏。姊妹倆一再想到這件事，此刻已經不再是帶著稚氣的好奇，而是深受感動，充滿同情。

「欸，」一個女孩說：「聽我說！」

「說吧。」

「妳知道，在老師離開之前，我還想再讓她高興一下。讓她知道我們喜歡她，知道我們跟媽媽不一樣。妳想不想呢？」

「這還用問嗎！」

「我想到，她不是很喜歡白玫瑰嗎？所以我想，妳知道的，我們可以明天一早去替她買一些，在我們上學之前，然後放到她房間去。」

「可是什麼時候放呢？」

「中午的時候。」

「那時候她肯定已經走了。妳知道嗎？那我寧願一大早就去買，趁著沒人發現的時候趕緊買回來。然後我們就把花放進她房間。」

「好，我們一大早就起來。」

她們拿出撲滿，用力把全部的錢搖出來。自從她們曉得還能夠向老師表達出她們默默無言、全心全意的愛，她們又開心了一點。

於是她們早早起床。她們微微顫抖的手裡拿著盛開的美麗白玫瑰，敲著老師的房門，沒有人回應。她們以為老師還在睡，小心翼翼地溜進去。可是房間裡空無一人，床鋪沒有人睡過。所有的東西都凌亂散放，深色桌布上有幾封信微微閃著光亮。

兩個孩子嚇壞了。發生了什麼事？

「我去找媽媽。」姊姊堅決地說。倔強地，眼神陰沉，毫無畏懼，她挑釁地站在母親面前，問道：「我們的老師在哪兒？」

「應該是在她房間裡。」母親詫異地說。

「她房間裡沒人，床鋪沒有睡過。她一定是昨天晚上就走了。為什麼沒有人告訴我們？」

母親根本沒察覺那生氣、質問的語氣。她變得蒼白，走進去找父親，接著他就迅速消失在老師房間裡。

他去了很久。女孩繼續用憤怒目光打量著母親，母親顯得很激動，眼睛不太敢跟女孩的目光相遇。

此時父親回來了。他臉色灰白，手裡拿著一封信。他和母親走進房間，在裡面小聲地和她說話。兩個孩子站在房間外，突然不敢再去偷聽。她們害怕父親會發怒，他此刻的模樣是她們從不曾見過的。

母親從房間裡走出來，眼睛哭紅了，眼神驚惶失措。兩個孩子不由得朝她走過去，彷彿受到自身恐懼的驅使，想要再詢問她。但她嚴厲地說：「快去上學，已經晚了。」

兩個孩子不得不走。她們在學校裡跟其他同學一起坐了四、五個鐘頭，猶如在夢中，一句話也沒聽進去，放學後拚命衝回家。

家裡一切如常，只是似乎有個可怕的念頭占據了每個人的心。沒有人說話，但人人都流露出怪異的眼神，就連僕人也一樣。母親朝兩個孩子走過來，似乎準備好要跟她們說些什麼。她開口了：「孩子，妳們的老師不會再來了，她……」

然而她不敢把話說完，兩個孩子的眼睛盯著她的眼睛，那般閃爍，那般咄咄逼人，那般危險，乃至於她不敢向她們說謊。她轉過身走開，逃進她的房間裡。

下午奧圖突然出現。有人喚他過來，有一封給他的信。他也臉色蒼白，驚惶失措地四下站著。沒有人跟他說話，大家都避開他。此時他看見這兩個孩子蜷縮在角落裡，便想跟她們打招呼。

「不要碰我！」一個女孩說，由於厭惡而顫抖，另一個女孩在他面前吐口水。他還尷尬、迷惘地走來走去好一會兒，然後就消失了。

沒有人跟這兩個孩子說話，她們也沒有彼此交談。她們蒼白而驚慌，靜不下來，像籠中的動物，在各個房間裡走來走去，彼此一再相遇，望向對方哭腫的眼睛，一句話也沒說。如今她們知道了一切，知道別人欺騙了她們，知道所有的人都可以又壞又卑鄙。她們不再愛她們的父母，不再相信他們。她們知道自己將無法再信賴任何人，如今悠悠人生的全副重擔將壓在她們瘦削的肩膀上。她們宛如從童年的無憂無慮跌入一座深淵。她們還無法理解發生在她們身邊的可怕之事，但她們的思緒卡在那些事情上，有令她們窒息的危險。她們的臉頰灼熱發燙，露出被激怒的凶惡眼神。她們來來回回地亂走，似乎在她們的孤單之中感到寒冷。她們這般嚇人地看著每個人，誰也不敢跟她們說話，就連她們的父母都不敢。她們不停地走來走去，反映出在內心翻攪的激動。兩人身上有種受驚的共同之處，雖然她們沒有交談。這份沉默，這份看不透、不發問的沉默，這份險惡、封閉的痛苦，沒有吶喊，沒有眼淚，讓人人都覺得她們陌生而危險。沒有人接近她們，通往她們心靈的道路被截斷了，也許會持續好幾年。她們周圍的人全都感覺到她們是敵人，而且是堅決的敵人，她們無法再原諒。因為從昨天起，她們不再是孩子。

在這個下午，她們長大了好幾歲。直到夜裡，當她們在房間的黑暗中獨處，她們內心的童稚恐懼才又醒來，對孤單的恐懼，對死者形象的恐懼，以及對未知事物充滿不祥預感的恐懼。在整棟屋子的騷動中，大人忘了替這個房間生火。於是她們打著哆嗦，爬上同一張床，用孩子細瘦的臂膀緊緊相擁，尚未發育的瘦削身體緊緊貼在一起，像是出於恐懼而尋求援助。她們仍舊不敢交談，但此刻妹妹終於迸出眼淚，而姊姊一起放聲啜泣。她們緊緊相擁哭泣，溫暖、遲疑、但隨即迅速滾落的眼淚流過臉龐，胸貼著胸，承受彼此啜泣的推撞，再顫抖地推回去。她們的痛苦合而為一，是黑暗中同一具哭泣的身體。她們不再是為了老師而哭，也不是為了如今已經失去的父母，撼動她們的是一種突如其來的恐懼，害怕從這個未知世界裡將要來臨的一切，今天她們初次瞥見這個世界，飽受驚嚇。她們對自己長大後將要進入的人生感到害怕，這黑黝黝地聳立在她們面前的人生，帶著威脅，像一座她們必須穿越的幽暗森林☆1。她們迷惑的恐懼越來越朦朧，幾乎像個夢，啜泣聲越來越小。此刻她們的呼吸輕柔地交融，如同先前流下的眼淚。就這樣，她們終於睡著了。

☆1
*Angst haben sie vor dem Leben, in das sie nun aufwachsen, vor dem Leben, das dunkel und drohend vor ihnen steht, wie ein finsterer Wald, den sie durchschreiten müssen.*

# 灼人的祕密

# Brennendes Geheimnis

# 對手

火車頭沙啞地叫了起來：森梅林到了。黑色的車廂在高地的銀色光線中休息了一分鐘，扔出幾個形形色色的人，又把另一些人吞進去，人聲吵嚷，接著那沙啞的機器在前面再度發出呼喊，隆隆地拖著一長列黑色車廂進入隧道洞口，往下行駛。濕潤的風把背景吹得清澈明淨，開闊的風景又再歇息下來。

下車的乘客當中有個年輕人衣著考究，他的步伐自然有活力，予人親切的好感，他趕在眾人之前搭上一輛出租馬車前往飯店。馬兒不慌不忙地踩著重重的腳步爬上那條上坡路。春意盎然，不安分的白雲在天空飄動，只有五、六月才有那種白雲，本身還年輕浮躁，在藍色跑道上嬉戲奔馳，有時驀地躲在高山背後，互相擁抱，又再溜走，一會兒像手帕一樣皺皺地揉起，一會兒散成縷縷長絲，最後調皮地替山巒戴上白色的帽子。上頭的風中也不平靜，大力搖撼著雨後依舊潮濕的細瘦樹木，使得樹木的關節嘎吱作響，濺出千百個水滴猶如火光。偶爾也有白雪的涼氣從山巒飄過來，讓人在呼吸時聞到一種甜而凜冽的氣味。空中和地上的一切都蠢蠢欲動。馬兒輕輕喘氣，此刻跑在下坡路上，鈴鐺的叮咚聲遠遠跑在牠們前面。

一到飯店，年輕人就先去看住客名單，瀏覽了一下，隨即感到失望。「我到底來這兒幹嘛？」他開始不安地自問。「一個人待在山上，沒有同伴，這比待在辦公室裡更難過。顯然我來得太早了，不然就是來得太遲。我休假時運氣總是不好。在這些人當中連一個熟識的名字也沒有。如果至少能有幾個女人在這兒就好了，可以小小調個情，就算沒能更進一步也無妨，免得這一個星期過得太無聊。」年輕人是個男爵，出身自名聲不算顯赫的官僚貴族，任職於地方政府。他絲毫沒有休假的需要，之所以來度短假，其實只是因為他的同事全都休了一個禮拜的春假，而他不願把自己的假期白白送給工作單位。他雖然並不缺乏內在的才能，但天性喜歡社交，也因此而受到喜愛，在各個圈子裡都廣受歡迎，而且他完全明白自己沒辦法獨處。他一點也不想獨自面對自己，盡可能避免和自己面對面，因為他根本無意更加認識自己。他知道他需要人群提供摩擦面來點燃他所有的才華、他心中的溫暖和高昂興致，倘若獨自一人，他就像盒裡的火柴一樣無法發光發熱，毫無用處。

他感到掃興，在空蕩蕩的大廳裡來回踱步，一會兒猶豫不決地翻翻報紙，一會兒又在音樂室的鋼琴上試奏一曲華爾滋，但他的手指沒能好好抓到節奏。最後他懊惱地坐下，看著外面夜幕逐漸低垂，灰霧有如蒸汽般自雲杉林中升起。他就這樣消磨掉一個小時，浮躁不安，無所事事。然後他逃進了餐廳。

那兒只有幾張桌子坐了人，他用目光匆匆掃過一遍。白費力氣！沒有熟人，只有那邊有個教練向他打了個招呼，他懶懶地回了個禮，另一邊有個曾在維也納環城大道上見過的面孔，如此而已。沒有女人，沒有什麼預示著一場豔遇，哪怕只是匆匆遊戲一場。他的壞情緒變得更難耐。他屬於靠著俊秀臉孔很吃得開的年輕人，隨時準備迎接一次新的邂逅，體驗一番新的經歷，總是充滿期待，想投身於一場未知冒險中，沒有什麼會令他們驚訝，因為他們暗中盤算過一切，凡是性感的東西都逃不過他們的眼睛，因為他們第一眼就是打量女人的性感程度，不管對方是朋友的妻子，還是開門的女僕。世人輕蔑地隨口稱這種人為「獵豔高手」，卻不知道在這個字眼裡銘刻了多少由觀察而來的真相，因為這種人在蠢蠢欲動中的確閃爍出狩獵的強烈本能，包括尋找獵物的蹤跡、那股興奮及殘忍。他們不斷在等候獵物，總是伺機而動，決心追隨冒險的蹤跡直到深淵邊緣。他們永遠充滿熱情，但並非戀愛中人的熱情，而是賭徒的熱情，那種熱情工於心計、冷酷而危險。他們當中有些人直到青春早已逝去仍舊如此，在這份期待中把整個人生變成永遠的冒險。對這些人來說，一天化成了幾百個小小的情慾經驗：擦身而過的一道視線，一閃而過的一抹微笑，對坐時輕觸的膝蓋；一年則又化做幾百個這樣的日子。對這種人來說，情慾經驗是生命永恆流動的泉源，滋養著他們，激勵著他們。

這個尋覓者立刻看出在這裡沒有遊戲對手。當一個賭徒手裡拿著牌坐在綠色賭桌前，清楚知道自己占了上風，卻徒然等待對手出現，沒有什麼比這更令人惱怒。男爵要了份報紙，悶悶不樂地掃過一行行文字，但他的思緒癱軟無力，像喝醉了似地，踉踉蹌蹌地追著字句。

此時他聽見身後有衣裳窸窸窣窣，一個微慍的聲音裝腔作勢地用法文說道：「艾德嘉，安靜點！」

絲綢衣裳經過他桌旁時沙沙作響，一個豐滿的高䠷身影走過，在她身後是個蒼白的小男孩，身穿黑色絲絨西裝，男孩好奇地瞄了他一眼。這兩人面對面地在預訂的席位坐下，小孩顯然努力要守規矩，卻跟他不安分的黑眼珠互相矛盾。年輕男爵眼中只有那位女士，她很注重打扮，穿著高雅，而且是他很喜歡的那種略顯豐滿的猶太女人，年華即將老去，顯然還很熱情，有經驗，懂得把情感隱藏在高貴的憂鬱底下。一開始他還不能貿然直視她的眼睛，只欣賞著她弧度優美的眉毛，線條乾淨、彎彎地落在細緻的鼻子上方，那鼻子雖然透露出她的種族，但形狀美好，令她的側面輪廓鮮明而引人注意。她的頭髮出奇豐盈，一如這具飽滿身體上所有的女性特徵。她似乎由於常被讚美而對自己的美麗充滿自信，這份美麗因而變得飽滿而耀眼。她輕聲點餐，斥責把叉子玩得哐噹作響的男孩，看來毫不在乎男爵小心翼翼偷瞄過來的目光，似乎渾然不覺。而事實上，就是他的不斷注視迫使她不得不謹慎自持。

男爵臉上的陰霾頓時一掃而空，神經暗中活躍起來，撫平了皺紋，提振了肌肉，整個人抬頭挺胸，眼裡閃出光芒。就像有些女人需要有男人在場才會展露出全副風華，只有情慾的刺激才能讓他施展出全部精力。他體內的獵人嗅到了獵物。他的挑釁的眼神試圖與她的目光相遇，她的目光雖然有時會閃爍不定地從他身上掃過，卻從不曾明白確切地回應。偶爾他也察覺到在她嘴邊有一絲像要綻放的微笑，但這一切都不確定，而正是這份捉摸不定令他興奮。唯一讓他懷抱希望的是她總是避免去看他，因為這既表示抗拒，也顯出侷促，另外，她跟那孩子之間的談話方式出奇謹慎，顯然是有人旁觀之故。他感覺到這份刻意表現出的平靜正意味著她開始感到不安。他也激動起來：遊戲開始了。他故意慢慢享用晚餐，有半個小時幾乎目不轉睛地盯著這個女子，直到他描摹過她臉上的每一道線條，無形地撫摸過她豐腴身體的每一個部位。外面暮色低垂，巨大的雨雲向樹林伸出灰色的雙手，樹林像孩子般恐懼呻吟，陰影越發幽暗地湧進室內。由於那份靜默，屋裡的人似乎越來越感到壓抑。他察覺出在這片寂靜的威脅下，那對母子間的談話變得越來越勉強，越來越不自然，眼看即將結束。於是他決定做個測試。他首先站起來，慢慢朝門口走去，長久凝望著那片景色，沒有去看她。

在門邊他彷彿忘了什麼似地猛然回頭，正好看見她用靈動的眼神目送著他。

這挑動了他。他在大廳裡等待，沒多久她也出來了，手裡牽著那男孩，經過放雜誌的地方時在那裡翻了翻，指著幾張圖片給孩子看。男爵像是湊巧也走到這桌子旁，看似也在找一本雜誌，其實是想更深地看進她濕潤閃亮的眼睛，說不定還能展開對話。然而，這時候她轉過身去，輕輕拍拍她兒子的肩膀，用法文說道：「走吧，艾德嘉！上床睡覺了！」便冷淡地從他身旁走過。男爵目送著她，略感失望。本來他打算能在今晚就和她結識，而她不客氣的態度令他失望。不過，這份抗拒畢竟有其誘人之處，正是那份捉摸不定點燃了他的慾望。無論如何他找到了對手，遊戲可以開始了。

## 迅速建立的友誼

當男爵第二天早上走進大廳，他看見那個漂亮婦人的小孩正和兩名電梯服務員熱切地談話，拿一本卡爾梅[1]寫的故事書裡的圖畫給他們看。他媽媽不在場，顯然還在梳妝打扮。男爵這才好好打量了這個男孩。他大約十二歲，是個害羞不安、尚未發育完全的男孩，動作慌張，眼睛暗中四下轉動。他給人一種受驚的印象，這個年紀的孩子往往如此，彷彿剛從睡夢中被拉起來，突然置身於陌生環境裡。他的臉並非不俊秀，但尚未定型，從男孩要變成男人的掙扎似乎才剛剛開始，一切還只像是捏成的粗坯，但尚未成形，還沒有顯露出乾淨俐落的線條，只是蒼白而不安地混在一起☆1。此外，他正好處於孩童那個尷尬年紀，不管穿什麼都

☆1
*Sein Gesicht war nicht unhübsch, aber noch ganz unentschieden, der Kampf des Männlichen mit dem Kindlichen schien eben erst einsetzen zu wollen, noch war alles darin nur wie geknetet und noch nicht geformt, nichts in reinen Linien ausgesprochen, nur blass und unruhig gemengt.*

不合身，衣袖和長褲在瘦削的關節旁鬆垮地晃盪，又還沒有虛榮心來提醒他們注意自己的外表。

那男孩猶豫不決地在這兒晃來晃去，模樣著實可憐。大家都嫌他礙事，一會兒門房把他推到一邊，似乎是厭煩了他那各式各樣的問題；一會兒他又擋住了入口。顯然沒有人把他當成朋友，因此，出於孩子愛說話的渴望，他嘗試去接近飯店的服務人員，那些人如果剛好有空，就會回答他，可是一有成年人走進視線，或是有正事得做，他們就會立刻中斷和他的談話。男爵露出微笑，饒有興味地看著這個可憐的男孩，男孩懷著好奇望向一切，而一切卻都不友善地從他身邊逃開。有一次，男爵緊緊盯住男孩的好奇目光，他一逮著那雙在搜尋的眼睛，那雙黑眼睛就立刻膽怯地縮了回去，躲進垂下的眼皮裡。男爵對此感到有趣。這男孩開始引起他的興趣，而他暗忖，這孩子顯然只是由於畏懼而害羞，說不定能幫助他以最快的方式來接近那女子。無論如何，他打算試試看。他偷偷跟著那男孩，男孩剛剛才又晃出門外，由於孩子對溫柔的需求而撫摸了一匹白馬粉紅色的鼻孔，直到——這孩子運氣實在不好——馬車夫相當粗魯地把他趕開。他受了氣，又感到無聊，此刻又閒站著，眼神空洞而略帶悲傷。這時男爵跟他攀談。

「嗨，小伙子，你喜歡這裡嗎？」他突然開口，盡量讓這話聽起來平易近人。

那孩子紅了臉，膽怯地抬起眼睛。出於畏懼，他把手縮回身旁，尷尬地把身體轉過來又

1. 卡爾梅（Karl May, 1842-1912），德國知名小說家，他所寫的印第安人故事在德國家喻戶曉。

轉過去。這是頭一次有一位陌生男士主動跟他談話。

「謝謝，我喜歡。」他勉強地訥訥吐出這一句。最後一個字與其說是說出來的，不如說是擠出來的。

「這倒奇怪了，」男爵笑著說：「這個地方其實很無趣，對像你這樣的年輕人來說尤其無趣。你一整天都做些什麼呢？」

男孩的心思還太過混亂，無法迅速回答。別人都不理他，這個陌生的高雅男士真有可能想跟他談話嗎？這念頭讓他既害羞又驕傲。他吃力地打起精神。

「我看書，還有，我們常常去散步。有時候也會搭車出去，媽媽跟我。我該在這裡休養，我之前生病了。所以我也得要多曬太陽，這是醫生說的。」

最後幾句話他已經說得很沉穩了。小孩子總是對生病感到自豪，因為他們知道，生病的危險使得他們在家人眼中變得加倍重要。

「的確，陽光對於像你這樣的年輕人來說有好處，能把你曬得黑黑的。不過，你也不能整天坐著曬太陽。像你這樣的小伙子應該要到處跑一跑，玩瘋一點，也稍微胡鬧一下。我覺得你太乖了，手臂下夾著那本厚厚的大書也讓你看起來像個書呆子。想起我在你這個年紀的時候實在是個頑皮鬼，每天晚上回家的時候長褲都扯破了。千萬別太乖了！」

那孩子忍不住笑了，這讓他不再害怕。他很想回句什麼，可是他覺得在這位可親的陌生男士面前這樣做太過放肆，太過自信，對方是這麼和氣地跟他談話。他從來不搶著說話，總是容易感到難為情，因此，由於快樂和害羞，他此刻大大地不知所措。他很想再繼續聊下去，卻想不出能說什麼。幸好這時候飯店養的黃色大聖伯納犬從旁邊經過，在他們兩個身上嗅了嗅，樂於讓人撫摸牠。

「你喜歡狗嗎？」男爵問。

「噢，我很喜歡。我奶奶在她巴登的別墅裡有一隻，我們住在那兒的時候，牠總是整天跟我在一起。不過那只有在夏天，我們去那兒作客的時候。」

「在我們家的莊園裡，我想我們有二十幾隻。如果你在這裡很乖的話，我就送你一隻。一隻有白耳朵的棕色小狗。你想要嗎？」那孩子開心得紅了臉。

「噢，想啊。」

話就這樣脫口而出，熱切而渴望。但疑慮踉踉蹌蹌地隨之而來，怯生生地，宛如受到驚嚇。

「可是媽媽不會准的。她說她不允許在家裡養狗。牠們太麻煩了。」

男爵微微一笑。總算談到他媽媽了。

「媽媽這麼嚴格嗎？」

那孩子考慮著，朝他看了一眼，彷彿在思量是否可以信賴這位陌生男士。他的回答還是很小心。

「不會，媽媽並不嚴格。因為我生過病，她現在什麼都准許我做。說不定她也會讓我養一條狗。」

「要我去替你講話嗎？」

「好啊，拜託您去，」男孩發出歡呼：「那麼媽媽肯定會答應。牠長得什麼樣子？牠有白色的耳朵，對不對？牠會把獵物叼回來嗎？」

「會呀，牠什麼都會。」男爵忍不住微笑，笑他這麼快就讓這孩子的眼睛發出熱情的火花。起初的拘束頓時消散，由於害怕而克制住的熱情洋溢出來。一眨眼之間，原本害羞膽怯的孩子搖身一變，成了一個興高采烈的男孩。「如果他母親也是這樣就好了，」男爵忍不住這麼想，「在害怕背後竟是這般熱情！」可是那男孩已經興沖沖地向他提出了二十個問題：

「那條狗叫什麼名字？」

「卡洛。」

「卡洛。」那孩子發出歡呼。每一句話都讓他忍不住要大笑歡呼，有人親切地關心他，這令他陶醉。男爵對於這般迅速的進展也感到驚訝，決定打鐵要趁熱，便邀請男孩跟他去散步。這個可憐的男孩幾星期以來就迫切渴望能有人作伴，對這個提議欣喜若狂。凡是這個新朋友用看似隨口問起的問題誘他說出的，他都不假思索地全盤托出。男爵很快便得知了他家裡的一切，尤其是艾德嘉是維也納一名律師的獨生子，顯然出身於富有的中產階級猶太家庭。透過有技巧的詢問，他旋即打聽出，待在森梅林的這段期間，做母親的並不怎麼開心，曾經抱怨過此地缺少談得來的交遊對象。他問艾德嘉，媽媽喜不喜歡爸爸，從男孩避重就輕的回答方式，他認為甚至可以推斷出他們的婚姻狀況並非絕佳。要從這個毫無戒心的男孩口中套出這許多小小的家庭祕密竟是如此容易，男爵幾乎感到羞愧，因為艾德嘉得意於自己所說的事居然能引起一個大人的興趣，簡直是對他的新朋友推心置腹。男爵在散步時摟住男孩的肩膀，讓那顆童稚的心怦怦跳動，能被人在公開場合看見他和一個成年人如此親暱地走在一起，這令他自豪，逐漸忘了自己還是個孩子，嘰哩呱啦地暢所欲言，彷彿在對一個同齡孩子說話。從艾德嘉的談話中可以看出他很聰明，有點早熟，就跟大多數身體不好、常待在大人身邊的孩子一樣。同時他的愛憎出奇分明，看待任何事物似乎都無法平心靜氣，說起任何一個人，或是任何一件東西，他若非欣喜若狂，就是流露出強烈的憎恨，以致於那恨意扭曲了他的臉，讓那張臉幾乎顯得惡毒而醜陋。或許是由於最近才戰勝了疾病，他說話任性而不太連貫，透著一股狂熱。看來，他的笨拙只是來自於勉強壓抑自身強烈情感的恐懼。

男爵輕易地贏得了他的信賴，才不過半個小時，就掌握了這顆熾熱而不安跳動的心。要欺騙小孩子實在太容易了，他們毫不猜疑，而且很少有人費心去爭取他們的愛。男爵只需要忘情地回到過去，這番孩子氣的交談對他來說就自然而然，無拘無束，讓男孩也完全覺得他就跟自己沒有兩樣，在幾分鐘之後就覺得彼此之間毫無距離。男孩為了自己的幸運而欣喜，在這個寂寞的地方突然找到了一個朋友，而且是多麼好的朋友！他忘了在維也納的所有朋友，那些嗓音單薄的小男孩，他們的閒聊缺少人生經驗，他們的影像彷彿被這嶄新的一小時給沖走了！如今他的全副熱情都屬於這個新朋友，他的大朋友。此刻，當對方在道別時再度邀請他明天上午再到這兒來，他的一顆心自豪地膨脹起來。這會兒那個新朋友從遠處向他揮手，完全像個大哥哥。這也許是他一生中最美好的一刻。要欺騙小孩子實在太容易了，男爵心想，目送著那個跑開的男孩，露出微笑。如今他已經贏得了介紹人的好感。他知道那男孩現在會喋喋不休地向母親述說，把每一句話重述一遍，把母親折騰到筋疲力盡。同時他得意地想起自己有技巧地在話中摻進了對她的恭維，想起他總是只說起艾德嘉的「漂亮媽媽」。他百分之百確定，這個愛說話的男孩在沒有把媽媽介紹給他認識之前不會罷休。如今他連一根小指頭也不必動，就能縮短他跟那個美麗婦人之間的距離，他可以靜靜地作夢，眺望風景，因為他知道，一個孩子熱情的雙手會替他搭起橋梁，通往她的心。

## 三重唱

一個小時後，證明了這個計畫直到最小的細節都大為成功。這位年輕男爵故意稍晚一點才踏進餐廳，艾德嘉從椅子上跳起來，熱切地向他打招呼，帶著喜悅的笑容向他招手，同時扯著母親的衣袖，急促而激動地對她說話，用引人注目的手勢指向男爵。她尷尬地紅了臉，制止了他這番過於活潑的舉止，卻還是免不了順著男孩的心意，朝男爵望了一眼。男爵立刻抓住這個機會，恭敬地向她一鞠躬。他們算是認識了。她必須回禮，可是在這之後，在整個用餐時間她都把臉深深埋在盤子上方，小心翼翼地避免再朝他望過去。艾德嘉就不同了，他不停地朝男爵望過去，有一次甚至試圖向男爵說話，這是不被允許的，立刻就被母親斷然制止。飯後母親向他表示他該上床睡覺了，母子之間隨即展開一番低語，最後他熱切的懇求得到許可，獲准走到另外那張桌前，去跟他朋友道別。男爵跟他說了幾句親切的話，讓那孩子的眼睛再度閃亮起來，跟他聊了幾分鐘。但男爵突然有技巧地把話鋒一轉，站起來，朝另一張桌子轉過身去，恭喜鄰桌那位有點不知所措的女士有這麼一個聰明伶俐的兒子，稱頌他和那男孩一起度過的美好上午。艾德嘉站在旁邊紅了臉，既高興又自豪。男爵最後又問起那孩子的身體情況，用許多個別的問題問得十分詳盡，以致於那母親不得不回答。就這樣，他們說個不停，做了一番長談，那男孩喜悅地在旁邊聽著，帶著一種敬畏。男爵做了自我介紹，自認為他的貴族姓氏讓這個虛榮的婦人留下了印象。總之，她對他異常客氣，雖然她不失尊嚴，甚至早早道別，抱歉地加了一句，說是為了那男孩的緣故。

男孩強烈抗議，說他還不累，一整晚都不睡覺也行。然而他母親已經向男爵伸出手，男爵恭敬地吻了她的手。

這一夜，艾德嘉睡得很不安穩。他心中混亂，既感到幸福，又懷著孩子氣的絕望。因為今天在他生命中有了一個新體驗，他頭一次干涉大人的命運。在半睡半醒之際，他忘了自己的童年，自認為一下子長大了。他寂寞地成長，常常生病，到目前為止沒有什麼朋友。他渴望溫情，卻除了父母和家中僕人，沒有什麼人能給他，而且父母並不怎麼關心他。倘若只看愛的誘因，而沒有考量到在愛萌生之前，由失望和寂寞構成的空虛黑暗空間所產生的張力——在心靈的所有重大事件之前都先有這股張力——愛的強度往往會被錯估☆2。一份過於沉重、尚未損耗的情感等待在這裡，如今張開雙臂，衝向第一個看似值得付出這份情感的人。艾德嘉躺在黑暗中，既喜悅又迷惘，想笑又想哭。因為他愛這個人，而他從不曾這樣愛過一個朋友，不曾這樣愛過父親母親，甚至不曾這樣愛過上帝。他童年時期不成熟的全副熱情都緊緊抱住這個人的影像，在兩個小時之前，他甚至還不曉得此人的名字。

不過，他畢竟夠聰明，不至於被這份新友誼出奇之處所困擾。讓他如此迷惘的是他覺得

☆2
*Und die Gewalt einer Liebe wird immer falsch bemessen, wenn man sie nur nach ihrem Anlass wertet und nicht nach der Spannung, die ihr vorausgeht, jenem hohlen, dunkeln Raum von Enttäuschung und Einsamkeit, die vor allem großen Ereignissen des Herzens liegt.*

自己毫無價值，微不足道。「我配得上他嗎？我這個十二歲的小男孩，還得要上學，晚上又得比別人都更早上床睡覺。」他苦惱著。「我能算是他的什麼人呢？我能給他什麼？」他難過於自己沒有能力表達情感，正是這種感受令他悲傷。平常他若是喜歡上一個同伴，第一件事就是把書桌裡幾件小小的珍貴物品與對方分享，像是郵票和石頭這種孩子氣的童年財產。這些東西昨天對他來說還意義重大，具有罕見的吸引力，此刻似乎驟然失去了價值，顯得幼稚可笑而不值一哂。他如何能把這類東西送給他的新朋友？他甚至不敢用暱稱的「你」來稱呼對方，要如何才能表達出他的感受？有可能表達嗎？身為一個半大不小、尚未成熟的人，一個十二歲的孩子，他越發強烈感覺到身為小孩的痛苦。他從不曾如此深深厭惡自己是個孩子，衷心渴望能夠長大成為不同的人，一如他的夢想：一個高大強壯的男子，跟別人一樣的成年人。

在這些不安思緒中，迅速交織了對於成為男子漢的這個新世界繽紛夢想。艾德嘉終於帶著笑容睡著了，然而，他還惦記著第二天早上的約會，這妨礙了他的睡眠。七點鐘他就已經驚醒，唯恐會遲到。他急忙穿好衣服，去母親房裡跟她道過早安，母親很驚訝，平常她總要費很大的功夫才能叫他起床。她還來不及提出進一步問題，他就已經衝下樓去了。他不耐煩地走來走去，直到九點，忘了吃早餐，深怕會讓要跟他去散步的朋友久候。

九點半時，男爵終於逍遙自在地晃過來，他當然早就把這個約會給忘了。但此刻，當男孩急切地朝他衝過來，他不禁為了這份熱情而微笑，樂意遵守他的承諾。他又挽起那男孩的手臂，跟這個神采飛揚的孩子一起來回踱步，只不過拒絕現在就一起去散步，態度溫和但堅決。他似乎在等待什麼，至少，他探向門邊的不安眼神表明了這一點。突然，他挺起了身子。艾德嘉的媽媽走進大廳，一邊回應他的問候，一邊親切地朝他們兩個走過來。聽說他們打算要去散步，她微笑地表示贊同，先前艾德嘉沒有把散步的事告訴她，因為他覺得這件事太過珍貴。然而，在男爵的邀請下，她很快就被說服一起同行。艾德嘉立刻悶悶不樂，咬住了嘴唇。真氣人，她偏偏在這時候走過來！這趟散步原本只屬於他，就算他把他朋友介紹給媽媽認識，那只是出於好意，但他可不願意跟她分享他的朋友。當他察覺男爵對他母親友善，他心中微微起了妒意。

於是他們三個人一起去散步，而兩個大人對這孩子明顯的關注，更加助長了孩子心中那份有害的感覺，以為自己很了不起，以為自己突然重要起來。艾德嘉幾乎是他們談話的唯一主題，母親談起他的蒼白和神經質，流露出帶點虛假的擔憂，男爵則微笑地拒絕這種說法，大肆稱讚起「他朋友」（他這樣稱呼那男孩）討人喜歡的態度。這是艾德嘉一生中最美好的時刻。他得到了一整個童年都無權擁有的權利，可以加入談話，而不會馬上遭到喝叱要他安靜，甚至可以莽撞地提出各種要求，從前這些要求總會招來不愉快的反應。也難怪他誤以為自己是個大人了，這份錯覺在他心中滋長。在他明亮的夢中，童年已經遠遠落在身後，如同一件已經穿不下的衣裳。

艾德嘉的母親越來越和氣，中午，在她的邀請下，男爵和他們同桌用餐。由原來的對面相望變成了並排而坐，相識變成了友誼。這組三重唱已經形成，女聲、男聲和童聲，和諧地共鳴。

## 進攻

如今這個不耐煩的獵人覺得潛近獵物的時候到了。在這件事情上，他不喜歡親密的三重唱。三個人一起聊天固然愉快，但聊天終究不是他的目的。而且他知道，社交往來再加上他隱藏自身慾念的偽裝遊戲，向來會妨礙男女之情，讓言語失去熱情，讓進攻失去火力。要讓她在談天時永遠不會忘記他原本的企圖——而他知道她已明白——這一點他很有把握。

他在這個女人身上下的功夫多半不會白費。她正處於女人的關鍵年齡，開始後悔對自己其實從未愛過的丈夫始終保持忠貞，有如紫紅夕陽的美貌正還諸最後一次緊迫的機會，在母性和女性之間做個選擇。在這一刻，看似早已有了答案的人生再一次成為疑問，意志那根神奇的針在體驗情慾的盼望和徹底認命之間最後一次擺動。於是女人面臨危險的抉擇，要活出自己的命運，還是為孩子而活？要做個女人，還是做個母親？男爵對這種事情目光敏銳，在她身上察覺出危險的猶豫不決，在生命的熱情與犧牲奉獻之間擺盪。在談話中她經常忘記提起丈夫，丈夫顯然只滿足了她表面上的需求，卻沒能滿足她因生活優裕而被激起的附庸風雅的欲望，而她內心裡對孩子的了解其實也很少。無聊的陰影宛如掩藏在深色眼眸裡的憂鬱，籠罩她的生活，使她的性感失去光澤。男爵決定迅速行動，同時又要避免顯得心急如焚。反而要像個垂釣者，先放鬆魚鉤再往回拉，他打算對這份新友誼做出滿不在乎的樣子，想讓對方來追求他，雖然事實上他才是追求者。他決定刻意表現出傲慢，彰顯他們之間社會地位上的差異。想到只藉由強調他的傲慢，靠著表象、響亮的貴族姓氏和冷淡的態度，就能贏得這具豐腴飽滿的美麗肉體，這念頭將他撩弄得心癢難撓。

這刺激的遊戲已經令他亢奮起來，因此他強迫自己要小心。下午他留在自己房間裡，心情愉快地知道對方在找他，在惦記他。然而，她並未特別察覺他沒露面，雖然此舉本來是針對她，反倒折磨了那個可憐的男孩。艾德嘉一整個下午都感到無比無助和迷惘；懷著男孩特有的死忠，他在那漫長的幾個鐘頭裡不斷地等待他的朋友。假如他就這樣走開或是獨自做些什麼，他會覺得那是對友誼的一種背棄。他無所事事地在走道上慢吞吞地走來走去，時間越晚，一顆心就越發悶悶不樂。在他不安的幻想中，他以為男爵出了意外，或是自己無意間得罪了對方，由於焦躁和恐懼，他差點就要哭了出來。

男爵晚上去用餐時受到熱烈歡迎。艾德嘉跳起來，不顧母親的勸阻，也不在意其他人的驚訝，朝他跑過去，用細瘦的胳臂用力抱住他胸膛。「您先前在哪兒？您到哪裡去了？」他急急地喊道：「我們到處找您。」母親臉紅了，她並不願意被牽扯進去，相當嚴厲地用法文說：「規矩一點，艾德嘉，坐下！」（她總是用法文跟他說話，雖然使用這種語言對她來說並非理所當然，話一說得長了，就顯得吃力。）艾德嘉聽從了，但還是繼續盤問男爵。「別忘了，男爵先生想做什麼都可以。也許跟我們在一起他感到無聊。」這回她主動把自己包括進去，男爵愉快地感覺到，她的責怪其實是想引來他的恭維。

他體內的獵人甦醒了。他感到陶醉、興奮，這麼快就找到獵物的蹤跡，眼看就要射中獵物。他兩眼發亮，感覺到血液在血管中輕快流動，話語滔滔不絕地從口中吐出，他自己都不明白這些話是怎麼說出口的。就跟每個天性風流的人一樣，當他知道女人喜歡他，他就格外出色，格外能表現出自我，就跟有些演員一樣，當他們感覺到聽眾、活生生的群眾完全被他們吸引，他們才會熱情澎湃。他向來擅長說故事，能說得繪影繪聲，但今天他的表現更勝以往。他一邊說一邊喝了幾杯香檳，這瓶香檳是他為了慶祝這份新友誼而點的。他說起自己隨著一名英國貴族朋友在印度打獵的故事，他很聰明地挑選了這個話題，一來因為它無關緊要，二來因為他感覺到，凡是有異國情調、對她來說無法企及的事物都令這個女子興奮。不過，對他說的故事深深著迷的人主要是艾德嘉，這男孩興奮得兩眼發光，忘了吃，忘了喝，緊緊盯著那些話語從說故事的人口中吐出。他從沒想過能親眼見到一個有那些驚險經歷的人，遭遇到他在書裡讀到的東西：捕獵老虎、棕色人種、印度土著、神廟，還有那個可怕的巨輪，把成千的人埋進它的輪輻之下。以前他從來沒想過真有這種人存在，一如他並不相信童話裡的王國。在這一秒，某種強烈感受頭一次在他體內爆發。他無法把目光從他朋友身上移開，屏住了呼吸，緊緊盯著面前那雙曾經殺過老虎的手。他幾乎什麼也不敢問，一問出聲，聲音聽起來就緊張激動。他敏捷的想像力總是幻想出那些故事的影像，他看見他朋友高高地騎著一頭大象，大象身上有紫紅色的鞍褥，左右都是棕色皮膚的男子，戴著昂貴的頭巾，然後老虎突然出現，齜牙咧嘴地從樹叢裡跳出來，伸出爪子擊向大象的鼻子。這時男爵說起更引人入勝的故事，那些人如何狡猾地捕捉大象，用已馴服的老象把放縱的野生小象引誘至棚屋裡。男孩的眼睛裡迸出火花。此時媽媽突然看著時鐘，用法文說：「九點了，該上床睡覺了！」一把刀宛如在他面前驟然落下。

艾德嘉嚇得臉色發白。對所有的小孩來說，「上床睡覺去」是一句可怕的話，因為這在大人面前是一種再明顯不過的羞辱，承認小孩子需要睡眠，一個童年的標記，表示他們尚未長大。這種侮辱在這引人入勝的一刻尤其可怕，這會讓他錯過這些從未聽聞過的故事。

「讓我再聽一個故事就好，媽媽，這個大象的故事，只要讓我聽完這一個！」

他本想要乞求，旋即想起他成為大人新有的尊嚴，就只敢求這麼一次。但他母親今天出奇嚴格。「不行，時間已經晚了。上樓去！聽話，艾德嘉。我會把男爵先生說的故事全都再說給你聽。」

艾德嘉躊躇著。平常他上床睡覺時母親都會陪著他，但他不想在他朋友面前乞求。他那孩子氣的自尊心還想讓這可憐的退場看起來像是自願的。

「可是真的喔，媽媽，妳要把全部、全部的故事都說給我聽！那個大象的故事，還有所有其他的故事！」

「好的，孩子。」

「馬上就要講！今天就要講！」

「好，好，可是現在上床睡覺去吧。去！」艾德嘉自己也感到驚訝，他跟男爵和媽媽握手居然沒有臉紅，儘管他的喉頭已經哽咽。男爵和氣地揉揉他的頭髮，讓他緊繃的臉上勉強露出了一絲笑容。可是隨後他必須趕緊朝門口走去，否則他們就會看見大顆的淚珠從他臉頰上滾落。

## 大象

母親還跟男爵在樓下餐桌旁待了一陣子，但他們談的不再是大象和打獵。自從男孩離開，他們的談話就有了一股微帶壓抑的氣氛，一陣倏然而起的尷尬。最後他們走到大廳，在一個角落坐下。男爵比任何時候都更出色，她自己則由於幾杯香檳而有點微醺，於是那番談話迅速染上危險的氣氛。男爵其實稱不上英俊，只是年輕，曬黑的臉龐神采奕奕，還像個男孩，頭髮剪得短短的，眼神很有男子氣概，他的一舉一動朝氣蓬勃，幾乎顯得放肆，吸引了她。現在她很喜歡從近處看他，也不再害怕他的目光。然而漸漸地，一份大膽悄悄進入他的談話中，讓她心情略微混亂，那份大膽像是要伸手碰觸她的身體，輕輕按下又再放鬆，某種難以理解的慾念讓血液湧上她的臉頰。但他隨即又輕輕笑起來，大方自然，像個男孩，使得那些小小的慾念看起來像是天真爛漫的玩笑。有時候她覺得自己必須不客氣地回絕，但她天性喜歡賣弄風情，這些小小的挑逗只誘使她期待更多。她著迷於這大膽的遊戲，到最後甚至仿效他，用眼神送出捉摸不定的小小承諾，在言語和動作之中沉醉忘我，甚至容許他坐得更靠近，他的聲音就在耳際，偶爾能感覺到他溫暖的呼吸在她肩膀上顫動。一如所有的賭徒，他們忘了時間，完全沉醉在熱切的談話中，直到大廳在午夜時分漸次熄了燈，他們才驚醒過來。

她一驚之下立刻跳起來，驀地感覺到自己大膽得過分。玩火的遊戲原本對她而言並不陌生，但此刻她本能地察覺這個遊戲已經接近弄假成真。她戰慄地發現她不能把持住自己，發現體內有某種東西開始滑動，就要被捲進漩渦裡，令人害怕。一切在她腦中起伏，恐懼、葡萄酒和熱情話語構成一個漩渦，一股愚蠢的無名恐懼向她襲來，她一生中曾幾度在類似的危險時刻感受到這種恐懼，但從不曾如此暈眩，如此狂暴。「晚安，晚安，明天早上見。」她急促地說，想要逃走。與其說是逃開他，不如說是逃開這一刻的危險，逃開自己心中不曾有過的異樣不安。可是男爵輕輕使力，握住她伸出來道別的手，親吻著，而且不僅是按照禮節吻了一下，而是顫抖地吻了四、五下，從她纖細的指尖一直吻到手腕，她則微微打著哆嗦，感覺他粗粗的鬍髭令她的手背發癢。一種溫熱而不安的感覺從手背隨著血液流竄全身，恐懼猛然湧起，威脅地在太陽穴旁敲擊，她的頭發燙，那股無名的恐懼顫動地通過她全身，她迅速把手抽了回來。

「留下來吧。」男爵低語。但她已經急忙走開，在倉促中顯得笨拙，讓她的恐懼和迷惘一目了然。此刻在她體內有種激動，正是對方想要的，她覺得心中一片混亂。那份灼人的恐懼如影隨形，害怕身後那個男子會追上來抓住她，然而在逃離之中，她已經感到一份遺憾，遺憾他沒有這麼做。她多年來不自覺渴望的事恐怕就要在這一刻發生，那種大冒險，不僅僅是匆促挑逗的調情，她喜歡耽溺在冒險貼近的氣息裡，而且過去總能在最後一刻脫身。但是男爵太驕傲，不願意利用對自己有利的這一秒。他對勝利太有把握，不願意像個強盜，在女人微醺的軟弱時刻占有她，相反的，只有在意識清醒下的對抗和獻身才能吸引光明正大的賭徒。她是逃不掉的，他察覺到那劇烈的毒液已經在她血管中發作。

她在樓梯上停下腳步，伸手按住氣喘吁吁的心臟，她必須休息一下。她的神經不聽使喚。她胸中吐出一聲嘆息，半是慶幸脫離了險境，半是遺憾。然而這一切都很混亂，只以一種微微的暈眩繼續在血液裡竄動。她半閉著眼，像喝醉似地摸索到自己房門前，等到握住涼涼的門把才鬆了一口氣，這才覺得自己安全了！

她輕輕地朝房間裡推開門，下一秒就嚇得倒退。房間深處的黑暗中有東西在動。她激動的神經猛烈抽搐，正想要呼救，此時從裡頭輕輕傳出一個睡眼惺忪的聲音：「媽，是妳嗎？」「天哪，你在這裡幹什麼？」她衝到沙發旁，艾德嘉蜷著身體躺在上面，剛從睡夢中醒來。她的第一個念頭是這孩子想必生病了，或是需要協助。

可是艾德嘉說：「我等了妳這麼久，後來我就睡著了。」他還睡意朦朧，語氣中微微帶著埋怨。

「什麼大象？」

「為了大象。」

「為什麼呢？」

這時候她才恍然大悟。她先前答應這孩子，今天要把所有的故事說給他聽，那些打獵和冒險的故事。於是這個天真稚氣的男孩溜到她房裡，滿懷信賴地等她回來，在等待時睡著了。她氣他誇張的行為，或者說，她其實是在氣自己，內疚與羞慚在竊竊私語，而她想要壓過這聲音。「馬上上床睡覺，你這個沒有規矩的小鬼頭。」她對著他吼。艾德嘉驚訝地看著她。她為什麼生這麼大的氣？他又沒有做什麼呀？這份詫異卻更加刺激已動怒的她。「馬上回你房間去。」她惱怒地大喊，因為感覺到自己冤枉了他。艾德嘉一言不發地走了。其實他已經疲倦得要命，透過沉沉睡意，只隱隱感覺到母親沒有遵守承諾，感覺別人錯待了他。但他沒有反抗，由於疲倦，他體內的一切都很麻木。再者，他很氣自己在這裡睡著了，沒有醒著等待。「就跟小孩子一樣。」他生氣地自言自語，隨即再度墜入夢鄉。

因為從昨天起，他就在痛恨自己還是個孩子。

## 交火

男爵睡不好。調情被打斷之後上床睡覺一向很危險，他一整夜都被春夢干擾而睡不安穩，隨即後悔沒有好好把握住那一刻。早晨他睡意未消地下樓來，情緒欠佳，那男孩卻從藏身處跳出來，跑到他面前，熱情地摟住他，開始用成千個問題煩擾他。男孩很開心能夠再次獨自擁有他的大朋友一會兒，不必與媽媽分享。他糾纏著男爵，要對方只把故事說給他聽，不再說給媽媽聽，因為她雖然答應了他，卻沒有把那些奇妙的故事轉述給他聽。男爵嚇了一跳，很難掩飾心中的不悅。男孩對他使出上百種稚氣的糾纏，在提問中強烈表達出他的愛，他尋覓良久才找到這位朋友，從一大早就在等待，現在又能單獨在一起，他真是開心極了。

男爵沒好氣地虛應著。他開始厭倦這孩子老是在埋伏等待，問些幼稚問題，獻上他不想要的熱情。成天跟一個十二歲男孩晃來晃去，淨聊些蠢話，他覺得累了。此刻他只想要打鐵趁熱，只想把那個母親追到手，這孩子硬要在場，讓這件事變得很棘手。他原本無意喚起這份友情，如今頭一次感到不太舒服，因為他一時找不到機會擺脫這個過度黏人的朋友。

無論如何總得試試看。他跟那母親約好了十點去散步，在那之前，他漫不經心地任由男孩在他耳邊喋喋不休，偶爾跟他講幾句話，以免得罪了他，一邊翻閱著報紙。終於，當分針即將指向十二，他像是突然想起了一件事，拜託艾德嘉替他到另一家飯店跑一趟，去問問他父親古倫海姆伯爵到了沒有。

這個男孩毫無疑心，滿心喜悅，終於能替他朋友做點什麼，能當信差令他感到自豪，他立刻跳起來，狂衝上路，讓眾人訝異地目送他。他一心只想表現一下，當別人派他去傳遞消息，他的動作會有多迅速。那裡的人告訴他伯爵尚未抵達，事實上，目前根本沒接獲他要來的通報。他又以衝鋒的步伐把這個消息帶回去，可是在大廳裡已經不見男爵的蹤跡。於是他去敲他房間的門，卻是白跑了一趟！他不安地跑遍飯店各處，包括音樂室和咖啡廳，激動地跑到媽媽那兒去探聽，而她也不在了。最後他在絕望中去詢問門房，門房竟說他們兩個在幾分鐘前一起離開了！這消息讓他目瞪口呆。

艾德嘉耐心地等候。他毫不猜疑，沒有往壞處想。他深信他們只會離開一會兒，因為男爵需要他帶回來的消息。然而好幾個小時過去，他漸漸不安起來。自從那個迷人的陌生人走進這孩子毫不猜忌的小小生命，從那一天起，這孩子就成天緊張兮兮，倉皇匆忙，心情混亂。每一股熱情壓在孩子這般柔弱的生物身上，都會像壓在軟蠟上留下痕跡。眼皮又出現不安的顫動，他的臉色也變得更蒼白。艾德嘉等了又等，起初很有耐性，接著大為激動，最後已經快要哭了。然而他始終從未起疑。由於他盲目信賴這個好友，他猜想可能是有誤會，然而祕密的恐懼折磨著他，也許是自己誤解了對方交代的任務。

他們終於回來了，此刻正愉快地聊天，臉上沒有一點訝異的神情，這事情多奇怪，他們看起來根本沒有特別掛念他：「小艾，我們朝你回程的路走，希望能在路上碰到你。」男爵說，並未問起他先前交代的任務。那孩子嚇了一跳，以為他們白費力氣去找過他，他保證自己走的是筆直大路，想知道他們是往哪個方向走。這時候媽媽打斷了他。「好了，好了，小孩子別這麼多話。」

艾德嘉氣紅了臉。母親已經是第二次當著他朋友的面這樣卑鄙地貶低他。她為什麼要這樣做？為什麼總是要指出他是個孩子？他明明不再是小孩子了（他這樣深深相信）。顯然她羨慕他有這個朋友，打算把他朋友拉到自己那邊去。沒錯，肯定也是她故意帶男爵走錯路。但她該瞧瞧，他不會任她欺侮，他會予以反擊。於是艾德嘉決定，今天在餐桌上只打算跟他朋友說話，一句話也不跟她說。

然而這很難做到。他萬萬沒料到的事情發生了：別人沒發現他在鬧彆扭。是的，昨天他明明還是他們之間的焦點，今天他們根本對他視若無睹！他們兩個自顧自地談話，一起說笑，沒有理會他，彷彿他沉到桌子底下。血液湧上他的臉頰，喉頭被一團東西哽住，令他無法呼吸。他戰慄地明白自己根本無能為力。難道他只能乖乖坐在這裡，看著母親搶走他的朋友，搶走他唯一愛著的人？除了沉默不語，就沒有別的辦法反抗？他覺得自己得要站起來，猛然把兩隻拳頭往桌上敲，只為了讓他們注意他。但他按捺住了，只是放下刀叉，不再吃一口東西。然而他們也久久沒有察覺他在固執地絕食，直到上最後一道菜時母親才注意到，問他是否人不舒服。「真討厭，」他心想：「她就只會想到我是不是生病了，其他事情全都不在乎。」他簡短地回答不想吃，而她也就滿意了。他不管做任何事，都無法得到重視。男爵似乎把他忘了，至少他不曾對他說過一句話。熱淚漸漸盈滿他的眼眶，他不得不使出孩子的花招，趁著還沒人看見眼淚從他臉頰上滾落，鹹鹹地弄濕他的嘴唇之前，把餐巾迅速拿高。用餐完畢時，他鬆了一口氣。

吃午餐時，母親提議一起搭車到聖母庇護教堂去。艾德嘉聽見了，用牙齒咬住了嘴唇。也就是說，她連一分鐘也不願意再讓他跟他朋友獨處。可是她在起身離桌時說：「艾德嘉，你會把學校的功課全忘光了，你得留在房間裡稍微複習功課！」他的恨意油然而生，再度握緊他的小拳頭。她老是想在他朋友面前貶低他，老是要在公眾場合提醒他還是個孩子，還得要上學，大人只是容忍他待在他們中間。然而這一次她的意圖太明顯。他根本不回答，斷然地轉過身去。

「啊哈，又生氣了。」她微笑地說，隨後對男爵說：「要他做一個小時功課真有那麼過分嗎？」

這時男爵說：「嗯，做一、兩個小時功課實在沒有壞處。」這孩子心裡一涼，一顆心僵住了。自稱是他朋友的男爵，曾經嘲笑他是書呆子的男爵，竟然說出這樣的話。

他們兩個講好了嗎？他們果真聯合起來對付他？孩子的眼中閃著怒火。「爸爸不許我在這裡做功課，爸爸要我在這裡休養。」他扔出這句話，對他的病十分自豪，絕望地緊緊抓住那句話，抓住他父親的權威。他脫口說出這句話，像個威脅。而說也奇怪，這句話似乎的確令那兩個人有點不自在。母親移開目光，煩躁地用手指敲著桌面。他們之間出現一陣難堪的沉默。男爵終於勉強露出笑容說：「隨便你吧，小艾，反正我又不必考試，所有考試我早都考砸了。」

這句玩笑並沒有把艾德嘉逗笑。他只是看著男爵，用審視的目光，迫切渴望的目光，彷彿想探進他靈魂深處。這是怎麼一回事？他們之間有什麼東西改變了，而這孩子不明白為什麼。他不安地移動目光，一柄小小的槌子在他心底匆匆敲擊：他開始起了疑心。

## 灼人的祕密

「是什麼讓他們變了？」在滾動的馬車上，那孩子坐在他們對面思索著。「為什麼他們不像先前那樣關心我了？媽媽為何在我看著她時避開我的視線？他為什麼老是在我面前開玩笑，裝瘋賣傻？他們兩個都不再像昨天和前天那樣跟我說話，簡直像是換了一副面孔。今天媽媽的嘴唇這麼紅，一定是塗了口紅。我從沒見過她這個樣子。而他老是皺起眉頭，好像我得罪了他。我並沒有做了什麼事惹他們生氣吧？還是說了什麼？不，原因不可能是我，因為他們對待彼此的態度也跟以前不一樣了，看起來就像是做了什麼事不敢說出來。他們不像昨天那樣閒聊，也不笑了，他們感到不自在，在隱藏什麼。他們之間有祕密不想洩露出來，我無論如何要弄清楚。我知道了，一定就是他們老是在我面前把門關上的祕密，就是書裡提到的那個祕密，還有在歌劇裡男人和女人張開手臂，彼此唱著歌，互相擁抱，又把彼此推開。一定就跟我的法文女老師的祕密差不多，她跟爸爸處不好，後來被解聘了。這些事情之間全都有關連，我感覺得到，卻不知道是什麼樣的關連。噢，我想知道這個祕密，理解這個祕密，抓住這把能夠打開每一扇門的鑰匙，不再是被瞞住一切的小孩，不再等待，不再任由自己被欺騙。就是現在！我要從他們身上挖出這個可怕的祕密。」他額頭上泛起一條皺紋，這個瘦弱的十二歲男孩呈現出老態。他嚴肅地苦苦思索，沒有朝風景望上一眼。窗外景色風光明媚，針葉林純淨的綠色蓋住山巒，山谷浸浴在遲來春天仍舊鮮嫩的光澤裡。他只是一直看著對面馬車後座上的兩個人，彷彿這炙熱的目光像根釣竿一樣，把祕密從他們眼睛閃閃發亮的深處拉出來。沒有什麼比一份強烈的懷疑更能磨利洞察力，沒有什麼比沒入黑暗中的線索更能讓一個不成熟的心智發揮出全部潛力。有時候只是一扇薄薄的門，把孩子跟我們所謂的現實世界隔開，一陣湊巧吹起的微風替他們推開了這扇門。

艾德嘉突然覺得那個陌生的大祕密伸手可及，感到它就在面前，雖然仍舊隱藏著，而且尚未解開，但就在近處，很近很近。這令他興奮，頓時讓他莊重嚴肅起來，因為他不自覺地預感到自己就站在童年的邊緣。

對面那兩人隱隱感到面前有股阻力，卻沒意識到這份阻力來自那男孩。三個人同坐在馬車裡顯得侷促擁擠。對面那雙眼睛暗暗閃著火光，阻礙了他們。他們幾乎不敢講話，幾乎不敢去看。他們已無法重拾先前輕鬆的社交口吻，深陷在那親暱的語調中，暗地觸撫所引發的火熱淫蕩，在危險的話語中顫抖。他們的談話一再停頓，想要繼續下去，卻一再被那孩子固執的沉默給踉蹌絆住。

他含怒的沉默對他母親來說尤其是個負擔。她小心翼翼地從旁邊看他，頭一次從那孩子抿緊的嘴唇看出跟她丈夫生氣不悅時的相似處，她吃了一驚。她正想跟一場冒險玩捉迷藏，卻偏偏在此刻想起丈夫，這念頭令她不自在。她覺得那孩子像個鬼魂，像個良知的守衛，在擁擠的車廂裡，一雙黑溜溜的眼珠在對面相隔十吋的地方，藏在蒼白的額頭後面窺伺，這格外令她難以忍受。此時艾德嘉的視線突然抬起，就只有一秒鐘的時間。母子兩人立刻垂下目光，都感覺到彼此在互相窺伺，這在他們生平中是頭一遭。到目前為止，他們盲目地互相信任，然而如今在母與子之間，在她與他之間，有個東西突然變樣了。他們生平頭一次開始互相觀察，認為兩人的命運分開了，已經暗地對彼此懷著憎恨，只不過這份憎恨才剛出現，他們還不敢承認。

馬在飯店門口停下時，三個人全都鬆了一口氣。大家都覺得這趟出遊很掃興，卻沒有人敢說出口。艾德嘉最先跳下車，他母親聲稱頭痛，道了歉，急忙走上樓去。她累了，想要獨處，把艾德嘉和男爵留下。男爵付了錢給車夫，看看錶，然後朝大廳走去，沒去留意那個男孩。他從男孩身邊走過，背部優雅苗條，輕快韻律的步伐讓那男孩十分著迷，昨天還試圖模仿過他的姿態。男爵逕自走開，顯然忘了那男孩，任他站在車夫和馬旁邊，彷彿這孩子跟自己無關。

艾德嘉看著男爵這樣走過去，那個他仍舊以崇拜之心愛慕的人，心被撕成了兩半。男爵這樣走過去，連大衣都沒碰著他，一句話也沒跟他說，而他卻不知道自己做錯了什麼，一股絕望打從他心底冒出。勉強維持的鎮靜瓦解了，刻意提高的沉重自尊從他瘦削的肩膀上滑落，他又成了個孩子，跟昨天和以前一樣幼小而卑微。一股力量拉著他向前走，違反了他的意願。他踩著倉促顫抖的步伐跟在男爵身後，在男爵正要上樓時擋住他的去路。他強忍著淚，壓低了聲音說：

「我做了什麼，讓您不再理我？為什麼您現在總是這樣對待我？而媽媽也一樣？為什麼您總是想把我支開？是我令您厭煩嗎？還是我做了什麼？」

男爵嚇了一跳。那孩子的聲音令他不知所措，讓他心軟。他心裡對這個天真男孩湧起一陣同情。「小艾，你這個傻瓜！我只是今天心情不好。你是個可愛的男孩，我真的很喜歡你。」男爵一邊說，一邊用力揉他的頭髮，卻把臉半轉過去，以免看到孩子那雙含淚乞求的大眼睛。他演的這齣戲開始讓他難為情。其實他已經為自己無恥玩弄了這孩子的愛而感到羞愧，而這男孩抽噎顫抖的單薄聲音令他難過。「上樓去吧，小艾，今天晚上我們又會言歸於好了，你看著吧。」他勸慰地說。

「您不會讓媽媽馬上叫我上樓去，對不對？」

「不，不會的，小艾，我不會讓她叫你上樓。」男爵露出微笑：「現在上樓去吧，我得要換衣服去吃晚餐。」

艾德嘉走了，一時開心了一會兒，但他心裡那根槌子隨即又敲擊起來。從昨天以來，他長大了好幾歲，陌生的猜疑已穩穩坐在他童稚的胸膛上。

他等待著，這是關鍵性的考驗。他們一起坐在餐桌旁。九點了，但母親沒有叫他上床睡覺。他開始不安起來，為什麼偏偏今天她讓他在這裡待這麼久？平常她是那麼嚴格。難道是男爵向她洩露了他的要求和那番談話？他頓時十分懊悔，後悔今天滿懷信賴地追在男爵身後。十點時，他母親突然站起來向男爵道別。奇怪的是，男爵似乎一點也不納悶她要早早離開，也沒有像平常一樣試圖挽留。那柄槌子越來越激烈地敲在孩子的胸口上。

他要做個突擊測試。他也假裝什麼都不知道，沒有反駁，跟著母親朝門口走去。不過在門口時，他突然抬起眼睛向上望。果然在這一秒捕捉到一個微笑的眼神，從她直接越過他頭上投向男爵，那是個有默契的眼神，含著某種祕密。也就是說，男爵出賣了他，所以母親才會早早離席。他們今天想要安撫他，讓他有安全感，好讓他明天不再妨礙他們。

「騙子。」他喃喃地說。

「你是什麼意思？」母親問。

「沒什麼。」他從牙縫裡擠出這句話。現在他也有了一個祕密。這個祕密叫做恨，對他們兩人的極端憎恨[☆3]。

## 沉默

艾德嘉不再感到忐忑不安。他終於享有一份純粹明確的感受：憎恨和公然的敵意。由於他確知自己妨礙了他們，如今三人共處對他來說成了一種極端複雜的快感。他幸災樂禍地想著要去打攪他們，凝聚全副敵意來對付他們。他首先要給男爵一點顏色看。當男爵在早上下樓來，從他身邊經過時親切地向他打了聲招呼：「你好啊，小艾。」艾德嘉只冷冷地哼了一聲「早」，沒有抬起眼看人，繼續坐在椅子上。「媽媽已經下樓了嗎？」艾德嘉看著報紙說：

☆3
*Auch er hatte jetzt sein Geheimnis. Es hieß Hass, grenzenloser Hass gegen sie beide.*

「我不知道。」

男爵愣住了。這是怎麼回事？「沒睡好嗎，小艾？」開個玩笑一向有點幫助。但艾德嘉只是又輕蔑地丟出一句「不是」，然後再度埋頭看報。「蠢小子，」男爵嘟噥一聲，聳聳肩膀走開了。敵意已經表明。

艾德嘉也以冷淡而有禮的態度對待媽媽。她笨拙地要打發他去打網球，他冷靜地拒絕了。微笑在他唇邊淡淡浮現，由於怨恨而微微噘起，顯示出他不會再受騙。「我寧願跟你們去散步，媽媽。」他說，帶著虛偽的友善望進她眼睛裡。這個回答明顯令她為難。她猶豫著，似乎在尋找什麼。「你在這兒等我。」她終於打定了主意，然後去吃早餐。

艾德嘉等待著，但他起了疑心，一股不安的本能從那兩人的每一句話中推敲出懷有敵意的祕密企圖。如今那份疑心讓他在做決定時的洞察力特別敏銳。艾德嘉沒有遵照指示在大廳裡等候，他寧可到馬路上去盯梢，從那裡不僅能夠監視飯店大門，也能監視所有的門。他隱隱嗅到欺騙的意味，但他們別想再擺脫他。他躲在馬路上一堆木頭後面，這是他從印第安人的故事書裡學到的。在大約半小時後，他果然看見母親從側門走出來，手裡捧著一束耀眼的玫瑰，男爵跟在她身後，那個背叛者。他得意地笑了。

他們兩個看來興高采烈。莫非因為躲過了他而鬆了一口氣，只為了他們的祕密？他們有說有笑，打算走上林間小徑。

現在是時候了，艾德嘉悠閒地從木頭堆後面慢慢走出來，彷彿他湊巧走過。他朝他們走去，完全不動聲色，從容不迫地慢慢走，以便好好欣賞他們吃驚的樣子。那兩人目瞪口呆，交換了一個詫異的眼神。那孩子緩緩走近，裝出一副理所當然的樣子，一直用嘲諷的目光盯著他們。「啊，小艾，你在這兒，我們剛才在裡面到處找你。」母親終於說道。「她的謊撒得多麼不要臉呀，」孩子心想，但緊緊抿著雙唇，把憎恨的祕密藏在牙齒後面。

三個人猶豫不決地站著，一個窺伺著另一個。「那我們就走吧，」那個生氣的婦人無奈地說，手中剝掉一朵美麗玫瑰的花瓣。她的鼻翼周圍又微微抽搐，洩露出她的怒火。艾德嘉站著不動，彷彿事不關己，隨意地望向別處，等到他們走開，才去跟在他們後面。男爵再一次緩和氣氛。「今天有網球比賽，你看過網球比賽嗎？」艾德嘉只是輕蔑地看著他，根本不再回答，他只把嘴唇噘起來，像是想吹口哨。這就是他的答覆。他露出恨意的閃閃白牙。

此刻他的不請自來像個夢魘壓在那兩人身上，就像走在守衛後面囚犯，在暗中握緊了拳頭。那孩子其實什麼也沒做，卻令他們每一分鐘越來越難忍受，他那窺伺的雙眼由於強忍住的淚水而濕潤，他那神經質的悶悶不樂，把所有親近的意圖都狠狠擋開。「你走前面，」母親突然惱怒地說，由於他不斷偷聽而感到不安。「不要一直在我面前跳來跳去，讓我神經緊張！」艾德嘉聽從了，但每次走了幾步就會回頭，如果他們落在後頭，他就停下來等待，眼神就像魔鬼梅菲斯特化身的黑狗糾纏著他們，把他們纏進恨意織成的灼熱之網，他們覺得陷在網中無法逃脫。

他惡意的沉默像酸液一樣破壞了他們的好心情，他的目光敗壞了他們談話的興致。男爵再也不敢說出一句追求的話，氣憤地感覺到這女子再度從他手中溜走，由於害怕這煩人、討厭的孩子，她那好不容易被點燃的熱情此刻再度冷卻。他們一再設法交談，可是對話一再瓦解。最後三個人都沉默不語，慢慢地走在路上，只聽見樹木相碰發出的低語，還有自己懊惱的腳步聲。那孩子扼殺了他們的談話。

此刻三個人心中都激起了敵意。被背叛的孩子痛快地察覺到，他們堆積的怒氣無力抵禦他不受重視的存在。偶爾他眨著眼睛，用嘲諷的視線掃過男爵惱怒的臉。他看見男爵咬牙切齒地想咒罵，卻必須忍住，以免得吐出髒話來；他也懷著惡魔般的樂趣察覺他母親的怒火漸漸上升。他看出他們兩個巴不得能有個理由朝他猛撲過來，把他推開，或是讓他不再成為阻礙。但他沒給他們機會，他的憎恨經過長時間的算計，不露出任何破綻。

「我們回去吧！」母親突然說。她覺得再也忍不住了，非做點什麼不可，在這番折磨之下至少叫喊出來。「真可惜，」艾德嘉平靜地說：「風景這麼美。」

兩個人都察覺這個孩子在嘲諷他們，卻什麼也不敢說。這個小暴君在兩天內把自制學得異常出色，臉上沒有一絲抽動洩露出尖銳的諷刺。他們無言地走完漫長的歸途。當母子兩人共處在房間裡，她的惱怒依然未平復。她生氣地扔開陽傘和手套，艾德嘉立刻察覺她情緒激動，想要發洩，而他想要她發怒，故意留在房間裡刺激她。她來回踱步，又再坐下，手指敲打著桌面，然後又跳起來。「看你的頭髮有多亂，看你這樣髒兮兮地走來走去！在別人面前真是丟臉。以你的年紀，你不覺得慚愧嗎？」那孩子沒有回嘴，走過去梳梳頭髮。這份沉默，這份倔強、冷冷的沉默加上嘴唇嘲諷的顫動，令她怒不可遏，恨不得揍他一頓。「回你房間去。」她對著他吼，再也忍受不了他在場。艾德嘉微微一笑，走開了。

看他們如今在他面前顫抖，看男爵和她害怕跟他在一起的每一刻，害怕他雙眼無情的盯梢！他們越不自在，他就越發沾沾自喜，兩眼發亮，他的愉悅就越發帶著挑釁。如今艾德嘉用小孩子的全副殘忍折磨著兩個無力抵抗的人，那種殘忍幾乎帶著獸性。男爵尚且能夠抑制怒氣，因為他仍舊希望能夠左右這個男孩，一心只想達到自己的目的。但他母親則越來越控制不了自己，朝他大吼能令她輕鬆一些。「不要玩叉子，」她在餐桌上斥責他：「你是個沒規矩的小鬼頭，根本還不配跟大人坐在一起。」艾德嘉總是只露出笑容，微笑著，把頭微微偏向一邊。他知道這吼叫是種絕望，為他們如此沉不住氣而感到自豪。現在他的眼神十分冷靜，冷靜得像個醫生。從前他也許會使壞去惹她生氣，但是人在憎恨中學得又多又快。如今他只是保持沉默，沉默再沉默，直到她在他沉默的壓力下開始尖叫☆4。

他母親再也受不了。當她用完餐後站起來，艾德嘉帶著理所當然的忠誠又想跟在後面，她突然發火了。她忘了所有的顧忌，吐出了真相。他這樣鬼鬼祟祟在場令她難受，她反抗了，像匹被蒼蠅折磨的馬縱身騰躍。「你為什麼像個三歲小孩一樣跟著我？我不希望你再待在我身邊。小孩子不應該跟大人在一起。記住這一點！自己去玩一個鐘頭，去看書，還是做點什麼，隨你高興。不要來煩我！你老在我身邊晃來晃去，你惹人厭的壞情緒令我心煩氣躁。」

他總算讓她說出真心話了！男爵和她此刻看起來很尷尬，艾德嘉卻露出微笑。她轉過身去想要走開，氣自己向那孩子承認了她的不自在。但艾德嘉只是冷淡地說：「爸爸不希望我自己一個人在這裡到處走。爸爸要我答應他我會小心，會待在妳身邊。」

☆4
*Früher wäre er vielleicht boshaft gewesen, um sie zu ärgern, aber man lernt viel und rasch im Hass. Jetzt schwieg er nur, schwieg und schwieg, bis sie zu schreien begann unter dem Druck seines Schweigens.*

他強調「爸爸」這個字眼，因為他察覺到這個字眼能令他們兩個癱瘓。他父親想必也被捲入這個炙熱的祕密中。爸爸想必具有能支配他們的神祕未知力量，因為單是提起父親，似乎就令他們感到害怕而不自在。這一次他們也沒有反駁。他們認輸了。母親往前走，男爵和她同行，艾德嘉跟在他們身後，但並非恭順地像個僕人，而是像個冷酷無情的獄卒。他搖響了那條無形的鎖鍊，他們搖撼著這條鎖鍊，卻無法掙斷。憎恨鍛鍊這個孩子的力量，他這個無知的人，比兩個被祕密綁住雙手的人都更強大[☆5]。

## 說謊者

然而時間緊迫，男爵只剩下幾天時間了，得要好好利用。他倆感覺到這個孩子在鬧彆扭，要對抗他的固執不會有結果，於是採取了卑鄙的最後手段：逃走，只求能躲開他的專制一、兩個鐘頭也好。

「把這些信拿到郵局去寄，要寄掛號。」母親對艾德嘉說。母子倆站在大廳裡，男爵在外面跟一輛出租馬車的車夫講話。

艾德嘉猜疑地接過那兩封信。先前他注意到有個僕人捎了個消息給母親，難道到頭來他們竟打算聯合起來對付他嗎？

他猶豫著。「妳要在哪裡等我？」

「在這裡。」

☆5
*Der Hass hatte seine kindischer Kraft gestählt, er, der Unwissende, war stärker als sie beide, denen das Geheimnis die Hände band.*

「一定會等？」

「對。」

「那妳可不許走開！妳會在大廳等我回來？」他自覺占了上風，跟母親說起話來已經像在發號施令。從前天以來，事情有了很大的改變。

然後他拿著那兩封信走了。在門口他碰見男爵，兩天以來頭一次對他說話。

「我只是去寄兩封信，媽媽會等我回來。請您不要先走。」

男爵很快地從他身邊擠過去。「好，好，我們會等你。」

艾德嘉衝到郵局去。他必須等待，前面一位先生問了一大堆無聊的問題。最後他總算完成任務，立刻拿著收據跑回去，剛好看見他母親和男爵搭乘出租馬車離開了。

他氣得呆住了，差點要彎下腰拾起一塊石頭朝他們扔過去。他們終於還是擺脫了他，卻用了一個多麼卑鄙可惡的謊話！他從昨天起就知道母親會撒謊，可是她居然能這樣不要臉地公然說話不算話，這撕毀了他最後一絲信賴。他原以為話語背後是真相，自從他看見這些話語只是彩色的泡泡，吹脹之後破裂，化為烏有，他不再了解整個世界。竟然讓大人對他這個小孩子撒謊，像罪犯一樣偷偷溜走，那到底是個多麼可怕的祕密？在他讀過的書裡，為了贏得金錢、權力或王國，那些人會謀殺和欺騙。他們兩個又是為了什麼？他們想做什麼？為什麼要躲開他？他們說了那麼多謊話是想遮掩什麼？他絞盡腦汁，隱隱感覺到這個祕密是童年的門閂，奪獲這個祕密就意味著長大成人，終於成為一個男人。噢，他真想了解這個祕密！但他無法再清楚思考。他氣他們擺脫了他，這份怒火熊熊燃燒，煙霧遮蔽了他的視線。

他跑進樹林裡，剛好還來得及躲進黑暗中，在沒人看得見的地方，他的情緒爆發了，化為奔流的熱淚。「說謊的傢伙，狗東西，騙子，壞蛋！」他必須把這些字眼大聲喊出來，否則他會窒息。這幾天來的憤怒、焦躁、生氣、好奇、無助和背叛，在稚氣的對抗和自以為長大了的幻想中被壓抑下來，這時從胸中爆發，變成了眼淚。這是他童年最後一次哭泣，最後一次嚎啕大哭，最後一次像個女孩子一樣縱情享受流淚的快感。在這一刻，在不知所措的憤怒中，他把一切都哭了出來，信賴、愛、信任、尊敬——他的全部童年。

之後回到飯店的那個男孩不再是同一個人。他冷漠，行動審慎，先回到自己房間，好好洗了臉和眼睛，免得讓那兩個人得意地看見他流淚的痕跡。然後他準備報復，耐心地等待，沒有一點焦躁不安。

載著那兩名逃亡者的馬車重返門外，那時大廳裡有不少人。幾位男士在下棋，另一些人在看報，女士們在聊天。那個孩子坐在這群人中間一動也不動，臉色有點蒼白，目光顫抖。此刻他母親和男爵進門時突然看見他，感到有點難堪，結結巴巴地正想說出事先預備好的藉口，他挺起身子冷靜地朝他們走過去，挑釁地說：「男爵先生，我有話想對您說。」

男爵感到不自在，覺得自己好像被逮住了。「好的，好的，待會兒，馬上！」

可是艾德嘉提高了嗓門，讓周圍的人都能聽見，洪亮而犀利地說：「可是我現在就想跟您說話。您的行為很卑鄙，您對我說謊。您明明曉得我媽媽在等我，卻……」

「艾德嘉！」母親大喊，看見所有視線都投向她，她朝他衝過去。

然而那孩子看出她想用叫喊蓋過他說的話，此刻突然刺耳地放聲尖叫：

「我當著大家的面再跟您說一次。您無恥地撒了謊，那很卑鄙，很過分。」

男爵臉色蒼白地站在那裡。大家注視著他，有幾個人露出了微笑。

母親抓住那激動得發抖的孩子。「馬上回你房間去，不然我在這裡當著大家的面揍你。」她結結巴巴地說，聲音沙啞。

艾德嘉已經再度冷靜下來，後悔自己剛才這麼激動。他不滿意自己，因為他本來想要冷冷地向男爵挑戰，然而怒氣卻勝過了他的意志。他不慌不忙，冷靜地轉身走向樓梯。

「男爵先生，請原諒他的無禮。您曉得的，他是個神經質的孩子。」她還結結巴巴地說了這幾句，周遭的人有點幸災樂禍地盯著她，令她心慌意亂。世上最可怕的事對她來說莫過於醜聞，而她知道此刻必須要保持鎮靜。她並沒有馬上逃開，而是先走到門房去詢問有無信件，還另外問了一些無關緊要的事，之後才快步上樓，彷彿什麼事都不曾發生。但是在她身後留下一陣輕聲低語，是眾人的竊竊私語和壓低的笑聲。

途中她放慢了腳步。碰到嚴重的情況她向來都不知所措，害怕面對這場衝突。她無法否認自己有錯，而且她害怕這孩子的眼神，這道陌生的眼神如此不尋常，令她癱瘓不安。出於恐懼，她決定擺出寬容的態度來化解衝突。因為她明白，這個被激怒的孩子現在是這場戰爭中較強的一方。

她輕輕把門打開。男孩坐在那兒，平靜而冷漠。他抬起眼睛來看她，那雙眼睛毫無畏懼，甚至沒有流露出好奇。他看起來十分篤定。

「艾德嘉，」她盡可能用慈愛的口吻說話，「你是怎麼回事？我為了你而感到羞愧。你怎麼能這麼無禮？身為小孩尤其不能這樣對大人講話！你要馬上去跟男爵先生道歉。」

艾德嘉望出窗外，那一聲「不要」彷彿是對著樹木說的。

他的沉著令她詫異。

「艾德嘉，你是怎麼回事？你跟平常完全不一樣了？我根本不懂你了。你以前向來是個聰明乖巧的孩子，跟你可以好好說話。突然之間你變成這副舉止，好像魔鬼附身似的。你對男爵有什麼不滿？你本來不是很喜歡他嗎？他對你一直那麼好。」

「沒錯，因為他想要認識妳。」

她覺得不自在。「胡說！你想到哪裡去了。怎麼能這麼想？」

可是那孩子突然發怒了。

「他是個說謊的傢伙，一個虛偽的人。他做的事自私自利又卑鄙。他想要認識妳，所以對我和藹可親，答應送我一條狗。我不知道他答應了妳什麼，也不知道他為什麼對妳和藹可親，但是他也想從妳這裡得到什麼，媽媽，肯定是這樣。要不然他不會這麼有禮貌，這麼和氣。他是個壞人，他說謊。妳只要看看他，他的眼神總是那麼狡猾。噢，我討厭他，這個可惡的騙子，這個壞蛋……」

「可是艾德嘉，你怎麼能說這種話。」她心慌意亂，不知道該怎麼回答。她心中湧起一種感覺，覺得這孩子說的沒錯。

「沒錯，他是個壞蛋，這一點誰也勸不了我。妳自己應該也看得出來。他為什麼怕我？為什麼在我面前躲藏？因為他知道我看穿了他，知道我了解他，這個壞蛋！」

「你怎麼能這麼說，怎麼能這麼說。」她的大腦一片空白，只有失去血色的嘴唇一再結結巴巴地吐出這兩句話。此刻她突然感到一股極大的恐懼，她不曉得自己是怕那個男爵，還是怕這個孩子。

艾德嘉看出他的警告起了作用。他很想把她拉到自己的陣營來，在對男爵的憎恨和敵意中有個同志。他溫柔地朝母親走過去，抱住她，聲音由於激動而變得刻意討好。

「媽媽，」他說：「妳自己應該也看得出來，他沒懷好心眼。他讓妳完全變了一個人。是妳變了，不是我。他挑撥妳來討厭我，只為了單獨跟妳在一起。他肯定是想欺騙妳。我不知道他答應了妳什麼，我只知道他不會遵守諾言。妳應該要當心他。會對人說謊的人，也會對另一個人說謊。他是個壞人，不應該信賴他。」

這柔和、近乎帶淚的聲音彷彿發自她自己的內心。從昨天以來，她心裡就漸漸有一種不舒服的感覺，向她說著同樣的話，而且越來越急迫。然而她不好意思承認自己的孩子是對的。就跟許多人一樣，她用生硬的措辭來逃避難以承受的尷尬。她挺起了身子。

「這種事小孩子不懂，你不該插嘴管這些事，只需要守規矩就好。」

艾德嘉的臉又冷冷地僵住了。「隨便妳，」他強硬地說：「反正我提醒過妳了。」

「你是不打算道歉了？」

「對。」

他們僵持地對峙。她覺得這涉及她的權威。

「那你就自己一個人在樓上吃飯。在你沒有道歉之前，不准跟我們同桌用餐。我要教會你懂得禮貌。不准離開房間，直到我允許你離開。聽懂了嗎？」

艾德嘉露出微笑，這抹狡猾的微笑似乎已經長在他的嘴上。他在心裡生自己的氣，他那樣做是多麼愚蠢呀，竟然再一次洩露了心事，還想去提醒這個說謊的女人。

母親快步走出去，沒有再看他一眼。她害怕這雙銳利的眼睛。這孩子變了，讓她感到不自在，自從她覺得他看清一切，並且對她說出她不想知道也不想聽的話。她聽見自己內心的聲音，她的良知從身上脫離，扮成自己的小孩走來走去，告誡她，嘲諷她，她覺得這非常可怕。在這之前，這孩子一直待在她身邊，是件裝飾品，是件玩具，一件親暱可愛的東西，有時候也許是個負擔，但一向與她的生活有相同的節奏，順著同一股浪潮前進。今天他頭一次起而抗拒，違抗她的意志。如今想起她的孩子，思緒裡總是摻雜著憎恨。

儘管如此，當她有點疲倦地走下樓，那童稚的聲音卻從自己胸中響起。「妳應該要當心他。」她無法讓這警告安靜下來。此時一面鏡子在她經過時對著她發出光亮，她疑惑地看進鏡子裡，看得越來越深，直到鏡中的雙唇微微露出笑容，噘成圓形，像是要說出一個危險的字眼。那聲音仍舊從內心響起，但她聳聳肩，彷彿把這些無形的疑慮全都抖落，目光明亮地望向鏡子，拉起衣裙走下樓去，猶如孤注一擲的賭徒，把最後一枚金幣叮咚一聲扔到賭桌上。

## 月光下的蹤跡

服務生替被禁足的艾德嘉送了飯來，隨後鎖上了房門。上鎖的聲音在他身後喀嚓一聲響起。這孩子氣壞了，這顯然是他母親交代的，把他當成凶惡的野獸關起來。他心中響起疑慮。

「我被關在這裡的時候，樓下會發生什麼事？他們兩個現在會商量些什麼？難道那件祕密的事情正在上演，而我卻不得不錯過？噢，這個祕密，我走到哪裡都時時刻刻感覺到的祕密，當我跟大人在一起，這個祕密讓他們在夜裡鎖上房門，讓他們在我突然走進去時壓低了談話聲音，這個大祕密這幾天來跟我這麼接近，伸手可及，我卻始終抓不到！為了解開這個祕密，我做了那麼多努力！我曾經偷爸爸書桌上的書來讀，那裡面有好多奇怪的東西，可是我看不懂。那上頭一定有個封印，要想找到那個祕密，必須先揭開這個封印，這封印也許在我身上，也許在其他人身上。我問過女傭，央求她解釋書中那些部分給我聽，但她卻嘲笑我。當個小孩真可悲，充滿了好奇心，卻不准向任何人發問，在大人面前永遠顯得可笑，彷彿自己很笨或是沒有用處。但是我會曉得這個祕密的，我感覺得到如今我很快就會知道。一部分祕密已經在我手中，而在我得到全部祕密之前，絕不罷手！」

他豎耳傾聽，看是否有人來。外面吹起一陣微風，穿過樹木，把凝結如鏡的月光在枝椏之間吹破成千百個搖晃的碎片。

「他們兩個想做的肯定不是什麼好事，否則他們不會編出這麼可悲的謊話來把我支開。他們現在一定在嘲笑我，這兩個可惡的人，笑他們終於擺脫了我，可是最後笑的人會是我。我真笨，讓自己被關在這裡，給了他們一刻自由，不能黏在他們身邊，監視他們的一舉一動。我知道大人總是粗心大意，而他們也會露出馬腳。他們總以為我們還小，夜裡總是在睡覺，他們忘了我們也可以一邊裝睡一邊偷聽，可以裝傻但其實很聰明。最近阿姨生了一個孩子，他們事先早就知道了，只是在我面前假裝吃驚，彷彿他們很意外。可是我也曉得，因為我在幾個星期前的晚上聽見他們在談話，當時他們以為我睡著了。這一次，我也要讓他們吃驚，這些卑鄙的人。噢，假如我能穿過這扇門去偷看，趁他們自以為很安全的時候去偷偷觀察他們。也許我現在該按鈴，那麼女僕就會過來，把門鎖打開，問我要什麼。我也可以用力敲門，還是把餐具砸碎，那麼他們也會把門鎖打開，我就可以趁這一秒溜出去窺視他們。可是不行，我不想這麼做。我不希望任何人看見他們用多麼卑鄙的方式待我，這會傷了我的自尊心。明天再去報復。」

下面傳來一個女子的笑聲。艾德嘉嚇了一跳，那有可能是他母親。她有理由笑，笑他這個無助的小孩，在他成了累贅的時候可以在他身後轉動鑰匙把門鎖上，可以把他像捆濕衣服一樣扔進角落。他小心翼翼地探出窗外。不，那不是她，是幾個興高采烈的陌生女孩在逗弄一個男孩。

就在這一刻，他察覺窗戶距離地面其實沒有多高。一個念頭隨即不知不覺浮現：跳出去，就是現在，趁他們自以為很安全的時候去窺視他們。這個決定令他高興得全身發熱。他覺得這樣做彷彿就能把童年那個閃爍的大祕密抓在手裡。「跳出去，跳出去。」他心中顫抖。那並不危險，沒有人經過，他隨即跳了下去。石子路上一聲輕響，沒有人聽見。

在這兩天裡，偷偷走近和暗中窺伺已經成了他生活中的樂趣。而此刻，他放輕腳步，躡手躡腳地繞著飯店走，細心避開強烈反射的燈光，他感覺到快感裡面摻雜了一絲害怕的戰慄。他首先小心地把臉頰貼在窗玻璃上，朝餐廳裡望進去。他們平常坐的位子上沒有人。於是他繼續窺視，從一扇窗到另一扇窗。他不敢走進飯店，擔心會在走道之間意外撞見他們。到處都看不見他們，正感到絕望之際，他看見從門裡出現兩個影子，他趕緊往後退，躲進黑暗中，看見母親和她如今少不了的陪伴者走出來。也就是說，他剛好及時趕到。他們在說什麼？他聽不明白。他們說話很小聲，而風又太過不安地在樹木間呼呼作響。不過，此刻一陣笑聲清晰地傳過來，是他母親的聲音。他根本不曾聽過她這樣笑，一種異樣尖銳、彷彿被搔了癢、激動不安的笑聲，讓他覺得陌生，令他吃驚。她在笑，所以他們瞞著他的不是什麼危險的事，不是什麼大不了的事。艾德嘉有點失望。

可是他們為什麼離開飯店？此刻在黑夜中他們兩個要上哪裡去？夜風在高空上以巨大的羽翼拂過，方才還有皎潔月光的純淨天空此刻暗了下來。一隻看不見的手扔出黑布，偶爾裹住了月亮，黑夜變得如此濃密，幾乎連路也看不見，等到月亮掙脫開來，隨即便又閃閃發亮。銀光冷冷地在大地上流淌，光與影的變化神祕而誘人，有如女子玩著裸露與遮掩的遊戲。此刻，這片大地剛又裸露出發亮的胴體：艾德嘉看見斜前方路上有兩個移動的身影，或者該說是一個身影，因為他們緊緊挨近地走著，彷彿有一股內心恐懼讓他們緊緊相依。可是他們兩個現在要去哪裡？赤松林咿咿呀呀地呻吟，樹林裡有股陰森的騷動，彷彿狂野的狩獵在林裡奔騰。「我去跟著他們，」艾德嘉心想，「風和樹林這樣作響，他們聽不見我的腳步聲。」當下面那兩個人走在寬闊明亮的道路上，他在上方的樹叢裡從一棵樹躍向另一棵樹，悄悄地從一片陰影移動到另一片陰影中。他緊緊跟著，感謝那風讓人聽不見他的腳步聲，也咒罵那風，因為風老是把兩人的話語吹向遠方。假如他能聽見他們的談話，只要一次，他深信自己就能掌握那個祕密。

下方那兩個人渾然不覺地走著。他們感到獨處的幸福，在遼闊迷離的夜色裡，沉浸在逐漸升高的興奮中。沒有預感向他們示警，提醒在上方枝椏茂密的暗處有人步步跟蹤著，有一雙眼睛懷著全副的憎恨和好奇緊緊攫住他們。他們突然停下腳步，艾德嘉也立刻停下來，緊緊貼著一棵樹。一陣強烈的恐懼向他襲來。要是他們現在掉頭，趕在他之前回到飯店，要是他無法逃回房間，而母親發現房間裡是空的？那就一切都完了，他們就會知道他在暗中窺伺，而他就永遠別再想要從他們身上挖出那個祕密。但是那兩個人猶豫不決，顯然是意見不同。幸好這時有月光，他能清楚地看見一切。男爵指著一條黑暗狹窄的小路，通往山谷，那兒的月光不像在大路上這樣大片飽滿地流動，只是一滴滴、偶爾成束地從灌木叢中滲出來。「為什麼他想要從那兒往下走？」艾德嘉心裡一驚。他母親似乎在說「不」，可是另外那人在勸她。從那人的手勢和姿態，艾德嘉能察覺他說得多麼迫切。這孩子害怕起來。這個人想對他母親做什麼？這個壞蛋為什麼想把她拖進黑暗中？鮮活的記憶從他讀過的書裡冒出來，關於謀殺和綁架，關於恐怖的犯罪，那些書對他來說就是整個世界。沒錯，他想要謀殺她，所以才要把艾德嘉支開，把她單獨引到這裡來。他該大聲呼救嗎？凶手！這聲呼喊已經在喉頭，但是嘴唇太乾，發不出聲音來。他的神經由於激動而緊繃，他差點站不穩，在驚嚇中伸手想要尋找支撐，這時一根樹枝在他手下發出喀嚓一響。

那兩個人嚇了一跳，轉過身來，向黑暗中凝視。艾德嘉無聲地靠在樹上，雙臂緊貼身體，把小小的身子縮進陰影深處。四下仍是一片死寂，然而他們似乎被嚇到了。「我們回去吧。」他聽見他母親說，那話從她唇邊害怕地吐出。男爵顯然也感到不安，便同意了。兩人緊緊依偎著緩緩往回走。他們內心的侷促是艾德嘉的幸運。他手腳並用趴在樹叢下方，爬到樹林轉彎處，雙手都磨出血來，從那裡他開始全速奔跑，跑得上氣不接下氣，一直跑到飯店，三兩下就衝上樓去。幸好，把他鎖在房間裡的那把鑰匙還插在門上，他轉動鑰匙，衝進房間裡，隨即上了床。他必須休息幾分鐘，因為他的心臟在胸中劇烈跳動，就像鐘舌撞上正打響的鐘壁。

然後他才敢下床，倚在窗邊等待他們回來。時間過了很久，他們想必走得很慢很慢。他小心翼翼地從被陰影遮住的窗框偷偷望出去，此刻他們慢慢走過來，月光灑在他們的衣服上。在泛綠的光線中，他們看起來宛如鬼魂，而那股甜蜜的恐懼再度向他襲來，是否那果真是個凶手？他在場阻止了多麼可怕的事件？他清楚看見兩張又白又亮的臉，在他母親臉上有股陶醉，男爵則顯得冷硬而懊惱，顯然是因為他沒有達到目的。

他們已經很接近了。直到快到飯店前面，他們的身影才分開來。他們會向上看嗎？不，誰也沒有向上看。「他們把我忘了。」男孩心想，懷著強烈憤怒並且暗暗得意，「可是我沒有忘了你們。你們大概以為我在睡覺，以為我不在這個世界上，但是你們會發現自己錯了。我會監視你們的每一步，直到我從那個壞蛋身上挖出那個祕密，那個讓我睡不著的可怕祕密。我會毀掉你們的聯盟。我不睡。」

那兩人緩緩走進門裡。此刻他們一前一後地走進飯店，有一瞬間，投在地上的身影再度互相擁抱，他們的影子合成一條黑色長影進入被照亮的門。接著門前那塊地方在月光中再度白閃閃的，像一片遼闊的雪地。

## 偷襲

艾德嘉喘著氣從窗邊退回來。這份恐懼撼動了他，在他一生中還從未如此接近這般神祕的事。那個騷動不安、冒險刺激的世界，書裡面謀殺和詐騙的世界，從前在他看來一向屬於童話天地，緊挨著夢想，不真實且無法觸及。現在他卻似乎突然墜入這個可怕的世界，這出乎意料的接觸深深撼動了他。這人是誰？這個突然闖入他們平靜生活的神祕人？他果真是個凶手嗎？總是在尋找偏僻的地方，想把他母親拖到暗處去？可怕的事似乎就要發生，他不知道該怎麼辦。明天他想給父親寫封信或是拍個電報，這一點他很確定。可是事情難道不是仍然可能在此刻發生嗎？就在今天晚上？畢竟母親還沒有回房間，她還跟這個可恨的陌生人在一起。

房間有兩道門，外面那道容易晃動的門糊上了壁紙的顏色，在裡外兩道門之間有一個狹窄的空間，不比衣櫥裡面的空間大。他擠進這片窄窄的黑暗中埋伏著，等候她的腳步聲，因為他下定決心一刻也不要讓她落單。此時接近午夜，走道上空無一人，只有一盞燈微微亮著。

終於——他覺得那幾分鐘無比漫長——他聽見走上來的謹慎腳步聲。他緊張地豎耳傾聽，那不是想直接回房時那種迅速的大步前進，而是拖著走、放得很慢的躊躇腳步，像是走在一條艱難陡峭的上坡路上，其間一再停下，伴隨著輕聲細語。艾德嘉激動得發抖，難道到頭來竟是他們兩個人嗎？他還一直在她身邊？那陣低語太遠了，那腳步聲卻越來越靠近，儘管仍帶著躊躇。此刻他突然聽見男爵可恨的聲音沙啞地輕輕說些什麼，他沒有聽明白，他母親急急抗拒的聲音隨即響起：「不，今天不要！」

艾德嘉在顫抖。他們更接近了，他必須聽見一切。不管那腳步再怎麼輕，朝他走過來的每一步都令他胸口作疼。這個可恨之人殷殷追求的噁心聲音在他聽來是多麼下流！「別這麼無情，您今晚是這麼美。」另一個聲音又再響起：「不，我不可以，我不能，放開我。」

他母親的聲音含著那麼多恐懼，讓這孩子驚慌起來。他到底還想把她怎麼樣？她為什麼害怕？他們越來越接近了，此刻想必已經在他門口。他就站在他們後面，只隔著一點點距離，顫抖著，別人看不見他，在相隔一個巴掌的距離外，只被門的薄薄布面保護著。聲音現在近得能聽見呼吸。

「來吧，瑪蒂妲，來吧！」他又聽見他母親在嘆息，現在弱了些，漸漸地放鬆抗拒。

可是這是怎麼回事？他們在黑暗中繼續往前走。他母親沒有走進她的房間，而是從她房間旁邊走了過去！他要把她拖到哪裡去？為什麼她不再說話？是他在她嘴裡塞了東西，堵住了她的嘴嗎？還是掐住了她的咽喉？這些念頭令他發狂。他用顫抖的手把門推開一些，看見那兩個人在光線黯淡的走道上。男爵用手臂環住他母親的臀部，輕輕地帶她往前走，她看來已經讓步了。此刻男爵停在他的房門口。「他想把她拖進去，」那孩子驚慌起來，「現在他要做那件可怕的事。」

他猛一下把門摔上，衝了出去，追在那兩人後面。他母親喊了起來，感覺到有個東西突然從黑暗中朝她撲過來，她似乎就要暈倒，被男爵勉強扶著。就在這一剎那，男爵感覺到一隻弱小的拳頭打中他的臉，把他的嘴唇重重打在牙齒上，感覺到有個東西像貓一樣緊緊抓住他的身體。他鬆開受驚的她，她迅速逃開，而他盲目地出拳回擊，根本不知道是在跟誰對抗。

那孩子知道自己是較弱的一方，但他不屈服。這一刻終於來臨，他渴望多時的這一刻，把遭到背叛的愛、積壓的恨全都猛烈發洩出來。他伸出小小的拳頭盲目地捶過去，在激烈失控的怒氣中咬緊了嘴唇。男爵此時認出了他，對這個鬼鬼祟祟的密探也充滿憎恨，這個密探幾天來敗壞他的興致，破壞他的計畫。男爵不客氣地回擊，打到哪裡算哪裡。艾德嘉發出呻吟，卻不放鬆，也不呼救。他們在午夜的走道上無言而憤怒地扭打了一分鐘。男爵漸漸意識到和一個尚未長大的男孩打鬥太過可笑，於是緊緊抓住他，想把他甩開。然而那個孩子感覺到自己的肌肉漸漸無力，知道在下一秒鐘自己會被擊敗，被痛揍，於是在狂怒中朝那隻強壯有力的手咬下去，那隻想抓住他後頸的手。被咬的人忍不住暗暗叫了一聲，鬆開手，孩子就趁著這一秒逃回房間裡，把門閂推上。

這場午夜打鬥只持續了一分鐘，左右兩邊都無人聽見。一切都靜悄悄的，似乎沉浸在睡眠中。男爵用手帕去擦手上的血，不安地朝黑暗中張望。沒有人在偷聽，只有上方還閃著最後一線燈光，他覺得那像是嘲諷。

## 暴風雨

「那是一場夢嗎？一場危險的惡夢？」次日早晨艾德嘉從混亂的恐懼中醒來，他這麼自問。他頭髮散亂，腦袋嗡嗡作痛，關節僵硬。而此刻，當他向下看著自己，他驚慌地察覺他還穿著白天的衣服。他跳起來，踉踉蹌蹌地走到鏡子前，他那張臉蒼白扭曲，額頭上一道紅腫的傷痕，讓他戰慄地倒退一步。他吃力地整理思緒，這會兒害怕地回想起一切，想起夜裡在外面走道上的打鬥，想起他衝回房間，然後發熱顫抖地跳上床，還穿著衣服，準備好要逃跑。他想必是在床上睡著了，墜入那深沉陰鬱的睡眠，在睡夢中一切又重新發生，只是變了樣子，而且變得更可怕，帶著鮮血流淌的濡濕氣味。

下面的石子路上響起唧唧嘎嘎的腳步聲，說話聲像看不見的鳥兒一樣飄上來，陽光深深地照進房間裡。上午想必已經過了大半，可是他驚慌地去看時鐘，時間卻還指著午夜，昨天他在激動中忘了上發條。無法確定時間，懸在時間某處，這令他不安，這份不安由於無法確知究竟發生了什麼事而更加強烈。他匆匆整理了一下儀容，走下樓去，心中忐忑，懷著些微的罪惡感。

在早餐室裡，他媽媽獨自坐在平常坐的那張桌子旁。他的敵人不在，這讓艾德嘉鬆了一口氣，不必看見那張可恨的臉，昨天他在怒氣中出拳擊中的那張臉。然而此刻走近那張桌子，他感到惴惴不安。

「早安。」他打了招呼。

他母親沒有回答。她甚至沒有抬起眼睛，而是用異樣呆滯的瞳孔注視著遠方景色。她看起來很蒼白，有一點黑眼圈，鼻翼周圍不安地抽動，明顯流露出激動。艾德嘉咬住了嘴唇，這份沉默令他迷惑。他其實不知道昨天他是否重重地傷了男爵，也不知道她到底是不是知道夜裡這場衝突。這份不確定折磨著他。但她的表情始終僵硬，他根本沒嘗試抬起眼睛去看她，擔心她此刻垂下的眼睛會突然從眼簾後面跳出來，抓住他。他變得十分安靜，不敢弄出半點聲響，小心翼翼地把杯子舉起來，又再放回去，偷偷瞄向他母親的手指，那手指神經質地玩弄著湯匙，蜷曲起來的手指似乎洩露出隱藏的怒氣。他就這樣坐了十五分鐘，隱隱感覺到有事情就要發生，但卻沒有發生。母親沒有說一句話來解救他，一個字也沒說。當他母親站起來，仍然對他視而不見，他不知道自己該做什麼，是要獨自繼續坐在這桌邊？還是跟著她？最後他終於還是站了起來，卑微地走在故意忽視他的母親後面，同時覺得自己這樣跟著是多麼可笑。他的腳步越來越小，跟在她身後離得越來越遠，她沒有理會他，走進了她的房間。等到艾德嘉終於跟上來，面對的是一扇緊閉的門。

發生了什麼事？他不再明白。昨天那份篤定的自信離開了他，難道到頭來，昨天那番偷襲竟做錯了嗎？他們正準備懲罰他，或是要給他一番新的屈辱？某件事情必然會發生，他感覺得到，某件可怕的事想必很快就會發生。在他們之間是暴風雨來臨前的鬱悶，兩個滿載電荷的電極必須要在閃電中釋放電壓。在四個寂寞的小時裡，他拖著這份預感的負擔走來走去，從一個房間走到另一個房間，直到他瘦削的後頸被無形的重量壓垮。他在中午走到餐桌旁的時候，已經完全屈服了。

「日安。」他又說。他必須要撕破這份沉默，這份咄咄逼人的沉默像片烏雲懸在他頭上。母親還是沒有回答，她又對他視而不見。此刻艾德嘉懷著一份新的驚慌，感覺到自己面對一份深沉、積累的怒氣，他這一生裡還不曾見識過的。到目前為止，他們母子的爭吵向來只是由於心情煩躁而爆發的怒氣，並不傷感情，在撫慰的微笑中很快就煙消雲散。然而這一次，他感覺到他挑起了她本質最深處一種強烈的情感，對這股不慎招來的巨大力量感到驚慌。他幾乎食不下嚥，某種乾乾的東西在他喉嚨裡膨脹起來，幾乎要令他窒息。他母親似乎絲毫沒有察覺這一切。不過，此刻她站起來，像是不經意地轉過身來說：

「你待會兒上來，艾德嘉，我有話跟你說。」

這話聽起來並不咄咄逼人，卻十分冰冷，讓艾德嘉戰慄地感覺到這些話語，彷彿有人突然把一條鐵鍊拴在他脖子上。他的倔強被踩扁了。沉默地，像隻挨揍的狗，他隨著母親上樓進了房間。

她沉默了幾分鐘，延長他所受的折磨。在這幾分鐘裡，他聽見時鐘敲響，聽見外面有個孩子在笑，聽見自己的一顆心敲擊著胸膛。不過，她心裡想必也十分沒有把握，因為此刻她跟他說話時沒有看著他，而是背對著他。

「我不想再談起你昨天的行為。那太不像話，這會兒想起來都讓我覺得丟臉。後果得歸咎於你自己。現在我只想告訴你，那是你最後一次准許單獨跟成年人在一起。我剛剛寫了信給你爸爸，讓他替你請個家庭教師，或是把你送進寄宿學校，好學點規矩。我不想再為了你生氣。」

艾德嘉垂著頭站在那兒。他感覺得出這只是段開場白，只是個恫嚇，忐忑不安地等待母親說到正題。

「現在你要馬上向男爵道歉。」

艾德嘉嚇了一跳，但她繼續往下說。

「男爵今天啟程離開了，你要寫封信給他，內容由我來唸，你照著寫。」

艾德嘉又動了一下，但他母親很堅定。

「不准頂嘴。紙和墨水在這裡，你坐下來。」

艾德嘉望向他母親，她的雙眼由於心意已決而變得冷硬。他從不曾見過母親這樣強硬而冷靜。他害怕起來，坐下了，拿起筆，卻把臉深深埋在桌上。

「上面寫下日期。寫好了嗎？稱謂之前空一行。這樣寫！敬愛的男爵先生！加驚嘆號！下面再空一行。我剛剛很遺憾地得知——你寫好了嗎？——很遺憾地得知，您已經離開了森梅林——森梅林的拼法有兩個m——所以我必須藉由寫信來代替我本來打算當面做的事，也就是——寫快一點，字沒必要寫得太漂亮！——請您原諒我昨天的行為。如同我媽媽對您說過的，我才剛從一場重病康復，很容易受到刺激，所以常會把事情看得太嚴重了，下一刻就感到後悔……」

伏在桌上的背直了起來。艾德嘉轉過頭，他的倔強又甦醒了。

「這個我不寫，這不是真的！」

「艾德嘉！」

她語氣裡帶著威脅。

「這不是真的。我沒有做什麼讓我覺得後悔的事，沒有做什麼壞事需要去道歉。我只是在妳呼叫的時候去幫妳的忙！」

她的嘴唇失去血色，鼻翼張開。

「我在呼救？你瘋了！」

艾德嘉發火了，猛一下跳了起來。

「對，妳在外面的走道上呼救，昨天夜裡當他抓住妳的時候，妳喊著：『放開我，放開我。』喊得那麼大聲，我在房間裡都聽到了。」

「你撒謊，我從來沒有跟男爵在這兒的走道上。他只陪我走到樓梯……」

聽見這個大膽的謊話，艾德嘉的一顆心停止跳動。他發不出聲音，兩眼無神地呆呆望著她。

「妳……不在……不在走道上？而他……他沒有抓著妳？沒有強拉著妳？」

她笑了。那笑聲冷冷的、乾乾的。

「你在作夢。」

這令那孩子無法忍受。如今他早已知道大人會說謊，會厚著臉皮找些小小的藉口，會說些能溜出緊密網眼的小謊，會狡猾地說些模稜兩可的話。可是像這樣無恥地當面冷冷否認，令他怒不可遏。

「那我臉上的傷痕也是我夢見的囉？」

「誰曉得你去跟什麼人打架了？不過，我根本沒必要跟你討論，你得要聽話，不必多說。坐下來寫！」

她臉色十分蒼白，努力用最後一絲力氣來堅持她的要求。

然而此刻在艾德嘉心裡的最後一絲信賴瓦解了。他無法理解居然有人能夠這樣踐踏事實，就像踩熄一根燃燒的火柴。他的一顆心冰冷地收緊，他所說的一切都變得尖銳、惡毒、毫不克制：

「是嗎？那是我夢見的？在走道上的事，還有我臉上的傷痕？還有你們昨天在月光下散步，他想帶妳走到通往下面的小路，這件事大概也是我夢見的囉？妳以為我會像個小小孩一樣被關在房間裡！不，我不像你們所想的那麼笨。我知道的事我就是知道。」

他放肆地凝視她的臉。這令她失去了力量，看見自己孩子因恨意而扭曲的臉就在面前，她的怒氣猛烈地爆發出來。

「去，馬上去寫！否則……」

「否則怎麼樣……？」他的語氣變得放肆挑釁。

「否則我就把你當成小小孩來揍。」

艾德嘉朝前走近了一步，面帶嘲諷，只是笑著。

這時她已經一巴掌摑上了他的臉。艾德嘉喊了出來，像個溺水之人胡亂划動手臂，只聽見耳中嗡嗡作響，眼前閃著紅光，於是他盲目地用拳頭打了回去。他感覺自己擊中了某個柔軟的東西，這會兒打中了臉，聽見一聲尖叫……

這聲尖叫讓他清醒過來。頓時他看見了自己，明白一件駭人之事：他打了他母親。一陣恐懼朝他襲來，他既羞愧又震驚，強烈地渴望就此離開，沉入地底，離開這裡，離開，只要不再處於這道目光下。他衝到門邊，匆匆下了樓，衝出飯店到了馬路上，一心只想離開，彷彿他身後有一群咆哮的獵犬在追趕。

## 初步領悟人生

跑了很遠之後，他終於在路邊停下來。他必須緊緊靠著一棵樹，由於恐懼和激動，他的四肢顫抖得厲害，胸部猛烈起伏，呼吸困難。對於自身行為的害怕如影隨形，此刻抓住了他的咽喉，來回搖撼著他，像在發燒一樣。現在他該怎麼辦？該逃到哪裡去？就在距離他所住飯店十五分鐘路程的此處，在附近的樹林裡，他已經有了被遺棄的感覺。自從他孤立無援以來，一切都顯得不同，更帶著敵意和仇視。那些樹木昨天還像兄弟般在他四周簌簌作響，現在突然陰森地聚攏，像個威脅。而在他面前的一切還不知道會比這更陌生多少？獨自面對這個未知的廣大世界令這孩子暈眩。不，他還無法承受，還無法獨自承受。可是他該逃到誰那裡去呢？他怕他父親，父親很容易生氣，不容易親近，而且馬上會把他送回來。而他不想回去，寧願走進未知世界陌生的危險當中。他覺得自己彷彿再也無法看著母親的臉，而不去想到他曾經出拳擊中過那張臉。

這時他想起了他奶奶，這個親切善良的老太太從他小時候就寵他，當他在家裡受到管教、冤枉的時候，總是會保護他。他想躲到她在巴登的家裡，等待最初的怒氣過去，想從那兒寫一封信給他爸媽，向他們道歉。在這十五分鐘裡，光是想到得要帶著沒有經驗的雙手獨自立足人間，他就已經謙卑許多，咒罵起自己那份愚蠢的驕傲，一個陌生人用謊言注入他血液中的那份驕傲。其實他只想當從前那個聽話順從的孩子，沒有一絲傲慢，現在他感覺出，那份傲慢是多麼誇張可笑。

可是要怎麼到巴登去呢？要如何花幾個小時越過那片土地？他急忙伸手到他小小的皮製錢包裡，那個錢包他一向帶在身上。感謝老天，那嶄新的二十克朗金幣仍然閃閃發亮，那是他的生日禮物。他始終下不了決心花掉，但幾乎每天都會查看金幣還在不在，欣賞它的模樣，感到自己的富有，然後總是滿懷感謝地用手帕把金幣擦亮，直到它像個小太陽一樣閃閃發光。可是——驟然出現的念頭令他驚慌——這錢夠用嗎？他這一生中搭過許多次火車，卻根本沒想過搭車得要付錢，更沒想過要花多少錢。是一克朗呢，還是一百克朗？他頭一次感覺到，生活中有些事他從不曾想過，在他周遭的種種事物，那些他曾拿在指間玩耍的事物，全都含有本身的價值，有著特別的重量。一個小時前他還覺得自己無所不知，此刻他發現自己漫不經心地從千百個祕密和疑問旁走過，他少得可憐的智慧在進入人生的第一個台階上就絆倒了，他為此感到羞愧。他越來越氣餒，走向車站的不安步伐變得越來越小。多少次他夢想過逃跑，多少次想要衝進人生裡，成為皇帝或國王，士兵或詩人，如今他躊躇地望向那座明亮的小屋，心裡只惦記著那二十克朗是否足夠把他帶到他祖母那裡去。鐵軌閃閃發亮，遠遠地伸展出去，火車站空蕩蕩的，顯得荒涼。艾德嘉怯生生地悄悄走近售票口，輕聲地問到巴登的車票要多少錢，免得被其他人聽見。一張訝異的臉孔從昏暗的小房間裡望出來，一雙眼睛從眼鏡後面對著這個遲疑的孩子微笑：

「一張全票嗎？」

「對。」艾德嘉結結巴巴地說，但沒有一絲自豪，只擔心那要花太多錢。

「六克朗！」

「請給我一張！」

他鬆了一口氣，把那枚心愛的閃亮金幣推過去，找的錢被叮噹噹地推回來。艾德嘉頓時又感到說不出的富有，他把那張棕色的厚紙片拿在手裡，這張紙片確保了他的自由，幾枚銀幣在他口袋裡輕輕響著，有如音樂。

時刻表告訴他火車將在二十分鐘後抵達。艾德嘉蜷縮在一個角落裡。幾個人站在月台上，沒做什麼，也沒想什麼。然而這個不安的孩子覺得大家似乎都只看著他，大家似乎都在納悶這樣一個孩子已經能獨自搭車，他的逃跑和他所犯的罪行彷彿都寫在他額頭上。當火車終於從遠方呼嘯起來，隨即急馳駛近，他鬆了一口氣。那列火車將把他帶進世界。上車時他才發現他的車票是三等車廂的票。到目前為止，他一向搭乘頭等車廂，而他再次感覺到事情有了改變，感覺到有些他從前不曾注意的差別存在。坐在他旁邊的人跟以前不同，幾個義大利工人坐在他正對面，他們的雙手粗糙，聲音沙啞，手裡拿著鐵鍬和鏟子，眼神麻木絕望地看著前方。他們顯然是在道旁辛苦地做了工，因為其中幾個累了，在隆隆作響的火車裡睡著了，靠在又髒又硬的木椅上，嘴巴張得大大的。艾德嘉心想，他們工作是為了賺錢，但無法想像他們賺了多少；他也感覺到金錢不是一種大家自然會有的東西，必須用某種方式去掙來。此刻他頭一次意識到他習慣於舒適的氣氛，將之視為理所當然，而在他生活的左右兩邊都有黑暗的深淵裂開，是他的目光從不曾觸及的。他頓時明白世上有各種職業和命運，明白在他生活周遭有許多祕密伸手可及，他卻從不曾留意。在這一個小時裡，艾德嘉學到了很多，自從他孤身一人，在這個可憑窗眺望野外的狹小車廂裡，他開始看見許多東西。在他隱隱的恐懼中有種感覺漸漸浮現，那感覺還不能說是幸福，卻已經是對形形色色的生活所感到的驚訝。他逃走是出於恐懼和怯懦，這一點他分分秒秒都感覺到，然而他頭一次獨立地做了一件事，體驗到一部分的現實生活，到目前為止他所忽略的現實。對他母親和父親來說，也許他本身也頭一次成了祕密，一如世界到目前為止對他來說是個祕密。他用不同的目光看出窗外，覺得自己彷彿初次看見了一切真實的東西，彷彿有層輕紗從那些事物上飄落，如今向他全然呈現出那些事物的內在意圖，以及其活動的祕密神經。房屋從窗外飛掠，像被風吹走了，他不禁想起住在那些屋子裡的人，不知道他們是貧是富，幸或不幸，是否也跟他一樣渴望得知一切，還有那裡是否也有跟他一樣的小孩子，到目前為止只把一切當成遊戲。鐵道看守員拿著飄舞的旗子站在道旁，他們在他眼中頭一次不再像是活動的玩偶和沒有生命的玩具，由於無關緊要的巧合而被放在那裡，如今他明白那是他們的命運，是他們對生活的搏門。車輪轉動得越來越快，盤旋而下的蜿蜒道路讓火車向下駛往山谷，山巒越來越平緩，越來越遙遠，隨即抵達了平原。他還回頭看了一次，那山巒已經像道藍藍的影子遙不可及，他覺得在山巒緩緩融入有霧的天空之處，彷彿躺著自己的童年。

## 紛亂的黑暗

到了巴登，當火車停下，艾德嘉獨自一人站在月台上，月台上的燈光已經熄滅，信號燈朝遠方閃出紅綠兩色，即將來臨之黑夜的驚慌意外地跟這幅彩色的景象連結在一起。白天裡他還覺得很安全，因為畢竟周圍都是人，他可以好好休息，在一張長凳上坐下，或是站在店鋪前面打量櫥窗。然而，當眾人又消失在屋子裡，人人都有一張床，有人可以交談，然後度過一個安寧的夜晚，他卻必須懷著罪惡感，在陌生的寂寞當中四處獨行，他怎麼承受得了呢？噢，只要很快能有個地方棲身，不要在陌生的戶外再多待一分鐘，這是他唯一明確的感受。

他急急走上那條熟悉的路，沒有左顧右盼，直到他終於抵達祖母住的別墅。那棟別墅很漂亮，座落在一條寬闊的街道旁，並非一眼就能看到，而是藏在一座經過悉心照料的庭園後面，被長春藤和蔓生植物遮住，古老舒適的白色屋子在一片如雲的綠蔭背後閃出光亮。艾德嘉像個陌生人隔著柵欄偷窺。裡面沒有動靜，窗戶關著，顯然大家都跟客人一起待在後院裡。他已經把手放在涼涼的門把上，這時奇怪的事發生了：這兩個小時以來他想得這麼容易、這麼理所當然的事，突然之間顯得無法想像。他要怎麼走進去？怎麼向大家打招呼？怎麼承受那些詢問？怎麼回答？當他必須述說他是從母親身邊偷偷逃走的，怎經得起那第一道目光？又該怎麼解釋他打了母親的駭人之舉，那連他自己都無法理解！屋裡有一扇門開了。一股愚蠢的恐懼頓時向他襲來，以為有人會過來，而他繼續跑，不知道要跑向何處。

他在溫泉公園前面停下來，因為他見到那兒黑漆漆，猜想那裡沒有人。他也許能夠在那裡坐下來，終於能夠冷靜地思考，好好休息，弄清楚他的命運。他怯怯地走進去。前面亮著幾盞路燈，讓新葉泛著一層鬼魅般的水漾光澤，一種透明的綠色。然而再向裡面走，在他必須爬下小丘的地方，一切都躺在提早來臨春夜的迷離黑暗中，像一大塊陰森、醞釀中的黑色物質。有幾個人坐在路燈的光暈下聊天或閱讀，艾德嘉羞怯地從他們身旁悄悄走過，他想要獨自一人。可是在路燈照不到的通道上，在黑夜投下的暗影中，也一樣不安寧。到處充滿了害怕光線的輕輕窸窣聲和交談聲，摻雜著穿過柔軟枝葉的風聲，遠方蹋蹋躂躂的腳步聲，壓低的輕聲細語，一種縱情、嘆息、恐懼呻吟的聲響，可能是由人與獸以及睡不安穩的大自然同時發出。那種不安寧透著危險，蜷縮隱藏著、謎樣地令人害怕，在此處呼吸，樹林中的地底下似乎有東西在翻掘，這也許只跟春天有關，卻令這個孩子異樣地感到害怕。

他在一張長凳上坐下，坐進這深不可測的黑暗中，把身體蜷縮起來，試著考慮回家之後該說些什麼。然而思緒在他還來不及抓住的時候就從腦中溜過。他違背了自己的意志，忍不住一再豎耳傾聽，去聽那壓低的聲響，來自黑暗的神祕聲音。這黑暗多麼可怕，多麼令人慌亂，卻又美得多麼神祕！把所有這些窸窣聲、沙沙聲、嗡嗡聲和引誘聲交織在一起的是動物還是人類？或者就只是風有如鬼魅般的手？他傾聽著。是風不安地在樹木間悄悄掠過，但此刻他也清楚看見了人，緊緊依偎，雙雙對對，從下面明亮的城裡走上來，他們謎樣的出現讓這片黑暗有了生氣。他們想做什麼？他無法理解。他們沒有交談，因為他沒有聽見說話聲，只有腳步聲不安地在石子路上沙沙作響，有時他看見他們的身形在林間空地匆匆飄過，像影子一般，但總是緊緊依偎成一體，如同他看見他母親和男爵在一起的模樣。所以說，那份祕密也存在這裡，那個閃閃發亮、含著危險的大祕密。此刻他聽見腳步聲越來越接近，也聽見了一陣壓低的笑聲。恐懼朝他襲來，怕那走近的人會發現他，他把自己更加縮進黑暗深處。不過那兩個人沒有看見他，現在正摸索著走進那片濃密的黑暗中。他們緊緊相依地從旁走過，艾德嘉剛剛鬆一口氣，他們卻突然停下腳步，就在他坐的長凳前把臉湊向彼此。艾德嘉什麼也看不清楚，只聽見從那女子口中冒出一聲呻吟，那男子則結結巴巴地吐出熱烈瘋狂的話語，在艾德嘉的恐懼中摻進某種躁鬱的預感，產生一陣狂喜的戰慄。那兩人這樣停留了一分鐘，然後石子路又在他們繼續前行的腳步底下沙沙作響，那聲音隨即在黑暗中漸漸消失。

艾德嘉全身顫抖。此刻血液又再奔流回到血管中，比先前更激烈，更溫暖。而他頓時感到難以忍受的孤單，在這片紛亂的黑暗中，他心中湧起強烈的渴望，想聽見一個熟悉的聲音，想要一個擁抱，一個明亮的房間，愛他的人。他覺得這個混亂夜晚那令人迷惘的黑暗此刻壓在他身上，使他的胸膛爆裂。

他跳起來。只想回家，回家，隨便在哪個屋子裡，不管是貧窮的房間，還是明亮的房間，跟其他人在一起，不管他們跟他是何種關係。他能遭遇什麼事呢？自從感覺到這片黑暗和對孤單的恐懼，就算別人打他罵他，他什麼也不再害怕了。

他不知不覺地向前走，突然又重新站在別墅前面，手再度按在那涼涼的門把上。此刻他看見窗戶發出光亮，從綠蔭中閃出微光，腦海中浮現每扇窗玻璃後面熟悉的房間，裡面是他的家人。這種近在咫尺的感覺已經帶給他幸福，單是這份令人心安的最初感受，感到他跟那些人很靠近，那些他知道愛著自己的人。如果他還在躊躇，只是為了想更全心地享受這份預感。

這時一個聲音在他身後叫喊起來，帶著明顯的吃驚：

「艾德嘉，他在這裡！」

他祖母的女僕看見他，朝他衝過來，抓住了他的手。門從裡面被扯開，一條狗吠叫著衝到他身邊，眾人從屋子裡提著燈出來，他聽見歡呼和驚呼，一片欣喜的騷動，呼喊和腳步聲朝他接近，此刻他認出了那些身影。最前面是他祖母，朝他伸出了手臂，而在她身後——他以為自己在作夢——是他母親。他眼睛哭腫了，顫抖著，膽怯地站在這股激烈爆發的奔放感覺中，猶豫不決，不知道自己該做什麼，該說什麼，也不確定感受到的是恐懼還是幸福。

## 最後的夢

事情是這樣的：大家早就在這裡找他、等他了。他母親儘管生氣，卻還是被這個激動的孩子狂奔而去給嚇壞了，她請人在森梅林找他。正當眾人惶惶不安，做出各種危險的猜測，一位先生帶來了消息，說他在三點左右在火車站售票口看見了那個孩子。從售票口隨即得知艾德嘉買了一張前往巴登的車票，於是母親毫不猶豫地立刻跟著到了巴登。拍往巴登以及維也納他父親那兒的電報比她更快抵達，騷動擴散開來，從兩個小時前就動員了一切在找這個逃跑的孩子。

此刻他們緊緊抱住他，但並不粗暴。在一股被壓抑的歡欣鼓舞中，他被帶進了房間，但那種感覺多麼奇怪，他們對他的所有嚴厲責備他都渾然不覺，因為他在他們眼裡分明看見了愛和喜悅。就連這份假裝出來的生氣也只持續了一會兒，接著祖母就又含著淚水擁抱他，再沒有人提起他犯的過錯，他感到自己被溫馨的關懷圍繞。女僕替他脫掉了外套，拿了一件更暖和的給他，祖母問他餓不餓，想要點什麼，他們問東問西，用溫柔的擔憂糾纏著他，而當他們看出他的拘束，便不再問他。他滿心喜悅地再度感受到純粹身為孩子的感覺，他如此輕視卻又想念的感覺。羞愧朝他襲來，對於過去這幾天的狂妄，自以為想捨棄這一切，用來交換寂寞孤單的虛假喜悅。

電話在隔壁房間響起。他聽見母親的聲音，聽見斷斷續續的話語：「艾德嘉……回來……到這兒來……最後一班火車。」心中納悶她沒有激烈地斥責他，只是用異樣壓抑的眼神包圍他。他心中的懊悔越來越強烈，巴不得擺脫祖母和姑姑的關切，走進去請求母親原諒，全然謙卑地單獨對她說，他想再做個孩子，想乖乖聽話。然而，當他此刻悄悄站起來，祖母微微受驚地說：

「你要去哪兒？」

他慚愧地站著。他才動了一下，他們就已經為他擔憂。他把他們全都嚇壞了，現在他們害怕他又想要逃走。他們如何能夠明白，這次逃跑，沒有人比他自己更後悔！

餐具擺好了，他們替他端來匆匆準備的晚餐。祖母坐在他旁邊，目光片刻不離。她和姑姑和那女僕把他圍在一個寧靜的圈子裡，而他感到這份溫暖讓他安下心來。但他母親沒有進房間，只有這件事令他迷惑。假如她能夠知道他有多麼謙卑，她就一定會過來！

此時外面有輛車唧唧嘎嘎地停在屋前。大家都嚇了一跳，以致於艾德嘉也不安起來。祖母走了出去，話語高聲地一來一往，穿過那片黑暗，而他頓時明白他父親來了。艾德嘉膽怯地察覺這會兒他又獨自站在房間裡，就連這短暫的孤單也令他心慌意亂。他父親很嚴格，是他唯一真正害怕的人。艾德嘉豎起耳朵去聽，他父親似乎很激動，說話大聲且帶著怒氣。其中響起奶奶和母親勸慰的聲音，她們顯然想讓他的情緒緩和下來。但那聲音仍舊強硬，一如此刻朝這兒走來的腳步聲，越來越近，已經在隔壁房間裡，就在門前，那門被一把扯開。

他父親個子很高，在父親面前，艾德嘉感到自己說不出地矮小。父親緊張不安地走進來，看起來真的在生氣。

「你這小子，怎麼會想到要跑掉？你怎麼能讓你母親受到這麼大的驚嚇？」

他的語氣憤怒，雙手猛烈地揮動。在他身後，母親此刻踩著輕輕的步伐走了進來，臉上罩著陰影。

艾德嘉沒有回答。他感到必須要為自己辯解，然而，他要如何述說別人欺騙了他，還打了他？父親會了解嗎？

「哼，你不會說話了嗎？是怎麼回事？你大可以說出來！有什麼事不合你的意？要跑走總該有個理由！有誰傷害了你嗎？」艾德嘉猶豫著。那段回憶又讓他氣憤起來，他正想要控訴，這時他看見——這讓他的心停止跳動——母親在父親背後做了一個奇特的手勢，一個他起初不明白的手勢。然而，現在她看著他，眼裡流露出懇求，而她輕輕地，很輕很輕地把手指舉到嘴邊，做出要他保持沉默的信號。

這孩子頓時感覺到一股溫暖而強烈的喜悅流過全身。他明白她要他保守祕密，明白有一個命運身繫他小小的嘴唇。他心裡充滿了大聲歡呼的強烈自豪，因為她信賴他，他心中湧起一股犧牲的情操，一股意志，想再誇大自己的過錯，為了表示他已經是個男子漢。他振作起來：

「沒有……沒什麼理由。媽媽對我很好，但是我不聽話，我態度很壞……所以……所以我就跑掉了，因為我覺得害怕。」

父親愕然地看著這孩子，他什麼話都料想得到，唯獨沒料到會聽見這番自白。他的怒氣消了。

「嗯，如果你覺得抱歉，那就好了。那麼我今天就不想再談起這件事。我相信下一次你就會好好考慮了！這種事不許再發生。」

父親仍舊站著，看著他，語氣溫和了些。

「你的臉色好蒼白，不過我覺得你好像又長高了。希望你以後不會再做這種幼稚的行為，你真的已經不再是個小男孩，應該要懂事了！」

在這整段時間裡，艾德嘉都只望向他母親。他覺得她眼睛裡似乎有什麼東西在發亮，莫非那只是燈火的反射？不，那東西濕潤而明亮地在發光，而她嘴邊露出一絲笑容，向他說著謝謝。現在他們要他上床睡覺，但他並不為了被獨自留下而難過。他有這麼多事要仔細思考，這麼多繽紛豐富的事。過去這幾天的所有傷痛都在這初次體驗的強烈感受中消失，在一種對人生未來事件的神祕預感中，他感到幸福。外面一片黑暗，樹木在漆黑的夜裡簌簌作響，但他不再害怕。自從他曉得人生是如此豐富，他不再對人生感到不耐。他覺得自己今天彷彿頭一次看見赤裸裸的人生，不再被童年的千百個謊言遮蓋，呈現出狂喜而危險的全副美麗。他從沒想到日子會由一再交替的痛苦和喜悅壓縮而成，想到在他面前還有許多像這樣的日子，想到一整個人生在等待著向他揭開這個祕密，他便欣喜不已。他心中湧起對於多采多姿人生的預感，頭一次認為自己明白了人類的本質，亦即世人需要彼此，就算他們看起來互相敵對，而被人所愛是種甜蜜的感覺☆6。他無法懷著憎恨去想起某件東西或是某個人，他對任何事都不懊悔，就連對那個男爵，那個引誘者，他的死敵，他也發現了一種新的感謝之情，因為對方替他打開了這扇門，通往初次體驗情感的世界。

在黑暗中想著這一切十分甜蜜而令人心喜，已經摻進了夢中的影像，而他幾乎就要睡著了。這時他覺得門似乎突然打開，某個東西悄悄走過來。他不太相信自己的感覺，而且他已經太睏，睜不開眼睛。他感覺到一張臉在他上方呼吸，柔軟、溫暖、輕輕撫過他的臉，他知道那是他母親，她親吻著他，伸手撫摸他的頭髮。他感覺到那些吻，也感覺到那些淚，輕輕回應著這份愛撫，只將之視為和解，視為對他保持沉默的感謝。直到多年後，他才在這些無

☆6
*Eine erste Ahnung der Vielfältigkeit des Lebens hatte ihn überkommen, zum ersten Male glaubte er das Wesen der Menschen verstanden zu haben, dass sie einander brauchten, selbst wenn sie sich feindlich schienen, und dass es sehr süß sei, von ihnen geliebt zu werden.*

言的眼淚中看出這個芳華漸逝的女子所立下的誓願，立誓從此只屬於他，只屬於她的孩子，她拒絕了冒險，向自身所有情慾告別。他不知道她也感謝他，拯救她離開一個不會有結果的冒險，如今以這個擁抱，把愛情又苦又甜的負擔像份遺產留給了他，為了他將來的人生。這一切，當時那個孩子都還不明白，但他感覺到如此被愛十分幸福，也感覺到透過這份愛，他已經跟世間的那個大祕密有了關連。

等她鬆開了他，把嘴唇從他唇上移開，那悄悄的身影窸窸離去，還有一股溫暖留了下來，一絲氣息留在他嘴唇上。一股渴望飛向他，渴望會常常感受到這樣柔軟的嘴唇，被這般溫柔地擁抱。不過，睡眠的陰影籠罩住這份預感，對於他渴盼得知祕密的預感。過去這幾個小時的所有影像再一次繽紛地掠過，他童年那本書再一次誘人地一頁頁翻開。然後這孩子睡著了，他人生更深沉的夢就此展開。

# 馬來狂
# Der Amokläufer

一九一二年三月在那不勒斯港，一艘遠洋輪船在卸貨時發生了一樁不尋常的事故，報上針對此事做了大幅報導，但添加了不少想像。雖然我也是「海洋號」上的乘客，但我就跟其他乘客一樣，沒能親眼目睹這樁離奇事件，因為此事發生在輪船夜間裝煤卸貨的時候，為了避開吵雜，我們全都上了岸，在咖啡館或劇院裡消磨時間。不過我個人認為，當時我沒有公開陳述的一些猜測足以澄清那驚人的一幕。再加上年代久遠，如今我應該可以利用當時一番私下談話的內容，交談的時間是在那樁離奇插曲快要發生之前。

我在加爾各答的船票代售處想預訂搭乘「海洋號」回歐洲的船位，售票員聳聳肩膀表示遺憾，說他還不知道能不能替我弄到一個艙位，說在雨季即將來臨的此時，船票總是在澳洲就已經賣完了，他必須先等待從新加坡發過來的電報。令人欣喜的是，第二天他就通知我，說他還能夠替我預訂一個位子，只不過是個不怎麼舒適的艙房，位在甲板下方，而且在船身的中央部位。我已經迫不及待想要返鄉，於是沒有多做猶豫，就請他把那個位子留給我。

那個售票員說的沒錯。船上擁擠不堪，艙房情況很糟，是個窄小的正方形角落，靠近蒸汽機，只有黯淡的光線從圓形玻璃裡照進來。不流通的空氣變得濃重，聞起來有油味和霉味，電扇像隻發了瘋的鐵蝙蝠在頭上嗡嗡地轉，一刻也擺脫不了。從下面傳來機器轟隆隆的呻吟，像個揹煤炭的工人不停地喘著氣爬上同一道樓梯，從上面則不斷聽見散步甲板上踢踢躂躂的腳步聲來來去去。因此，我一把皮箱塞進這空氣污濁、由灰色橫梁建成的墳墓，就又逃回甲板上。從船艙底下爬出來，我吸進帶有甜味的和風，宛如飲進了龍涎香，風從陸地吹過來，吹拂在海浪之上。

然而，就連散步甲板也一樣擁擠而不安寧。那兒人來人往，一片嘈雜，大家由於被侷限在船上無所事事而煩躁不安，不停地一邊閒聊一邊走來走去。女人嘰嘰喳喳地說笑，大家在甲板上狹窄的過道無休止地兜著圈子，在那些椅子前面，喋喋不休的人群亂烘烘地湧過，一再相遇，這種情況令我覺得不舒服。在那之前，我見識了一個新世界，把迅速交疊的影像匆匆納入眼簾。如今我想要加以思索、分解、整理，把湧進視線的一切加以仿造重塑，但是在這條有如擁擠大街的甲板上沒有片刻安寧。人群閒聊著走過，匆匆掠過的身影讓書中一行行的字變得模糊。在船上這條沒有遮蔭的流動街道上，要想獨處是不可能的。

我嘗試了三天，無奈地看著那些人，看著大海，可是大海永遠一樣藍而空曠，只有在日落時分驟然潑灑上各種色彩。經過七十二個小時，那些人我也早已看熟了。每一張臉都熟悉到令我厭倦，女人尖銳的笑聲不再令人心煩，隔壁兩名荷蘭軍官的大聲爭吵也不再令人生氣。於是只有逃離一途。可是船艙悶熱，交誼廳裡幾個英國女孩又不停地彈奏鋼琴，技巧拙劣地彈著不連貫的華爾滋。最後我下定決心把生活作息整個倒過來，下午就躲進船艙，事先喝了幾杯啤酒讓自己有了醉意，以便一覺睡到晚餐和舞會之後。

當我醒來，那如同棺材的小小艙房裡一片漆黑，散發著霉味。我先前把電扇關掉了，所以太陽穴旁的空氣油膩而潮濕。我的意識有點昏沉，花了好幾分鐘才弄清楚現在是何時，而我人在何處。總之，想必已經過了午夜，因為我既沒有聽見音樂，也沒聽見不停歇的腳步聲在踢踢躂躂，只有那具機器，這艘龐然大物怦怦跳動的心臟，喘著氣，把嘎吱作響的船身推向看不見的前方。

我摸索著爬上甲板。那兒空無一人。我抬眼望向冒著煙的高高煙囪和幽幽發亮的桅杆，神奇的光亮突然湧進眼中。天空發出光芒。相對於席捲了天幕的晶瑩星辰，天空是暗的，儘管如此，天空仍舊發出光芒。就像有一幅絲絨的簾幕遮住了強光，彷彿閃爍的星辰只是窗口和縫隙，讓那難以形容的光華從中透出來。我從未見過天空像在這一夜裡那樣發光，那般湛藍堅硬，卻又流瀉出燦爛輝煌的光，那光在星月覆蓋之下向下流淌，似乎在神祕的蒼穹深處燃燒。船身邊緣上了白漆，所有的線條都在月光中微微發亮，和黑絲絨般的大海形成對比，纜繩、橫桅、所有細長之物、所有輪廓都融入這片湧動的清輝。桅杆上的燈光和瞭望台的圓窗宛如懸空掛著，在天空的燦爛星辰中，它們是人間的黃色星辰。

在我正上方是神奇的星座南十字星，彷彿是用閃亮的鑽石釘子釘在隱形的天幕上，看似在飄動，其實只是這艘船在微微晃動，一個碩大的泳者，呼吸的胸膛一起一伏，一起一伏，劃破黑暗的波濤前進。我站著向上仰望，感覺像在淋浴，水溫暖地從上面落下，只不過落下的是光，晶瑩微溫地從我手上沖過，輕輕地淋在肩膀和頭上，似乎要滲進我體內，因為我所有的昏沉感都頓時一掃而空。我輕鬆地呼吸，頓覺喜悅，嘴唇上感覺到那純淨的空氣，像一種清澈的飲料，那神奇的空氣含著果實的氣味和遠方島嶼的芳香，柔和、經過發酵、令人微醺[☆1]。自從我踏上甲板，心中頭一次湧起想要作夢的神聖欲望，還有比較屬於感官的另一種慾望，想把我的身體像個女子獻給周圍這片柔和。我想躺下來，舉目仰望上方那些白色的象形文字。可是甲板上供人休息的躺椅都被收走了，在這空蕩蕩的散步甲板上，找不到一處可

☆1
*Ich atmete befreit, rein, und jäh beseligt spürte ich auf den Lippen wie ein klares Getränk die Luft, die weiche, gegorene, leicht trunken machende Luft, in der Atem von Früchten, Duft von fernen Inseln war.*

供作夢休憩的地方。

於是我摸索著往前走，逐漸接近船身前端，那光似乎越來越強烈地從那些物體上向我照過來，令人目眩。燦爛的星光白若石灰，簡直讓人眼睛作痛，我渴望能躲進陰影中，躺在一張蓆墊上，不再感覺到那光芒照在我身上，而只是在我上方，反射在那些物件上，就像一個人從陰暗的房間裡望向一片風景。我被纜繩絆到，從那些鐵索旁邊走過，終於走到龍骨旁，向下看著船艏劃破黑暗，讓融化在水中的月光冒著白沫朝兩側濺起。船艏像犁一樣一再揚起落下，劃破流動的黑色土塊，而我感覺到大自然被征服時的所有痛苦，在這場耀眼的遊戲中感覺到人類力量的所有喜悅。在觀看中，我忘了時間，我在那兒站了一個鐘頭？還是幾分鐘？船身這個巨大的搖籃把我搖上搖下，搖出了時間以外。我只感覺到一股有如快感的疲乏向我襲來，我想要睡覺、作夢，卻又不想離開這份魔力，不想回到我那有如棺材的艙房。我不自覺地用腳碰到下面的一捆纜繩，坐了下去，閉上眼睛，但眼前並非一片漆黑，因為銀色的光芒在我雙眼上方、在我上方湧動。下方我感覺到海水在輕輕拍動，上方則是這個世界的白色光河，發出難以聽見的聲響。漸漸地，這流動的聲響流進了我血液中，我不再感覺到自己，不知道這呼吸聲是屬於我自己，還是屬於這艘船在遠處跳動的心臟，我融入這個午夜世界不安寧的簌簌聲中，在其中消散。

緊挨著我的地方響起一聲輕輕的乾咳，把我嚇了一跳，讓我從近乎微醺的夢幻中驚醒。在這之前我閉著眼睛，照在眼皮上的白光令我目眩，這時試探地睜開來。在離我很近的對面，在船舷的陰影中有樣東西一閃一閃，像是一副眼鏡的反光，此時一顆大大的圓形火星亮起，是一支煙斗的火光。我在坐下來的時候，向下只看著濺起白沫的尖銳船艏，向上只看著南十字星，顯然沒注意到旁邊這個人，他想必一直都一動也不動地坐在這裡。我還有點恍惚，不由自主地用德文說：「對不起！」「噢，沒關係……」一個聲音從黑暗中用德文回答。

這樣無言地並肩坐在黑暗中，跟一個自己沒看見的人如此靠近，這有說不出的奇怪，令人心裡發毛。我不禁覺得這個人在凝視我，一如我在凝視他，然而上方的光太過強烈，白閃閃地湧動，讓我們誰也無法看清對方，除了在陰影中的輪廓。我想我只聽見了呼吸聲，還有呼嚕呼嚕吸煙斗的聲音。

那片沉默令人難以忍受。我巴不得走開，但那又未免顯得太過無禮，太過突兀。由於尷尬，我掏出了一根香菸。火柴嚓一聲點燃，火光在這狹窄的空間上亮了一秒鐘。我看見在眼鏡後面是一張陌生的臉孔，我從不曾在甲板上見過，不管是用餐時間，還是在甲板上走動時，而且不曉得是由於那火光驟然亮起令眼睛作痛，還是一種幻覺，那張臉看起來扭曲得可怕，陰沉有如鬼怪。不過，我還來不及仔細看清細部，黑暗就又吞噬了被短暫照亮的面容，我只看見一個身影的輪廓，隱隱地縮在黑暗中，偶爾看見那根煙斗圓圓的紅色火圈在半空中亮起。誰也沒有說話，這片沉默就像熱帶的空氣一樣鬱悶而帶有壓迫感。

我終於受不了了，站起來，禮貌地說聲：「晚安。」

「晚安，」從黑暗中傳出回答，那聲音沙啞、生硬，像是生了鏽。

我踉踉蹌蹌地向前走，吃力地穿過索具，繞過柱子。這時一陣倉促不穩的腳步聲在我身後響起，是剛才坐在我旁邊的那個人。我不由自主地停下來。他沒有走得很近，隔著那片黑暗，我從他的步伐中感覺出恐懼和抑鬱。

「對不起，」他倉促地說：「我對您有個請求。我……我……」他吞吞吐吐，由於難為情而無法立刻往下說，「我……我有私人的理由……非常私人的理由，要躲在這裡……一件喪事……我避開船上的人……我指的不是您……不，不……我只懇求您……請您不要向船上任何人提起，說您在這裡看見過我，那我會非常感激……有所謂私人的理由，阻止我走進人群……是的……嗯……如果您對別人提起夜裡有人待在這裡……提起我……我會覺得很難堪……」他又說不下去了，我迅速排除了他的疑慮，急忙向他保證會滿足他的願望。我們伸手相握。接著我回到我的艙房睡了一覺，那一覺昏昏沉沉，異樣騷亂，充滿了混亂的影像。

我遵守承諾，沒有向船上任何人提起這次奇特的邂逅，雖然想要說出來的誘惑不小。因為在一趟航海旅程中，最微不足道的小事也成了事件，不管是地平線上的一面船帆、一隻跳出海面的海豚、剛被發現的一樁韻事，還是隨口說出的一句笑話。此外，我受到好奇心的折磨，想得知更多關於這個不尋常旅客的事。我仔細檢視乘客名單，看看哪個名字可能屬於他；我打量眾人，看他們是否可能跟他有關係。一整天我都感到焦躁不耐，一心只等待夜晚來臨，看我是否會再度遇見他。謎樣的心理狀態對我具有一種控制力量，簡直令人不安，想要找出來龍去脈的欲望深深刺激著我。凡是奇特的人，單是透過他們的存在就能點燃我的熱情，讓我想要了解他們，這和想要占有女人的那種熱情相去不遠。我覺得白天無比漫長，空虛地從我指間逝去。我早早上床睡覺，知道我會在午夜時分醒來，心裡那件事會把我叫醒。

果然，我跟昨天在同一個時辰醒來。在夜光錶面上，時針和分針重疊成一條發光的線。我急忙爬出悶熱的船艙，走進更悶熱的黑夜。

星辰跟昨夜一樣燦爛，在晃動的船上灑下混亂的光芒，南十字星閃亮地高掛在天上。一切都跟昨天一樣——在熱帶地區，白天和夜晚比在中歐地帶更像是雙生子——不過，我沒有像昨夜那樣有種輕柔湧動、作夢般的搖晃感。某件東西拉著我，令我心慌意亂，而我知道它要把我拉向何處：到龍骨旁那捆黑色的繩索那裡，看他是否又呆呆地坐在那裡，那個神祕的人。船上的鐘在上方敲響，拉著我向前。我聽任自己一步一步地前進，雖不情願卻又受到吸引。我還沒有走到艄柱，那兒突然有個東西動了一下，像隻紅色的眼睛：是那支煙斗。他果然坐在那兒。

我不禁嚇得倒退，停了下來。再過一瞬間我也許就會走開，這時在那黑暗中有個東西動了一下，站起來走了兩步，我驀地聽見他的聲音就在我面前，彬彬有禮而且壓得很低。

「對不起，」他說：「您顯然是想回到您的位子上，我覺得您是因為看見了我，才又退了回去。您請坐下吧，我這就走了。」

我急忙要他儘管留下，說我之所以向後退，只是為了不要打攪他。「您沒有打攪我，」他說，帶著一點辛酸，「正好相反，我很高興偶爾不必一個人獨處。十天以來我一句話也沒說……其實已經好幾年了……這真是不好受，也許正因為我把一切都嚥在肚子裡，我快要窒息了……我沒辦法再坐在船艙裡，坐在這個……這個棺材裡……我受不了……而我也受不了那些人，因為他們成天都在笑……這我現在無法承受……我聽見那笑聲傳進船艙，而我把耳朵塞住……當然，他們並不知道……唉，他們不可能知道，再說，這跟那些陌生人又有什麼關係……」

他又說不下去了，然後突然急急地說：「不過，我不想打擾您……請原諒我的多話。」

他鞠了個躬，想要走開。但我急忙反駁他：「您一點也沒有打擾我。我也很高興能在這裡安靜地講幾句話……您要抽根菸嗎？」

他拿了一根菸。我替他點燃。那張臉再度亮起，脫離了黑色的船舷，不過此時完全面向著我。眼鏡後面那雙眼睛急切地打量我的臉，帶著一股瘋狂的勁道。我害怕起來，感覺得出這個人想要說話，必須要說話，而我知道我唯有保持沉默才能幫助他。

我們又坐下來。他那兒還有另一張躺椅，他請我坐下。我們的香菸發著光，他那根香菸的光圈在黑暗中不安地抖動，我由此看出他的手在發抖。但我沉默不語，他也沉默不語。然後他突然輕聲問道：「您很累了嗎？」

「不，一點也不累。」

發自黑暗中的聲音又猶豫起來。「我很想問您一件事……意思是說，我想跟您說一件事。我知道，清楚地知道，跟第一個遇見的人求助是多麼荒謬，可是……我……我心理狀態非常糟糕……到達了一個臨界點，非得跟什麼人說話不可……否則我就會崩潰……您會了解的，等我……是的，等我把事情告訴您……我知道您也幫不上我的忙……可是這樣沉默下去令我生病……而對旁人來說，一個病人總是可笑的……」

我打斷了他，請他別這樣折磨自己，請他儘管跟我說……我說我當然無法承諾什麼，但人人都有義務表示樂意效勞。如果看見有人處於困境，自然就有義務去幫忙……

「義務……表示樂意效勞……有義務去幫忙……所以說，您也認為一個人有義務……有義務表示樂意效勞。」

他把這句話重複了三次。這種麻木、固執的重複方式令我害怕。這個人瘋了嗎？還是喝醉了？

不過，彷彿我把這個猜測大聲說了出來似的，他突然換了一種語氣說：「您或許會認為我瘋了，或是喝醉了。不，我沒有——還沒有。只不過，您說的那句話很奇怪地打動了我……之所以奇怪，是因為這正是如今正折磨我的事，亦即一個人是否有義務……有義務……」

他又口吃了。接著他停頓了一會兒，又再重新開口。

「我是個醫生，常常會面對這種情況，這種危險的情況……是的，可以稱之為模稜兩可的情況，當一個人不知道自己是否有義務……意思是說，義務並非只有一種，除了對別人的義務，也有對自己的義務，對國家的義務，對科學的義務……醫生應該要幫助別人，這是理所當然，畢竟行醫就是為了助人……可是這種準則畢竟只是理論上的……應該要幫忙到什麼程度呢？……就拿您來說吧，您是個陌生人，跟我並不相識，我請求您不要跟別人說您看見了我……好，您沒有說出去，您盡了您的義務……我請求您跟我說話，因為再沉默下去我就快死掉了……您願意聽我說……好……可是這很容易……假如我請求您把我抓起來扔出船外……那麼您就不能再這麼樂於助人了吧……當事情牽涉到自己的生命、自己的責任……就總有不能再樂於助人的時候……這項義務總得有個限度……還是說，這項義務偏偏在醫生身上不能終止？難道醫生得是個救世主，什麼忙都得幫，就只因為他有一張用拉丁文寫的證書？難道他真得要拋開他的生命，不計一切，當哪個女人……哪個人來找他，希望他做個高貴的人，心地善良而且樂於助人？沒錯，這義務總得有個限度……在無法再幫忙的時候，就是在那種時候……」

他又停頓下來，再打起精神。

「請原諒……我說著說著就激動起來……但我沒有喝醉……還沒有醉……我坦白向您承認，如今我也常常喝醉，在這種有如地獄的寂寞中……您得考慮到，有七年的時間，我幾乎只生活在土著和野獸之中……在這種情況下，一個人會忘了該如何冷靜地說話，一打開話匣子就滔滔不絕起來……不過請您稍等一下……對了，我想起來了……我想要問您，想把這樣一個情況說給您聽，看看一個人是否有義務幫忙……像個天使一樣純潔地去幫忙，是否……不過，恐怕我要說很久，您真的不累嗎？」

「不，一點也不累。」

「我……謝謝您……您也來一點嗎？」

他伸手到身後的黑暗中摸索，東西叮叮咚咚地碰在一起，他身旁放著大約兩、三個酒瓶，總之是好幾個。他拿了杯威士忌給我，我喝了一小口，他則一口氣把整杯酒灌了下去。我們之間有片刻沉默，這時鐘聲敲響：十二點半。

「所以……我想說件事給您聽。假設有一個醫生在……在一個小鎮……或者應該說是在鄉下……一個醫生，他……一個醫生，他……」

他又說不下去了。然後他突然把椅子朝我身邊挪近。

「這樣不行。我必須把一切直截了當地告訴您，從頭說起，否則您無法明白……這沒辦法當成例子、當成理論來說……我必須把我的情況告訴您。沒什麼好害羞的，也沒什麼好隱藏……病人在我面前也會脫光衣服，讓我看他們的癬疥、他們的尿液和他們的糞便……如果想要得到幫助，就不能兜著圈子說話，什麼也不能隱瞞……所以，我不是要向您述說一個傳說中的醫生的故事……我赤裸裸地告訴您：我……在這種該死的寂寞中，我已經忘了什麼叫害羞，在這個受詛咒的國度，它撕裂一個人的靈魂，吸出一個人的骨髓。」

我想必做了個動作，因為他打斷了自己的話。

「啊，您在抗議……我了解，您對印度大為讚嘆，欣賞那些廟宇和棕櫚樹，欣賞一趟為期兩個月的旅行的所有浪漫。沒錯，如果是搭乘火車、汽車、還是人力車經過，熱帶地區的確充滿魅力。當我在七年前頭一次前往，我的感覺也沒有兩樣。我夢想著各種事情，想要學習當地的語言，想要用原文閱讀經典，想要研究疾病，做科學研究，探索土著的心理，用歐洲人常說的話來說，我想成為人道和文明的傳教士。凡是去到那兒的人都做著同樣的夢。可是在那座無形的玻璃暖房裡，一個人失去了力量，不管吞了多少奎寧，總還是會得熱病，那病折磨得人苦不堪言，變得懶散無力，像隻軟綿綿的水母。身為歐洲人，一旦離開了大城市，來到沼澤中一個該死的工作站，在某一方面總是脫離了他真正的本質。或遲或早，每個人都會受到創傷，有些人酗酒，有些人抽鴉片，還有些人跟人打架，成為野獸——每個人都會做出一些蠢事。大家渴望回到歐洲，夢想著有一天能再走上一條街道，在一個石砌的明亮房間裡跟白種人坐在一起。大家年復一年地這樣夢想著，可是等到休假的時間到了，他們又已經沒有力氣離開。他們知道自己在家鄉已經被人遺忘，成了陌生人，就像這大海中人人去踩的一粒貝殼。於是他們留在濕熱的森林裡，沉淪，墮落。那一天真該被詛咒，當我把自己賣到這個偏僻的鬼地方來……

「順帶一提，我那樣做也不完全是出於自願。我在德國上大學，成了合格的醫師，甚至是個好醫師，在萊比錫醫院任職。在如今已經找不到的某一年份醫學刊物上，他們曾經把我率先使用的一種新注射針劑大肆渲染了一番。後來發生了一樁跟女人有關的事，一個我在醫院裡認識的女人。她把她的情人折騰得瘋了，他拿手槍射傷了她，而沒有多久，我就變得跟他一樣瘋狂。她有一種高傲冷漠的態度，弄得我發狂。我一向就容易受蠻橫霸道的女人擺布，可是這個女人把我整得服服貼貼。我對她百依百順，我——唉，我何不說出來呢，都已經是八年前的事了——我為了她侵吞了醫院的公款，當事情被揭發，引起了軒然大波。我一個叔叔替我補償了虧空的金額，但我的前途也已經斷送。那時我剛好聽說荷蘭政府在替殖民地招募醫師，還提供一筆預付款。我立刻想到，既然會提供預付款，肯定不會是什麼好差事。我知道，在這些熱病猖狂的地區，墓地上十字架增加的速度要比我們這兒快上三倍，可是一個人年輕的時候，總以為熱病和死亡只會降臨在其他人身上。嗯，當時我也沒有太多選擇，於是就前往鹿特丹，同意服務十年，拿到一疊厚厚的鈔票。我把一半寄回家給那個叔叔，另一半全給碼頭區一個女人給弄走了，她從我這兒拿走了一切，只因為她跟那個該死的女人長得很像。於是我就這樣搭船離開了歐洲，身上沒有錢，沒有錶，也不抱幻想。當船駛出碼頭，我也並不特別感到難過。然後我就跟您一樣，跟大家一樣，坐在甲板上，看見南十字星和棕櫚樹，一顆心興奮起來——啊，森林、孤寂、寧靜，我這樣夢想著！嗯，孤寂的滋味我可是嚐夠了。他們沒有把我派到巴達維亞或蘇臘巴亞去，沒有派到一個有著人群、俱樂部、高爾夫和書報雜誌的城市去，而是——嗯，地名並不重要——派到某個鄉下的醫療站，到距離最近的城市去得要花上兩天。和我有往來的就只有幾名乾瘦無趣的官員和幾個歐亞混血兒，除此之外，放眼望去就只有森林、種植場、灌木叢和沼澤。

「剛開始時情況還可以忍受，我進行各種研究工作。有一回，當副總督前來巡視，因為搭的汽車翻覆而斷了一條腿，我在無人協助的情況下替他動了手術，這件事引起了不少談論。我蒐集土著使用的毒藥和武器，用幾百件小事來讓自己忙碌，好維持清醒。然而，這一切只有在我從歐洲帶來的力量還能發揮作用時才行得通，之後我就萎靡不振。那幾個歐洲人令我厭倦，我斷絕跟他們的來往，喝起酒來，沉浸於自己的夢想。我的服務期限只剩下兩年，之後我就自由了，還能拿到退休金，可以回歐洲去，展開新生活。事實上，除了等待，我什麼也沒做，就只是無所事事地等待。假如她沒有……假如那件事沒有發生的話，我到今天都還會像那樣呆坐著。」

來自黑暗中的聲音停住了，就連煙斗也不再發出火光。一片寂靜，我頓時又聽見海水拍擊龍骨濺出白沫的聲音，還有輪船機器遠遠傳來的沉沉心跳。我很想點燃一根香菸，但又害怕火柴刺眼地亮起，照在他臉上。他仍舊沉默不語，我不知道他是說完了呢，還是打起瞌睡，還是睡著了，他的沉默是那般死寂。

這時船上的鐘直接有力地敲響了一下：一點了。他嚇了一跳。我又聽見玻璃叮咚敲響的聲音，顯然他在伸手摸索那瓶威士忌。咕嚕咕嚕的吞嚥聲輕輕響起，然後他突然又說起話來，但此刻似乎更加緊張，更加激動。

「是的……請您稍待……事情是這樣的。當時我坐在我那個該死的小窩裡，像隻蜘蛛一動也不動地坐在網中，已經這樣坐了好幾個月。那時雨季剛來，雨水接連幾個星期劈里啪啦地打在屋頂上，沒有人來，沒有歐洲人，我日復一日坐在那兒，屋裡只有那些黃種女人和高級威士忌。當時我心情正低落，非常想念歐洲，如果讀到哪本小說裡提起明亮的街道和白皮膚的女人，我的手指就開始發抖。我無法向您完整描述那種狀態，那是一種熱帶疾病，不時將人攫住的一種鄉愁，猛烈、激動、卻又無力。我當時就這樣坐著，我記得是在看一本地圖，夢想著旅行。這時有人用力敲門，幫忙跑腿的男孩站在門外，還有家裡的一個女僕，兩個人都吃驚地睜大了眼睛。他們比手畫腳地說：有位女士在這兒，一位淑女，一個白種女人。

「我跳了起來。我沒有聽見車輛駛近，沒聽見汽車聲。一個白種女人在這片荒野之中？

「我想下樓去，但又把自己拉回來，朝鏡子裡瞄了一眼，匆匆整理了一下儀容。我緊張不安，某種不祥的預感折磨著我，因為我想不出這世上有任何人會出於友誼而來看我。我終於下了樓。

「那位女士在前廳等我，急忙朝我走過來。搭乘汽車時戴的厚厚面紗遮住了她的臉。我想跟她打招呼，但她迅速截斷了我想說的話。『醫師，您好，』她用英文說，說得很流暢（有點太過流暢，像是事先背熟了），『請原諒我突然來訪。但我們剛好到這個醫療站來，我們的汽車停在那邊。』——她為什麼不直接開到門口？這個念頭在我腦中一閃而過——『而我想起來您住在這裡。我聽說過許多關於您的事，您替副總督動的手術簡直像是魔法一樣，他的腿又完好如初了，能跟以前一樣打高爾夫球。是啊，在我們那兒大家還一直談論著這件事，假如您能到我們那兒去，我們願意把我們那些壞脾氣的外科醫生拿來交換，再加上另外兩個。說真的，您為什麼從來不在我們那兒露面，您過得像個修行者……』

「她就這樣喋喋不休地說下去，說得越來越急，不讓我有開口的機會。在這番多嘴的閒話中透著一份緊張和慌張，讓我也變得不安起來。我在心裡自問，她為什麼說這麼多話？為什麼她不做自我介紹？為什麼不摘下面紗？她在發燒嗎？生病了？發瘋了？我越來越緊張，因為我感覺到這一幕的可笑，這樣啞口無言地站在她面前，被她滔滔不絕的話語給劈頭澆下。終於她停了一會兒，而我請她上樓。她向男僕做了個手勢，要他留下，就在我前面上了樓梯。

「『您這兒很舒適，』她說，在我的房間裡四下張望。『啊，好漂亮的書！我全都想讀！』她走到書架旁，端詳著那些書名。自從我見到她，她頭一次沉默了一分鐘。

「『您想喝杯茶嗎？』我問。

「她沒有轉過身來，仍然看著那些書名。『不用了，醫生，謝謝……我們馬上就得走了……我時間不多……只是出來走走……啊，您也有福婁拜的這本小說，這一本我很喜歡……太好了，太好了，這本《情感教育》，看來……您也讀法文書……您會的東西真不少！……的確，這些東西德國人在學校裡都學過……能懂得這麼多語言真是了不起！……副總督很看重您，他總是說他只願意讓您在他身上動刀……我們那兒那位善良的外科醫師只適合陪著打打橋牌……對了，您曉得——她始終還沒有朝我轉過身來——今天我自己也想到，什麼時候該來找您請教一下……因為我們正好開車經過，我就想……嗯，您現在大概有事要忙……我還是改天再來好了。』

「『妳終於掀開底牌了吧！』我心裡立刻這樣想。但我不露痕跡，向她保證能替她服務是我的榮幸，不管是現在還是任何時候，隨她高興。

「『不是什麼大不了的病，』她說，半轉過身來，一邊翻著她從書架上拿下來的一本書，『沒什麼大不了……小毛病罷了……女性會有的毛病……暈眩、昏厥。今天早上我們轉彎的時候我突然摔倒了，暈了過去……男僕必須扶我在車裡坐起來，去拿水來……嗯，也許是司機開得太快了……醫師，您覺得呢？』

「『這我還沒有辦法判斷。您經常這樣暈倒嗎？』

「『沒有……我的意思是……最近……就是最近這一陣子……是的，會像這樣暈倒和感到噁心。』

「她又站在書櫥前，把那本書放進去，又拿了一本出來翻閱。真奇怪，她為什麼老是這樣……這樣緊張地翻著書？為什麼她在面紗底下不把眼睛抬起來？我故意什麼都不說，存心讓她等待。終於她又說起話來，用她那種滿不在乎、絮絮叨叨的方式。

「『對吧，醫師，這沒什麼好擔心的？不是什麼熱帶疾病……沒什麼危險……』

「『我得先看看您有沒有發燒。我可以量一下您的脈搏嗎……』

「我朝她走過去。她向旁邊稍微避開。

「『不，不，我沒有發燒……肯定，肯定沒有……我替自己量過體溫，每天都量，自從……自從這種暈厥發生。從來沒發燒過，總是標準的三十六度四。我的胃也很健康。』

「我遲疑了片刻。這整段時間裡，我心中都有種不安的猜疑，覺得這個女人對我有所求，不會有人到蠻荒之地來，只是為了來聊福婁拜。我讓她等了一、兩分鐘。『請原諒，』然後我直截了當地說：『我可以坦白地問您幾個問題嗎？』

「『當然可以，醫師！您是醫生呀。』她回答，但已經又轉過身去背對著我，玩弄著那些書。

「『您懷過孩子嗎？』

「『有的，一個兒子。』

「『那麼您……您先前……我指的是當時……是否也有過類似的狀況？』

「『是的。』

「她的聲音現在整個變了，變得十分清晰，十分確定，一點也不再絮絮叨叨，不再緊張。『那麼有沒有可能，您……請原諒我問這個問題……現在也處於類似的狀態？』

「『有的。』

「她讓這兩個字像把刀一樣銳利地落下，轉過去的頭沒有一絲顫動。

「『夫人，也許最好是讓我大致檢查一下……可以勞駕您……到那邊那個房間去嗎？』

「這時她突然轉過身來。隔著那層面紗，我感覺到一道堅決的冷冷目光朝我投過來。

『不……沒有這個必要……我對我的情況完全確定。』

那聲音猶豫了一會兒。斟滿的酒杯又在黑暗中閃出光亮。

「請聽我說……但請您先仔細思考一下這個情況。一個女人闖到一個寂寞得要死的人那兒，幾年以來頭一次有白種女人踏進這個房間……而我突然感覺到在房間裡有某種不祥的東西，有一種危險。這種感覺不知怎地朝我襲來，這個女人鋼鐵般的堅決令我害怕，她喋喋不休地走進來，然後猛然提出她的要求，就像掏出一把刀一樣☆2。因為我知道她想要我做什麼，馬上就知道了——這不是第一次有女人要求我做這種事，但是她們來時的態度不同，她們羞怯地來，央求地來，流著眼淚，帶著懇求。這個女人卻是……帶著一份鋼鐵般的、有如男性的堅決……從第一秒鐘起，我就感覺到這個女人比我更強……感覺到她能夠強迫我對她百依百順……可是……可是……在我身上也有種邪惡的東西……那個想要抵抗的男人，懷著某種憤恨，因為……我已經說過了……從第一秒鐘開始，沒錯，在我還沒有看見她之前，我就把這個女人視為敵人。

☆2
*...und plötzlich spüre ichs, es ist etwas Böses im Zimmer, eine Gefahr. Irgendwie überliefs mich: mir graute vor der stählernen Entschlossenheit dieses Weibes, die da mit plapprigen Reden hereingekommen war und dann mit einemmal ihre Forderung zückt, wie ein Messer.*

「起初我保持沉默，固執地一言不發，懷著憤恨。我感覺到她從面紗底下看著我，直直地盯著我，帶著挑戰的意味，想迫使我開口。但我沒那麼容易讓步。我開始說話，但是……拐彎抹角……不自覺地模仿起她那種喋喋不休、滿不在乎的口氣。我假裝不明白她的意思，因為——我不知道您是否能夠體會——我想強迫她把話說清楚，我不想主動提供協助，而想……被央求……尤其是被她央求，因為她是這麼霸道……也因為我知道，在女人身上，沒有什麼比這種傲慢冷漠的態度更令我招架不住。

「於是我兜著圈子說話，說這沒什麼好擔心的，這種暈厥是正常過程，不但不需要擔心，還幾乎保證了情況發展良好。我舉出醫學報刊上登載過的例子……我說了又說，說得輕鬆隨意，始終把這件事視為再普通不過……一直等著她來打斷我，因為我知道她會受不了。

「這時她也已經猛然打斷了我，伸手一揮，彷彿要把這整番安撫的空話給掃開。

「『醫生，讓我不安的不是這件事。當年懷我兒子的時候，我的身體情況很好……可是現在我不再那麼健康……我心臟有點毛病……』

「『啊，心臟有毛病，』我重複了一遍，看似不安起來，『那我想馬上來檢查一下。』我作勢要站起來去拿聽診器。

「但她又打斷了我，這時候語氣十分銳利而堅定，像在發號施令。

「『我心臟是有毛病，醫生，我得請您相信我對您說的話。我不想浪費太多時間來做檢查。我覺得您對我可以多些信賴，至少我對您表達出足夠的信賴。』

「現在那已經成了對抗，是公然的挑戰，而我接受了。

「『信賴包含了坦誠，毫無保留的坦誠。請您把話說明白，我是醫生。尤其是請您拿下您的面紗，坐到這裡來，放下那些書，不要拐彎抹角。來看醫生的時候不該戴面紗。』

「她看著我，站得直挺挺的，神情驕傲。她猶豫了一會兒，然後坐下來，掀起了面紗。我看見一張臉，就跟我所害怕看見的完全一樣，一張看不透的臉，嚴峻、自制、有一種無關年齡的美，臉上是一雙英國人的灰色眼睛，眼中看似一片平靜，卻讓人能夠幻想在那雙眼睛背後的各種激情。薄薄的嘴唇緊抿著，只要它不想，就不會透露任何祕密。我們彼此對視了一分鐘，她的眼神同時帶著命令和詢問，還帶著一種冷硬的殘酷，讓我無法承受，不由自主地別開了目光。

「她用指節輕輕敲著桌面，顯示出她其實也很緊張。然後她突然很快地說：『醫生，您知道我想要您做什麼嗎？還是不知道？』

「『我想我知道，但是我們最好把話說清楚。您想要結束您目前的狀態……您想要我讓您不再暈眩，不再噁心，藉由……藉由排除這些症候的原因。是這樣嗎？』

「『是的。』

「這句話像斷頭臺的刀子一樣落下來。

「『您也知道這種嘗試具有危險……對雙方而言……？』

「『是的。』

「『也知道法律禁止我這麼做？』

「『在有些情況下並不被禁止，甚至是應當的。』

「『可是這些情況需要有醫生的證明。』

「『您會找出證明的。您是醫生。』

「她說話時一雙明亮的眼睛看著我，目不轉睛，眨都沒眨一下。那是個命令，而我這個軟弱的人顫抖起來，佩服她這種有如魔鬼般專橫的意志。但我還在找藉口，不想讓人看出我已經被踩得粉碎。渴望在我心中閃動──『先別急！把事情弄得麻煩一點！迫使她求我。』

「『這種事並非總是取決於醫生的意願。但我願意去跟醫院裡的一位同事……』

「『我不想去找您的同事……我是來找您的。』

「『我可以問一下，為什麼您偏偏來找我嗎？』

「她冷冷地看著我。

「『我不介意把這話告訴您。因為您住在偏遠地方，因為您不認識我，因為您是個高明的醫生，也因為您……』此時她頭一次猶豫了一下──『大概不會在這個地方待太久了，尤其是如果您……如果您能夠帶一筆可觀的金錢回家的話。』

「我打了個寒顫。這種堅硬如鐵、像商人般精確的算計令我暈眩。到目前為止她還沒有張口央求，但早已經把一切都算得清清楚楚，先對我進行窺伺，然後找上了我。我感覺到她魔鬼般的意志力正在朝我進逼，但我懷著滿心的憤恨加以抗拒。我再度強迫自己要就事論事，幾乎帶著嘲諷。

「『而您打算把這一大筆錢……交給我來支配？』

「『為了您的協助，也為了讓您立刻啟程離開。』

「『您曉得這樣一來我會失去我的退休金嗎？』

「『我會補償您的損失。』

「『您說的很明白……但我還想要知道得更清楚一點。您打算拿出多少錢來做為酬勞呢？』

「『一萬兩千荷盾，憑支票在阿姆斯特丹領取。』

「我顫抖起來，由於憤怒，也……是的，也由於欽佩。她把一切都算計過了，金額和付款方式，而那個付款方式迫使我必須啟程離開此地，她在尚未認識我之前就對我做過評估，就打算收買我，已經預感到她的意志力足可支配我。我恨不得賞她一巴掌……可是當我顫抖地站起來——她也站了起來——和她四目相接，互相凝視，當我看著這張緊緊閉著、不願意央求的嘴，看著她不願意屈服的高傲額頭，一種……一種殘暴的慾念突然朝我襲來。她想必也感覺到了，因為她高高揚起了眉毛，像是想把某個討厭的人打發走。我們之間的恨意突然昭然若揭。我知道她恨我，因為她需要我，而我恨她，因為……因為她不願意央求。這一秒鐘的沉默是我們頭一次對彼此坦誠交談。突然，像被一隻爬蟲咬了一口，我起了一個念頭，而我對她說……對她說……

「不過，請您稍等，您會誤解我所做的事……我所說的話……我必須先向您解釋……我為什麼會起了這個瘋狂的念頭……」

那個玻璃杯又在黑暗中叮咚響起。他的聲音變得更加激動。

「我並不是想為自己辯解，想說明我做的事是正當的，想替自己洗刷罪過……可是我不說清楚的話，您無法了解……我不知道自己究竟算不算是個好人，但……我認為我一向樂於助人……在那個地方那種糟糕的生活中，幫助別人是唯一的快樂，能夠利用塞進腦子裡的那一點知識救人一命……是一大快樂……真的，那是我生活中最美好的時刻，當一個黃種小伙子過來，臉色嚇得一陣青一陣白，腿被蛇咬了一口，高高地腫了起來，大聲哭嚎著他不要截肢，而我還得以拯救他。我曾經坐了幾小時的車去出診，如果有哪個女人發著燒躺在床上——像這個女人想做的那件事我也曾幫忙過，在歐洲醫院工作時就做過。可是那時候你至少感覺到對方需要你，知道自己拯救了一個人，讓對方免於死亡，或是免於絕望。而這就是你在幫忙一個人的時候所需要的，也就是感覺到對方需要你。

「可是這個女人——我不知道我是否能夠向您描述——她激怒了我，從她看似散步般地走進來，她的高傲就激起了我的反抗，她刺激了一切——我該怎麼說呢——她刺激了我心中被壓抑、被隱藏的一切，還有一切的邪惡，讓我想要抵抗。她擺出貴婦的姿態，冷淡而難以接近，把攸關生死的事情當成一樁生意來談，這令我發狂……再說……再說……一個人畢竟不會因為打高爾夫球而懷孕……我知道……意思是說，我必須明確地提醒自己——而這就是我當時的念頭——這個冷淡、高傲、冷漠的女人，當我只是面露防禦……幾乎帶著排斥看著她，她就把眉毛在鋼鐵般的眼睛上方高高揚起，我想到她在兩、三個月之前曾經跟一個男人熱情地在床上翻滾，像隻動物般赤裸，也許在情慾中呻吟，兩具身體像兩片嘴唇般交纏在一起……這就是我腦中閃過的灼熱念頭，當她那樣高傲、冷淡、難以親近地看著我，完全就像個英國軍官……這時候，我體內的一切全都繃緊了……我一心只想要侮辱她……從這一秒鐘起，我透過她的衣裳看見她赤裸的身體……從這一秒鐘起，我一心只想要占有她，想從她緊閉的雙唇逼出一聲呻吟，感覺到這個冷漠高傲的女人春情蕩漾，如同那個我不認識的男人感覺到的。這……這就是我想向您解釋的事……雖然我潦倒到那個地步，卻從不曾試圖以醫生的身分來乘人之危……可是這一次，並非出於好色，並非由於發情或性慾，真的不是……假如是的話，我會承認……那只是一種想要征服這份高傲的欲望……想做個能主宰一切的男人……我想我已經跟您說過，高傲而看似冷淡的女人向來具有控制我的力量……而此刻，此刻還又加上我在此地住了七年，不曾擁有過一個白種女人，也不曾遭遇過抗拒……因為這兒的女孩子，這些嘰嘰喳喳、身材嬌小的小動物，如果有個白人，有位『先生』要她們，她們就敬畏得顫抖……她們低聲下氣，總是敞開懷抱，總是願意帶著咯咯輕笑來服侍你……然而正是這種順從、這種奴性敗壞了你的興致……現在您明白了吧，明白那對我造成了多大的震撼，當突然有個女人出現，充滿高傲和憎恨，直到指尖都包得密不通風，同時閃爍出祕密，滿載著昔日的激情……當這樣一個女人大膽地走進這樣一個男人的籠中，這樣一個寂寞、飢渴、遭到禁錮、介於半人半獸之間的男人……這……我就是想告訴您這個，好讓您能夠了解我現在要講的事。嗯……懷著某種邪惡的欲望，中了那個念頭的毒，想像著赤裸、性感、獻出自己的她，我整個人彷彿緊繃起來，卻假裝漠不關心的樣子。我冷淡地說：『一萬兩千荷盾？……不，我不會為了這筆錢而做。』

「她看著我，臉色有點蒼白，大概已經感覺出我之所以抗拒並非出於對金錢的貪婪，但她還是問道：

「『那麼您要什麼呢？』

「我不再理會她那冷淡的語氣。『讓我們攤開底牌來說話。我不是生意人……不是《羅密歐與茱麗葉》裡面那個窮藥劑師，為了昧著良心的錢而出售毒藥……也許我跟生意人正好相反……用這種方式您是無法達成心願的。』

「『也就是說，您不願意？』

「『不會為了錢。』

「我們兩人之間有一秒鐘完全靜默。靜得讓我頭一次聽見她的呼吸。

「『那您還會想要什麼呢？』

「這下我再也忍不住了。

「『首先我希望您……不要像面對一個雜貨商似地跟我說話，而是像面對著一個人。希望在您需要幫助的時候，不要……不要馬上拿出您可恥的錢……而是央求我這個人，去幫助您這個人……我不僅是個醫生，不是只有看診時間……我也有其他的時間……也許您就是在這樣的時間來的……』

「她沉默了一會兒，然後嘴巴輕輕一撇，顫抖著，很快地說：

「『所以，如果我央求您……那您就會做嗎？』

「『您又想要做生意了——您要我先答應了，您才想央求。您得要先求我——然後我才會答覆您。』

「她揚起了頭，像匹倔強的馬，憤怒地看著我。

「『不——我不會求。我寧願死！』

「這時怒氣攫住了我，一股熾熱、荒唐的怒氣。

「『如果您不想求我，那麼我就提出要求。我想我不必說得太明白——您曉得我渴望從您那兒得到什麼。那樣的話——那樣的話我就會幫助您。』

「她凝視了我一會兒。然後——噢，我無法告訴您那有多麼可怕——然後她繃緊了臉，然後……然後她突然笑了……帶著一種說不出的輕蔑衝著我大笑……一種讓我化為塵土的輕蔑……同時又令我迷醉……那就像一種爆炸，那麼突然，那樣猛然出現，那麼強烈地炸開來，由於一股巨大的力量，這陣輕蔑的笑聲，讓我……是的，讓我想要撲倒在地上，去吻她的腳。那笑聲只持續了一秒……就像一道閃電，而我全身彷彿著了火……這時她已經轉身，快步走向門口。

「我不由自主地想跟著她……想要道歉……向她乞求……我的力量已完全崩潰……這時她又一次轉過身來說……不，是下達命令：

「『您別想跟蹤我或打聽我……您會後悔的。』

「門隨即在她身後砰地關上。」

又是一陣猶豫，又是一片沉默……又只聽見彷彿是月光在流動的簌簌聲。然後那個人的聲音終於又再響起。

「門關上了……但我站在原地無法動彈……彷彿被那個命令給催眠了……我聽見她走下樓梯，關上大門……我聽見了一切，而我一心一意只想追上她……想把她……我不知道……是想把她叫回來，還是想揍她或勒死她……只想跟著她……跟著她……然而我卻辦不到。我的四肢彷彿受到電擊而麻痺……我的確是被擊中了，被這道閃電般的霸道眼神擊中，深至骨髓……我知道這無法解釋，無法敘述……聽起來也許很可笑，但我就那樣站著……過了好幾分鐘，也許是五分鐘，也許是十分鐘，我才能勉強挪動腳步……

「不過，我的腳一能動了，我就急躁起來，敏捷起來……立刻跑下樓梯……她只可能走上通往行政中心的那條路……我衝到工具棚去牽腳踏車，發現忘了拿鑰匙，就硬把竹子編的門扯開，弄得竹子劈里啪啦地折斷……我隨即跳上腳踏車，騎得飛快去追她……我必須……必須追上她，在她還沒走到汽車旁之前……必須跟她說話……

「道路在揚起的塵土中向後飛逝……這時我才察覺自己在樓上想必站了很久……接著……在樹林裡轉彎處，快要到達行政中心的地方，我看見了她，看見她踩著僵直的步伐急急向前走，由那個男僕陪著……而她想必也看見了我，因為此刻她跟那個男僕說話，他留在原地，而她獨自繼續往前走……她想做什麼？為什麼她要獨自一人？……她想跟我說話而不想讓他聽見嗎？……我拚命踩著踏板……突然有個東西從旁邊衝到我前面……是那個男僕……我勉強還來得及把腳踏車扭向旁邊，就摔倒了……

「我咒罵著站起來……忍不住舉起拳頭，想朝那個笨蛋揮過去，可是他跳到一旁……我一把扶起腳踏車，想再騎上去……可是那個混蛋跳到前面，抓住了腳踏車，用蹩腳的英語說：『你留在這裡。』

「您沒有在熱帶地區住過……您不曉得這是多麼斗膽的行為，一個黃皮膚的混蛋抓住一位白人『先生』的腳踏車，還命令這位『先生』留在原地。我一拳擊中他的臉，用來代替任何回答……他踉蹌了一下，但還是緊抓著腳踏車不放……他那雙細長膽怯的眼睛睜得大大的，流露出奴隸般的恐懼……但他緊抓著車桿不放……『你留在這裡，』他又結結巴巴地說了一次。幸好我沒有帶手槍，否則我會一槍打死他。於是我只說：『混帳東西，走開！』他把頭縮著，卻不放開車桿。我又朝他腦袋上揍了一拳，他還是不鬆手。這時我怒氣上湧……我看見她已經走了，也許已經逃脫了……於是我像個拳擊手朝他下巴結結實實地打了一拳，打得他飛了出去。現在腳踏車又回到我手裡……可是當我跳上車，車子走不動了……在用力硬扯之下，鋼絲彎了，我嘗試用激動的雙手把鋼絲扭正……卻辦不到……於是我把腳踏車往路邊一扔，扔到那個混蛋旁邊，他流著血站起來，退到一旁……然後——不，您無法體會在眾人面前的那一幕有多可笑，當一個歐洲人……唉，我已經不記得我做了什麼……我只有一個念頭：去追她，追上她……於是我用跑的，像個瘋子一樣沿著馬路跑，經過那些小屋，黃皮膚的賤民目瞪口呆地擠到門前，來看一個白人，看這個醫生在奔跑。

「我汗流浹背地抵達了行政中心……我問的第一個問題是：那輛汽車呢？……剛剛開走……那兒的人訝異地看著我，我看起來想必像個瘋子，我那樣汗涔涔、髒兮兮地來到，人還沒站穩，就先把問題吼了出來……在下方的道路上，我看見汽車揚起白色煙塵……她成功了……成功了，一如她殘忍無情地算計的一切都必然會成功。

「然而，逃跑也幫不了她……在熱帶地區的歐洲人之間沒有祕密可言……人人識得彼此，任何事都會成為事件……她的司機在行政中心的歐式平房裡待了一個小時可並沒有閒著……在幾分鐘之內，我就得知了一切……知道她是誰……知道她住在——嗯，住在殖民政府所在地的那座城市，從此地搭火車過去得要八小時……知道她——嗯，姑且說她是個大商人的太太，極為富有，出身高尚，是個英國人……我知道她丈夫這五個月來都在美國，過幾天將會回來，要帶她一起回歐洲……

「而她——這個念頭像毒液一般灼熱地流進我血管中——她有孕在身頂多只有兩、三個月……」

「到這裡我還能把事情說得讓您能夠理解……也許只是因為到這一刻為止，我還能夠理解我自己……身為醫生，我總能替自己的狀況做出診斷。可是從那一刻開始，我就像是患了熱病……失去了對自己的控制……意思是說，我清楚知道我所做的一切有多麼荒唐，卻不再有力量控制自己……我只是向前跑，一心只想達到我的目的……對了，等一下……也許我還是能夠設法讓您明白……您曉得什麼是馬來狂嗎？」

「馬來狂？……我想我記得……是發生在馬來人身上的一種酒醉狀態……」

「那不僅是一種酒醉狀態……而是一種癲狂，一種發生在人類身上的狂犬病……一種偏執狂的爆發，可怕、荒誕，任何一種酒精中毒都無法與之相提並論……我住在當地的時候曾經親自研究過幾個病例——事情發生在別人身上時，你總是很聰明，能夠就事論事——卻沒能找出這種疾病的根源，找出那個可怕的祕密……這似乎跟氣候有點關係，跟這種悶熱、壓抑的氣氛有關，這種氣氛就像暴風雨一樣壓迫著神經，直到神經迸裂……所以說，馬來狂……是的，馬來狂的情形是這樣的：一個馬來人，隨便一個單純、和善的人，喝著他自己釀的酒……他坐在那兒，麻木無力，滿不在乎……就像我坐在我房間裡那樣……然後他突然跳起來，拿起短劍，衝到街上去……直直地向前跑，始終直直往前跑……不知道要去哪裡……凡是擋了他路的東西，不管是人還是動物，他就用馬來人所用的彎劍刺下去，而鮮血的刺激使他更加激昂……他一邊跑著嘴裡一邊吐出白沫，像個瘋子一樣嘶吼……而他跑了又跑，不看向左邊，也不看向右邊，就只是這般嚇人地直直往前跑，發出刺耳的吼叫，拿著那把血淋淋的彎劍……村裡的人知道任何力量也阻止不了一個由於馬來狂發作而奔跑的人……於是他們在他來到之前先發出警告：『馬來狂！馬來狂！』大家全部逃走……他卻繼續跑，什麼也聽不見，什麼也看不見，用劍刺倒他碰見的東西……直到別人將他像條瘋狗般射死，或是他自己口吐白沫不支倒地……

「我曾經見過一次，從我屋子的窗戶看出去……那恐怖極了……然而，就是因為我見過，我才能理解在那些日子裡的自己……因為就像這樣，完完全全就像這樣，帶著這種可怕的目光，直直地向前跑，不向左看，也不向右看，我就這樣著了魔似地衝出去……去追這個女人……我不再記得我是怎麼做的，一切的過程都如此迅速，以如此荒唐的速度飛掠……當我得知有關這個女人的一切，她的姓名、她的住處、她的命運，只過了十分鐘……不，五分鐘，不，兩分鐘……我就已經騎著一輛匆匆借來的腳踏車趕回住處，把一套西裝扔進皮箱，塞了錢在身上，開車前往火車站……沒有向當地的政府官員報備……沒有找人代理工作，就那樣扔下我的房子，房門還敞著……僕人和女僕圍在我身邊，驚訝地詢問，我沒有回答，也沒有回頭……就這樣開車到火車站，搭乘下一班火車進城去……自從這個女人走進我的房間，總共只過了一個小時，而我已經把我的全部生活拋在腦後，像馬來狂發作的人一樣狂奔至空茫之中……

「我直直地向前跑，腦袋撞牆也在所不惜……傍晚六點時我到了城裡……六點十分我就到了她家裡，請僕人通報……那是……您會了解……再荒謬、再愚蠢不過的事……可是馬來狂發作的人奔跑時眼神空洞，看不見自己跑向何處……幾分鐘之後，僕人回來了……有禮貌卻冷淡……說夫人身體不太舒服，無法見客……

我踉踉蹌蹌地走出門外……還悄悄繞著那棟屋子走了一個小時，一心懷著那瘋狂的希望，以為她也許會來找我……然後我先在海濱旅館要了個房間，帶著兩瓶威士忌進房……這兩瓶酒加上雙份劑量的安眠藥幫助了我……我終於睡著了……那一覺昏昏沉沉，宛如陷入泥沼中，是這場生與死之間的狂奔當中唯一的休息。」

船上的鐘響了，飽滿有力地敲了兩下，空氣幾乎靜止不動，像個溫柔的池塘，那鐘聲在空中繼續迴盪，漸漸消失在那不曾間斷的汩汩水聲中，那水聲在龍骨下方，堅定地伴隨此人激動的言語。黑暗中坐在我對面的人想必嚇了一跳，他的話語停頓了。我又聽見他伸手去拿酒瓶，又聽見輕輕的吞嚥。接著他彷彿平靜下來，用比較穩定的聲音開口了。

「從這一刻開始的那幾個鐘頭，我簡直沒辦法向您敘述。如今我認為，當時我在發燒，總之狀態過度激動，已經接近瘋狂——就像個馬來狂發作的人，如同我先前對您說的。不過，您別忘了，我抵達時是星期二晚上，而星期六——這一點我當時已經得知——她丈夫就將搭乘『半島東方輪船公司』從橫濱啟航的輪船抵達，也就是說，要下定決心和提供幫助，都只剩下三天的時間，短短三天。請您了解：我知道我必須馬上幫助她，卻無法跟她說上一句話。我渴望能為了自己瘋狂可笑的行為道歉，而正是這份渴望逼得我繼續向前。我知道每一分鐘都很寶貴，知道這事對她來說攸關生死，卻沒有機會接近她，哪怕只是對她低聲說句話，給她一個暗示。正因為我那樣衝動、愚蠢地追著她，把她嚇壞了。那就像……嗯，等一下……就像有個人追在另一個人身後，為了提醒那人有凶手要殺他，而對方誤以為他就是凶手，結果繼續跑向他的不幸……她在我身上只看見那個跟蹤她的狂人，想要侮辱她，但我……這就是那可怕的荒謬之處……我根本沒再那麼想……我整個人已經毀了，我只想幫助她，只想為她效勞……為了幫助她，我會去殺人，會去犯罪……可是她不明白這一點。當我在早上醒來，立刻又跑到她家去，那個男僕站在門口，就是我一拳擊中他臉的那一個，當他遠遠地看見我——他想必是在等我——就溜進了門內。也許他之所以這麼做，只是為了暗地裡去通報我來了……也許……唉，這種捉摸不定深深折磨我……也許他們已經為了接待我而做好準備……可是當我看見他，就想起了我的恥辱，結果變成我不敢再次登門拜訪……我的膝蓋在顫抖，就在門檻前面轉身走開……走開了，當她也許正在類似的煎熬之中等著我。

「如今我不曉得在這座陌生的城市裡該做什麼，這城市像火一樣燒灼著我的腳跟……突然我有個主意，隨即叫了輛車去找副總督，就是當年我在醫療站救治過的那一位，請僕人通報我來拜訪……我的外表想必已經令人訝異，因為他看著我的目光彷彿受到了驚嚇，而他的禮貌中帶著不安……也許他已經看出我是個發狂的人……我簡短而堅決地告訴他，我請求被調到城裡來，說我再也無法在原先那個工作崗位生活……我必須立刻搬遷……他看著我……我無法告訴您他是怎麼看著我的……就像一個醫生在端詳一個病人……『神經崩潰，親愛的醫師，』他說：『這我太了解了。嗯，這事我可以安排，不過請您等個……大約四星期吧……我得先找到人來接替您。』『我沒辦法等，一天也沒辦法。』我回答。他又用那道異樣的眼光看我。『不等不行，醫師，』他嚴肅地說：『醫療站不能沒有醫生。但我答應您，今天我就會著手安排一切。』我站著沒動，咬緊了牙關，頭一次明白感覺到我是簽了賣身契的人，是個奴隸。我正想要倔強地反抗，但圓滑的他搶在我前面開了口：『您太少跟人來往了，醫師，最後這會變成一種疾病。我們全都納悶您為何從不到城裡來，從不休假。您需要更多社交活動，更多的刺激。至少今天晚上請您過來，今天有政府的接待晚會，整個殖民地的外僑都會參加，有些人早就想要認識您了，經常問起您，希望您能到這兒來。』

「最後一句話讓我精神一振。問起我？莫非是她嗎？我頓時判若兩人，立刻禮貌地謝謝他的邀請，並且保證我會準時前來。而我也的確準時，太準時了。我得先告訴您，由於焦躁不耐，我是頭一個抵達官府大廳的人，周圍都是黃皮膚的僕人，他們默不作聲，打著赤腳匆匆來去，並且——我在混亂的意識中這麼想——在我背後笑我。有十五分鐘的時間，在這番無聲的準備工作中，我是唯一的歐洲人，完全孤單，讓我能聽見背心口袋裡的懷錶在滴滴答答。然後終於來了幾名政府官員和他們的家人，接著總督也來了，跟我談了好一會兒，我殷勤地回答，自認也回答得很得體，直到……直到我突然感到一股神祕的不安，失去了所有的圓滑，變得結結巴巴。雖然我背對著大廳的門，卻立刻感覺到她走了進來，感覺到她想必在場。我無法告訴您，這份突如其來的明確感覺何以那般令我心慌，可是當我還在跟總督談話，他說的話還在我耳朵裡響著，我已經感覺到她就在我身後。幸好總督隨即結束了談話，否則我大概會無禮地突然轉過身去，因為拉扯神經的那股神祕力量是那麼強大，那般灼熱地激起了我的渴望。而果然，我一轉身就看見了她，就在我的感覺無意識地預感到她所在的那個位置上。她站在一群人當中聊著天，身穿黃色晚禮服，瘦削白晰的雙肩像象牙一樣閃著光澤。她在微笑，然而我卻覺得她臉上彷彿有種緊張的表情。我走近了一些——她沒看見我，或是不想看見我——看著她的笑容，這笑容漾在薄薄的嘴唇周圍，討人喜歡而有禮貌。這個笑容再次令我迷亂，因為……因為我知道這微笑是個謊言，是藝術或技巧，是高超的偽裝。今天是星期三，這念頭在我腦中閃過，星期六丈夫就要搭船回來……她怎麼能夠這樣微笑，這麼……這麼沉著，笑得這麼無憂無慮，慵懶地玩弄著手裡的扇子，而沒有在恐懼中把扇子扭壞？我……我這個陌生人……從兩天以來就擔心著那一刻……我這個陌生人用過度的情感分擔她的恐懼、她的驚慌……而她卻來參加舞會，還笑著，笑著，笑著……

「音樂從背後響起，舞會開始了。一位年長的軍官向她邀舞，她向方才一起聊天的那群人道了歉，挽著軍官的手臂走向另一間大廳，從我身旁走過。當她看到我，她的臉突然緊緊繃了起來，但只有一秒鐘，然後她向我點點頭，禮貌地表示認出了我（我還來不及決定要不要跟她打招呼），就像對一個偶然遇見的熟人一樣，說了聲：『醫生，您好。』隨即走開了。沒有人猜得到這道灰綠色的目光裡藏著什麼，而我自己也不知道。她為什麼跟我打招呼……為什麼突然承認與我相識？……那是抵抗嗎？還是表示親近？還是只是由於驚訝而起的尷尬？我無法向您描述，留在原地的我有多麼激動，我內心翻騰，一切都壓縮在一起，一觸即發，當我看著她，挽著那名軍官的手臂慵懶地跳著華爾滋，額頭上閃著無憂無慮的冷靜光澤，而我明明知道她……知道她跟我一樣只想著那件事……知道在這裡只有我們兩個共享著一個可怕的祕密……而她跳著華爾滋……在這幾秒鐘，我的恐懼、渴望和欽佩變得比任何時候都要強烈。我不知道是否有人在觀察我，但我的一舉一動洩露出的心情肯定要多過她隱藏的心情。我無法往別的方向看，我必須……是的，我必須盯著她，我從遠處吸著、扯著她那張不露聲色的臉，想看看那副面具是否會卸下一秒。這道凝視的目光想必令她感到不自在。當她挽著舞伴的手臂走回來，她閃電般地瞥了我一眼，帶著嚴厲的命令，像是要我走開。那高傲的怒氣再度惡狠狠在她額頭上繃出小小的皺紋，是我先前就見識過的。

「可是……可是……我已經跟您說過……我像個馬來狂發作的人，不看向左邊，也不看向右邊。我立刻明白了她的意思，這個眼神在說：不要引人注目！收斂一點！我知道她……我該怎麼說？……知道她希望我在這個公眾大廳裡舉止要檢點……我明白，如果我現在回家去，明天她肯定會接見我……明白她只是現在想要避免面對我引人注目的親暱態度，明白她擔心我的笨拙會引起騷動，而她大有理由擔心……您看……我什麼都知道，我了解這個發號施令的灰色眼神，可是……可是我心中的力量太強，我必須跟她說話。於是我搖搖晃晃地走向跟她聊天的那群人，把自己從那個鬆散的圈子旁邊向前推——雖然在場的人我只認識幾個——只想聽見她說話，然而我始終垂著頭，像隻挨了揍的狗，避開她的目光，那道目光冷冷地從我身上掃過，彷彿我是我身後的一片亞麻帷幕，或是輕輕掀動帷幕的空氣。然而我站著，渴望聽見她向我說句話，渴望她給我一個表示默許的暗示。我站在那群閒聊的人當中，目光呆滯，像塊木頭，肯定已經引人注目了，肯定如此，因為沒有人對我說一句話，而她想必由於我可笑的模樣而受著折磨。

「我不知道我這樣站了多久……也許站了一輩子……由於意志受到蠱惑，我實在沒有辦法走開。正是我固執的怒氣令我麻痺……可是她受不了了……突然以她那份美妙的輕盈轉身面對那些男士，說：『我有點累了……今天我想早點睡……晚安！』……隨即從我身邊飄然離去，用社交場合少見的方式向我點了點頭……我還看見她額頭上高高抬起的皺紋，接著就只看見她的背，那白晰、冷淡、赤裸的背。過了一秒鐘，我才明白她走了……明白今天晚上我無法再見到她，再跟她說話，還來得及拯救她的最後一晚……我還呆呆地站了一會兒，直到我明白……然後……然後……

「不過，等一等……等一等……我得先向您描述一下那整個空間……否則您無法理解我所做的事有多麼荒唐，多麼愚蠢……那是官府的大廳，燈火通明，偌大的廳堂裡幾乎空蕩蕩的……成雙成對的男女去跳舞了，男士去玩牌……只有幾小群人在角落裡聊天……所以說，大廳空蕩蕩的，一舉一動都會引人注目，在刺眼的光線中清楚可見……她緩慢而輕盈地穿過寬廣的大廳，肩膀抬得高高的，偶爾以她那種難以形容的姿態向別人回禮……帶著莊嚴、冷峻、高貴的平靜，那份平靜令我心醉……我……我留在原地，我跟您說過了，在我尚未意識到她離開了之前，我彷彿麻痺了……而當我意識到時，她已經走到大廳另一端，快到門口了……這時候……噢，如今回想起來我都還感到羞愧……我猛然一驚，跑了起來——您聽到了：我跑了起來……不是用走的，而是鞋子噗通噗通踩在地上跑，引起很大的回聲，跑過整座大廳去追她……我聽見自己的腳步聲，看見所有的目光都驚訝地投向我……我簡直就要羞死了……我還在跑的時候，就已經意識到這樣做很瘋狂……然而我沒辦法……沒辦法再回頭……在門口我追上了她……她轉過頭來……她的眼神像一根灰色的鋼條刺進我身上，鼻翼由於憤怒而掀動……我正想結結巴巴地開始說話……這時……這時……她突然發出響亮的笑聲……那笑聲清脆、無憂、真誠，用大家都能聽見的聲音大聲說道：『啊，醫師，這會兒您才想到了要給我兒子的藥方……唉，這些研究科學的先生就是這樣……』幾個站在附近的人也好意地跟著笑了……我會意了，她化解窘境的高明手法令我暈眩……我伸手去拿皮夾，從本子上撕下一張空白的紙，她漫不經心地接過去，然後……再度露出冷冷的笑容致謝……走了……在起初那一剎那我感到輕鬆……我看出她的高明手段抵銷了我的瘋狂，化解了尷尬……但我也立刻知道，一切對我來說全完了，知道這個女人憎恨我這種魯莽的愚蠢行為……更甚於死亡……知道現在我就算到她家門前去上千百次，她也會把我趕走，就像趕走一條狗。

「我踉踉蹌蹌地穿過大廳……注意到大家在看我……我的樣子想必很奇怪……我走到餐檯旁，接連喝了兩杯、三杯、四杯白蘭地……這讓我免於暈倒……我的神經已經被撕裂，再也支撐不住了……然後我從一道側門溜了出去，偷偷摸摸地，像個犯罪的人……就算把世上哪個王國賞賜給我，我也無法再穿過那座大廳，她的笑聲還尖銳地附著在所有牆壁上……我走著……我已經記不清楚當時是往哪兒走……去了幾家酒館，喝得爛醉……像個想藉喝酒失去清醒意識的人……可是……我的意識沒有變得模糊……那笑聲揮之不去，尖銳而凶惡……我無法壓下這笑聲，這該死的笑聲……之後我還在碼頭邊亂走……我把手槍留在住處了，否則我就會舉槍自盡。我心裡也只有這個念頭，只懷著這個念頭回到住處……只想著箱子左邊匣子裡的手槍……只有這一個念頭。

「後來我之所以沒有舉槍自盡……我向您發誓，那並非出於怯懦……按下已經上膛的冰涼扳機對我來說其實會是種解脫……可是我該怎麼向您說明……我感覺到我還有一份義務……想到她可能還需要我，想到她會需要我，這個念頭令我發狂……我回到住處時已經是星期四凌晨，而星期六……我已經跟您說過……星期六那艘船就要抵達，而我知道，要這個女人，這個高傲自負的女人在她丈夫和世人面前承受這樣的恥辱，她是活不下去的……唉，想到那些無意義浪費掉的寶貴時間，想到我那荒唐的操之過急，阻礙了任何及時的協助，這些念頭深深折磨著我……接連幾個小時，是的，幾個小時，我可以向您發誓，我在房間裡走來走去，絞盡腦汁，想著要如何才能接近她，如何彌補一切，如何幫助她……因為我很明白她不會再允許我踏進她的屋子……我的每一根神經都還能感覺到她那陣笑聲，還有她由於發怒而顫動的鼻翼……我在那個只有三公尺長的狹小房間裡來來回回地走了好幾個小時，真的是走了好幾個小時……天已經亮了，已經是上午了……

「突然，一股力量把我扔到了桌前……我抽出一疊信紙，開始給她寫信……把一切都寫下來……那是封搖尾乞憐的信，我在信裡乞求她原諒，稱自己為瘋子、罪人……我懇請她信賴我……我發誓在下一個鐘頭就會離開，離開這座城市，離開這個殖民地，如果她希望的話，我也會離開這個世界……只要她原諒我，信賴我，讓我幫助她，在這個最後關頭……我像發燒似地一口氣寫了二十張信紙……那想必是封瘋狂的信，難以形容，在一種半昏迷狀態中寫成，因為當我從桌前站起來，我全身都汗濕了……房間在搖晃，我必須喝杯水……然後我才試著把那封信再讀一遍，可是才讀了頭幾句我就感到恐懼……我顫抖地把信折起來，已經伸手去拿信封……這時一個念頭突然在腦中一閃而過。我頓時知道了那句具有關鍵性的真心話。我又拿起筆，在最後一張信紙上寫道：『我在海濱旅館等待一句原諒的話。如果到了七點還沒有得到答覆，我就舉槍自盡。』

「然後我拿起那封信，按鈴喚來一個跑腿的信差，請他立刻把這封信送過去。我總算把一切都說出來了——一切！」

某樣東西在我們身邊叮叮咚咚地滾動。他一個動作太猛，把威士忌酒瓶碰倒了，我聽見他伸手在地板上摸索尋找，然後突然抓住了酒瓶，以高高的弧線把空酒瓶扔下船去。他的聲音沉默了幾分鐘，然後急切地往下說，比先前更激動，更倉促。

「我已經不是個虔誠的基督徒……對我來說沒有天堂，也沒有地獄……就算有，我也不怕，因為地獄也不會比我從那天上午到傍晚所度過的那幾個小時更可怕……請您想像一個小房間，在陽光下很熱，在正午的豔陽下越來越炙熱……一個小房間，只有一張桌子、一把椅子、一張床……而在這張桌子上就只有一支錶和一把手槍，桌前是一個人……他什麼也不做，只是凝視著桌面，凝視著那支錶的秒針……這個人不吃不喝，不抽菸，一動也不動……始終就只是……您聽我說：始終就只是盯著那圓形的白色錶面，接連三個鐘頭，盯著那根滴滴答答繞著圓圈的指針……就這樣……我就這樣度過了那一天，就只是等待，等待，再等待……然而，那等待就像個馬來狂發作的人做著一件沒有意義的事，一件帶著獸性的事，帶著這種瘋狂的執拗。

「唉……我不會向您描述這幾個鐘頭……也無法描述……我自己都無法理解一個人如何能夠經歷這樣一段時間而居然沒有發瘋……後來……在三點二十二分的時候……我清楚記得這個時間，畢竟我一直盯著那支錶……突然有人敲門……我跳起來……就像老虎撲向獵物那樣跳起來，猛然跳過整個房間衝到門邊，把門扯開……一個膽怯的中國小男孩站在門外，手裡拿著一張折起來的紙條，我急忙伸手去拿，而他也已經一溜煙地跑走了。

「我扯開那張紙條，想要去讀……卻無法讀……眼前一片紅色在晃動……您想想那份折磨，我終於收到了她的回話……此刻我眼前卻在顫抖舞動……我把頭埋進水裡……頭腦清楚了些……再把那張紙條拿過來讀：

「『太遲了！但請您留在住處。也許我還會喚您過來。』

「這張揉得皺皺的紙上沒有署名，紙是從哪份舊廣告上撕下來的……用鉛筆匆匆潦草寫成，除此之外，是很穩健的筆跡……我不知道這張紙條何以那般令我震撼……某件可怕的事、某種祕密附著在這張紙條上，彷彿是在逃亡途中寫成，站著靠在窗台邊或是在行駛中的車上寫的……某種難以形容的恐懼、倉促、震驚，冷冷地從這張祕密的紙條上敲進我的靈魂……儘管如此……儘管如此，我還是很高興：她寫了信給我，我還不必死，她還允許我幫助她……也許……我還可以……噢，我完全沉浸在最瘋狂不過的推測與希望之中……我把那張小紙條讀了幾百遍，幾千遍，我親吻那張紙條……仔細尋找是否還有我遺漏的哪個字……我的胡思亂想越來越深沉，越來越混亂，就像是睜著眼睛睡覺那種奇妙的狀態……一種癱瘓，介於睡與醒之間的一種既麻木又靈動的狀態，也許持續了十五分鐘，也許持續了幾個鐘頭……

「突然我驚醒過來……是有人敲門嗎？……我屏住了呼吸……一分鐘，兩分鐘全然的寂靜……然後又響起一陣很輕的敲擊聲，就像隻老鼠在啃東西，很輕，但很急促……我跳起來，還在暈眩之中，把門扯開——門外站著那個男僕，她手下的男僕，就是我之前一拳打在他嘴上的那一個……他的棕臉一片灰白，慌亂的眼神述說著不幸……我立刻感到害怕……『發……發生了什麼事？』我勉強結結巴巴地吐出這一句。『趕快來，』他用英文說……除此之外什麼也沒說……我立刻衝下樓，他跟在我後面……外頭停著一輛小車，我們上了車……『發生了什麼事？』我問他……他顫抖地看著我，咬緊了嘴唇，一言不發……我又問了一次，他還是一言不發……我恨不得再一拳打在他臉上，然而正是他對她這種像狗一般的忠心令我感動……於是我不再問了……那輛小車從人群中急速穿過，打散了人群，引來咒罵，從海邊歐洲人居住的地區駛進下城，再繼續往前，駛進中國城喧鬧的人群中……終於我們抵達一條窄巷，位在很偏僻的地方……在一棟矮小的屋子前面停下來……那房子很髒，像是縮成了一團，前面是個小店，點著蠟燭……是那種藏著鴉片窟或妓院的小店，是個賊窩或是窩藏贓物的地方……那男僕急急地敲門……一個聲音在門縫後面嘶嘶響起，問了又問……我受不了了，從座位上跳下來，撞開了那扇虛掩著的門……一個中國老太太輕輕叫了一聲跑掉了……那男孩從我身後走過來，帶著我穿過走道……打開了另一扇門……門後是個昏暗的房間，充滿燒酒和血塊凝結的難聞氣味……裡面有呻吟聲……我摸索著走進去……」

聲音又中斷了。之後再爆發出來的與其說是話語，不如說是啜泣。

「我……我摸索著走進去……而在那裡……在那裡一塊骯髒的床墊上躺著……一個呻吟的人……由於痛苦而蜷縮著身子……是她躺在那兒……在黑暗中我看不見她的臉……我的眼睛尚未習慣黑暗……於是我只能摸索著向前……摸到她的手……很燙……燃燒般地燙……她在發燒，高燒……我感到一陣戰慄，立刻明白了一切……她為了躲開我而逃到這兒來……任由某個骯髒的中國女人宰割她的身體，只因為她希望這兒的人比較懂得保守祕密……任由某個魔鬼般的巫婆把她謀殺，也不願信賴我……只因為我這個瘋子……只因為我沒有顧及她的自尊，沒有馬上幫助她……因為她怕我更甚於死亡……

「我喊著我需要燈光。那個男僕跳起來，那個可惡的中國女人用顫抖的雙手端來一盞燻黑的煤油燈……我必須要克制住自己，不要撲上去掐住這個黃皮膚巫婆的咽喉……她把燈放在桌上……黃色的光線明亮地照在那具飽受折磨的身體上……突然之間……突然之間一切都離我遠去，所有的麻木、憤怒，那些累積的激情，所有這些污濁之物都離我遠去……我就只是個醫生，一個幫助別人、有感覺、有知識的人……我忘了自己……以清醒的意識和那可怕的情況搏鬥……我摸著我在夢中渴望的赤裸身體，只把它當成……我該怎麼說呢……當成一種物質、一種生物……我感覺到的不再是她，而只是個在抵抗死亡的生命，那個在極度痛苦中蜷縮起來的人……她的血，她溫熱、神聖的血湧到我手上，但我摸著那血卻既沒有快感，也不覺得害怕……我只是個醫生……我只看見那種受苦……並且看出……

「並且立刻看出一切都已經完了，除非有奇蹟出現……她受了傷，大量失血，由於那隻罪惡而笨拙的手……而在這個發臭的小屋裡，我沒有能夠止血的東西，就連乾淨的水都沒有……我碰到的所有東西都沾滿灰塵……

「『我們必須立刻到醫院去。』我說。可是我這話才出口，那具飽受折磨的身體就痙攣地抬了起來。『不……不要……寧願死……不要任何人知道……不要任何人知道……回家……回家……』

「我明白了……如今她要爭取的只是那個祕密，她的名譽……不再是她的生命……而我聽從了……那個男僕抬了一頂轎子來……我們讓她躺進去……就這樣……我們連夜抬著她……她已經像具屍體，沒有力氣而且發著燒……抬著她回家，擋開那些吃驚而想詢問的僕人……像小偷一樣把她抬進房間裡，把門閂上……然後……然後就展開了跟死亡的漫長搏鬥……」

突然，一隻手緊緊握住我的手臂，讓我差點由於驚嚇和疼痛而叫出聲來。在黑暗中，那張臉突然像個鬼臉般靠近我，我看見在情緒驟然爆發中亮出的白牙，看見那副眼鏡在慘淡月光的反射中像一雙巨大的貓眼閃閃發亮。此刻他不再是用說的，而是用吼的，被一種哭嚎的憤怒所震撼：

「您這個陌生人，這樣輕鬆地坐在甲板的躺椅上，旅行世界各地，您可知道一個人死去是怎麼回事嗎？您曾經親眼目睹過嗎？曾經見過一具身體蜷縮起來，泛青的指甲抓進虛空之中，喉頭發出艱難的喘息，四肢都在抗拒，每一根手指都在對抗可怕的死亡，看見眼睛在恐懼中凸出來，那種言語無法形容的恐懼？這您經歷過嗎？您這個悠閒的人，這個旅遊世界的人，把協助說成是義務的您？身為醫生，我經常看見死亡，視之為……醫學案例，視之為事實……可以說是研究過死亡，但要說親身經歷過，就只有那一次，只有在那一夜我陪著經歷過，陪著死過……在那可怕的一夜，我坐在那裡，絞盡腦汁，想找出辦法，找到些什麼，發明些什麼來止住那流了又流的血，來退掉那將她在我眼前燒盡的熱度……來對抗那越來越接近的死亡，但我卻無法將死亡從床邊驅逐。您明白那意味著什麼嗎？身為醫生，懂得治療各種疾病的知識——具有協助的義務，如同您很有智慧地說過——卻束手無策地坐在一個垂死之人身邊，明知她將死，卻無能為力……只知道這件可怕的事實，亦即我幫不了忙，就算撕裂自己身上的每一條血管也幫不了忙……眼睜睜看著一具自己所愛的身體悲慘地大量失血，受到疼痛的折磨，摸到跳得飛快而又逐漸微弱的脈搏……那脈搏在我的手指下消逝……身為醫生而束手無策，毫無辦法，一點辦法也沒有……只能坐在那裡，喃喃地吐出禱告，像教堂裡的乾癟老太婆，然後又握緊拳頭，向可悲的上帝抗議，雖然明知道上帝並不存在……您明白嗎？您明白嗎？……我……我只有一點不明白……在這樣的時刻，一個人如何能夠不一起死去……如何能夠在次日早晨醒來起床，去刷牙，打上領帶……在經歷了這件事之後如何還能活下去？我感覺到這份呼吸、這個人在我手底下溜走，這頭一個我想要為之抗爭、為之搏鬥的人，想用我靈魂的所有力量將之留住的人……溜向不知何處，一分鐘一分鐘越來越快地溜走，而在我發熱的大腦裡，我想不出任何辦法來挽留這一個生命……

「再加上，還有一件事使我的痛苦加倍劇烈……當我坐在她床邊——為了減輕她的痛苦，我替她打了嗎啡，看著她躺在那裡，雙頰灼熱，臉色灰白——當我這樣坐著，我始終感覺到有一雙眼睛盯著我的背，帶著嚇人的緊張……那個男僕坐在我身後的地板上，蜷縮著，喃喃低聲唸著某種禱詞……當我的目光與他的目光相遇，那麼……不，我無法描述……在他那卑微的目光裡流露出深深的乞求……深深的感謝，同時他把雙手向我舉起，彷彿想懇求我拯救她……您明白嗎？他像乞求神明一樣向我舉起雙手……對著我這個束手無策的無用之人，我知道一切都已經完了……知道我在這裡就跟一隻爬在地板上的螞蟻一樣毫無用處……唉，這道目光深深折磨著我，他對我的醫術懷著狂熱的希望……我很想吼他，用腳踢他，他令我那麼難受……然而，我感覺到我們兩個由於對她的愛而有了連結……由於那個祕密……他蜷著身體坐在我後面，像隻窺伺的動物，麻木地縮成一團……我若是要什麼東西，話才出口，他就用一雙赤腳無聲地跳起來，顫抖地把東西遞給我……滿懷希望，彷彿這件東西就能幫上忙……就能拯救她……我知道，為了救她，他會願意割開自己的血管……這個女人就是這樣具有支配他人的力量……而我……我卻連讓她少流一點血的力量也沒有……噢，這一夜，這可怕的一夜，這介於生與死之間無盡漫長的一夜！

「天快亮時她又醒過來一次……她睜開了眼睛……此刻這雙眼睛不再高傲冷漠，彷彿感到陌生地探索著房間，眼裡由於發燒而閃著濕潤的光芒……然後她看著我，似乎在思索，想要憶起我的臉……突然……我看出……她想起來了……因為她臉上流露出某種驚嚇和抗拒……某種敵意和震驚……她掙扎著雙臂，像是想要逃開……遠遠地逃開我……我看出她想起了那件事……想起當初那個時刻……不過，她隨即又思索起來……較為平靜地看著我，呼吸沉重……我感覺到她想要說話，想說些什麼……她的雙手又開始用力……她想把自己撐起來，但她太過虛弱……我安慰她，朝她俯下身子……這時她用一道痛苦的眼神久久看著我……嘴唇微微顫動……她所說的話只是即將消失的最後聲音……

「『誰也不會知道吧？……誰也不會？』

「『誰也不會。』我使出全副的說服力說：『我向您承諾。』

「但她的眼神仍舊不安……她用灼熱的嘴唇努力說出下面的話，聲音含糊不清。

「『請您向我發誓……誰也不會知道……發誓。』

「我像宣誓一樣舉起了手指。她看著我……用一種……一種難以描述的眼神……柔和、溫暖、感激……是的，真心感激……她還想說些什麼，但那太過吃力。她躺了很久，由於體力耗盡而虛脫無力，閉著眼睛。然後那可怕的事開始了……那可怕的事……她還辛苦搏鬥了整整一個小時，直到早晨才結束……」

他沉默良久。直到從甲板中央傳來的鐘聲劃破寂靜，重重地敲了一下、兩下、三下——三點了。月光黯淡下來，不過，另一種泛黃的光亮已經隱隱在空中顫動，偶爾有一陣微風吹過。再過半個小時到一個小時，天就要亮了，這份陰森就會在明亮的光線中消散。此刻我比較清楚地看見他的面容，由於陰影不再那麼濃、那麼黑地落進我們這個角落。他摘下了便帽，在裸露的頭顱底下，他那張受盡折磨的臉顯得更為嚇人。但那副閃閃發光的眼鏡已經又轉向了我，他挺直了身子，語氣尖刻，帶著嘲諷。

「對她來說是結束了，對我來說卻不然。只有我跟那具屍體在一起，卻是在一棟陌生的屋子裡，在一座容不下任何祕密的城市，而我……必須要保守這個祕密……是的，請您想像一下整個情況：一個來自殖民地上流社會的女子，完全健康，前一天晚上還在政府舉辦的舞會上跳舞，突然死在她的床上……一名陌生的醫師在她身旁，據說是她的僕人去喚他來的……屋子裡沒有人看見他是什麼時候來的，從哪裡來……夜裡有人把她用轎子抬進來，然後鎖上了門……而早上她就死了……之後僕人才被叫過來，屋子裡突然充滿刺耳的叫喊……鄰居立刻就知道了，整座城市都知道了……而只有一個人必須解釋這一切……就是我這個陌生人，一個來自偏遠醫療站的醫師……這個處境真令人愉快，不是嗎？……

「我知道自己將面對什麼樣的情況。幸好那個男僕在我身旁，這個勇敢的小伙子，他從我的眼裡讀懂了每一個暗示。這個遲鈍的黃種人也明白，在此地還有一場搏鬥得要進行。我只對他說：『太太希望沒有人會知道發生了什麼事。』他看進我的眼睛，用那種卑微、濕潤但堅決的目光，用英語說：『是的，先生。』沒有多說什麼。但他擦掉了地板上的血跡，把一切都收拾得整整齊齊。正是他的果敢讓我也再度果敢起來。

「我知道，在我一生中，我從不曾有過這般集中的精力，而此後也永遠不會再有。當一個人失去了一切，他就會為了最後一點東西而拚命搏鬥，而這最後一點東西就是她的遺願，她的祕密。我十分平靜地接見眾人，告訴他們同一個編出來的故事，說她派那個男僕去請醫師，而他湊巧在路上碰到了我。然而，當我這樣看似平靜地述說，我一直在等待那關鍵的一刻……等待驗屍的人，要等他來過之後，我們才能把她封進棺材裡，連同她的祕密一起封住……別忘了，那是星期四，而星期六她的丈夫就要回來……

「九點時我終於聽見有人通報官方的醫師抵達。我請人喚他進來。論職級，他是我的長官，同時也是我的競爭對手，她當初提到他時語氣很不屑，而他顯然也已經聽說了我想要調職。從他投來的第一道目光我就已經得知：他對我懷有敵意。可是這正好使我振作起來。

「在前廳裡他就已經問道：『某某太太——他提起她的姓氏——是什麼時候去世的？』

「『今天上午六點左右。』

「『她什麼時候派人去找您的？』

「『晚上十一點左右。』

「『您曉得我是她的醫生嗎？』

「『曉得，但情況緊急……再說……死者明確表示要找我，不許去喚另一位醫生。』

「他盯著我看，在他蒼白、略胖的臉上泛起紅暈，我感覺到他心中惱怒。而這正是我需要的——我集中全副精力想要速戰速決，因為我感覺到我的神經撐不了太久。他想回敬幾句帶有敵意的話，於是懶懶地說：『就算您認為用不著我，但我畢竟有職責在身，得要確認這樁死亡，並且……查明死因。』

「我沒有回答，讓他走在前面。然後我向後退，鎖上了門，把鑰匙放在桌上。他驚訝地揚起眉毛：『這是什麼意思？』

「我冷靜地站在他面前：

「『現在要做的事不是確認死因，而是找出另一個死因。這位女士把我找來，是為了讓我治療一次失敗的手術所造成的後果……我沒有能夠救她一命，但我承諾要挽救她的名譽，而我也會做到。因此我請求您幫我的忙！』

「他吃驚地睜大了眼睛。『您的意思總不會是，』他結結巴巴地說：『要我這個官方醫師來遮掩一樁罪行？』

「『沒錯，這就是我想要的，我不得不這麼做。』

「『要我為了您的罪行……』

「『我跟您說過了，我沒有碰過這位女士，否則……否則我現在也不會站在您面前，早就已經自我了斷了。她所犯的錯——如果您想這樣說的話——她已經付出代價了，世人沒有必要知道。而我不會容忍這位女士的名譽如今無謂地再受到污辱。』

「我堅決的語氣只是更激怒了他。『您不會容忍……是嗎？……哼，您倒成了我的主管……或者您至少已經自認為是我的上司……您要對我發號施令是嗎？那您就來試試看……

我立刻就想到一定是有件骯髒的事，如果有人把您從鄉下叫過來……您行醫還真是正派，小試身手，做得真不賴……但現在是我要來檢查，而您可以相信，有我署名的記錄會是正確的。我不會在謊言下面簽名。』

「我十分冷靜。

「『這一次您卻非做不可。因為在那之前您無法離開這個房間。』

「我把手伸進口袋。我身上並沒有帶槍，但他嚇了一跳。我朝他走近一步，看著他。

「『聽我說，我有話對您說……免得事情走上極端。我不在乎我的性命……也不在乎別人的性命——我反正已經走到這一步了……我只在乎履行我的承諾，替這樁死亡的原因保密……聽我說：我以我的榮譽向您保證，只要您簽署死亡證明，說這位女士是……嗯，是死於偶然，那麼我在一週之內就會離開這座城市，離開印度……一旦棺木入土，我能夠確定誰也不能……您了解……誰也不能再追究，倘若您要求我舉槍自盡我也會照辦。這對您來說應該足夠了——必須足夠了。』

「我的聲音裡想必帶著某種威脅、某種危險，因為當我不自覺地走近，他向後退縮，一臉震驚，目瞪口呆，就像……就像大家看見馬來狂發作的人揮舞著彎刀狂奔而來就四散奔逃一樣……他的態度一下子就變了……顯得畏縮，彷彿癱瘓了……他強硬的態度瓦解了，喃喃表達出最後一次軟弱的抵抗：『這會是我這一輩子頭一次簽署一張不實的證明……不過，總是能找出辦法的……大家反正也知道這是怎麼回事……但我總不能就這樣隨隨便便……』

「『當然不能，』我附和他，以加強他的決心——（『快一點！快一點！』這個念頭在我的太陽穴上滴滴答答地響著）——『可是事到如今，您知道若是不這麼做，只會讓一個活人傷心，讓死者蒙受可怕的恥辱，那麼您肯定就不會猶豫。』

「他點點頭。我們走到桌旁。幾分鐘之後，醫師證明就寫好了（這份證明後來也被刊登在報紙上，可信地描述了一場心臟麻痺）。然後他站起來，看著我：

「『您這個星期就會啟程，對吧？』

「『我以名譽向您保證。』

「他又看著我。我察覺他想要擺出嚴格、務實的態度。『我立刻找人送一副棺木過來，』他說，為了掩飾他的尷尬。可是在我心裡有種東西，讓我顯得如此……如此可怕……如此痛苦，突然他向我伸出手來，以一種突如其來的真摯跟我握手，說道：『您好自珍重。』我不知道他是什麼意思，是我生病了嗎？還是……瘋了？我陪他走到門邊，打開了門鎖，而在他身後把門關上已經用盡了我最後的力氣。那陣滴滴答答又在我太陽穴上響起，一切都在搖晃，都在旋轉，而我就在她床前倒下了……就像……就像馬來狂發作的人跑到最後，因為神經崩潰而失去意識地倒下。」

他又停頓下來。我感到一陣寒意，是此刻從船上輕輕吹過的晨風所帶來的涼意嗎？但那張痛苦的臉又再度繃緊，這會兒已經被晨光微微照亮。

「我不知道自己這樣在蓆墊上躺了多久。這時候有東西碰了我一下。我驚醒過來，是那個男僕，他猶豫地站在我面前，帶著那副卑躬屈膝的姿態，不安地看進我眼睛裡。

「『有人想進來……想看看她……』

「『誰也不准進來。』

「『是……可是……』

「他的眼神流露出驚嚇。他想說些什麼，卻不敢說。這隻忠實的動物正承受著某種折磨。

「『是誰？』

「他顫抖地看著我，像是害怕我會揍他。然後他說——他沒有說出名字……這樣一個卑賤的人怎麼會突然如此懂事？在某些時刻，即便是這樣魯鈍的人也具有善解人意的細膩心思？……然後他說……十分膽怯地說……

「『是他。』

「我跳了起來，立刻明白了，也立刻急著想去見這個陌生人。因為您曉得，這是多麼奇特……在這一切的痛苦中，在這番由渴望、恐懼和倉皇構成的狂熱中，我把『他』完全給忘了……忘了還有一個男子跟這件事有關……這個女人愛過的男子，她把她拒絕給我的東西熱情地給了他……十二個小時以前、二十四個小時以前，我還會憎恨這個男子，還可能會把他撕成碎片……而現在……我無法向您描述我有多麼急著想見他……去愛他，因為她曾經愛過他。

「我一個箭步就到了門邊。一個非常年輕的金髮軍官站在那兒，十分無措，十分瘦削，十分蒼白。他看起來像個孩子，這麼……這麼令人憐愛地年輕……看他努力要像個男子漢，努力維持鎮靜……隱藏他的激動……那令我說不出地受到震撼。當他把手舉到帽子旁行禮，我立刻看出他的雙手發抖……我真想要擁抱他……因為他就跟我所希望的一模一樣，他就是我所希望曾經占有這個女子的男人……不是個引誘者，不是個高傲的人……不，他還半是個孩子，是個純潔溫柔的人，而她把自己獻給了他。

「這個年輕人站在我面前，十分拘束。我熱切的目光和衝動的一躍而起只是令他更加迷惑。他唇上那撇小鬍子顫動著，洩露出他的心情……這個年輕軍官，這個孩子，他必須要克制自己不要放聲啜泣。

「『請您原諒，』他終於說道：『我還想……還想再看一下……夫人。』

「我情不自禁地伸出手臂摟住他的肩膀，這個陌生人，帶領著他，像帶著一個病人。他訝異地看著我，用一種無比溫暖而感激的眼神……就在這一秒，我們就已經理解了彼此之間的共同之處……我們走到死者身邊……她躺在那兒，渾身潔白，裹在白色的麻布裡——我感覺到在我旁邊他仍然感到壓抑……於是我向後退，把他獨自留下來跟她在一起。他緩緩地朝她走近……腳步躊躇遲疑……從他的肩膀我看得出他內心的翻攪和撕裂……他走路的樣子就像……就像一個人在一場猛烈的風暴中逆風前進……突然，他在床前雙膝一軟，跪了下來……就跟我先前倒下了一樣。

「我立刻跳向前，把他扶起來，帶他到一張椅子上坐下。他不再害羞，啜泣著把他的痛苦發洩出來。我什麼話也說不出來，只是不自覺地伸手撫摸他孩子般的柔軟金髮。他抓住我的手……很溫柔，但卻膽怯……而我驀地感覺到他的目光凝視著我……

「『請您告訴我真相，醫師，』他結結巴巴地說：『她是自殺的嗎？』

「『不是。』我說。

「『那麼……我的意思是……她的死要歸咎於……歸咎於什麼人嗎？』

「『不，』我又說，雖然我喉頭哽咽，很想對他大吼：『都得要怪我！我！我！……還有你！……要怪我們兩個！還有她的倔強，她那要命的倔強！』但我克制住自己，又重複了一次：『不……誰也不能怪……那是厄運！』

「『我沒辦法相信，』他呻吟著：『我沒辦法相信。前天她還去參加了舞會，還微笑地跟我打招呼。這怎麼可能？這怎麼可能發生？』

「我編了個長長的謊話告訴他，並沒有向他洩露她的祕密。這幾天裡我們像兄弟一樣談話，彷彿沐浴在將我們連結在一起的感覺中……我們沒有向彼此透露這份感覺，但我們從彼此身上感覺到，我們整個人生都繫在這個女子身上……有時候我忍不住想說出來，話已經到了嘴邊，但我隨即咬緊牙關——他從不曾得知她懷了他的孩子……得知我應該要殺死那個孩子，他的孩子，得知她帶著那個孩子一起墜入了深淵。但在那些日子裡，我們談的就只有她，在那些日子裡我藏在他那兒……因為——我忘了告訴您——別人在找我……她的丈夫回來了，當棺材已經封上……他不願意相信診斷結果……大家都議論紛紛……而他在找我……但我無法承受去見他，我知道她跟他在一起過得不快樂……我躲了起來……整整四天沒有出門，我們兩個都沒有離開他的住處……她的情人替我用假名訂了一個船位，讓我能夠逃走……我像個賊一樣在夜裡偷偷溜上甲板，不讓任何人認出我來……我拋下了我擁有的一切……我的房子和這七年來的所有工作，我的財產，所有的東西都任人拿取，只要有人想要……而政府官員大概已經將我除名，因為我沒有請假就擅自離開工作崗位……但我無法再在這座城市、這間屋子裡……在這個世上生活下去，一切都讓我想起她……我像個賊一樣在夜裡逃走……只想擺脫她……只想遺忘……可是……當我上了船……在夜裡……午夜時分……我朋友跟我在一起……這時候……這時候……他們正用起重機把某件東西吊上船……那東西是長方形，黑色的……是她的棺木……您聽到了：她的棺木……她一直追著我到這兒來，一如我當時追著她……而我必須站在一旁，假裝是個陌生人，因為他，她丈夫，也在一旁……他要帶著棺木回英國……也許是想在那裡請人驗屍……他把她搶回去了……現在她又屬於他……不再屬於我們……我們兩個人……可是我還在這兒……我會一路同行，直到最後一個鐘頭……她丈夫將不會得知，我永遠不會讓他得知……我會懂得維護她的祕密，不讓任何嘗試得逞……不讓這個壞蛋得逞，她因為害怕他而走上了絕路……他什麼也不會得知……她的祕密屬於我，就只屬於我一個人……

「現在您明白了……現在您明白……為什麼我受不了見到那些人……受不了聽見他們的笑聲……當他們成雙成對地打情罵俏……因為在那下面……在貨艙裡，在一包包的茶葉和巴西果之間，擺著她的棺木……我沒辦法進去，那個地方是鎖住的……但我全部的感官都知道它在那兒，分分秒秒都知道……就算他們演奏著華爾滋和探戈舞曲……這實在很蠢，大海淹沒過幾百萬個死者，在世人所踩的每一尺土地上，都有一具屍體在腐爛……然而，我就是忍受不了，沒法忍受，當他們舉行化妝舞會，那樣放蕩地笑著……這個死者，我感覺到她的存在，而且我知道她想要我做什麼……我知道，我還有一項義務……我的責任未了……她的祕密尚未被拯救……她還沒有放我自由……」

從船身中央傳來踢踢躂躂的腳步聲和濕布落地的聲音：水手開始洗刷甲板了。他嚇了一跳，像是被逮住了一般，緊繃過度的臉露出害怕的表情。他站起來，喃喃地說：「我這就走了……這就走了。」

看著他那副模樣是種折磨：他目光憔悴，眼睛紅腫，由於喝酒或是流淚。他閃避我的關切。從他畏縮的樣子，我感覺出他為了向我、向這一夜洩露出心事而感到羞愧，無比的羞愧。我不由自主地說：

「我可以在下午的時候到您的艙房裡去嗎……」

他看著我，嘴唇掀動，露出嘲諷、冷硬、挖苦的表情，某種惡毒的東西吐出了每一個字並加以扭曲。

「啊哈……您那了不起的助人義務……啊哈……用這句銘言，您成功地讓我多嘴起來。可是，不用了，先生，謝謝。您別以為我現在心裡輕鬆一點了，自從我對您掏心掏肺，連腸子裡的糞便都掏出來了。我搞砸的人生再也沒有人能夠修補……我白白替偉大的荷蘭政府服務了……退休金泡湯了，我窮得像條狗一樣地返回歐洲……一條跟在一副棺材後面哀鳴的狗……一個人不可能像個馬來狂發作的人一樣狂奔許久而不受到懲罰，到最後他終究會被擊倒，而我希望我離盡頭不遠了……不，謝了，先生，謝謝您好心想來拜訪……在艙房裡我已經有了同伴……幾瓶陳年威士忌，它們偶爾能給我安慰，還有我的老朋友，我那把可靠的勃朗寧手槍，只可惜我沒有及時向它求助，……到頭來，它比所有的廢話都更能幫助我……拜託，請您不要費神……畢竟，一個人僅剩的最後一項人權就是：選擇自己死亡的方式……不受陌生協助打擾。」

他再度嘲諷地看著我……甚至帶著挑釁，但我感覺得到那只是羞愧，無盡的羞愧。然後他垂下肩膀，轉過身去，沒有說再見，穿過已經被天光照亮的甲板，朝著船艙走去，拖著的步伐異樣歪斜。我沒有再見到他。那一夜跟下一夜我都在原來那個位置上找他，但徒勞無功。他消失了。我原本可能會以為那是一場夢，或是一個幻象，若非在旅客之中如今有另一個人引起了我的注意，他手臂上戴著黑紗，是個荷蘭大商賈，別人向我證實他剛剛喪偶，他太太死於一種熱帶疾病。我看見他避開其他人，嚴肅而痛苦地來回踱步，想到我曉得他最祕密的憂愁，這個念頭令我莫名地感到羞怯，當他從旁走過，我總是閃到一邊，免得在眼神中洩露出我對他的命運知道得比他自己更多。

後來在那不勒斯港就發生了那件不尋常的事故，我認為在那個陌生人的敘述中可以找到解釋。大多數的乘客當晚都下了船，我自己到歌劇院去了，之後還去了羅馬路上一家明亮的咖啡館。當我們搭乘一艘橡皮艇回到輪船上，我就已經注意到有幾艘小船繞著那艘輪船，在用火把和電石燈搜尋，而在輪船黑暗的甲板上有憲兵和警察神祕地來來去去。我詢問一名水手，問他發生了什麼事。他避而不答，那態度立刻顯示出他曾接獲指示要保持沉默。第二天，那艘輪船又安詳地繼續駛向熱那亞，沒有一絲痕跡顯示曾有事故發生，在船上也無法得知任何消息。後來我才在義大利文的報紙上讀到據說發生在那不勒斯港的那樁意外，添加了一些浪漫的描述。據說在那一夜，報上這麼寫著，一名來自荷屬殖民地上流社會的女士的棺木從輪船甲板上被運上一艘小船，為了避免乘客看見而感到不安，選在夜深人靜之時進行。工人和她丈夫正一起用繩梯把棺木降下來，此時有件重物從甲板上墜落，把棺木連同搬運工人和那位丈夫一起拉進了海底深處。一份報紙聲稱是有個瘋子下樓梯時跌倒了，摔在繩梯上，另一份報紙則加以粉飾，說繩梯是由於負荷過重而自行斷裂。總之，輪船公司似乎竭盡所能來掩飾事實真相。搬運工人和那位丈夫都被人用小船從水裡救起，很費了一番功夫，但那具鉛棺卻立刻沉入海底，無法再打撈出來。在另一則短訊中同時提及有一具大約四十歲的男屍漂進了港口，而大眾似乎不認為這件事跟那樁被浪漫地加以報導的意外事故有所關連。而我才讀了那簡略的幾行字，那張蒼白如月光的面容就彷彿又在紙頁背後浮現，眼鏡鏡片閃閃發光，再一次像個幽靈般凝視著我。

# 一位陌生女子的來信

# Brief einer Unbekannten

知名小說家R去山上遊憩了三天，於清晨回到維也納。他在火車站買了份報紙，才瞄了一眼日期，就想起今天是他的生日。他旋即想到他四十一歲了，這件事實既未令他寬慰，也沒有令他感傷。他翻了翻沙沙作響的報紙，搭乘一輛出租汽車回到他的公寓。僕人報告在他離家時有兩位客人來訪，另外還有幾通電話，也把這幾天累積的郵件放在托盤上端過來。他隨便看了看那些信件，拆開了幾封，因為寄件人挑起了他的興趣；有一封信上的字跡陌生，而且顯得太厚，被他先擱在一邊。此刻茶已經端來，他舒舒服服地坐在扶手椅上，又翻閱了一下報紙和幾件印刷品，然後點燃了一根雪茄，伸手去拿那封被擱在一旁的信。

那是二十幾張倉促寫就的信紙，是個陌生的女子筆跡，字跡潦草，更像是一份手稿，而不像一封信。他不禁又去摸摸信封，看是否還有一張說明忘在裡面。可是信封是空的，而且就跟信紙一樣，既沒有寄件人地址，也沒有署名。真奇怪，他心想，又把那信拿在手裡。「你，從來不認得我的你，」信的上端以這句話做稱呼，做為標題。他愣了一下：這指的是他嗎？還是一個想像中的人？他的好奇心頓時被喚醒，他開始往下讀：

我的孩子昨天死了。為了這個稚嫩的小生命，我和死神搏鬥了三天三夜。當流行性感冒搖撼他發燒的可憐身體，我在他床邊坐了四十個小時，替他滾燙的額頭冷敷，日日夜夜握住他不安的小手。第三天晚上我累倒了，眼睛再也撐不住，不知不覺就闔上了。我在那張硬椅子上睡了大概三、四個小時，就在這段時間裡，死神帶走了他。如今他躺在那兒，那個可愛又可憐的男孩，在他窄窄的兒童床上，就跟他死時一模一樣，只是有人闔上了他的眼睛，他那雙慧黠的深色眼睛，別人把他的雙手交疊在白色衣衫上，在床的四角高高地點著四根蠟燭。我不敢望過去，一動也不敢動，因為燭光若是搖曳，就會有影子掠過他的臉和他緊閉的嘴，那就彷彿他臉上還有表情，而我會以為他沒有死，以為他會再醒過來，用他清亮的聲音對我說些天真溫柔的話語。但我知道他死了，我不想再望過去，免得我再一次懷抱希望，又再一次失望。我知道，我知道，我的孩子昨天死了，如今在這個世上我還有的就只剩下你，就只有你，對我一無所知的你，你渾然不覺地玩樂，藉著事物與人群來消磨時間。就只有你，從不曾識得我的你，我一直深愛的你。

我拿來第五根蠟燭放在桌上，就在這張桌上寫信給你。因為我無法單獨和我死去的孩子共處，卻不把靈魂裡的話吶喊出來，而在這個可怕的時刻，若非向你訴說，我又該向誰訴說？你曾是我的一切，仍是我的一切！也許我無法清楚地向你訴說，也許你無法了解我，我的腦袋昏沉，太陽穴一陣陣抽動、敲擊，四肢痠痛。我想我在發燒，或許也已經染上流行性感冒，這疾病如今悄悄走近每一戶人家。倘若果真如此，那就好了，因為這樣一來，我就可以隨著我的孩子而去，不必自行了斷。有時候我眼前一片漆黑，也許我連這封信都寫不完，但我將鼓起所有的力氣，至少向你訴說這一次，就這一次，你，我的愛人，從未認出我的你。

我只想對你訴說，頭一次把一切都告訴你，讓你知道我全部的人生，我的人生一直都屬於你，而你對其一無所知。但唯有當我死去，當你無須再給我回答，當此刻忽冷忽熱地搖撼我四肢的確實是生命的盡頭，你才會得知我的祕密。要是我得繼續活下去，我就會撕掉這封信，繼續保持沉默，一如從前。而這封信若是到了你手中，你就知道在此向你訴說人生的是個死者，她這一生都屬於你，從清醒的第一刻直到最後一刻。請別害怕我的話語，已死之人再也無所求，既不要愛情，也不要同情和安慰。我只想要你相信我，相信我飛向你的傷痛所向你透露的一切。請相信我所說的一切，這是我對你的唯一請求，誰也不會在自己唯一的孩子死去時說謊。

我想向你透露我的一生，我的人生確實是從我認識你的那一天開始。在那之前的日子模糊混亂，我再也不去回想，那就像間地下室，裡面的人與物沾滿灰塵，蛛網密布，帶有霉味，我的心對之不再有記憶。當你出現時，我十三歲，住在你如今所住的那棟屋子裡，就是你拿到這封信、拿到我最後一絲生命的那棟屋子，我就住在同一條走道上，在你那間公寓的正對面。你肯定不記得我們了，那個貧窮的會計師遺孀（她出門總是穿著喪服），和那個半大不小的瘦削女孩，畢竟我們是那麼安靜，彷彿隱沒在小市民的貧困生活中。也許你從不曾聽過我們的姓名，因為我們的公寓門旁沒有名牌，也無人來訪，無人聞問。再說那也已經是多年前的往事，十五年，十六年，不，你肯定不記得了，吾愛，而我，噢，我卻熱情地記得每一個細節，直到如今都還記得那一天，不，是那一刻，當我頭一次聽見你的名字，頭一次看見你。而我怎麼可能不記得呢？因為世界就在那一刻為我敞開☆1。請有點耐心，吾愛，容許我把一切從頭向你述說，請不要倦於花這一刻鐘的時間來聆聽，我愛了你一輩子也不曾疲倦。

在你搬進我們那棟屋子以前，在你那扇門後住著醜陋、惡劣、愛爭吵的一家人。他們雖

☆1 *Du weißt es gewiß nicht mehr. Mein Geliebter, ich aber, oh, ich erinnere mich leidenschaftlich an jede Einzelheit, ich weiß noch wie heute den Tag, nein, die Stunde, da ich zum erstenmal von Dir hörte, Dich zum erstenmal sah, und wie sollte ichs auch nicht, denn damals begann ja die Welt für mich.*

窮，卻更加厭惡鄰居的貧窮，我們的貧窮，因為我們不想和他們一樣，不想沾染那種墮落、屬於下層階級的粗野。那個丈夫是個酒鬼，會打他太太，夜裡常有椅子倒下、盤子摔破的聲音把我們吵醒，有一次她被打得流血，披頭散髮地跑到樓梯上，那個醉漢在她身後怪聲大吼，直到其他住戶從門裡出來，威脅他要叫警察來。我母親從一開始就避免跟他們來往，也禁止我跟他們家的小孩說話，因此他們一有機會就報復我。如果他們在街上遇見我，就在我身後喊髒話，有一次他們用堅硬的雪球丟我，我的額頭都流血了。出於共同的直覺，整棟屋子的人都討厭這一家人。有一天突然出事了，我想是那個丈夫由於偷竊而被關進牢裡，他們必須帶著家當搬出去，那時我們全都鬆了一口氣。出租的紙條在屋子大門上貼了幾天，隨即被取下，話很快地從管理員那兒傳開，一位作家，一位單身、安靜的先生租下了那間公寓。那是我頭一次聽見你的名字。

幾天之後，粉刷匠、油漆匠、打掃房間的、貼壁紙的，就已經來把那骯髒前住戶住過的公寓打掃乾淨。他們敲敲打打，又擦又刮，但母親卻不嫌吵，她說，如今對面總算不會再又髒又亂。你本人我還不曾見過，在搬家期間也不曾見過，所有的工作都由你的僕人來監督，那位矮小嚴肅、頭髮灰白的管家，他的態度安靜、務實，高高在上地指揮這一切。我們全都很佩服他，首先，因為在我們這棟位於郊區的房子裡，一位管家是件新鮮事物；再者，他對所有的人都很有禮貌，卻並未因此而把自己跟那些傭人放在同一個位階上，不會跟他們稱兄道弟。從第一天起，他就對我母親懷著尊重，將她視為一位淑女，就連對我這個小丫頭也總是親切而莊重。每次他提起你的名字，總是帶著一份尊敬，一種特別的敬意，別人立刻能看出，他對你的忠誠遠遠超出一般的僕人。為此我是多麼愛他，那個善良的老約翰，雖然我羨慕他能夠一直在你身邊服侍你。

吾愛，我告訴你這一切，所有這些近乎可笑的小事，好讓你了解，你何以從一開始就能對當年的我具有這麼大的魔力，我那時是個害羞、膽怯的孩子。在你本人尚未進入我的生活之前，就已經有一道光環圍繞著你，一種富裕、特殊、神祕的氛圍，在那棟位在郊區的小屋子裡，我們全都迫不及待地等著你搬進來（生活狹隘的人對於門前的新鮮事物總是格外好奇）。而這份對你的好奇在我心中升得多高啊，當一天下午我放學回家，而運送家具的車子就停在屋前。搬運工人已經把大多數的東西搬上去了，包括那些沉重的家具，現在則把較小的零星物品搬上去。我在門口停下腳步，驚羨地看著這一切，因為你的東西都很稀奇，我以前從未見過。那兒有印度神像、義大利雕塑、色彩耀眼的大幅圖畫，最後則是書籍，那麼多，那麼漂亮，遠遠超乎我的想像。那些書全都堆在門邊，由那個管家接過去，用棒子和撣子仔細撣掉每一本書上的灰塵。我充滿好奇，躡手躡腳地繞著那堆越來越高的書，管家沒有趕我走，但也沒有鼓勵我，所以我一本也不敢去碰，雖然有些書的柔軟皮面我很想去摸一摸。我只怯生生地從旁邊看見那些書的名稱，其中有法文、英文，還有一些我不認識的文字。我很可能會在那裡看上幾個鐘頭，把所有的書名都看過一遍，這時候，母親喚我進屋裡去。

接下來那整個晚上我忍不住一直想著你，雖然我尚未認識你。我自己只有十幾本廉價書籍，裝訂的厚紙已然磨損，我愛這些書勝過一切，總是讀了又讀。那個思緒在我腦中縈繞：

擁有並讀過這許多美好書籍的人會是什麼樣子？他懂得這許多語言，如此富裕又如此博學。想到這許多書，我心中湧起一股超越塵世的敬意。我試圖想像你的樣子：你是個戴眼鏡的老先生，留著長長的白鬍子，就像我們的地理老師，只是更親切、更英俊、更溫和。我不知道自己當時何以就認定你一定很英俊，在我還以為你是個老先生的時候。就在那一夜，在我尚未認識你之前，我頭一次夢見了你。

第二天你搬了進來，可是我再怎麼偷窺，卻還是沒見到你，而這只是更提高了我的好奇。終於，在第三天，我見到你了，而那番驚奇何等令我震撼，因為你跟我想像中截然不同，跟我天真地想像出的聖父形象毫無相似之處。我夢見的是個戴眼鏡的親切老人，然後你出現了，就跟如今的你一模一樣，你總也不變，歲月的流逝沒有在你身上留下痕跡！你穿著一件迷人的淺棕色運動服，用男孩般的輕快步伐爬上樓梯，總是一次跨過兩個台階。你把帽子拿在手裡，我看見你明亮生動的臉孔和年輕的頭髮，我的驚訝簡直無法形容。真的，我由於驚訝而被嚇呆了，你是那麼年輕，那麼俊秀，那麼輕盈苗條又優雅。而且說也奇怪，就在這一秒，我就清楚地感受到你獨特之處，我和所有其他人都一再驚訝地在你身上感受到這份獨特：你具有雙重性格，既是個熱情、逍遙、醉心於遊戲和冒險的男孩，在你所從事的藝術中卻又是個無比嚴肅、富責任感、飽覽群書、深具教養的男子。我不自覺地感受到你過著雙重的生活，這一點後來每個人都在你身上感受到，那生活有明亮的一面，向世界敞開的一面，也有黑暗的一面，只有你自己識得。十三歲的我第一眼看到你，就感覺到這種深沉的雙重性格，你生命的祕密，並且奇妙地受到吸引。

現在你能了解了，吾愛，對於還是個孩子的我，你是個何等的奇蹟，何其誘人的謎樣人物！大家尊敬你，因為你寫書，因為你在另一個廣大的世界裡名聲響亮，而我赫然發現你是個二十五歲的優雅青年，像個男孩般開朗！還需要我來告訴你嗎？從這一天起，在我們那棟屋子裡，在我貧乏的童年世界裡，除了你以外，再沒有別的事物引起我的興趣。以一個十三歲女孩的全副執拗和磨人的固執，我只圍繞著你的生活、你的生命打轉。我觀察著你，觀察著你的習慣，觀察那些來找你的人，而這一切並未減少我對你本人的好奇，反而更增加了我的好奇，因為你的雙重性格在來訪之人的差異中表露無遺。來的人當中有年輕人，你的同伴，不修邊幅的大學生，你跟他們一起縱情歡笑，但也有搭乘汽車前來的女士，有一次是歌劇院的總監，那位大指揮家，我只懷著尊敬遠遠地看見過他站在指揮台上，另外也有些還在讀商業學校的小姑娘尷尬地溜進門裡，總之，來找你的女人很多。我並不覺得那有什麼特別，就連有一天早晨我去上學時，看見一個蒙著面紗的女士從你那兒離開，我也沒覺得那有何特別。畢竟我當時才十三歲，我懷著熱烈的好奇窺伺著你，但還不知道那份好奇已是愛情。

但是吾愛，我還清楚記得，我把整顆心永遠給了你的那一天，那一刻。我跟一個女同學去散步回來，站在大門口閒聊。此時一輛汽車開過來，停下，而你已然從踏板上跳下來想進門去，帶著迫不及待的輕快，直到如今都還吸引著我。我不由自主地去替你開門，就這樣擋住了你的路，差點跟你撞在一起。你看著我，用溫暖柔和、把人裹住的目光，那目光有如愛撫，你溫柔地——是的，我想不出別的形容詞——對我微笑，幾近親暱地輕聲對我說：「多謝了，小姑娘。」

就只有這樣，吾愛；但從這一秒開始，自從我感覺到這道柔和、溫柔的目光，我就迷戀上了你。後來，沒多久以後我就得知，你把這種目光投向每一個與你擦身而過的女子，每一個賣東西給你的售貨小姐，每一個替你開門的女傭，這道目光把對方摟住，將對方拉向你，裹住了對方、同時又替對方寬衣解帶，這是天生情聖的目光。我知道你這道目光並非有意，不是出於刻意或好感，而是因為你對女性溫柔以待，當這道目光投向她們，就不自覺地變得柔和、溫暖。然而，十三歲的我卻沒有意識到這一點，我彷彿浸入了火中，以為這份溫柔就只是針對我，只針對我一個人，就在這一秒，那個黃毛丫頭身上的女性情懷甦醒了，而這個女子永遠地迷戀上了你。

「那是誰？」我的女同學問。我一時無法回答，無法說出你的名字，就在這一秒，這單單一秒，你的名字於我就變得神聖，就成了我的祕密。「噢，就只是住在這棟屋子裡的一位先生。」我結結巴巴，笨拙地說。「那為什麼他看著妳的時候，妳的臉紅成這樣？」她以一個好奇孩子的幸災樂禍嘲弄我。正因為感覺到她的嘲弄觸及了我的祕密，血液更加炙熱地湧上我的臉頰。由於尷尬，我變得粗魯，忿忿地說了聲「蠢丫頭」，恨不得把她掐死。但她卻笑得更大聲，更嘲諷，直到我感覺到眼淚奪眶而出，由於束手無策的怒氣。我跑上樓，任由她站在那裡。

從這一秒鐘開始我就愛上了你。我知道，被寵壞的你常聽見女人這樣對你說。但相信我，從不曾有人像我還是個孩子時那樣愛過你，那樣有如奴隸、卑躬屈膝、獻出一切，而在你面前，我始終仍是那個孩子。因為在這世上，沒有什麼同於一個孩子暗中的悄悄愛戀，因為這份愛是那般無望，一心只想服侍，那般卑屈，暗中守候而且熾熱，和一個成年女子的愛截然不同，成年女子的愛在渴望之外尚不自覺地有所要求☆2。只有寂寞的孩子能完全守住自己的熱情，其他的孩子在跟同伴相處時把自己的感情絮絮叨叨地說盡了，在與友伴的親暱中把感情耗盡了，關於愛情，她們聽過許多，也讀過許多，知道愛情是一種共同的命運。她們把愛情當成一樣玩具，以此誇耀，就像男孩子誇耀自己抽的第一根菸。可是沒有人能讓我傾吐心事，沒有人教導過我，警告過我，我沒有經驗，一無所知，一頭栽進我的命運，就像掉進一座深淵。在我心中生長、萌發的一切，我都只向你傾吐，向我夢中的你。我父親早已去世，母親總是悶悶不樂，擔心微薄的津貼不夠用，跟我不親；學校裡那些已經有點墮落的女生令我厭惡，因為她們輕率地玩弄對我而言是至高情感的愛情。於是我把原本四下分散的心思、把整顆心都擲向你，我把一顆心緊緊壓抑，而它仍舊急切地向外翻湧。對我來說，你是——該怎麼說呢？任何比喻都嫌不足——你是我的全部，我的整個生命。一切都只存在於跟你的關連之中，我生命中的一切都只在跟你有所關連時才有意義。你改變了我整個人生。在那之前，我對課業並不在乎，在學校裡成績中等，現在我突然成了第一名，閱讀上千本書直到深夜，因為我知道你熱愛書籍。我突然開始練習彈鋼琴，帶著近乎執拗的堅持，讓我母親大為訝異，只因為我認為你喜歡音樂。我清洗、縫補衣裳，只為了在你面前顯得整潔討喜。我驚駭地發現我那件舊制服左邊有塊四方形的補釘（那件制服是用我母親一件家居服改的），深怕你會注意到，從而瞧不起我，因此上樓時我總是把書包壓在上面，由於害怕而顫

☆2
*Aber glaube mir, niemand hat Dich so sklavisch, so hündisch, so hingebungsvoll geliebt wie dieses Wesen, das ich war und das ich für Dich immer geblieben bin, denn nichts auf Erden gleicht der unbemerkten Liebe eines Kindes aus dem Dunkel, weil sie so hoffnungslos, so dienend, so unterwürfig, so lauernd und leidenschaftlich ist, wie niemals die begehrende und unbewußt doch fordernde Liebe einer erwachsenen Frau.*

抖，唯恐你會看見那塊補釘。那是多麼愚蠢啊，其實你幾乎再也不曾正眼看過我。

儘管如此，除了等候你，窺伺你，我整天沒做別的事。我們家的門上有個小小的窺伺孔，是黃銅製的，透過那個圓孔可以看見你的門。這個窺伺孔——不，吾愛，請別笑，直到今天，直到今天我都不為那些時刻感到羞慚！——是我通往世界的眼睛，在那裡，在那冰冷的玄關裡，擔心母親會猜疑，我手裡拿著一本書，整個下午坐在那兒窺伺，月復一月，年復一年，整個人繃得緊緊的，像根琴弦，當你的出現撥動了這根弦，它便琤琤作響。我的一顆心總是圍著你轉，總是在緊張和忙碌中，但你絲毫感覺不到，一如你感覺不到口袋裡那隻懷錶繃緊的發條，那隻錶耐心地在暗中為你計時，以聽不見的心跳與你同行，在滴滴答答的幾百萬秒當中，你只會匆匆朝它瞄上一眼[☆3]。我知道你的一切，曉得你的每一個習慣，識得你的每一條領帶、每一套西裝，沒多久我就能分辨你的每個朋友，把他們分成兩類，我喜歡的，和我討厭的。從我十三歲到十六歲，我時時刻刻都透過你而活。啊，我做過多少傻事！我親吻你的手碰過的門把，偷走你在進屋前扔掉的一個菸蒂，那菸蒂於我是神聖的，因為你的嘴碰過它。晚上我隨便找個藉口，幾百次跑下樓到巷子裡，好看看你公寓裡哪個房間的燈亮著，以便更清楚地感覺到你在那兒，儘管看不見你。在你出門旅行的那幾個星期裡——每次看見善良的約翰把你的黃色旅行袋提下樓，我的心總是害怕得停止跳動——在那幾個星期裡，我的生活死氣沉沉，毫無意義。我悶悶不樂，百無聊賴，生氣地走來走去，只是得時時留心，別讓母親從我哭紅的眼睛察覺我的絕望。

我知道我向你述說的全都是荒誕的感情氾濫，幼稚的傻事。我應該為此感到羞慚，但我

☆3
*Ich war immer um Dich, immer in Spannung und Bewegung; aber Du konntest es so wenig fühlen wie die Spannung der Uhrfeder, die Du in der Tasche trägst und die geduldig im Dunkel Deine Stunden zählt und mißt, Deine Wege mit unhörbarem Herzpochen begleitet und auf die nur einmal in Millionen tickender Sekunden Dein hastiger Blick fällt.*

不覺得羞慚，因為我對你的愛從不曾比在這種天真的情感氾濫更為純潔，更為熱情。我可以向你說上幾個鐘頭，說上幾天，當年我是如何跟你生活在一起。你幾乎不曾跟我照過面，因為如果我在樓梯上遇見你，無處閃避，由於害怕你灼人的視線，我就會低下頭從你身邊走過，就像一個人為了避免被火燙焦而衝進水裡。關於那些早已逝去的歲月，我可以向你說上幾個鐘頭，說上幾天，攤開你人生的整本日曆，但我不想讓你感到無聊，不想折磨你。我只想再向你吐露我童年最美好的經歷，而我請求你別為了那件事的微不足道而嘲笑我，因為對於當年還是個孩子的我，那是件無窮大的事。那應該是個星期天，你出門旅行了，而你的管家把沉重的地毯拖出去拍掉灰塵，再拖回公寓敞開的門裡。他拖得很吃力，那個好人，而我一時大膽，走過去問他我能否幫忙。他很訝異，但沒有阻止我，於是我看見了——我只能告訴你，我心中的景仰何等崇敬，何等虔誠！——你公寓的內部，你的世界，你習慣坐在前面的那張書桌，桌上放著一個藍色水晶花瓶，裡面插著幾朵花，還有你的櫥櫃，你的畫，你的書。那只是朝你的生活偷偷地匆匆一瞥，因為忠誠的約翰肯定會阻止我仔細打量，但我用這一眼吸進了那整個氣氛，我對你的無盡夢想有了養料，不論是醒是睡。

這短短的一分鐘是我童年最幸福的一刻。我想向你述說這一分鐘，讓你，不識得我的你，終於能漸漸意識到一個生命是如何依戀著你，又如何消逝。我想向你述說那一分鐘，還有另一分鐘，那最可怕的一刻，可惜這一刻跟那一刻是如此接近。我已經跟你說過，為了你，我忘了一切，我沒有去留意母親，不在乎任何人。我不曾注意到有位年長的先生來訪的次數越來越頻繁，待的時間也越來越久，他是個商人，來自因斯布魯克，是我母親的遠房姻親。事實上我歡迎他來，因為偶爾他會帶媽媽上劇院，而我可以獨自留下，想著你，守候著你，那就是我至高的幸福，是我唯一的幸福。有一天，母親鄭重其事地把我叫進她房間裡，說她有重要的事情跟我說。我變得蒼白，心臟頓時怦怦跳動。難道她察覺了什麼嗎？猜到了什麼？我的第一個念頭是你，那個讓我與世界相連的祕密。但母親自己也覺得尷尬，她溫柔地親吻了我一兩下（平常她從不曾這麼做過），把我拉到沙發上坐在她旁邊，欲語還休，難為情地說她那位遠親是個鰥夫，說他向她求婚，而她主要是為了我的緣故，決定接受他的求婚。血液更加炙熱地湧向我的心臟，我心裡只有一個念頭，關於你的念頭。「但我們還是會住在這裡吧？」我就只能結結巴巴地吐出這句話。「不，我們要搬到因斯布魯克去，費迪南在那兒有棟漂亮的別墅。」我眼前一黑，沒有聽見其餘的話。後來我知道我昏了過去，聽見母親小聲地向在門後等待的繼父說我突然張開雙手向後一退，隨即像個鉛塊一樣倒下去。接下來那幾天發生的事，我無法向你描述，我這個無能為力的孩子是如何反抗他們強大的意志，直到此刻，當我在寫這封信時回想起來都還會為之顫抖。我無法透露我真正的祕密，所以我的反抗顯得不過是執拗倔強、故意作對。誰也不再跟我說什麼，一切都背著我發生。他們利用我去上學的那幾個鐘頭來處理搬家事宜，等我回到家，總是又有一件家具被搬走了，或是被賣掉了。我看見那間公寓逐漸解體，我的生命也隨之解體。有一天，當我回家吃午飯，搬家具的工人已經來過，把所有的東西都搬走了。在空蕩蕩的房間裡擺著收拾好的皮箱，還有兩張行軍床：母親和我將在那裡睡上最後一夜，第二天搭車前往因斯布魯克。

在最後這一天，我頓時毅然覺得，若是沒有你在周遭我活不下去。除了你，我不曉得還有誰能幫我。當時我究竟是怎麼想的，在那絕望之際我究竟還能否清楚地思考，這我永遠也說不上來，可是突然之間——母親出門了——我站起來，還穿著制服，走到對面你的公寓去。不，並不是我在走，而是有一股磁鐵般的力量推著我，把我推到你門前，我雙腿僵硬，關節顫抖。我已經跟你說了，當時我並不清楚知道自己想要什麼，也許是想跪在你面前，求你把我留下，當作女僕，當作女奴。恐怕你會對一個十五歲女孩這種天真的狂熱一笑置之，可是——吾愛，如果你知道當時我是如何站在門外冰冷的走道上，身體由於恐懼而僵硬，卻還是被一股不可思議的力量推著向前，你就不會笑我了。我簡直是把那條顫抖的手臂從身體扯開，讓它舉起來——我在掙扎，而那可怕的幾秒無比漫長——把手指按上門鈴的按鈕。那尖銳的鈴聲直到如今還刺進我耳中，隨後是一片寂靜，我的心停止跳動，全身的血液停止流動，只豎耳傾聽你是否會過來。

但你沒有來，誰也沒來。那天下午你顯然是出去了，約翰則去買東西。於是我摸索著回到我們那間已被毀棄、空空如也的公寓，已經消逝的鈴聲仍在耳中轟轟作響，我筋疲力盡，倒在一條毛毯上，由於那四步路而疲憊不堪，彷彿在深深的積雪中跋涉了好幾個鐘頭。然而，縱使筋疲力盡，想要在他們把我拉走之前見你一面、跟你說話的決心依舊熾熱，並未熄滅。我向你發誓，我當時心中並無情慾，那時我對此還一無所知，正因為我除了你之外什麼也沒去想，我只想見你，再見你一次，緊緊抱住你。於是我等了你一整夜，吾愛，那一整個漫長可怕的夜晚。一等母親上床睡著，我就躡手躡腳地到玄關去，去偷聽你何時回家。我等了一整夜，而那是一個冰冷的元月夜晚。我很疲倦，四肢痠痛，而且家裡也已經沒有椅子能讓我坐下，於是我平躺在冷冷的地板上，風從門下吹進來掠過地板。我只穿著單薄的衣裳，躺在那令人作痛的冰冷地板上，因為我沒有拿被子，我不想讓自己暖和，怕我會睡著，沒聽見你的腳步聲。那樣躺著很痛，我的雙腳痙攣，我把雙腳夾緊，我的雙臂顫抖，在那可怕的黑暗中如此寒冷，我不得不一再站起來。但我繼續等了又等，等著你，就像等待著我的命運。

終於——那想必已經是凌晨兩、三點了——我聽見有人打開了樓下的大門，隨即聽見上樓的腳步聲。那寒冷彷彿從我身上抖落，一股熱流從我身上掠過，我悄悄打開門，想朝你衝過去，想撲倒在你腳邊……唉，我不知道當年那個傻孩子會做出什麼事來。腳步聲接近了，搖曳的燭光透上來。我顫抖地握住門把。來的人是你嗎？

是的，是你，吾愛——但你並非獨自一人。我聽見一陣怕癢的輕笑，一件絲綢衣裳的窸窣聲，還有你的輕聲細語——你帶了一名女子一起回家……

我是怎麼活過這一夜的，我不曉得。第二天早上八點，他們把我拖去了因斯布魯克，我不再有力氣反抗。

我的孩子昨天夜裡死了，倘若我真的得繼續活下去，我將再度孑然一身。明天他們將會到這兒來，身穿黑衣的陌生人，粗壯的男子，他們將會帶來一具棺木，把我的孩子放進去，我可憐的孩子，我唯一的孩子。也許一些朋友也會過來，帶來花環，可是一具棺木上的鮮花有什麼意義？他們將會安慰我，跟我說些什麼，唉，言詞，話語，對我又有什麼用？我知道，在那之後我又得再度獨自一人。而最可怕的事莫過於在人群中的孤獨。這樣的經驗當年我就有過，在因斯布魯克那無比漫長的兩年，從我十六歲到十八歲，我生活在家人之中，像個囚犯，像個被摒棄的人。繼父沉靜寡言，對我很好，母親似乎願意滿足我的所有願望，像是想彌補一件無心的過錯；年輕人對我獻殷勤，但我一概加以拒絕，出於一種強烈的倔強。我不想在遠離你的地方過得快樂滿足，把自己埋進自我折磨和寂寞的黑暗世界。他們買給我色彩鮮豔的新衣裳，但我不穿；我拒絕去聽音樂會，上劇院，也不願跟大家興高采烈地去郊遊。我幾乎不上街。你相信嗎？吾愛，在我住了兩年的那座小城裡，我認識的街道不到十條。我在哀悼，我想要哀悼，由於看不見你，我就也不想擁有其他，並且樂於享受這種匱乏。再者，我不想讓別的事物轉移了我的熱情，一心只想透過你來生活。我獨自坐在家裡，幾個鐘頭，幾天，除了想你之外什麼也不做，一而再，再而三地回憶關於你的千百樁小事，回想每一次相遇，每一次等待，在腦海中搬演這些小小的插曲，宛如在劇院☆4。由於我把過去的分分秒秒回想過無數次，我的整個童年也因此留在炙熱的記憶中，在我感覺裡，過去那幾年的每一分鐘生動而鮮活，彷彿那分分秒秒昨天才從我血液中流過。

當時我只透過你而活著。我買了你全部的作品，如果你的名字出現在報紙上，那一天就像個節日。你相信嗎？你寫的書每一行我都背熟了，因為我讀過那麼多遍。假如有人在夜裡把我叫醒，從那些書裡抽出一行唸出來，我就能夠接著唸下去，猶如在夢中，直到十三年後的今天都還能夠。你寫的每一句話於我都像是福音和祈禱，整個世界都只存在於和你的關連中。我在維也納出版的報紙上閱讀有關音樂會和首演的消息，只想著這當中哪些會令你感興

☆4
*ich wollte mich nicht ablenken lassen von meiner Leidenschaft, nur in Dir zu leben. Ich saß allein zu Hause, stundenlang, tagelang, und tat nichts, als an Dich zu denken, immer wieder, immer wieder die hundert kleinen Erinnerungen an Dich, jede Begegnung, jedes Warten, mir zu erneuern, mit diese kleinen Episoden vorzuspielen wie im Theater.*

趣，到了晚上，我就遙遙地伴隨著你：現在他走進了表演廳，現在他坐了下來。這情景我夢想過千百回，因為我曾在一場音樂會上見過你一次，唯一的一次。

可是這一切又何必述說？一個孤單孩子的狂熱，猛烈、自毀、悲哀而且毫無希望，何必向一個從未意識到、從不知曉這份狂熱的人述說？然而，當時的我果真還只是個孩子嗎？我十七歲了，十八歲了，在街道上，年輕人開始轉過身來看我，但他們只令我惱怒。因為對其他人的愛情，或者只是在腦子裡想像跟其他人玩一場愛情遊戲，這個念頭對我來說無比陌生，無法理解，無可想像，就連那份誘惑在我看來都是種犯罪。我對你的熱情始終如一，只不過這份熱情隨著身體的成長而變得不同，隨著情慾的日漸甦醒而更加炙熱，更加身體化，更加女性化。當年按下你家門鈴的那個孩子，在她未受啟蒙的模糊意志中無法意識到的，如今成了我唯一的念頭：把我獻給你，向你獻身。

別人誤以為我害羞，說我靦腆（我堅決不透露我的祕密）。但一份鋼鐵般的意志在我心中滋長，一心一意只想回到維也納，回到你身邊。而我堅持貫徹我的意志，就算這意志在別人眼中如此荒唐，如此難以理解。我繼父很富有，把我當成自己的孩子來看待。但我異常執拗，堅持要自食其力，最後終於得以到維也納一位親戚那兒去，在一家大型服裝店工作。

當我在一個多霧的秋夜抵達維也納——終於！終於！——我還需要告訴你，我的第一趟路是去哪裡嗎？我把皮箱留在火車站，衝上一列電車——那電車行駛得多麼緩慢呀，每一次靠站都令我惱怒——跑到那棟屋子前面。你的窗戶亮著燈，我的心響起了音樂。此刻整座城市方才活過來，這座城市原本如此陌生，毫無意義地在我周圍嗡嗡作響；此刻我才又活了過來，由於我感覺到你就近在咫尺，你，我永遠的夢想。我渾然不覺自己距離你的意識同樣遙遠，不管是相隔了山巒、谷地和河流，還是像現在這樣，在你我發亮的目光之間只隔著你窗戶那片透出光亮的薄薄玻璃。我就只是抬頭望著，望著：燈光在那兒，屋子在那兒，你在那兒，我的世界在那兒。兩年來我夢想著這一刻，如今上天把這一刻賜給我。我站在你窗前，站了長長一夜，那霧色濛濛的一夜，直到燈光熄滅。在那之後，我才去尋找住處。

之後我每天晚上都站在你住的那棟屋子前面。我在店裡上班到六點，工作很辛苦，很累，但我喜歡那份工作，因為那份忙碌讓我不致過於痛苦地感覺到自己的不安。那道鐵捲門一在我身後哐噹落下，我就直奔我心愛的目的地。我一心只想要見到你一次，遇上你一次，只要能夠再一次遠遠地用目光撫摸你的臉。大約過了一個星期後，我終於遇見你，而且剛巧是在我沒有料到的一瞬：就在我抬頭向你的窗戶張望時，你穿越街道走過來。頓時我又成了那個孩子，那個十三歲的孩子，我感覺到血液湧上臉頰，不由自主地低下頭，違反了我內心深處的衝動，渴望感覺到你目光的衝動，我飛快地從你身旁走過，彷彿被人追趕似的。事後我為了這種小女孩般的羞怯逃離感到慚愧，因為如今我很明白自己的意願：我想要與你相遇，我在找你，想要你認出我來，經過那些在思念中消逝的歲月，我想要被你注意，被你所愛。

但你久久不曾注意到我，雖然我夜夜站在你住的那條巷子裡，不論是大雪紛飛，還是吹著維也納刺骨的寒風。我往往空等了好幾個鐘頭，然後你終於出門，在朋友的陪伴下離去。有兩次我也看見你跟女子同行，這時候我感覺到自己長大了，一顆心突然抽搐，讓我明白自己對你有了新的感覺，不同的感覺，看見一個陌生女子泰然自若地與你攜手同行，那陣抽搐撕裂我的靈魂。我並不感到驚訝。童年時期我就曉得你常有女性訪客，但如今這突然讓我在身體上感到痛苦，有種東西在我心中繃緊，既帶著敵意抗拒你和另一個女子在肉體上親暱，自己卻又渴望這種親暱。帶著天真的傲氣，我一天沒到你住的屋子去，也許直到如今我仍有這份傲氣。然而，那個倔強和反抗的空虛夜晚是多麼可怕。第二天晚上我又認命地站在你屋前等待，再等待，一如我這一輩子都站在你向我緊閉的生命前等待。

終於，有一天晚上你注意到我。我看見你遠遠地走過來，挺起意志，決心不要閃躲。碰巧一輛正在卸貨的車子堵在路上，你不得不從我身邊走過。你散漫的目光不由自主地從我身上掠過，那道目光一遇上我專注的眼神——我心中的回憶赫然驚醒！——就立刻變成你看女性的那種目光，溫柔、裹住了對方，又揭露了對方，將對方緊緊圍繞並且抓住，那道目光在我還是個孩子的時候首度喚醒了我，讓我成為一個女人，成為一個戀愛的女人。我們四目相接了一、兩秒，我無法把目光移開，也不想移開，然後你就從我身旁走過。我一顆心怦怦跳，不由自主地放慢腳步，由於按捺不住的好奇而轉過身去，看見你停下腳步，朝我望過來。你好奇而感興趣地打量著我，由此我立刻知道：你沒有認出我。

你沒有認出我，當時沒有，從來沒有，你從未認出我來。我該如何向你，吾愛，描述我在那一秒的失望——那是我首度承受沒被你認出的命運，我一輩子承受這個命運，也在這個命運中死去；沒被你認出，始終沒被你認出。我該如何向你描述這份失望！要曉得，在因斯布魯克的那兩年，我時時刻刻想著你，什麼事也沒做，一心幻想著我們在維也納的首次重逢，視我的情緒而定，我想像過最荒謬的畫面，也想像過最幸福的畫面。我把各種情況都想過一遍，如果我可以這麼說的話；在黑暗的時刻，我想像你會拒絕我，會看不起我，因為我太過卑微，太過醜陋，太過纏人。你的猜疑、你的冷漠、你的無動於衷，這種種情緒我全都在熱烈的想像中經歷過，然而這個情況，這個最可怕的情況，就算在心情黯淡時，在最強烈的自卑感中我也不敢去想：你根本不曾注意到我的存在。如今我了解——唉，是你教會我了解的！——對一個男人來說，一個女孩、一個女人的臉想必變化多端，因為那張臉往往只是面鏡子，有時反映出熱情，有時反映出天真，有時反映出疲憊，而且就像鏡中影像一樣易逝，因此男人更容易遺忘女人的面容，因為年齡在那張臉上造成光影的變化，因為每一件衣裳都以不同的方式框住那張臉。認命的人其實才是真正深諳世事之人。然而，當年仍是少女的我無法理解你的健忘，由於我毫無節制地不停想著你，遂有了瘋狂的念頭，以為你一定也常常想著我，也在等著我。假如我知道我對你來說什麼也不是，你從來也不曾想起過我，那我如何還能夠呼吸！我在你的目光下清醒過來，這道目光告訴我你根本不再認得我，沒有一絲回憶連接你我的生活，這份清醒是我跌進現實中的第一跤，我第一次對自己的命運有了預感。

當時你沒有認出我。而兩天後，當我們再度相遇，當你的目光帶著一種熟悉注視著我，你還是沒有認出那個愛你的我，那個被你喚醒的我，你認出的只是兩天前在同一個地方朝你迎面走來的十八歲漂亮女孩。你親切而驚訝地看著我，嘴角泛起一抹微笑。你又從我身旁走過，再一次立刻放慢腳步。我在顫抖，我在歡呼，我在祈禱，希望你會和我攀談。我感覺到對你來說我頭一次活生生地存在，我也放慢了腳步，沒有閃避。而我突然感覺到你在我身後，我沒有轉身，知道此刻我將頭一次聽見你的聲音對我說話，我所愛的聲音。我心中的期待彷彿麻痺了我，我已經擔心我必須停下腳步，我的心跳得那麼厲害，這時你走到我身旁。你輕鬆愉快地向我攀談，彷彿我們熟識已久——唉，你沒料到是我，你對我的生活從來一無所知！——你跟我攀談的方式迷人而自然，讓我甚至能夠回答你。我們一起走過整條街道，然後你問我要不要一起去吃飯。我說好。我怎麼敢拒絕你？

我們一起在一家小餐館用餐——你還記得是在哪裡嗎？唉，不，你肯定無法分辨那一晚和其他的類似夜晚，因為對你來說我算什麼呢？我只是幾百個女子當中的一個，無數豔遇當中的一次。又有什麼能讓你憶起我呢？我說的很少，因為能在你身邊，聽見你對我說話，讓我幸福無比。我一瞬也不想浪費，不想用一句問話、一句傻話來浪費。我永遠不會忘了感謝你給我這一個小時，你完全滿足了我對你的熱烈崇拜，你是那麼溫柔、輕鬆、得體，一點也不糾纏，絲毫沒有那種急於獻殷勤的溫存，從一開始就流露出一種沉著親切的熟悉，就算我不是早就全心全意地屬於你，你也會贏得我的心。啊，你不知道你滿足了多麼巨大的期望，沒有讓我長達五年的幼稚期待失望！

時間晚了，我們起身離開。在餐廳門口，你問我是否急著要走，是否還有時間。我如何能夠隱瞞我任憑你吩咐！我說我還有時間。接著你微微猶豫，但隨即問我願不願意到你那兒去聊一會兒。「很樂意。」我自然而然地脫口而出，而我立刻察覺，我答應得這麼迅速讓你有點尷尬，也可能是有點高興，無論如何顯然令你驚訝。如今我了解你當時的詫異；我知道女人通常會否認自己願意獻身，就算她們熱切渴望獻身也一樣，她們會假裝受到驚嚇，或是假裝發怒，想要對方用懇求、謊言、誓言和承諾來加以安撫。我知道，也許只有像妓女那種職業愛人才會如此喜不自勝地接受這種邀請，不然就是十分天真、尚未成年的女孩。然而在我身上那卻是——你又怎麼可能知道——化為言語的意志，累積了上千個日子的思慕終於爆發。總而言之，你很驚訝，我開始引起你的興趣。我感覺到，在我們走路時，你一邊說話一邊從旁邊訝異地端詳著我。但凡與人性有關之事，你的感覺總是準確得不可思議，你立刻嗅出在這個不怕生的漂亮女孩身上有種不尋常之處，有件祕密。這喚醒了你的好奇，你兜著圈子問我問題，加以試探，我察覺你試圖探索那個祕密，但我閃躲了。我寧可顯得傻氣，也不願向你洩露我的祕密。

我們上樓到你家去。原諒我，吾愛，如果我對你說，你不可能了解這趟路、這道樓梯對我的意義，那是多深的陶醉，多大的迷惑，何等猛烈的幸福，令人痛苦，幾乎要致命。直到如今，回想起來我都還很難不流淚，而我已經無淚。但你只要體會一下，那裡的每一件事物都彷彿被我的熱情滲透，每一件都象徵著我的童年，我的思慕：那扇大門，我在門前等過你千百回；那道樓梯，我總是從那兒聽見你的腳步聲，也在那樓梯上頭一次見到你；那個窺伺孔，我用全副心靈從中張望；你門前那塊地氈，有一次我曾跪在那上面；鑰匙轉動的喀嚓聲，那聲音總是讓我從守候處一躍而起。我的整個童年，我的全副熱情，都盤踞在這幾公尺大的空間裡，我全部的人生在此，而此刻它像一陣暴風向我撲來，當我的夢想得以實現，當我跟你走在一起，我和你，在你的屋子裡，在我們的屋子裡。想一想——這聽起來很老套，但我想不出別的說法——直到你門前的一切是我活了一輩子的現實，是沉悶的日常世界，而那個孩子的魔法天地從你門口展開，阿拉丁的天地，想一想，此刻我飄飄然穿越的這扇門，我曾用炙熱的眼睛凝視過千百次，而你就能猜想到——但只是猜想到，永遠無法完全明白，吾愛！——這迅速流逝的一分鐘從我的生命帶走了什麼。

那一次我在你那兒待了一整夜。你不知道在那之前不曾有男人碰過我，我的身體不曾有人摸過、看過。但吾愛，你怎麼可能知道呢？因為我對你沒有絲毫抗拒，我壓抑住任何害羞的猶豫，只因為不想讓你猜到我愛你的這個祕密，這個祕密肯定會把你嚇壞——因為你只喜歡輕鬆、嬉戲、了無牽掛，你害怕插手干預一樁命運。你想要揮霍自己的生命，揮霍在所有事物上，揮霍在這個世界上，而你不想犧牲。如果我現在告訴你，吾愛，說我把童貞獻給了你，那麼求求你不要誤解我！我不是在指責你，你沒有引誘我，沒有欺騙我，沒有誘拐我——是我自己擠向你，投身你懷裡，一頭栽進我的命運。我永遠不會埋怨你，不，只會永遠感謝你，因為這一夜是多麼富饒，由於歡愉而閃亮，由於幸福而令人飄飄然。當我在黑暗中睜開眼睛，感覺到你在我身邊，我納悶上方沒有星辰閃爍，我深覺自己置身於天堂——不，我從不曾後悔，吾愛，從不曾為了這一刻而後悔。我還記得，當你睡著，當我聽見你的呼吸，感覺到你的身體，感覺到我離你這麼近，我在黑暗中喜極而泣。

第二天一早我就急著走。我得到店裡去上班，也想趁管家到來之前離開，我不想讓他看見我。當我穿好衣服站在你面前，你摟住我，久久凝視著我；是一絲黑暗而遙遠的回憶在你心中浮現嗎？還是你只是覺得我美麗而快樂，一如我當時的心情？然後你在我唇上吻了一下。我掙脫開來，想要離去。這時你問我：「想不想帶幾朵花走？」我說好。你從書桌上那個藍色水晶花瓶裡拿了四朵白玫瑰（啊，我認得這個花瓶，從我童年時那偷偷的一瞥），給了我。接連幾天我都還吻著這些花。

在這之前，我們約好了在另一天晚上見面。我來了，而那一次也同樣美好。你又給了我第三個夜晚，然後你說你得要出門旅行——噢，我從童年起就多麼痛恨這些旅行！——你答應一回來就會通知我。我給了你一個郵局的地址，我將自行去取信。我不想告訴你我的名字，保守著我的祕密。臨別時你又送了我幾朵玫瑰做為道別。

接下來那兩個月我每天去問……算了，何必向你描述這種期盼、這種絕望的深深折磨。我並非在指責你，我愛的就是你原本的樣子，熱情又健忘，體貼但不忠實，我就愛你這個樣子，就只愛你這個樣子，你向來如此，如今依舊如此。你早就已經回來，我從你亮著燈的窗戶看得出來，但你沒有寫信給我。在我生命的最後這幾個鐘頭，我手邊沒有你的隻字片語，我把生命獻給了你，而你不曾寫過一行字給我。我等待著，像個絕望之人等待著。但你沒有呼喚我，沒有寫過一行字給我……一行也沒有……

我的孩子昨天死了，他也是你的孩子。他也是你的孩子，吾愛，孕育自那三個夜晚的孩子，我向你發誓，沒有人會在死亡的陰影下說謊。他是我們的孩子，我向你發誓，因為從我獻身給你的那一刻，到孩子離開我的身體，這當中沒有別的男人碰過我。你的碰觸讓我把自己的身體視為神聖，你是我的一切，我如何能夠分屬於你和其他男人，那些只在我人生中匆匆掠過的男人？那是我們的孩子，吾愛，孕育自我知情的愛，和你無憂、揮霍、幾乎不自覺的溫存，我們的孩子，我們的兒子，我們唯一的孩子。但現在你會問——也許大受驚嚇，也許只是訝異——你會問，吾愛，何以我這許多年來都絕口不提這個孩子，直到如今才提起他來，當他在黑暗中沉睡，永遠地沉睡，就要離我遠去，再也不會回來，再也不會！然而我如何能夠告訴你？我這個陌生女子，心甘情願與你共度了三夜，沒有抗拒，而是滿心渴望地向你張開懷抱，你永遠不會相信，不會相信這個偶然邂逅的無名女子會對你保持忠貞，對你這個不忠實的男子，你永遠不會毫無猜疑地把這個孩子視為自己的孩子！就算我的話讓你覺得不無可信，你也永遠無法擺脫暗中的懷疑，懷疑我試圖把我跟別人懷的孩子算在你這個有錢人頭上。你會對我起疑，一道陰影將會留下，猜疑的陰影，不時掠過的淡淡陰影，在你我之間。這非我所願。再者，我了解你；我是如此了解你，就連你都不見得這麼了解自己。我知道你喜歡愛情中的無憂、輕鬆、嬉戲，突然成為父親，突然要為另一個人的命運負責，這會令你難堪。你這個唯有在自由之中才能呼吸的人會覺得對我負有某種義務，你會為了這份義務而恨我——是的，我知道你會恨我，違背你自己的清醒意志。也許你只會在幾個鐘頭裡覺得我累贅，覺得我討厭，也許只在轉瞬即逝的幾分鐘裡，然而我出於自尊，希望你這一輩子在想起我時都無憂無慮。我寧願自己扛下一切，也不要成為你的負擔，只想成為你所有那些女人當中的一個，讓你想起我時總是懷著愛意、懷著感謝。只不過，你從不曾想到我，你把我忘了。

我並非在指責你，吾愛，不，我不是在指責你。請原諒我，如果我筆下偶爾流露出一絲辛酸，請原諒我——畢竟我的孩子，我們的孩子死了，躺在搖曳的燭光下；我向上帝握緊了拳頭，稱祂為凶手，我的心情抑鬱混亂。請原諒我的哀訴，請原諒！我知道你是好人，在心底深處樂於助人，你會幫助任何人，只要別人求你，就算是再陌生的人也一樣。但你的善心是如此奇特，那善心向所有人敞開，對方想拿多少，就能拿多少，你的善心廣大，無盡廣大，但這份善心——原諒我這麼說——是懶散的。這份善心需要別人來提醒，需要別人來取。你會幫助別人，當別人呼喚你、懇求你，你幫助別人是出於羞慚、出於軟弱，而非出於喜悅。讓我坦白地告訴你，比起在匱乏和苦難中的人，你更喜歡幸福的弟兄。而那些跟你一樣的人，哪怕是他們當中心地最善良的，別人也很難向他們乞求。我還是孩子的時候，有一次我從門上的窺視孔看見你拿了錢給一個來按你門鈴的乞丐。他還沒向你央求，你就很快地給了他錢，甚至給了很多，但你把錢遞給他時帶著一種恐懼和倉促，希望他趕緊走開，彷彿你害怕直視他的眼睛。你這種不安、羞怯、怕人感謝的幫助方式，我從來不曾忘記。因此我從不曾向你求助。當然，我知道，就算你不能確定那是你的孩子，當時你也會幫助我。你會安慰我，給我錢，一大筆錢，但總會帶著暗暗的不耐，想把這件麻煩事從身邊推開。是的，我認為你甚至會說服我及早把孩子拿掉。這是我最擔心的事——因為只要是你所渴望的事，我什麼事不會去做？我如何能夠拒絕你！但這個孩子是我的一切，畢竟他是你的孩子，是另一個你，但又不再是你，不是那個快樂無憂、我無法留住的你，而是永遠給了我的你——我這麼想，這個你附著在我體內，和我的生命相連。如今我終於捕獲了你，能夠感覺到你、感覺到你的生命在我的血液中生長，當我的靈魂熱切盼望時能夠餵你，讓你喝水，愛撫你，親吻你。你瞧，吾愛，正因為如此，我是那麼幸福，當我知道我懷了你的孩子，正因為這樣我沒有向你提起，因為這樣一來你再也無法從我身邊溜走。

當然，吾愛，那幾個月並非如同我預先感受到的，淨是如此幸福的時光，我也度過了充滿恐懼和折磨的幾個月，充滿對卑劣世人的厭惡。我過得並不輕鬆。懷孕的最後幾個月我無法再去店裡上班，以免被親戚注意到，免得他們去告訴我的家人。我不想向母親要錢，於是我靠著變賣我擁有的那一點首飾，勉強度過分娩前的那段日子。分娩一週前，一個洗衣婦從櫃子裡偷走了我最後幾塊錢，所以我不得不住進一家婦產醫院。只有貧窮之至、遭人摒棄和遺忘的女人才會在迫不得已時到那兒去，那個孩子，你的孩子，就在那兒，在那些可憐的社會渣滓中誕生。那是個令人想死的地方：陌生，陌生，一切都無比陌生，躺在那兒的我們對彼此也同樣陌生，互相憎恨，只是由於不幸，由於相同的痛苦，而被推到這個陰鬱的大廳，充滿了氯仿和鮮血的氣味，充滿了叫喊和呻吟。窮人必須忍受的凌辱和身心恥辱，我在那兒都遭受了，必須忍受與妓女和病人同在，她們把共同的命運變成一種下流行為；必須忍受年輕醫生的冷嘲熱諷，他們帶著譏諷的微笑，掀起那些無力自衛之人的被單，帶著虛偽的科學精神去摸她們的身體；必須忍受女性管理員的貪婪——噢，在那裡，一個人的羞恥心被別人的目光釘在十字架上，被別人的話語鞭笞。寫著妳姓名的名牌，在那裡就只有這個名牌還是妳，因為躺在床上的只不過是一塊顫動的肉，被好奇的人觸摸，一個供人觀賞和研究的對象——啊，那些在家裡為溫柔等待的丈夫生下孩子的女人不會知道，孤獨無助地有如在一張實驗桌上生下孩子是怎麼回事！如今當我在書裡讀到地獄這個字眼，都還會不由自主地突然想起那座大廳，大廳裡塞得滿滿的，發出難聞的氣味，充滿嘆息、嘲笑和伴隨血污的慘叫，我曾在那裡受苦，在這座羞恥心的屠宰場。

請原諒我，原諒我說起這件事。但我就只說這一次，從此不會再提。十一年來我對此隻字未提，不久之後我即將永遠沉默：我必須大聲喊出來一次，就這一次，喊出這個孩子是我用多大的代價換來的，他曾是我的幸福，如今他躺在那兒，沒有了呼吸。我原本已經忘了那些時刻，早已在孩子的微笑、孩子的聲音、在我的幸福中將之遺忘；然而此刻，當孩子死了，那份痛苦又變得鮮活，而我必須把這份痛苦從靈魂裡喊出來，就這一次。但我並不怪你，我只指責上帝，只指責祂讓這份痛苦變得毫無意義。我不怪你，我向你發誓，也從不曾在憤怒中埋怨過你。就算是我在陣痛中蜷起身體的時刻，當我的身體在那些大學生探究的目光下由於羞慚而發燙，就算是在痛楚撕裂我靈魂的那一秒，我也不曾在上帝面前指責你；我從不曾為那幾夜懊悔，從不怨尤我對你的愛，我始終愛著你，始終為我遇見你的那一刻而感恩。假如我得再度經歷分娩時的地獄，假如我事前知道是什麼樣的命運在等待我，我還是會再做一次，吾愛，再做一次，再做千百次！

我們的孩子昨天死了——你從不曾認識他。你的目光從不曾在經過時拂過這個茁壯中的小生命，你的生命，就算是在匆匆巧遇中也不曾。自從我有了那個孩子，我有很長一段時間躲著你；我對你的思念不再那麼痛苦，是的，自從上天賜給我那個孩子，我想我比較不再那麼狂熱地愛著你，至少我不再為了我的愛而那般受苦，我不想把自己分成兩半，一半給你，一半給他；於是我沒把自己給你，快樂的你，和我無關地活著的你，而把自己給了那個孩子，他需要我，我必須餵養他，也可以親吻他，擁抱他。我似乎得救了，從我對你的不安思慕中得到解救，從我的厄運中得到解救，藉由這另一個你而被拯救，這另一個你卻的的確確屬於我——我的感情很少會再推著我謙卑地到你屋前。我只會做一件事：在你生日時，我總是請人送去一束白玫瑰，就跟我們初次一夜繾綣之後你送給我的白玫瑰一樣。在這十年、十一年裡，你可曾問過那花是誰送給你的？也許你曾憶起你曾經送過這種玫瑰給她的那個女子？我不知道，也不會再知道你的答案。只是從暗中把那束花送給你，一年一次，讓那一刻的回憶綻放——這對我來說也就夠了。

你從不曾認識他，我們可憐的孩子。如今我自責我把他在你面前藏了起來，因為你會愛他的。你從不曾認識他，這個可憐的男孩，從不曾微笑地看著他，當他輕輕抬起眼簾，然後用他聰明的深色眼睛——你的眼睛！——把一道明亮愉悅的光芒投向我，投向整個世界。啊，他是那麼快活，那麼可愛：你整個人那種無憂無慮都在他身上天真地重現，你迅速而靈活的想像力也在他身上重現；他可以深深著迷地跟些東西玩上幾個鐘頭，就像你遊戲著人生，然後又揚起眉毛，一本正經地坐著看書。他越來越像你；你特有的雙重性格，嚴肅與遊戲，也開始在他身上明顯發展，而他越是像你，我就越愛他。他成績很好，能像隻小喜鵲一樣用法語閒聊，他的簿子是全班最乾淨的，而且他是多麼俊秀，穿著黑絲絨的衣裳或是白色的水手外套是多麼高雅。不管去到哪裡，他總是所有人當中最高雅的；當我帶他一起去格拉多的海灘，那些婦人會停下腳步來撫摸他長長的金髮；在滑雪勝地森梅林，當他乘著雪橇，眾人都讚賞地轉過身去看他。他是那麼俊秀、那麼纖柔、那麼充滿信賴。當他去年進入泰瑞莎寄宿學校，他穿著制服，配著短劍，像個十八世紀的宮廷侍童。如今他就只穿著一件襯衣，可憐的孩子，躺在那兒，嘴唇蒼白，雙手交疊。

但你也許會問，我如何能在這樣的奢華中把這個孩子養大，如何能讓他享有上流世界光明、愉快的生活。親愛的，我從黑暗中向你述說；我不覺得羞慚，我會告訴你，但吾愛，請你別受驚嚇——我出賣了自己。我並沒有變成所謂的街頭流鶯，變成一個妓女，但是我出賣了自己。我有富裕的男友，富有的情人，起初是我去找他們，後來是他們來找我，因為——你可曾注意到？——我長得很美。每個我曾委身的男人都喜歡我，他們全都感謝我，依戀著我，愛著我——唯獨你沒有，唯獨你沒有，吾愛！

現在你會看不起我嗎？因為我向你透露我出賣了自己？不，我知道，你不會看不起我，我知道你了解一切，也會了解我這樣做只是為了你，為了你的另一個自己，為了你的孩子。在那間婦產醫院的小房間裡，我曾經接觸到貧窮的可怕，我知道在這個世界上，窮人總是受到踐踏，受到屈辱，總是被犧牲，而我無論如何不想讓你的孩子，你那聰明俊秀的孩子，在下層社會長大，在社會渣滓中，在霉味中，在小巷弄的粗鄙中，在後排房屋發臭的空氣中。他柔軟的嘴不該識得粗俗的語言，他白淨的身體不該識得窮人帶有霉味、揉皺的衣裳——你的孩子應該要擁有一切，擁有世上所有的財富，所有的無憂無慮，他應該要再朝著你攀升，攀升到你的生活圈。

為此，就只是為此，吾愛，我出賣了自己。那對我來說不是犧牲，因為一般人所謂的榮譽和恥辱對我而言很空洞。我的身體就只屬於你，而你不愛我，因此我覺得發生在我身體上的事都無所謂。那些男人的愛撫，就算是最由衷的熱情，也無法觸及我心深處，雖然我對他們當中有些人十分尊重，而我對他們的同情往往令我震動，他們的單戀讓我想起自己的命運。我認識的那些男人全都對我很好，他們全都寵愛我，尊重我。尤其有一個，一位年長的鰥夫，是個伯爵，就是他到處奔走，讓這個沒有父親的孩子，你的孩子，得以進入泰瑞莎中學就讀，他愛我就像愛一個女兒一樣。他三度、四度向我求婚——我現在可以是伯爵夫人，是提洛地區一座迷人城堡的女主人，可以無憂無慮，因為那個孩子會有一位寵愛他的慈父，而我將有一位安靜、高尚、善良的男人在我身旁——但我沒有答應他，不管他求了我多少次，也不管我的拒絕傷他多深。也許那樣做很愚蠢，因為要不然，如今我就能在某個地方平靜度日，受到保護，而我所愛的孩子也跟我一起，可是——我何苦不向你承認——我不想被束縛，我想要時時刻刻為了你而保持自由。在我內心深處，在潛意識中，我孩提時的舊夢仍舊活著，也許你還會再一次喚我到你那兒去，哪怕只有一小時。為了這可能出現的一小時，我拒絕了一切，只為了在你第一聲呼喚下仍是自由之身。打從我自童年中甦醒，我整個人生無非就只是等待，等待著你的呼喚！

而這一刻果真來臨。但你不曉得，你毫無所覺，吾愛！在那一刻你還是沒有認出我來——你從不曾，從不曾認出我！在那之前我就曾遇見過你好幾次，在劇院裡，在音樂會上，在普拉特遊樂園裡，在街上——每一次我的心都在抽搐，但你沒有注意到我。畢竟我在外表上也截然不同了，那個害羞的女孩變成了一個女人，美麗動人，如同別人所說的，身穿昂貴的衣裳，被仰慕者圍繞。你如何猜想得到我就是你臥室裡昏暗光線中那個羞怯的女孩！有時候，與我同行的一位先生會跟你打招呼，你回了禮，抬眼望著我，但你的目光是禮貌的陌生，帶著欣賞，但沒有認出我來，陌生，陌生得可怕。我幾乎已經習慣了沒被你認出，然而有一次，我還記得，這卻成了炙熱的折磨：我和一個朋友同坐在歌劇院的一個包廂裡，而你就坐在隔壁的包廂。序曲奏起時，燈光熄滅，我不再看得見你的面容，只感覺到你的呼吸離我那麼近，如同當年在那一夜裡，而你把手撐在隔開兩個包廂的矮牆上，那矮牆裹著絲絨，你的手細緻纖柔。那份渴望終於向我襲來，想要彎下身子謙卑地去親吻這隻手，這隻陌生而又為我深愛的手，我曾經感覺到這隻手溫柔的擁抱。音樂在我四周洶湧起伏，那份渴望越來越強烈，我必須抓緊自己，必須強行振作，一股巨大的力量把我的嘴唇拉向你的手，那隻我所愛的手。第一幕結束後，我請求朋友跟我一起離開。我再也承受不了，在黑暗中你如此近在咫尺，卻又如此陌生。

但那一刻來臨了，再一次來臨，在我浪擲的生命中那是最後一次。幾乎就在整整一年前，在你生日的隔天。說也奇怪，那天我無時無刻不想著你，因為我總是把你的生日當成節日來慶祝。一大早我就出門去買白玫瑰，每年我都請人把玫瑰送去給你，紀念你遺忘了的那一刻。下午我帶孩子出門，帶他去德梅爾糕餅店，晚上帶他上劇院，我希望他從小就感受到這一天是個神祕的節日，儘管不明白其意義。隔天我跟我當時的男友在一起，他來自布倫，是個年輕富有的工廠廠主，我跟他共同生活已經兩年，他崇拜我，寵愛我，也想跟我結婚，就跟其他那些男人一樣，而我也同樣看似毫無理由地加以拒絕，雖然他買了許多禮物給我們母子，本身也很討人喜歡，具有一種略顯沉悶、低聲下氣的善良。我們一起去聽一場音樂會，在那裡碰到一群快活的朋友，在環城大道上的一家餐廳吃晚飯，在那兒，在談笑聲中，我提議再到塔巴蘭舞廳去。平常我一向很討厭這種地方，討厭那種公式化、由酒精催化的歡樂氣氛，就跟討厭所有的狂歡一樣。平常若有人這樣提議，我總是反對，可是這一次，我卻突然有種無法解釋的渴望，彷彿有件特別的事物在那兒等待我，彷彿我體內有股神祕莫測的神奇力量，讓我突然不自覺地提出這個建議，其他人愉快興奮地表示贊同。大家都習慣討好我，全都迅速站起來，我們到那家舞廳去，喝著香檳，而我體內突然湧起一股興高采烈，十分猛烈，幾乎令人作痛，是我從不曾識得的。我喝了又喝，一起唱著庸俗的歌曲，幾乎忍不住想要跳舞或歡呼。但我突然愣住了，彷彿有某種冰涼或炙熱的東西驟然落在我心上：你和幾個朋友坐在鄰桌，用一種欣賞和渴望的目光看著我，那道目光總是讓我心神蕩漾。十年以來，你頭一次又看著我，用你那種不自覺的熱情力量。我顫抖著，舉起的酒杯差點從手中掉落。幸好同桌的朋友沒有注意到我的心慌意亂，那份慌亂融入了喧鬧的笑聲和音樂中。

你的目光越來越炙熱，把我整個浸入火焰中。我不知道，難道是你終於、終於認出我了嗎？還是你重新渴望我，把我當成另一個女人，一個陌生女人？血液湧上我的雙頰，我心神渙散地回答同桌朋友的問題。你想必注意到你的目光令我多麼心亂。趁其他人沒注意時，你動了一下頭部，打了個信號，要我到前廳裡去一下。然後你引人注目地付了帳，向你的朋友道別，走了出去，出去之前還又再度向我示意，表示你將在外面等我。我在顫抖，像在發冷，又像在發熱，我無法再應答，無法再控制我沸騰的血液。就在這一瞬，正好一對黑人男女開始用踢躂作響的鞋跟跳起一種奇特的新舞步，伴隨著刺耳的叫聲，大家全都盯著他們看，而我就利用了這一秒。我站起來，跟我男友說我一會兒就回來，就尾隨著你出去。

出到前廳，你站在衣帽保管處前面等著我。我出來時，你的眼神發亮。你露出微笑，急忙朝我走過來。我立刻看出你沒有認出我來，沒認出當年那個孩子，也沒認出後來那個少女，你再度視我為另一個人，一個陌生人，向我伸出手來。「什麼時候您也願意給我一個小時嗎？」你親暱地問，從你那有把握的態度，我感覺出你把我看做是那種女人，願意出售一夜春宵的女人。「好。」我說，同樣那聲顫抖又理所當然同意的「好」，就跟十多年以前那個女孩在昏暗街道上對你說的一樣。「那我們什麼時候可以見面呢？」你問。「您想什麼時候見都可以。」我回答，在你面前我不覺得羞恥。你有點詫異地看著我，帶著同樣那種驚訝，既猜疑又好奇，就跟當年一樣，當年我的迅速答應也同樣令你吃驚。「現在可以嗎？」你問，略帶猶豫。「好的，」我說：「我們走吧。」

我想去衣帽保管處拿我的大衣。

這時我想起來，我和男友一起把大衣交付保管，而收據在我男友那兒。若要進去向他索取，那就勢必得多費唇舌解釋，另一方面，我又不願意放棄能跟你共度的這一個小時，我多年來渴望的這一個小時。於是我一秒鐘也沒有猶豫，只把圍巾披在晚禮服上就走出去，走進潮濕多霧的夜晚，撇下那件大衣，撇下那個溫柔的好人。多年來我靠他生活，而我在他朋友面前讓他丟臉，讓他成了個可笑的傻瓜，他多年的情婦在一個陌生男子的第一聲呼喚下就跑走了。噢，我深深明白我對待一位誠實朋友的卑鄙可恥、忘恩負義，我感覺到自己行為的可笑，我在瘋狂中深深傷害了一個善良的人，永遠地傷害了他，我感覺到我把自己的生活從中撕裂，然而，和那份迫不及待相比，友情算什麼？我的生計又算什麼？我想再次感覺到你的唇，聽見你向我吐出溫柔話語。我是這樣愛你，如今，當一切都已成為過去，我可以告訴你了。而我相信，如果你在我臨死之際呼喚我，我也會頓時有了力氣，站起來，走向你。

一輛車停在入口處，我們搭車到你那兒去。我又聽見你的聲音，感覺到你溫柔的貼近，我就跟從前一樣陶醉，那樣幼稚又幸福地心慌意亂。在十多年後，我懷著何種心情再度爬上那道樓梯——不，不，我無法向你描述，在那幾秒鐘裡我對一切的感受都是雙重的，過去的歲月和眼前的時光，而在一切的一切當中，總是只有你。你的房間沒有多大改變，多了幾幅畫，書也更多了，這兒或那兒有幾件我沒見過的家具，但一切仍舊令我感到親切。而在書桌上擺著那個花瓶，裡面插著玫瑰——我的玫瑰，是我前一天為了你的生日而請人送來的，做為對一個女子的回憶，你不記得那個女子，你並未認出的那個女子，就連此刻，當她在你身邊，手牽著手，唇貼著唇，你也沒有認出她來。然而，我很高興你善待那些花，這樣一來，至少有我的一絲生命、我的一縷愛情圍繞著你。

你把我擁進懷中。我又在你那兒待了整整一夜，美好的一夜。然而即便赤裸著身子，你也沒有認出我來。我幸福地承受你熟練的溫存，看出你的熱情在情人和買來的女人之間不做區分，看出你放縱自己的慾望，帶著你那不加思索、任意揮霍的豐富感情。你對我這個從舞廳裡帶回來的女人是那麼溫柔、那麼溫和、那麼高尚、那麼由衷地尊重，同時卻又如此熱情地享受這個女人。我由於過去的幸福而暈眩，再度感覺到你這種獨特的雙重性，在感官的熱情中含有知性的、精神上的熱情，這種雙重性在我兒時就令我為你著迷。我從不曾見過一個男人在溫存時如此忘情於當下，如此散發光亮，迸發出最深刻的人格特質，卻又在事後熄滅成一種無盡的遺忘，幾乎不近人情的遺忘。但我也忘了自己：此刻在黑暗中躺在你身旁的是誰？是當年那個滿懷渴望的女孩？是你孩子的母親？還是那個陌生女子？啊，在這個熱情的夜晚，一切都那麼熟悉，是我曾經歷過的，卻又那般新鮮。而我祈禱著，但願這一夜永無盡頭。

可是早晨來臨，我們起得很晚，你邀請我跟你一起共進早餐。我們一起喝茶，那茶由一隻默默服侍的手悄悄準備好放在餐廳裡，我們閒聊著。你又用你天生那種坦率、由衷的親暱跟我說話，仍然沒有問起任何不得體的問題，對於我這個人沒有任何好奇。你沒有問起我的名字，也沒有問起我的住處，對你來說，我又只是一次豔遇，一個無名女子，一段熱情的時光，在遺忘的煙霧裡不留痕跡地消失。你說你打算要去遠方旅行，到北非去兩、三個月；我在幸福之中又戰慄起來，因為我耳中已經轟轟地響著：結束了，結束了，遺忘了！我恨不得衝過去跪在你面前，恨不得大喊：「帶我走，好讓你終於認出我來，在這麼多年之後終於認出我來！」然而在你面前，我是那麼羞怯，那麼膽小，那麼軟弱，有如奴隸。我只能說：「真可惜。」你微笑地看著我：「妳真的覺得遺憾嗎？」

此時一股突如其來的任性攫住了我。我站起來，久久凝視著你。然後我說：「我愛的那個男人也總是旅行在外。」我看著你，直直地看進你的瞳孔。「現在，現在他會認出我來！」我整個人都在顫抖。但你只是對我微笑，安慰我說：「他會再回來的。」「是的，」我回答：

「他會再回來，但那時候他也就遺忘了。」

我說這句話的方式想必有些奇特，有些激動。因為你也站了起來，看著我，親切而訝異。你摟住我的肩膀說：「美好的事物不會被遺忘，我不會忘記妳的。」說時目光垂下，完全投注在我身上，彷彿想牢牢記住這幅肖像。我感覺到這道目光刺進我身上，在探索，在感覺，把我整個人吸過去，這時我以為終於打破了那令人眼盲的魔咒。他將會認出我來，他將會認出我來！這個念頭令我的全副靈魂為之顫抖。

可是你沒有認出我來。不，你沒有認出我，我對你而言從不曾比這一秒更陌生，因為要不然——要不然你就不可能做出你在幾分鐘之後做的事。你吻了我，又一次熱情地吻了我。我必須把弄亂的頭髮再度弄整齊，當我站在鏡子前面，我從鏡中看見——而我覺得自己在羞恥和震驚之下就要暈倒——我看見你偷偷塞了幾張大鈔到我的手籠裡。在這一秒我居然沒有放聲尖叫，居然沒有賞你一巴掌——你竟然為了這一夜付錢給我，從兒時就愛著你的我，身為你孩子母親的我！對你來說，我是個從舞廳帶回來的妓女，如此而已——付錢，你竟然付錢給我！被你遺忘還不夠，我還得受到這種屈辱。

我匆匆去收拾我的東西。我想要離開，趕快離開，那太令我傷心。我去拿我的帽子，帽子擱在書桌上，在插著白玫瑰的花瓶旁邊。這時一股力量攫住了我，難以抗拒，我還想再試一次，試著讓你想起來：「你願不願意給我一朵你的白玫瑰？」「很樂意。」你說，立刻去拿。「可是這些玫瑰也許是一個女人送你的，一個愛你的女人？」我說。「也許，」你說：「我不知道。這花是送給我的，而我不知道是誰送的。正因為這樣，我很愛這些花。」「說不定這些花也是個被你遺忘的女人送的！」

你詫異地望著我。我緊緊盯著你看。「認出我來，終於認出我來！」我的目光在吶喊，但你的眼睛露出一無所知的親切微笑。你又吻了我一次，但你沒有認出我來。

我快步朝門走去，因為我感覺到眼淚就要奪眶而出，而我不想讓你看見。在玄關裡——我的步伐是如此倉促——我差點跟約翰撞在一起，你的管家。他不好意思地急忙閃到一邊，打開了公寓的門，讓我出去，而此時——在這一秒，你聽見了嗎？就在我望向他的這一秒，用含淚的眼睛望向他，這個已經蒼老的男子，此時他的眼睛突然一亮。就在這一秒，你聽見了嗎？就在這一秒，這個老人認出了我，這個從我童年以後就不曾見過我的老人。我真想在他面前跪下，親吻他的手，就為了他認出了我。而我只急忙把你用來鞭笞我的那些鈔票從手籠裡拿出來塞給他。他顫抖著，震驚地抬起頭來看著我——在這一秒他對我的了解也許還勝過你這一輩子對我的了解。所有的人都寵愛我，都對我好——只有你，只有你，只有你把我忘了，只有你，只有你從不曾認出我來！

我的孩子昨天死了，我們的孩子——如今在這世上除了你以外，我無人可愛。可是對我來說你是誰呢？你，從不曾認出我的你，你從我身旁走過，就像從一條河流旁走過，你踩在我身上就像踩到一塊石頭，你總是不停地往前走，留下我做無盡的等待。我曾經以為我留住了你，匆匆逃跑的你，在那個孩子身上。可是你的孩子就像你一樣：一夜之間，他就殘忍地離開了我踏上旅途，他把我忘了，再也不回來。又剩下我獨自一人，比任何時候還要孤單，我一無所有，沒有從你那兒得到任何東西——孩子沒有了，沒有隻字片語，沒有記憶，如果有人在你面前提起我的名字，你會覺得陌生，過耳即忘。我為何不該樂於死去，既然我並沒有活在你心裡，何不繼續前行，既然你離開了我？不，吾愛，我不是在指責你，我不想把我的悲傷拋進你歡樂的屋子。別擔心我會繼續糾纏你——請原諒，我不得不把靈魂裡的話大聲喊出來一次，在這個時刻，當我的孩子躺在那裡，死去而且孤單。只有這一次我得要向你訴說——然後我就再默默回到黑暗中，一如我總是默默在你身旁。但只要我還活著，你就不會聽見這聲吶喊——唯有當我死去，你才會收到我這封遺書，來自一個愛你勝過任何人的女子，而你從不曾認出她來，來自一個始終等待著你的女子，而你從不曾呼喚她。也許，也許你將會呼喚我，但我將第一次對你不忠，在死亡中我將無法再聽見你的呼喚。我不留肖像給你，也不留痕跡，一如你什麼也不曾留給我。你永遠不會認出我來，永遠不會。那是我這一生的命運，在我死時亦然。在我臨終之際我不會呼喚你，我走了，而你既不知道我的名字，也不識得我的面容。我死得很輕鬆，因為你從遠方感覺不到我的死。如果我的死令你心痛，那我就無法死去。

我無法再寫下去了……我的腦袋如此昏沉……我的四肢作痛，我在發燒……我想我得馬上躺下。也許一切很快就結束了，也許命運這一次對我很好，而我不必再看見他們來把孩子抬走……我無法再寫下去了。珍重，吾愛，珍重，我謝謝你……無論如何，發生的事都是好的……我到最後一口氣都感謝你。我很舒坦：我把一切都告訴了你，如今你知道，不，你只能猜想，我是多麼愛你，但這份愛卻不會成為你的負擔。你不會覺得若有所失——這令我安慰。在你美好光明的生活中，什麼都不會改變……我的死對你不會有影響……這令我安慰，吾愛。

可是有誰……現在有誰會在你生日時總是送去白玫瑰？啊，那個花瓶將會是空的，一年一度在你身邊飄過的我，那一絲絲生命也將會消散！吾愛，聽我說，我央求你……這是我對你的第一個也是最後一個請求……為了我，請在每一個生日——畢竟生日是讓人想起自己的日子——買些玫瑰來插在花瓶裡。請這麼做，吾愛，就像其他人一年一度替一個親愛的死者做一次彌撒。但我不再相信上帝，不想要彌撒，我只相信你，我只愛你，只想藉由你繼續活下去……啊，每年只要一天，只要默默地活一天，一如我曾默默地在你身旁活著……我請求你這麼做，吾愛……這是我對你的第一個請求，也是最後一個……謝謝你……我愛你，我愛你……珍重。

他雙手顫抖，把那封信放下，然後沉思良久。對鄰居一個小女孩的記憶依稀浮現，對一個少女，一個舞廳裡的女子，但那份記憶模糊不清，如同一塊石頭在流動的河水底下微微閃著光亮，沒有形狀地顫抖。影子來來去去，但沒有肖像浮現。他感覺到對那份感受的回憶，但卻什麼也記不起。他覺得自己彷彿曾夢見過所有這些人物，常常深深地夢見，但卻只是夢見。

此時他的目光落在面前書桌上那個藍色花瓶上。花瓶是空的，這麼多年來，在他的生日，頭一次空著。他悚然一驚，覺得彷彿有一扇隱形的門突然打開，一道冷風從另一個世界吹進了他寧靜的房間。他感覺到一個人的死亡，感覺到不死的愛情，一種感覺在他的心靈湧現，而他想著那個看不見的女子，沒有形體，充滿熱情，猶如遠方的一陣音樂☆5。

☆5
*Er spürte einen Tod und spürte unsterbliche Liebe: innen brach etwas auf in seiner Seele, und er dachte an die Unsichtbare körperlos und leidenschaftlich wie an eine ferne Musik.*

# 情感的迷惘——樞密顧問 R. v. D. 的私人札記

# Verwirrung der Gefühle
## Private Aufzeichnung des Geheimrates R. v. D.

系上的學生和同事是一片好意：為了慶祝我六十歲的生日以及三十年的教學生涯，語文學系的師生編纂了一冊紀念文集獻給我，裝幀精美，並且把印出來的第一本鄭重地送來給我。這成了一本道地的傳記，編者努力從早被掩埋的紙堆裡翻出了我所有的文章，短文、致詞、某一本學術年鑑裡無足輕重的一篇書評……無一遺漏。我學術生涯的整個發展過程都被清清楚楚地建構起來，一個階段一個階段地直到目前，就像一段掃得乾乾淨淨的台階。真的，我若是沒有為了這份令人感動的縝密而感到喜悅，就未免太不知感謝。我自以為早已失去的，又整齊地納入這幅完整的圖像。不，我不能否認，步入老年的我看著這本文集，就像當年身為學生的我一樣自豪，當我看著老師給我的評語，首次證明了我具有從事學術工作的能力和意願。

然而，當我翻閱這勤奮撰寫出來的兩百頁文字，仔細凝視映照出我心智的鏡中影像，我不禁露出微笑。這果真是我的人生嗎？我的人生果真是像這樣目標明確地走著曲折的道路，從第一刻開始直到如今？就像為我立傳之人用文獻資料堆疊出來的？當我頭一次從留聲機裡聽見自己的聲音，我也有同樣的感覺：起初我根本沒聽出來，因為那固然是我的聲音，卻只是旁人聽見的聲音，而非我透過自己的血液、在我生命裡層所聽見的聲音。雖然我一輩子都藉由作家的作品來描繪作家本人，具體呈現出他們所處世界的精神結構。但從我自身的經歷，我再度明白，在每一個人的命運中，真正的本質核心是多麼難以看透，一切成長都源自其中的核心細胞。我們經歷無數的分分秒秒，然而，只有一秒，單單一秒，使我們的整個內心世界沸騰起來，這一秒（斯湯達爾曾經描述）讓內心已經浸潤的花朵如閃電般凝成結晶

☆1。這一秒就像受孕的那一秒一樣神奇，也同樣隱藏在溫暖的體內，這個祕密看不見、摸不著、感覺不出、只能去體驗。心智的代數學無法計算出這一秒，預感的煉金術也猜不出這一秒，而自己的感覺也很少能抓住這一秒。

這本紀念文集對於我心智生命的發展最祕密之處一無所知，因此我忍不住微笑。文集中的一切都是真實的，唯獨缺少了最根本的東西。它只描述了我，卻沒有說明我這個人；它談的雖然是我，卻沒有揭露出我的本質。那仔細編纂出的人名索引包含了兩百個名字，唯獨缺了一個，而我創作的熱情全都源於那個名字，那個人決定了我的命運，如今他以雙倍的力量再度將我喚回我的青年時代。這本文集中提到了所有的人，唯獨沒有提到他，然而是他給了我語言，是他透過我來說話。我頓時覺得自己怯懦地不去提起他是種過錯☆2。我一輩子都在描繪人物的形象，將幾百年間的人物喚回來，讓當代人能夠感受，卻偏偏沒有想到過他，這個對我來說近在眼前的人。所以，就像在詩人荷馬的年代，我想讓他，這個我心愛的靈魂，喝下我自己的血，讓他再度向我說話，成為那個早已老去之人，在我這個正在老去之人身旁。我要在那公開的紙頁旁邊默默加上一頁，在那本學術文集旁邊放上一份情感的自白，為了我自己，也為了他，我要敘述自己青年時代的真相。

在開始敘述之前，我再次翻閱了那本描述我一生的文集，而我又忍不住微笑。他們選擇了一個錯誤的入口，又如何能接近我生命真實的內在本質？他們的第一步就走錯了！一個好意的中學同學（如今他也是樞密顧問）編出了一段故事，說我在中學時代就比其他同學更

☆1
*Wir erleben Myriaden Sekunden, und doch wird immer nur eine, eine einzige, die unsere ganze innere Welt in Wallung bringt, die Sekunde, da (Stendhal hat sie beschrieben) die innere, mit allen Säften schon getränkte Blüte blitzhaft in Kristallisation zusammenschießt...*

☆2
*Von allen ist gesprochen, nur von ihm nicht, der mir die Sprache gab und in dessen Atem ich rede: und mit einem malfühle ich dieses feige Verschweigen als eine Schuld.*

熱愛人文學科。親愛的樞密顧問，你記錯了！對當年的我來說，凡是人文學科都是難以忍受卻又不得不學的東西，是我咬牙切齒勉強去讀的東西。在德國北部那座小城裡，身為校長的兒子，我從小在家裡就看見學問被當成謀生之道來從事，正因為如此，我自小就厭惡各種語文學。大自然具有保存創造力的神祕任務，因此總是讓孩子對父親的愛好懷著怨恨和嘲諷。大自然不想要安逸軟弱的繼承人，不希望下一代只是承繼上一代做的事：大自然總是先讓父子對立，只有在辛苦繞道而行之後，才允許子孫回到祖先所走的道路上。我父親認為知識是神聖的，我卻覺得知識只不過是過分仔細地推敲定義；因為他稱頌古典作品，視之為模範，我就覺得古典作品愛說教，因此討厭它們。我身邊到處是書，因此我蔑視書籍；父親總是督促我鍛鍊心智，因此我抗拒任何藉由文字流傳的教育形式。所以我只勉強讀完了中學，並且強烈地抗拒繼續讀書，這也就不足為奇。我想成為軍官、水手或是工程師，雖然對於這些職業，我也並沒有非做不可的偏好。我純粹只是因為對學問的枯燥和說教感到反感，才想去從事實務性質的工作，不想從事學術工作。然而，我父親對於與大學有關的一切都充滿狂熱的尊敬，堅持要我去讀大學。我能做的反抗就只是堅持選讀英文系，而不去讀古典語文系（我之所以接受這個雙方都能接受的折衷辦法，是因為我暗自希望學了這種航海業通行的語言，將來能讓我更容易投入我一心渴望的水手生涯）。

所以，他們的說法大錯特錯，當他們出於好意，在我的生平介紹中聲稱我從在柏林上大學的第一個學期開始，就在卓越的教授指導下打下了研究語文學的基礎。當年的我熱情地追求自由，哪裡認得什麼教授和講師！第一次去大講堂聽課，那污濁的空氣、牧師講道般單調卻又自負的演講，就讓我疲倦不堪，必須要強打起精神，才不至於把頭擱在長凳上打瞌睡。就跟我自以為已經幸運地逃脫了的中學一樣，大學的教室也沒有兩樣，有著太高的講台，凡事吹毛求疵。我不禁覺得彷彿有沙子從教授張開的薄薄嘴唇流下來，那本破舊講義裡的字句就那樣磨得粉碎、規律地流進濃濁的空氣中。仍是學童時，我就懷疑學校是心智的停屍間，在那裡，滿不在乎的手在已經死去的東西上到處摸索，進行解剖；在大學裡，這份懷疑又重新湧起，這裡還在研究早已成了古董的亞歷山大格式詩句☆3。當我一離開那勉強忍受的課堂，走出去到城市的街道上，這份直覺的排斥就變得更加強烈。當年的柏林市發展蓬勃，洋溢著一種突然湧現的男子氣概，所有的石頭和街道都洋溢出活力，把激烈跳動的速度強加於每個人身上，令人無法抗拒。那座城市想要攫取一切的貪婪，跟我自己對於才剛剛察覺之男子氣概的醉心極其相似。這座城市跟我都突然掙脫了信奉新教、講求秩序、有所侷限的小市民生活，過於迅速地一頭栽進權力和機會構成的狂喜。我們兩個，這座城市和我這個剛剛離鄉的小伙子，由於不安和不耐而蠢蠢欲動，就像一具發電機。我從不曾像當年那樣了解柏林，喜歡柏林，因為一如在這個人滿為患的溫暖蜂巢裡，我體內的每一個細胞也渴望著立即擴張。除了在這個巨大熱情的女性顫動的懷中，在這座急於散發出力量的城市裡，旺盛的青春那種迫不及待還能在哪裡發洩出來呢？柏林一下子就收服了我，我投入這座城市，走進它的血管，好奇心促使我跑遍它的全身，城市雖是石頭砌的，卻予人溫暖的感覺。從早到晚，我都在街道上閒晃，搭車到湖邊，潛近這座城市的隱密之處。那是種狂熱，我無心於學業，瘋狂地投入四處偵察的活潑冒險。不過這種過度狂熱其實只是我天性中的一個特點。從小我

☆3
*Der schon dem Schulknaben fühlbare Verdacht, in eine Leichenkammer des Geistes geraten zu sein, wo gleichgültige Hände an Abgestorbenem anatomisierend herumfingerten, schreckhaft erneute er sich in diesem Betriebsraum eines längst antiquarisch gewordenen Alexandrinertums...*

就沒辦法同時做兩件事，除了手邊正在做的事，對於其他的事情總是完全無感；不論何時，不論何處，我都展現出這種執著於單單一件事的活力。直到今天，在工作上，我往往還是會狂熱地咬住一個問題不放，在沒有感覺到牙齒咬住了這問題的最後一絲骨髓之前絕不放鬆。

當時在柏林，那種自由的感覺對我成了一種極其強烈的迷醉，讓我連花一點時間去聽課都無法忍受，甚至無法忍受被自己的房間包圍。凡是不能帶來冒險的事在我看來都是浪費時間。這個乳臭未乾、剛剛脫離束縛的鄉下男孩，準備好要做個真正的男子漢。我參加了一個社團，試圖讓自己原本害羞的天性添加一些大膽、活力和放蕩。在柏林住了還不到八天，我的一舉一動就像個大城市的居民，像個泱泱大德國的國民，以驚人的速度學會在咖啡館的一角大搖大擺坐下，伸伸懶腰，活像古典戲劇裡滿嘴大話的士兵。說到男子氣概，自然也少不了女人，或者應該說是娘兒們，我們那些狂妄的大學生這樣稱呼她們。而我剛好又長得出奇俊秀，又高又瘦，臉上還有被大海曬黑的古銅色澤，動作靈活有如體操選手，比起那些面色蒼白、由於長期待在室內而像鯡魚般乾瘦的年輕店員，我占了很大的優勢。他們跟我們一樣，每到星期天就在哈倫湖和狗喉湖（當時還遠在市區之外）的跳舞場所尋找獵物。有時候是個來自梅克倫堡的黃髮女僕，皮膚像牛奶般白晰，我跳舞跳得興起，趁她休假回家之前還把她帶回我房間；有時候是個焦躁不安的猶太女孩，來自波森，在百貨公司賣襪子。她們多半是些廉價的獵物，很容易到手，我很快就把她們轉讓給其他同學。然而這種意外輕易的得手，替昔日那個膽怯的中學生帶來令人陶醉的驚喜。這些輕易的成功讓我更加大膽，漸漸地，我把街道只視為獵豔場所，完全不選擇對象，只當作運動般的冒險。有一次我追著一個漂亮女孩來到菩提樹下大道，來到了大學前面——還真是湊巧——我忍不住笑了，想到我已經不知道多久沒踏進大學令人尊敬的門檻。出於狂妄，我跟一個有志一同的朋友一起踏進校園，我們只把講堂的門稍稍打開，看見（那場景可笑得不可思議）一百五十個學生的背部，他們俯在長椅上振筆疾書，彷彿跟著台上那個吟唱讚美詩的白鬍子教授在一起祈禱。而我也已經又把門關上，任由教授滔滔不絕的話語像一條混濁的小溪，繼續從那些勤學之人的肩上流過，我跟我的同伴狂妄地大步走出校園，走上陽光燦爛的林蔭大道。有時候我會覺得，從不曾有哪個年輕人像我在那幾個月裡那樣愚蠢地虛擲光陰。我一本書也沒讀，深知自己沒說過一句理智的話，也不曾有過真正的思想。出於本能，我避開一切有教養的社交活動，只為了用剛剛甦醒的身體更強烈地去感受新鮮的事物，感受在這之前遭到禁止之事物的刺激。嗯，這種自我消耗、這種浪費光陰的自毀，也許是突然獲得釋放之青春的本質。儘管如此，我特有的狂熱已經令這種放蕩變得危險，若非一樁巧合突然減緩了內心的墮落，我很可能就會完全蹉跎了光陰，至少會陷入情感的麻木。

這樁巧合——如今我懷著感謝將之稱為一件幸運的巧合——在於我父親意外接獲命令要到柏林出差一天，來參加教育部舉行的校長會議。身為專業的教育家，他並未通知我他將前來，而利用這個機會，試圖對我的行為做個抽樣檢查，來突襲渾然不知情的我。他這次突襲徹底成功了。我住在柏林北區一間出租給學生的便宜房間裡，要進房間得經過這戶人家的主婦用一條窗簾隔開的廚房。就跟大多數時候一樣，晚上有個女孩在我房間裡來做極親密的拜訪，這時我聽見有人敲門。我以為是哪個同學，不情願地喊道：「我不見客。」可是過了一會兒，敲門聲再度響起，敲了一次，兩次，然後又敲了第三次，聽得出對方的不耐。我怒氣沖沖地穿上長褲，想把這個無禮的不速之客趕走。就這樣，襯衫半敞著，長褲背帶垂下來晃來晃去，打著赤腳，我扯開了房門。彷彿有人一拳擊中我的太陽穴，我立刻在昏暗的前廳辨識出父親的身影。在陰影中，我幾乎看不清他的臉，只看見他的眼鏡鏡片閃出光亮。不過這道剪影就足以讓我把嘴邊那句粗話嚥回去，像根尖刺一樣卡在喉頭。有一剎那，我彷彿麻痺了似的站在那裡。然後我只好——那幾秒鐘真恐怖！——低聲下氣地請他在廚房裡稍等幾分鐘，等我把房間整理好。我剛才說過，我看不見他的臉，但我感覺得出他明白這是怎麼回事。我從他的沉默、從他克制的態度感覺出來，他沒有伸手跟我相握，而帶著厭惡的表情走進窗簾後面的廚房。在那裡，在瀰漫著溫熱咖啡和蘿蔔氣味的鐵爐前面，這位老人家不得不站著等了十分鐘。這十分鐘對他和對我而言同樣屈辱，直到我把那個女孩趕下床去，要她穿上衣服，從被迫聆聽這一切的父親身旁走過，離開這間公寓。他不得不聽見她的腳步聲，也不得不聽見那條窗簾在她匆匆經過時掀起的風裡晃動。而我仍然無法把他老人家從那個侮辱人的藏身處接出來，我還得先把過於凌亂的床鋪整理一下。然後我才走到他面前，我這一輩子還從不曾如此羞愧。

父親在這難堪的一刻保持了鎮靜，直到今天我都還為此感謝他。因為，每當我想要回憶已逝的父親，我都不願從學生的角度來看他，學生只把他看成訂正錯誤的機器，習慣輕視他，視他為吹毛求疵、一味追求準確的老學究。我總是回想起他在這一刻深深流露出人性的樣子，當他老人家深感厭惡，卻還是克制住自己，無言地跟在我後面，走進悶熱的房間。他把帽子和手套拿在手裡，不自覺地想找個地方放下，但隨即露出感到噁心的表情，彷彿厭惡跟這片髒亂接觸。我拿了張椅子請他坐下，他沒有回答，只做了個輕蔑的手勢，表明他不想跟這個房間的物品有任何關連。

他別過臉站在那兒，過了冷冷的片刻，他終於把眼鏡摘下來，大費周章地擦拭鏡片。我知道他這個舉動洩露出他的尷尬，也注意到當他老人家再度把眼鏡戴上，他用手背抹了一下眼睛。在我面前他感到羞愧，而我在他面前也感到羞愧，誰也找不出話說。我暗中害怕他會開始訓話，用帶著喉音的語氣展開一段苦口婆心的講道，我從中學時代就討厭並嘲諷他那種語氣。然而——直到今天我都還為此感謝他——他老人家仍舊一言不發，也避免看著我。終於他走到那個不太穩的架子旁，我的大學用書就擺在那上頭。他把書翻開，只看了一眼，想必就明白我不曾碰過這些書，而且大多數連頁面都沒有裁開。「你上課的筆記！」這道命令是他說的第一句話。我顫抖著把筆記遞給他，明知道那些速記下來的摘要只包含了一堂課的內容。他很快地翻了一下，瀏覽了那兩頁筆記，沒有流露出一絲激動，把筆記本放在桌上。然後他拉了一張椅子過去，坐下來，嚴肅地看著我，但絲毫不帶指責，問道：「嗯，你對這一切有什麼想法？你有什麼打算？」

這個冷靜的問題把我一腳踹到地上，我全身都痙攣起來。假如他斥責我，我會狂妄地頂回去；假如他想動之以情來勸誡我，我會嘲笑他。可是這個實事求是的問題卻擊潰了我的倔強。這個問題的嚴肅讓我必須嚴肅以對，它的冷靜讓我必須表現出尊敬和決心。我當時是怎麼回答的，我簡直不敢去回想，一如接下來的整段對話，直到如今我還是很難寫出來。有一些突如其來的震撼，一種內心的激動，倘若加以重述，聽起來也許會顯得多愁善感。某些話只有在說出的當下是真實的，在四目相接之下，發自於突如其來的混亂感受。那是我跟父親唯一做過的一次真正的談話，而我心甘情願屈辱自己，把決定權交在他手中。但他只給了我一個建議，要我離開柏林，下學期到一所比較小的大學去就讀。他簡直像在安慰我，說他相信從現在開始，我會發憤圖強，把耽誤的課業補回來。他的信賴震撼了我，在這一秒，我感覺到我整個少年時期都錯待了他，這個用冷峻的嚴格掩護自己的老人。我必須狠狠咬住嘴唇，才能勉強讓熱淚不要奪眶而出。而他想必也有類似的感受，因為他突然伸出手跟我相握，顫抖地握住我的手一會兒，然後就匆匆走了出去。我不敢跟在他後面，心慌意亂地留在房間裡，用手帕擦掉嘴唇上的血。為了克制住情感，我是那麼用力地把牙齒咬進了嘴唇。

這是當年十九歲的我經歷的頭一次震撼，父親沒有說一句重話，就推倒了我在那三個月裡建起來的空中樓閣，那浮誇的男子氣概、大學生作風、狂妄自負。我覺得自己意志力夠堅定，可以放棄所有低等的享樂，迫不及待地想把浪費的精力改用在精神生活上，熱切地渴望認真、清醒、紀律和嚴格。在這段時間裡，我發誓要完全獻身給學業，就像修道院裡的獻祭。當然，對於在學術中等待著我的高等陶醉我還一無所知，也無法預知在那更高一等的精神世界裡，狂熱的人也會面臨冒險和危險。

在父親同意下，我選擇下個學期到德國中部一個偏僻的城市去就讀。這座城市在學術上享有盛名，但其盛名卻和環繞著大學建築的寥寥幾排屋子極不相稱。我先把行李寄放在火車站，沒費什麼功夫，就一路問到了我要讀的學校。而在那棟寬敞的舊式建築裡，我也立刻感覺出，比起在柏林那一大群人當中，在這裡要和大學圈子裡的人建立起關係會快得多。在兩個小時之內我就辦妥了註冊手續，去見過大多數的教授，只有我的導師，英語系那位老師，我還沒能馬上見到。不過別人告訴我，下午四點左右可以在討論課上見到他。

如今我狂熱地想追求知識，就跟先前狂熱地逃避知識一樣，我迫不及待，連一個小時也不想耽擱。我先很快地在城裡繞了一圈，跟柏林比起來，這裡就像是在麻醉中沉睡的小城。四點時，我準時去到別人告訴我的地方，校工把上那門課的教室指給我看。我敲敲門，以為裡面有個聲音回答了我，就走進教室。

可是我聽錯了。沒有人叫我進來，我所聽見的模糊聲音只不過是教授提高了嗓門，為了使勁講話而揚起的聲音。一群學生聚攏在他面前，大約有二十多個，他們跟他靠得很近，他顯然在做一番即興演說。我為了自己在未得許可的情況下就進了教室感到很難為情，打算再悄悄溜出去，又怕這樣做反而會引人注目，因為到目前為止，聽眾中還沒有哪個人注意到我。於是我留下來，待在靠近門的地方，不由自主地被迫聆聽。

這篇演說看來是從一堂課或一次討論當中自然而然衍生出來的，至少師生之間那種輕鬆隨意的聚集方式顯示出這一點。他並非遠遠地坐在授課椅上，而是懸著一條腿，幾乎像個小伙子一樣，大剌剌地坐在一張桌子上，那些年輕人聚集在他周圍，他們的姿勢都不是刻意擺出來的，想來他們原本是隨隨便便地坐著，只是因為聽得興起，才讓他們像雕塑一樣變得一動也不動。看得出來，他們原先想必是站在一起交談，當老師突然坐上桌子，居高臨下，用話語把他們拉向自己，就像用套索一樣，並且把他們迷住了，讓他們在自己的位置上一動也不動。而只過了幾分鐘，我就也忘了沒人叫我進來，感覺到他講話的迷人力量發揮了有如磁鐵般的效果。我忍不住走近，為了在聽見那些話語之外也能看見他的手勢，那手勢像是圍繞著什麼，畫出奇特的弧形。有時候，當一句話用力吐出，那雙手就像翅膀一樣張開，顫動地向上舉起，再慢慢飄下來，就像指揮家隨著音樂做出令人平靜的手勢。那番話越來越慷慨激昂，老師興奮起來，隨著節奏，從桌上站起來，就像站在奔馳的馬背上飛馳而去，影像隨著奔放的想像力快速閃過。我從不曾聽過一個人這樣興奮地說話，能這樣把聽眾拖著一起走，我頭一次體會到拉丁文裡所說的 *raptus*（激動忘我），意指一個人被帶著走出了自己之外。這張嘴飛快地動著，不是為了自己，也不是為了別人，而是像火焰一樣，從一個人被點燃的內心冒出來。

我從未經歷過這樣的事。講話講到心醉神迷，激情的演講有如自然界的奇觀，這出乎意料的事一下子就吸引了我。一股比好奇心更強大的力量將我吸過去，有如催眠，我不知不覺地踩著有如夢遊者的步伐，像是被一股神奇的力量推向這個小圈子。我沒有意識到自己突然置身於那個圈子內，距離他不到一尺，置身於其他學生當中，他們也同樣受到那股魔力吸引，沒有注意到我，也沒有注意到其他任何事。我被捲進這番話語的洪流中，卻並不知道其源頭。顯然是有一個學生稱讚莎士比亞是個有如流星的人物，可是台上的老師卻忍不住想指出莎士比亞乃是一整個世代靈魂的表露和最強烈的表達，是一個熱情時代的感性表露。老師只用一張草圖就勾勒出當年英國那個非凡的時刻，那狂喜的一剎那，在一個民族的生命中意外爆發，就跟在個人的生命裡一樣，凝聚了所有的力量，猛力一推，推進永恆之中。地球突然變得更遼闊，發現了新大陸，教皇制度這個最古老的強權瀕臨崩解：大海如今屬於他們，自從西班牙艦隊在風浪中粉碎，在大海背後出現了新的機會，世界變得遼闊，心靈也不禁擴張開來，跟世界一樣。心靈也想要變得遼闊，擴展到善惡的極致；心靈想要去發現、去征服，就跟那些征服者一樣，心靈需要一種新的語言、一種新的力量。而一夕之間，說這種語言的人，詩人，就出現了，在十年之間出現了五十個、上百個，他們是狂野不羈的小伙子，不像從前那些宮廷詩人耕耘著樂土般的小花園，把精心挑選的神話寫成詩句。他們向劇場進攻，在戲臺上搭起他們的戰場，從前只有鬥獸和嗜殺的遊戲在劇場進行，在他們的作品裡還有鮮血的熱氣，而他們的劇作本身就是這樣的巨大競技場，各種情感像飢饞的野獸在其中撲向彼此。這些熱情不羈的心像獅子般盡情發洩，一個比一個更狂野，更熱情洋溢，在表演中一切都被允許，百無禁忌：亂倫、謀殺、惡行、犯罪，各種人性毫無節制的騷動，盡情狂歡；如同昔日飢餓的野獸從囚籠中被放出來，怒吼著衝進圓形競技場，如今醺醺然的激情衝進了木板圍成的劇場。一場大爆發像爆竹一樣炸開來，持續了五十年，一場大咯血，一次射精，一次獨一無二的放縱，攫住了整個世界，撕裂了整個世界。在這場力的狂歡中，你幾乎聽不到個別的聲音，感覺不到個別的人物。一個作家向另一個作家挑戰，每個人都從別人那兒學習、剽竊，每個人都拚命想要超越別人，勝過別人，然而他們全都只是單單一場盛會中的精神戰士，是鎖鍊被解開的奴隸，被那個時代的精神鞭策著向前走。他們從郊外破敗昏暗的小屋裡走出來，也從宮殿中走出來，本・瓊森是砌牆工人的孫子，馬洛是鞋匠之子，馬辛傑是宮廷僕役的後代，席德尼是富有而博學的政治家，然而那炙熱的漩渦把他們全都捲到一起，今天他們還受到歡呼，明天就命喪黃泉，基德和海伍德命運多舛，史賓塞餓倒在國王大道上，他們都不是守規矩的好市民，是好打架的人、皮條客、戲子、騙子，但他們全都是詩人，詩人，詩人。莎士比亞只是他們的中心，是他那個時代的代表人物，但世人根本無暇特別看待他，那片騷動席捲而出，一件件作品豐富地湧現，一種熱情更勝於一種熱情。而突然之間，人類這種燦爛至極的爆發戰慄著再次瓦解，一如其戰慄著升起。戲劇走到了盡頭，英國筋疲力竭，泰晤士河潮濕的灰霧再度沉沉地籠罩在人心之上。在一次衝鋒之中，一整個民族經歷了熱情的所有高峰和低谷，把過度滿溢、瘋狂的心靈從胸膛裡吐了出來。如今這個國度躺在那裡，氣力用盡；吹毛求疵的清教徒關閉了劇場，鎖住了熱情的話語，聖經再度被奉為圭臬，神的言語。在這個國家，最人性的話語說出了人類史上最熾熱的懺悔，一個燃燒的世代空前絕後地替成千的世代活過了☆4。

話鋒突然一轉，演講的話題出乎意料地轉到我們身上：「現在你們就了解，為什麼我講課不按照歷史順序從英國文學的開端講起，從亞瑟國王和喬叟講起，而是違反了常規，從伊莉莎白一世那個時代的作家講起。你們也了解，我為何首先要求你們要熟悉這個時期的作家，要求你們體會這種至高的生命力。因為缺乏體驗，就無法理解一種語文，我們不能純粹從文法上去理解一個字，而不去認出其價值，你們年輕人若是想要征服一個國家、一種語言，首先應該去看它最美的形式，去看它青春時期的強壯模樣，看它最激烈的熱情☆5。你們得先從創造出語言並使之完美的詩人那裡聽見那種語言，在我們開始解析文學之前，你們得先用心去感覺文學的氣息和溫暖。因此我總是從那些文學之神講起，因為英國就是伊莉莎白

☆4
*...nun liegt das Land da, müde, erschöpft; ein silbenstecherischer Puritanismus schließt die Theater und verschließt damit die passionierte Rede, die Bibel nimmt wieder das Wort, das göttliche, wo das allermenschlichste die feurigste Beichte aller Zeiten gesprochen, und ein einzig glühendes Geschlecht einmalig für Tausende gelebt.*

一世，就是莎士比亞和莎士比亞時代的作家，在那之前的一切都是醞釀，在那之後的一切都是無力的追隨，追隨這朝向永恆的大膽一躍。在莎士比亞的時代，你們年輕人可以感覺到這個世界最為朝氣蓬勃的青春，你們也應該自己去感覺。我們一向只能在每個人物散發出熱情的模樣中看清他們。因為凡是心靈都源自身體，凡是思考都出於熱情，凡是熱情都來自傾心讚嘆，所以我先講莎士比亞和他那個時代的作家，他們能讓年輕人真正年輕起來！先要有熱忱，然後再努力，先談莎翁，世上最登峰造極、最精采的教材，再來學習那些文字！」

「今天就到此為止——再見！」他猛地把手一揮，畫了個弧形表示結束，出人意料地驟然收束，同時從桌子上跳下來。那一群緊密聚攏的學生頓時驚起，鬆散開來，椅子被拉得砰砰響，桌子被挪動，二十幾個原本閉著的喉嚨突然開始說話，開始咳嗽，開始大口呼吸。現在才看得出那股磁鐵般的吸引力有多大，把這些呼吸的嘴巴全給封住了。因此，在窄小的教室裡，那番混亂這會兒更為激烈而沒有節制。幾個學生走到老師身邊去向他道謝，還是說些別的話，其他那些興奮的臉龐則互相交換感想，沒有人靜靜站著，沒有人不被那股像電一般的張力給觸動，電流雖然驟然中斷，但電壓的氣息和火花似乎還在濃密的空氣中劈啪作響。

我自己連動都沒法動，一顆心彷彿被擊中了。我原本就是個熱情的人，只能用熱情、傾注所有的感官來理解一切，而我頭一次覺得有一個老師、一個人掌控了我，感覺到一種高於我的力量，屈服於這個力量應該是種義務，也是種愉悅。我感覺到血液沸騰起來，呼吸加快，這快速的節奏直敲進我體內，不耐煩地扯動每個關節。終於我任由自己慢慢擠向前排，去看看這個男子的臉，因為說也奇怪，當他說話時，我根本沒注意到他的相貌，他的面容完

☆5
*...ihr jungen Menschen sollt ein Land, eine Sprache, die ihr euch erobern wollt, zuerst in ihrer höchsten Schönheitsform sehen, in der starken Form seiner Jugend, seiner äußersten Leidenschaft.*

全消融在他的話語中。此刻我起初也只能看見一個模糊的側影：他站在從窗戶透進來的昏黃光線裡，側對著一個學生，把手親暱地擱在對方肩膀上。就連這個轉瞬即逝的動作也帶著真摯和優雅，我從來沒想過這種動作可能出現在一名教師身上。

這時候有幾名學生注意到我。為了不要顯得我是擅自闖入，我又朝教授走近幾步，等他結束那番對話。我這才看清他的臉：一個像羅馬人的頭部，飽滿的光潔額頭，濃密的白髮呈波浪狀向後梳，過於濃密的兩鬢閃閃發亮；頭的上半部洋溢出才智，讓人印象深刻，在深深的眼圈下方卻迅速變得柔和，下巴幾乎像女性一般圓而平滑，不安的嘴唇顯露出多變的情緒，一會兒泛起微笑，一會兒不安地微微張開。他的額頭讓臉的上半部呈現陽剛之美，這份陽剛氣質在肌肉較為柔軟的部位削弱了，成為略顯鬆弛的臉頰和不安定的嘴。乍看之下，他相貌堂堂而有君王氣概，若從近處看，他的臉則流露出費力繃緊的神情。他的姿勢也流露出同樣的雙重性格，左半身隨便倚著桌子休息，至少看起來是在休息，因為他的足踝不斷微微抖動。他的手指細長，不耐煩地在桌面畫著看不見的圖形，就男人的手來說，有點太過纖細柔軟，眼睛被沉重的眼皮覆蓋，在談話中關切地垂下。不知道他是感到不安，還是被挑起的神經還在激動中顫抖，總之，那隻手流露出無法克制的慌張，跟那張臉的靜靜聆聽與等待有所矛盾，那張臉看來疲憊，卻專心沉浸在跟學生的對話中。

終於輪到我了。我走向前，報出姓名和意圖，他那幾乎發出藍光的瞳孔立刻向我綻放光芒，足足有兩、三秒的時間，這道光芒探詢地打量我的臉，從下巴到頭髮。在這番微帶盤問之意的打量下，我大概臉紅了，他看出我的慌亂，馬上露出微笑：「這麼說來，您想在我系上註冊，那麼我們得更詳細地談一談。請原諒我沒法馬上和您談，我還有點事要處理。也許您可以在校門口等我，然後陪我一起走路回家。」他一邊說一邊向我伸出手來，那隻纖細的手擱在我手指上，感覺比一隻手套還要輕，同時他已經和氣地轉身面對下一個在等候的學生。

我在校門口等了十分鐘，一顆心怦怦地跳。如果他問起我的學業，我該說些什麼？該怎麼向他坦承，跟文學有關的一切我不僅從沒研習過，就連在休閒時間裡也不曾讀過。他會不會看不起我呢？會不會從一開始就把我排除在那個互動熱烈的圈子外？今天神奇地將我包圍的那個圈子？不過，當他面帶笑容快步朝我走來，一走到我面前，我所有的侷促就消除了。他並未要求我說，我就向他懺悔（在他面前我無法隱藏自己），說我的第一個學期等於是浪費掉了。那道關切的溫暖目光再度圍住了我，他微笑著鼓勵我：「休止符也是音樂的一部分。」顯然他不想讓我為了自己的無知而感到慚愧，就只問起我一些生活上的事，問起我的家鄉，還有我打算住在哪裡。當我告訴他到目前為止我還沒有找到房間，他表示願意幫忙，建議我可以先在他住的那棟屋子裡問看看，那兒有位半聾的老太太出租一個不錯的小房間，曾在那兒住過的學生都很滿意。其他的事則由他來操心，如果我確實有意認真看待學業，那麼他很樂意用各種方式來協助我，把這件事視為他的責任。到了他家門口，他又伸手跟我相握，並且邀請我第二天晚上到他家來拜訪，我們可以一起擬定一份學習計畫。我沒有料到他會這麼親切，心裡十分感激，就只是恭敬地摸了摸他的手，慌亂地摘下帽子，而忘了向他說一句感謝的話。

我理所當然地租下了同一棟屋子裡的小房間。假使我根本不喜歡那個房間，我也一樣會租下來，單單就只是出於天真的感激之情，想在空間上跟這位具有魔力的老師更為接近，他在一個小時裡給我的東西就遠勝過其他人。不過，那個房間很迷人：位在我老師所住公寓的閣樓，由於在木頭三角牆之下而略顯昏暗，從窗戶看出去視野寬廣，可以看見鄰屋的屋頂和教堂的尖塔，遠處可以看見已有綠意的方形場地，上方則是令人思鄉的雲朵。房東老太太雙耳全聾，用動人的母愛照料每一個房客；不到兩分鐘我就跟她談妥了，一個小時之後，我就把皮箱唧唧嘎嘎地搬上嘎吱作響的木頭樓梯。

那天晚上我沒有再出門，甚至忘了吃東西，也忘了抽菸。我從皮箱裡拿出的第一件東西是那本湊巧裝進來的莎士比亞，我迫不及待地去讀（好幾年來第一次重讀）。那番演講強烈地點燃了我的好奇心，我以前所未有的方式來讀這創作出來的文字。誰能解釋像這樣的蛻變？文字的世界在我面前驀然開展，一字一句跳向我，彷彿它們從幾百年前就在找我；詩句像一團火浪竄進血管中，深深吸引了我，讓我感覺到太陽穴上異樣地放鬆，有如在夢境中飛翔。我戰慄，顫抖，感覺到血液更為溫熱地流遍全身，像發燒一樣。在這之前，這一切從不曾發生在我身上，而我只不過是聽了一場熱情的演講。但我想必仍然為了這番演講而陶醉，當我大聲地複誦一行詩，我聽見自己的聲音不自覺地去模仿他的聲音，句子以同樣飛快的節奏湧出，而我的雙手想跟他的雙手一樣伸出去畫著弧形。有如透過魔法，在一個小時裡，我刺穿了一直以來擋在我和精神世界之間的那堵牆，熱情的我發現了一種新的愛好：在具有靈魂的文字中共享一切塵世事物的樂趣。這項愛好直到如今都對我保持忠誠。我讀到的湊巧是《科里奧蘭納斯》，而我感到暈眩，在自己身上發現這個羅馬人當中最奇特之人的所有特質：自負、高傲、憤怒、嘲弄、諷刺，情感的各種質地。忽然神奇地意識到這一切，了解這一切，這是多麼新鮮的一種樂趣！我讀了又讀，直到眼睛灼熱。當我看向時鐘，已經凌晨三點半了。這六個小時刺激了我的所有感官，也麻醉了我的所有感官，這股新的力量簡直把我嚇了一跳。我熄了燈，但那些影像仍然在我心中繼續發亮、跳動，懷著對明天的渴望和期待，我幾乎睡不著覺，明天將為我拓展這個如此神奇開展的世界，讓這個世界完全屬於我。

然而，第二天早晨帶來了失望。我迫不及待地抵達大講堂，屬於最早到的幾個學生，我的老師（此後我都將這樣稱呼他）將要講授英語語音學。他才走進來，我就吃了一驚：這人跟昨天那人是同一個人嗎？還是只是我激動的心情和記憶把他變成了科里奧蘭納斯，在古羅馬廣場上唇槍舌劍，像英雄般勇敢，既威武又有魅力？拖著輕輕的腳步走進來的是個疲憊的老人。彷彿有人從他臉上移開了一塊發亮的毛玻璃，我從第一排長凳上注意到他那幾乎像是有病的疲倦面容，布滿了深深的皺紋和一道道皸裂，青青的暗影在鬆垮的灰白臉頰上挖出小溝。過於沉重的眼皮在這授課之人的眼睛上投下陰影，過於蒼白單薄的嘴唇無法讓說出的話語響亮起來。他的輕鬆愉快到哪兒去了？他的歡欣鼓舞到哪兒去了？就連他的聲音都讓我感到陌生，那聲音彷彿由於講課主題跟文法有關而冷靜下來，以令人昏昏欲睡的單調步伐僵硬地走過沙沙作響的乾燥沙地。

我感到不安。這根本不是我從一大早就在等待的那個人。昨天像星辰一樣發亮的面容到哪兒去了？眼前只是一位老教授平實地背誦出他要講的主題。我一再懷著恐懼聽進他說的話裡，想聽聽昨天那種語調是否還會再回來，那溫暖的振動，像隻發出聲響的手，撥動了我的感覺，將之升高為熱情。我的目光越來越不安地望向他，去摸索那張變得疏遠的臉，心中充滿了失望。無可否認，這張臉仍是同一張，但彷彿空掉了，所有的創造力都被挖走，疲憊而蒼老，像一個老人的羊皮紙面具。可是真有這種事嗎？一個人有可能在前一個鐘頭還那麼年輕，而在下一個鐘頭就完全變了樣？心智有可能這樣突然激昂起來，能用話語來塑造面容，使之年輕幾十歲？

這個疑問折磨著我。我心中燃起強烈的渴望，想要多了解這個具有雙重性格的人。他一離開講台，看也沒看我們一眼就從我們身旁走開，我靈機一動，急忙跑到圖書館去要求借閱他的著作。也許他今天只是疲倦，由於身體不適而失去了活力，而在這些經年累月的文獻資料中，總該能找到了解他的鑰匙，了解這個令我費解的人物。工友把書拿來了，我很詫異數量居然那麼少。在二十年裡，這個逐漸老去的人就只發表了這幾本單薄的小書，導論、引言、一篇討論莎士比亞劇作《培里克利斯》真實性的論文、一篇針對荷爾德林和雪萊所做的比較（不過此文是在這兩位作家尚未被其同胞視為天才時所寫），除此之外，就只有幾篇關於語文學的小文章。不過，在所有這些文章裡都提到他正準備要寫一部上下兩冊的作品：《環球劇院之歷史、演出及創作者》。然而，儘管頭一次預告此作品的時間早在二十年前，圖書館員在我再次詢問下證實這本書從不曾出版。我有點遲疑，只剩下一半的勇氣，翻了翻那幾篇文章，渴望從中重新聽見他激昂的聲音和澎湃的節奏。可是這些文章的語氣始終是嚴肅的，在任何地方都找不到昨天那番激昂演講那種節拍激動的節奏，有如層層掀起的波浪。多麼可惜呀！我心中起了嘆息。由於憤怒和猜疑，我真想揍我自己，氣我操之過急而又太過輕信地對他付出了感情。

然而下午在討論課上，我又認出了昨天的他。這一次，他自己一開始時並沒有說話。按照英國大學的習慣，二十幾名學生被分成正方和反方進行討論，題目仍然出自他喜愛的莎士比亞，亦即《特洛伊羅斯與克瑞西達》（他最喜歡的作品）之主角是否可被視為諷仿的人物，那部作品本身是否可視之為羊人劇，或是一齣藏在嘲諷背後的悲劇。沒有多久，在他靈巧的手搧風點火下，心智的對話激動得有如觸電一般。具有說服力的論點駁斥了輕率的看法，插入的呼喊尖銳地打斷了討論，使得討論更加激烈，直到那些年輕人幾乎懷著敵意互相攻擊。一直到了火光四濺的時候，他才跳出來，讓過於激烈的攻擊緩和下來，巧妙地把討論導回主題，但同時將討論暗中推向超越時代限制的方向，賦予這番討論更強的活力。就這樣，他突然站在這場辯論的砲火當中，自己也興奮起來，鼓勵這番不同意見之間的鬥爭，必要時又加以調解，掌控了年輕人熱情的洶湧波浪，自己也受到感染。他倚著桌子，雙臂交叉在胸前，目光從這個學生移向那個學生，對這名學生微笑，偷偷眨眼，示意另一名學生做出反駁，而他的眼睛就跟昨天一樣興奮發亮。我感覺得出，他得要自我約束，不要插嘴搶了學生的話。而他拚命克制自己，我從他的雙手看得出來，那雙手越來越緊地壓住胸膛，像個箍子；也從他掀動的嘴角猜得出來，那嘴角勉強按捺住已經到了嘴邊的話。而他突然再也克制不住了，像個泳者啪地投身進入那場討論，一隻手用力一揮，就像用一根指揮棒壓住了那場騷亂。大家立刻默不作聲，這時候他總結了所有的論點。在他說話時，昨天那張臉浮現了，皺紋在變化生動的表情下消失，頸子和身體伸展成勇敢的王者姿態，他從縮著身體聆聽的姿勢投入演說，就像投身於一股洪流。那種即興演說令他陶醉，而我逐漸意識到，當他安靜地獨處、老老實實地講課，或是在寂寞的書房裡，他缺少能點燃熱情的東西來炸開他心中的牆，如同在這堂討論課上，在我們屏氣凝神的入迷之中。噢，我深深感覺到，他需要我們的熱情來點燃他的熱情，需要我們敞開胸懷來讓他揮霍熱情，需要我們的青春來讓他在歡欣鼓舞中恢復青春。像個洋琴演奏者陶醉在自己用力敲打的雙手越來越狂野的節奏中，他的演說也越來越出色，越來越激昂，在越發熱烈的話語中越顯生動，而我們的沉默越深（我感覺到大家全都屏住了呼吸），他的聲音就翺翔得越高，越引人入勝，越發像在歌頌。在這幾分鐘裡，我們全都只屬於他，全神貫注地聆聽，沉浸在這洋溢的情感中。

當他突然引用歌德談及莎士比亞的那篇演講做為結束，我們的激動再度猛然中斷。他又跟昨天一樣，筋疲力盡地倚著桌子，臉色蒼白，但臉上還留下神經顫動的痕跡，眼中異樣地閃爍出豐沛情感得到宣洩的喜悅，就像一個女子剛剛掙脫了強而有力的擁抱。我感到害羞，不敢現在去跟他講話，但他的目光湊巧落在我身上。他顯然感覺到我興奮的感激之情，因為他和氣地對我微笑，微微朝我彎下身子，摟住我的肩膀，提醒我今天晚上依約到他家去。

於是我在晚上七點準時到他家去。我這個大男孩第一次踏進那道門檻時顫抖得多厲害！沒有什麼比一個年輕人的崇拜更為熱情，沒有什麼比年輕人的害羞不安更為羞怯，更像個女孩。僕人把我帶進他的書房，那是個昏暗的房間，起初我只隔著發亮的玻璃看見許多五顏六色的書脊。書桌上方掛著拉斐爾的《雅典學院》，是他特別喜歡的一幅畫（這是他後來跟我說的），因為各種教學形式以及對心智的塑造，都以象徵的手法完美地統一在這幅畫上。我頭一次看見這幅畫，忍不住覺得畫中蘇格拉底固執的面容跟他的額頭有相似之處。某件白色大理石的東西在後面發出光亮，是巴黎那座伽尼墨得斯雕像縮小尺寸的美麗複製品，旁邊是德國古代一位大師雕塑的塞巴斯蒂昂，悲劇性的美少年放在享樂的美少年旁邊，這大概並非出於偶然。我等待著，一顆心怦怦跳動，就跟周圍這些高貴沉默的藝術品一樣屏住了呼吸。這些物品具有象徵性，向我述說一種新的精神美感，是我從不曾意識到的，對我而言也還不清晰，但我自覺已經準備好去親近、去感受。不過，我沒有多少時間沉思，因為我等待的人剛剛走進來，朝我走近。那道將我圍住的柔軟目光再度投向我，像被蓋住的火焰一樣微微燃燒，融解了我心中最深的祕密，令我自己也感到驚訝。我立刻自在地跟他交談，就像跟一個老朋友談話，當他問起我在柏林的學業，我突然脫口說出父親來訪的那件事，話出口的那一剎那我也嚇了一跳。我向這個陌生人述說我祕密立下的誓願，要認真投入學習。他大受感動地看著我，然後說：「不僅是要認真，孩子，首先要帶著熱情。沒有熱情的人，頂多只能成為一個教書匠。一個人必須要發自內心地去鑽研事物，永遠要從熱情出發。」☆6 他的語氣越來越溫暖，房間裡越來越暗。他談了很多自己青年時代的事，說他起初也很愚蠢，後來才發現興趣所在。他說我只需要鼓起勇氣，他會盡他所能來協助我，不管我有什麼願望或疑問，都可以向他求助。在我一生中，從不曾有人這樣充滿關懷和理解地對我說過話，我由於感激

☆6
*„Nicht nur mit Ernst, mein Junge", sagte er dann, „vor allem mit Leidenschaft. Wer nicht passioniert ist, wird bestenfalls ein Schulmann – von innen her muß man an die Dinge kommen, immer, immer von der Leidenschaft her."*

而顫抖，慶幸房間裡很暗，遮掩了我濕潤的雙眼。

我忘了時間，原本可能會繼續待下去，而這時有人輕輕地敲門。門開了，一個細瘦的身影走進來，像個黑影。他站起來向我介紹：「這是我太太。」那個細瘦的身影模模糊糊地走過來，伸出瘦削的手和我相握，然後轉身提醒他：「晚餐已經準備好了。」「好，好，我知道了。」他急促地回答，樣子有點不高興（至少我這麼覺得）。他的聲音裡似乎突然滲進了一絲冰冷，當電燈亮起，他帶著漫不經心的表情向我道別，又成了學校無聊的講堂裡那個蒼老的人。

接下來兩個星期我熱情地發憤閱讀和學習，幾乎足不出戶。為了不要耽誤時間，我站著吃飯，不停地用功，沒有休息，也幾乎沒有睡覺。我就像東方童話故事裡的王子，揭開了一間間緊閉房門上的封印，在每一個房間裡又找到更多的金銀珠寶，越來越貪婪地去搜尋那一整排房間，迫不及待地想走到最後一間。我就像這樣讀了一本又一本的書，每一本都令我陶醉，沒有一本能令我滿足，如今我那不羈的天性奔向了精神世界。對於精神世界的遼闊無際，我有了最初的概念，覺得那就跟城市的冒險一樣誘人，但我同時也像個男孩般害怕自己無法掌握這個世界。於是我省下睡眠、玩樂、談話的時間，少做任何會讓我分心的事，只為了好好利用時間，我頭一次明白了時間的可貴。不過，讓我如此發憤向學的主要原因是我想在老師面前有所表現，不想辜負他的信賴，想贏得一個讚許的微笑，讓他感覺到我，一如我感覺到他。每一個短暫的機會都被我當成測試，我不斷地鞭策自己雖不靈活卻異常振奮的心智，想令他印象深刻，令他驚喜。如果他在課堂上提起一位作家，而我沒讀過其作品，下午我就努力去找來讀，以便第二天能在討論中虛榮地炫耀我的知識。他偶然表達出的願望，其他同學幾乎未加注意，我卻將之視為命令。例如，他隨口表示反對大學生老是吞雲吐霧，我就立刻扔掉點燃的香菸，從此改掉這個他指責過的壞習慣。如同聖經福音書上的話，我把他的話視為恩賜和法律；我不停地窺伺，緊繃的注意力急切地抓住他隨口說出的每一個意見。我貪婪地把他的每一句話、每一個手勢帶回家，在家裡用所有的感官熱情地去觸摸我攫取到的東西，並加以保存。由於我將他視為唯一的領袖，我那不懂得包容的熱情把所有的同學都視為敵人，懷著嫉妒，每天都重新發誓要超越他們，勝過他們。

不知道是他感覺出他對我有多麼重要，還是他漸漸喜歡上我性格中那種狂熱，總之不久之後，我的老師就對我另眼相看。他對我所讀的書提供意見，在共同的討論中把我這個新來的學生推到前面，而且我經常獲准在晚上去拜訪他，和他親暱地交談。他通常會從架上取下一本書，用洪亮的聲音朗誦詩歌和悲劇，或是說明有爭議的問題，他的聲音在興奮時總是變得更加嘹亮，更加清脆。在這令人陶醉的頭兩週裡，對於藝術的本質，我學到的要比過去這十九年來更多。在這段對我來說總是嫌短的時間，我們一向單獨相處。快八點時敲門聲會輕輕響起，是他太太提醒他晚餐時間到了。但她再也不曾走進書房，顯然是遵照他的指示，不要打斷我們的談話。

十四天就這樣過去，飽滿充實的日子，溫暖的初夏時光。直到一天早晨，我失去了工作的力量，就像一根彈性疲乏的彈簧。在那之前，我的老師就已經提醒過我，叫我不要用功過度，偶爾該休息一天，去戶外走走。如今這個預言突然成真：我從深沉的睡眠中昏昏沉沉地醒來，一試著去讀書，所有的字母就像大頭針的針頭般顫動。凡是我老師所說的話，不管再怎麼微不足道，我都像奴隸般深信不疑，於是立刻決定聽他的話，在發憤向學的日子之間也偶爾放假一天。早上我就出門了，頭一次去參觀這部分城區相當古老的城鎮，爬上教堂尖塔的幾百個梯階，只為了伸展身體，站在尖塔的平台上，我在周圍的綠地當中發現了一個小湖。身為來自海岸地區的北部人，我熱愛游泳，尤其在這尖塔上，那些斑駁的草地閃閃發亮，就像綠色的池塘，彷彿一陣風從家鄉吹來，我突然有股按捺不住的渴望，想再一次縱身躍入我心愛的水中。吃過飯後，我找到那個浴場，在水中嬉戲，再度愉悅地感覺到自己的身體，手臂上的肌肉幾星期以來再度伸展，赤裸的皮膚感受到風和陽光，在半個小時之內，我就變回了從前那個狂熱的小伙子，曾經狂野地跟同伴扭打，膽敢冒著生命危險去做一件魯莽的事。我盡情地伸展四肢、舒展身體，把書本和學問全給忘了。以我天性中固有的狂熱，我又陷入久違的熱情，在我重新發現的大自然中翻滾了兩個鐘頭。我大概從跳板上往下跳了三十次，為了在墜落中發洩過於充沛的力氣，我兩次橫渡那座小湖，卻仍未耗盡我的精力。我氣喘吁吁，搖撼全身繃緊的肌肉，到處尋找新的考驗，迫不及待地想去做一件大膽放縱的事。

　　這時，從女子浴場那邊傳來跳板嘎吱作響的聲音，我感覺到那用力跳離跳板的振動，餘震一直傳到跳板架上。一具苗條的女性身體也已經從高處俯衝而下，跳躍的曲線畫出有如土耳其彎刀的半弧形。有一瞬間，那一跳啪地在水中形成冒出白沫的漩渦，接著那結實的身形浮出水面，用力划水，游向湖中的小島。「跟在她後面！追上她！」比賽的欲望啟動了我的肌肉，我猛地衝進水裡，聳起肩膀，快速跟在她後面。不過，她顯然察覺有人追在後面，同樣有意一競高下，利用了她領先的優勢，靈活地斜斜切過那座小島，再急忙往回游。我立刻看出她的意圖，同樣轉向右邊用力打水，向前伸的手已經碰到她打起的水花，我們之間只剩下十幾公分的距離。這時候她突然大膽而狡猾地潛入水中，不久之後就在隔開男女浴場的分隔線旁冒出水面，阻止了我繼續追逐。獲勝的她從梯子爬出來，身上還滴著水，她不得不稍事休息，一隻手按在胸膛上，顯然是喘不過氣來。但她隨即轉過身，看見我被擋在邊界之外，她得意洋洋地大笑起來，露出白白的牙齒。由於陽光刺眼，再加上她戴著泳帽，我無法看清她的臉，只有那嘲諷的笑容閃閃發亮，毫不掩飾地投向被擊敗的我。

我又怒又喜，自從離開柏林以來，我頭一次又感受到女人欣賞的目光，說不定有一場豔遇在向我招手。我划了三下，游回男子浴場，迅速把衣服套在濕漉漉的身上，希望能及時在出口處攔截她。我等了十分鐘，我那個傲慢的對手才踩著輕快的步伐走出來，那個像男孩般細瘦的體型讓我不會認錯。一看見我在那兒等待，她就加快腳步，顯然不想給我攀談的機會。她走路就跟游泳一樣敏捷，全身的關節都瘦而結實，聽從這具如少年般瘦削的身體，但也許太瘦了一點。要追上這個飛快大步前進的女子，我實在氣喘吁吁，很難不引人注目。但我終於成功了，在道路轉彎處靈巧地超到她前面，用大學生的方式摘下帽子，遠遠地揮了一下，尚未直視她的眼睛，就問她是否准許我陪她一起走。她從側面投來嘲弄的一瞥，並未放慢疾行的速度，嘲諷地回答：「為什麼不呢！如果您不覺得我走得太快的話，我趕時間。」她的落落大方鼓勵了我，我更加糾纏不休，問了十幾個好奇的問題，大多很幼稚，但她卻樂於回答，帶著令人驚訝的坦率，與其說是鼓勵了我的企圖，不如說令我感到迷惑。因為我在柏林跟女孩子攀談所用的老套，主要是用來對付女孩的反抗和嘲弄，卻不是用來面對在急速行走時的坦率交談。於是我再次感到自己相當笨拙，碰到了一個遠勝於我的對手。

但事情還要變得更糟。當我更加冒失的糾纏，問她住在哪裡，一雙大膽的褐色眼睛突然銳利地朝我望過來，閃出光亮，根本不再掩飾其笑意：「我跟您住得很近。」我訝異地盯著她。她從側面再一次望過來，看看這一箭是否射中了，而這一箭果然正中我的咽喉。我頓時無法再用柏林那種厚臉皮的攀談語氣說話，完全沒了把握，簡直是卑躬屈膝，結結巴巴地問她是否討厭我跟她同行。「怎麼會呢？」她又露出笑容：「我們再過兩條街就到了，大可以一起把這段路走完。」在這一瞬間，血液在我身上竄流，我幾乎無法再向前走，可是我又能怎麼辦？假如這時候改變方向會更加失禮，於是只好跟她一起走到我住的那棟屋子。在那裡她突然停下來，伸手跟我相握，隨口說道：「謝謝您的陪伴。今天晚上六點您要來見我先生，對吧。」

我想必羞紅了臉。但我還來不及道歉，她就已經敏捷地上了樓梯，而我站在那兒，嚇壞了，回想我像個傻瓜一樣大膽說出的幼稚話語。我這個笨蛋把她當成裁縫女工，連哄帶騙地邀請她星期天一起去郊遊，用老掉牙的方式稱讚她的身材，然後還彈起大學生孤身在外的感傷老調。我羞愧得簡直想嘔吐，噁心的感覺哽在喉頭。我想像此刻她正笑著，興高采烈地去她丈夫那兒告訴他我做的蠢事。在所有的人當中，我最在乎他的評價，在他面前出洋相，對我來說要比在廣場上裸著身體被鞭打還要痛苦。

到傍晚之前的那幾個鐘頭真是難熬，我千百次設想他會如何帶著優雅的嘲諷微笑接待我，噢，我知道他善於運用挖苦的藝術，懂得把一句嘲笑削尖到無比鋒利，讓它直刺進血液中。一個死囚走上斷頭臺時也不會比我爬上樓梯時更為艱難，我才走進他房間，強壓下喉頭一口濃濃的唾液，就感到更加心慌意亂，彷彿聽見隔壁房間裡有女子衣裙發出輕輕的簌簌聲。肯定是她興高采烈地在隔壁偷聽，享受著我的尷尬，樂於見到這個廢話連篇的小伙子大出洋相。終於，我的老師來了。「您是怎麼了？」他擔心地問：「您今天臉色這麼蒼白。」我婉拒了他的關心，等待著他的捉弄。可是我擔心的處決並未發生，他就跟平常一樣談起學術上的事，沒有一句話隱藏著暗示或諷刺，不管我再怎麼仔細去聽。直到這時候，我才又驚又喜地明白了：她沒有說出來。

八點時又響起了敲門聲。我向老師道別，一顆心再度在胸中直立。當我走出房門，她從我旁邊走過，我跟她打招呼，而她的目光微微露出笑意。我全身的血液竄流，把她的原諒視為她將繼續保持沉默的承諾。

從那一刻起，我有了一份新的注意力。在那之前，我那男孩般的虔誠敬仰把我所崇拜的老師視為來自另一個世界的天才，完全忘了去注意他在塵世間的私人生活。真正的醉心都帶有一份誇張，讓我把他的生命完全抬高到這個秩序井然世界所有的日常事務之上。就像初戀之人不敢在思緒中替他所愛慕的女孩寬衣解帶，將之視為與其他成千上萬穿裙子的生物同樣自然，我也不敢去偷窺他的私人生活。我一直都把他理想化了，脫離了一切平凡具體的事物，視他為文字的使者、心智創造力的化身。如今，由於那次可笑又可悲的冒險讓我與他太太不期而遇，我不由得更加密切地觀察起他的家居生活。事實上，違反了我自己的意願，一份不安窺視的好奇讓我睜開了眼睛。而我才開始窺伺，就已經被弄糊塗了。因為這個人在自家屋子裡的生活十分獨特，謎樣得幾乎令人恐懼。在我跟師母巧遇之後不久，我頭一次受邀跟他們一起用餐，當我不是單獨看見他，而是看見他和師母在一起，我心中就起了異樣的疑心，覺得他們的共同生活十分怪異。而我跟這個家庭越熟悉，這種感覺就越發令我迷惑。倒不是他們倆在話語或姿態中顯示出彼此之間有敵對或是不和，正好相反，他們之間絲毫沒有任何緊張氣氛，而正是這種空白奇怪地籠罩他們，讓人無法看透。那是種不流露出任何感覺的平靜，沉重而鬱悶，比起激烈的爭吵或是隱藏的怨恨更讓氣氛顯得壓抑。表面上沒有任何跡象洩露出惱怒或敵意，卻能明顯感覺到他們內心的距離。因為他們很少交談，而在寥寥可數的交談中，詢問和回答只彷彿像是蜻蜓點水，從不曾由衷地深入彼此內心。在吃飯時，即使是跟我交談，他講話也是斷斷續續，有所拘束。有時候，在我們回書房去工作之前，談話凍結成一大片沉默，到最後沒有人敢去打破，那冰冷的負擔之後還會沉重地壓在我心上好幾個小時。

最讓我吃驚的是他完全孤獨。這個胸襟開闊、情感奔放的人一個朋友也沒有，只跟他的學生來往，學生是他唯一的安慰。他跟大學的同事之間只有禮貌的往來，他從不參加社交活動，除了從家裡到大學的那二十步路之外，他往往許多天都不會走上別的路。他把一切都默默埋在心裡，既不向別人透露，也不訴諸於文字。如今我也了解他在學生面前說話時的那種爆發力、那種狂熱的宣洩：他積壓了許多天的話在這種時候爆發出來，他默默埋在心裡的所有想法忍不住衝出來，衝破沉默的圍籬，衝進言語的競逐中，就像馬匹在馬廄失火時拔足狂奔。

在家裡他很少說話，尤其很少跟他太太說話。就連我這個缺少人生經驗的年輕人也看得出他們夫妻之間飄著一層陰影，這片陰影飄盪著，總是在那兒，雖然摸不著，卻把他們兩個完全隔絕開來。我懷著恐懼而近乎羞恥的訝異頭一次意識到，一樁婚姻藏著多少外人難以知道的祕密。彷彿門檻上畫著符咒，他太太從不敢在未經邀請的情況下踏進他的書房，這明顯表示出她完全被排除在他的精神世界之外。而當她在場時，老師也絕口不提他的計畫和工作，她一走進來，他就把一句熱情洋溢的話硬生生從中截斷，那種方式簡直令我難堪。那幾乎帶著侮辱，顯然帶著輕視，而他甚至沒有禮貌地加以遮掩。他粗魯地公然拒絕她的關心，她卻似乎並未察覺那份侮辱，或是已經習慣了。她有張男孩般興高采烈的臉，體型苗條而結實，上樓下樓輕快敏捷，總是忙得不可開交，卻還是有時間上劇院，也不錯過任何體育活動。不過，這個大約三十五歲的女人對於書本、家庭和一切悠閒安靜的事物都不感興趣。她總是哼著歌，很愛笑，隨時樂意跟人鬥嘴，似乎只有在盡情伸展四肢時才感到暢快，像是去跳舞、游泳、跑步，或是做任何激烈的運動。她從不嚴肅地跟我講話，總是把我當成大男孩來戲弄，在最好的情況下只把我當成較量力氣的對手。她這種開朗活潑的個性跟我老師那種陰沉內向、只受精神事物激勵的生活方式形成對比，令人迷惑，讓我一再訝異地自問，這兩個天性截然不同的人怎麼可能會結為夫婦？不過，這種奇怪的對比對我來說卻只有好處。當我在讀書讀得筋疲力盡之後，如果跟她交談，就彷彿有人從我頭上取下了一頂沉重的頭盔。一切都從狂喜激動再度回到塵世，回復白晝的清晰，要求我別忘了生活中輕快的一面。有他在場時令人緊張，我忘了該怎麼笑，而笑聲減輕了精神事物的巨大壓力，令人舒暢。在她和我之間建立起一種男孩般的同伴情誼。正因為我們一向只隨便閒聊些無關緊要的事，或是一起去上劇院，我們的相處非常輕鬆。只有一件事會尷尬地打斷我們無憂無慮的談話，那就是當我提起他的名字。這件事每一次都令我迷惑。這時候她總是用惱怒的沉默來抵制我好奇的詢問，或是在我熱情地提起他時，對我報以詭異的微笑。但她始終守口如瓶，把這個男人排除在她的生活之外，一如他把她排除在他的生活之外，方式雖然不同，態度卻同樣激烈。然而他們兩個同住在一個屋簷下已經有十五年了。

不過，這個祕密越是無法參透，對於好奇難耐的我就越具有誘惑力。這兒有一片陰影、一層輕紗，在每一句話揚起的風裡我都感覺到它在晃動，出奇靠近。好幾次我自以為已經掌握到一個線索，這片令人迷惑的輕紗就又溜走了，而在下一刻又重新讓我感覺到它的存在，但從來不是以摸得著的話語、抓得住的形式。然而，對一個年輕人來說，沒有什麼比模糊的猜測這種累人的遊戲更令人心煩，更令人警醒。平常散漫的想像力突然有了狩獵的目標，熱切地投入追蹤獵物的樂趣。在那些日子裡，我這個一向遲鈍的大男孩突然長出了全新的感官：一片偷聽的薄膜，捕捉到每一個洩露真情的聲調；銳利而充滿猜疑的窺視目光；再加上一份四下搜尋、在黑暗中到處挖掘的好奇。神經伸展出去直到做痛，總是為了一份預感而興奮，從未成為明確的感覺。

但我不想指責我那不停刺探的好奇心，畢竟它是純淨的。我所有的感官之所以變得格外敏銳，並非由於喜歡看熱鬧，想要幸災樂禍地在一個比我優越的人身上發現低劣的人性。正好相反，我的好奇帶著祕密的恐懼，帶著無助的同情，懷著一份莫名的憂慮，在這兩個沉默的人身上猜到了一份痛苦。因為我越是走近他的生活，我親愛的老師臉上那片已經刻出痕跡的陰影就更加令我心情沉重。那是份高貴的憂鬱，因為他高貴地加以克制，從不曾降格為悶悶不樂，或是任性的發怒。如果說在剛認識的時候，他以火山爆發般光彩奪目的話語吸引了我這個陌生人，如今他的沉默、那片在他額頭上掠過的愁雲，更加撼動了已跟他熟識的我。沒有什麼比男性莊嚴的憂鬱能更有力地抓住一個年輕人的心：米開朗基羅那個俯視自己內心深淵的沉思者，貝多芬痛苦繃緊的嘴，這些愁苦的悲傷面具要比莫札特銀鈴般的旋律和達文西畫中人物周圍的明亮光線更能打動尚未定形的年輕人。青春本身就是美，不需要美化，在過度充沛的活力中，青春渴望悲哀的事物，樂於讓憂鬱吸吮它缺少人生經驗的血液☆7。因此年輕人總是樂於接受危險，並且總是對任何精神上的痛苦流露出兄弟之情。

而我頭一次看見一張如此真正在受苦的面孔。身為小市民之子，在市民階層的舒適生活中平安地長大，我只識得日常生活中戴著可笑面具的憂愁，裝扮成惱怒，穿著妒羨的衣裳，斤斤計較金錢。但這張臉上的煩憂卻來自更神聖的原因，這一點我立刻感覺得到。這份陰鬱來自暗處，心靈的殘酷石筆在早衰的臉頰上刻出了皺紋和裂縫。有時候，當我走進他房

☆7
*Schönheit sie selbst, hat Jugend der Verklärung nicht not: im Übermaß lebendiger Kräfte drängt sie dem Tragischen zu, und gern gestattet sie der Schwermut, süßen Zuges an ihrem noch unerfahrenen Blute zu saugen...*

間（總是像小孩接近惡魔住處一樣膽怯），陷入沉思的他沒有聽見我敲門，當我突然站在這個忘我之人面前，既害羞又驚慌失措，我就覺得坐在這裡的彷彿是華格納，戴著面具，穿著浮士德的衣裳，心智在謎樣的深淵和恐怖的女妖之夜裡四處飄盪。在這些時刻，他的感官完全關閉，既聽不見走近的腳步聲，也聽不見我羞怯的問候。等他驀然回過神，驚醒過來，就試圖用倉促的話語來掩飾尷尬。他會走來走去，設法用提問來把我觀察的目光從他身上移開。但那片陰影仍然久久籠罩在他額頭上，只有漸漸熱烈起來的談話才能驅散那片從內心聚集起來的烏雲。

他想必偶爾也感覺出他的樣子深深打動了我，也許是從我的眼睛，從我不安的手，或是猜到在我唇上浮著一個看不見的請求，請求他信賴我，也可能從我試探的態度中看出我祕密的熱情，渴望接下他的痛苦，分擔他的痛苦。沒錯，他肯定感覺到了，因為他會出乎意料地中斷熱烈的談話，激動地看著我，讓我淹沒在這道異樣溫暖的目光裡，他的目光由於承載了過多的東西而黯淡。這時他常會握住我的手，不安地久久握著，而我總是在期待：現在，現在，現在他將會對我訴說。但他並未對我訴說，往往擺出生硬的姿態，有時甚至說出一句冰冷的話，或是一句嘲諷的話，故意讓自己清醒過來。活出熱情的他也滋養並喚醒了我心中的熱情，但這種時候他會突然把熱情從我身上抹去，就像在一份差勁的作業上抹去一個錯誤。他越是看出我由衷地敞開胸懷，渴望得到他的信賴，他就越是憤怒地吐出冰冷的話語，像是「這您不懂」或是「不要這麼誇張」。這些話激怒了我，也令我絕望。這個人像閃電般發出刺眼的光芒，一會兒熱，一會兒冷，跟他在一起我受了多少折磨。他不自覺地使我熱血沸騰，突然又將寒霜潑向我。他用自己的狂熱激發了我的狂熱，卻又突然拿起冷嘲熱諷的鞭子。是的，我有一種恐怖的感覺，覺得我越是想親近他，他就越發冷硬、越發恐懼地將我推開。他不願意、也不允許任何人接近他的祕密。

因為，我越來越強烈地意識到，在他具有神奇吸引力的深處藏著祕密，陌生而駭人的祕密。從他閃避的目光，我猜到一件難言之隱，當別人感激地臣服於他，他的目光時而熱情逼人，時而羞怯地閃避。我感覺到那個祕密，從他妻子怨恨噘起的嘴唇上，從城裡那些人異樣冷淡的矜持上，若是有人稱讚他，他們會投來幾近憤慨的眼神。我從上百個奇特之處和突如其來的驚慌中感覺到那個祕密。而那是多麼痛苦啊，自以為已經置身於他人生的內部，卻只能茫然地原地打轉，像在一座迷宮裡，不知道哪一條路能通往他的內心！

不過，對我來說，最無法解釋、最令我激動的是他的任性行為。有一天我去上課的時候，教室貼著一張紙條，說這門課要中斷兩天。那些學生似乎並不感到奇怪，但我昨天才去過他那兒，擔心他可能生病了，急忙趕回住處。當我那樣衝進去，洩露出我的激動，師母只露出冷淡的微笑：「這種事經常發生。」她異常冷淡地說：「只不過您還沒碰過罷了。」果然，我從同學那兒得知他經常這樣在一夕之間消失，有時候只拍了電報來請假，有一次一個學生凌晨四點時在柏林的一條街上碰到他，另一個學生在一座陌生城市的飯館裡遇見他。他忽然離開，像瓶塞脫離了瓶子，然後又再回來，沒有人知道他去了哪裡。他的突然出走令我情緒激動，就像生了一場病，那兩天我魂不守舍地走來走去，慌張不安。他不像平常一樣在那兒，讓我頓時覺得學業空洞而毫無意義，我用嫉妒的胡亂猜測折磨自己，對於他那樣封閉自己，我心中湧起了類似憎恨和憤怒的情緒，恨他把滿懷熱情想要親近他的我隔絕在他真正的生活之外，就像把一個乞丐留在冰天雪地裡。我徒然地想說服自己，說我這個學生並沒有權利要求他解釋和說明，他好心給予我的信賴已經百倍於一位大學教師所應盡的義務。然而，理智控制不了燃燒的熱情，我這個傻孩子每天要去問上十次，問他是否已經回來了，到後來，師母的否認越來越沒好氣，我已經感覺出她的惱怒。我大半夜都醒著，豎起耳朵想聽見他回家的腳步聲，早晨不安地在門口晃來晃去，如今已不敢再去詢問。等他在第三天終於出人意料地走進我房間，我大大喘了一口氣，我想必受到很大的驚嚇，這一點我從他尷尬的驚訝中感覺出來。在驚訝中，他倉促地接連問了幾個無關緊要的問題，目光迴避著我。我們的談話頭一次彆扭地兜著圈子，一句話絆倒在另一句話上，由於我們兩個都竭力避免提起他出走一事，正是這件沒有說出口的事阻擋了我們把話說清楚。當他離開我，燃燒的好奇心像一股火焰般竄起，漸漸地，這股好奇在清醒和睡眠時都折磨著我。

這場尋求解釋和更深認識的努力持續了好幾個星期。我固執地朝那個熾熱的核心推進，自以為感覺到在岩石般的沉默之下有火山般的熾熱核心。終於，在一個幸運的時刻，我頭一次得以進入他的內心世界。又一次我在他書房裡一直坐到黃昏，這時他從鎖住的抽屜裡拿出幾首莎士比亞的十四行詩，先用自己的翻譯把這幾首宛如用青銅澆鑄而成的詩歌朗誦出來，然後奇妙地闡明了詩句中看似無法理解的密碼文字，我在欣喜中忽然感到一股惋惜，惋惜滔滔述說的他給予我的一切都將在易逝的話語中流失。這時我突然鼓起勇氣——這勇氣是打哪兒來的？——問他為什麼沒有完成他那部大作《環球劇院的歷史》。可是，我才大膽問出那句話，就已經驚慌地明白，我無意間觸碰到一個顯然很痛的祕密傷口。他站起來，轉過身去，沉默良久。房間裡似乎突然瀰漫著暮色和沉默。他終於走過來，嚴肅地看著我，嘴唇顫動了好幾次才微微張開，接著痛苦地吐出了他的自白：「我沒辦法再寫長篇的作品。這已經是過去的事了，只有年輕人才會做出這麼大膽的計畫，如今我沒有那種耐力了。老實說吧，我成了活在短暫瞬間的人，沒有辦法堅持下去。從前我精力比較充沛，現在已經不行了。我只能用說的，偶爾我的精力還足夠讓我說上一段。但是要靜靜地坐著寫作，總是一個人，這我已經辦不到了。」

他那認命的神情撼動了我。出於由衷的信念，我敦促他應該要把他每天隨手撒給我們的東西用拳頭緊緊握住，不要只是付出，也把自己的東西寫下來加以保存。「我沒辦法寫作，」他疲憊地又說了一次：「我不夠專注。」「那麼您就口述，讓我來聽寫！」這個想法迷住了我，我差點撲上去央求他：「那麼您就口述，請您試試看。也許先口述開頭部分，之後您自己也會欲罷不能。請您試試看，我請求您，就算是為了我！」

他抬起眼睛來，起初很驚訝，然後陷入深思。這個想法似乎令他思索。「為了您？」他重複著我的話：「您真的認為，我這個老人還能夠做些什麼讓人高興的事嗎？」從這句話裡我感覺出他漸漸開始讓步，也從他的目光感覺出，他的目光剛才還陰暗地垂下，此刻卻被溫暖的希望溶化，漸漸探出來，由於那份希望而變得明亮。「您真的這麼認為嗎？」他又說了一次，我感覺出他已經有了意願，然後他突然說：「那我們就來試試看！年輕人總是對的。

聽從者是聰明人☆8。」我的狂喜和得意似乎讓他也有了活力，他快步走來走去，幾乎像個年輕人一樣興奮，於是我們約好每天晚上九點，在吃過飯後，先試著每天工作一個小時。第二天晚上我們就展開了口述和聽寫。

我該如何描述這些時光！我一整天都在等待這個時刻來臨。下午時，一種消耗神經的鬱悶不安就像電擊般壓抑著我焦躁的感官，那幾個鐘頭簡直難以忍受，直到夜晚終於來臨。我們在用餐之後立刻到他的書房去，我在書桌前面坐下，背對著他，他則踩著不安的腳步在房間裡走來走去，直到他腦中醞釀出節奏，而開頭那句話蹦了出來。因為這個奇特的人是從感覺的音樂性來塑造一切，總是需要一股推力，讓他的思想活動起來。通常是一個意象，一個大膽的比喻，一個立體的場景，他再將之擴展成戲劇化的場面，不由自主地在快速踱步中激昂起來。凡是具有創造力之人那種偉大的渾然天成，常常會從這種即興表演的火花中閃現。我記得有幾行就像是抑揚頓挫的詩句，另外幾行則像瀑布般急流而下，一個接一個的列舉，就像荷馬的船艦目錄和惠特曼的粗獷頌歌。我這個還在成長的年輕人頭一次有機會窺見創作的祕密：我看見思想起初還沒有顏色，只不過是一股流動的熱，像鑄鐘溶液一樣從靈感的鍋爐裡湧出，然後逐漸冷卻，找到它的形式，也看見這個形式漸漸變得圓滿，並且呈現出來，直到話語終於清楚地從中竄出，就像鐘舌一樣，這才讓鐘發出響聲，讓詩人感受到的東西有了人類的語言。每一段文字都起於節奏，每一段描述都來自意象，這整部長篇作品完全不似語文學著作，而像一首頌歌，一首對大海的頌讚。大海乃是塵世間看得見、感受得到的永恆，波濤起伏，無邊無際，上接蒼天，下有深谷，在天地間捉弄著塵世間的命運——人類搖

☆8
*Die Jugend hat immer recht. Wer ihr nachgibt, ist klug.*

搖晃晃的小舟，似有意義又無意義。以這個偉大的比喻，從大海的意象衍生出對悲劇性的描述，將之描述為一種大自然的力量，滔滔奔流，具有毀滅性地掌控著我們的血液。接著這個意象中的波濤捲向一個特定的國度：英國浮現了，那座島嶼，永遠被不安的海水環繞，危險的海水包圍了大地的所有邊緣，包圍了各個緯度和地區。在英國，大海塑造了國家，海水冷而清澈的目光一直滲入眼睛裡，玻璃般眼球的那種灰藍。每個人都既是水手也是島嶼，一如他的國家，在幾百年的航海中不斷考驗其力量。由於暴風和危險，強烈的情感在這個民族裡就像空氣一樣無所不在，然而此刻，和平籠罩著這個被海水包圍的國度，這些人卻習慣了風暴，仍然想要出海，想要每日都帶來危險的驟變事件，於是他們在血淋淋的遊戲中再次創造出緊張刺激的氣氛。起初是為了鬥獸和搏鬥而建起木棚。熊流血而死，鬥雞野蠻地刺激了殘忍的快感。不過沒有多久，提升的鑑賞力就想要享受來自人類英勇衝突的緊張氣氛。於是，人類另一種波瀾壯闊的遊戲自虔誠的劇院和教會的神祕儀式產生。所有的冒險與航行重新再現，但如今是在人類的心靈之海上。那是另一座無邊無際的新海洋，有著激情的大潮和心智的巨浪，這支仍舊強大的盎格魯薩克遜民族有了新的樂趣，他們興奮地去掌控這片新海洋，在這片海洋中任由大浪拋擲：英國的戲劇誕生了，伊莉莎白一世時期的戲劇。

他狂熱地描述這段野蠻原始的開端，鮮明的話語圓潤地響起。他的聲音起初是飛快的低語，肌肉和聲帶隨後伸展開來，聲音化作金屬般閃閃發亮的飛機，越飛越高，越飛越自由。這個房間對他的聲音來說變得太過狹窄，發出回聲的牆壁太過擁擠，這聲音需要廣闊的空間。我感覺到暴風在上方吹動，大海翻騰的唇用力喊出震耳欲聾的話語。俯身在那張書桌上，我覺得自己彷彿又站在故鄉的沙丘上，千百道海浪和挾帶著海水的風呼嘯著逼近。一陣戰慄痛苦地籠罩著一個人和一句話之誕生，當時我驚慌而喜悅的心靈頭一次感受到這陣戰慄。

老師口述時的強大靈感改變了他寫作學術著作的企圖，思想成了文學，當老師結束了口述，我踉蹌地站起來。沉重的疲憊強烈地穿過我全身，這種疲倦無力跟他的疲倦無力十分不同，他的無力是發洩出一切之後的筋疲力盡，我卻是由於被洶湧的思想淹沒而顫抖。在那之後，我們兩個人都還需要放鬆地交談，才能夠去睡覺或是休息。通常我會再複誦一次我的速記記錄，說也奇怪，那些符號一轉換成語言，就有另一個聲音在我的聲音裡說起話來，在呼吸，彷彿有一個精靈調換了我口中的語言。這時我便看出：我在盡力模仿他說話時的抑揚頓挫，模仿得那麼像，以至於彷彿是他藉由我來說話，而不是我自己在說話，我成了他生命的共鳴，他話語的回聲。這一切已經是四十年前的往事了，然而時至今日，在做演講時，當話語脫離了我而迴盪，我仍會羞怯地感覺到不是我在說話，而是另一個人藉著我的嘴在說話。這時我就會認出一位可敬死者的聲音，這個死者只在我唇上仍有一絲氣息。每當我熱情澎湃，我就變成了他。而我知道，在他書房裡那些時光深深影響了我。

這件工作在增長，在我四周長成一座樹林，漸漸遮蔽了望向外面世界的目光。我只活在陰暗的屋子裡，活在這部日漸增長作品越發濃密的枝葉中，活在這個人溫暖的身邊。

除了大學裡那寥寥幾堂課，我一整天的時間都屬於他。我跟他們同桌吃飯，在他們的住處和我的住處之間，日日夜夜都有消息在樓梯上上下下地傳送。我有他們的房門鑰匙，他也有我的鑰匙，他隨時可以找到我，不必先去喊半聾的房東老太太。然而，我跟他們的關係越是密切，跟外界就越發疏遠。隨著我分享了他內心世界的溫暖，我同時也分享了他們與世隔絕的生活那份淒冷孤獨。同學一致對我擺出冷淡不屑的態度，不知道是私下對我有何不滿，還是只是嫉妒我明顯受到老師偏愛，總之他們不跟我來往，在討論課上也避免跟我打招呼或交談，像是約好了似的。就連其他的教授也不隱藏他們帶有敵意的反感。有一次，我向羅曼語系的講師請教一件小事，他嘲諷地打發了我：「身為某教授的入門弟子，這您總該曉得。」我徒勞地想為這份無端的輕視找到解釋，但對方的話語和目光都在迴避。自從我跟這兩個孤單的人生活在一起，我自己也完全被孤立了。

本來我並不會在乎這種社交上的孤立，畢竟我把全副注意力都獻給了精神生活。然而，我的神經漸漸受不了這種持續的拉扯。接連幾個星期持續用腦過度不可能沒有後果，再加上我大概過於突然地徹底改變了生活，過於狂熱地從一個極端轉向另一個極端，無法不危及大自然賦予我們的神祕平衡。在柏林，輕鬆的閒盪令我的肌肉舒適地放鬆，跟女人的豔遇鬆弛了不安的情緒，在此地卻有一種焚風般的壓抑氣氛，不斷壓迫我受到刺激的感官，讓我的感官顫動著、帶著電流般跳躍的觸角在我腦中遊走。我無法再好好睡覺，雖然我總是謄寫每天晚上的口述記錄直到清晨，而且樂在其中（出於虛榮，我等不及想盡早把稿子送去給我親愛的老師），或者也可能正是因為如此而無法熟睡。此外，上課和狼吞虎嚥的閱讀也要求我付出更多精力，再者，與老師談話的方式也令我興奮，因為每一根神經都處於備戰狀態，從不允許我在他面前顯得心不在焉。對於這種過分的行為，受欺負的身體不久就進行了報復。我好幾次暈倒，那是身體的自然狀態被危及時所發出的警訊，我發狂似地不顧及自己的身體。但那種有如被催眠的疲倦越來越頻繁，情感的表達變得激烈，被磨利的神經帶著尖刺向內生長，撕裂了睡眠，激發了原先受到抑制的混亂念頭。

頭一個注意到我的情況相當嚴重的是師母。我好幾次感覺到她擔心的目光在試探我，她越來越常刻意在談話中摻進提醒的話語，例如我不可能在一個學期之內征服全世界。到最後她把話說得很明白。有一個星期天，我正在美好的陽光中苦讀文法，她跳過來搶走了我的書：「夠了，一個活潑的年輕人怎麼能夠這樣甘心被野心奴役？不要老是拿我丈夫做榜樣。他已經老了，而您還年輕，您必須過不一樣的生活。」每當她提起他，總是帶著這種輕蔑的口吻，讓全心奉獻給他的我一再感到憤怒。我感覺出，她越來越常故意想讓我遠離他，用冷嘲熱諷來阻止我過分投入，也許是出於用錯地方的嫉妒。如果我們晚上口述的時間太長，她就會用力敲門，迫使我們停止工作，不在乎他生氣的反對。有一次，當她發現我昏倒在地上，她忿忿地對我說：「他還會弄壞您的神經，會完全毀了您。才幾個禮拜，他就把您變成這副樣子！我受不了再看著您這樣糟蹋自己，而且……」她頓住了，沒有把話說完，但她的嘴唇由於按捺住怒氣而蒼白地顫抖。

老師也的確沒讓我好過，我越是熱情地為他效勞，他似乎就越不看重我的殷勤崇拜。他很少向我道謝，當我在早上把熬夜完成的稿子拿給他，他只會冷淡地說：「其實明天再給我就行了。」話中帶著排拒之意。如果我熱心過度，在他並未請求的情況下表示願意替他做些什麼，在談話當中他會突然抿起嘴唇，用一句嘲諷的話把我推開。不過，等他看見我屈辱而困惑地縮回去，那道溫暖的目光就又朝著絕望的我湧過來，安慰地圍繞著我，只是這種情形很少發生，太少發生了！他這種忽冷忽熱的個性，一會兒親近得令我激動，一會兒又生氣地把我推開，把我克制不住的情感弄糊塗了。我渴望著——不，我永遠也說不清我到底在渴望什麼，我希望、要求、追求的到底是什麼，我的熱情奉獻究竟想從他那兒得到何種關切。若是愛慕一個女子，就算那熱情是純潔的，也仍然不自覺地追求肉體上的滿足，就這種熱情而言，大自然讓擁有對方的身體成為最高的結合。然而，由一個男子呈獻給另一個男子的精神熱情想要的是什麼呢？完全的滿足在這種熱情上不可能實現。這份熱情不斷改變被愛慕之人，一再閃爍成為新的狂喜，永遠無法透過最後的獻身而平靜下來。這份熱情一再湧出，卻永無竭盡之時，就跟心智一樣永遠不會滿足。因此他的親近對我來說總嫌不夠，在那些長談中，他從不曾完全揭露出自己，永遠無法令我滿足。就算他充滿信賴，拋開一切生疏，我卻仍舊知道，轉眼間他就可能斷然切斷這親密的連結。這個善變的人一再攪亂了我的情感，如果我說我由於過度受到刺激，往往就要做出荒唐事來，這話並不誇張。一些微不足道的小事就足以讓我心煩意亂幾個小時、甚至幾天。例如他把我介紹的一本書隨手推到一旁，或是當我們在晚上深入談話，當我完全沉浸在他的思想中，他卻突然站起來（先前他還溫柔地把手擱在我肩膀上），不客氣地說：「現在您該走了！已經晚了。晚安。」也許由於我激動的情緒不斷被挑起，過於敏感的我也可能把一些無心之事看成傷害。然而，這些事後的自我安慰對於迷亂的心緒又有什麼幫助？只有這件事每天一再發生：在他身邊我感到痛苦的煎熬，遠離他我又感到寒冷，總是為了他的矜持而感到失望，沒有什麼表示能令我安心，每一樁偶發事件都令我迷惘。

奇怪的是，每當我敏感地覺得受到委屈，我就逃到師母那兒去。也許那是種不自覺的衝動，想去找一個同樣忍受這種無言之疏遠的人，也可能只是想跟某個人說說話，就算對方幫不上忙，至少能夠了解我。總之，我逃向她，就像逃向一個祕密的盟友。通常她會取笑我的敏感，或是聳聳肩膀，冷淡地說我應該已經習慣了他這種折磨人的古怪。不過，當我在絕望中突然在她面前大發牢騷，流淚不止，語無倫次，偶爾她會異樣嚴肅地看著我，幾乎帶著詫異的目光。但她什麼也沒說，只不過在她嘴唇周圍會出現克制住的陰晴變化，而我感覺出她必須用盡全力，阻止自己衝口說出什麼氣話或是欠考慮的話。毫無疑問，她也有話要對我說，她也藏著一個祕密，也許跟他的祕密是同一個。只不過，當我的話冒犯到他，他會不客氣地加以抗拒；她則多半用一句玩笑或是即興的捉弄來迴避。

只有一次，我差點就讓她吐露心聲。那天早上我把聽寫的稿子送過去，忍不住興奮地向老師說，這一段描述（那是對馬洛所做的描繪）如何令我震撼。在熱情洋溢中，我又欽佩地加了一句，說從來沒有人替馬洛做過這麼卓越的描繪。這時他咬住嘴唇，粗魯地轉過身去，扔下那張紙，不屑地嘀咕：「不要胡說八道！您哪裡懂得什麼叫卓越。」這句不客氣的話（想來只是為了掩飾他的羞愧）就足以毀掉我一整天。下午我跟師母獨處了一個小時，我的情緒突然歇斯底里地爆發，我抓住她的手：「請您告訴我，他為什麼這麼討厭我？為什麼這麼瞧不起我？我做了什麼對不起他的事，為什麼我說的每一句話都會惹他生氣？我該怎麼做？請您幫助我！為什麼他受不了我？請您告訴我，我求求您。」

她被我這激烈的爆發給嚇了一跳，用尖銳的目光凝視著我。「受不了您？」一陣笑聲從齒縫間冒出來，惡毒刺耳又尖銳，讓我不由得向後退。「受不了您？」她又重複了一次，憤怒地看進我慌亂的眼睛。但她隨即俯身朝我湊近，目光漸漸變得柔和，幾乎帶著同情，然後她突然伸手撫摸我的頭髮（這是第一次）。「您真的是個孩子，是個傻孩子，什麼也沒察覺，什麼也看不見，什麼也不知道。不過這樣也好，否則您還會更加不安。」

接著她就猛地轉過身去。我徒然地尋找安慰，就像被困在一場無法掙脫的惡夢中，有如被裝在綁住的黑袋子裡，我拚命想找到一個解釋，想從這些矛盾情感祕密的迷惘中清醒過來。

四個月就這樣過去，在這段時間裡發生了出人意料的自我提升和蛻變。學期即將結束，我害怕地看著假期即將來臨，因為我熱愛我的煉獄，家鄉那種平靜、缺乏精神性的家庭生活對我來說就像是放逐和剝奪。我開始擬定祕密的計畫，想向父母謊稱有重要的工作把我留在這裡，已經巧妙地編織了謊言和藉口，以便延長眼前這段折磨人的時光。然而，我在此地的時間早已屈指可數。結束的時刻無形地懸在我上方，就像正午時分的鐘聲懸在銅鐘裡，然後出其不意地莊嚴響起，召喚閒蕩之人去工作或道別。

那個改變命運的夜晚一開始是多麼美好，美好得多麼陰險！我跟他們夫婦同桌吃飯，窗戶敞開，在暗下來的窗框裡，暮色漸深的天空和白雲緩緩走進來。飄浮的白雲反射出溫和清澈的光芒，觸動人心深處。師母和我閒聊著，比平常更輕鬆、更平和、更熱烈。老師對我們的交談不置一詞，但他的沉默懸在我們的談話上方，彷彿天使帶著靜靜收攏的翅膀。我偷偷地從旁邊瞄向他，今天他帶著異樣的神采，一種蠢蠢欲動，但不帶任何慌張，就像夏天裡的白雲。偶爾他舉起酒杯，對著光線欣賞葡萄酒的色澤；當我的目光愉快地追隨他的動作，他露出微笑，舉起酒杯向我致意。我很少看見他的臉如此明朗，很少看見他的動作這般圓滑冷靜。他坐在那裡，近乎莊嚴而喜悅，彷彿在聆聽街上傳來的音樂，或是在傾聽一段無聲的談話。他的嘴唇周圍平常總是有小小的細紋，此時柔軟而安靜，像剝開的果實，他的額頭微微朝向窗戶，反射著溫和的天光，讓我覺得比任何時候都美。看見他這樣安詳真是奇妙。是純淨夏夜的餘暉、色調改變的溫和空氣美化了他？還是一件令人安慰的事讓他從內心煥發出光彩？我不知道。然而，我習慣了審視他的臉，就像閱讀一本攤開的書，我只感覺到：今天有個好心的神替他撫平了內心的裂縫和皺紋。

此刻他站起來，習慣性地撇撇頭，邀請我隨著他到書房去，模樣罕見地鄭重。平常急促的他踩著出奇嚴肅的步伐。然後他又倒回來，從櫥子裡拿了一瓶還沒打開的葡萄酒（這也很不尋常），從容地帶著那瓶酒到書房去。就跟我一樣，他太太似乎也察覺他舉止有異，詫異地從她的縫紉工作上抬起眼睛，好奇地默默觀察他那不尋常的從容，看著我們走向書房準備工作。

書房就跟平常一樣完全暗了下來，熟悉的暮色等待著我們，只有燈光在那疊待用的白紙周圍灑下金色的圓形光圈。我在平常坐的位子上坐下，從手稿中複誦了最後幾個句子。為了調整情緒，他總是需要節奏來做為音叉，讓話語繼續奔湧出來。不過平常他會緊接著最後一句話往下說，這一次我卻沒有聽見接下去的聲音。沉默在房間裡瀰漫開來，成為緊張的氣氛，從牆壁上壓向我們。他似乎還沒有完全集中精神，因為我聽見他在我背後緊張地來回踱步，說：「請再唸一遍。」真奇怪，他的聲音忽然不安地振動。我複誦了最後幾段，這時他突然直接從我唸的話語接下去，口述得比平常更快、更完整，只用了五句話就勾勒出整個場景。在這之前，他描述了戲劇在文化上的先決條件，描繪出那個時代，像一幅壁畫，勾勒出一段歷史的輪廓。此時他把話鋒轉向劇場本身，推著小車四處表演的流浪劇團終於安頓下來，替自己建造了一個家，擁有了書面確認的權利和特權，起初是「玫瑰劇院」，然後是「命運劇院」，都是木板搭成的小屋，演出如木板般生硬的戲劇。不過隨著戲劇文學日漸成長，工匠打造出木板製成新裝：在泰晤士河的河灘上，用木樁在廉價的潮濕泥地上圍起來，建起「環球劇院」那座笨重的木造建築，有一座六角形的粗笨塔樓，莎士比亞這位大師就出現在這座劇場的舞台上。一艘奇特的船像被大海扔了出來，海盜般的紅旗掛在最高的桅杆上，這座劇場穩穩地下了錨，停泊在那塊泥地上。下層民眾在底層座位喧嘩擁擠，就像在一座碼頭上，上流人士則從樓上座位朝下面的演員微笑，虛榮地和他們聊天。觀眾不耐煩地要求開始演出，他們跺腳、叫鬧，用劍柄敲著木板，直到終於有幾支蠟燭被端出來，燭光晃動，照亮了下面的舞台，穿著粗糙戲服的人物走出來，演出看似即興創作的喜劇。直到今天我都還記得他當時口述的話：「話語如同暴風般呼嘯而出，那片熱情的無邊大海，衝出這個木板圍成的邊界，把血一般的波浪拍向人類心靈的各個時代、各個地區，無窮無盡，深不可測，既歡暢又悲哀，多采多姿，描繪出人類特有的形象，這就是英國的劇場，莎士比亞的劇作。」

在這激昂的話語中，口述驟然中斷，接下來是一陣鬱悶的長長沉默。我不安地轉過身去，老師站在那裡，一隻手用力扶著桌子，露出筋疲力盡的表情，是我在他身上常見到的。然而這一次，他那副呆立的模樣有點嚇人。我跳起來，擔心他出了什麼事，怯怯地問我是否該停下來。他只是看著我，還沒喘過氣來，樣子沒有改變，一時仍僵在那裡。不過他的眼珠隨即又發出藍色的光芒，嘴唇也放鬆下來，他走過來對我說：「嗯，您沒有發現嗎？」一邊急切地看著我。「什麼事呢？」我結結巴巴地問，毫無把握。他深深吸了一口氣，露出淺淺的笑容，經過這幾個月，我再次感覺到他柔軟溫和的目光圍繞著我。「第一部分已經完成了。」我很難按捺住想要歡呼的衝動，驚喜之感流過我全身。我怎麼會沒注意到呢？的確，整個架構已經建立，從昔日的原始地基上一階階堂皇地向上建起，直到門檻：現在可以讓那些作家出場了，馬洛、本・瓊森、莎士比亞，讓他們勝利地大步跨過這道門檻。這部作品在慶祝它的頭一個生日，我急忙去數手稿的頁數，這部作品的第一部分包含了一百七十頁，每一頁都寫得密密麻麻。這也是最難的一部分，因為接下來他就能自由發揮，在這之前的敘述則必須忠於史實。毫無疑問，他將會完成這部著作，他的作品，我們的作品！

我發出歡呼，手舞足蹈，不知道是出於自豪還是出於快樂。但我的興奮想必流露出前所未有的歡欣，因為他的目光微笑地追隨我，看我一會兒瀏覽著最後幾句話，一會兒又匆匆去計算那些紙頁，去摸它們，去掂它們的分量，深情地去撫摸，已經操之過急地在心裡計算我們何時可以完成整部作品。我的喜悅反射出他蓄積已久、深深隱藏的自豪，他感動地看著我，面帶微笑。然後他緩緩走向我，靠得很近很近，一雙手握住我的手，目不轉睛地看著我。平常他眼珠的顏色只像閃光燈般顫動，此時一種有生命的澄藍漸漸盈滿他的眼珠，在大自然中，只有深邃的水和深邃的人類情感能夠產生這種藍色。這發亮的藍色從他瞳孔中升起，湧出來，滲進我身上。我感覺到溫暖的波浪從這雙眼睛柔和地進入我內心深處，在我心底湧動，擴散開來，讓我的感受延展成奇妙的欲望，我的胸膛由於這股滿溢的力量而驟然開闊，我感覺到古義大利的正午在我心中升起。「我知道，」他的聲音蓋過了這道光亮，「要不是有您，我永遠不會開始這件工作，這件事我將永遠銘記在心。是您讓疲憊無力的我再度振作起來，拯救了我散佚生命裡僅存的東西。就只有您一個人！沒有人替我做過更多的事，沒有人這樣忠誠地協助過我。因此，我不說這一切我都得要感謝『您』，而說……這一切我都得要感謝『你』。來！現在讓我們像兄弟一樣度過這個小時！」

他輕輕地把我拉到桌旁，拿起那瓶事先準備好的酒。那兒也有兩個酒杯，他想跟我共飲這具有象徵意義的酒，表示感謝之意。我高興得顫抖，沒有什麼比熾熱的願望驟然實現更令人心亂。我一直不自覺地渴望能得到他明顯表明的信賴，而他的感謝找到了最美好的表達方式：「你」這個表示兄弟之情的暱稱。跨越了年齡的鴻溝，由於這迢遙的距離而更顯珍貴。酒瓶叮咚作響，像個無言的施洗者，從此將永遠讓我具有信念，撫慰我的恐懼，我心中也同樣清脆地發出響聲。只有一個小小的阻礙延遲了這個慶祝的時刻：酒瓶用軟木塞塞住，而書房裡沒有開瓶器。他想站起來去拿，但我猜出他的意圖，就迫不及待地衝向餐廳，畢竟我熱切地期待這一刻，能夠終於讓我放下心來，明顯地證明他對我的好感。

當我衝出書房，衝進被燈光照亮的走道，在黑暗中我撞到一件軟軟的東西，那東西趕緊讓開：那是師母，她先前顯然在門後偷聽。但說也奇怪，雖然我那麼用力撞上了她，她卻沒有發出一點聲音，只是無言地讓開，而我也嚇了一跳，說不出話來，動彈不得。這情形僵持了一會兒，我們兩個人無言地站著，彼此都感到尷尬，她在偷聽時被逮個正著，我則由於這個意外的發現而呆住了。不過，在黑暗中隨即響起輕輕的腳步聲，燈光亮起，我看見她臉色蒼白，面帶挑釁地倚著櫥櫃，目光嚴肅地打量著我，她一動也不動的姿勢流露出某種神祕、警告和威脅，但她一句話也沒說。

我雙手顫抖，緊張地摸索了好一陣子，才終於找到開瓶器。我必須兩度從她身旁走過，而每一次當我抬起眼睛，就碰上這道僵直的目光，像磨亮的木頭一樣發出又硬又暗的光澤。她沒有因為被瞥見在門邊偷聽而流露出羞愧，正好相反，她的眼睛堅決地向我發出一種我不明白的威脅，而她固執的表情顯示出她無意離開這個不恰當的位置，打算繼續守在這裡偷聽。這份強悍的意志力令我迷惑，在這道帶著警告的緊迫目光下我不禁低下頭。等我終於腳步踉蹌地回到書房，老師已經不耐煩地把酒瓶拿在手裡，我原先的狂喜已然冷卻，成了一種奇特的恐懼。

而他卻無憂無慮地等我回來，目光愉快地投向我。我一直夢想著有朝一日能夠看見他這個模樣，能看見陰霾從他憂鬱的額頭上散開！然而，當這個額頭第一次閃爍出平和，真誠地面對我，我卻一句話也說不出來。那祕密的喜悅彷彿從祕密的毛孔中流走了。我心中迷惘，羞愧地聽見他再次向我道謝，如今用的是暱稱的「你」，酒杯相碰發出清脆的聲音。他伸出手臂，親切地摟住我，帶我走到靠背椅旁，我們面對面坐下，他的手輕鬆地擱在我手中。我頭一次感到他任由情感完全自由坦率地流露，但我卻說不出話來，忍不住一再瞄向房門，怕她還站在那裡偷聽。我不斷地想著：她在偷聽，偷聽他對我說的每一句話，偷聽我說的每一句話。為什麼偏偏在今天？偏偏在今天？當他用溫暖的眼神圍繞著我，突然說道：「今天我想跟你談談我自己，談談我自己的青年時代。」我嚇壞了，伸出央求的手來阻止，使得他訝異地抬起眼睛。「今天不要，」我結結巴巴地說：「今天不要……請您原諒。」想到他可能會向一個偷聽者洩露了祕密，這個念頭對我來說太過可怕，而我又不得不對他隱瞞門外有人在偷聽。

老師不安地看著我。「你是怎麼回事？」他問，有點掃興。「我累了……請您原諒……大概是太激動了……我想……」我顫抖著站起來，一邊說：「我想我該走了。」我的目光不由自主地越過他身上投向門口，我不得不猜想那份帶著敵意的好奇仍舊嫉妒地潛伏在那兒。

他也費力地從靠背椅上站起來，陰影掠過他頓時顯得疲憊的臉。「你真的要走了嗎……今天……偏偏在今天？」他握著我的手，一股隱隱的拉力讓我的手變得沉重。但他驀然鬆開我的手，宛如讓一塊石頭落下。「真可惜，」他失望地脫口而出：「我原本期望能夠坦率地跟你談一談！真可惜！」有一會兒，這深深的嘆息就像一隻黑色蝴蝶在房間裡飛舞。我滿心羞慚，懷著不知所措、無法解釋的恐懼。我不安地走出書房，把門在身後輕輕關上。

我吃力地摸索著上樓回到我的房間，倒在床上，但我睡不著。我從不曾如此強烈地意識到我住的地方就在他們住處的上方，只隔著薄薄的樓板，被無法穿透的深色梁柱托著。此刻我敏銳的感官神奇地感覺到，他們兩個在樓下還醒著，我不必去看就能看見，不必去聽就能聽見，聽見他在樓下房間裡不安地來回踱步，看見她無言地坐在別處，或是在四下偷聽。我感覺到他們兩個都睜著眼睛，而他們還醒著這件事令我心中恐懼，像一場夢魘，這整棟沉重無言的屋子突然壓在我身上，連同它的陰影和黑暗。

我掀開被子。我的雙手發燙。我落入了什麼情況？我感覺到那個祕密十分接近，臉上已經感覺到它溫熱的呼吸，而現在它又走遠了，但它的陰影仍在喃喃低語，走來走去，那沉默而無法看透的陰影。我感覺到這危險的陰影在這屋子裡，像貓一樣踩著輕輕的腳掌悄悄潛行，始終在那兒，跳過來，跳過去，總是用它帶電的毛皮蹭過去，令人迷惑，溫暖，卻又有如幽靈。而我從黑暗中一再感覺到他圍繞著我的目光，如同他伸出的手一樣柔軟，也感覺到另一道目光，師母受到驚嚇而又帶著威脅的銳利目光。在他們的祕密中我該如何自處？他們何以將眼睛被蒙住的我放在他們激烈情感的中央？何以把我驅趕到他們難以理解的紛爭之中，強迫我感受他們各自的憤怒和怨恨？

我的額頭還在發燙。我跳起來，推開了窗戶。窗外是安詳地躺在夏夜雲朵下的城鎮，還有幾扇窗戶亮著燈，但那些窗戶裡的人在和氣地交談，讀一本書，或是奏著音樂。而在白色窗框後面已經暗下來的窗戶，那兒的人肯定在平靜的睡眠中呼吸。在這些休憩著的屋頂上飄著一股溫和的寧靜，就像銀色光暈裡的月亮，一種放鬆下來、輕柔蕩漾的寂靜，鐘樓敲出的十一聲鐘響輕輕落入他們湊巧在聆聽或是在作夢的耳朵。只有我在這棟屋子裡還感覺到清醒，感覺到陌生的思緒凶惡地包圍了我，內心努力想了解這混亂的低語。

突然我嚇得倒退。樓梯上響起的莫非是腳步聲？我站直了身子，豎耳傾聽。果然，是有腳步聲彷彿盲目地摸索著上樓來，小心翼翼，躊躇遲疑。我熟悉被踩舊的木梯這種吱吱嘎嘎的呻吟。這個腳步只可能是往我這兒來，畢竟頂樓上除了那個耳聾的老太太之外沒住別人，而她早已經睡了，不會接待任何人。難道那人是我的老師嗎？不，這不是他那種跌跌撞撞的急促步伐。樓梯上的腳步每走一階都在躊躇，步履膽怯——現在又走了一階！——一個潛入者、一個歹徒才會這樣走近，不會是朋友。我緊張地豎耳傾聽，耳朵開始嗡嗡作響。一股寒意頓時從我赤裸的雙腿傳上來。

這時門鎖輕輕喀吖一聲：他想必已經到了門口，這個陰森的訪客。我光著的腳趾感覺到一絲氣流，這表示外面那扇門被打開了，而只有我的老師有鑰匙。可是如果是他，為什麼他這麼猶豫，這麼陌生？難道是他覺得擔心，想來看看我？而這個陰森的訪客此刻為何在前廳猶豫，因為那像賊一般潛近的腳步驟然停住。我也由於恐懼而呆住了。我忍不住想放聲尖叫，可是喉頭卻黏住了。我想把門打開，雙腳卻僵在地板上。在我和那個陰森的訪客之間只隔著一道薄薄的牆，但他沒有朝我邁出一步，我也沒有朝他邁出一步。

這時候鐘樓的鐘敲響了，只敲了一下，十一點一刻。但這聲鐘響把我從呆立中喚醒。我用力把門打開。

果然，我的老師站在那裡，手裡拿著蠟燭。門猛然打開掀起的氣流讓燭火藍藍地向上竄，在他身後，顫動的影子從呆立的他身上被扯開，在牆壁上像個醉漢一樣踉踉蹌蹌，有如巨人。當他看見我，他也動了一下，把身體縮起來，就像一個人被驟然吹起的風從睡夢中驚醒，不由自主地打著寒顫，把被子往上拉。然後他才向後退，蠟燭晃動著，融化的蠟滴在他手上。

我發著抖，被嚇壞了，只能結結巴巴地說：「您怎麼了？」他看著我，沒有說話，也有個東西哽在他喉頭讓他說不出話來。終於他把蠟燭擱在五斗櫃上，像蝙蝠一樣在房間裡亂飛的影子立刻安靜下來。最後他結結巴巴地說：「我想要……我想要……」

他的聲音又哽住了。他站在那兒看著地板，像個被逮住的小偷。這份恐懼，這樣站著，真令人難以忍受，我只穿著襯衣，冷得發抖，他則縮著身子，羞愧而迷惘。

突然，那虛弱的身影振作起來。他朝我走過來，帶著一抹惡毒的微笑，那笑容像森林之神，只從眼睛裡危險地閃現，嘴唇卻緊緊抿著，那微笑像個陌生的面具，凝視了我一會兒，然後他的聲音尖銳地吐出，有如一條蛇吐出分叉的舌頭：「我只是想告訴您……我們最好還是別用暱稱的『你』……那……那不適合用在學生和老師之間……您了解嗎？……我們得要保持距離……距離……距離。」

他一邊說一邊看著我，充滿了憎恨，充滿了侮辱人的惡意，他的手不由自主地像爪子般蜷起來。我踉蹌地向後退。難道他瘋了嗎？還是喝醉了？他站在那兒握緊了拳頭，彷彿想朝我撲過來，或是一拳揍上我的臉。

但這份恐怖只持續了一秒，這道刺人的目光縮了回去。他轉過身，喃喃地說了些什麼，聽起來像是在道歉，拿起了那支蠟燭。原本縮在地板上的影子又跳了起來，像個殷勤的黑色魔鬼，趕在他之前一陣風似地出了門。然後他也走了，我還來不及集中精神想出一句話來。

門重重地關上，樓梯在他重重墜落的腳步下痛苦地呻吟。

我忘不了這一夜。冷冷的憤怒和不知所措的絕望瘋狂地交替，思緒像火箭一樣在我腦中刺耳混亂地衝來衝去。他為何折磨我？我揪心的痛苦自問了上百遍，他何以這麼恨我？竟然特地在夜裡悄悄上樓來，只是為了帶著敵意當面侮辱我？我做了什麼對不起他的事？我該怎麼做？如果我不知道自己哪裡得罪了他，要如何跟他和解？我發著熱，倒在床上，又站起來，再把自己埋進被子底下，但那個幽靈般的影像始終在我面前，躡手躡腳的老師在我面前心慌意亂，在他身後是那個巨大的影子，謎樣地陌生，在牆壁上踉踉蹌蹌。

等我第二天早上在短暫淺眠之後醒來，起初想說服自己只是作了一個夢，但是蠟燭滴下來的蠟脂還又圓又黃地黏在五斗櫃上。在陽光燦爛的房間裡，我一次又一次地回想起昨夜那個像小偷一樣悄悄溜上來的訪客。

一整個上午我都沒有出門，一想到會遇見他，我就全身無力。我嘗試書寫、閱讀，卻什麼也做不成。我神經衰弱，隨時可能發作，表現為痙攣、啜泣或咆哮。我看見自己的手指有如陌生的葉片在樹上顫抖，無法使它們安靜下來，而我的膝蓋發軟，彷彿肌腱被割斷了。該怎麼做？該怎麼做？我一再自問，問到我筋疲力盡，血液在太陽穴旁嗡嗡作響，眼前發黑。但我就是不出門，不下樓，不要突然跟他面對面，在我還沒有把握之前，在我的神經尚未恢復力氣之前。我又倒在床上，又餓，又迷惘，沒有梳洗，心慌意亂，我的感官再度試圖穿過薄薄的樓板，想著：他此刻坐在哪裡？在做什麼？他跟我一樣醒著嗎？跟我一樣絕望？

中午了，我還心緒混亂地躺在床上，樓梯上終於響起了腳步聲。所有的神經都發出警訊，但這個腳步很輕快，無憂無慮，兩階併一階地跳上來。接著一隻手用力敲門。我跳下床，但沒有開門，問道：「是誰？」「您為什麼不下來吃飯？」師母的聲音有點生氣地應道：「您生病了嗎？」「沒有，沒有，」我結結巴巴地說，心裡一片混亂：「我這就來了，這就來了。」我沒有別的辦法，只好趕緊穿好衣服下樓去，但我步履踉蹌，不得不扶著樓梯的扶手。

我走進餐廳。桌上擺著兩副餐具，師母坐在其中一副前面跟我打招呼，微帶責備之意，怪我還得要她去提醒。他的位子是空的。我覺得血液湧到頭部。這意外的出走意味著什麼？難道他比我更害怕和我碰面嗎？他感到羞愧？還是從此以後再也不想跟我一起同桌吃飯？終於我決定發問，問教授是否不來用餐。

她詫異地抬起眼睛：「您難道不知道他今天一早就走了嗎？」「走了，」我結結巴巴地問：「去哪裡？」她的臉立刻繃緊了：「我先生沒有告訴我，大概又是他常做的出遊吧。」然後她突然轉向我，帶著詢問的表情：「可是這件事您居然不知道？昨天晚上他明明還特地上樓到您那兒去。我以為他是去向您道別……真奇怪，實在奇怪……他居然也沒有跟您說。」

「跟我……」我只發得出一聲尖叫。這聲尖叫把這幾個小時以來危險聚積的一切全都喊了出來，讓我感到羞愧，感到恥辱。我忍不住啜泣，嚎啕大哭，全身痙攣，口齒不清地吐出一連串的話語和叫喊，喊出在心中糾結的混亂絕望。我哭泣，在歇斯底里的啜泣中顫抖地吐出所有蓄積的痛苦。我的拳頭瘋狂地敲著桌子，像個哭鬧的小孩，臉上淌滿淚水，把幾個星期以來有如暴風雨懸在我心頭的情緒全都發洩出來。這場發洩讓我感到痛苦有所減輕，卻又為了在她面前暴露自己而感到無比羞愧。

「天哪！您是怎麼回事！」她跳了起來，不知所措，但隨即趕緊把我從餐桌旁帶到沙發上。「請您躺下來，冷靜一下。」她摸摸我的手，撫摸我的頭髮，尚未平復的啜泣仍舊令我顫抖。「不要折磨自己，羅朗，不要讓別人這樣折磨您。這一切我都明白，我有預感事情會變成這樣。」她仍舊撫摸著我的頭髮，但聲音突然變得冷硬：「我知道他能讓人發狂，沒有人比我更清楚。但請相信我，我一直想要提醒您，我看出您完全依靠他，而他卻是個不可靠的人。您不了解他，您太盲目，還是個孩子，什麼也沒意識到，直到如今始終沒有意識到。也許您今天頭一次開始明白某件事，若是這樣，對他和對您來說都比較好。」

她仍舊溫暖地俯在我身旁，她的話語宛如來自玻璃深谷，她撫慰的雙手減輕了我的痛苦。終於，終於又感受到一絲同情，這種感覺很舒服，終於又感覺到女性的手溫柔地靠近，幾乎像個母親，這種感覺也很舒服。也許我太久沒有跟女性接近了，當我此刻隔著悲傷的面紗，感覺到一個女子溫柔的關懷，使我在痛苦中同時感到愉悅。但我是多麼羞愧！為了這場洩露自身情感的情緒爆發，為了自己流露出的絕望。我吃力地坐起來，不由得哽咽地再度大聲訴苦，埋怨他對待我的方式，他如何排斥我，折磨我，卻又吸引我，他如何毫無理由地嚴厲對待我，他是個虐待者，我卻依戀著他，我對他又愛又恨。我又激動起來，從沙發上跳起來，她不得不再度安撫我，用柔軟的雙手把我輕輕按回沙發上。我終於平靜了一些，她若有所思地沉默不語。我感覺她了解這一切，也許比我自己了解得更多……

我們沉默了幾分鐘，然後師母站起來。「好了，您像個小孩一樣鬧得夠久了，現在請像個男子漢，到餐桌旁坐下來吃飯。沒什麼大不了的，只是個誤會罷了，會澄清的。」當我有意拒絕，她惱火地加了一句：「事情會澄清的，因為我不會讓您再這樣受擺布，再這樣迷惘下去。這件事得要結束，他得學會稍微控制自己。對於他這種冒險遊戲來說，您太善良了。我會去跟他談，您可以信賴我。可是現在還是過來吃飯吧。」

我慚愧地任由她把我帶回桌旁。她刻意談起無關緊要的事，彷彿沒聽見我失控的情緒爆發，彷彿已經把那件事給忘了，為此我心裡很感激。她說明天是星期天，她要跟W講師和他的未婚妻一起去附近的湖邊郊遊，要我一起去開心一下，擺脫那些書本。她說我所有的不愉快都只洩露出我用功過度，神經太容易受到刺激，只要游游泳，出去走一走，我的身體就會立刻恢復平衡。

我答應我會去。做什麼都好，只要不要孤單一人，不要待在我房間裡，不要有這些在黑暗中打轉的念頭。「還有，今天下午您也別待在家裡！出去散散步，跑一跑，去玩一玩！」她慫恿我。「真奇怪，」我心想：「她竟然猜出了我心底的感覺，她明明跟我不熟，卻總是曉得我需要什麼，什麼令我難過，而明明了解我的他卻錯看我，折磨我。」這件事我也答應了她。我感激地站起來，看見一張新的臉：在她關心的溫柔目光中，平常讓她看起來像個大膽男孩的嘲諷和傲慢消失了。我從沒見過她這麼嚴肅。「為什麼他從不曾像這樣好意地看著我？」我心中的迷惑帶著渴望自問：「為什麼他從來感覺不到他令我難過？為什麼他不曾這樣溫柔體貼地把手擱在我頭髮上，擱在我手上？」我感激地吻了她的手，她不安地、接近惱怒地把手抽回去。「不要折磨您自己。」她又說了一次，她的聲音離我很近。

然而她的嘴唇又露出那種冷硬的表情，她猛地站起來，小聲地說：「相信我，他不值得您這樣待他。」

這句輕到幾乎聽不見的話，讓我接近平靜的心又感到刺痛。

那天下午和晚上做的事，現在看來十分幼稚可笑，許多年來我都羞於回想。可以說，內心的審查機制每次都立刻阻止我去回想。如今我不再為了那些愚蠢的行為而感到羞愧，正好相反，如今我深深了解當年那個狂亂熱情的大男孩，了解他想把自己不安的情感拋在腦後。

像是從一條長廊的盡頭回望過去，也像是透過望遠鏡看過去，我看見了自己：那個頹喪、絕望的大男孩，他上樓回到房間，不曉得該拿自己怎麼辦。然後他突然穿上外套，改變了步伐，擺出異常堅決的姿態，踩著精力充沛的腳步走上街道。是的，那就是我，我認出了自己，了解當年這個愚蠢、苦惱、可憐的小伙子，知道他的每一個念頭。我知道當時我突然打起精神，站在鏡子前面對自己說：「我才不在乎他！讓他見鬼去吧！我何苦為了這個老傻瓜而折磨自己！她說的沒錯：開心起來，去樂一樂！去吧！」

的確，當時我就這樣走到街上。那樣做是想讓自己解脫，也想怯懦地逃離心中明知的事實，亦即這份快樂的堅決一點也不快樂，那塊堅硬的冰仍舊沉甸甸地壓在我心上。我還記得我當時走路的樣子，把沉重的手杖緊緊握在手裡，狠狠盯著每一個大學生。一種危險的欲望在我心中激盪，想藉故跟別人起爭執，把哪個擋了我路的人痛揍一頓，來發洩那份無處宣洩的怒氣。不過，幸好根本沒有人注意到我。於是我到課堂上的同學常去的那家咖啡館，準備好未經邀請就坐到他們那一桌去，誰要是表現出一絲挖苦之意，我就將之視為挑釁。然而，我企圖打架的意圖又撲了個空。天氣晴朗，大多數的同學都去郊遊了，坐在咖啡館裡的兩、三個同學則禮貌地跟我打招呼，讓我急於發洩的情緒找不到一點藉口。不久之後我就生氣地站起來，去到郊區一個名聲欠佳的娛樂場所，在小型女子樂隊震耳欲聾的演奏下，小城裡想找樂子的人渣在啤酒和煙霧中三五成群地擠在一起。我急急灌下了兩、三杯酒，邀請一個聲名狼籍的女人和她的女友跟我同桌，那女友身材乾癟，化著濃妝，也是個歡場女子。我的舉止十分引人注目，對此我有一種病態的快感。在那座小城裡人人認得我，大家都知道我是那位教授的學生，那兩個女人則由於大膽的裝束和舉止讓人不會錯認。就這樣，我享受著那種幼稚可笑的虛假樂趣，讓自己出醜，也讓他丟臉（這是我當時的愚蠢想法）。就讓他們看著吧，我想，看我根本不在乎他，根本不管他。在眾人面前，我以最不得體、最無恥的方式向這個大胸脯的女人大獻殷勤。我沉醉在憤怒的惡意中，不久之後我也真的醉了，因為我們把各種酒混著一起亂喝，葡萄酒、烈酒、啤酒，亂推周邊的東西，椅子倒在地上，鄰桌的客人小心翼翼地避開。但我不感到羞恥，正好相反，我這個傻瓜憤怒地想：儘管讓他知道這件事，讓他看看我根本不在乎他，哼，我一點也不悲傷，不難過，正好相反。「拿酒來，葡萄酒！」我用拳頭敲著桌子，酒杯都顫動了。最後我跟她們兩個一起離開，左擁右抱，橫越大街，那是晚上九點，大家都出來散步，大學生和女孩、市民和軍人都安詳愜意地齊聚在大街上閒晃。我們三個像一片油膩膩的三葉草，步履蹣跚，在路上大聲喧嘩，最後一名警察終於生氣地走過來，厲聲命令我們安靜。在那之後發生的事我就無法再詳加敘述，劣酒讓我腦中一片混沌，模糊了我的記憶，我只記得那兩個喝醉的女人讓我感到噁心，我自己也幾乎神智不清，付了錢打發了她們，又去某個地方喝了咖啡和白蘭地，在大學前面，為了娛樂幾個路過的小伙子，我發表了一篇抨擊教授的演說。之後出於隱約的本能，想把自己糟蹋得更厲害，也想惹惱他——由於狂怒而起的荒唐念頭！——我想到一家妓院去，但我找不到路，最後懊惱地踩著蹣跚的腳步回家。我虛弱的手連打開門鎖都很吃力，勉強拖著腳步爬上頭幾階樓梯。

可是一走到他門前，那昏沉的陶醉感就頓時消失，彷彿我的頭突然浸在冰水裡。我一下子清醒過來，看出自己氣昏了頭的愚蠢，見出其扭曲。我感到羞恥，垂頭喪氣，像隻挨了揍的狗，躡手躡腳地悄悄上樓回到房間，深怕有人聽見。

我睡得像個死人，當我醒來，陽光已經淹沒了地板逐漸爬上床緣。我猛地跳下床。在作痛的腦袋裡，昨夜的記憶漸漸浮現。但我壓抑住羞愧，不想再為自己感到羞愧。那明明是他的錯，我故意這樣勸自己，我這樣放浪形骸也只能怪他。我安慰自己，昨天的事只不過是大學生找點樂子罷了，幾個星期以來，我除了用功還是用功，找點樂子也無可厚非。但是這樣替自己開脫我心裡並不舒坦，我忐忑不安，沮喪地下樓去找師母，想到我昨天答應要一起去郊遊。

真奇怪，我才碰到他的房門把手，他就又在我心裡浮現，而心中狂亂翻攪的痛苦也隨之出現，那份強烈的絕望。我輕輕敲門，師母走過來，眼神異樣溫和。「羅朗，您做了些什麼傻事？」她說，語氣中同情多於責備。「您何苦這樣折磨自己！」我驚愕地站在那裡，看來她也已經聽說了我的愚蠢行徑。不過她立刻逗我開心，讓我不再尷尬：「今天我們可要規矩一點。W講師和他的未婚妻十點會到，然後我們搭車出遊，去划船、游泳，忘掉所有的蠢事。」我還鼓起勇氣，小心翼翼地詢問教授是否回來了。她看著我，沒有回答，我自己也知道這句話是白問的。

十點時那位講師準時抵達，他是個年輕的物理學家，身為猶太人，在學術圈裡相當孤立，事實上也只有他還跟我們這些被排斥在社交圈外的人來往。他的未婚妻跟他一起來，也可能只是他的情人，是個年輕女孩，不停地笑著，頭腦簡單，有點幼稚，不過正因為如此，倒很適合參加這場即興的玩樂。我們先搭火車到附近的一座小湖，一路上不停地吃東西，聊天，對彼此大笑。幾個星期來勞心的嚴肅工作讓我不再習慣輕鬆的交談，單是這一個鐘頭就像微微冒著氣泡的葡萄酒一樣令我微醺。真的，他們孩子般的興高采烈成功地把我的思緒從那暗暗膨脹的蜂房引開，否則我的思緒總是嗡嗡地繞著那個蜂房打轉。一走進戶外，跟那個年輕女孩賽起跑來，我又感覺到自己的肌肉，頓時回復從前那個身體結實、無憂無慮的小伙子。

在湖邊我們租了兩艘划槳小船，我們那艘船由師母掌舵，在另一艘船上，那位講師和他的女友都坐在划船的位子上。船才離岸，我們就有了比賽的興致，想要超過對方，而我自然是處於劣勢，因為他們是兩個人在划，我卻得以一敵二與他們對抗。不過，身為受過訓練的划船選手，我把外套一扔，使勁地划，強而有力地划幾下，一再超前。開玩笑的加油聲此起彼落，刺激著彼此，不顧七月的炙熱，不在乎汗流浹背，我們就像古代划櫓艦的奴隸一樣賣力，激烈地競爭。終於快要抵達目的地了，那是湖畔一個小小的岬角，上面長滿樹木。我們更加賣力地划，在師母的歡呼下，我們那艘船首先衝上沙灘，她也被這場比賽吸引住了。我下了船，熱得全身是汗，沉醉在久違的陽光下，沸騰的血液和勝利的喜悅也令我陶醉。我一顆心怦怦地跳，像要跳出胸口，汗濕的衣服緊緊黏在身上。那位講師的情況也沒好到哪兒去，而那兩個興高采烈的女子不但沒有誇獎我們這兩個頑強的戰士，反而大大嘲笑了我們一番，由於我們氣喘吁吁，模樣相當狼狽。她們總算給我們一點時間，讓我們先涼快下來。我們開玩笑地劃分出男士浴場和女士浴場，分別在灌木叢的左右兩邊。我們迅速換上泳裝，白色的內衣和赤裸的手臂在灌木叢後面閃現。當我們兩個男生還在準備，兩個女生已經舒舒服服地跳進水裡。講師不像以一敵二贏得勝利的我那麼疲累，立刻跳進水裡跟在她們後面。但我划船划得太賣力了，一顆心還在胸中劇烈跳動。我先舒舒服服地躺在樹蔭底下，愉快地看著雲朵從上方飄過，享受著在流動血液中嗡嗡作響的甜蜜倦意。

然而幾分鐘之後，熱烈的呼喊就從水中傳來：「羅朗，快來！來比賽游泳！比賽潛水！有獎品喔！」我動也沒動，彷彿可以就這樣躺上一千年，皮膚由於從樹葉間滲下的陽光而微微感到灼熱，同時又在溫柔拂過的和風中感到涼爽。可是笑聲再度傳來，講師的聲音說：「他在罷工！我們徹底把他整垮了！您去把這個懶鬼抓過來！」我果然聽見打水聲接近，聽見師母的聲音就在近處：「羅朗，過來！來比賽游泳！我們得給他們一點顏色瞧瞧！」我沒有回答，享受讓她來找我的樂趣。「您在哪裡？」石子路上響起了腳步聲，我聽見她赤腳跑在湖岸上尋找，突然她站在我面前，泳衣緊貼著那男孩般苗條的身體。「您在這兒。真懶散呀！現在起來吧，懶鬼，他們兩個都快游到島上了。」我愜意地躺著，懶洋洋地舒展四肢：「這裡舒服得多。我晚一點再過去。」

「他不願意。」她把手圈起來，像吹喇叭一樣笑著往水裡大喊。「帶著那個吹牛大王下水來！」講師的聲音遠遠地傳過來。「好了，來吧，」她不耐煩地催促：「別讓我出洋相。」但我只是慵懶地打個呵欠。這時候她半開玩笑、半是生氣地從灌木叢裡折了一根樹枝。「快來！」她又堅決地說了一次，用樹枝打在我手臂上來催我。我跳了起來。她打得太用力了，我手臂上出現一道細細的血痕。「這樣我更不要去了。」我說，同樣半是開玩笑，半是惱怒。可是這會兒她真的生氣了，命令著：「過來！快點！」我倔強地一動也不動，她又打了我一下，這一次比先前更大力，熱辣辣的。我生氣地跳起來，想從她手裡搶過那根樹枝，她向後退，但我抓住了她的手臂。在搶奪樹枝的時候，我們半裸的身體不由自主地接近。當我抓住她的手臂，扭住她的手腕，想迫使她鬆手放開樹枝，她在閃避中把身體深深向後仰，突然啪的一聲，她泳裝的肩帶斷了，露出她赤裸的左乳，紅紅的乳頭刺進我眼中。我不由自主地去看，只有一秒鐘，但足以令我心慌意亂。我顫抖著，羞愧地放開她的手。她臉紅了，轉過身去，用髮夾把斷裂的肩帶勉強接起來。我站在那兒，不知道該說什麼，而她也沉默不語。從這一刻起，我們之間就出現一種令人窒息的不安，讓人透不過氣來。

「哈囉……哈囉……你們在哪裡？」另外兩人的聲音已經從小島上傳過來。「我這就來了。」我急急地回答，縱身一躍跳進水裡，很高興擺脫了一份新的迷惘。在水裡潛了幾下，享受推著自己前進的快感，湖水清澈沁涼，血液中危險的嘶嘶流動似乎已經被更強烈、更明亮的欲望給沖走了。我很快就追上了他們兩個，和體弱的講師進行一連串的比賽，而我全都獲勝。我們游回那片岬角，留在那兒的她已經穿好衣服在等我們，她從帶來的籃子裡拿出食物，我們快活地野餐。然而，我們四個雖然輪流開著玩笑，我們兩個卻不由自主地避免跟對方交談，彷彿迴避著彼此。當我們的目光相遇，就在沒有說出口的相同感受中互相閃避。先前那件插曲引起的尷尬尚未平息，我們都感覺到對方羞愧不安地回想起那件事。

下午很快地過去，我們又去划船，但運動的熱情漸漸被舒適的倦意取代。葡萄酒、溫暖的天氣、吸收的陽光漸漸滲進血液中，讓血液流動得更快。講師和他的女友開始做出小小的親暱舉動，我們兩個不得不尷尬地容忍。他們兩個靠得越來越近，我們兩個則更加小心地保持距離。然而，那種成雙成對的感覺越發明顯，由於他們兩個喜歡在林間小路上落在後面，顯然是想不受打擾地親吻。當我們兩個被單獨撇下，總有一份拘束妨礙我們交談。最後我們四個都很高興又坐上了火車，他們兩個期待兩情繾綣的夜晚，我們則慶幸終於擺脫了那尷尬的場面。

講師和他的女友陪我們走到門口，我們兩個單獨爬上了樓梯。一進屋裡，我就又感覺到他的存在，令人痛苦、渴望而又混亂。「要是他已經回來就好了！」我煩躁地想。而她彷彿從我唇上讀出那聲並未發出的嘆息，說道：「讓我們看看他回來了沒有。」

我們走進屋裡。公寓裡靜悄悄的，他的房間裡冷冷清清。我感到激動，不自覺地在那張空椅子上勾勒出他抑鬱而悲傷的身影。那些紙張躺在那裡，無人碰觸，就跟我一樣在等待。怨恨之情又湧上心頭：他為什麼逃走？為什麼撇下我一個人？嫉妒的憤怒越來越強烈地升至喉頭，那愚蠢混亂的欲望又在我心中隱隱翻騰，想對他做件惡意、充滿憎恨的事。

她跟在我後面。「您會留下來吃晚餐吧？今天您不該獨處。」她怎麼會知道我害怕那空蕩蕩的房間，害怕那嘎吱作響的樓梯，害怕那折磨人的回憶。她總是能猜到我心中的一切，所有不曾說出的念頭，每一個邪惡的欲望。

恐懼向我襲來，一種對自己的恐懼，害怕在我心中亂竄的恨意，我想要拒絕。但我太過怯懦，不敢說不。

我一向憎惡婚姻中的出軌，但並非出於自以為是的道德感、出於古板和禮教，也並非因為那意味著暗中偷竊，占有不屬於自己的身體，而是因為幾乎每個女人在這種時刻都會洩露出丈夫最私密的事。每個女人都是大利拉，從被欺騙的丈夫那裡竊取他最私人的祕密，關於他的力量或弱點，將之洩露給一個陌生人。女人獻出自己的身體，這件事本身我倒不覺得是背叛，我認為她們背叛丈夫之處在於她們為了證明自己出軌有理，幾乎總會揭開丈夫的遮羞布，彷彿趁不知情的丈夫熟睡之際，讓他的祕密坦露在好奇的陌生人面前，任由對方嘲笑。

當時我由於憤怒的絕望而心情混亂，在師母的擁抱中找到安慰，她的擁抱起初只是同情，後來才變得溫柔，同情致命地迅速變成另一種感情。不過，讓我直到如今還視為我一生中最卑鄙可恥的行為並非這件事（因為那是在無意之中發生的，我們兩個都不知不覺地墜入這個灼熱的深淵），而是我在溫熱的枕頭上還容許她向我述說他的隱私，容許那個怨恨的女人洩露他們婚姻裡最深的祕密。我為什麼任由她告訴我他許多年來都避免碰觸她的身體，任由她做出隱晦的暗示？為什麼我沒有在她這樣說時把她推開，為什麼沒有喝叱她，阻止她談起他性生活的隱私？但我急於想知道他的祕密，渴望知道是他對不起我，對不起她，對不起所有的人，於是迷迷糊糊地聽她憤怒地訴說自己受到的冷落。畢竟她的感覺跟我自己遭到排拒的感覺如此相似！於是，我們兩個出於共同的恨意做了某件看似愛情的事。然而，當我們的身體尋找著彼此，互相貼近，我們一再想起他、談起他，想的、談的始終都是他。有時候她說的話令我痛苦，而我為了自己做出我厭惡的事而感到羞愧。但我的身體不再服從我的意志，它狂野地在自己的慾望中扭動，我戰慄地親吻背叛了我最親愛之人的嘴唇。

第二天早晨，我悄悄地上樓回到我的房間，舌頭上由於噁心和羞慚而有苦澀的味道。當我的感官不再由於她的體溫而模糊，就在那一刻，我感覺到殘酷的現實和我可憎的背叛。我立刻知道，我再也無法走到他面前，再也無法握住他的手。我沒有偷走他的東西，我偷走的是我自己最美好的一部分。

如今只剩下逃走一途。我急忙收拾所有的東西，把書本堆疊起來，付了房錢給房東太太。我不能讓他再找到我，我也應該就此消失，沒有理由，充滿祕密，就跟他從我生活中消失一樣。

可是就在這番忙碌中，我的手突然僵住了。我聽見木頭樓梯嘎吱作響，一個腳步聲急急地爬上樓梯——他的腳步聲。

我想必是面如死灰，因為他才踏進來就大吃一驚：「孩子，你怎麼了？你生病了嗎？」

我向後退，當他想走過來扶住我，我閃避開來。

「你怎麼了？」他驚恐地問：「你出了什麼事嗎？還是……還是……你還在生我的氣？」

我痙攣地轉身面向窗外。我無法看著他。他溫暖關切的聲音彷彿撕開了我心中的一個傷口。我差點暈厥，感覺到羞愧從我心中湧出，炙熱地燃燒，燒毀了一切。

他也詫異而迷惘地站在那兒。突然，他猶豫地壓低了聲音，輕聲問了一個奇怪的問題：「是有人……有人對你……對你說了什麼關於我的事嗎？」

我做了個表示否認的動作，並未轉身面向他。但某個害怕的念頭似乎控制了他，他固執地又再問了一次：

「告訴我……坦白告訴我……是有人向你說了什麼關於我的話嗎？……隨便哪個人，我也不問那人是誰。」

我再度否認。他不知所措地站在那兒，但似乎突然注意到我的行李已經收拾好，書本堆到了一塊兒，發現他的到來剛好打斷了我旅行前的準備工作。他激動地走過來：「你要離開，羅朗，我看得出來……告訴我真相。」

這時候我打起精神。「我必須離開……請您原諒……但我無法去談這件事……我會寫信給您。」我的喉頭哽咽，再也說不出更多話來，每一個字都讓我一顆心怦怦跳動。

他仍然呆立在那兒，然後又流露出那種疲倦的神情。「這樣或許也比較好，羅朗……是的，這樣比較好……對你和所有的人來說。不過，在你走之前，我還想再跟你談一次話。七點時過來，在平常那個時間……然後讓我們向彼此道別。以男人對男人的方式……不要想逃避自己，不要寫什麼信……那樣做太過幼稚，和我們不相稱……再說，我想對你說的話是無法寫出來的……所以，你會來吧？」

我只點點頭，仍然不敢把目光從窗外移開。但我不再看得見明亮的晨光，一層濃密的黑紗隔在我和世界之間。

七點時，我最後一次踏進我深愛的那個房間。過早降臨的暮色從門簾後面隱隱透出來，那幾個大理石雕像從房間深處閃出幾乎看不見的光澤，所有的書本都黑漆漆地沉睡在閃著珠母光澤的玻璃後面。我記憶中的祕密角落，在那裡語言變得具有魔力，我不曾在其他任何地方經歷過那種精神上的陶醉和狂喜。我總是看見離別時刻的你，看見我尊敬的身影從椅子上慢慢站起來，像影子般朝我走過來。只有飽滿的額頭閃著亮光，像黑暗中一盞石膏燈，上方飄著一片煙霧，是老人的白髮。此刻一隻手吃力地舉起，在尋找我的手，現在我看見那雙眼睛嚴肅地轉向我，我感覺到他輕輕抓住我的手臂，拉著我在椅子上坐下。

「坐下來，羅朗，讓我們把話說清楚。我們是男人，必須要坦率。我不會逼你，可是，如果在臨別前的最後時刻能讓我們把一切都說清楚，不是比較好嗎？所以，告訴我，你為什麼要走？你是為了那件無聊的侮辱而生我的氣嗎？」

我做了個手勢表示否認。想到他這個被欺騙、遭到背叛之人，居然還想把過錯攬到自己身上，這個念頭令我震驚。

「還是我有意或無意地讓你受委屈了？我知道我有時候很怪。我刺激了你，折磨了你，雖然我並不想這麼做。我不曾對你的關切好好謝過你，這我都知道，一直都知道，就算是在我傷害了你的那些時刻我也知道。難道這就是原因嗎？告訴我，羅朗，因為我希望我們能誠實地向彼此道別。」

我再度搖頭，說不出話來。他原本穩定的聲音開始有點迷惑。

「還是……我再問你一次……有誰偷偷告訴你關於我的什麼事嗎？……某件讓你覺得下流，覺得……反感的事……某件讓你……讓你瞧不起我的事？」

「沒有！沒有！……沒有！……」這聲抗議像啜泣般從我嘴裡吐出來。我怎麼會瞧不起他！

他的語氣變得不耐。「那麼是什麼事呢？……不然還會是什麼事？……是你厭倦了工作嗎？……還是有別的東西吸引你離開？……一個女人……是一個女人嗎？」

我沉默不語。而這份沉默大概很不一樣，讓他感覺出我是默認。他彎下身子，湊得更近，輕聲低語，但並不激動，也不帶絲毫憤怒：

「是一個女人嗎？……是我太太？」

我還是沉默不語，而他明白了。我全身一陣顫抖：這個時刻來臨了，現在他將會爆發，會朝我撲過來，揍我，教訓我……而我幾乎渴望他會鞭打我這個小偷，這個背叛者，把我像隻癩皮狗一樣從他被玷污的家裡趕出去。可是真奇怪……他十分平靜，若有所思地自言自語，聽起來簡直像是鬆了一口氣：「這我其實早該料到。」他在房間裡來來回回走了兩次，然後停在我面前，幾乎像是輕蔑地說：

「而你把這件事看得這麼重？她難道沒有告訴你，她是自由的，她想做什麼，想要什麼都隨便她，我無權干涉她任何事？……無權禁止她什麼，也完全沒有興趣去禁止她什麼……再說，她有什麼理由要克制自己？為了誰呢？何況對方是你……你年輕，開朗，俊秀……你跟我們很親近……她怎麼可能不愛你……你這個俊秀的年輕人，她怎麼可能不愛你……我……」他的聲音突然顫抖起來。他朝我湊近，近到我能感覺到他的呼吸。我又感覺到他的目光溫暖地圍繞著我，又感覺到那奇特的光，就像……就像在他和我之間那些稀有的特殊剎那。他靠得越來越近。

然後他輕聲低語，嘴唇幾乎沒有動：「我……我也愛你。」

我跳了起來嗎？還是忍不住嚇得倒退？總之我的身體想必流露出吃驚、意欲逃離的姿態，因為他踉踉蹌蹌地向後退，像是被人推了一把，他的臉蒙上一層陰影。「現在你瞧不起我嗎？」他小聲地問：「現在你覺得我令人厭惡嗎？」

為什麼我當時說不出話來？為什麼我只是無言地坐在那裡，冷漠、尷尬、麻木，而沒有朝那個愛我的人走過去，卸下他錯誤的擔憂？然而，所有的回憶都在我心中劇烈地波動起伏。彷彿有一個密碼瞬間破解了所有無法理解的訊息，現在我以可怕的清晰明白了一切。明白了他溫柔的接近和生硬的防衛，震驚地理解了他那一夜的來訪，還有他對自己的壓抑，想逃離我急切的熱情。愛，其實我從他身上一直都感覺得到，溫柔而羞怯，一會兒澎湃，一會兒又強力加以克制。我一直愛著這份愛，享受這份愛，在每一道落在我身上的短暫光亮中。

然而，當「愛」這個字眼此刻從一張長著鬍子的嘴裡溫柔地說出來，我太陽穴旁還是響起一陣恐懼，又甜蜜又可怕。儘管我心中充滿對他的依順和同情，我這個迷惘、顫抖、受到打擊的大男孩卻找不到一句話來回應他意外向我坦承的熱情。

他頹喪地坐在那兒，凝視著沉默的我。「原來這件事對你來說是這麼可怕，這麼可怕。」他喃喃地說：「所以說……就連你也不能原諒我……為了你，我咬緊嘴唇，差點就要窒息……我在任何人面前都不曾像在你面前這樣隱藏自己……不過，現在你知道了，這樣比較好，現在這件事不再壓得我喘不過氣……因為我已經承受不了……寧可結束，也不要再這樣沉默隱瞞……」

那顫抖的語氣充滿悲傷，充滿溫柔和羞慚，直刺進我心深處。我感到慚愧，這樣冰冷無情地在他面前沉默不語，我從他那兒得到的勝過從任何人那兒得到的，而他卻如此荒謬地在我面前屈辱自己。我的靈魂急切地想對他說句安慰的話，但我顫抖的嘴唇不聽使喚。我就那樣尷尬、可悲地坐在那裡，蜷縮在椅子上，讓他幾乎有點生氣地要我打起精神。「別這樣坐在那兒，羅朗，這樣要命地一言不發……鎮靜一點……這件事對你來說真有這麼可怕嗎？我讓你覺得這麼羞恥嗎？……反正一切都已經過去了，我把一切都告訴了你……讓我們至少好好地道別，像兩個男人、兩個朋友那樣。」

但我還是無法控制自己。這時他碰了碰我的手臂：「來，羅朗，坐到我身邊來！……自從你曉得這件事，自從我們之間終於把話說明白了，我心裡輕鬆多了……起初我一直擔心你會猜到我有多麼愛你……後來我又希望你自己會感覺出來，免得我得向你表白……但現在我向你表白了，現在我自由了……能夠以不曾對其他人用過的方式對你說話，因為這些年來，你比任何人跟我更為親近……我不曾像愛你一樣愛過任何人……孩子，沒有人像你一樣，把我生命中最後一點東西給喚醒了……因此，在道別之際，你也應該比任何人得知更多關於我的事，在這段時間裡，我清楚地感覺到你的詢問，你無言的詢問……唯有你應該得知我的全部人生。你願意聽我說嗎？」

從我的目光，從我迷惘而激動的目光，他看出了我表示願意。

「那麼靠近一點……到我這邊來……這些事情我無法大聲地說。」我把身子向前傾，模樣虔誠。可是我才跟他相對而坐，等待著，傾聽著，他就又站了起來。「不，這樣不成……你不能看著我……否則……否則我無法述說。」他伸手關掉了電燈。

黑暗籠罩了我們。我感覺到他在身邊，從他的呼吸感覺出來，他的呼吸沉重，有如喘息，在看不見的某處。突然之間，一個聲音在我們之間出現，向我述說他的一生。

自從那一晚，當我最敬愛的人向我揭露他的命運，宛如打開一個堅硬的貝殼，自從四十年前的那一晚，我就覺得作家與詩人在書中所敘述的不平凡故事，還有演員在舞台上表演的悲劇，全都無足輕重，有如兒戲。不知是由於懶散、怯懦還是目光短淺，他們總是只描繪出人生被照亮的表層邊緣，在那裡，感官坦白而規律地演出，而在心靈下層的地窖、樹洞和陰溝裡，真正危險的激情野獸燐光閃閃，四處行走，在隱密處交配，互相撕咬，形式離奇，糾纏牽連。難道是惡魔般的本能炙熱的氣息、沸騰的煙霧嚇壞了他們？難道他們害怕人類的潰瘍會弄髒他們太過柔嫩的手？還是他們的目光習慣了平淡的明亮，找不到通往下面的台階？那滑溜、危險、滲出腐敗氣味的台階？然而對知情者來說，沒有什麼比得上挖掘隱藏之事的樂趣，沒有什麼比危險帶來更強烈的戰慄，沒有什麼比由於羞恥而擺脫不了的痛苦更為神聖。

在這裡卻有一個人赤裸裸地向我揭露自己，在這裡，一個人撕裂了胸膛最深處，熱切地準備好要讓一顆心裸露出來，那顆破碎、中毒、燃燒殆盡、化膿的心。在這番壓抑了多年的告白裡，一種瘋狂的快感折磨著自己，鞭笞自己，讓自己得到解放。只有一輩子都為自己感到羞恥的人，只有一輩子都蜷縮著遮掩自己的人，才會這樣如癡如醉，在這番坦承中毫不退縮地盡情發洩。在這裡，一個人一點一滴地吐露出他的人生，在這一個鐘頭裡，我這個大男孩頭一次望進了世間情感的無底深淵。

起初他的聲音只是無形地在房間裡起伏，激動的模糊煙霧，暗示著祕密發生的事，然而，正是從這種勉強克制中，可以感覺到激情即將出現的巨大力量，就好比在快速節奏之前刻意放慢的節拍，讓我們的神經能預感到即將來臨的狂野樂章。不過，那些影像隨即如火光閃現，從內心的激情風暴被顫抖地拉出來，逐漸變得明亮。我首先看見一個羞怯內向的男孩，他連一句話也不敢對同學說，可是一股起於身體的莫名渴望卻使他熱情地想要接近學校裡最俊秀的同學。然而，當他過於溫柔地接近，一個同學忿忿地推開他，把他趕走，另一個用難聽的露骨話語嘲笑他。更糟的是，這兩個同學把他反常的慾望張揚出去。大家立刻一致嘲諷侮辱這個迷惘的男孩，把他像個痲瘋病患一樣隔絕於他們快樂的團體之外。每天上學的路都成了磨難，夜晚則由於自我厭惡而讓早早被眾人貼上標籤的男孩心慌意亂。被排斥的男孩將他反常的慾望視為瘋狂和丟臉的罪惡，這慾望起初只在夢中變得清晰。

述說的聲音不穩地顫動，有一剎那似乎就要在黑暗中熄滅。但一聲嘆息又讓這個聲音揚起，從陰暗的煙霧中閃現出新的影像，像幽靈般列隊出現。男孩成了柏林的大學生，這座城市的地下生活頭一次讓他長久克制的慾望得到滿足，但這份滿足卻由於噁心而被玷污，由於恐懼而中了毒，那些靠眨眼來示意的邂逅，在黑暗的街角，在火車站和橋梁的陰影中，在顫抖的慾望中多麼可悲，其危險又是多麼恐怖，大多悲哀地以勒索告終，每一次邂逅在幾星期之後都還拖著冰冷的恐懼，就像蝸牛在身後留下的黏液。這是一條在陰影與光亮之間的地獄之路：在用功的明亮白天，心智的澄淨透明讓這個研究學問的人變得純淨，夜晚卻一再將這個熱情的男孩推進市郊的人渣之中，推進可疑的團體之中，那幫人看見警察的尖頂頭盔就要逃跑，推進煙霧瀰漫的地下室啤酒屋，猜疑的門只對特定的笑容開放。他必須要有鋼鐵般的意志，好小心翼翼地隱藏這種雙重生活，在旁人的目光下遮掩如蛇髮女妖梅杜莎般的祕密，在白天裡維持一位講師的嚴肅和尊嚴，夜裡則不為人所知地在地下世界漫遊，在閃爍街燈的陰影下進行令他羞愧的冒險。這個飽受折磨的人一再繃緊神經，用自我克制的皮鞭來把偏離常軌的激情趕回圍籬裡，但本能又一再吸引他去做黑暗危險的事。這種撕裂神經的扭鬥持續了十年、十二年、十五年，就像一場痙攣，抗拒著無法治癒的性向那種無形的吸引力。他享受他的慾望，卻並無享受之情，羞恥心令他窒息，而他的激情讓他漸漸有了那道羞怯隱藏的黯淡眼神。

終於，在已經很遲的時候，在他三十歲之後，他努力嘗試想把生活拉回正軌。在一個親戚家裡，他認識了後來的妻子，一個年輕女孩，她隱約受到他那種神祕性格的吸引，向他流露出真誠的好感。而她男孩般的身體和青春活潑的舉止頭一次短暫地騙過了他的激情。一段短暫的關係克服了他對女性的抗拒，這份抗拒頭一次被征服。他希望藉由這份正常的關係來掌控他走偏的性向，迫不及待地想把自己用鎖鍊拴住，他頭一次找到支撐，來對抗導向危險的內心信號，他很快地娶了那個年輕女孩，婚前也坦誠地向她自白。如今他以為回到那個可怕地方的路已被封鎖。他過了短短幾個星期無憂的日子，但隨即證明了這個新刺激並無作用，那原始的慾望再度任性地強大起來。從此以後，那個令他失望、本身也失望的妻子就只能充當門面，對世人掩飾他舊病復發的性向。他的人生之路再度危險地走在法律和社會邊緣，往下走進危險的黑暗中。

這份內心的迷惘又添加了特別的痛苦：在他選擇的職業中，這種性向變成了詛咒。身為講師，不久之後又被任命為教授，經常跟年輕人相處成了他的義務，誘惑一再把新的青春花朵推到他眼前，在普魯士的法律條文世界裡一個無形競技場上的青年。他們全都熱情地愛戴他——新的詛咒！新的危險！——但並未在這位教師的面具背後認出愛情的臉。當他的手（那隻暗中顫抖的手）和藹地輕觸他們，他們全都感到喜悅，他們把欽佩之情浪費在一個面對他們必須時時克制自己的人身上。這是希臘神話中坦塔羅斯的痛苦：面對熱烈的情感，他必須板起面孔，永無休止地對抗自己的弱點！每當他自覺就要屈服於一份誘惑下，他就突然逃走。這就是那些一再發生的出走，曾經令我那般迷惑。如今我看見這條可怕的逃亡之路，為了逃離他自己，他逃進可怕的歧路和深淵。在那種時候，他總是搭車到大城市去，在那裡他能在偏僻處找到密友，低下階層的人，和他們的邂逅是種玷污，是那種娼妓般的年輕人，而不是那些神聖地傾心於他的年輕人。但是他需要這份噁心、這個泥沼、這份厭惡和失望的毒液，讓他回來之後，在大學生成群的熟悉圈子裡，確知他能控制自己的情感。啊，他在自白中提到的都是些什麼樣的邂逅！都是些有如幽靈、卻又發出臭氣的俗人。這個才智極高的男子，天生能感受到形式之美，也像呼吸空氣一樣需要形式之美，這個熟悉各種情感的學者必須遭遇世上最屈辱的事，在煙霧瀰漫的下等酒吧裡，在那種只允許熟客進入的場所。他見識過化了妝男妓的大膽，搽了香水的理髮師助手的虛情假意，男扮女裝之人的吃吃輕笑，失業演員對金錢的貪婪，嚼菸草水手粗魯的溫柔——所有這些扭曲、恐懼、顛倒、古怪的形式，在這些形式中，迷失了的性向在城市最底層的邊緣尋找自己，認出自己。他在這些容易失足的道路上遭遇過各種貶抑、屈辱和暴力：好幾次他被洗劫一空（要去跟一個馬夫扭打，他過於軟弱，也過於高貴），沒有了懷錶，沒有了大衣，還被市郊小旅館裡喝醉的伙伴嘲笑，就這樣回家。勒索者緊跟著他不放，其中一個接連幾個月一步步地跟蹤他，一直跟到大學裡，無恥地坐在他課堂上的第一排，帶著下流的微笑望著台上全城知名的教授，他在此人狎暱的眨眼下顫抖，勉強把課講完。有一次——他連這件事也說給我聽，我一顆心停止了跳動——半夜裡，他在柏林跟一夥人在一間聲名狼籍的酒吧裡被警察破獲，他全身發抖，一個臉頰紅潤的胖警察記下了他的姓名和身分，帶著低階人員那種嘲諷的微笑，趁此機會在一個知識分子面前耀武揚威。警察最後慈悲地向他表示，這一次還不加處罰將他釋放，但他的名字從此就留在某張名單上。一如一個人長久坐在瀰漫著劣酒氣味的酒館裡，他的衣服最後會明顯沾上那股氣味，漸漸地，在他居住的小城裡，不知從哪個角落開始，流言蜚語漸漸傳了出來，就跟當年在學校的班級裡一樣，如今在同事圈子裡，別人越來越明顯地不再跟他交談和打招呼，直到最後，那個玻璃般的透明空間也把這個一向孤單之人和其他人隔絕開來。而在他隱密的生活中，在他那間重重深鎖的屋子裡，他仍然覺得受到窺視，被人識破。

這顆受盡折磨、飽受驚嚇的心從不曾有過真正的朋友，不曾結交過高尚的心靈，得到男性柔情的莊嚴回應。他總是必須把自己的情感切割為上與下，一部分是和大學裡那些年輕的精神同伴往來，帶著溫柔的思慕，另一部分則是在黑暗中追求的同伴，到了早上，想起他們只會令他戰慄。這個日漸老去之人從不曾體驗過單純的好感，一個年輕人的深情愛慕。他因失望而疲倦，神經由於這種大海撈針之舉已消耗殆盡，這個認命之人已經心灰意冷，這時候又有一個年輕人走進了他的生命。這個年輕人熱情地走向他這個老人，用言語和個人特質向他獻出自己，向他發出光熱。他意外地被征服，驚愕地面對不再指望會發生的奇蹟，他覺得自己配不上如此純淨、如此不自覺地獻出的禮物。青春的使者再次來臨，身形美好，思想熱情，在心智的火焰中為他發光發熱，透過好感溫柔地和他相繫，渴望得到他的好感，卻沒有感到此舉的危險。愛神的火把在青年不知情的心靈裡，大膽而無知，就像帕西法爾那個傻瓜，彎身湊近國王中毒的傷口，卻對魔法一無所知，也不知道他的到來就已經帶來了療癒。這就是他等待了一生的人，太遲了，在他人生的遲暮時分才走進他屋裡。

隨著對這個人物的描述，黑暗中的聲音也抬高了，當這張能言善道的嘴巴說起這個年輕人，這個他在晚年所愛的人，似乎有種明亮的東西使這個聲音變得純淨，一份款款深情讓這個聲音成了音樂。我由於激動和感同身受的幸福而一起顫抖，但一把槌子突然敲在我心上，因為老師所談到的這個熱情的青年，這人就是……就是……羞愧爬上了我的臉頰……這人就是我自己。我彷彿看見自己從燃燒的鏡子裡走出來，籠罩在愛的光芒中，我並未意識到的愛，那道光芒熾熱到連反光都還能將我燒焦。是的，那個人就是我——我越來越清楚地認出自己，我急切、興奮的態度，一心想與他親近，我含著渴望的狂喜，不滿足於精神上的接近，我這個愚蠢瘋狂的小伙子，在不識得其威力的情況下，在那個封閉自我的人心中再度喚醒了創造力的種子，再度點燃了他心靈中已經傾頹的愛情火把。我這才驚訝地看出我這個羞怯的男孩對他具有的意義，他愛我那奔放的熱情，視為他老年最神聖的驚喜。我也戰慄地看出，他在我面前表現出多麼強大的意志力。因為他純潔地愛著我，不想從我這兒受到嘲諷和拒絕，不想經歷身體受辱的戰慄，不想把命運最後的恩賜交給感官去做情慾的遊戲。因此，他頑強地抵抗我的接近，用冰冷的嘲諷趕走我氾濫的熱情，把溫和友善的話語化為拘謹的生硬，克制那隻溫柔擁抱的手。就只是為了我，他強迫自己做出這些粗暴生硬的舉動，要使我清醒過來，並且保護他自己，就是這些舉動在這幾個星期裡擾亂了我的心。如今我恐懼地明白了那一夜的混亂，當他在過於強大的感官控制下像個夢遊者，爬上那道嘎吱作響的樓梯，為了用那句侮辱人的話來拯救他自己，拯救我們的友誼。我感到戰慄，深受感動，像發燒般激動，在同情中融化，我明白他為了我受了多少折磨，為了我，他英勇地克制住自己。

這黑暗中的聲音，這黑暗中的聲音，我深深感覺到它鑽進了我胸膛的最深處！那聲音有種語調，發自平凡人無法觸及的深處，在那之前我從不曾聽過，在那之後也不曾再聽過。一個人像這樣對另一個人說話，一輩子只會有一次，在那之後他將永遠沉默，就像傳說中的天鵝故事，天鵝只有在垂死之際才會揚起沙啞的聲音歌唱一次☆9。這聲音炙熱地鑽進我心裡，我接受這個熱切吐出的聲音，戰慄而痛苦，就像一個女子接受一個男人進入她的身體……

這個聲音突然沉默下來，在我們之間只剩下黑暗。我知道他就在身旁，我只需要抬起手來，伸出去觸摸他。而我有股強烈的衝動，想要安慰這個受苦之人。

但這時候他動了一下，燈光亮起。一個疲憊、蒼老而苦惱的身影從椅子上站起來。一個筋疲力盡的老人緩緩走向我。「再見，羅朗……現在我們一句話都別再說！你能來很好……而你走了對我們兩個都好……再見……讓我……跟你吻別！」

彷彿被一股神奇的力量給拉著走，我搖搖晃晃地朝他走過去。那道微微燃燒、平時像被混亂的煙霧給遮蔽的光芒，此刻毫無遮蔽地在他眼中發光，燃燒的火焰從中高高竄起。他把我拉近，雙唇飢渴地壓在我的嘴唇上，在一陣顫抖的痙攣中，他緊張地抱緊了我的身體。

那是我不曾從女人身上得到過的吻，狂熱、絕望，有如垂死的呼喊。他身體的痙攣傳到了我身上。我感到戰慄，被一種矛盾的陌生恐懼攫住——我的心靈獻給了他，但我的身體抗拒著男性的碰觸，這份抗拒深深嚇著了我——情感的迷惑令人害怕，那幾秒鐘在我感覺上漫長得令人暈眩。

這時他放開了我，猛地一推，彷彿身體強行撕裂開來，他吃力地轉過身去，跌坐在椅子上，背對著我。他坐在那兒，眼神空洞地凝視前方好幾分鐘。然而他的頭漸漸變得過於沉

☆9

*So sprach ein Mensch nur einmal in seinem Leben zu einem Menschen, um dann für immer zu schweigen, so wie in der Sage vom Schwane gesagt ist, dass er bloß sterbend ein einziges Mal die rauhe Stimme aufheben könne zum Gesang.*

重，他更為疲倦無力地彎下身子，接著有如一件重物久久搖晃，突然墜入深處，垂下的前額重重地落在書桌上，發出一聲悶響。

我心中湧起無盡的同情。我不由自主地走近，但那倒下的背部突然再次痙攣，他轉過來，從扭絞的雙手之下，沙啞地大聲呻吟：「走開！……走開！……不要！……不要靠近！……看在老天的份上……看在我們兩個的份上……現在走吧……走吧！」

我明白了，於是戰慄地後退，像個逃亡者一樣離開我心愛的房間。

在那之後我不曾再見過他，從未收到一封信或一個訊息。他的著作從不曾出版，他的名字被人遺忘。除了我以外，再沒有人曉得他。然而直到今天，一如當年那個無知的男孩，我仍然感覺到：我感謝他勝過在他之前的父親母親，也勝過在他之後的妻子兒女。我愛他勝過任何人。

# 夜色朦朧
# Geschichte in der Dämmerung

是風又把雨吹越了這座城市，才讓房間裡頓時暗了下來？不。空氣靜止且清澈如銀，乃夏日所罕見，但天色已晚，而我們沒有察覺。只有對面的天窗還在微光中露出笑容，屋脊上方的天空已經被金色煙霧籠罩，再過一個小時即是黑夜。再過美妙的一個小時，因為沒有什麼比這種顏色更美，這顏色逐漸凋萎、黯淡，之後黑暗在房間裡從地板上湧起，直到那黑色的潮水終於無聲地在牆壁上相會，帶著我們一起進入其幽暗中☆1。此時如果相互對坐，無言地注視彼此，在這個時辰，你會覺得那張熟悉的臉孔彷彿在陰影中老去，變得較為陌生，較為遙遠，彷彿你們從不曾認識這樣的對方，彷彿你們越過遼遠的空間和悠悠的歲月彼此相望。但你說你此刻不想要沉默，否則你會過於忐忑地聽著時鐘把時間敲成千百個碎片，而呼吸在寂靜中大聲起來，如同病人的呼吸。你要我說個故事給你聽。我很樂意。只不過這不是我的故事，因為在這些無邊無際的城市裡，我們的生活缺少不平凡的經歷，也可能是我們這樣覺得，因為我們尚不知什麼真正屬於我們。但我將要說個故事給你聽，為了這個原本只愛沉默的時辰，而我但願這故事能略似黃昏溫暖、柔和、流動的光線，這光線像層輕紗飄浮在我們窗前。

我不知道自己是怎麼想到這個故事的。我還記得我只是午後在這兒久坐，讀著一本書，後來把書擱下，迷迷糊糊地做著白日夢，或許也淺淺地睡著了。突然之間，我在這兒看見了人影，他們沿著牆壁滑行，我能聽見他們的話語，看見他們的生活。然而，當我想要目送那些消失的人影，我就又醒了過來，再度獨自一人。那本書已滑落，躺在我腳邊。當我把書拾起，去尋找那些人物，在書中不再找得到那個故事，彷彿它從書頁裡掉出來，落入我手中，

☆1
*In einer wundervollen Stunde, denn nichts is schöner zu sehen als diese Farbe, die allmählich welk wird und sich verschattet, und dann im Zimmer das Dunkel, das vom Boden aufquillt, bis schließlich die schwarzen Fluten lautlos über den Wänden zusammenschlagen und uns mittragen in ihre Finsternis.*

要不然就是它從不曾在那書裡。也許那個故事是我夢見的，或是在一片繽紛的雲彩中讀到，那些雲朵今天從遙遠的國度來到這座城市，帶走了壓抑我們多時的雨。還是說我是從那首單純的古老歌謠裡聽來的？一架手風琴在我窗下幽幽地咿呀奏出的歌謠，還是多年前曾有人向我述說過這個故事？我不知道。這類故事常常在我心中浮現，而我任由它們的情節從我指間流過，沒有將之留住，如同一個人在路過時輕撫麥穗和長梗的花朵，並未將之摘下。我只是夢見這些故事，從一幅驟然浮現的彩色影像到一個較為柔和的結尾，但我並未將之抓住。不過，今天你想聽我說個故事，我就把這個故事說給你聽，在這個時辰，當暮色讓我們渴望看見色彩及動作在眼前閃動，當我們的眼睛在一片灰色中變得空乏。

該怎麼起頭呢？我覺得我得讓一個瞬間從黑暗中升起，一幅影像和一個人物，因為這奇怪的夢境就是這樣在我腦中浮現。這會兒我想起來了。我看見一個修長的男孩從一座城堡寬闊的台階上走下來。那是在夜裡，一個只有黯淡月光的夜晚，但我掌握了他靈活身軀的每一道輪廓，清楚看見他的面容，如同在一面被照亮的鏡子裡。他異常俊秀，一頭黑髮仍梳成孩童的髮式，平滑地垂在幾乎過高的額頭上，雙手纖細優美，在黑暗中向前伸出，摸索著，去感受吸滿陽光的溫暖空氣。他腳步躊躇，恍恍惚惚地走下台階，走進廣大的庭院，許多茂密的樹木簌簌作響，唯一一條寬闊的道路穿過庭院，閃閃發亮，像座白橋。

我不知道這一切發生在何時，是昨天？還是在五十年前？也不知道這發生在何處，但我認為那多半是在英國，或是蘇格蘭，因為我只在那兒見過這種用大塊方石建成的高大城堡，遠遠望去像座堡壘孤傲聳立，要從近處看，才看見它願意向繁花似錦的庭院低頭。沒錯，如今我很確定，那是在北邊的蘇格蘭，因為夏夜只有在那兒才會如此明亮，天空閃著乳白色的光亮，宛如蛋白石，原野從來不會變暗，一切彷彿從內部微微發光，只有一些陰影落在明亮的平原上，猶如巨大的黑鳥。噢，現在我全然確定那是在蘇格蘭，而我若費點心，就也能替這棟伯爵的城堡和那個男孩找到名字，因為那個夢境的深色外殼這會兒迅速剝落，一切是那麼清晰，彷彿那並非記憶，而是經歷。那個男孩在夏天裡去他已婚的姊姊家作客，按照英國上流家庭那種親切的待客方式，他並不孤單，晚上有一群一起打獵的朋友偕同妻子齊聚一堂，還有幾個女孩兒，高個子的美人兒，她們的愉悅和青春以笑聲呼應古老圍牆的回聲，卻並不喧鬧。白天裡，馬兒來回跳躍，狗兒被繫上皮帶，河流上兩、三艘小船閃閃發亮，活躍但不忙碌，讓日子有種輕快的節奏，令人愉悅。

但此刻是夜晚，圍坐桌旁的人群散去。男士坐在大廳裡，抽菸，玩牌；直到午夜，白色的光柱邊緣抖動，從明亮的窗戶落入園中，偶爾也傳出一陣詼諧的洪亮笑聲。女士大多已經回到自己的房間，也許還有一、兩位在前廳裡閒聊。因此，這男孩在夜裡就只能獨自一人。他還不被允許加入那些男士，或是只能加入一會兒，而在那些婦人身邊他又覺得害羞，因為往往當他按下房門的把手，她們就突然壓低了聲音，讓他覺得她們在說一些他不該聽見的事情。再說他也根本不喜歡跟她們在一起，因為她們問他話，就像在問一個小孩子，而只不經心地聽他回答。她們只不過是利用他來幫千百個小忙，然後向他道謝，就像謝謝一個乖巧的小男孩。於是他原打算上床睡覺，也已經爬上了那彎曲的樓梯，但房間裡太熱了，充滿滯留的熱氣。白天裡他們忘了把窗戶關上，於是陽光大剌剌地占據了這塊地方，曬熱了桌子，也把床曬得發燙，在牆壁上久久駐留，陽光燠熱的氣息仍從角落和窗簾裡激烈顫動。何況時間還早，在室外，夏夜閃著光亮，像支白色蠟燭，這般寧靜無風，這般平靜，毫無渴望。於是男孩又爬下城堡高高的台階，走進庭院，天空在庭院隱隱約約的邊緣上方發出曖曖的光芒，像個光環，庭院裡一股香氣誘人地朝他撲來，來自許多看不見的花朵。他有種異樣的心情。十五歲的他感覺混亂，他不知道該怎麼說，但他的雙唇顫動，似乎非得朝著黑夜說些什麼不可，不然就得舉起雙手，還是久久闔上眼睛，彷彿在他和這個靜謐夏夜之間有某種神秘的親暱，這份親暱想要言語或是一聲問候。

那男孩從寬闊的林蔭大道緩緩走上一條狹窄的側路，那兒的樹木高高聳立，頂上的樹冠在銀光照耀中彷彿互相擁抱，下方則是沉沉的暮色。一片寂靜，只有一座庭園裡那種難以形容的寂靜之聲，那種嗡嗡的振動，朝著大步前行的男孩吹拂過來，彷彿一陣細雨落入草中，又彷彿草莖彼此簌簌輕撫。他完全沉浸在這難以理解的甜蜜憂傷之中[☆2]。偶爾他輕輕去碰一棵樹，或是停下來傾聽那易逝的聲響。帽子壓住他的額頭，於是他把帽子摘下，好讓敞露的太陽穴感受到昏昏欲睡的風輕輕拂過，他聽見血液在太陽穴上流動。當他走進黑暗更深處，突然發生了一件駭人的事。在他身後的石子路沙沙作響，他嚇了一跳，轉過身去，只見一個高高的白色人影閃動，朝他飄過來，已經走到他身邊，他吃了一驚，感覺到一個女子用力摟住了他，卻毫不粗暴。一具溫暖柔軟的身體緊緊貼住他，一隻手戰慄地撫過他的頭髮，動作很快，把他的頭拉得向後仰。他暈眩地感覺到有顆陌生的果實在他嘴上綻開，是她顫抖的雙唇正吸吮著他的雙唇。這張臉和他的臉如此貼近，他看不清其面貌。而他也不敢去看，因為

☆2

*Ganz still ist es. Nur jenes unbeschreibliche Getön der Stille in einem Garten, jenes summende Schwingen, als fiele ein weicher Regen ins Gras oder streifeten die Halme hellsurrend einander, weht an den Schreitenden Heran, der ganz verloren ist in süßer unfaßbarer Schwermut.*

寒顫擊打著他的身體，有如痛楚，讓他不得不閉上眼睛，聽任對方擺布，成為這雙炙熱嘴唇的獵物。此刻他的雙臂猶豫地摟住這個陌生的身影，怯生生的，像在詢問，他如醉如癡地用力把那具陌生的身體拉近自己，雙手貪婪地順著那柔軟的曲線撫摸，停下不動，又再顫抖著向前，變得更狂熱，更憤怒。此刻那具身體的整個重量都壓在他胸膛上，把他向下壓，越來越緊迫，已經過度彎曲，一個幸福的沉重負擔。在這呼吸沉重的擠壓之下，他覺得自己彷彿在往下沉，在流動，而他的膝蓋隨即一彎。他什麼也不去想，不去想這個女子是怎麼到他這兒來的，也不去想她叫什麼名字，就只是閉上眼睛，從這雙芳香濕潤的陌生嘴唇飲進這番渴慕，直到他醉了，了無意志，失去意識，漂進一股巨大的激情之中。他眼冒金星，覺得彷彿是星辰驟然墜落，他所碰觸的一切都在顫抖、燃燒，宛如火花。他不知道這一切持續了多久，不知道他在這溫柔的束縛中過了幾個鐘頭，還是幾秒鐘。他覺得一切都在肉體交纏的狂野感覺中燃燒，他飄飄盪盪，踉蹌地跌進一種美妙的暈眩裡。

然後突然猛一下，那炙熱的束縛鬆開了。那擁抱驟然放開他被壓迫的胸膛，簡直像帶著惱怒，那陌生的人影直起身子，一道白色光影隨即沿著樹木飄逝，明亮而迅速，他還來不及伸出雙手將之抓住，那身影就已飄然遠去。

那人是誰？那持續了多久？他倚著一棵樹站起來，抑鬱而暈眩。冷靜的思考漸漸又流回發燙的太陽穴之間，他覺得自己的人生彷彿驟然向前推進了千百個小時。難道他對女人及激情的胡思亂想突然成真了嗎？還是那其實只是一場夢？他在自己身上摸索，抓抓自己的頭髮。沒錯，在劇烈跳動的太陽穴周圍，頭髮濕漉漉的，由於草地上的露水而又濕又涼，他們先前跌進的草地。此刻一切又從他眼前閃過，他感覺到雙唇再度炙熱，從衣裳裡吸進肉慾的陌生香氣，他試圖回想每一句話，卻一句也想不起來。

此刻他頓時吃驚地想起，她什麼話也沒說，就連他的名字也不曾喚過，想起他只聽見她發出的嘆息，只聽見那情欲的抽噎被痙攣地抑制住，他識得她散亂秀髮的香氣，她胸脯熱燙燙的壓力，她光滑如瓷的皮膚，她的形體、她的呼吸、她全身震顫的感覺都屬於他，但他卻不知道這個女子是誰，這個在黑暗中用她的愛偷襲了他的女子。如今他必須要訥訥地尋找一個名字，來為他的驚訝、他的幸福命名。

此刻，那閃爍的秘密從黑暗中用誘人的眼睛凝視著他，相形之下，他剛才和一個女子所經歷的駭人之事顯得十分貧乏而微不足道。這個女子是誰？他飛快地考慮了所有可能性，所有住在這座城堡中的女子，她們的影像聚集在他眼前。他回想每一個有所蹊蹺的時刻，從記憶裡挖出和她們做過的每一番談話，有五、六個女子可能捲入這個謎題中，他回想她們的每一個微笑。也許是年輕的E伯爵夫人，她常怒聲呵斥年邁的丈夫；或是他叔叔的年輕妻子，她的眼睛異樣溫柔而且呈現虹彩；或是那三姊妹當中的一個？這個念頭令他一驚。那是他的表姊，她們十分相像，全都高貴而倨傲。不，她們可全都是冷靜謹慎的人。過去這幾年，他常常自覺是個被摒棄之人，是個病人，自從秘密的情欲在他體內翻騰，並且跳動地落入他夢中，他是多麼羨慕那些如此平靜、毫不暈眩、毫無慾望的人，或是外表看來如此的人。他害怕自己正在甦醒的情欲就像害怕一種殘疾。而現在……？她是誰呢？她們當中是誰這麼懂得假裝？

這個疑問揮之不去，漸漸消除了他血液中的飄然之感。時間已晚，賭場大廳裡的燈光已經熄滅，城堡中只有他還醒著，也許還有哪個陌生女子也醒著。他感到倦意微微湧上來。何必再思索？明天，一個目光、一道眼波、一次暗中相握就會向他揭露一切。他恍恍惚惚地爬上台階，一如他先前恍惚地走下台階，然而卻又如此截然不同。他的血液還微帶興奮，那被曬熱的房間此刻顯得清新一些，也涼爽一些。

當他在次日早晨醒來，馬兒已經在下頭頓足扒地，他聽見笑聲，當中有人提到他的名字。他趕緊跳起來——早餐已經錯過了——急忙穿上衣服，衝到樓下，其他人已經愉快地在那裡迎接他。「貪睡鬼」，E伯爵夫人笑著對他說，笑意在明亮的眼睛裡閃爍。他貪婪的目光抓住了她的臉；不，不可能是她，她的笑容過於無憂無慮。「做了個美夢吧？」叔叔的年輕妻子取笑他，但他覺得她嬌柔的身體太過瘦弱。他的疑問從一張臉迅速飄向另一張臉，但沒有一張臉上有一抹會意的微笑在等待。

他們騎馬到鄉間去。他聆聽每一個人的聲音，目光一邊望向在馬上晃動的女子軀體，望向每一個線條、每一道波動；他窺伺每一次拐彎，看她們如何抬起雙臂。中午在餐桌上，他在談話時彎身湊近，以探尋嘴唇的那股香氣或是頭髮的濃郁氣味，可是沒有什麼給了他一個信號、一點蛛絲馬跡，能讓他激動的思緒追尋下去。白天無比漫長地向夜晚延伸。當他想讀一本書，那一行行字從頁緣溢出，頓時帶領他去到庭院，時間又成了夜晚，那奇特的夜晚，而他感覺到自己又被那陌生女子的手臂給圈住。於是他任由那本書從顫抖的手中滑落，想到池塘邊去，而驀地又站在石子路上，在同一個位置，自己也嚇了一跳。吃晚餐時他發著燒，雙手靜不下來地東摸西摸，彷彿受到追蹤，眼睛羞怯地縮回眼皮下。直到其他人終於，噢，終於把他們的椅子挪開，他才高興起來，隨即從房間裡跑出去，跑進園子裡，在那條白色小路上走來走去。那條路宛如一片乳白色的霧在他腳下發出微光，他走來走去，又再走來走去，上百次，上千次。大廳裡的燈光已經點亮了嗎？是的，燈光終於亮起，二樓總算也有幾扇窗戶透出光亮。女士們回到自己房間了。現在只需要再等幾分鐘，如果她想來的話。然而隨著他的焦躁不耐，此刻每一分鐘都膨脹到即將爆裂。他又再走來走去，只是這樣急促地來回移動，彷彿被祕密的繩子拉動。

此時那個白色人影突然從台階上走下來，動作很快，太快了，讓他無法認出她來。她像一片月光，也像一片失落的輕紗在樹木之間飄動，被急急的風吹趕過來，此刻吹進了他臂彎裡。他的雙臂有如爪子，貪婪地攫住這具狂野的身體，這身體由於匆匆奔跑而發熱，劇烈顫動☆3。一如昨天，這又只是一瞬，當這道暖流出乎意料地撞上他的胸膛，讓他覺得自己在那甜蜜的撞擊下暈厥，只想這樣流走，流進幽暗的情欲之中。然而這份陶醉驟然消失，他克制住自己的熱情。不，不要沉醉在這美妙的肉慾中，不要沉溺於這吸吮的雙唇，他得要先知道這具身體冠著什麼名字。這具身體緊緊貼著他，讓他覺得這顆怦怦跳動的陌生心臟彷彿在自己的胸腔裡跳動！他把頭向後仰，避開她的吻，想看看那張臉，然而陰影落下，在不穩的光線裡跟那暗暗的頭髮融成一片。樹影太過濃密，籠罩在雲裡的月光又太黯淡，他只看見那雙眼睛閃閃發亮，像燒紅的石頭，深深嵌在光澤黯淡的大理石裡。

此時他想聽到一句話，只要聽見她說出隻字片語。「妳是誰，告訴我，妳是誰？」但這

☆3
*Ein Mondstreif scheint sie oder ein verlorener, wehender Schleier zwischen den Bäumen, vom schnellen Wind hergejagt und jetzt, jetzt in seine Arme, die sich um diesen wilden, vom hastigen Laufe erhitzt pochenden Leib gierig schließen wie eine Kralle.*

張柔軟濕潤的嘴沒有話語，只有吻。於是他想逼出一句話來，逼出一聲痛苦的叫喊，用力去壓那條手臂，把指甲深深掐進肉裡，但從他繃緊的胸膛他只感覺到喘息聲、激動的呼吸和那固執不語的嘴唇冒出的熱氣，那雙嘴唇只偶爾微微呻吟，他不知道是由於痛苦還是情欲。他無力支配此人執拗的意志，這個來自黑暗的女子占有了他，卻不曾向他透露自己是誰，他對她思春的身體有無限的權力，卻無法得知她的名字，這令他發狂。一股怒氣湧上來，他抗拒她的擁抱；而她感覺到他垂下的手臂，察覺他的不安，用亢奮的手撫摸他的頭髮，安慰他，引誘他。當她的手指拂過，他感覺到有某件東西在他額頭上輕輕地叮咚作響，是個金屬，一個小墜飾，一枚錢幣，在她的手鐲上晃動。他頓時起了個念頭，把她的手壓向自己，像在最狂野的激情中，把那枚錢幣深深按進他半裸的手臂，直到錢幣表面印在他的皮膚上。現在他確定自己得到一個記號，而由於他的身體炙熱，他便心甘情願地委身於這壓抑住的激情，深深地把自己壓在她身上，從她的嘴唇吸吮情欲，墜入一次無言的擁抱神祕慾望的烈焰。

當她突然跳起來溜走，一如昨日，他沒有試圖攔下她，因為對那個記號的好奇在他血液中發燙。他衝回他的房間，讓那盞暗沉的燈亮起刺眼的光線，急切地俯身去看那個錢幣在他手臂上印出的標記。

印痕已經有點模糊，完整的圓形已經消失，但有一角仍舊印得很清晰，紅紅的，不會錯認。角落磨得稜角分明，那個錢幣想必是八角形的，中等大小。那個印記像火般灼熱，由於他這般急切地打量，那印記有如傷口般突然令他感到疼痛，直到他把手浸在冷水裡，那疼痛的灼熱感才消失。現在他全然確定那個墜飾是八角形的。他的目光裡閃著得意，明天他就能得知一切。次日早晨他屬於最早出現在早餐桌旁的幾個人，女士當中只有一位年長的未婚女子、他姊姊和E伯爵夫人已經就座。她們全都心情愉快，她們的談話滿不在乎地忽略了他，因此他更能好好觀察。他的目光迅速掠過伯爵夫人纖細的手腕：她沒有帶手鐲。他這才能夠平靜地與她交談，但他的目光一再不安地掃向門邊。那三姊妹，他的表姊們此刻一起走了進來。他的心中再度湧起不安。他依稀看見她們手臂上的飾物被掩在衣袖底下，然而她們過於迅速地在他對面坐下，栗色頭髮的琪蒂，金髮的瑪戈，還有伊莉莎白，她的髮色十分明亮，在黑暗中閃亮似銀，在陽光下則流動似金。三姊妹全都跟平常一樣沉著安靜，不太理人，莊重自持，他多麼痛恨那份莊重，因為她們的年紀其實並不比他大多少，幾年前還是他的玩伴。他叔叔的年輕妻子還沒到。男孩的一顆心越來越不安，由於他感到真相大白的時刻就要來臨，而他突然覺得這份祕密謎樣的折磨幾乎可親起來。但他的目光好奇沿著桌緣掃過，在桌緣的白光裡，那些女子的手靜靜擱著，或是緩緩移動，像閃閃發亮海灣裡的船隻。他只看見那些手，而他頓時覺得那些手有如獨立的生物，像舞台上的人物，每一隻手都有自己的生命和靈魂。血液為何在他的太陽穴旁跳動？他吃驚地看見三個表姊全都戴著手鐲，那女子可能是她們其中之一，這三個舉止無可非議的高傲女子，就連在兒時，他認識的她們也一向都是執拗內向。知道那女子可能是她們其中之一，這令他迷惑。會是她們當中哪一個呢？是他最不熟悉的琪蒂，因為她年紀最長，還是不客氣的瑪戈，或是年紀最小的伊莉莎白？他根本不敢指望是她們當中任何一個，暗中希望不會是她們其中之一，或者說他並不想知道。然而，那份渴望此刻已經令他情不自禁。

「琪蒂，我可以再要一杯茶嗎？」他的聲音聽起來像是喉頭有沙子。他把杯子遞過去，現在她必須舉起手臂，越過桌面，伸到他面前。就是現在——他看見一個墜飾從手鐲上垂下，抖動著，有一秒鐘他的手僵住了，然而那是塊綠色的石頭，鑲成圓形，聽起來有點像是陶瓷。他的目光像一個吻，感激地從琪蒂身上撫過。

有一瞬間他屏住了呼吸。

「瑪戈，可以請妳給我一塊方糖嗎？」一隻纖細的手在桌子另一頭甦醒，伸出來，握住一個銀罐，把罐子遞了過來。他的手微微顫抖，當她的手腕縮回衣袖裡，他看見一枚古老的銀幣從一個絞得很精細的手鐲上垂下來，晃動著，磨成八角形，像一分錢硬幣那麼大，顯然是件家傳的東西。而它是八角形的，有著昨天印在他肉裡的銳利稜角。他的手沒能穩定下來，夾方糖的夾子兩度夾歪了，之後他才把一顆方糖加進茶裡，卻忘了去喝。

瑪戈！這個名字在他的唇上發燙，一聲無比驚訝的呼喊，但他緊緊咬住了牙關。此刻他聽見她在說話，她的聲音顯得那麼陌生，彷彿有人從一個講壇上對著下面說話，冷靜，謹慎，輕聲說笑，呼吸如此平靜，讓他幾乎為了她人生那可怕的謊言而感到恐懼。這果真是同一個女子嗎？昨天她像隻猛獸一樣在夜裡撲向他，而他壓下了她的喘息聲，飲過她濕潤的雙唇。他一再凝視那雙嘴唇，是的，那份執拗，那份閉鎖，只可能隱藏在這雙輪廓鮮明的嘴唇上，然而什麼會向他洩露出那份熱情？

他更深地看進她的臉，彷彿頭一次見到。而他頭一次感覺到，她在這份執拗中是多麼美麗，在她的祕密中是多麼誘人，他歡呼著，幸福地戰慄，幾乎想要哭泣。他的目光狂喜地描摹她眉毛的線條，那眉毛成圓弧形，然後陡然呈銳角高高挑起；他把目光深深埋進她冷冷如玉的灰綠雙眸，用目光親吻她臉頰微帶透明的蒼白肌膚，把她此刻緊繃的嘴唇想像成嘸起欲吻的弧形，任目光在那頭金髮旁胡亂遊走，隨即向下移動，狂喜地攫住了她整個身形。在這一秒之前，他從不曾真正識得她。當他此刻從桌邊站起來，他的膝蓋在發抖。他在她的注視下醉了，彷彿飲下濃郁的醇酒。

此時他姊姊已經在下頭呼喊。早晨騎馬出遊的馬匹已經備好，牠們焦躁地蹦蹦跳跳，不耐煩地咬著馬銜。很快地，他們一個接一個坐上馬鞍，一列色彩繽紛的騎士隊伍隨即穿過庭院裡寬闊的林蔭大道。起初是緩慢的小跑，對這男孩來說，那慵懶的和諧步伐跟他血液急促流動的節奏毫不相稱。然而，隨後在大門外，他們放鬆了韁繩，從道路的左右兩側往下衝，衝到草地上。早晨的草地仍舊微帶濕氣，夜裡想必下了重重的露水，因為不安的微光在有如輕紗的薄霧之下閃爍，空氣清涼美妙，有如臨近一座瀑布。原本聚在一起的馬隊隨即散開，有如鍊條斷裂成彩色的碎片，幾名騎士已經消失在山丘之間的樹林裡。

瑪戈屬於頭幾個向前奔馳的騎士。她喜歡那劇烈的震盪，喜歡風的熱情飛舞，扯動她的頭髮，喜歡急馳時向前飛奔那種難以形容的感覺。男孩跟在她後面向前衝，看見她驕傲的身軀高高挺立，由於激烈的活動而搖盪出美麗的線條，偶爾看見她的臉微微染上紅暈，看見她雙眸的閃亮，而此刻，當她如此奔放地充分展現她的活力，他再度認出了她。他絕望地感覺到他強烈的愛情、他的渴望。一股猛烈的欲望朝他襲來，想在此刻突然抓住她，把她扯下馬，拉進自己臂彎裡，再度吸吮這不羈的嘴唇，在他的胸膛接受她興奮的心顫抖的撞擊。他一拍馬腹，馬兒就長嘶一聲躍向前方。現在他騎在她身側，兩人的膝蓋幾乎要相碰，馬蹬輕輕和鳴。這會兒他得把話說出來，非說不可。「瑪戈，」他結結巴巴地說。她轉過頭來，鮮明的眉毛向上挑起。「鮑伯，怎麼了？」她說這話時十分冷靜，雙眼也十分冷靜明亮。他感到一陣戰慄，直到膝蓋上。他原本想說些什麼呢？他記不得了。他訥訥地隨口說要往回騎。「你累了嗎？」她說，他覺得她這話略帶嘲諷之意。「不累，不過其他人都遠遠落在後頭。」他還勉強說了這一句。他覺得再過一瞬，他就會做出全然荒唐的事，猛然把手臂伸向她，或是開始哭泣，還是用馬鞭朝她打過去，那馬鞭在他手裡顫抖，彷彿通了電。他倏地把馬向後拉，使得馬兒用後腿站立了一會兒。她繼續向前奔馳，高高挺立，驕傲，難以接近。

其他人很快就趕上了他。嘹亮的交談聲在他左右響起，但那些話語和笑聲毫無意義地從他身旁嗡嗡掠過，一如馬蹄堅硬的答答聲。他覺得難受，怪自己沒有勇氣向她說出他的愛，沒有勇氣逼她承認。想要馴服她的渴望變得越來越強烈，像一片紅色天空落在他眼前，籠罩了那片土地。為什麼他沒有嘲諷她，一如她用她的執拗嘲諷他？他不自覺地驅馬向前，在劇烈的急馳中才覺得輕鬆一些。其他人喊著該往回騎了。太陽已經爬到山丘上，在正午時分高高掛著。從原野上飄來一陣如煙的柔和香氣，色彩變得耀眼，像融化的金子一樣刺進眼睛裡。悶熱沉重的空氣吹過這片土地，汗流浹背的馬兒已經有點睏倦，小步跑著，熱氣蒸騰，氣喘吁吁。這一列馬隊又慢慢聚攏在一起，快活的情緒慵懶了些，談話也變少了。

瑪戈也再度現身。她的馬吐著白沫，白色泡沫在她衣裳上抖動，圓圓的髮髻眼看就要散開，只靠著髮夾鬆鬆地撐住。男孩著迷地凝視著這金色的髮髻，想到這髮髻可能會突然鬆開，披散下來，成為飛揚的髮辮，這個念頭令他興奮欲狂。在大道盡頭已經看得見閃閃發亮的庭院拱門，門後就是通往城堡的寬闊道路。他小心翼翼地駕馭馬匹越過其他人，頭一個抵達，跳下馬，把韁繩交給急忙趕來的僕人，等候著那列騎士隊伍。瑪戈屬於最後一批，她緩緩地讓馬兒以小跑步接近，身體放鬆，無力地向後靠，精疲力盡，宛如在激情過後。他覺得在縱情陶醉之後，她想來就是這副模樣，昨夜和前天夜裡想必就是這副模樣。這份回憶又令他激動起來。他朝她擠過去，氣喘吁吁地協助她下馬。

當他扶住馬蹬，他的手發燙，握住她纖細的腳踝。「瑪戈，」他呻吟著，低聲呢喃。她甚至沒有用一道目光來回應，泰然自若地在跳下馬時抓住他遞過去的手。

「瑪戈，妳是多麼美好。」他又結結巴巴地吐出一句。她銳利地看著他，眉毛又高高地在額頭上蹙起。「鮑伯，我想你是喝醉了！你在胡說些什麼？」他氣她的裝模作樣，熱情令他盲目，他把仍然握住的那隻手緊緊壓在自己身上，彷彿想把她的手刺進自己胸膛。這時瑪戈氣得紅了臉，使勁把他推開，他一個踉蹌，她迅速地大步從他身旁走開。這一切發生得那麼快，快得有如一閃，沒有人注意到，就連他自己也覺得那只是個嚇人的夢。

一整天裡他都蒼白而激動，金髮的伯爵夫人在經過時摸了摸他的頭髮，問他是否哪裡不舒服。他是這般憤怒，乃至於當他的狗吠著跳向他，他一腳把牠踢到一邊；他在玩遊戲時是那般笨拙，招來那些女孩子的嘲笑。想到她今天晚上不會來了，這個念頭在他血液裡下了毒，使得他惱怒而沒好氣。喝茶時他們一起坐在戶外的庭院裡，瑪戈坐在他對面，但她沒有看著他。他的雙眼如同被磁鐵吸引，一再顫抖地望向她的雙眼，然而她的雙眸冷靜，如同灰石般靜止不動，沒有回應。怨恨攫住了他，怨她這樣玩弄他。當她此刻斷然地迴避他，他握緊了拳頭，覺得他大可以一拳把她擊倒。

「鮑伯，你怎麼了？你臉色這麼蒼白。」突然有個聲音說。那是伊莉莎白，瑪戈的妹妹。在她眼中閃著一道溫暖柔和的光亮，但他沒有察覺。他覺得自己彷彿被人逮著了，生氣地說：「不要管我，省省妳們那該死的關心。」話才出口，他就後悔了。因為伊莉莎白的臉色變得蒼白，別過身去，聲音裡含著淚說：「你可真是奇怪透了。」大家都生氣地看著他，幾乎氣勢洶洶，他也感到自己的失禮。然而他還沒來得及道歉，一個冷硬的聲音，瑪戈的聲音，就越過桌子傳過來，赤裸銳利有如刀鋒：「我根本就覺得以他的年紀來說，鮑伯很沒有教養。別人不該把他當成紳士來對待，或是當作成年人來對待。」這話出自瑪戈口中，昨夜還把她的雙唇獻給了他的瑪戈。他覺得天旋地轉，眼前浮起一層霧。一股怒氣攫住了他。「妳應該知道的，就是妳！」他說，帶著惡意的強調。他站了起來，由於動作猛烈，椅子在他身後倒地，但他沒有再回頭。

然而，儘管他自己也覺得愚蠢，夜裡他還是又站在庭院裡向上帝祈禱，希望她會來。也許她只是假裝，只是執拗，不，他不想再質問她了，也不想再折磨她，只要她來，只要他能再度在嘴上感覺到那柔軟濕潤的雙唇，感覺到那份含怨的強烈渴望，這份渴望封住了所有的疑問。時間似乎睡著了，黑夜靜臥在城堡前，像隻慵懶無力的野獸，時間無比漫長。他覺得周圍草地裡的唧唧聲彷彿懷著捉弄，樹木的枝椏輕輕搖動，就像嘲諷的手，跟樹影和輕輕閃爍的光線玩著遊戲☆4。所有聲響陌生而混亂，比寂靜更令人痛苦不安。有一次，外頭一條狗

☆4
*Wie von spöttelnden Stimmen beseelt scheint ihm das leise Gesurr im Grase ringsum, wie höhnische Hände die Äste und Zweige, die sich leise bewegen und mit ihrem Schatten spielen und dem leichten Funkeln des Lichts.*

吠了起來，又一次，一顆流星颼颼地橫越天際，墜落在城堡後方。夜晚似乎越來越亮，樹木投在道路上的陰影則越來越暗，而這低鳴聲越來越混亂。之後遊盪的雲朵又籠罩了天空，讓天空成了一片黯淡憂鬱的黑色。這份寂寞折磨地落在這顆灼熱的心上。

那男孩走來走去，越來越激動，越來越急促。有時他憤怒地去打一棵樹，或是把樹皮在指間揉碎，那般憤怒地去揉，手指都流血了。不，她不會來了，他早已知道，但他不願相信，因為這表示她永遠也不會再來了。這是他一生中最辛酸的一刻。他還如此年輕，乃至於他激動地撲向潮濕的苔蘚，雙手抓進了泥土，淚水流下臉頰，怨恨地輕聲啜泣，孩提時他從不曾這樣哭泣過，將來也不會再像這樣哭泣。

此時，樹叢裡突然輕輕地一聲喀嚓，把他從絕望中喚醒。他跳起來，雙手盲目摸索著向前伸，他又把那具身體摟進了臂彎裡，他瘋狂夢想著的那具身體，在他胸膛上這猛烈溫暖的一撞何其美妙。一陣啜泣從他喉頭冒出，他整個人都可怕地痙攣著，他把這具高大豐盈的身體緊緊壓向自己，如此專橫，乃至於那雙默默無語的陌生嘴唇發出了一聲呻吟。當他感覺到她在他的力量下呻吟，他頭一次明白自己駕馭著她，而非像昨天和前天一樣是她善變情緒的獵物。他心中湧起一陣渴望，想要折磨她，為了他上百個鐘頭所受的折磨，想要懲罰她的執拗，為了今晚在其他人面前那些輕蔑的話語，為了她生活中那騙人的遊戲。恨意和他炙熱的愛情交織在一起，無法分開，以致於這緊緊的擁抱更像是搏鬥，而非溫存。他夾緊她纖細的手腕，使得她整具喘息的身體都顫抖地隨之蜷縮，再猛烈地把她拉向自己，讓她無法動彈，只能一再低聲呻吟，他不知道那呻吟是由於情欲還是痛楚。但他無法逼她說出一句話來。當他用雙唇吸吮地壓住她的雙唇，想把這低聲呻吟也堵住，他感覺到那唇上一片溫暖的潮濕，是血，流淌的血，她的牙齒深深咬進了嘴唇。他就這樣折磨著她，直到他突然感到自己的力量消逝，情欲的熱浪在他體內翻騰，他們兩個都在喘氣，胸貼著胸。火焰墜落在黑夜之上，星星似乎在他眼前閃爍，一切都變得混亂，思緒旋轉得更為狂亂，而一切都只有一個名字：瑪戈。沉沉地，來自靈魂最深處，在最熾熱的洪流中，他終於吐出了這個字眼，既是歡呼，也是絕望，也是思慕、恨意、憤怒和愛，唯一的一聲呼喊，把三天來的折磨壓縮在一起：瑪戈，瑪戈。對他來說，在這兩個音節裡迴盪著全世界的音樂。

她的身體如同受到一擊，熱烈的擁抱頓時僵住，短暫猛烈的一推，從她喉頭發出一陣啜泣、一聲哭泣，她的動作隨即又激烈起來，但只是為了掙脫開來，像要掙脫令她厭惡的碰觸。他吃了一驚，試圖摟住她，但她和他扭鬥，在她的臉湊近時，他感覺到憤怒的眼淚在她臉頰上顫抖，而她苗條的身體如蛇般聳立。突然她用惱怒的一推把他推開，逃走了。她衣裳的白色光亮在樹木之間閃動，隨即被黑暗淹沒。

於是他再度獨自站立，受到驚嚇，心情混亂，一如頭一次，當那份溫暖和熱情驟然滑出他的臂彎。星星在他眼前濕潤地閃爍，血液在他額頭上鑽出尖銳的火花。發生了什麼事？他摸索著穿過那排漸漸鬆散的樹木，走進庭院更深處，他知道那兒有一座小噴泉在噴湧，讓噴泉的水柔柔地流過他的手，白色的水發出銀光，輕聲向他呢喃，月亮緩緩從雲中甦醒，泉水在月光的反射中美妙地發亮。此刻當他的目光清澈了些，一股猛烈的悲傷攫住了他，真奇妙，彷彿是柔和的風把那悲傷自樹木間吹落。從他的胸膛湧出熱淚，他感覺到他是多麼深愛瑪戈，這感覺比起在那些顫抖交纏的分分秒秒中還要更加強烈，更加清楚。到目前為止的一切都從他身上沉落，那份心醉神迷、占有之戰慄與痙攣，以及對於隱瞞他之祕密的憤怒。愛意完全包圍了他，憂傷而甜蜜，一種幾乎不帶慾念卻仍舊強大的愛。

為什麼他要那樣折磨她？在這三個夜晚，她所給予他的不是多到無法形容嗎？自從她教會了他溫存和愛情的激烈戰慄，他的人生不是突然從一種黯淡的朦朧中進入了一片閃爍而危險的光亮？而她流著淚，在憤怒中離開了他！在他心中湧起一份無法抗拒的溫柔渴望，想要和解，想要一句溫和平靜的話語，渴望把她靜靜地擁在懷裡，一無所求，對她說他是多麼感謝她。對，他要到她那兒去，全然地謙卑，要告訴她，他是多麼純粹地愛著她，告訴她，他將再也不會呼喊她的名字，再也不會強迫她回答不許他問的問題。

銀色的泉水潺潺流動，他不禁想起她的淚水。他又想，也許現在她獨自一人在她房間裡，只有這輕聲呢喃的黑夜聽她說話，黑夜偷聽每個人說話，但並不安慰任何人。這般與她相距既近且遠，看不見她一絲閃亮的秀髮，聽不見她半被吹散的話語，兩人的心靈卻仍舊互相牽繫，這對他來說成了難以忍受的折磨。想在她身邊的渴望變得無法抗拒，哪怕只是像條狗一樣臥在她房門口，或是像個乞丐一樣站在她窗子下。

當他遲疑地從樹木的陰影中躡手躡腳地走出來，他看見她在二樓的房間裡還透出光亮。那光線黯淡，泛黃的微光幾乎連那棵大槭樹的葉片都無法照亮。那槭樹把枝椏像手一樣擱在窗前，敲擊著，在微風中向前伸出，又再縮回來，像個黑暗而巨大的竊聽者，在那一小片光亮的玻璃窗前。想到瑪戈在這片光亮的玻璃後面還醒著，想到她也許還在哭泣，或是想著他，這個念頭令男孩異常激動，不得不倚著樹幹，以免站立不穩。

他向上凝視，彷彿入了迷。白色的紗簾在晃動，不安寧地在風中嬉戲，從黑暗中飄出來，一會兒在室內溫暖燈光的照射下泛出深金的色澤，一會兒呈現銀色，當紗簾飄出來，接觸到從圓形樹葉之間篩落的閃爍月光。朝向室內的窗玻璃反映出這光與影的流動，由反射之光線鬆散地編織而成。這個激動的男孩從暗影中用熾熱的雙眼向上凝望，對他來說，那有如神祕的古老文字寫在發亮的黑板上。暗影流動，銀色光澤如輕煙般拂過那光亮的表面，這瞬間的感受填滿了他的想像，成為顫動的影像。他看見她，瑪戈，高大美麗，一頭秀髮鬆開了，噢，那頭散亂的金髮，她在房間裡走來走去，血液中帶著他自己的忐忑；他看見她在熱情的躁鬱中激動難安，在憤怒中啜泣。此刻他彷彿能透視那太高的牆壁，宛如看穿一片玻璃，看見她最輕微的動作，她雙手的顫動，在椅子上頹然坐下，對著白色星空無言地絕望凝視。由於那片窗玻璃亮起了一瞬，他甚至以為認出了她的臉，看見她怯生生地彎下身子，向下望進這淺睡中的庭院，尋找他的身影。這時他猛烈的情感控制了他，他向上喊出她的名字，有所克制，卻仍舊迫切：瑪戈！……瑪戈！

那兒不是有什麼東西一閃而過嗎？像一片白色輕紗，匆匆掠過那光亮的表面？他認為他清楚地看見了。他豎耳傾聽，但毫無動靜。在慵懶的風中，睡意矇朧的樹木輕聲呼吸，草地裡的窸窣聲有如絲綢，這聲音微微增強，一會兒變得更加遙遠，一會兒又變得更大聲，宛如一道輕輕消逝的溫暖波浪。夜平靜地呼吸，那扇窗戶默默地聳立，像個銀框，圍住一幅被遮暗的影像。難道她沒有聽見他嗎？還是她不想再聽見他？圍繞著那扇窗戶的顫動光芒令他迷惘。那份渴望讓他一顆心重重地跳出來，撞上樹皮，那樹皮似乎在如此猛烈的熱情下顫抖。他只知道現在他必須見她，跟她說話，哪怕是呼喊她的名字，引得眾人出來，把其他人從睡夢中驚醒。此刻他覺得某件事必須發生，再荒唐之事他也樂見，就像在夢中，任何事情都很容易，都能夠達成。當他的目光再一次向上朝著那扇窗戶探去，他驀然看見那棵斜倚的樹把枝椏向前伸出，像個路標，而他的手也已經猛然抓住樹幹。他恍然大悟：他得爬上樹去，從樹上呼喊她，樹幹雖然很寬，摸起來卻柔軟而有彈性，距離她的窗戶只有一小段距離。在那兒，靠近她，他將和她說話，在她沒有原諒他之前不再爬下樹。他一秒也沒有考慮，只看見那扇窗戶誘人地發出微光，感覺到那棵樹在他身旁，樹幹粗壯，準備好要背負他。他迅速攀了幾下，再縱身向上一躍，雙手就已經抓住一根枝椏，使勁把身體往上拉。此刻他懸在樹上，幾乎在樹葉最高處，葉片在他下方驚慌地搖晃。這陣戰慄的簌簌聲有如波浪一般，一直流向最後一批樹葉，向前伸出的枝椏朝著那扇窗戶彎得更厲害了，彷彿想要向那個不知情的女孩示警。爬在樹上的男孩此刻已經看見那個房間的白色天花板，還有天花板中央那盞燈金色的光暈。他興奮得微微發抖，知道在下一刻他就能看見她本人，在哭泣，或是無聲地啜泣，或是在她身體不加掩飾的欲望中。他的手臂變得無力，但他又鎮靜下來，慢慢順著那根面向她窗戶的枝椏往下滑。他的膝蓋微微流血，手也磨破了，但他繼續攀爬，幾乎已經被窗戶近處的光亮照到。只剩下一大叢樹葉遮蔽了視線，遮住了他如此渴望的最終一眼。他舉起手來，想把那叢樹葉撥到一旁，當那束光線已經毫無遮蔽地落在他身上，當他顫抖著向前彎下身子，他的身體晃了一下，失去平衡，他打著轉摔了下去。

悶悶的一聲輕響落在草地上，猶如一顆沉重的果實墜地。上方一個身影在窗邊探出身來，不安地向下望，然而黑暗中毫無動靜，就像一座池塘把一個溺水之人吞進了池水中。上方的燈光旋即熄滅，庭院再度鬼影幢幢，在暗藏危險的朦朧天光裡，在沉默無語的陰影之上。

幾分鐘後，墜落的男孩從暈厥中甦醒。有一秒鐘，他的目光茫然地向上凝視，上方是蒼白的天空，綴著幾顆迷途的星星，冷冷地向下看著他。但他隨即在右腳感到一陣猛烈抽搐的劇痛，這疼痛在他頭一次試圖稍微移動時差點令他叫出聲來。此刻他頓時明白自己出了什麼事，也明白他不能躺在這裡，在瑪戈的窗子底下，不能請人來幫忙，不能呼救，也不能大聲移動。血從額頭上流下來，他想必是撞到了草地上的一塊石頭或木頭，但他伸手把血抹掉，只為了讓那血不至於流到眼睛裡。然後他蜷縮起來，把全身重量都放在左側，雙手深深抓進泥土中，慢慢把自己拖向前。每一次碰到那條骨折的腿，或只是搖晃到，就是一陣痛苦的抽搐，令他擔心自己會再度暈過去。但他逐漸把自己拖向前，花了將近半小時，把自己拖到台階前面，而他已經覺得雙臂麻木。冷汗在他的額頭上跟緩緩滴下的血混在一起，他還得克服這最艱難的最後一段路，這段台階，他在劇痛中吃力地慢慢把自己拖上去。等他到了上面，顫抖地抓住欄杆，他呼吸困難。他再把自己朝著賭場大廳的門拖了幾步，他聽見那兒有人聲，看見燈光閃動。藉著門把，他把身體撐起來，隨著向裡面打開的門，驟然摔進那個燈火通明的房間，彷彿被甩了出去。

他的樣子想必很可怕，當他那樣跌進去，臉上流著血，滿身污泥，隨即像一團重物倒在地板上。那些男士慌亂地跳起來，椅子砰砰地交疊倒地，大家都急忙擠向前來幫助他，小心翼翼地把他抬到沙發上。他勉強還能口齒不清地說他想到園子裡去時從台階上摔了下去，接著黑紗突然在他眼前垂落，來回飄動，完全纏繞了他，他的意識消失，就此不省人事。

一匹馬上了鞍，一個人騎馬到附近去找醫生。這座被驚動的城堡陰森森地起了騷動，燈光像螢火蟲在走道上晃動，從各扇房門裡傳出低語和詢問，睡眼惺忪的僕人畏怯地前來，終於把這個昏厥的男孩抬到樓上他的房間。

醫生診斷出一處骨折，要大家放心，說情況並不危險，只不過傷者得要裹上繃帶，無法動彈地躺上許久。當別人把這話告訴那男孩，他無力地微笑。這對他並非沉重的打擊，因為這樣躺著很好，久久獨自一人，沒有嘈雜聲和人群，在一個挑高的明亮房間裡，樹木用樹梢湊過來，他想去夢想他所愛的女孩。那很甜蜜，這樣平靜地再三思考一切，輕輕做著夢，夢到那個女孩，不受任何日常事物和義務的打擾，安逸地和夢中這些溫柔的影像獨處，當他把眼皮闔上片刻，這些影像便出現在床邊。愛情最為寧靜美好的片刻也許就是這些模糊朦朧的夢想時分☆5。

在頭幾天裡他還痛得很厲害，但這疼痛中摻雜著一種奇特的幸福。想到他為了瑪戈，為了他的愛人而承受這番痛楚，這個念頭給了那男孩一種十分浪漫、幾乎過度激昂的自豪。他很樂意有個傷口，他想，血紅的傷口，在臉上，讓他可以一直公開配戴，就像一名騎士配戴著他心儀之仕女的顏色；或者根本就不要再醒過來，而是一動也不動地躺在那下頭，在她的窗前粉身碎骨，那樣也很好。他就這樣繼續夢想下去，夢想著她之後在早晨醒來，因為窗下

☆5 *Die Liebe hat vielleicht keine stillschöneren Augenblicke als die dieser blassen, dämmernden Träume.*

人聲嘈雜，呼聲混亂，當她好奇地俯身下望，看見了他摔碎在她窗下，為了她而死去。而他在夢中看見她發出一聲尖叫，頹然倒地。他耳中聽見這聲刺耳的尖叫，看見她的絕望，她的憂傷，看見她終其一生惘然若失，一身黑衣，陰鬱而嚴肅地行走，當別人問起她的傷痛，她嘴唇周圍輕輕抽搐。

他就這樣接連幾天做著夢，起初只在黑暗中，後來就也睜著眼睛做夢，隨即習慣了愉悅地憶起那心愛的影像。沒有一個時辰過於明亮，或過於吵鬧，她的影像總是以淡淡的影子從牆壁上輕輕溜過，來到他這兒，或是她的聲音在外面從樹葉簌簌流動的聲音中分離出來，從沙子在猛烈陽光下的沙沙聲中分離出來。他就這樣跟瑪戈說上幾個鐘頭的話，或是夢想著和她一起去旅行，共度美妙的旅程。然而，偶爾他會惘然若失地從這些白日夢中醒來。她果真會為了他而悲傷嗎？她到底會不會想起他？

當然，她偶爾會來探望這個病人。常常當他在思緒中和她說話，她明亮的影像似乎就站在他面前，此時門開了，而她走進來，高大美麗，卻跟那夢中人如此不同。因為她並不溫柔，也沒有激動地俯身來親吻他的額頭，如同夢中的瑪戈，只是坐在他所坐的躺椅旁，問他情況如何，痛不痛，說些形形色色的事情給他聽。當她在場，他總是受到甜蜜的驚嚇，心情混亂，根本不敢正眼看她。他往往闔上眼皮，好更清楚地聽見她的聲音，更深地吸進她言語的音調，在那之後，這獨特的音樂還會在他周圍迴盪好幾個鐘頭。他遲疑地回答她的問話，因為他深愛那片靜默，只要能聽見她的呼吸，深深感覺到他正和她獨處，在這個房間裡，在這個宇宙空間裡。等她站起來，轉身朝門走去，他吃力地抬起身體，儘管會疼痛，為了再一次把她身體移動時的每一個線條刻畫在心裡，趁著她尚未再度墜入夢想的迷離現實中，再一次環抱活生生的她。

瑪戈幾乎每天都來探望他。不過，琪蒂和伊莉莎白不也來探望他嗎？伊莉莎白甚至總是那般受驚地看著他，用擔心的溫柔聲音問他是否好些了。他姊姊不也每天都來探視他的情況？還有其他那些女士，她們不全都真摯地對待他？她們不也待在他身旁，跟他講形形色色的故事？她們甚至待得太久了，因為她們的在場趕走了他耽於夢想的心緒，把他的意識從沉思的平靜中喚醒，驅使他去做無關痛癢的談話，去說無聊的空洞言詞。他但願她們全都不要來，只有瑪戈一個人來，只要一個鐘頭，只要幾分鐘，然後他就又獨自一人，夢想著她，不受打擾，不被妨礙，微帶喜悅，宛如被柔和的雲朵托著，完全沉浸於愛人在他心中令人安慰的影像。

因此，有時候當他聽見一隻手按下門把，他就闔上眼皮，假裝在睡覺。於是訪客就會踮著腳尖，再悄悄走出去。他聽見房門遲疑地關上，知道現在他又可以跳進夢想的溫暖潮水中，在其中浸浴，讓夢想輕柔地載著他，載向無比誘人的遠方。

而有一天發生了這件事：瑪戈已經來過他這兒，只待了一會兒，但用她的頭髮帶來了庭院裡的所有芬芳，綻放茉莉的濃郁香氣，還有她眼中燦燦的八月陽光。這會兒他知道今天不必指望她會再來了。這將是個悠長、明亮的下午，在甜蜜的夢想中發光，因為不會再有人來打攪他，大家都騎馬出去了。當此刻房門再度猶豫地開啟，他閉上眼睛，假裝睡著。但是走進來的那人——在悄然無聲的房間裡他聽得很清楚——並沒有再走出去，而是無聲無息地把門關上，免得吵醒他。此刻她踩著謹慎的步伐，幾乎沒有碰到地板，悄悄朝他走近。他聽見一件衣裳輕輕地簌簌作響，聽見她在他床邊坐下。隔著閉上的眼睛，他感覺到她的目光像紫紅色的光撫過他的臉龐。

他的心開始不安地跳動。那是瑪戈嗎？肯定是，他感覺到了。然而，此刻不要睜開眼睛，只猜到她在身邊，這種感覺更甜蜜、更強烈、更令人興奮，一種祕密的、帶著渴望的刺激。她會做些什麼？這幾秒鐘在他感覺裡無比漫長。她只是一直看著他，觀察他的睡眠，這有如電流刺激著他的毛孔，這份自覺令他不自在，卻又令他陶醉。他無力抵抗，盲目地任由她端詳，知道如果此刻他睜開眼睛，他的目光將會像件大衣一樣裹住瑪戈受驚的臉孔，把她的臉裹在她的溫柔中。但他一動也不動，只壓低了呼吸，他的呼吸在過於狹窄的胸膛裡變得短促不安，他等待著，等待著。

什麼也沒發生。他只覺得她彷彿更深地朝他俯下身來，依稀覺得這陣淡淡的香氣更加靠近他的臉，這濕潤清淡的丁香花香，他從她的嘴唇聞到過。而此時她把手擱在他床上，隔著毯子，輕輕撫摸他的手臂，平靜而謹慎，他的血液像一陣熱浪衝向全身，他感覺到那撫摸的磁力，血液一再猛烈流向被撫摸之處。這種輕柔的溫存感覺十分美妙，既令人陶醉，又挑起熱情。

慢慢地，幾乎有著節奏，她的手還在撫摸他的手臂。他偷偷眨眼，從眼皮之間向上望。起初只是一片朦朧的紫紅色，一片如雲的不安光線，然後他看見了灑著深色斑點的天花板在他上方伸展。此刻他看見那隻撫摸的手，那手彷彿來自遙遙的遠方；他朦朦朧朧地看著這隻手，只是一道瘦削的白色閃光，像一朵明亮的雲，靠過來又再縮回去。他把眼皮之間的縫隙推得越來越大。現在他清楚認出那些有如瓷器般白而發亮的手指，看見那手輕輕彎著，向前撫摸，又再向後，戲耍著，但仍舊充滿內在的活力。那手指像觸角一樣爬近又再縮回去，在這一刻他覺得那手也具有獨立的生命，像隻依偎在一件衣裳上的貓，像隻小白貓縮起了爪子，發出呼嚕呼嚕的聲音，依戀地接近你。當牠的眼睛突然開始發亮，他也不覺得吃驚。而果真：在這逐漸接近的白色中不是有一道閃動的目光在發亮嗎？不，那只是金屬的光澤，一絲金色光芒。當那隻手再度向前撫摸，他清楚地看見了它，是那個墜飾，從手鐲上垂下抖動，那個洩露了祕密的神祕墜飾，八角形，一分錢大小。是瑪戈的手在愛撫他的手臂，他心中湧起一股渴望，想把這隻手拉到唇邊親吻，這隻白皙光潔、沒戴戒指、輕盈的手。但此時他感覺到她的呼吸在移動，感覺到瑪戈的臉跟他的臉靠得很近，於是他無法再把眼皮緊閉，幸福地、喜孜孜地把目光投向那張貼近的臉，那張臉受驚地跳起來，向後退。

當陰影從那張低垂的臉龐飛開，光亮掠過那激動的容顏，他認出了——他四肢抽搐，宛如受到重擊——伊莉莎白，瑪戈的妹妹，年輕古怪的伊莉莎白。那是一場夢嗎？不，他呆望著那張此刻泛起紅暈的臉，那張臉怯怯地把目光移開：確實是伊莉莎白。他頓時猜到了那可怕的錯誤，他的目光急忙移到她手上，果然，手上有那個墜飾。

片片輕紗開始在他眼前旋轉，一如他暈過去時的感覺，但他咬緊了牙關，他不想失去思路。一切飛快地掠過，壓縮在這一秒鐘，瑪戈的詫異，瑪戈的高傲，伊莉莎白的微笑，這道奇特的目光輕觸著他，像隻緘默的手——不，不，這不可能會錯。

他心中湧起唯一的小小希望。他望向那個墜飾，也許是瑪戈送給她的，今天或是昨天還是之前。

但此時伊莉莎白已經開口對他說話。這激動的思索想必扭曲了他的面容，因為她憂心忡忡地問他：「鮑伯，你覺得痛嗎？」

她們的聲音是這麼相似，他想。就只心不在焉地回答：「對，對……意思是，不痛……我很好！」

又是一片沉默。那個念頭像一道熱浪一再湧來：也許只不過是瑪戈送給她的。他知道這不可能是真的，但他還是得問她。

「妳那個墜飾是個什麼東西？」

「噢，就只是一個美洲國家的硬幣，我還根本不知道是哪個國家。是羅勃叔叔有一回帶給我們的。」

「我們？」

他屏住了呼吸。現在她得說了。

「瑪戈和我。琪蒂不想要，我也不知道為什麼。」

他感覺到某種濕潤的東西在他眼裡湧出。他小心地把頭偏向一側，讓伊莉莎白看不見他的淚，那淚水想必就要奪眶而出，無法再勉強壓回去，此刻正緩緩滾下臉頰。他想說些什麼，卻害怕他的聲音在忍不住想啜泣的壓力下會扭曲。兩人都沉默不語，膽怯地互相窺探。然後伊莉莎白站起來，說道：「我要走了，鮑伯。祝你早日康復。」他閉上眼睛，房門隨即嘎吱一聲輕輕關上。

這時他的思緒翻飛，像一群被驚動的鴿子。直到此刻，他才明白那天大的誤會，對於自身之愚蠢的羞慚和惱怒攫住了他，同時卻又感到一陣猛烈的痛苦。如今他知道他永遠地失去了瑪戈，但他覺得他愛她依舊不變，也許現在還更愛她，帶著那種對於無法企及之物的絕望思慕。而伊莉莎白——他在怒氣中把她的影像推開，因為對他來說，她的全心奉獻和如今這壓抑住的熱情都不再比得上瑪戈的一個微笑，也比不上瑪戈的一隻手，只要那手想輕輕摸他一下。假如伊莉莎白當時向他現身，他就會愛她，因為在那個時刻，他的熱情還像個孩子，但如今在那千百個夢裡，瑪戈的名字已經在他心裡烙得太深，他已經無法把這個名字從他生命中抹去。

他覺得眼前一黑，感覺到那不停的思索逐漸模糊成為淚水。他努力想在眼前幻想出瑪戈的影像，就像在生病以來的這些日子裡，在那些漫長的寂寞時刻裡，但卻徒勞無功。伊莉莎白的身影總也會擠過來，還有她流露出思慕的深邃雙眸，然後一切成了一片混亂，他又得再度痛苦地思索這一切是怎麼發生的。這時羞慚攫住了他，當他想到自己曾站在瑪戈的窗前呼喊她的名字，一邊又同情起一頭金髮、安靜的伊莉莎白，在這些日子裡他不曾有話對她說，不曾瞧過她一眼，而他的感謝之情原本應該像火焰一般散發出來。

第二天早上，瑪戈到他床邊來了一會兒。她在身旁令他戰慄，他不敢正視她。她對他說了什麼？他幾乎沒有聽見，太陽穴的猛烈鳴聲比她的聲音更大。等到她從他身邊走開，他才又渴慕地用目光環住她整個身形。他感覺到他從不曾更愛她。

下午伊莉莎白來了。她的手有時撫過他的手，帶著一絲淡淡的親暱。她的聲音很輕，像是蒙上了輕紗。她說起無關痛癢的事，帶著某種恐懼，彷彿害怕會洩露了真情，假如她談起自己或是談起他。他不太明白自己對她有什麼感覺。為了她的愛，他有時感到同情，有時覺得感謝，但他什麼也無法對她說。他幾乎不敢正眼看她，因為害怕自己會對她說謊。

現在她每天都來，也待得比較久。彷彿自從他們逐漸意識到彼此之間的祕密，從那一刻起，那份不安也隨之消失。但他們仍然始終不敢談起在黑暗庭院裡的那些時辰。

有一次，伊莉莎白又坐在他的安樂椅旁邊。外面陽光燦爛，搖曳的樹梢在牆壁上投下綠色光影，抖動著。在這種時刻，她的頭髮就像燃燒的雲朵一樣閃亮，膚色蒼白而透明，整個人都閃閃發光，顯得輕盈。從位在陰影中的枕頭上，他看見她的臉在近處微笑，卻又十分遙遠，因為那張臉散發出的光亮無法再觸及他。在這一瞬間，他忘了所發生的一切。當她朝他俯下身來，她的雙眼似乎變得更深邃，成為神祕的螺旋向裡轉動，當她的身體向前傾，這時他的手臂摟住了她的身子，把她的頭彎向自己，吻了她單薄濕潤的唇。她顫抖得很厲害，卻沒有反抗，只是微帶悲傷地伸手撫摸他的頭髮，然後對他輕輕耳語：「你愛的就只有瑪戈。」聲音裡帶著溫柔的悲傷。他直到心坎裡感覺到那無私的語氣，那份認命的絕望，直到靈魂深處感覺到那個深深撼動他的名字。但他在這一刻不敢說謊。他沉默不語。

她又一次輕吻他的唇，幾乎像個姊姊，然後她走了出去，一句話也沒說。

這是他們唯一一次說起這件事。再過幾天，這個逐漸康復的男孩就被帶到庭院裡，第一批黃葉已在路上互相追逐，早早來臨的夜晚已令人想起憂鬱的秋天。又再過幾天，他已經可以吃力地獨自行走，在這一年最後一次站在樹木的繽紛彩葉之下，比起在那三個溫暖的夏夜裡，如今那些樹木在搖擺的風中更大聲、更不耐煩地說話。男孩憂傷地走到那一個位置。他覺得這兒彷彿豎起了一堵無形的神祕牆壁，牆後面是他的童年，在暮色中業已十分模糊，而在他面前則是另一片土地，陌生而危險。

晚上他向大家道別，再一次深深望進瑪戈的臉，彷彿他必須為了這一生而把這張臉吸進心裡，把手不安地放進伊莉莎白的手中，她的手溫暖地緊緊圈住他的手。他對琪蒂、那些朋友和他姊姊幾乎視而不見，他的心靈如此滿溢，由於愛一個女孩而又被另一個女孩所愛的那種感受。他很蒼白，臉上有種嚴肅的神情，讓他看起來不再像個男孩。他頭一次看起來像個男人。

然而，當馬匹拉動車子，他看見瑪戈滿不在乎地轉身，準備爬上台階，又看見伊莉莎白的雙眼突然蒙上一層濕潤的光澤，看見她握著欄杆，此時這整番豐富的新體驗朝他襲來，讓他縱情沉浸在自己的淚水中，像個孩子。

那座城堡閃著光芒，越來越遠，在馬車揚起的塵土之間，那黑暗的庭院顯得越來越小，景色一再掠過，到最後他所經歷的一切都看不見了，只成了迫人的回憶。兩小時的車程把他帶到附近的火車站，次日早晨他就抵達了倫敦。

再過幾年，他就不再是男孩了。然而那最初的經歷在他身上太鮮活，再也不會凋萎。瑪戈和伊莉莎白都結了婚，但他不想再跟她們見面，因為有時候，對於那些時刻的回憶會猛烈地向他襲來，讓他之後的人生在這份回憶的現實中彷彿只是夢境和假象。他成了不再懂得該如何去愛女性的那種人，因為在他人生的一刻，兩種感受，愛與被愛，如此全然結合在一起，讓他不再渴望去尋找，尋找在他仍是個男孩時就早早落在他手中的東西，那雙顫抖、膽怯、順從的手☆6。他旅行過許多國家，是那種安靜有禮的英國人，許多人認為他們沒有感情，因為他們那麼沉默，也因為他們的目光冷靜地掠過女人的臉龐和她們的笑容。因為誰想得到，他們其實是把自己不斷凝視的影像放在心裡，和他們的血液合而為一，那血液不斷圍著這些影像燃燒，就像聖母像前永恆的燭光。這會兒我也明白了，我是怎麼想到這個故事的。在我今天下午讀的那本書裡夾著一張卡片，是一個朋友從加拿大寫給我的。他是個年輕的英國人，我在一次旅行中和他相識，常跟他在夜晚長談，在他的話中偶爾會神祕地浮現對兩個女子的回憶，一如遙遠的雕像，這回憶跟他少年時期的一刻持續地糾結。我跟他談話已經是很久以前的事了，很久很久，而我大概也已經忘了當年的談話。然而今天，當我看到那張卡片，那份回憶又再浮現，恍惚地摻進了各式各樣的自身經歷，而我覺得自己彷彿在那本書裡讀到了他的故事，那本從我手中滑落的書，或是在一個夢裡發現了這個故事。

不過，房間裡變得這麼暗了，在這深深的暮色中，你離我是多麼遙遠！我只看見一道溫和明亮的微光，猜想你的臉龐在那兒，而我不知道你是否在微笑，還是覺得悲傷。是否由於我替並不熟識之人虛構出離奇的事件而微笑？笑我夢想出整個命運，然後又平靜地任由這些命運溜回自己的人生和世界。還是你為了那個男孩而感到悲傷？他與愛情錯身而過，在一個時刻裡永遠地迷失了，在這甜蜜夢境的庭園裡。看哪，我不希望這個故事憂傷而黑暗，我只想向你述說一個男孩的故事，一個驟然受到愛情襲擊的男孩，他自己的愛，還有另一個女孩

☆6
*Er ist einer jener Menschen geworden, die kein Verhältnis mehr zur Liebe zu den Frauen finden können; denn ihn, der in einer Sekunde seines Lebens beide Empfindungen, die der Liebe und des Geliebtseins, so voll vereinigt hatte, drängte keine Sehnsucht mehr, zu suchen, was ihm so früh schon in seine zitternden, ängstlich nachgebenden Knabenhände gefallen war.*

的愛。然而，凡是在晚上述說的故事全都悠悠踏上安靜的憂傷之路。暮色帶著輕紗落在它們身上，棲息在夜晚的所有悲傷都籠罩在它們上方，沒有星星，黑暗滲進它們的血液裡，而那些承載它們的繽紛詞語全都染上一種渾厚沉重的音色，彷彿來自我們最私密的人生☆7。

☆7

*Aber die Geschichten, die man des Abends erzählt, wandern alle in die leise Straße der Wehmut hinein. Die Dämmerung senkt sich auf sie mit ihren Schleiern, all die Trauer, die im Abend ruht, wölbt sich sternenlos über sie, das Dunkel sickert in ihr Blut, und all die hellen und bunten Worte, die sie tragen, haben dann einen so vollen und schweren Klang, als kämen sie aus unserm eigensten Leben.*

# 一個女人一生中的二十四小時

# Vierundzwanzig Stunden aus dem Leben einer Frau

距離戰爭爆發十年前，我住在地中海濱一家供膳宿的小旅館裡，在我們那一桌掀起了一場激烈的辯論，出人意料地，這場辯論眼看就要變質為粗暴的衝突，甚至是反目成仇，惡言相向。大多數的人想像力遲鈍，只要事情沒有直接牽涉到他們，沒有像塊尖銳的楔子一樣硬生生地敲進他們的感官，幾乎不會令他們激動。可是一旦事情就發生在他們眼前，近到能直接觸動他們的感覺，哪怕是件小事，也會在他們心中激起過度的熱情。可以說他們用一種過火而失當的激烈來取代平時的漠不關心。

這一次也是這樣，我們這一桌的客人全都屬於中上階級，平常和氣地閒聊，開開無傷大雅的玩笑，通常在用餐完畢後就立刻四下散去：那對德國夫婦去郊遊，從事業餘攝影，胖胖的丹麥人去做無聊的釣魚活動，高雅的英國女士去看書，那對義大利夫婦去蒙地卡羅狂歡，我則在庭院的椅子上無所事事，或是寫點東西。可是這一次，那場激烈的辯論卻把我們拴在一起。如果我們當中有人突然跳起來，這並非和平常一樣是為了禮貌地告辭，而是由於勃然大怒，我先前已經說過，這惱怒簡直已經變得粗暴。

使得我們這桌客人如此激動的事件，說來也的確離奇。從外面看起來，我們這七個人所住的旅館固然是座獨立的別墅——啊，從窗戶眺望岩石嶙峋的海灘，景色多美！——但它其實只是「皇宮大飯店」收費較低廉的附屬建築，花園與飯店直接相連，所以我們這些住在隔壁的客人跟飯店住客其實一直有往來。而在前一天，這家飯店裡發生了一樁不折不扣的醜聞。事情是這樣的，一個法國年輕人搭乘中午十二點二十分那班火車抵達（我必須如此準確地敘述時間，因為不論是對於此一事件，還是做為那番激烈討論的主題，時間都很重要），租下一個靠近海灘能眺望大海的房間，這件事本身就顯示出他的經濟狀況相當寬裕。不過，他引人注目、討人喜歡之處不僅在於他含蓄的高雅，主要在於他那出眾而博人好感的俊秀：一張瘦削的臉龐有如少女，絲綢般的金色小鬍子襯著熱情性感的嘴唇，鬈曲柔軟的褐髮呈波浪狀，覆在白皙的前額上，眼睛柔和，每一道目光都像是愛撫。他整個人都柔和、嫵媚、令人喜愛，卻沒有一絲矯揉造作。從遠處觀之，他會先讓人想起大型服飾店櫥窗裡的粉紅色蠟像，虛榮地斜倚著，手裡拿著手杖，代表著理想的男性美；然而在近看時，那種紈綺子弟的印象就消失了，因為此人身上（這種情況極為罕見！）的可愛之處是自然天成的，宛如他的天性。他在經過時向每個人打招呼，態度既謙虛又誠懇，他那份隨時準備展現的優雅一有機會就自然流露，看著的確令人愉快。如果有位女士往衣帽間走去，他就急忙過去替她拿大衣，他對每個小孩子都投以親切的目光，或是開個玩笑，表現得既隨和又有分寸。簡而言之，他似乎屬於那種幸運兒，一再感覺到自己能藉由開朗的面容和年輕的魅力取悅他人，把這份自信又進而轉為翩翩風度。在這家飯店大多年老病弱的客人當中，他在場不啻是件善舉。踩著青春的勝利腳步，挾著翩翩風度賦予他的無憂和朝氣，他令人無法抗拒地贏得眾人的好感。他抵達此地兩個小時之後，就已經在和兩個女孩打網球，十二歲的阿妮塔和十三歲的布蘭雪，她們的父親是個胖大的工廠廠主，來自里昂，而她們的母親，秀麗、溫柔而拘謹的亨麗葉夫人，露出淺淺的微笑，看著兩個羽毛未豐的稚嫩女兒不自覺地賣弄風情，跟那個年輕的陌生人調情。晚上他來我們棋桌旁觀戰，看了一個鐘頭，偶爾輕鬆地說些趣聞軼事，又陪著亨麗葉夫人在露台上來回踱步了許久，她先生和平常一樣，在跟一個生意上的朋友玩骨牌。夜深時，我還看見他跟飯店的女秘書在暗暗的辦公室裡交談，親暱得令人起疑。第二天早上，他陪我那位丹麥伙伴去釣魚，展現出對於釣魚的驚人知識；之後和來自里昂的那位工廠廠主聊政治，聊了很久，證明他也是個聊天高手，因為可以聽見那位胖先生洪亮的笑聲傳過來，壓過了海濤聲。吃過飯後——要了解情況，的確需要我仔細地報導他每個時段的活動——他又跟亨麗葉夫人單獨在庭院裡坐了一個鐘頭，喝黑咖啡，隨後跟她的兩個女兒打網球，在大廳裡同那對德國夫婦交談。六點時我去寄一封信，在火車站附近碰到他。他急忙朝我走過來，彷彿要表示歉意，說別人突然叫他回去，但過兩天他就會回來。晚上在餐廳裡果然少了他，不過少了的只是他的人，因為在每一桌，大家都只在談他，稱讚他那討人喜歡、活潑開朗的生活態度。

夜裡，大概快十一點時，我坐在房間裡，想把一本書讀完，透過敞開的窗戶，突然聽見庭院裡有不安的叫喊，在飯店那一邊明顯起了騷動。我與其說是好奇，不如說是感到不安，立刻匆匆跑到五十步外的飯店去，發現客人和工作人員都亂成一團，情緒激動。亨麗葉夫人一如每個晚上在海灘露台上散步，她先生依照習慣和來自比利時納慕爾的朋友玩骨牌。可是她沒有回來，因此大家擔心她出了意外。那個平常肥胖遲緩的男人像頭公牛一樣一再衝向海灘，用激動得走調的嗓音朝著黑夜裡大喊「亨麗葉！亨麗葉！」，聲音裡帶著受到致命一擊的巨獸那種受驚和原始。服務生和門僮緊張地在樓梯上跑上跑下，所有的住客都被叫醒，也打了電話到警察局去。而在那當中，那個肥胖男子一再失去理智地朝著黑夜裡哭喊那個名字「亨麗葉！亨麗葉！」，他跌跌撞撞，腳步沉重，背心敞著。這期間樓上的兩個孩子也醒了，穿著睡衣從窗戶向下呼喊她們的母親，此時她們的父親又急忙上樓去安慰她們。

接著發生了一件可怕的事，可怕到幾乎無法重述，因為在過度激動的時刻，猛然的緊張往往讓人的神態流露出強烈的悲慘，無論是圖畫還是言語，都無法以同樣雷霆般的力量將之重現。那個胖大笨重的男子突然從那嘎吱作響的樓梯上走下來，表情已變，面容疲憊，卻又帶著怒色。他手裡拿著一封信。「把所有的人都叫回來！」他向飯店主管說，用勉強還能聽懂的聲音：「把所有的人都叫回來，沒必要去找。我太太離開我了。」

這個受到致命一擊的男子天性中有份自持，在周圍這許多人面前展現出超乎凡人的竭力自持，他們好奇地擠過來看著他，此刻每個人都大吃一驚，慚愧而困惑地轉過身去。他勉強還有力氣蹣跚地從我們身旁走過，沒有看著任何一個人，在閱覽室裡把燈關掉。接著大家聽見他那沉重的龐大身軀重重落在一張扶手椅上，聽見一陣野獸狂嚎般的啜泣，只有從未哭泣過的男人才會這樣哭泣。這種深切的痛苦對我們每一個人都產生了令人暈眩的力量，包括身分最卑微的人在內。沒有一個服務生，也沒有一個出於好奇而悄悄走過來的房客敢露出微笑，或是說出一句惋惜的話。無言地，似乎為這場令人震驚的情感爆發而感到羞慚，我們一個個躡手躡腳地回到自己的房間，只留下這個被擊倒之人在那個黑暗的房間裡顫抖、啜泣，無比孤單，在這座燈光漸熄、輕聲說話、竊竊私語、低聲嘀咕和耳語的屋子裡。

可以理解，這樣一件有如晴天霹靂直接發生在我們眼前的事件，自然很適合讓那些平常只習慣於枯燥生活和輕鬆消遣的人大為激動。然而後來在我們那一桌激烈爆發、差點升高為肢體衝突的辯論，固然是由於這樁令人驚愕的事故而起，本質上卻更是基本看法的爭論，是敵對人生觀的劇烈衝突。那個完全崩潰的丈夫在束手無策的怒氣中把信揉成一團，隨手扔在地板上，一個女僕讀了那封信，洩露了祕密，於是大家迅速得知亨麗葉夫人並非獨自離開，而是在彼此合意的情況下跟那個法國年輕人一起走的（大多數人對他的好感頓時消失）。嗯，乍看之下，這似乎很容易理解，這個嬌小的包法利夫人把她肥胖的鄉巴佬丈夫換成了一個高雅年輕的美男子。然而，旅館裡眾人之所以如此激動，是因為那個工廠廠主、他的兩個女兒、還有亨麗葉夫人都從不曾見過這位情聖，也就是說，晚上在露台上那兩個鐘頭的談話，再加上花園裡喝咖啡的那一小時，就足以讓一個年約三十三歲、無可指摘的女人在一夜之間拋下丈夫和兩個孩子，隨隨便便跟著一個素昧平生的年輕紈絝子弟而去。而我們這一桌的人一致拒絕這個看似顯而易見的事實，將之視為那對情侶陰險的障眼法和狡猾的花招：亨麗葉夫人肯定早就跟那個年輕男子暗通款曲，而那個拐騙者之所以到這兒來，只是為了確定私奔的最後細節，因為——大家這樣推斷——一個良家婦女只不過跟對方認識了兩個小時，在對方一聲口哨之下就這樣跑掉，這種事絕無可能。這時我覺得持不同的看法倒也有趣，於是竭力為這種可能性辯護：一個女人，長年處在令人失望的無聊婚姻中，內心已為任何有力的行動做好準備，這不但可能，甚至是極為可能。我這出人意料的反對立場隨即引起了廣泛辯論，之所以被激起，主要是由於那兩對夫妻拒絕這種「一見鍾情」的存在，不管是那對德國夫婦，還是那對義大利夫婦，都以近乎侮辱的輕蔑視之為一種愚蠢和小說中的低俗幻想。

這番爭執從喝湯開始，一直持續到布丁上桌，其激烈過程在此沒有必要重述。只有公共餐桌的常客才能妙語如珠，一般人在席間偶然而起的激烈爭執中所持的論點通常都很乏味，因為不過是匆忙中隨手抓來的。我們的辯論何以會如此迅速地變成惡言相向，這也很難解釋。我認為，這份火氣起於兩位丈夫不由自主地表示，自己的妻子絕不可能做出這種膚淺魯莽之事。可惜，他們找不出更好的論點，只會反駁我說：只有根據單身漢碰巧輕易得手的例子來評斷女性心理的人才會這樣說。這已經有點令我生氣，接著那位德國太太又教訓人地替這番大道理添油加醋，說世上有真正的女人，也有「天生的妓女」，依照她的看法，亨麗葉夫人想必就屬於後者。這時我完全失去了耐性，也變得好鬥起來。我說：在人生中的某些時刻，一個女人會情不自禁、不明所以地聽任神祕力量擺布，這是顯而易見的事實，硬不承認只是遮掩了對自身本能的恐懼，害怕我們天性中瘋狂的那一面。有些人似乎很得意地自以為比那些「易受引誘之人」更堅強、更有德行、更純潔，我個人卻認為，如果一個女人自由而熱情地順從她的本能，要比一般常見的情況更為誠實，亦即在丈夫的懷抱裡閉上眼睛，心裡想的卻是別人。我大概就是這麼說的，這番火藥味漸濃的對話中，其他人越是攻擊可憐的亨麗葉夫人，我就越發熱烈地為她辯護（事實上遠遠超出我內心的感覺）。對那兩對夫妻來說，我這份熱情等於是種挑釁，他們這組不太和諧的四重唱同仇敵愾地對我起而攻之，讓那個丹麥老人偶爾不得不用指節敲敲桌子提醒：「各位先生，請保持風度。」他表情愉快，坐在那兒充當裁判，手裡拿著碼錶，像在看足球比賽。但他的提醒總是只有片刻效用。一位先生已經三度漲紅了臉，從桌旁跳起來，他太太費了很大的勁才使他冷靜下來。簡而言之，再過個十幾分鐘，我們的辯論就會以大打出手收場，若非C夫人像潤滑油一樣撫平了這番波濤洶湧的談話。

C夫人是位年邁的英國女士，一頭白髮，舉止高雅，是我們這一桌自然產生的榮譽主席。她端正地坐在自己的位子上，對每個人都同樣友善，沉默寡言，但饒有興味地聆聽，光是她的儀表就令人賞心悅目：她有貴族的矜持，散發出美妙的自制和平靜。她跟每個人都保持一定的距離，但懂得巧妙得體地向每個人表達出特別的友善。通常她都在花園裡看書，偶爾彈彈鋼琴，很少看見她和別人在一起，或是做深入的交談。別人幾乎不會注意她，但她對我們大家卻有種奇特的力量。因為此刻，當她第一次介入我們的談話，她才開口，我們就全都感到難為情，覺得自己先前太大聲，也太失控了。

當那位德國先生猛然跳起來，又被輕輕拉回桌邊，產生了一段令人難堪的沉默，而C夫人就趁此機會。出人意料地抬起清澈的灰色眼睛，猶豫地看著我一會兒，然後以近乎客觀的明確，按她的意思重拾那個話題。

「如果我理解正確的話，您是認為亨麗葉夫人或一個女人會無辜地被捲入一場突如其來的冒險之中，認為有些行為是這樣一個女人在一個小時之前自己也認為不可能的，而幾乎不能歸咎於她？」

「我對此深信不疑，親愛的夫人。」

「可是這樣一來，任何道德判斷就都毫無意義了，任何逾矩的行為都能得到辯解。如果您真的認為法國人所謂的『出於激情之罪』不是罪，那又哪裡還用得著國家的司法機構？並不需要太多的善意，就能在每一樁罪行中找出一份激情，並基於這份激情加以原諒。」她微笑地加了一句：「而您的善意多得驚人。」

她那番話語調清晰，幾近快活，讓我覺得十分舒服，我不自覺地模仿她那就事論事的態度，同樣半開玩笑、半認真地回答：「國家的司法機構對這些事的判決肯定比我嚴格。它有責任要維護一般的社會道德和習俗，不帶同情，這迫使它去判決，而非去原諒。但身為平民的我卻不明白，為何我得要自願承擔起檢察官的角色，我寧可做個職業辯護人。對我個人來說，了解別人要比審判他們更愉快。」

C夫人用她清澈的灰色眼睛直直地看著我好一會兒，猶豫著。我正擔心她沒有完全聽懂我說的話，準備用英文把剛才那番話重述一次。但她又繼續提出問題，帶著一種異樣的嚴肅，彷彿像在考試。

「一個女人拋下了丈夫和兩個孩子，隨便跟人走了，而她根本還無法知道那人是否值得她去愛，您難道不覺得這件事卑鄙或醜陋嗎？您真的能夠原諒一個女人這種輕率大意的行為嗎？畢竟她也不算太年輕了，單是為了她的孩子，她不就應該要自重自愛嗎？」

「我再向您重述一次，親愛的夫人，」我堅持己見，「我拒絕在這件事情上做出評斷或判決。在您面前，我大可承認自己先前稍微誇大了一點。亨麗葉這個可憐的女人肯定不是英雄，甚至不是生性愛冒險的人，更不是個大情人。以我對她的認識，她只不過是個平庸而軟弱的女子。我對她懷有一點敬意，因為她敢於順從自己的意志，但我對她有更多惋惜，因為她肯定明天就會深深感到悲傷，說不定今天就已經感到悲傷。也許她那樣做很愚蠢，肯定是過於倉促，但絕對不卑鄙，不下流，而我始終認為，任何人都沒有權利蔑視這個可憐的不幸女人。」

「那您自己呢？您對她仍然懷有同樣的敬意和尊重嗎？一個是前天與您共處的名聲良好的女子，另一個是昨天跟陌生男人私奔的女子，在這兩者之間，您完全不做任何區分嗎？」

「完全沒有區分。絲毫沒有區分，一點區分也沒有。」

「是這樣嗎？」她不自覺地說起英文，這番談話似乎異樣地令她深思。她沉思了一會兒，又詢問地抬起清澈的目光看著我。

「假如明天您碰到亨麗葉夫人，例如說，在尼斯遇見她挽著那個年輕人的手臂，您還會跟她打招呼嗎？」

「當然。」

「會跟她說話嗎？」

「當然。」

「您會——假如您……假如您是已婚的話，您會把這樣一個女人介紹給您的妻子嗎？彷佛什麼也不曾發生？」

「當然。」

「您真會這麼做嗎？」她又用英文說，充滿不敢置信、大為吃驚的訝異。

「肯定會。」我不自覺地也用英文回答。

C夫人沉默不語，似乎仍在費力思索，突然她看著我，彷彿對自己的勇氣感到驚訝，說道：「我不知道我會不會這麼做，也許會吧。」她站起來，親切地向我伸出手，帶著那種難以形容的沉著，只有英國人才懂得如此結束一番談話，而不至於顯得失禮。由於她的影響，氣氛又回復了平靜，我們全都由衷感謝她，讓剛才還劍拔弩張的我們此刻可以還算客氣地彼此致意，在幾句輕鬆的玩笑話中，已經相當危險的緊張氣氛又緩和下來。

雖然我們的辯論最終似乎以具有騎士風度的方式收場，但那份被激起的憤怒還是在我跟那些對手之間造成了些許疏離。那對德國夫婦態度收斂，義大利夫妻則在接下來那幾天裡一再嘲諷地問我有沒有「親愛的亨麗葉夫人」的消息。儘管我們的舉止看來通情達理，我們那一桌以誠相待、自然而然的愉快共處卻無可挽回地受到些許破壞。

不過，我先前的對手那種嘲諷的冷淡之所以格外明顯，是因為C夫人在那場辯論之後對我特別友善。平常她一向極為拘謹，除了用餐時間以外幾乎不會跟同桌伙伴談話，如今她多次找到機會在花園裡跟我攀談，我幾乎想說她是藉此表彰我，因為她的態度高尚拘謹，進行一番私人對話就已經像是種特別的恩寵。是的，說實話，我得說她簡直是在刻意找我，利用每一個機會來跟我交談，假如她不是位白髮老太太，我很可能會想入非非，起了奇怪的念頭。不過，我們若是閒聊，話題就又不可避免、無法轉移地回到最初的起點，回到亨麗葉夫人身上。她指責那個忘卻責任的女子心志不堅、不可靠，似乎從中得到神祕的享受。然而，她似乎同時也為我的毫不動搖而感到高興，我堅持同情那位溫柔秀麗的女子，無論什麼都無法使我否認這份同情。她一再把我們的談話引到這個方向，到最後，我不再曉得該如何看待這份奇特、近乎古怪的執拗。

就這樣過了幾天，大約五、六天吧，而她一個字也不曾透露這種交談對她何以重要。但其重要性無庸置疑，這一點明擺在眼前。一次散步時，我順便提起我待在此地的時間將要結束，我打算在後天啟程。此時，她平時毫無情緒起伏的面容突然露出異樣的緊張，像一片雲影掠過她大海般的灰色眼睛：「真可惜！我還有那麼多話想跟您說。」從這一刻開始，一種慌張不安洩露出她在說話時想著別的事，那件事強烈地盤踞在她心頭，令她分心。最後，這份心不在焉似乎也令她難堪，因為在一段驟然出現的沉默之後，她出人意料地向我伸出手：「我看出，我無法清楚地說出原本想告訴您的話。我還是寫信給您好了。」接著她就走回旅館，步伐急促，不像我平常所熟悉的她。

果然，到了晚上，就在晚餐之前，我在房間裡發現一封信，信上是她遒勁坦率的筆跡。可惜我處理年輕時期的書信相當草率，所以無法逐字逐句地重述，只能大略提一下實際的內容，她信中問到是否可以把她人生中的某件事說給我聽。她寫道，那則插曲發生在很久以前，跟她目前的生活幾乎已經毫不相干，又說由於我後天即將啟程，讓她比較容易啟齒，去談這件二十多年以來一直在內心折磨著她、令她思之再三的事。如果我不認為這樣一番談話太過冒昧，那麼她想請求我給她一個小時的時間。

在此處我只記下此信的內容，而那封信非常吸引我，信是用英文寫的，單是這一點就賦予那封信高度的清晰和果決。儘管如此，要回信卻並不容易，我撕掉了三份草稿之後才如此回覆：

「您對我如此信賴，我深感榮幸，而我答應您會誠實地回答，如果這是您對我的要求。凡是您不想吐露的，我當然不會請求您相告。但您所敘述的，請您對自己、對我都完全誠實。請相信我，我將您的信賴視為一份殊榮。」

這張紙條在晚上被送進她房裡，次日早晨我發現了回信：

「您說的完全正確：半個真相一文不值，全部的真相才有價值。我將鼓起所有的力量，對我自己、對您都無所隱瞞。晚餐後請您到我房裡來，我已經六十七歲了，無須擔心遭人誤解。因為在花園裡或是在眾人身旁我無法開口。請您相信我，光是要下定決心，對我來說就不容易。」

白天裡我們還在餐桌上碰面，客氣地聊些無關緊要的事。可是在花園裡，她遇見我時就避開我，帶著明顯的慌亂，看著這位白髮老太太像個少女般，害羞地逃進一條松林道裡，讓我覺得既難堪又動人。

晚上，在約好的時間，我去敲門，而門馬上就開了。房間裡光線昏暗，只有桌上一盞小小的閱讀用燈在這光線黯淡的空間裡投射出一個黃色的圓錐形。C夫人大大方方地迎向我，請我在一張扶手椅上坐下，自己坐在我對面。我感覺出她的每一個動作都已先在心裡做好準備，儘管如此，卻還是出現了一個沉默的空檔，顯然有違她的意志，之所以出現空檔是由於難以下定決心。那空檔變得越來越長，我卻不敢用一句話來打斷，因為我感覺到有一股強烈的意志在跟一股強烈的抗拒奮力搏鬥。一曲華爾滋斷斷續續的曲調不時從樓下的聊天室裡隱約傳來，我側耳傾聽，彷彿想讓這份寂靜減少一點沉重的壓力。她似乎也已經感覺到這份沉默造成了不自然的緊張，因為她突然打起精神，開口了：

「只有第一句話難以出口。這兩天來我都在準備，要把話說得清清楚楚，而且符合事實，但願我能做到。也許您此刻還不了解，我何以會向您，一個陌生人，述說這一切，但是我沒有一天，幾乎沒有一小時不想著這個特定事件。您可以相信我這個老婦人的話，一輩子都凝視著自己生命中的一個點，生命中唯一的一天，這令人難以承受。因為我將告訴您的這一切，只不過涵蓋了我六十七年生命中二十四個小時的時間。我常常近乎發狂地告訴自己，如果一個人曾在一剎那做出了荒唐的事，那也不算什麼。但是我們擺脫不了我們沒把握稱之為良心的東西。當我聽見您就事論事地談論亨麗葉那件事，我就想，假如我能下定決心，向哪個人坦率地談起我生命中的這一個日子，也許這種無意義的回想和不斷的自我控訴將可結束。假如我信奉的不是英國國教而是天主教，那麼告解就早已給了我機會，說出這件被隱瞞的事，從而得到赦免。但我們得不到這種安慰，所以今天我才做了這個奇特的嘗試，藉由向您述說來為自己開脫。我知道這一切都很奇特，但您毫不猶豫地答應了我的提議，我為此感謝您。

「嗯，我已經說過，我只想向您述說我人生中唯一的一天，其餘的一切在我看來都沒有意義，對別人來說也很乏味。在我四十二歲以前所發生的事沒有一步偏離常軌。我的父母親是蘇格蘭的富有地主，家裡擁有大型工廠和田產，按照當地貴族的生活方式，一年當中大半時間都住在我們的莊園裡，社交季節則在倫敦度過。十八歲時，我在社交場合認識了我丈夫，他是名門望族R家的次子，在駐紮於印度的軍隊裡服役過十年。我們很快就結婚了，過著我們那個社會階層的無憂生活，每年有三個月住在倫敦，三個月住在我們的莊園，其餘時間則輪流住在義大利、西班牙和法國的飯店裡。我們的婚姻不曾有過一絲陰影，我們所生的兩個兒子如今都已成年。在我四十歲時，我先生突然過世。他在熱帶生活的那些年裡染上了肝病，在可怕的兩週之內，我就失去了他。我的大兒子當時已經在工作，小兒子在上大學，就這樣，一夕之間，我就完全陷入空虛之中，我習慣有人溫柔相伴，這份孤單對我而言是種可怕的折磨。屋子裡的每一件東西都讓我想起我悲哀地失去了心愛的丈夫，我覺得無法在那棟淒涼的屋子裡再多住一天，於是決定在接下來那幾年裡，在兩個兒子尚未成家之前多去旅行。

基本上，從這一刻起，我認為我的生活毫無意義，毫無用處。二十三年來和我朝夕相處、分享了每一個念頭的男人已經死了，孩子不需要我，我擔心自己的陰鬱和憂傷會妨礙他們的青春，而就我自己而言，我不再想要什麼，不再有所渴望。我先是移居到巴黎去，出於無聊就去逛逛商店和博物館；但那座城市和那些事物陌生地圍繞在我身旁，而我避開別人，因為我受不了他們見我身著喪服，禮貌地投來惋惜的目光。那幾個月我麻木恍惚地四處漂泊，那段日子是怎麼過去的，我不再能夠敘述，只知道我一直有尋死的願望，只是沒有力量自行加速這苦苦期盼之事的來臨。

「在喪偶之後的第二年，也就是在我四十二歲那年，我在三月末去了蒙地卡羅。那是種我不願承認的逃避，為了打發那變得毫無價值、無法消磨的時間。老實說，那是出於無聊，出於內心的空虛，那種空虛感折磨著我，彷彿湧起一種噁心的感覺，這份空虛至少想用小小的外界刺激來加以填補。我越是心如死灰，就越感到有股強烈的力量把我推向生命陀螺旋轉得最快的地方。對那些毫無生活經歷的人來說，別人的情感波動也是種令人緊張的經歷，就像戲劇或音樂。

「因此我也常到賭場去。看見喜悅或驚恐在別人臉上不安地來回擺盪，我感到刺激，而在我自己心中卻是可怕的退潮狀態。再加上，我丈夫雖然並非放蕩之人，生前卻喜歡偶爾去去賭場，而我帶著某種並非刻意的崇敬，忠實地維持他從前的所有習慣。而那二十四個小時就在那裡展開，比所有的賭戲更令人激動，打亂了我往後多年的命運。

「那天中午，我跟M公爵夫人一起用餐，她是我們家的一個親戚。晚餐之後，我覺得還沒有累到想上床睡覺，於是就走進賭場大廳，在那些賭桌旁閒逛，自己並沒有下注，而是以特別的方式觀看那些混雜的賭客。所謂「以特別的方式」指的是我已逝丈夫教過我的一種方式。有一回我看得倦了，向他抱怨老是盯著這些臉孔實在無聊，在椅子上坐上幾個鐘頭才敢下注的乾癟老太太，奸詐的職業賭手和賭場交際花，那一群被湊在一起的人物。您也知道，這群人根本不像那些拙劣小說裡所描繪的那麼詩情畫意，那麼浪漫，彷彿他們是名人雅士和歐洲的貴族。雖然二十年前的賭場要比現在迷人得多，當時在桌上滾動的還是看得見的現金，沙沙作響的鈔票、金光閃閃的拿破崙金幣、厚實的五法郎硬幣交互翻滾。而在現代新蓋的豪華賭場中，只有透過旅行社安排的小市民遊客了無情趣地揮霍毫無特色的籌碼。不過，當年我就已經覺得這些面無表情的臉孔十分單調，毫無吸引力，直到我丈夫有一回教我一種特別的注視方式。他私底下的嗜好是手相術，而他教我的那種注視方式要比懶洋洋地閒晃有趣得多，更令人興奮，也更刺激，亦即：永遠不要去注視一張臉孔，而只去注視四方形的桌子，在四方形的桌面上，又只去注視眾人的手，只看手的特殊動作。我不知道您自己是否曾經碰巧只把那張綠色桌子納入視線，就只是那個綠色的方塊，在中央，一顆球像個醉漢，踉踉蹌蹌地從一個數字晃到另一個數字，在那些被分隔開來的四方形格子上，一張張鈔票、一枚枚圓形銀幣和金幣滾落，像顆種子，然後莊家的耙子就像鋒利的鐮刀一樣一把將之割去，或是像一捆莊稼一樣推到贏家面前。從這樣的角度觀察，唯一有變化的就是那些手，那許多雙敏銳、動來動去、等待著的手圍在那張綠色桌旁，全都從不同的袖口冒出來，每隻手都是一頭猛獸，準備要一躍而起，每隻手都有不同的形狀和顏色，有些光著身子，有些戴著戒指和叮噹作響的鍊子，有些像野獸般長滿毛髮，有些像滑溜溜的鰻魚一樣蜷縮著，但全都由於極度焦躁不耐而緊張、顫抖。那總是讓我忍不住想起一座賽馬場，在起跑前得使勁把那些興奮的馬匹拉回來，免得牠們太早衝出去。那些手就像那些馬匹一樣顫抖、昂首、騰躍。從這些手可以看出一切，從它們等待的方式，看它們如何伸出，如何頓住：從緊緊抓住的手認出貪婪之人，從放鬆的手認出揮霍之人，從冷靜的手認出老謀深算之人，從顫抖的手腕認出絕望之人[☆1]。從抓錢的手勢中，上百種性格閃電般地暴露出來，有人把錢弄皺，有人緊張地把錢捏緊，有人筋疲力盡地用疲倦的手掌把錢壓住。所謂「賭博見人品」，我知道這是句老話，但我要說，賭博時的手更明顯地洩露出人品。因為所有的賭徒，或者說幾乎所有的賭徒，都很快就學會控制自己的面部表情。他們在襯衫領口之上戴上無動於衷的冷淡面具，強壓下嘴邊的皺紋，咬緊牙齒，隱藏激動的情緒，拒絕讓自己的眼睛流露出明顯的不安，撫平臉部跳動的肌肉，露出故作高尚的冷淡神情。然而，正由於大家拚命集中注意力來控制最能彰顯出他們本性的臉孔，他們忘了自己的手，忘了有人只觀察這些手，藉由這些手猜出一

☆1
*Alles erkennt man an diesen Händen, an der Art, wie sie warten, wie sie greifen und stocken: den Habsüchtigen an der krallenden, den Verschwender an der lockeren Hand, den Berechnenden am ruhigen, den Verzweifelten am zitternden Gelenk.*

切，臉上微笑噘起的嘴唇和故作漠然的目光所試圖隱瞞的一切。而他們的手卻不知羞恥地揭露了他們最深的祕密。因為那一刻終將來臨，把這些吃力控制住的、看似在沉睡的手指從高尚的慵懶中拉出來：當輪盤上那顆球落入小小的池中，那個贏得賭注的數字被喊出的那一秒，在這一秒，那一百隻或五百隻手出於原始本能，不自覺地各自做出因人而異的動作。若有人像我一樣，由於我丈夫的嗜好而受到特別教導，習慣於觀察這個手的舞台，這千百種性格千變萬化，出人意料地流露，要比戲劇或音樂更令人興奮。我根本無法向您描述形形色色的手究竟有幾千種，長著毛髮的蜷曲手指有如野獸，像蜘蛛一般把錢牢牢抓住，還有緊張顫抖、指甲蒼白的手，幾乎不敢去碰錢，有的手高貴，有的卑鄙，有的粗暴，有的膽怯，有的狡猾，有的結結巴巴。然而，每一隻手都顯得與眾不同，因為每一雙手都表達出一個獨特的人生，除了那四、五個賭場職員的手之外。做為莊家，他們的手純粹是機器，運作起來帶著冷靜客觀、公事公辦、置身事外的精準，相對於那些越來越有生命的手，就像一具鋼製計量器啪噠作響地關閉。然而由於這幾雙冷靜的手與那些獵人般的熱情同類形成對比，它們也顯得令人驚訝。我想說，它們身穿另一種制服，就像警察站在一群洶湧波動、群情激憤的暴民中間。再加上還有對我個人的吸引，在幾天之後，我就熟悉了每隻手的許多習慣和癖好；幾天之後，在它們當中就有了我熟識的手，而我把它們跟人一樣分成討人喜歡和令人討厭的：有些手的惡習和貪婪令我十分厭惡，我總是把目光移開，就像看見下流的舉動。桌旁每一隻新的手對我來說卻是一番經歷，引起了我的好奇。往往我忘了去看上方那張臉，那張臉高高在上，束在衣領中做為冷淡的社交面具，一動也不動地豎立在一件晚禮服襯衫之上，或是在一個珠光寶氣的胸脯上。

「那天晚上當我走進賭場，經過兩張人滿為患的桌子，走向第三張，已經準備好幾枚金幣，此時我意外地聽見一種十分怪異的聲響從正對面傳來。當一顆球已經疲弱無力，只在兩個數字之間搖搖晃晃，就會出現一陣停頓完全無人言語、完全緊繃、彷彿寂靜得隆隆作響，在這樣的停頓中，我聽見一陣喀嚓喀嚓、有如關節折斷的聲音。我不禁詫異地望過去，而我看見——真的，我嚇了一跳！——我從未見過的兩隻手，一隻右手和一隻左手，像憤怒的野獸一樣緊緊糾纏，在騰躍而起的緊張中探向彼此，緊緊相握，以致於手指關節劈啪作響，發出核桃被砸開時那種乾裂的聲音[☆2]。那雙手罕見地美，出奇地長，出奇地瘦削，卻被肌肉繃得緊緊的，膚色白皙，蒼白指甲修成圓弧形，呈現珠母的質地。一整晚我都注視著這雙手，可以說是吃驚地注視，這雙超乎尋常、簡直是獨一無二的手。不過，起初讓我如此訝異的是這雙手的激情，它們那充滿熱情的瘋狂表情，這種痙攣地互相扭絞和彼此扶持。我立刻明白，這是一個情感過度充沛的人，把全部的激情都擠到了指尖上，免得自己被這激情給炸得粉碎。而此刻……在那一秒，當那顆球以單調乏味的聲音落入池中，莊家喊出那個數字……在這一秒，這兩隻手突然各自跌落，像兩隻野獸被同一粒子彈射穿。它們跌下來，雙雙倒下，不僅是筋疲力盡，而是真的死了，它們如此具體地流露出無力、失望、如遭雷擊、一命嗚呼，我無法用言語加以形容。因為我從未見過如此善於說話的手，在那之後也不曾再看見，每一條肌肉都是一張嘴，幾乎能感覺到那份激情從毛孔中冒出來。有那麼一刻，那兩隻手躺在綠色的桌子上宛如被拋出水面的水母，扁平，沒有生命。接著其中一隻，那隻右手，

☆2
*Zwei Hände, wie ich sie noch nie gesehen, eine rechte und eine linke, die wie verbissene Tiere ineinandergekrampft waren und in so aufgebäumter Spannung sich ineinander und gegeneinander dehnten und krallten, dass die Fingergelenke krachten mit jenem trockenen Ton einer aufgeknachtenNuß.*

吃力地從指尖再度爬起來，顫抖著，縮回來，轉著圈，搖搖晃晃地旋轉著，突然緊張地向一個籌碼伸出去，把籌碼在拇指和食指的指尖之間猶豫地轉動，像個小小的輪子。驟然，那手像豹子一樣弓起身子，把那個一百法郎的籌碼扔到黑色格子裡，簡直像是噴射而出。那無所事事沉睡的左手有如收到了一個信號，立刻也激動起來；左手直起身子，悄悄湊近，爬近顫抖的右手，那兄弟般的右手似乎由於扔出籌碼而疲憊。兩隻手此刻戰慄地躺在一起，兩隻手都用關節無聲地敲著桌子，就像罹患瘧疾時牙齒輕輕地喀喀打顫。不，我從不曾見過表達能力如此驚人的雙手，這般痙攣地表達出激動和緊張。在這個有拱頂的房間裡，從各個廳裡傳來嗡嗡聲響，莊家發出小販叫賣般的呼喊，人群來來去去，那顆球來回滾動，此刻那球從高處被甩出去，在有如地板般光滑的圓形籠子裡瘋狂跳動。所有這些嗡嗡、颼颼的印象刺耳地在神經上飛馳，可是我突然覺得這一切呆滯而了無生氣，在這兩隻顫抖、呼吸、喘息、等待、打著哆嗦、戰慄的手旁邊，在這兩隻罕見的手旁邊，我彷彿著了魔似地凝視著它們。

「而我終於忍不住了，我必須看看那個人，看看那張臉，看看這雙具有魔力的手屬於誰，而我膽怯地——沒錯，的確是膽怯地，因為我對這雙手感到害怕！——把目光緩緩沿著衣袖和瘦削的肩膀向上移動。我再度吃了一驚，因為這張臉就跟那雙手一樣，說著同樣放縱而激越的語言，表現出同樣嚇人的頑強，具有同樣柔和、近乎女性化的美麗。我從未過像這樣的臉，一張如此暴露內心、激動忘形的臉，而我有充分的機會把這張臉當成一張面具從容地觀察，當成一尊沒有眼睛的雕像。這雙著了魔的眼睛連一秒鐘也不曾左顧右盼，瞳孔立在睜大的眼皮下，呆滯、漆黑、宛如沒有生命的玻璃球映照出另一顆球，那顆球是桃花心木色的，瘋狂而放肆地在圓形輪盤裡滾動、跳躍。我必須再說一次，我從未見過如此緊張、如此迷人的臉。這張臉屬於一個大約二十四歲的年輕人，這臉瘦削、柔和、略長，因此而表情豐富。一如那雙手，這張臉不太男性化，更像是屬於一個縱情玩耍的男孩。不過這一切是我後來才察覺的，因為此刻這張臉完全消失在貪婪、狂躁的激烈表情之後。那薄薄的嘴唇渴望地張開，半露出牙齒來，在十步以外就能看見那些牙齒發瘋似地上下互撞，嘴唇則僵直地張開。一綹淡金色髮絲濕漉漉地黏在額頭上，向前垂下，像在一個跌倒的人身上。鼻翼不斷抽搐，彷彿那兒有看不見的小小波浪在皮膚底下起伏。這個完全前傾的腦袋不自覺地越來越湊向前，讓人覺得它會被捲入那顆小球旋轉的漩渦之中。我這才明白，這雙手何以痙攣似地往下壓：唯有藉由這股反作用力，唯有透過這種痙攣，那具失去重心的身體才能夠保持平衡。我從不曾——我必須一再這麼說——見過這樣一張臉，在這張臉上，激情赤裸裸地流露出來，如此坦率、如此獸性、如此不知羞恥。而我凝視著這張臉……被它的如癡如狂給深深吸引，一如那些目光被那顆轉動的球的跳躍和顫動給吸引住。從這一秒開始，我再也察覺不到大廳裡的其他任何事，和這張臉散發出的火焰相比，一切都顯得平淡、沉悶、模糊、黯淡無光。我無視於所有其他人，就只觀察著這個人和他的每一個手勢，大約有一個小時之久。他的眼睛過度閃爍，有如刺眼的光線，雙手痙攣地交纏，當莊家把二十枚金幣推向這些貪婪的手指，它們彷彿被一場爆炸給顫抖地炸開。在這一秒，這張臉突然變得容光煥發，而且十分年輕，皺紋舒展開來，眼睛開始發亮，痙攣前傾的身體矯健輕盈地抬起。突然之間，他像個騎士一樣坐在那裡，全身放鬆，被勝利的感覺支撐著，手指虛榮而愛戀地撥弄那些圓圓的金幣，把金幣彈得互相碰撞，讓它們舞動，叮噹作響。然後他再度不安地轉動頭部，掃視綠色的桌面，像隻年輕的獵犬，翕動鼻孔，在尋找正確的蹤跡，然後猛一下把整把金幣抖落到桌面一角。窺伺和緊繃立刻再度開始。嘴唇再度觸電般地抽搐，雙手再度痙攣，那張男孩的臉罩上貪婪的期待，直到那抽搐的緊繃爆炸般地在失望中瓦解。那張剛才還像個男孩般興奮的臉憔悴下來，變得灰白而蒼老，眼睛呆滯無光，而這一切都發生在一秒之內，當那顆球落進他猜錯的數字上。他輸了。有幾秒鐘的時間他呆呆望著，目光近乎癡呆，彷彿無法理解；然而，當莊家發出第一聲鼓動的呼喊，他的手指立刻又向幾個金幣抓過去。但是那份自信不再，他先把那些錢幣放在其中一格上，接著又改變心意，挪放到另一格上，當那顆球已經開始滾動，他又用顫抖的手順著一個突如其來的念頭，迅速把兩張揉皺的紙鈔再扔到那個方格裡。

「在輸錢和贏錢之間，這種激動的起起伏伏，不停持續了大約一個小時，在這一個小時裡，我沒有把我著迷的目光從這張不斷變化的臉上移開過一瞬，各種激情在這張臉上如潮水般漲落。我的眼睛離不開這雙具有魔力的手，這雙手以每一根肌肉具體表現出那有如噴泉般起落的感情強弱。就算在劇院，我也從不曾如此緊張地看著一位演員的臉，像我看著這張面容，在這張臉上，各種顏色和感受交相變化，倏然掠過，就像光與影掠過一片風景。我從不曾如此關注過一場賭局，如同觀察這陌生人激動情緒的投射。假如有人在這一刻觀察我，想必會以為我目不轉睛的凝視是受到了催眠，而我的情況也的確類似全然昏沉。我就是無法把眼睛從這張臉的表情變化上移開，其餘的一切，在室內交織的燈光、笑聲、人群和目光，都只是一陣黃色的煙霧，沒有形狀地在我身邊飄浮，這張臉處於這片煙霧中，宛如火焰之中的火焰。我什麼也聽不見，什麼也感覺不到，沒有察覺人群在我身旁向前推擠，眾人的手像觸角般突然伸向前，把錢扔出去或是撈回來。我沒看見那顆球，沒聽見莊家的聲音，卻還是看見了發生的一切，猶如在夢中，藉由這些手，由於激動和情緒氾濫，一切像透過凹面鏡般放大。因為不管那顆球是落在紅色還是黑色，是滾動還是停頓，若想知道，我無須望向那輪盤：每個階段，輸與贏，期待與失望，都像火般的裂痕一樣爬過這張受激情宰制的臉。

「可是接著出現了可怕的一刻，整個晚上我已經隱隱擔心將會來到的一刻，這一刻懸在我繃緊的神經上，就像一場暴風雨，然後突然把我的神經從中撕裂。輕輕地喀噠一聲，那顆球再度落進圓格裡，那一秒再度出現，當兩百片嘴唇屏住呼吸，直到莊家的聲音宣告——這次是：零——急急伸出的耙子已經從四面八方把叮噹作響的錢幣和沙沙作響的紙鈔耙了過去。在這一刻，這兩隻痙攣的手做了一個怵目驚心的動作，它們彷彿跳了起來，想抓住一件並不在那兒的東西，接著落下來，本身毫無力氣，只憑藉重力掉在桌上，筋疲力盡，了無生氣。接著它們卻又突然再度活了過來，發瘋似地從桌上跑回自己的身體上，像野貓一樣爬在軀幹上，忽上忽下，忽左忽右，緊張地伸進所有的口袋，看是否哪裡還藏著一枚被遺忘的錢幣。然而它們總是又一無所獲地回來，越發激烈地重新展開這種毫無意義、毫無用處的搜尋。此時輪盤已經再度轉動，其他人的賭戲繼續進行，錢幣叮噹作響，椅子移來移去，幾百種小小的聲響湊在一起，嗡嗡地填滿了大廳。我全身顫抖，被恐懼給撼動了，我不得不感同身受地清楚感受到那一切，彷彿那是我自己的手指，絕望地在皺巴巴的衣服裡尋找一枚錢幣，搜遍口袋和衣褶。突然，那個人霍然在我對面站了起來，就像一個人意外地感到不適，站直身子，以免窒息。椅子在他身後砰一聲倒在地上，但他一點也沒察覺，也沒去注意鄰座的人，他們膽怯而詫異地避開這個步履踉蹌之人，他腳步沉重地離開那張桌子。

「這一幕讓我呆住了。因為我立刻明白此人將走向何處：走向死亡。凡是這樣站起來的人不會走回一家旅館，一家酒店，回到一個女人身邊，走進一節火車車廂，走進任何一種形式的生活，而是直接墜落至無底的深淵。在這個地獄般的大廳裡，即便是最冷漠的人也會看出，此人不管是在家裡、在銀行裡、還是在親戚那兒都不再有任何依靠，而是帶著他最後的錢，以他的生命做為賭注坐在這裡，此刻踉踉蹌蹌地不知走向何處，但肯定將走出這個人生。我一直就在擔心，從最初那一刻起就奇妙地感覺到，在此牽涉到的遠遠超乎輸贏。儘管如此，當我看見生命從他眼中驟然流逝，死亡把這張剛才還充滿生命力的臉塗成灰白，一道黑色閃電擊中了我。當此人掙脫了他的座位，蹣跚地走開，我必須用手緊緊抓住自己，完全被他生動的姿態給觸動。因為此一蹣跚傳進了我自己的身體，一如之前他的緊張滲進了我的血管和神經。可是接下來我被拉著向前，我必須跟著他，並非我想要那麼做，但我的腳卻推著自己向前。那完全在無意識的情況下發生，根本不是我在那麼做，而是那件事發生在我身上，我跑向通往出口的走道，沒有去注意任何人，也沒有感覺到自己。

「他站在衣帽間旁邊，服務生替他把大衣拿來。但他的手臂已不聽使喚，於是那個殷勤的服務生就幫助他吃力地把手臂伸進袖子裡，像在幫助一個癱瘓之人。我看見他機械性地把手伸進背心的口袋，想給對方一點小費，但那些手指撲了個空之後又再摸索著出來。此時他似乎突然又憶起了一切，神情尷尬，結結巴巴地向服務生說了句什麼，就跟剛才一樣猛然向前衝，隨後像個醉漢踉踉蹌蹌地走下賭場的台階。那個服務生還目送了他片刻，起初帶著輕蔑，後來才會心一笑。

「這個動作是如此令人震撼，注視這一幕令我感到慚愧。我不由自主地把頭轉開，感到難為情，因為我注視著一個陌生人的絕望，像在注視劇場的舞台。然而那股莫名其妙的恐懼隨即又突然推我向前。我迅速請人取來我的衣帽，沒有什麼特定的念頭，完全是機械性的，全然出於衝動，我倉促地跟著這個陌生人走進了黑暗中。」

C夫人中斷了她的敘述，停了一會兒。之前她一動也不動地坐在我對面，以她特有的平靜和客觀幾乎沒有休息地述說，只有內心已經準備好、將所發生的事件仔細整理過的人才會這樣說話。此刻她頭一次停頓下來，猶豫著，然後突然撇下她的敘述，直接對著我說：

「我答應過您，也答應過自己，」她有點不安地說道：「要坦率說出所有的事實。不過，此刻我得請求您，要完全相信我這份坦率，不要認為我的行為有隱而未言的動機，即使我真有別的動機，如今我或許也不會感到羞慚，但在這件事情上，猜測我有這些動機會是完全錯誤。因此我要強調，當我跟著這個崩潰的賭徒走上街道，絲毫不是愛上了這個年輕人。我根本沒把他當成一個男人，事實上，我這個當時已經年過四十的婦人，在丈夫死後就不曾再正眼看過任何一個男子。男女之情對我來說徹底結束了。我特別向您強調這一點，必須把這話告訴您，否則您就無法了解接下來所發生的一切有多麼可怕。當然，另一方面，我也很難說得清楚，當時讓我不得不尾隨那個不幸之人的那種感覺，那當中有好奇，但主要是種可怕的恐懼，或者說得更貼切一點，是恐懼某種可怕之事將要發生，從第一秒開始，我就隱隱感覺到這件可怕的事像烏雲一樣籠罩著這個年輕人。然而這種感覺無法剖析，尤其是因為這些感受交相混合，過於被迫，過於迅速，過於衝動，單是這個原因就使人無法分析。很可能我當時所做的就只不過是本能地提供協助，就像把一個在馬路上跑向一輛汽車的孩子拉回來。又像是自己不會游泳的人看到有人溺水就從橋上跳下去，這要怎麼解釋？在他們還來不及去判斷自己的大膽行為有無意義之前，就是有股力量神奇地拉著他們，一股意志推著他們往下跳。就像這樣，我當時沒有去想，缺乏清醒的考量，就跟著這個不幸的人從賭場大廳走到出口，又從出口走到露台上。

「而我很確定，不管是您還是任何一個眼睛清醒、感覺敏銳的人，都無法擺脫這份充滿恐懼的好奇，因為沒有比這更駭人的一幕了：一個頂多二十四歲的年輕人，像老人般吃力，像醉漢般搖晃，彷彿關節鬆動、斷裂，從台階上拖著身子走到臨街的露台上。在那兒，他整個人跌坐在一張長椅上，笨重地像個麻袋。從這個動作中，我再度戰慄地感覺出：這個人到了盡頭。只有死人才會這樣倒下，或是身上再沒有一根肌肉抓住生命的人。他歪著頭，斜倚著倒在椅背上，手臂鬆垮無力地垂下，在暗暗閃動路燈的昏暗光線中，任何一個路人都會以為他遭到射殺。就這樣——我無法解釋，為何這個幻覺突然在我心裡出現，但它突然就在那兒，具體得可以抓得到，真實得可怕，真實得恐怖——就這樣，在這一秒，我看見他在我面前，像個被射殺的人，而我心中確信他口袋裡揣著一把手槍，明天將會有人發現這具軀體躺在這張長椅或別張長椅上，沒有生命，淌滿鮮血。因為他倒下的樣子完全像塊石頭，一塊墜落深淵的石頭，在尚未抵達深谷之前不會停住，我從未見過一具身體表現出類似這樣疲憊而絕望的表情。

「現在請您想想我的處境：我站在那張長椅背後二、三十步的地方，長椅上是那個一動也不動、徹底崩潰的人，我不知道該從何著手。一方面，伸出援手的意志推我向前；另一方面，教養及先天的羞怯又推我向後，不敢在街道上跟一個陌生男子攀談。煤氣路燈在雲層密布的天空下暗暗搖曳，少有人影匆匆經過，因為時間已近午夜，我幾乎是獨自跟這個意欲自殺之人在公園裡。我已經五次、十次鼓起勇氣，朝他走過去，每次又被害羞給拉回來，拉我回來的也可能是那種直覺，在心裡深處知道墜落之人往往會把協助者一起扯下去。就這樣來來回回，我自己也清楚地感到這個情況可笑而毫無意義。儘管如此，我還是開不了口，也無法走開，既不能做些什麼，也無法丟下他。希望您會相信我，我告訴您我站在那個露台上，走來走去下不定決心，大約有一個小時之久，無盡漫長的一小時，在一片看不見的大海裡，千萬個細浪將時間撕碎；一個人徹底毀滅的景象深深震撼了我，留住了我。

「然而我卻鼓不起勇氣說一句話，採取一件行動，說不定我會就這樣等上大半夜，也許較為明智的自私自利最後會促使我回家，是的，我甚至認為自己當時已經下定決心，任由這個可憐的傢伙倒在那兒，但此時一股強大的外力決定不再讓我猶豫，因為這時下起雨來。一整個晚上，海風就已經把沉重蒸騰的春雲推到了一塊兒，用心肺就感覺得到天空沉甸甸地向下壓，突然一粒雨滴啪一聲落下，隨即大雨滂沱，雨水被風追趕，成為一條條沉重的雨柱。

我不由自主地躲到一個售貨亭的篷簷下，雖然我把傘撐開了，陣陣狂風還是把一綹綹雨水潑灑在我的衣服上。雨珠落地四濺，冷冷的水沫噴灑到我臉上和手上。

「然而，在這場傾盆大雨中，那個可憐的傢伙仍舊坐在那張長椅上，一動也不動。那幅景象是如此駭人，在二十年後的今天，那份回憶仍然讓我喉頭一緊。雨水從所有的簷槽汩汩流下，聽得見車輛從城裡轟轟駛來，人影從左右兩邊逃離，豎起了大衣領子。凡有生命之物全都膽怯地蜷縮起來，逃開，走避，在人類和動物身上都感覺得出對那傾盆暴雨的恐懼，只有長椅上那黑黝黝的一團人形動也不動。我先前已經跟您說過，此人具有一種神奇的力量，能透過動作和姿態把他的每一種感受具體呈現出來；而他紋風不動，毫無感覺地坐在傾盆大雨中，疲憊過度，無法站起來，走幾步路到一個能遮風擋雨的屋簷下，對於自己的生命全然無動於衷。世間沒有什麼能比這更加撼動人心地表達出絕望、自暴自棄、雖生猶死。沒有哪個雕塑家、哪個詩人，曾經如此動人地讓我感受到絕望至極的姿態，感受到人間最深的悲慘，不論是米開朗基羅還是但丁，一如這個活生生的人所讓我感受到的。他任由自己被大雨淋濕，過於無力，過於疲憊，再也動彈不得，無法保護自己。

「這讓我按捺不住，我非做點什麼不可。我猛然穿過雨水那一排排濕漉漉的藤鞭，把那個在滴水的人從長椅上搖起來。『跟我來！』我抓住他的手臂。他吃力地向上凝視，身上似乎緩緩地有了動靜，但是他不明白。『跟我來！』我再度拉扯那濕濕的衣袖，這會兒已經接近發怒。此時他緩緩站起來，缺乏意志，搖搖晃晃。『您有什麼事？』他問，而我無法回答，因為我自己也不知道要帶他去哪兒，只求離開這片冷雨，別再讓他由於絕望至極而沒有意義、自殺般地呆坐在這裡。我沒有放開他的手臂，拉著那個喪失意志的人往前走，直到那個售貨亭，在那裡，那個窄窄的遮篷至少稍微保護了他免受狂風暴雨襲擊。我不知道還能做什麼，什麼也不想做，只想到乾燥的地方去，只想把這個人拉進一道屋簷下，其餘的事我起初並沒有去想。

「於是我們兩個就這樣並肩站著，在那窄窄一條乾燥之地，背後是售貨攤關閉的牆面，上方就只有那個太小的屋簷，在那屋簷下，那永不滿足的雨陰險地探出手來，驟起的狂風一再把濕冷的水沫打上我們的衣服和臉。情況變得令人無法忍受。我總不能繼續這樣站在這個滴水的陌生人身旁。而另一方面，在我把他拉到這兒來之後，我也不能一句話不說地任由他站在這裡。總得有件事情發生，漸漸地，我強迫自己做清楚直接的思考。我心想，最好是叫輛車送他回家，然後我自己再回家，明天他就會知道該如何自助。於是我問那個一動也不動地站在我旁邊的人，他愣愣地望進那急馳的黑夜：『您住在哪兒？』

「『我沒有住處……我晚上才從尼斯過來的……要到我那兒去是不行的。』

「最後那一句話我沒有馬上聽懂。後來我才明白此人把我看做是……看做是個娼妓，看做是夜裡在賭場周圍成群徘徊的那種女人，因為她們希望還能從幸運的賭徒或醉漢那兒撈到一點錢。話說回來，他怎麼可能會有別的想法呢？因為直到此刻，在我向您重述時，我才感覺到我當時的處境實在令人難以置信，簡直是荒誕離奇。他怎麼可能會對我有別的想法，畢竟我把他從長椅上拉起來，理所當然地拖著他一起走，那種方式的確不像個淑女。但這個念頭並沒有立刻在我腦中浮現。直到後來，為時已晚的時候，我才漸漸明白他對我這個人抱持的可怕誤會。否則的話我絕對說不出下面這幾句話，這些話想必更加深了他的誤解。我說的是：『這樣的話，就只好去一家旅館找個房間。您不能留在這裡，您得要找個地方安頓下來。』

「但此刻我立即察覺了那令人難堪的誤解，因為他根本沒有轉身面向我，只用一種略帶譏諷的表情表示拒絕：『不，我不需要房間，我什麼都不再需要。妳別費勁了，從我這兒妳拿不到什麼。妳找錯對象了，我沒有錢。』

「這些話又是說得可怕，帶著一種駭人的無動於衷。他那樣站著，滴著水、濕透了，打從內心裡筋疲力盡，這種渾身無力的倚牆而立使我深受震撼，讓我根本沒有時間小心眼而無聊地自認受到了侮辱。我只感覺到這裡有個人正瀕臨死亡，一個活生生、還在呼吸的年輕人，而我必須要救他。從我看見他蹣跚走出大廳的那一刻，我就這樣感覺到，在這不可思議的一個鐘頭裡也不斷地這樣覺得。我朝他走近一點。

「『別擔心錢的事，跟我來！您不能待在這裡，我會找到地方安頓您。什麼也別擔心，現在只要跟我來！』

「他轉過頭來，雨水嘩啦啦地在我們四周沉沉落下，簷槽劈啪劈啪地把水澆在我們腳邊，我感覺到他在黑暗中頭一次努力想看清我的臉。他的身體似乎也慢慢地從冷漠中甦醒過來。

「『嗯，隨便妳吧，』他讓步地說：『我什麼都無所謂……反正有何不可？我們走吧。』

我把傘撐開，他走到我身側，挽住了我的手臂。這突如其來的親暱讓我覺得不自在，可以說令我震驚，那一驚直到我心底深處，但我沒有勇氣去禁止他做什麼。因為如果我這時候把他推回去，他就會墜入無底深淵，那麼到目前為止我試圖去做的一切就都是枉然。我們朝著賭場往回走了幾步路，此時我才想到，我不知道該拿他怎麼辦。我很快地思索，最好是帶他到一家旅館去，在那兒把錢塞到他手裡，讓他能在旅館過夜，明天能搭車回家，其他的我沒有多想。當馬車匆匆地從賭場前面駛過，我叫住一輛，我們上了車。車伕問要去哪裡，起初我不知該怎麼回答，但我突然想起，我旁邊這個完全濕透、還在滴水的人進不了任何一家高級飯店。另一方面，我也實在毫無經驗，根本沒想到什麼曖昧之處，就對那車伕喊道：『去隨便一家普通旅館！』

「那車伕很沉著，也被雨水淋濕了，隨即策馬向前。我身旁那個陌生人一言不發，車輪轆轆滾動，雨水重重地敲打著車窗，在這個黑暗無光、棺材般的四方形裡，我覺得自己像是跟一具屍體同行。我努力思索，想找到一句話來減輕這默默共處的詭異，但我想不出來。幾分鐘後，馬車停住，我先下車，付了錢給車伕，同時那人彷彿睡意朦朧地關上車門。此刻我們站在一家陌生的小旅館門口，上方是一塊拱形玻璃遮篷，罩著一小塊擋雨的空間，雨水在四周以可厭的單調把看不透的黑夜撕成了流蘇。

「那個陌生人屈從於自身的沉重，不由自主地倚牆而立，水滴從他濕透的帽子和壓皺的衣服滴落下來。像個被人從河裡救起的溺水之人，神智仍舊昏沉，他就那樣站在那兒，在他倚靠的那一小塊地方，水向下流淌，形成了一道細流。但他沒有費一絲力氣去把水抖落、去揮動帽子，水滴一再從帽子上沿著額頭和臉往下流。他完全無動於衷地站著，而我無法告訴您，這副萬念俱灰的樣子是如何震撼了我。

「然而，此刻必須要採取行動。我伸手到提包裡掏錢。『這裡是一百法郎，』我說：『用這筆錢要個房間，明天搭車回尼斯去。』

「他詫異地抬起眼睛。

「『我在賭場大廳觀察了您，』我察覺到他的猶豫，就催促他：『我知道您輸光了一切，擔心您會去做傻事。接受幫助並不丟臉……喏，拿去吧！』

「但他把我的手推回去，我沒料到他會有這麼大的力道。『妳是個好人，』他說：『但是別浪費妳的錢。沒有人幫得了我。這一夜我睡不睡完全無所謂，明天反正一切就結束了。沒有人幫得了我。』

「『不，您得要收下，』我勸他：『明天您就會有不同的想法。現在您先上去，好好睡一覺再說。白天裡事情看起來就會不一樣。』

「然而，當我再度要把錢塞給他，他近乎發怒地把我的手推開。『不要這樣，』他又低沉地重複了一次：『這沒有意義。最好是我就在外面了結，免得用血弄髒了那些人的房間。一百法郎幫不了我，一千法郎也幫不了。反正明天我又會帶著剩下的最後幾法郎到賭場去，沒有全部輸光之前不會罷手。何必重頭再來一次呢，我受夠了。』

「您無法估量這陰沉的語氣是如何刺進了我的靈魂。不過，請您想像一下：就在離您幾公分的面前，站著一個年輕、聰明、活生生、在呼吸的人，而您知道，如果您不竭盡全力，這個會思考、會說話、會呼吸的年輕人在兩個小時之後就會成為一具屍體。此時我想要戰勝這毫無意義的抗拒，那彷彿成了一股怒氣，一份惱火。我抓住他的手臂：『別再說這些蠢話！您現在就上去要個房間，明天早上我會過來送您坐上火車。您必須離開此地，明天就搭車回家，在我沒有親眼看見您拿了車票坐上火車之前，我不會罷手。年輕人不該拋棄自己的生命，只因為他輸掉了幾百法郎還是幾千法郎。這是種懦弱，是種愚蠢的歇斯底里，只是出於氣憤和惱怒。明天您就會覺得我說的沒錯！』

「『明天！』他複述著，語氣異樣陰沉、嘲諷。『明天！如果妳知道明天我人在哪裡！假如我自己能知道的話，其實我也好奇自己會在哪裡。不，回家吧，乖孩子，妳別費力氣了，也不要浪費妳的錢。』

「但我不再退怯。那就像是一股狂熱，像我心中的一股暴怒。我使勁抓住他的手，把那張鈔票塞進去。『拿了這錢，馬上進去！』我堅決地走到門鈴旁邊按了鈴。『現在我已經按鈴了，門房立刻就會過來，您上樓去躺下。明天上午九點我會在門口等您，馬上帶您到火車站去。其餘的一切您都不必擔心，我會安排好一切必要的事，讓您能一路回到家。不過，現在您先去躺下，好好睡一覺，不要多想！』

「在這一刻，鑰匙從門裡喀嚓響起，門房開了門。

「『來！』此時他突然說，聲音強硬、堅決、惱怒，而我感覺到自己的手腕被他的手指緊緊扣住。我大受驚嚇……徹底受到驚嚇，被嚇呆了，像被閃電擊中，讓我失去了所有的意識……我想要抗拒，想要掙脫……可是我的意志力彷彿癱瘓了……而我……您會了解的……門房站在那兒不耐煩地等候，在他面前和一個陌生人拉拉扯扯讓我感到羞慚。於是……於是我突然就進了那家旅館；我想要說話，想說些什麼，可是喉頭哽住了……他的手沉重地擱在我手臂上，控制著我……我隱隱感覺到那隻手拉著意識模糊的我上了樓梯……一把鑰匙喀嚓轉動……而我突然就跟這個陌生人單獨在一個陌生的房間裡，不知在哪一家旅館，直到今天我都不曉得那家旅館的名字。」

C夫人再度停頓，突然站了起來。她的聲音似乎不再聽她使喚。她走到窗前，默默地望出窗外好幾分鐘，也可能只是把額頭貼在冷冷的窗玻璃上。我沒有勇氣去仔細看她，因為要在這位老夫人情緒激動時觀察她令我感到難為情。於是我靜靜地坐著，沒有問問題，沒有做聲，等待著，直到她又踩著克制住的步伐走回來，在我對面坐下。

「嗯，最難說出口的現在已經說了。我希望您會相信我，當我此刻再度向您保證，以所有於我神聖之物來發誓，以我的榮譽和我的孩子，發誓直到這一秒之前，我沒想過會……會跟這個陌生人有什麼關係，發誓我真的毫無清醒的意志，可說是毫無意識，如同穿過一道活門，從我人生的平坦道路突然陷入這個處境。我向自己發過誓，要對您誠實，也對我自己誠實，所以我再向您重複一次，我只是一心想要救人，幾乎熱心過度而被捲入這樁悲劇性的冒險，並非由於其他因素，並非由於個人的情感，也就是完全沒有任何願望、任何預感。

「那一夜在那個房間所發生的事，請容許我就不對您述說了。我自己沒有忘記這一夜的每一秒，也將永遠不會忘記。因為在這一夜，我跟一個人為了他的生命而搏鬥，我再重複一次：這場搏鬥攸關生死。我的每一根神經都清清楚楚地感覺到，這個陌生人，這個已經毀掉一半的人在死亡的威脅下，用全副的貪婪和激情抓向最後的希望。他緊緊抓住我，彷彿已經感覺到腳下的深淵。我則豁出一切，竭盡所能地拯救他。這樣的時刻一個人一生中也許只會經歷一次，而這種人在幾百萬人當中又只有一個。若非這樁可怕的巧合，我也絕對想不到，一個自暴自棄的絕望之人會多麼熾熱、多麼絕望地再一次吸吮生命的每一滴紅色汁液，帶著無法抑制的貪婪。我遠離生命中所有的惡魔力量二十年之久，本來將永遠無法明白大自然何等偉大，何等神奇，有時會把熱與冷、生與死、陶醉與絕望壓縮在短短幾次呼吸裡。這一夜充滿了搏鬥和對話，充滿了激情、憤怒和憎恨，充滿了懇求之淚和陶醉之淚，在我感覺裡彷彿持續了千年之久，而我們兩個人彼此交纏，踉踉蹌蹌地從深淵裡爬出來，一個一心求死，另一個一無所知，從這番致命的混亂中走出來，不一樣了，判若兩人，帶著不同的知覺，不同的感受。

「但我不想談這個。我無法描述，也不想描述。只有我早晨醒來時那前所未有的一分鐘，我還是得向您提一下。我從沉睡中醒來，從我不曾識得的暗夜深處。我花了很久的時間才睜開眼睛，而我首先看見上方陌生的天花板，而我繼續一點一點地看去，看見一個陌生而醜陋的房間，我不知道自己是怎麼進到這個房間的。起初我說服自己還在作夢，一個較為明亮、較為透明的夢，是我浮出了那場深沉而混亂的睡眠之後進入的夢境。可是真實的陽光已在窗前，刺眼明亮，不會錯認的晨光，街道上的轆轆車聲、電車鈴聲和人聲從下面傳上來，於是我知道我不再是在夢中，而是已經醒來。我不由自主地坐起來，想要記起一切，而此時……當我把目光轉向旁邊……我看見——我將永遠無法向您描述我受到的驚嚇——一個陌生人睡在我旁邊，在同一張大床上……可是這般陌生，陌生，陌生，一個半裸的人，一個我不認識的人……不，這份震驚是無法描述的，它如此可怕地朝我襲來，讓我無力地倒回床上。但那並非完全不省人事，正好相反，我以閃電般的速度意識到一切，又無法解釋這一切，赫然發現自己跟一個全然陌生之人在一起，躺在一張陌生的床上，在一間想來可疑的低級旅館裡，出於噁心和羞恥，我真想一死了之。我還清楚記得，我的心跳停止，我屏住呼吸，彷彿要藉此消除我的生命，尤其是消除我的意識，這份意識清楚得可怕，領會了一切，卻又什麼都不明白。

「我永遠不會知道，自己那樣四肢冰冷地躺了多久，死者想必就像這樣僵直地躺在棺材裡。我只記得我閉上了眼睛，向上帝祈禱，向天上的任何一個神明祈禱，但願這不是真的，但願這並非事實。然而，我的感官敏銳起來，不再容許任何欺騙，我聽見隔壁房間裡有人在講話，水聲嘩嘩，外面走道上有啪噠啪噠的腳步聲，所有跡象都無情地證實了我感官的清醒。

「這可怕的狀態維持了多久，我說不上來，這樣的分分秒秒跟生活中測得的分分秒秒是不同的時間。而另一種急促、恐怖的恐懼突然向我襲來：這個我連名字都不知道的陌生人此刻可能會醒來，對我說話。我立刻明白，我只有一件事可做：在他醒來之前穿上衣服，悄悄溜走。不再被他看見，不再對他說話。及時拯救自己，離開，離開，離開，回到自己的生活，回到我住的飯店，馬上搭下一班火車離開這個墮落的地方，離開這個國家，再也不要遇見他，再也不要看進他眼裡，沒有目擊者，無人控訴，也無人知情。這個念頭讓我清醒過來，我小心翼翼地，像小偷一樣躡手躡腳，幾公分幾公分地（只為了不要弄出聲響）把身體挪下床，去拿我的衣服。我小心翼翼地穿上衣服，每一秒都在顫抖，害怕他會醒來。眼看我已經穿好衣服，已經辦到了，只有我的帽子躺在另一邊的床腳下，此刻，當我踮起腳尖走過去把它撿起來，在這一秒，我忍不住想再朝這個陌生人的臉上瞄一眼，他像塊從牆上掉落的石頭掉進我的生活。我只想瞥上一眼，可是……那很奇怪，因為躺在那兒酣睡的陌生年輕人對我來說的確陌生，乍看之下，我根本沒認出昨天那張臉。因為那個異常激動之人受激情驅使、激動而緊張的面容彷彿消失無蹤，躺在那兒的人有一張不同的臉，十分天真，全然像個男孩，簡直是煥發出純潔和快活。昨天還惱怒地咬在齒間的嘴唇在夢中柔軟地張開，略呈圓形，帶著笑意；那頭金色鬈髮柔軟地順著平滑的額頭落下，有如柔和的波浪從呼吸平靜的胸膛掠過靜臥的身體。

「您也許還記得，我先前向您敘述過，說我從未在一個人身上觀察到如此強烈、如此罪惡的貪婪和激情，如同這個在賭桌旁的陌生人。而我要對您說，我也從未見過這種純潔明亮的表情，這種真正幸福的酣睡，就連在小孩子身上都不曾見過，雖然沉睡中的嬰兒偶爾會散發出一種天使般的喜悅光輝。在這張臉上具體地表達出各種感覺，此刻是一種置身天堂般的放鬆，擺脫內心所有的沉重，無所牽掛，獲得拯救。看到這令人吃驚的景象，所有的害怕、所有的恐懼，就像一件沉重的黑色大衣從我身上滑落。我不再羞愧，不，我幾乎很高興。那件無法理解的可怕之事對我而言突然有了意義。想到這個溫柔俊美的年輕人，他像朵花一樣快活而安靜地躺在這裡，要是沒有我的獻身，他就會摔得粉身碎骨，鮮血淋漓，帶著一張碎裂的臉，了無生命，眼睛睜得大大的，在哪個山崖陡坡上被人發現。我救了他，他得救了。這令我感到高興，覺得自豪。而此刻——我無法用別的話來表達——我以母親般的目光看著這個沉睡之人，我將他再一次生下，讓他重獲生命，比生下我自己的孩子還要痛苦。就在這個陳舊、骯髒的房間中央，在這間噁心、齷齪的廉價旅館，我有一種感覺——就算您會覺得這句話很可笑——宛如置身於教堂之中，感到由於奇蹟和神聖而起的幸福。從我一生中最可怕的一秒衍生出姊妹般的第二秒，那最令人詫異、最動人心弦的一秒。

「是我的動作太大聲了嗎？還是我不由自主地說了什麼？我不知道。但那熟睡之人忽然睜開了眼睛。我嚇了一跳，向後倒退。他詫異地環顧四周，就跟我先前一樣，此刻他似乎也吃力地從無盡的深處和混亂中爬出來。他的目光費力地掃過那個陌生的房間，然後驚訝地落在我身上。可是他還沒來得及開口說話或回想起什麼，我就鎮靜下來。我不容許他說什麼，問什麼，不容許任何親暱，不讓任何事重新發生，關於昨天和這一夜，什麼也不要解釋，什麼也不要討論。

「『現在我得要走了，』我迅速向他表示，『您留在這兒，把衣服穿好。十二點時我們在賭場入口碰面，在那裡我會安排好其餘一切。』

「他還來不及回答，我就逃了出去，只為了別再看見那個房間，頭也不回地離開了旅館，我既不知道那間旅館的名字，也不知道那個陌生男子的名字，我跟他在這間旅館裡共度了一夜。」

C夫人中斷了她的敘述一會兒，但她聲音裡的緊張和痛苦均已消失。如同一輛馬車艱難地爬上山坡，但在抵達高處之後，輕鬆地向下奔馳，此時她的敘述也如釋重負地飛快進行：

「於是：我急忙穿過晨光照亮的街道，走回我所住的飯店，那場暴雨洗去了天空的所有陰霾，我心中的痛苦此刻也一掃而空。因為別忘了我先前對您說的話：在我丈夫死後，我完全放棄了自己的人生。孩子不需要我，我也不想要我自己，生活若是沒有特定的目的，就是個錯誤。如今頭一次有件任務意外地落在我身上：我救了一個人，用盡所有的力量把他從自我毀滅中拉了回來。現在只剩下一小段路要克服，我必須完成這件任務。於是我急忙走回飯店，門房看見我直到早上九點才回來，向我投以詫異的目光。對於所發生的事，我的感官不再受羞恥和氣惱的壓迫，而是頓時重新發現我的生命意志，一種意外的新感覺，感到自身存在之必要，這感覺溫暖地流過豐沛的血管。在房間裡，我迅速換了衣服，不自覺地（我後來才察覺）換下了那身喪服，換上一件色彩較明亮的衣裳，再去銀行領錢，匆匆趕到火車站去詢問火車的發車時刻。以一種連我自己都感到驚訝的果決，我還辦妥了另外幾件事，赴了幾個約會。此時已沒有別的事可做，除了把那個命運扔給我的人送上車，完成徹底的拯救。

「當然，此刻要當面走向他，這需要力量。因為昨天的一切都發生在黑暗中，在一道漩渦裡，就像兩顆石頭被一道急流捲走突然撞在一起，我們幾乎沒有看見彼此的臉，我甚至不確定那個陌生人是否能認出我來。昨天是個巧合，是陣迷亂，是兩個迷惑之人的心神錯亂，今天卻需要我更加坦率地顯露自己，因為此刻在無情的明亮日光下，我必須身為活生生的人與他相對，以我的人、我的臉。

「但一切都比我所想的要容易。在約定的時間，我才走近賭場，一個年輕人就從一張長椅上跳起來，急急忙忙朝我走來。在他那份驚訝中有種本能、天真、無心、愉悅，在他每一個擅於表達的動作中也一樣。他就那樣飛奔而來，眼裡閃著感謝而敬畏的喜悅，一察覺我的眼神在他面前顯得慌亂，他就謙卑地垂下眼睛。我們很少感受到別人的感謝，尤其是最心懷感激之人找不到表達的方式，他們神情迷惑，沉默不語，感到羞慚，有時會故作彆扭來隱藏他們的感受。可是在這個人身上，上帝像個神祕的雕塑家，把千姿百態的感情都具體呈現出來，感性而美麗，在他身上，感謝的姿態也燦爛地透過身體煥發出來，就像一股激情。他彎下腰，執起我的手，謙卑地垂下男孩般輪廓瘦削的頭部，有一分鐘的時間他維持著這個姿勢，恭敬地吻了我的手，只輕輕觸及我的手指，然後才又向後退，向我問候，動人地看著我。他的每一句話都莊重有禮，幾分鐘之後，我的最後一絲擔憂就消失了。周遭的景色彷彿反射出自身感受的豁然開朗，也從著魔狀態中清醒過來，閃閃發亮。昨天怒濤洶湧的大海寧靜而明亮地靜靜躺著，每一粒小石子在拍岸的細浪下閃著白光，摩爾式建築的賭場，這個地獄淵藪，閃亮地伸向陰霾盡掃、錦緞般的天空。那個售貨亭此時打開了，成了一家花店，昨天那場滂沱大雨曾把我們逼到它的篷簷下：一叢叢白色、紅色、綠色和五彩斑斕的花花草草擺了一地，賣花的少女身穿鮮豔的彩色上衣。

「我邀請他在一家小餐廳共進午餐，在那裡，這個陌生的年輕人向我述說了他悲劇的冒險故事。當我在那張綠色桌子上看見他顫抖、驚懼的雙手，對他的故事曾有最初的預感，此時從他所說的話裡得到了證實。他出身於奧屬波蘭的古老貴族世家，已被安排好將展開外交官生涯，在維也納讀大學，一個月前以優異的成績通過了第一次考試。為了慶祝這一天，他伯伯叫了輛出租馬車帶他到普拉特遊樂園去做為獎勵，而他們一起到賽馬場去。他伯伯是參謀總部的高級軍官，而他就住在伯伯家。他伯伯賭馬的運氣很好，連贏了三次，之後帶著贏來的大把鈔票，他們在一家高級餐廳用晚餐。第二天，這個未來的外交官從他父親那兒收到了一筆錢做為他通過考試的獎勵，那筆錢相當於他每個月的生活費。兩天前他還會覺得這筆錢很可觀，可是如今，在輕鬆贏得那筆錢之後，他覺得這筆錢微不足道。於是在吃過飯後，他立刻又到賽馬場去，大膽而狂熱地下注，而他的好運——或者應該說是他的不幸——讓他在最後一場賽馬之後帶著三倍的金額離開了普拉特遊樂園。於是賭博的狂熱不時向他襲來，在賽馬場、咖啡館或是俱樂部，耗盡了他的時間、學業、精神，尤其是金錢。他無法再思考，無法再平靜地睡覺，尤其無法再控制自己。有一次在夜裡，他在俱樂部裡輸光了一切回到家，在脫衣服時，他發現背心裡還有一張皺皺的鈔票。他待不住，又穿上衣服到處亂走，直到在哪家咖啡館裡發現幾個玩骨牌的人，他就又坐下來，跟他們一直賭到天亮。有一次他已婚的姊姊幫忙他，替他償還在放高利貸的人那兒的債務，那些人看他是名門貴族的繼承人，都很樂意借錢給他。有一段時間，他的手氣又好起來，但之後就越來越差，而他輸得越多，就更加貪婪地想要大贏一筆，以償還沒能支付的欠款，按時兌現用名譽擔保的承諾。他早已經典當了錶和衣服，最後發生了那令人震驚之事：他從櫃子裡偷拿了老伯母很少戴的一對大耳環。他典當了其中一個，拿到一大筆錢，就在同一天晚上贏得了四倍的錢。可是他不但沒有去把耳環贖回，反而大膽地拿整筆錢去下注，全輸光了。在他出發時，這樁偷竊尚未被發現，於是他典當了第二個耳環，靈機一動，搭上火車前來蒙地卡羅，想在輪盤賭上贏得他夢想的財富。他已經賣掉了他的皮箱、衣服和雨傘，只剩下那把左輪手槍、四枚子彈，還有一個鑲著寶石的小十字架，是他教母X侯爵夫人送他的，而他不忍割捨。但那天下午，就連這個十字架他也以五十法郎的價格賣掉了，只為了晚上能夠再賭最後一次，嘗試賭博攸關生死的刺激。

「他向我述說這一切，帶著迷人的優雅，出自他活潑的本性。而我聆聽著，大受震撼，深受吸引，感到激動，但沒有一刻想要發怒，想到跟我同桌的此人其實是個賊。像我這樣的婦人過著規規矩矩的生活，與人交往嚴格要求傳統的自尊自重，假如昨天有人對我說，哪怕只是暗示，說我會跟一個完全陌生的年輕人親暱地坐在一起，他年紀幾乎不比我兒子大，還偷了珍珠耳環，那我會認為說話的人神智不清了。可是在他敘述時，我一刻也沒有感到恐懼，因為他是那麼自然地敘述這一切，帶著一種熱情，讓他像是在報導一場高燒、一場疾病，而不是件令人生氣的事。再加上，誰要是像我一樣，在前一夜裡經歷過那急流般的意外事件，對那人來說『不可能』這三個字就突然失去了意義。比起之前循規蹈矩度過的四十個年頭，在那十個小時裡，我體驗到的現實知識要多得多。

「儘管如此，在那番懺悔中卻有另外一點嚇著了我，當他說起賭博的狂熱，他眼中放出狂熱的光芒，讓他臉上所有神經都像觸電般抽動。就連述說都令他興奮，他那表情生動的臉孔以嚇人的清晰重現出每一份緊張，時而興奮，時而痛苦。他的雙手，這雙奇妙、纖細、緊張的手，不自覺地又變成捕獵和逃竄的生物，有如猛獸一般，就像在賭桌旁一樣。在他敘述時，我看見他的手突然從手腕以下開始顫抖，使勁地彎曲和握緊，然後又猛然張開，再重新扭成一團。當他說到偷竊那對耳環，他的手閃電般地衝向前（我不禁嚇了一跳），做出迅速偷竊的動作，我簡直像是目睹了那些手指瘋狂地撲向那件首飾，倉皇地將它握進拳頭裡。我懷著一股無名的驚慌，看出這個人連最後一滴血都中了賭癮之毒。

「在他的敘述中就只有這一點震撼了我，令我驚恐，一個年輕、聰明、本性無憂無慮的年輕人，如此可悲地受制於一項瘋狂的嗜好。於是我認為我的首要義務是和氣地勸說這個意外受我保護之人，說他必須馬上離開蒙地卡羅，此地的誘惑最危險不過，說他必須今天就回家去，趁著尚未有人發現那對耳環不翼而飛，趁著他的前途尚未永遠葬送。我答應給他旅費和贖回那件首飾的錢，但是有一個條件，就是他今天就得啟程，並且以他的榮譽向我發誓，再也不碰一張紙牌，再也不做任何賭博。

「我永遠不會忘記，這個失落的陌生人是如何懷著感激之情傾聽我說話，起初神色謙恭，漸漸神情開朗，當我答應要幫助他，他是如何吞飲我所說的話。突然他把雙手伸過桌面，抓住我的雙手，以一種令我難忘的姿態，彷彿像在膜拜，許下神聖的誓願。他原本略帶慌亂的明亮眼睛噙著淚水，由於幸福的激動，全身都緊張地顫抖。我已經多次嘗試向您描述他的姿勢神情具有獨特的表達能力，然而這一個神情我無法描述，因為那是一種歡喜若狂、超越塵世的幸福，一般人的臉平常很難流露出這樣的幸福，只有那種白影差堪與之比擬，當我們從夢中醒來，以為瞥見了一個天使正在消失的面容。

「何必隱瞞呢？我承受不住這道目光。感謝之情令人愉悅，因為我們很少明顯體會到，溫柔之情令人舒暢，對我這個穩重冷靜的人來說，這樣強烈的情感流露是種令人愉快的新鮮事物，可以說是令人幸福。再加上，一如這個受到震撼、遭到踐踏之人，周遭景色在昨天那場雨後也神奇地甦醒了。當我們走出那家餐廳，平靜無波的大海閃閃發亮，一片蔚藍直連到天際，在更高的天空上又是一片不同的藍色，偶爾有白色海鷗翩翩飛過。您也曉得地中海岸的景色，它一向很美，卻美得平淡，有如一張風景明信片，總是把飽滿的色彩從容地伸到你眼前，一份沉睡、慵懶之美，滿不在乎地任由每一道目光欣賞，在它永遠豐盈的溫順中幾乎帶著東方情調。可是有時候，在罕見情況下會有那種日子，當這個美人站起來，向前走，彷彿精力充沛地朝你走來，帶著絢爛炫目的色彩，把她鮮花般的繽紛色彩洋洋得意地朝你甩過來，熱情如火。而當時，在那個風狂雨驟的暴風雨之夜過後，繼之而來的就是這樣一個熱情的日子，被洗白的街道閃閃發亮，天空碧藍，綠地濕潤多汁，灌木遍地叢生，有如彩色的火把。山巒頓時挪近了，輪廓更為鮮明，空氣不再濕熱，陽光燦爛，山巒好奇地圍攏，湊近這座被擦得熠熠生輝的小城，放眼望去，處處都感覺到大自然的邀請和鼓舞，大自然不自覺地贏得了你的心。『讓我們叫輛車，』我說：『然後沿著濱海大道走走。』

「他興奮地點頭，自從他抵達此地，這個年輕人似乎頭一次注意到這幅景色。到目前為止，他就只識得那帶有霉味的賭場大廳，裡面瀰漫著汗水蒸騰的氣味，擠滿醜陋變形的人群，還有一座粗暴、灰暗、咆哮不已的海洋。但此刻那一大片陽光普照的海灘在我們面前呈扇形開展，目光幸福地移動，從遠方到遠方。我們搭乘馬車徐徐前進（當年還沒有汽車），走在那條風光明媚的道路上，經過許多別墅和美景，經過每一棟屋子，每一座掩映在五針松綠蔭下的別墅，你心中就會上百次浮現最祕密的願望：願能在此地生活，平靜，滿足，遠離塵世！

「在我一生當中，可曾有過比這一個小時更快樂的時光？我不知道。在馬車裡，這個年輕人坐在我旁邊，昨天還被死亡和厄運緊緊攫住，此刻帶著驚訝的表情，浸浴在大把灑下的白色陽光裡，彷彿多年的歲月從他身上溜走。他似乎又成了個男孩，一個嬉戲中的俊秀男孩，眼神高興忘形，又充滿敬畏，而他最令我著迷之處莫過於他的體貼入微。如果馬車爬上陡坡，馬匹走得很吃力，他就靈活地跳下車，從後面幫忙推。如果我提到一朵花的名字，或是指著路邊的一朵，他就急忙去把那朵花摘下。一隻小蟾蜍被昨天的雨引出來，吃力地在路上爬，他將牠拾起，小心翼翼地送到綠草中，免得牠被之後駛來的車輾過。他一邊興高采烈地說起逗趣引人的事物，我認為這些笑聲對他是一份拯救，否則他就得要引吭高歌或縱身跳躍，還是做出瘋狂的事，他那驟然流露的強烈情感如此歡欣，如此陶醉。

「當我們在山上緩緩穿過一個小村莊，他突然在經過時禮貌地脫帽致意。我很詫異，這個身處異地的陌生人，他在跟誰打招呼？在我的詢問下，他微微紅了臉，近乎道歉地解釋，說我們剛剛經過一座教堂，而在他的故鄉波蘭，一如在所有虔誠信奉天主教的國家，他們從小就養成習慣在每一座教堂和聖殿前脫帽致敬。這份對宗教的美好敬畏深深感動了我，我同時想起他曾提起的那枚十字架，就問他是否信神。當他略帶愧色、謙虛地承認，他希望能享有神的恩典，我突然起了一個念頭。『請停車！』我向車伕喊道，急忙下了車。他驚訝地跟著我下了車：『我們要去哪裡？』我只回答：『請跟我來。』

「在他陪同下，我走回那間教堂，一座磚砌的鄉下小教堂。內牆塗著石灰，灰色昏暗，空蕩蕩的，門敞著，一束圓錐形的黃色光線射進裡面的黑暗中，教堂裡，陰影藍幽幽地籠罩著一個小小的祭壇。兩支蠟燭從煙霧繚繞的溫暖微光中望出來，像遮著面紗的眼睛。我們走進去，他脫下帽子，把手浸進聖水缽，在胸前畫了十字，屈膝跪下。而他才站起來，我就抓住了他。『走過去，』我敦促他：『到一座祭壇或哪張對您來說神聖的畫像前面，在那裡照著我說的話立下誓願。』他看著我，一臉訝異，簡直嚇了一跳。但他旋即會意，走向一個壁龕，畫了十字，聽話地跪下。『請跟著我說，』我說，自己也激動得發抖。『請跟著我唸：我發誓』──『我發誓，』他複誦著，而我繼續往下說：『我再也不會參加賭錢的遊戲，不管是哪一種形式，再也不會讓我的生命和榮譽受到這種癖好的威脅。』

「他顫抖地重複這些話，這些話清晰響亮地迴盪在這空蕩蕩的教堂裡。接著是片刻安靜，靜得能聽見外面風吹過樹葉時樹木的輕輕搖動。突然，他像個懺悔之人向前撲倒，帶著我從未聽過的激情，用波蘭語急急說出一連串混亂的話語，是我聽不懂的。但那想必是一番激動的祈禱，一番感謝的祈禱、悔悟的祈禱，因為這激動的告解一再使他謙卑地朝祈禱台俯首，那些陌生的語音一再重複，越來越狂熱，越來越激烈，帶著難以形容的熱情一再吐出同一個字。在那之前，我從不曾在世上任何一間教堂裡聽過有人這樣祈禱，在那之後也不曾再聽過。他的雙手痙攣，緊緊抓住那木製的祈禱台，一場內心的颶風搖撼他全身，時而將他拉起，又將他扔下。他什麼也看不見了，什麼也感覺不到，整個人似乎在另一個世界裡，在一座蛻變的煉獄中，或是飛升到一個更神聖的領域。終於他慢慢站起來，畫了十字，吃力地轉過身。他雙膝顫抖，面色蒼白，像是疲累至極。可是當他看著我，他的眼睛煥發出神采，一抹真正虔誠的純潔微笑照亮了他前傾的臉。他朝我走近，像俄國人似地深深彎下腰，抓住我的雙手，敬畏地用嘴唇去碰：『上帝派您到我這兒來。我為此而向祂致謝。』我不知道該說什麼。但我真希望管風琴會在那排低矮的座椅上方驟然響起，因為我覺得我成功了：我永遠地拯救了這個人。

「我們從教堂裡走出來，走回燦爛湧動的五月陽光日子，世界於我從不曾更美。我們還又乘車走了兩個小時，緩緩沿著這條風光明媚的道路越過山丘，這路每轉一個彎，就贈與我們新的景致。但我們不再說話，在這番情感的宣洩之後，任何一句話似乎都只會沖淡情緒。每當我們的視線湊巧相遇，我不得不難為情地移開，看見我自己創造的奇蹟，我所受到的震撼過於強烈。

「接近下午五點時，我們返回蒙地卡羅。此時我還有一場跟親戚的約會，已經沒辦法取消。我內心深處其實也渴望能休息一下，能放鬆一下心中澎湃的感受。因為那是太多的幸福。在我一生中，我從未經歷過類似的狀態，覺得我必須要脫離此一過度激動的狂喜，好好休息。於是我請我的被保護人跟我回飯店一下，在我房間裡，我把旅費和贖回那件首飾的錢交給他。我們約好，在我去赴約時，他去買車票，然後晚上七點在途經熱那亞帶他回家的那班火車離站前半小時，在火車站的入口大廳碰面。當我想把那五張鈔票遞給他，他的嘴唇變得異樣地蒼白：『不……不要錢……我拜託您，別給我錢！』他從齒縫裡擠出這句話，手指頭顫抖著縮回去，緊張而急促。『別給我錢……別給我錢……看到錢我受不了。』他又說了一次，彷彿由於厭惡或恐懼而在身體上承受不住。但我安撫了他的羞愧，說這錢只不過是借給他的，如果他覺得心裡不安，可以寫張借據給我。『對……對……寫張借據。』他別開視線喃喃地說，把那幾張鈔票揉起來塞進口袋，看也沒看，彷彿那是件會黏在手上把手弄髒的東西，然後在一張紙上飛快地寫了幾個字。當他抬起眼睛，額頭上有一層濕濕的汗水，似乎有件東西從他體內一陣陣上湧，他才把那張紙塞給我，就全身顫抖，突然——我不由自主地嚇得向後退——他跪下來，吻我的裙邊。這個姿態無法形容，它的巨大力量令我全身顫抖。一種異樣的戰慄朝我襲來，我感到迷惘，只能結結巴巴地說：『謝謝您如此心懷感激。但現在請您走吧！晚上七點，我們再在火車站的入口大廳道別。』

「他看著我，眼眶濕潤，閃著感動的光芒。有一瞬間我以為他想說些什麼，有一瞬間他似乎朝我走近，但他突然再度深深彎腰，然後離開了房間。」

C夫人再度中斷了敘述。她站起來，走到窗邊望出去，一動也不動地久久站著。從她剪影般的背部輪廓，我看見一陣輕輕的顫抖。突然她堅決地轉過身來，一直安靜而置身事外的雙手突然做了用力分開的動作，彷彿想把某樣東西撕裂。然後她堅定地、近乎勇敢地看著我，又突然開口：

「我向您承諾過要完全誠實，而此刻我看出這個誓言多麼必要。因為直到此刻，當我強迫自己，頭一次有條有理地敘述當時的整個過程，找到清楚的話語來描述當時彼此交疊的混亂感受，直到此刻我才清楚地明白了許多事，我當時所不知道的事，或者只是不想知道的事。因此我要毅然決然地向我自己、也向您說出真相：當時，在那一秒，當這個年輕人離開那個房間，留下我獨自一人，我覺得一顆心被重重撞了一下，那感覺如同一陣暈眩隱隱向我襲來。有件什麼東西讓我心痛，那個受我保護之人，他的態度分明令人感動而且充滿敬意，而我不知道——也許是拒絕知道——他何以令我那般傷痛。

「然而如今，當我強迫自己要堅定而有條理地把過去的一切從內心掏出來，像件與我無關的事物，而您的見證不容許我有任何隱瞞，不容許令人羞愧的感覺懦弱地躲藏，如今我清楚地知道：當時讓我那麼心痛的是那份失望……失望於……這個年輕人如此聽話地走了……絲毫沒有試圖把我留住，要留在我身邊……我一叫他離開，他就謙卑而敬畏地聽從了，而沒有……沒有試圖把我拉向他……他只把我當成出現在他生命途中的聖徒來尊敬……而沒有……沒有把我當成一個女人。

「這就是我感受到的失望……一份我沒有向自己承認的失望，當時沒有承認，後來也沒有承認，但是一個女人的感覺無所不知，無需言語和意識。因為……現在我不再自我欺騙了——假如此人當時抱住我，懇求我，我就會隨著他去天涯海角，讓我的姓氏蒙羞，還有我孩子的姓氏……我會跟著他一起走，不在乎世人的閒言閒語，也不在乎內心的理智，就像亨麗葉夫人跟著那個法國年輕人走了一樣，那個她前一天還不認識的人……我不會問要去哪裡，去多久，不會回頭向我過去的人生看上一眼……我會犧牲我的金錢、名聲、財產和榮譽……我會去乞討，為了他，在這個世上可能沒有任何卑賤之事是我不會去做的。我會拋開世人稱之為羞恥和顧慮的一切，只要他說一句話，只要他朝我走近一步，只要他試圖抓住我，在這一秒我完全任他擺布。然而……我已經跟您說過了……這個異樣昏沉的人沒有再看我一眼，再看我這個女人一眼……而我一顆炙熱的心全獻給了他，這一點我直到獨自一人時才感覺到，剛才他那張明亮有如天使的臉所掀起的激情，黑暗地跌回我心裡，此刻在被掏空的胸膛裡起伏。我勉強振作起來，加倍厭惡那場約會。我覺得彷彿有一頂沉重的鐵罩壓在額頭上，其重量令我站立不穩。當我終於前往另一家飯店去見我的親戚，我的思緒散亂，一如我的步伐。在那裡我麻木地坐著，在大家熱烈的閒聊中，一再受到驚嚇，當我湊巧抬起目光，看進他們面無表情的臉，比起那張有如在雲朵移動所投下的光影中無比生動的臉，我覺得這些臉孔有如面具，或是已經凍僵。這個社交場合死氣沉沉，如此可怕，我彷彿是坐在一群死者中間。當我把糖加進杯子裡，心不在焉地陪著交談，那張臉一再在我內心浮現，宛如被跳動的血液往上推，觀察那張臉成了我熾熱的喜悅，而我——想到這一點令人震驚！——在一、兩個鐘頭之後將最後一次看到這張臉。我想必忍不住輕輕嘆了一口氣，或是呻吟了一聲，因為我丈夫的堂妹突然朝我彎下身子，問我怎麼了，是否覺得不太舒服，說我臉色這麼蒼白，這麼苦惱。這個意外的詢問正好幫了我一個忙，讓我毫不費力地匆匆找個藉口，說我的確有點偏頭痛，請她允許我悄悄離開。

「就這樣，我得以脫身，立刻趕回我的飯店。我才又獨自一人，那種空虛、孤單的感覺就再度襲來，與這份感覺緊緊相繫的是對那個年輕人的渴望，那個我今天將永遠離開的人。我在房間裡走來走去，沒必要地打開百葉窗，更換衣服和絲帶，突然發現自己站在鏡子前面細細審視，看看裝扮過的自己能否吸引住他的目光。而我頓時明白自己的心意：盡一切努力，只求不要離開他！在猛烈的一秒鐘之內，這份意志就成了決心。我下樓去門房那兒，告知我將搭乘今晚的火車離開。此刻動作得要快，我按鈴找女僕來幫我收拾行李，畢竟時間緊迫。當我們競相把衣服和小件用品塞進皮箱，我幻想著這整樁驚喜，想著我將陪他走到火車旁，然後在最後一刻，在最最後一刻，當他已經伸手向我道別，我突然上車，走向這個驚愕之人，和他一起共度這一夜，共度下一夜，只要他要我。一種陶醉、興奮的暈眩在我血液中旋轉，偶爾我一邊把衣服扔進皮箱裡，一邊出人意料地大聲笑出來，讓女僕很訝異，我感覺到我的心思一片混亂。腳伕來拿皮箱，我先是不明所以地呆望著他，當內心的激動強烈地占了上風，我很難去想實際的事情。

「時間緊迫，那時大約是七點左右，距離火車開動頂多還剩下二十分鐘。不過我安慰自己，自從我決定陪他搭這趟車，如今我前去車站已經不再算是告別。他容許我陪多久，我就陪多久，容許我陪多遠，我就陪多遠。腳伕先把皮箱搬過去，我急忙到飯店櫃臺去結帳。經理已經把找的錢遞過來給我，我正打算離開，此時一隻手輕輕碰了碰我的肩膀。我嚇了一跳。那是我丈夫的堂妹，因為我聲稱身體不適而感到擔心，過來看看我的情形。我眼前發黑，此刻我不需要她，每一秒鐘延遲都意味著災難性的耽擱，然而出於禮貌，我有責任至少跟她交談幾句，回答她的詢問。『妳得上床去，』她敦促我：『妳一定發燒了。』可能我的確在發燒，因為脈搏在我太陽穴上重重跳動，有時候我感覺到眼前浮現接近昏厥時的那層藍色陰影。但我拒絕了她的好意，盡量表現出感謝，雖然每一句話都令我焦急不安，而我巴不得把她這份來得不是時候的關心一腳踢開。然而這位心裡擔憂的不速之客繼續留下不走，不走，就是不走，她拿古龍水給我擦，堅持要親手替我把那涼涼的香水擦在太陽穴上，我卻在數著分分秒秒，一邊想著他，想著我如何能找個藉口掙脫這份折磨人的關切。而我越是不安，她就越是起疑，到最後她幾乎想強迫我回房間去躺下。她正在勸說之際，我突然看見大廳中央的時鐘：還差兩分鐘七點半，而七點三十五分火車就要開動。我硬生生地把堂妹的手用力推開，以絕望之人那種粗魯的不顧一切，說道：「再見，我得走了！」沒有理會她驚愕的目光，沒有四下張望，我從一臉訝異的飯店服務生旁邊衝過去，衝出大門，跑上街道，直奔火車站。腳伕帶著行李在那兒等待，遠遠地，從他激動的手勢，我已經察覺時間想必快要到了。我發狂地朝著閘門衝過去，可是又被站務員攔下：我忘了買票。當我差點想拚命說服他讓我進到月台上，那列火車已經動了起來。我呆呆地望過去，四肢顫抖，只盼還能從哪扇車窗捕捉到一道目光、一次揮手、一聲招呼。然而在列車的急速轉動中，我沒能再看見他的面容。一節節車廂越來越快地駛離，一分鐘之後，在我發黑的眼前就只剩下一團瀰漫的黑煙。

「我想必是有如化石般站在那裡，天知道站了多久，因為那個腳伕大概好幾次試圖跟我說話卻徒勞無功，才鼓起勇氣來碰我的手臂。這時候我才驚醒過來。他問是否要把行李再送回飯店。我花了幾分鐘的時間來思索。不，不行，在那樣可笑而倉皇地離開之後，我不能再回去，也不想再回去，再也不想。於是我吩咐他把行李堆放在保管處，迫不及待地想要獨處。在那之後，在不斷來來去去的熙攘人群中，我試著思考，車站大廳裡人聲喧嘩，眾人擠在一塊兒，又再四散，我試圖清楚地思考，試圖拯救自己，擺脫這股交織著憤怒、懊悔和絕望的痛苦心情，因為——為什麼不承認呢？——想到我由於自己的過錯，錯過了最後一次相遇，這個念頭無情地在我心中翻攪，像熾熱的利刃。我差點就要放聲尖叫，這灼熱的刀鋒越來越無情地向前戳，戳得我那麼痛。大概只有完全不識得激情的人，才會在唯一動情的瞬間爆發出有如雪崩和颶風的激情，所有的歲月從我胸中崩塌滾落，帶著未曾用到的力氣鬱積的惱怒☆3。在那之前我從未經歷過類似在這一秒鐘所經歷的驚訝，還有憤怒的無助，在那之後也不曾經歷過。當我準備好去做最大膽魯莽之事，準備好將未加使用、累積起來、集中起來的人生孤注一擲，卻赫然發現一堵荒謬的牆在我面前，我的激情無力地用額頭去撞這堵牆。

「接下來我所做的事，怎麼可能不也是毫無意義的呢？那樣做愚蠢，甚至荒謬，我幾乎羞於啟齒，但我向自己承諾過，向您承諾過要毫無隱瞞。嗯，我……我又去找他……意思是，去找回我跟他共度的每一刻……有股力量拉我回到所有我們昨天一起待過的地方，庭院裡我扯著他離開的那張長椅，我頭一次見到他的賭場大廳，甚至是那家簡陋的旅館，只為了再一次、再一次重溫往事。明天我則打算搭馬車沿著濱海大道再把同一條路走一次，在我心中重溫每一句話、每一個手勢——是的，我的心慌意亂是如此荒謬，如此幼稚。可是您得考慮到，那些事件疾如閃電地向我湧來，我只感覺到那令人暈眩的一擊，除此之外幾乎什麼也感覺不到。而此刻，猛然從那番混亂中被喚醒，我想要再次一點一滴地回味那逝去的種種經歷，靠著我們稱之為回憶的自我欺騙，那種神奇的自我欺騙。當然，這種事有人能夠了解，有人不能。也許一個人得要有顆熊熊燃燒的心才能夠理解。

「於是我首先回到賭場大廳，去找他坐過的那張桌子，在眾人那些手當中去想像他的

☆3
*Nur ganz leidenschaftsfremde Menschen haben ja in ihren einzigen Augenblicken vielleicht solche lawinenhaft plötzliche, solche orkanische Ausbrüche der Leidenschaft: da stürzen ganze Jahre mit dem stürzenden Groll nichtgenützter Kräfte die eigene Brust hinab.*

手。我走進去，我還記得我最初看見他是在第二個房間左邊那張桌子。他的每一個手勢都清晰地如在眼前，就算像個夢遊者一樣閉著眼睛，向前伸出雙手，我也能找到他坐過的位子。於是我走了進去，立刻穿越了大廳。而此時……當我從門邊把目光投向那熙攘的人群……一件奇特的事情發生了……就在我幻想著他所坐的地方——高燒時的幻覺！——果真坐著他……他……他……就跟我剛才幻想中所見到的他一樣……就跟昨天一樣，眼睛直楞楞地盯著那顆球，蒼白有如鬼魂……但的確是他……不會認錯……

「我大受驚嚇，覺得自己彷彿要放聲尖叫，但我抑制住這個荒唐幻象帶來的驚嚇，閉上眼睛。『妳發瘋了……妳在作夢……妳在發燒，』我告訴自己：『這是不可能的，這是妳的幻覺……他在半個小時前就搭車離開此地了。』然後我才再睜開眼睛。可是太恐怖了，他就跟先前一樣坐在那裡，實實在在，不會認錯……就算在幾百萬隻手當中我也能認出這雙手……不，我不是在作夢，那的確是他。他沒有遵守誓言搭車離開，這個瘋狂之人坐在那裡，把我給他的返鄉旅費捧到這張綠色桌子上，沉溺於賭癮中，渾然忘我地在這裡賭了起來，我卻絕望地由於思念他而揪著一顆心。

「一股力道推著我向前，怒氣模糊了我的視線，火冒三丈的盛怒，我想掐住這個違背誓言之人的咽喉，他如此可恥地欺騙了我的信賴、我的感情、我的奉獻。但我還是克制住自己，刻意放慢腳步（那費了我多大的力氣！），走到那張桌子旁，正對著他，一位先生禮貌地讓出位子來給我。我們之間隔著兩公尺長的綠色桌布，我能夠注視他的臉，就像從劇院的樓上座位向下注視一齣戲劇，同樣這張臉，兩個小時前我看見它煥發出感激之情，被上帝恩典的光芒照亮，而此刻又完全消失在激情的地獄之火中。那雙手，同樣那雙手，下午我還看見它們在神聖無比的誓言中緊緊抓住教堂座椅的木頭，此刻它們又彎曲著在錢堆裡抓來抓去，像喜不自勝的吸血鬼。因為他贏了錢，想必贏了很多。亂糟糟的一堆籌碼、金幣、鈔票在他面前閃閃發亮，隨便散放著，他的手指愜意地在其中伸展、浸浴，顫抖而緊張。我看見那些手指捏住一張張鈔票，把鈔票折疊起來，轉動那些硬幣並加以愛撫，然後突然抓起一把，扔到其中一格上。此時他的鼻翼立刻又開始急速抽搐，莊家的呼喊讓他睜大眼睛，那雙眼睛貪婪地眨動，目光從那堆錢移向那顆跳動的球，靈魂彷彿出了竅，而他的手肘宛如被釘在那張綠色桌子上。他那完全著魔的神態比前一天晚上更可怕、更恐怖，因為他的每一個動作都扼殺了我心中的另一幅肖像，宛如在金色背景上閃閃發光的肖像，我那般輕信地納入內心的肖像。

「我們就這樣隔著兩公尺各自呼吸，我凝視著他，他卻沒有注意到我。他沒有看著我，沒有去看任何人，他的目光只滑向那堆錢，隨著那顆滾回來的球不安地跳動，他的所有感官都侷限在這一個瘋狂的綠色圈子裡，快速地來來回回。對這個好賭成癮的人來說，整個世界、全人類都融化成這一塊撐開的四方形桌布。而我知道，我可以在這裡站上幾個鐘頭，他也不會意識到我的存在。

「但我再也忍受不住了。我突然下定決心，繞著桌子走到他身後，用力抓住他的肩膀。他的目光恍恍惚惚地抬起，有一秒鐘的時間，他用呆滯的眼珠陌生地呆望著我，就像一個醉漢，別人費勁地把他從睡眠中搖醒，而他的眼神還朦朧迷茫，由於內心的煙霧而昏昏沉沉。

然後他似乎認出了我，他的嘴顫抖地張開，欣喜地仰望著我，帶著一種迷惘而神祕的親暱，結結巴巴地小聲說：『運氣很好……當我走進來，看見他在這裡，我立刻就知道……我立刻就知道了……』我不懂他的意思，只注意到他沉醉在賭戲中，注意到這個瘋狂之人忘了一切，忘了他的誓言、他的約定，忘了我和整個世界。然而，即使是在著魔狀態中，他的狂喜仍舊吸引著我，讓我不由自主地順著他的話，吃驚地問是誰在這裡。

「『那邊，那個獨臂的俄國老將軍，』他輕聲地說，緊緊貼著我，免得有人偷聽到這個神奇的祕密。『那邊，留著白色絡腮鬍，身後有僕人的那人。他總是贏，昨天我就在觀察他，他一定是有一套系統，而我總是跟著他下注……昨天他也一直贏……只不過我犯了個錯誤，在他走了之後還繼續玩……那是我的錯……昨天他想必贏了兩萬法郎……而今天他也每次下注都贏……現在我總是跟著他下注……現在……』

「說到一半他突然停了下來，因為莊家用法文響亮地喊出『請下注！』而他的目光已經移向前，移向那個白鬍俄國人所坐的位子，那個俄國人神氣而輕鬆地坐著，從容不迫地先把一個金幣放在第四格裡，接著又猶豫地放上了第二個。我面前那雙迫不及待的手立刻伸進那堆錢裡，扔了一把金幣到同一格裡。一分鐘後，莊家喊出『零！』，把耙子轉了一圈，就把整張桌子掃空了，他呆呆地目送那堆流走的錢，就像望著一個奇蹟。可是您以為他會朝我轉過身來嗎？不，他完全把我給忘了；我掉出了他的生命，從他的生命中消失了，隱沒了。他全神貫注，只凝視著那個俄國將軍，那人滿不在乎地又把兩個金幣拿在手裡掂著，拿不定主意，要把金幣押在哪個數字上。

「我無法向您描述我當時的惱怒和絕望。但您想想我的感受：你把全部的生命獻給了一個人，而你對他而言不過就像隨便伸手一揮就能趕走的蒼蠅。一波怒氣再度向我襲來，我緊緊抓住他的手臂，把他嚇了一跳。

「『馬上站起來！』我輕聲對他低語，用的卻是命令的語氣。『想一想今天您在教堂裡發的誓，您背棄了誓言，您這個可悲的人。』

「他呆呆望著我，大為震驚，臉色蒼白，眼神頓時像一隻挨打了的狗，嘴唇在顫抖。他似乎突然想起過去發生的一切，對自己感到恐懼。

「『對……對……』他結結巴巴地說：『噢，天哪，天哪……好……我馬上走，請您原諒……』

「他的手已經把全部的錢收攏在一起，起初很迅速，打起精神，猛然伸手，但是漸漸又緩慢下來，如同被一股反作用力給推了回去。他的目光又落在那個俄國將軍身上，那人剛剛下注。

「『再等一下……』他急忙扔了五個金幣到同一格裡……『只要再玩這一次……我向您發誓，我馬上就走……只要再玩這一次……只要再……』

「他的聲音再度消失。那顆球開始滾動，吸引了他的注意。這個著了魔的人再度忘了我，也忘了他自己，隨著那顆小球被甩進那平滑的凹槽，在那個凹槽裡滾動、跳躍。莊家再度高喊，耙子又把那五個金幣從他面前耙走，他又輸了。可是他沒有回頭，他把我給忘了，一如他的誓言，一如他在一分鐘前對我的承諾。他那貪婪的手已經又伸向那堆逐漸減少的錢，如癡如醉的目光只投向吸引他意志的那塊磁鐵，投向對面那個帶來幸運的人。

「我的耐心用盡了。我又去搖他，但這會兒很用力。『馬上站起來！馬上！……您說過了，只再玩這一次……』

「然而，這時候發生了出人意料的事。他突然轉身，可是那張看著我的臉不再屬於一個謙卑、慌亂的人，而屬於一個發狂的人。他一臉怒氣，眼睛冒著火，嘴唇由於憤怒而顫抖。『不要煩我！』他對我怒吼：『走開！妳給我帶來霉運。每次妳在這裡，我就輸錢。昨天妳就是這麼做的，今天妳又這麼做。走開！』

「有一瞬間我愣住了。但是隨著他的瘋狂，我的怒氣也越發不可收拾。

「『我給你帶來霉運？』我斥責他。『你這個說謊的人，你這個小偷，你向我發過誓……』可是我沒有說下去，因為這個中了邪的人從他的位子上跳起來，把我推開，不在乎他引起的混亂。『不要來煩我，』他毫無顧忌地大聲喊：『我並不受妳監護……拿去……拿去……這是妳的錢，』他把幾張一百法郎的鈔票朝我扔過來……『現在別再來煩我！』

「他著了魔似的高聲喊出這番話，不在乎周圍有上百個人。大家都在注視，竊竊私語，指指點點，哈哈大笑，還有好奇的人從隔壁廳裡擠過來。我覺得自己彷彿被剝光了衣服，光著身子站在所有這些好奇的人面前……『夫人，請安靜！』賭場職員盛氣凌人地用法文大聲說，用耙子敲著桌子。這個可鄙的小伙子，他這句話是對我說的。我受到屈辱，一身羞恥，面對眾人竊竊私語的好奇，像個有人把錢丟給她的妓女。兩、三百隻放肆的眼睛盯著我的臉，這時候……當我完全屈服於這副屈辱和羞恥的重軛之下，閃避地把目光移向旁邊，這時我的目光正好碰上了一雙眼睛，彷彿由於吃驚而銳利如刀，那是我丈夫的堂妹，她失魂落魄地看著我，嘴巴張開，一隻手像是受到驚嚇般舉起來。

「這深深擊中了我，在她還沒能有什麼動作之前，趁著她尚未從驚愕中回過神來，我衝出了那座大廳，勉強還能衝到那張長椅那兒，就是那個著了魔的人昨天頹然倒下之處。而我同樣無力地倒在那堅硬無情的木頭上，同樣筋疲力盡，徹底崩潰——

「這已經是二十四年前的事了，然而當我想起這一刻，當我站在千百個陌生人面前，被他的譏嘲給鞭笞，我血管裡的血液就變得冰冷。而我再度驚恐地感覺到，我們一向大言不慚地稱之為靈魂、心靈、感情的東西，我們稱之為痛苦的東西，是多麼軟弱、可憐、微不足道。因為這些東西的分量再怎麼多，也無法使受苦受難的身體完全爆裂，因為我們的血液終究會繼續流動，讓我們挺過這些時刻，而不會像一棵被閃電擊中的樹那樣倒下，死亡。只有那麼一下，只有那麼一瞬，這份痛苦撕裂了我的關節，讓我倒在那張長椅上，無法呼吸，全身麻木，帶著那份非死不可的預感，近乎狂喜的預感。但我剛才說了，凡是痛苦都是膽小的，在求生的強大欲望下退縮，那份求生欲望附著在我們的肉體上，似乎要比心靈裡所有求死的激情更加強烈。在情感遭到這番重擊之後，我自己也無法解釋我如何能再站起來，但我的確又站了起來，只是不曉得該做什麼。而我突然想起，我的皮箱已經在火車站了，一個念頭立刻在我腦中閃過：走吧，走吧，走吧，只要離開這裡，離開這個受詛咒的地獄之屋。我跑向火車站，沒有去注意任何人，詢問下一班駛往巴黎的火車何時開出。門房說十點，而我立刻把行李交付托運。十點——自從那次可怕的邂逅，就剛好過了二十四個小時，二十四小時，充滿了荒謬絕倫的感受，這些感受如同狂風暴雨般交相出現，永遠摧毀了我的內心世界。然而，起初我什麼也感覺不到，除了一個不斷敲打、抽動的字眼：走吧！走吧！走吧！走吧！我的脈搏在額頭後面不斷敲擊著太陽穴，像塊楔子：走吧！走吧！走吧！走吧！離開這座城市，離開我自己，回家，回到家人身旁，回到我從前的生活，回到我自己的人生！我連夜搭車前往巴黎，在那裡從一座火車站前往另一座火車站，直接前往布洛涅，從布洛涅前往多佛，從多佛前往倫敦，從倫敦前往我兒子的住處。一路飛奔，沒做考慮，不去思索，四十八個小時，不吃不睡，不言不語，在四十八個小時裡，所有的車輪都只隆隆地響著：走吧！走吧！走吧！等我終於走進我兒子的鄉間寓所，每個人都覺得意外，全都大吃一驚。我整個人、我的眼神想必有些異樣，洩露了我的心情。我兒子想要擁抱我，親吻我。我別過身去，想到他要碰觸我認為已被玷污的嘴唇，這個念頭令我無法忍受。我拒絕回答任何問題，只要求洗個澡，因為我渴望把其餘的一切也隨著旅途的塵埃一起從我身上洗掉，凡是那個著魔之人、那個一文不值之人的狂熱還留在這具身體上的東西。然後我拖著腳步走進我的房間，睡了十二個小時，十四個小時，睡了沉沉的一覺，在那之前我不曾這樣睡過，在那之後也不曾，睡過那一覺之後，如今我知道死了躺在一副棺材裡會是什麼感受。我的親人照顧我，就像照顧一個病人，但他們的體貼只令我難受，他們的尊敬和尊重令我羞愧，我必須時時提防自己會突然大喊出來，我是如何背叛了他們，遺忘了他們，拋棄了他們，為了一股魯莽而瘋狂的激情。

「我漫無目的地又旅行到法國的一座小城，在那裡我誰也不認識，因為那個瘋狂的念頭糾纏著我，以為每個人在第一眼就能從外表看出我的恥辱，我的改變。我深深感到自己被出賣了，被污辱了，直到靈魂的最深處。有時候，當我早晨在床上醒來要把眼睛睜開，我心中懷著可怕的恐懼，腦中又湧起對那一夜的回憶，想起我突然在一個半裸的陌生人旁邊醒來。這時我總是又只有一個願望，只想馬上死去，就跟當時一樣。

「然而到最後，時間畢竟具有深深的力量，年紀尤其會削弱所有的感受。你感覺到死亡逐漸逼近，它的黑色陰影籠罩在路上，這時候一切事物不再那麼刺眼，不再那麼強烈地進入你的內心，大大失去了危險的力量。漸漸地，我擺脫了那次打擊。多年之後，有一次我在一個社交場合遇見奧地利公使館的專員，一個年輕的波蘭人，我向他問起那個家族，而他敘述這個跟他是親戚的家族有個兒子於十年前在蒙地卡羅舉槍自盡，那時我甚至沒有顫抖。那幾乎也不再令我心痛，也許——何必否認自己的自私？——那甚至令我感到舒坦，因為如今最後的恐懼也消失了，不必害怕還會再遇見他。除了我自己的回憶，再也沒有不利於我的證人。在那之後，我平靜多了。老去其實就意味著不再害怕往事。

「如今您也會了解，何以我突然會跟您談起我自己的命運。當您維護亨麗葉夫人，激動地說，二十四個小時完全足以左右一個女人的命運，我覺得那指的是我自己。我感謝您，因為我彷彿頭一次感到自己得到了認同。於是我想，發自靈魂地把心裡的話全說出來，也許能消除那股持續的魔力，也許能解除對往事的永恆凝視。那麼明天我也許能夠到蒙地卡羅去，走進當年我與命運相遇的同一座賭場大廳，卻不再對他或對自己懷有怨恨。那麼靈魂就能卸下一塊石頭，重重壓在所有的往事之上，避免那段往事再度復活。能夠向您述說這一切對我是件好事，現在我覺得輕鬆多了，幾乎感到愉快……為此我謝謝您。」

說這幾句話時，她突然站了起來，我感覺到她說完了，有點尷尬地想找句話說。但她想必感覺出我的為難，迅速拒絕了。

「不，請您別說什麼……我不希望您回答我什麼，或跟我說些什麼……請接受我的謝意，謝謝您的傾聽，祝您旅途愉快。」

她站在我面前，把手遞給我，跟我道別。我不由自主地抬起頭來看著她的臉，而我覺得那張臉美好動人，這位老婦人親切地站在我面前，面容卻略帶羞怯。她的臉頰突然泛起一陣不安的紅暈直到白髮邊上，那是昔日激情的反射嗎？還是迷惘？而她站在那兒完全像個少女，回憶往事讓她像個新娘般慌亂，為了自己的告白而羞愧。我不禁受到感動，很想說句話來向她表明我的敬意。然而我的喉頭哽塞，於是我彎下腰，恭敬地親吻了她乾枯的手，那手微微顫抖，像片秋葉。

# 看不見的收藏——
# 德國通貨膨脹時期的一則插曲
# Die Unsichtbare Sammlung.
# Eine Episode aus der deutschen Inflation

過了德勒斯登之後的第二站，一位年長的先生上了火車，進入我們這個車廂，禮貌地打了聲招呼，然後抬起目光，再次刻意向我點頭致意，就像碰到一個熟人。我一時想不起來他是誰，可是他才微微一笑，道出他的姓名，我就馬上想起來了：他名列柏林最具聲望的藝術古董商，戰前我常去他那兒玩賞並購買古書和手稿。我們先是聊起無關緊要的事，突然他冷不防地說：

「我可得告訴您我剛剛是打哪兒來的，因為這樁插曲可說是我這個老古董商從事這一行三十七年以來碰見過最奇特的事。您大概也曉得目前藝品交易界的情況，自從錢的價值有如空氣般蒸發，那些暴發戶突然對哥特式的聖母像、古版書、古老的版畫和繪畫有了興趣，根本沒法替他們弄到足夠的東西，甚至得要防備別讓自己家裡被搜刮一空，他們巴不得把你袖子上的袖扣和書桌上的檯燈都買走。要不斷弄到新貨越來越困難——請原諒我突然把這些平常令我們肅然起敬的東西稱為貨物——可是這群討厭的傢伙讓我們自己也習慣了只把一本精美的威尼斯古版書視一筆美金的封套，把圭爾奇諾[1]的素描視為幾張百元法郎鈔票的化身。面對這群突然染上購買狂熱之人的需索無度，抵抗毫無用處。於是一夕之間我又被掠奪一空，真想把百葉簾放下來暫停營業，我是如此羞愧，看到我們這家從祖父傳下來的老店裡只零零落落剩下一些可憐兮兮的破爛，從前在北方，就連沿街賣舊貨的小販都不會把這些破爛放上推車。

「在這樣的尷尬處境中，我動了個念頭，去檢視舊的交易記錄來找出從前的顧客，也許我能說服他們再出讓幾件複製品。這樣的老顧客名單向來就像一片墳場，尤其是在當今這個年頭，能提供我的資料其實很少。我們的老主顧大多早已被迫把財產交付拍賣，不然就是已經去世，從剩下的少數人那兒也沒什麼好指望的。然而，此時我突然發現來自一位老顧客的一整捆信件，他可能是我們店裡最老的主顧。我先前之所以沒有想到他，是因為自從一九一四年世界大戰爆發之後，他就再也不曾向我們訂購或詢問過。那些信件可以回溯到將近六十年前——我一點也沒有誇大其詞！——在我父親和祖父的時代，他就已經向他們買過東西，然而我卻記不得他在我自己做這行的三十七年裡曾經來過我們店裡。一切都指出他想必是個奇特、老派而古怪的人，就像孟澤爾和史匹茨韋格[2]這兩位畫家筆下那種已經消失的德國人，在我們這個時代，只有在鄉間小鎮上還零零星星有這種稀有人物。他寫的文件是書法作品，寫得工工整整，金額用直尺和紅色墨水劃上底線，而且他總是把數字重複兩次，免得弄錯。此外他用的紙都是從書籍開頭撕下來的空白頁和舊信封，這些都顯示出一個無可救藥鄉下人那種小家子氣和節儉狂。這些奇特的文件在署名處除了他的名字之外，總是加上冗長的頭銜：已退休之林務暨農業顧問，退役上尉，一級鐵十字勳章得主。身為一八七〇年代的老兵，如果他還在世，至少也有八十多歲了。然而，身為古老版畫的收藏者，這個古怪可笑的節儉之人卻顯露出不凡的聰明、卓越的知識和極佳的品味。當我慢慢列出他在將近六十年中所訂購的作品，最早的一次買賣用的還是銀幣，我發現，在那個用一枚德國銀幣就能買到許

1. 圭爾奇諾（Guercino, Giovanni Francesco Barbieri, 1591-1666）義大利巴洛克畫家。
2. 孟澤爾（Adolph von Menzel, 1815-1905）德國畫家，擅長從日常生活中擷取作畫主題。史匹茨韋格（Carl Spitzweg, 1808-1885）德國畫家及插畫家，常為幽默雜誌畫插圖。

多精美德國木刻版畫的年代，這個鄉下小人物想必默默收集了一套銅版畫收藏，跟那些暴發戶大肆炫耀的收藏放在一起也絕不遜色。因為在半世紀的時間裡，光是他用小額馬克和芬尼從我們這兒購得的作品，如今就具有驚人的價值，除此之外可以想見他也在拍賣會上和別家古董商那兒搜刮到物美價廉的作品。不過，從一九一四年以後，他就不曾再訂購過什麼，而我又太過熟悉藝品買賣的所有交易，像這樣一批作品若是被拍賣或出售，我不可能不知道。因此這個奇人想必還活著，不然這批收藏就是在他繼承人手中。

「這件事引起了我的興趣，第二天，也就是昨天晚上，我立刻搭車前往，直奔薩克森邦一座最難以想像的鄉間小鎮。當我從那座小火車站漫步穿過鎮上的主要街道，我簡直無法相信，這些擺著小市民破爛雜物的平庸俗氣房屋裡，當中居然會住著一個擁有林布蘭傑出畫作的人，還有杜勒和曼帖納完整無缺的全套銅版畫[3]。然而，當我在郵局詢問此地是否住著一位叫這個名字的林務暨農業顧問，我驚訝地得知這位老先生還在世，於是我在中午之前就動身前去拜訪。老實說，我心裡有點忐忑。

「要找到他的住處一點也不難。他的公寓位在一棟儉樸鄉間房舍的三樓，大概是哪個投機的泥水匠兼建築師在一八六〇年代匆匆蓋起來的。二樓住著一位老實的裁縫師傅，三樓左邊掛著一位郵局主管的名牌在閃閃發亮，右邊總算看見寫著那位林務暨農業顧問姓名的瓷牌。我遲疑地按了門鈴，立刻就有一位白髮老太太戴著乾淨的黑色小帽出現。我把名片遞給她，問我能否跟林務顧問先生談一談。她驚訝地先看看我，再看看那張名片，帶著一絲猜疑。在這個遠離塵世的小鎮上，在這棟舊式屋子裡，來自外地的訪客似乎很稀有。但她和氣地請我稍候，拿著那張名片走進房間裡。我依稀聽見她在輕聲說話，然後一個男子洪亮的聲音突然響起：『啊，來自柏林的R先生，來自那家大古董商……請進，請進……我很高興！』而那位老太太也已經又踩著細碎的快步走過來，請我進客廳去。

「我脫下外套，走進去。在那個樸素的房間中央，一個仍舊健壯的老人直挺挺地站著，他蓄著濃密的小鬍子，身穿束緊的家居服半似軍裝，親切地向我伸出雙手。這個坦率的姿勢顯然表達出欣喜而由衷的問候，但他站在那兒的樣子有種奇怪的僵硬，這兩者之間互相矛盾。他沒有朝我走出一步，我必須走近他，好跟他握手，心裡微感詫異。然而，當我想去握他的手，這雙手卻沒有移動而維持著水平的姿勢，我因此察覺這雙手沒有來找我的手，而是在等待我的手。我隨即明白了一切：他是個盲人。

「從小我在面對盲人時總是感到不自在，感覺到一個人活生生在我面前，卻又知道我看得到他，他卻看不到我，這令我始終擺脫不了一股害羞與尷尬的感覺。此刻我也必須克服最初的驚嚇，因為我看見在兩道豎起的白色濃眉之下，這雙沒有生命的眼睛愣愣地望向虛空。但那個盲人沒讓我有太多時間訝異，因為我的手才碰到他的手，他就十分用力地握住，用令人舒坦的洪亮聲音熱烈地再打了一次招呼。『真是稀客，』他朝我露出大大的笑容：『真是個奇蹟，一位柏林的大人物竟然來到我們這個小地方……不過，當一位古董商先生坐上火車，那可要當心了……在我們家有句老話：如果吉普賽人來了，就要關上房門，也關緊錢包……

3. 曼帖納（Andrea Mantegna, 1431-1506）義大利文藝復興時期之知名畫家及銅版畫家。

是的，我可以想得到您為什麼來找我……在我們走下坡的可憐德國，這會兒生意不好，不再有買主了，於是這些大老闆又想起他們的老顧客，來尋找他們走失的小羊……可是，恐怕您在我這兒碰不上好運，我們這些貧窮而年邁的退休人士的桌上如果還能有塊麵包就很高興了。以你們如今開出的瘋狂價格，我們沒法再加入了……像我們這種人是永遠被排除在外了。』

「我立刻更正，說他誤會了，我來此不是為了賣什麼東西給他，我只是剛好在這附近，不願意錯過來拜訪他的機會，他既是我們店裡多年的老主顧，也是德國屬一屬二的大收藏家。我才說出『德國屬一屬二的大收藏家』這幾個字，這老人的臉上就出現了一種奇特的變化。他仍然直挺挺地站在房間中央，但此刻在他的姿態中流露出一種突如其來的神采和發自內心的自豪，他轉身面向他推測他妻子所在的方向，彷彿想說：『妳聽見了嗎？』然後聲音裡充滿喜悅，不帶一絲剛才他還樂用的那種軍人的粗豪語氣，而是柔和、簡直是溫柔地對我說：

「『您真是太好了……不過，您不會白跑這一趟。您將會看到不是每天都看得到的東西，就算是在浮誇的柏林也看不到……有幾件作品，就連在阿爾貝蒂娜美術館[4]或是在該死的巴黎都找不到更好的……是的，如果收集了六十年，就能累積各式各樣的東西，不是平常在馬路上隨處可見的。露易絲，把櫃子的鑰匙拿給我！』

「這時候卻發生了出人意料之事。站在他旁邊的那位老太太先前禮貌地關注我們的談話，帶著微笑，親切地靜靜聆聽，此刻她突然懇求地朝我舉起雙手，一邊猛搖頭表示不可，起初我並不明白這個暗示的意思。她這才朝她丈夫走過去，把雙手輕輕擱在他肩膀上：『可是，赫瓦特，』她提醒他：『你還根本沒有問這位先生有沒有時間來欣賞你的收藏，都已經快要中午了，而且飯後你得要休息一個小時，這是醫生的明確吩咐。如果你等吃過飯後再把所有東西拿給這位先生看，之後我們再一起喝咖啡，這樣不是更好？到時候安娜瑪莉也會在這兒，她對一切都更了解，可以幫你的忙！』

「而又一次，她話還沒有說完，就又瞞著那個不知情的老人，重複了那個迫切懇求的手勢。這時我懂得了她的意思。我明白她希望我能拒絕馬上欣賞，便趕緊編出了一個午餐的約會，說我很高興，也很榮幸能夠觀賞他的收藏，不過在三點以前實在沒辦法，但在那之後我很樂意前來。

「像個小孩被拿走了最心愛的玩具，那個老人氣呼呼地扭動身體。『當然，』他咕噥著：『柏林這些先生總是沒空。可是這一次，您非得騰出時間來不可，因為這不是三、五件作品，而是二十七本畫冊，每一位大師都有一本，而且沒有一個是半空著的。那就三點吧，可是您得要準時，否則我們看不完。』

「他再次朝我伸出手來，仍舊伸進空茫之中。『看著吧，您可以感到高興——也可以生氣。而您越是生氣，我就越高興。我們這些收藏家就是這樣：一切都留給自己，一點也不留

4. 阿爾貝蒂娜美術館（Albertina），位於維也納的國立美術館，藏品包括約四萬件的素描作品，以及超過一百萬件的版畫作品。

給別人！』他再度用力地跟我握手。

「那個老太太送我到門邊。我已經注意到在這整段時間裡她都有點不自在，流露出尷尬的擔憂。而此時就快到門口了，她用壓得很低的聲音結結巴巴地說：『可以……可以……讓我女兒安娜瑪莉去接您嗎？在您來我們這兒之前？……這樣會比較好……基於種種理由……您大概會在旅館裡用餐吧？』

「『當然，我會很高興，樂意之至。』我說。

「果然，一個小時之後，當我在市集廣場旁那家旅館的小餐廳裡剛剛用餐完畢，就有一位有點年紀的小姐走進來，她衣著樸素，帶著搜尋的目光。我朝她走過去自我介紹了一番，表示樂意立即和她同去觀賞那批收藏。但她突然臉紅了，和她母親一樣流露出慌亂的尷尬，請求是否可以先跟我說幾句話。我立刻看出她很難啟齒。每當她打起精神試圖開口，那片不安飄動的紅暈就直染上她的額頭，而她的手攥緊了衣裳。終於她結結巴巴地開始說話，心慌意亂，一再重頭開始：

「『家母叫我到您這兒來……她把一切都告訴我了，而……我們要請您幫個大忙……我們想在您去見家父之前先告知您……家父當然會想要向您展示他的收藏，而那份收藏……那份收藏……已經不完整了……少了一批作品……很遺憾地，甚至還缺得很多……』

「她又得再喘口氣，然後突然看著我，急促地說：

「『我必須對您完全坦白……您曉得這個年頭，您會了解一切……家父在戰爭爆發之後就全盲了。在那之前，他的視力就經常出問題，而戰爭爆發帶來的激動終於完全剝奪了他的視力。因為儘管他已經七十六歲了，他還想去法國作戰，當軍隊沒有馬上像在一八七〇年那樣順利推進，他激動得要命，而他的視力就急遽退化。在其他方面他其實還很硬朗，不久之前還能走上好幾個鐘頭，甚至去打獵，那是他喜愛的活動。可是如今他不能再去散步了，而他的收藏成了他唯一的喜悅，他每天都去看……意思是，他並沒有看見這些收藏，他其實什麼也看不見了，但他還是每天下午把所有的畫冊都拿出來，至少去摸摸那些作品，一件接一件，總是按照相同的順序，是他幾十年來記熟了的……如今沒有別的事能引起他的興趣，而我總是把報上所有關於拍賣會的新聞讀給他聽，他聽見的價格越高，他就越開心……因為……糟就糟在這裡，家父不再懂得物價，也不再懂得這個年頭……他不知道我們失去了一切，靠著他的退休金我們一個月活不了兩天……再加上我妹夫在戰場上陣亡，留下她和四個幼小的孩子……然而，家父對於我們經濟上的種種困難毫無所知。起初我們盡量節省，比以前更加節儉，但是那卻無濟於事。接著我們開始變賣——我們當然沒去動他心愛的收藏……我們變賣我們所擁有的那一點首飾，可是，老天，那算什麼，畢竟這六十年來，家父把他能省下的每一分錢都用來買畫了。有一天再沒有東西可賣了……我們不知道該怎麼辦……於是……於是……家母和我賣掉了一張畫。家父絕對不會允許，畢竟他不知道情況有多糟，不知道要在黑市弄到一點食物有多困難，他也不知道我們輸掉了那場戰爭，割讓了阿爾薩斯和洛林，報上的這些消息我們全都不再讀給他聽，免得他激動。

「『我們賣掉的是一幅很珍貴的作品，一幅林布蘭的銅版畫。那個商人出價好幾萬馬克，而我們希望能靠著這筆錢度過好幾年。可是您曉得錢貶值得多快……我們把剩下的錢全存在銀行裡，而兩個月之後就全用完了。於是我們只好再賣一件，又賣一件，那個商人總是很晚才把錢寄來，那筆錢已經又貶值了。後來我們嘗試在拍賣會上出售，可是在那裡一樣受騙，儘管別人出價幾百萬……等我們拿到那幾百萬，那些錢就又已經成了廢紙。於是漸漸地，家父收藏中的最佳作品除了幾件之外都散盡了，只為了勉強維持這貧困的可憐生活，而家父對此一無所知。

「『因此家母才會大為驚慌，當您今天前來……因為等他在您面前打開那些畫冊，一切就瞞不住了……我們在原來那些紙板上放進了複製品或是類似的紙張來代替那些被賣掉的作品，這樣一來，他在碰觸那些紙板時就什麼都不會察覺，靠著觸摸，他認得每一張紙板。只要他能夠觸摸這些紙板，能夠數過一遍（他把順序記得清清楚楚），那他就得到相同的喜悅，就跟從前他用一雙明眼看見那些作品時一樣。畢竟在這個小鎮上，家父認為沒有人有資格來看他這批珍藏……而他如此熱愛每一張畫，假如他得知自己手裡這批畫早就四處流散，我想他會心碎。這麼多年來，自從德勒斯登銅版畫陳列館的前任館長去世以後，您是頭一個他打算為之展示收藏的人。因此我懇求您……』

「這位芳華已逝的小姐突然舉起雙手，眼裡閃著淚光。

「『……我們懇求您……不要讓他傷心……不要讓我們傷心……請不要毀掉他最後的幻想，幫助我們，讓他相信他將向您描述的那些畫全都還在……否則他會活不下去，哪怕他只是猜想到畫不見了。也許我們對不起他，可是我們沒有別的辦法，我們總得要活下去……而人的生命，四個孤兒，像我妹妹的那四個孩子，畢竟要比拓印的畫作來得重要……到今天為止，我們也不曾剝奪他的喜悅；他很快樂，能夠每天下午花三個小時翻閱一遍那些畫冊，對著每一幅作品說話，就像對一個人說話一樣。而今天……今天或許會是他最快樂的日子，畢竟多年以來，他一直等待著有一天能把心愛的收藏展示給一個行家看；拜託……我舉起雙手來向您懇求，請不要毀掉他這份喜悅！』

「她說的一切是如此令人震撼，我的重述根本無法表達。我的老天，身為商人，我見過許多人受到無恥的掠奪，被通貨膨脹卑鄙地欺騙了，家傳了數百年的珍貴物品被人用一塊奶油麵包的價格給騙走。然而，命運在此創造出一個特殊情況，格外令我感動。我自然向她承諾會保守祕密，並且盡力而為。

「於是我們一同前往。途中我又憤慨地得知別人用多麼微不足道的金額欺騙了這些沒有經驗的貧窮女子，但這只更加強了我的決心，要幫她們到底。我們走上樓梯，才要按下門把，就已經聽見老人愉快洪亮的聲音從客廳裡傳出來：『請進！請進！』以盲人的敏銳聽覺，他想必已經聽見我們上樓的腳步聲。

「『赫瓦特今天根本沒辦法午睡，因為等不及要把他的寶貝拿給您看。』老太太微笑地說。她女兒的一個眼神就已經讓她安下心來，明白我同意幫忙。桌上攤放著那一疊疊畫冊，等待著，那個盲眼老人才碰到我的手，就抓住我的手臂，沒有多寒暄，壓著我在沙發上坐下。

「『嗯，現在我們就馬上開始——要看的東西很多，而這些來自柏林的先生從來就沒有空。這頭一個畫冊是大師杜勒，相當完整，這一點您會看得出來，而且一件勝過一件。這您自己可以判斷，看看這個！』他翻開這本畫冊的第一張畫：『《高大的馬》。』

「此時他小心翼翼的動作十分溫柔，從這本畫冊裡拿出一張紙板，就像一般人平常碰觸易碎物品一樣，用指尖細心呵護地去碰觸，紙板上框著一張已經泛黃的空白紙張，他讚嘆地把那張毫無價值的廢紙舉在面前。他看著它好幾分鐘，並未真的看見，但他陶醉地用張開的手把那張白紙舉在眼前，整張臉奇妙地流露出一個正在注視之人的專注表情。在他以空洞瞳孔凝視著的眼睛裡突然出現一道反射的光亮，一種智慧的光芒，這是由於紙張反射而產生的？還是來自內心的光輝？

「『嗯，』他自豪地說：『您看過比這更美的拓本嗎？每個細部是多麼鮮明，多麼清晰。我把這一張和德勒斯登那一張比較過，相形之下，那一張顯得十分呆板無力。這裡還有它的來源證明！』他把那張紙翻過來，用指甲分毫不差地指著那張白紙背面幾個個別部位，讓我不由自主地去看那些記號是否果真在那兒。『這裡是納格勒收藏品的戳記，這裡是雷米和艾斯戴勒的戳記；這些曾經擁有這張畫的知名收藏家也沒有料到，他們的收藏品有一天會落到這間斗室裡。』

「我的背脊發冷，當這個不知情的人如此讚賞一張完全空白的紙張，那種感覺令人發毛，看著他用指甲分毫不差地準確指出那些看不見的收藏家戳記，那些如今只存在於他想像中的戳記。我的喉頭由於恐懼而收緊，不知道該如何回答；可是當我不知所措地抬起頭來，望向那兩個婦人，我又看見那個顫抖而激動的老太太央求地舉起雙手。於是我鎮靜下來，開始扮演我的角色。

「『真是罕見！』我總算結結巴巴地說道：『一張出色的拓本。』他整張臉立刻由於自豪而神采飛揚。『這還根本不算什麼，』他得意洋洋地說：『您得先看過那張《憂鬱》，或是這張《耶穌受難記》，色澤鮮明的拓本，幾乎不會再有一張品質相同的了。您看看，』他的手指又溫柔地輕輕拂過一幅想像中的圖像，『這份清晰，這種顆粒分明、溫暖的色澤。這會轟動整個柏林，包括柏林所有的古董商和博物館裡那些專家。』

「這份滔滔不絕的得意就這樣繼續下去，整整兩個鐘頭。不，我無法向您描述那有多麼令人發毛，和他一起看著這一、兩百張空白紙片或是粗劣的複製品，然而在這個不知情的可憐人的記憶中，這些畫卻是十分真實，他能以分毫不差的順序讚美並描述每一件作品，包括最精確的細節。這批看不見的收藏想必早已四處流散，可是對這個盲人來說，對這個令人感動的受騙老人來說，這批收藏仍舊在這兒，真真實實，而他那熱情的幻覺是如此動人心魄，乃至於我差點就也要相信起來。只有一次，清醒的危險驟然打斷了他那份夢遊者的自信，他讚嘆觀賞的自信：在林布蘭那張《安蒂歐普》（一個試印樣張，想必確實曾具有難以估計的價值），他再度誇讚印刷的鮮明，而他感覺敏銳的不安手指深情地隨著印痕描摹，但他敏感的觸覺神經卻沒有在那張陌生紙張上找到那個紋路。此時他額頭上突然閃過一道陰影，聲音也變得困惑。『這的確是……這的確是那張《安蒂歐普》吧？』他喃喃自語，有一點尷尬，而我立刻採取行動，急忙把那張裱起來的畫從他手裡拿過來，興奮地描述那幅我也熟悉的銅版畫，包含所有想得到的細節。此時那個盲人變得尷尬的面容又放鬆下來。我越是誇讚，在這個瘦削、老邁的男子身上就越發洋溢出一種和藹的真摯，一種憨厚的喜悅之情。『這會兒來了一個懂得鑑賞的行家，』他發出歡呼，得意洋洋地轉向他的妻女。『總算，總算有這麼一個人，你們也聽見他說了，我這些畫多有價值。你們總是不信賴我，怪我把所有的錢都花在我的收藏上。是啊，六十年來我不喝啤酒，不喝葡萄酒，不抽菸，不旅行，不上劇院，不買書，一向就只是節省再節省，全為了這些畫。可是有一天你們會看見，等我離開人世，到時候你們就富有了，比鎮上所有人更富有，跟德勒斯登最有錢的人一樣富有，到時候你們就會為我所做的傻事感到高興。不過，只要我還活著，一張畫也不許離開這間屋子，得先把我抬出去，然後才輪到我的收藏。』

「他一邊說，一邊伸手溫柔地撫摸那些早已清空的畫冊，像在撫摸某種有生命的東西，這讓我既覺得恐怖，又深受感動，因為在戰爭歲月裡，我不曾在一個德國人的臉上見過如此完全而純粹的幸福表情。那兩個婦人站在他身邊，如同德國大師杜勒那幅銅版畫上的女子一般神祕，她們前來拜訪耶穌基督的墳墓，站在打開的圓頂墓前，面露驚恐，同時又流露出虔誠、樂於見到奇蹟的狂喜。如同畫上那些女信徒意識到耶穌的神性，這兩個年華老去、憔悴而貧窮的小市民婦女感染了這個老人天真幸福的喜悅，半是笑，半是淚，我從不曾經歷過如此撼動人心的情景。但那個老人對我的讚美百聽不厭，一再把那些畫冊疊起來，翻來翻去，飢渴地聽進每一個字。因此，當他必須不情願地把桌子空出來喝咖啡，當那些騙人的畫冊終於被推到一旁，那對我來說是個休息。然而，跟這個彷彿年輕了三十歲的老人的快樂忘形相比，我這種心虛的如釋重負算得了什麼！他說起千百件軼事，關於他買畫還有撿到便宜的故事，一再伸手摸索，拒絕所有的協助，再把一張又一張的畫拿出來，就像喝了葡萄酒一樣快樂忘形，如癡如醉。當我終於說我得告辭了，他簡直是嚇了一跳，像個任性的小孩一樣情緒大變，倔強地跺腳，說這可不行，我連一半都還沒看完。那兩個婦人費了很大的功夫才讓固執惱怒的他明白，他不能再留我，否則我會趕不上火車。

「在拚命抗拒之後，他終於順從，而我們即將道別，他的聲音變得非常柔和。他握住我的雙手，以一個盲人的全副表達能力，用手指愛撫我的手，直到手腕，彷彿他的手指想要對我更加了解，想對我說出遠非言語所能表達的愛。『您的來訪帶給我很大、很大的喜悅。』他開口說道，帶著湧自內心的激動，令我永生難忘。『那真是令我欣慰，終於，終於，終於能夠再次跟一個行家一起欣賞我心愛的畫。不過，您會看見您到我這個盲眼老人這兒來沒有白跑一趟。在我太太面前，以她為證人，我承諾將在我的遺囑裡再加上一條附加條款，把我的收藏交由您這家老店來拍賣。您將會有幸管理這份不為人知的珍藏，』他一邊說，一邊把手放在那些被掠奪一空的畫冊上，『直到它流散到世界各地。您只要答應我做一份精美的目錄，這將是我的墓碑，沒有比這更好的墓碑了。』

「我看向他的妻女，她們倆靠得很近，偶爾會有一陣顫抖從一個人身上傳到另一人身上，彷彿她們乃是一體，在一致的震撼中顫動。我自己則感到一陣莊嚴，因為這個不知情者令人感動，他把那看不見的、早已零落四散的收藏託付給我管理，就像一件珍貴之物。我感動地向他許下永遠無法實現的承諾，他空洞的眼睛裡再度閃出一陣光亮，我感覺得出他衷心渴望想感覺到我這個有血有肉的人，我從那份溫柔中感覺出來，從他手指充滿愛意的按壓，他的手指在感謝及誓願中握住我的手。

「兩個婦人送我到門邊。她們不敢說話，因為他敏銳的聽覺會聽到每一個字，但她們在熱淚之中把目光那樣熱烈地投向我，充滿感激！我愣愣地摸索著下樓，其實心中慚愧。我像童話故事中的天使一樣走進一戶窮人家，幫忙隱瞞一個善意的欺騙，並且無恥地撒謊，讓一個盲人復明了一個小時，但我來此之時其實是個卑鄙的商人，想來巧取幾件珍貴的作品。而我帶走的其實更多：在這個鬱悶的年代，我得以再次鮮活地感覺到純粹的熱情，一種照亮心靈、完全投注於藝術的狂喜，是我們國人似乎早已遺忘了的。而我感到肅然起敬——我無法用別的話來表達——儘管我仍然感到羞慚，卻並不知道究竟為什麼。

「我已經下了樓，站在街道上，上方一扇窗戶發出響聲，我聽見有人喊我的名字。果然，那個老人堅持要用他盲了的雙眼目送他認為我所走的方向。他把身子深深向外探出來，那兩個婦人不得不預作防備地扶著他，他揮動手帕，用小男孩般快活、清亮的聲音喊道：『祝您一路順風！』那幅情景令我難忘：這個白髮老人喜悅的面容，在上頭的窗邊，高懸在街道上那些悶悶不樂、倉促奔忙的芸芸眾生之上，無害的幻想有如白雲，輕輕將他托起，超脫於這令人厭惡的真實世界之上。而我不禁想起那句真切的老話——我想這句話是歌德說的——『收藏家是幸福的。』」

# 一顆心的淪亡
# Untergang eines Herzens

命運若要狠狠撼動一顆心，不見得總需要給予重重一擊，從轉瞬即逝的原因發展成毀滅，尤其能激起命運身為雕塑家的樂趣☆1。在我們人類含糊的語言中，把這種最初的輕輕觸動稱之為誘因，並且驚訝於此一微小誘因往往能產生巨大的影響。不過就像疾病多半在尚無徵兆時即已形成，一個人的命運往往也在命運成為可見事件之前便已展開。早在命運從外面碰觸到心靈之前，就已經在身心中起了作用，對命運的認知就已經是對命運的抗拒，而且大多是徒勞。

老人名叫索羅門松，在家裡也可自稱為樞密商務顧問。他在復活節假期陪同家人來到加爾達湖畔[1]，夜裡由於一陣劇烈疼痛而在飯店裡醒來。他覺得身體彷彿被箍板緊緊圈住，繃緊的胸部讓他幾乎無法呼吸。老人嚇壞了，畢竟他經常受膽痙攣折磨，而他不顧醫生的勸告，沒有去卡爾斯巴德療養[2]，而為了家人選擇到南部來度假。他擔心危險的疾病再度發作，害怕地摸著自己胖大的身體，雖然疼痛依舊，但一會兒之後他就放下心來，確認只有胃部感到壓迫，顯然是由於他吃不慣義大利菜，不然就是有輕微的食物中毒，這是旅行當地之人常患的毛病。他鬆了一口氣，放下顫抖的手，但那股壓迫感還在，讓他呼吸困難。於是老人一邊呻吟，笨拙地下了床，想稍微走動一下。果然，站起來之後，那股壓迫感減輕了一些，走動一下，壓迫感就更輕了。但是漆黑的房間裡空間不大，再加上他怕會吵醒睡在鄰床的妻子，平白讓她擔心，便披上睡袍，一雙赤腳穿上毛氈拖鞋，小心翼翼地摸索著走到走廊上，在那裡稍微走一走，以減輕悶脹的感覺。

☆1
*Zur entscheidender Erschütterung eines Herzens bedarf das Schicksal nicht immer wuchtigen Ausholens und schroff verstoßender Gewalt; gerade aus flüchtiger Ursacher Vernichtung zu entfalten, reizt seine unbändige Bildnerlust.*

當他打開通往漆黑走道的門，敞開的窗戶正好傳來教堂塔樓的報時鐘聲，敲了四下，起初很嘹亮，隨後柔和地迴盪在湖面。時間是凌晨四點。

長長的走廊一片漆黑，不過從白天的記憶中，老人清楚記得這條走廊又直又長。於是他無需照明，就呼吸沉重地從走廊的一端走到另一端，走了一趟又一趟，察覺胸部被夾住的感覺逐漸消失，覺得心滿意足。藉著這番令身體舒暢的運動，他幾乎已經完全擺脫了疼痛，正打算再回房間去，這時一陣聲響把他嚇了一跳，讓他停下腳步。在黑暗中，一陣低語從附近某處傳來，聲音很弱，但還是不會聽錯。某樣東西在梁柱下發出輕響，在移動，一扇門打開了一條縫，透出一道窄窄的光，有一瞬間照進一片漆黑之中。那是什麼？老人不由自主地躲在角落裡，並非出於好奇，只是由於難為情，怕被人發現他古怪的夢遊行為，而這份擔心也不難理解。然而，在燈光照進走廊的這一秒，他依稀看見一個身穿白衣的女子身影從那個房間裡溜出來，消失在走廊盡頭。果然，在走道末端有一扇門此刻輕輕響起按下門把的聲音。接著一切又沒入黑暗中，四下一片寂靜。

老人突然站立不穩，彷彿心臟受到重擊。在走道末端，在門把洩露祕密地動了一下的地方，那兒是……那兒只有他的房間呀，是他為家人租下的套房，有三個房間。幾分鐘前他才離開熟睡的妻子，那麼——不，他不可能看錯——這個女子的身影，這個偷偷從陌生房間裡

1. 加爾達湖位於義大利北部，係義大利最大的湖泊，亦為知名觀光景點。
2. 卡爾斯巴德（Karlsbad）位於今日的捷克，捷克文稱之為卡羅維發利（Karlovy Vary），自十九世紀以來即為著名的溫泉療養地。

回來的身影不可能是別人，只可能是他女兒耶爾娜，她還不滿十九歲。

老人一陣戰慄，震驚得全身發冷。他的女兒耶爾娜，那個孩子，那個快活開朗的孩子——不，這不可能，他一定是弄錯了——她在陌生人的房間裡做什麼，難道……他把這個念頭趕走，就像趕走一隻凶惡的野獸，然而那個溜走的身影有如鬼魅般緊緊抓進他的太陽穴，再也扯不開，再也擺脫不了。他必須要弄個清楚。他喘著氣，摸著走廊的牆壁走到她房門口，就在他的房門旁邊。可是事情太令人震驚了：就在這裡，就在走道上這一扇門裡，有一絲細細的光線從門縫裡透出來，白色光點自鑰匙孔中鑽出，洩露了祕密，在走廊上就只有這一扇門裡還透著燈光。在凌晨四點，她房間裡居然還亮著燈！此刻又有了新的證據：房裡的電燈開關剛剛喀嗟一聲，那道白色光線不留痕跡地沒入黑暗中——不，不，自我欺騙也無濟於事——夜裡從陌生人床上溜回自己床上的人就是他的女兒耶爾娜。

老人由於恐懼和寒冷而顫抖，汗水從身上冒出來，淹沒了毛孔。他最初的感覺是想要破門而入，把這個不知羞恥的女孩痛揍一頓，但他的雙腳在胖大的身體下搖晃，差點連走回房間躺回床上的力氣都沒有。回到房間裡，他意識昏沉地倒在枕頭上，像隻負傷的野獸。

老人一動也不動地躺在床上，睜著眼睛，凝視著黑暗。在他旁邊，妻子的呼吸綿長而無憂無慮。他的第一個念頭是把她搖醒，告訴她這個可怕的發現，把心裡的話都吶喊出來，盡情發洩。然而這令人震驚的事要怎麼說出口？如何用話語大聲說出來？不，不，他永遠說不出口。可是該怎麼做？該怎麼做？

他試著思考，但思緒就像蝙蝠一樣盲目地四下亂飛。這件事太過駭人：耶爾娜，這個受過良好教養的溫柔女孩，有一雙討人喜歡的眼睛……曾幾何時，他還看見她在埋頭做功課，粉紅色的小指頭吃力地描摹著難寫的文字……曾幾何時，他還帶著一身淡藍衣裳的她在放學後到糕餅店去，還感覺到她沾著糖粉的小嘴親吻他……那難道不就是昨天嗎？……不，那已經是許多年前了……可是真的就在昨天，她還像個小孩一樣向他央求，求他替她買下那件藍金兩色的毛衣，那件鮮豔的毛衣在櫥窗裡很搶眼。「爸爸，拜託拜託！」——她雙手合十，帶著他一向無法抗拒的笑容，那自信而愉快的笑容。而現在，在距離他房門只有兩步路的地方，她居然在夜裡溜到陌生男子的床上，在那裡赤裸而飢渴地翻滾……

「天哪！……天哪！」老人不由自得大聲呻吟。「丟臉啊！丟臉！……我的孩子，我那備受呵護的溫柔女兒竟然跟隨便哪個男人……跟誰呢？……那人會是誰呢？……我們來到加爾達湖才不過三天，那些衣冠楚楚的紈　子弟她之前一個也不認識，不認識那個小頭銳面的巫巴第伯爵，不認識那個義大利軍官，也不認識那個來自梅克倫堡的騎師……直到第二天她才在舞會上認識了他們，而她居然就已經……不……事情一定是早就開始了……在家裡……而我一無所知，一無所覺，我這個傻瓜，這個被蒙在鼓裡的傻瓜……可是我又哪裡會知道關於她們的事呢？……我整天都為了她們辛苦工作，在商行裡坐上十四個鐘頭，就跟從前一樣提著裝樣品的箱子坐在火車上……只為了她們而賺錢，賺錢，賺錢，讓她們能穿美麗的衣裳，變得富有……而晚上，當我筋疲力盡地回到家裡，她們又已經出門了：去劇院看戲，去參加舞會，參加社交活動……我哪裡知道她們的事，哪裡知道她們整天都在做什麼？……現在我只知道，我的孩子夜裡帶著她年輕純潔的身體去找男人，就跟街上的妓女一樣……噢，真是丟臉啊！」

老人一再大聲呻吟。每一個新的念頭都把傷口撕裂得更深，他覺得他的大腦彷彿血淋淋地敞開，紅色的蛆在裡面蠕動。

「可是我為什麼容忍這一切？……我為什麼現在還躺在這裡，折磨著自己，當她淫蕩的身體安穩地睡著？……我為什麼沒有馬上衝進她房裡，讓她曉得我知道她的可恥？……我為什麼沒有打斷她的骨頭？……因為我軟弱……因為我怯懦……面對她們母女我一向軟弱……什麼事都由著她們……我很自豪能讓她們過舒服的日子，哪怕我自己的人生已經毀了……我一分錢一分錢地辛苦攢錢……只要能看見她們心滿意足，我願意讓別人剜掉我手上的肉……可是我才讓她們變得富有，她們就覺得我讓她們丟臉……覺得我不夠高尚……沒有教養……我要從哪裡學到教養呢？才十二歲就得輟學，必須去賺錢，賺錢，賺錢……提著裝樣品的皮箱，從一個村莊搭車到另一個村莊，再從一座城市到另一座城市，直到我能夠自行開業……而她們一有了地位，有了自己的房子，就不再喜歡我這個古老誠實的好姓氏……我不得不花錢去買商務顧問、樞密顧問的頭銜，好讓她們不必被稱呼為索羅門松太太和小姐，好讓她們能夠顯得高尚……高尚！高尚！……她們嘲笑我，說我是個老古板，當我抗拒那種自以為高尚的做法，抗拒她們所謂的上流社會，當我向她們說起我母親如何持家，願上帝保佑她在天之靈，她安靜、謙虛，只為了丈夫和子女而活……『爸爸，你是個老古板。』女兒總是這樣笑我……是啊，老古板，是啊……而現在她跟陌生男人上床，我的孩子，我唯一的孩子……

噢，丟臉啊，丟臉……」

老人從胸中吐出痛苦的嘆息，這般嚇人，使得妻子在他身邊醒過來。「怎麼了？」她睡眼惺忪地問。老人一動也不動，屏住了呼吸，就這樣紋風不動地躺在有如黑暗棺材的痛苦中直到早晨，思緒像蟲子一樣啃蝕著他。

早晨他頭一個來到早餐桌旁。他嘆了一口氣坐下來，每一口食物都令他作嘔。「又只有我一個人，」他想：「總是一個人！……早上當我去上班，她們在跳舞和看戲之後還舒舒服服地睡著懶覺……等我晚上回到家，她們已經出門去玩樂了，去參加社交活動，在社交場合她們不需要我……噢，錢，那該死的錢讓她們墮落了……讓她們跟我疏遠了……我這個傻瓜拚命攢錢，在自己身上苛刻，讓自己過得很窮，讓她們變壞了……我白白辛苦工作了五十年，沒有休息過一天，到頭來就只有我一個人……」

他漸漸感到不耐煩。「她為什麼還沒有來……我想跟她談一談，我必須告訴她……我們得離開這裡，馬上離開……為什麼她還不來……也許她還很睏，心安理得地好好睡著，而我揪著一顆心，我這個傻瓜……她母親要花幾個鐘頭梳妝打扮，得要洗澡、化妝、修指甲、做頭髮，十一點以前不會出現……會發生這種事有什麼好奇怪的？……那孩子會變成什麼樣子？……噢，錢，該死的錢。」

輕輕的腳步聲從後面響起。「爸，早，睡得好嗎？」她溫柔地從旁邊彎下身子，淺淺的吻拂過他劇烈跳動的額頭。他不禁把頭一偏，閃避開來，科蒂香水甜膩的氣味令他作嘔。然後……

「爸，你怎麼了……心情又不好了嗎？……服務生，請給我一杯咖啡，還有火腿加蛋……你是沒睡好呢？還是聽到了壞消息？」

老人克制住自己。他垂下頭沉默不語，沒有勇氣抬起眼睛。他只看見她擱在桌上的手，他所愛的手，那雙修過指甲的手懶洋洋地在白色桌布上戲耍，就像被寵壞的靈活獵犬在草地上玩耍。他顫抖著，目光羞怯地向上摸索，看見她嬌柔的少女臂膀，從前……那是多久以前？……女兒那雙臂膀經常在睡覺前摟著他……他看見她隆起的美好胸部，在那件新毛衣下面隨著呼吸輕輕起伏。「光著身子……光著身子……跟一個陌生男人在一起翻滾。」他惱怒地想：「這些他全都抱過、摸過、嚐過、享受過……我的骨肉……我的孩子……噢，這個陌生的混蛋……噢……噢……」

他不自覺地又發出呻吟。「爸，你怎麼啦？」女兒討好地湊過來。

「我怎麼了？」他在心裡怒吼：「我女兒是個妓女，而我卻沒有勇氣把這話告訴她。」但他只是含糊地喃喃說道：「沒什麼！沒什麼！」急忙拿起報紙，攤開來權充圍欄，擋住她詢問的目光。他的雙手在顫抖。「現在我必須告訴她，現在，趁著還只有我們兩個人。」這個念頭折磨著他，但他發不出聲音，甚至沒有力氣抬起眼睛來。

突然，他猛地推開椅子，踩著沉重的腳步逃進花園裡，因為他感覺到一顆豆大的淚珠忍不住從他臉頰上滑落，而他不想讓她看見。

矮小的老人在花園裡亂走，久久凝視著湖面。強忍住的淚水讓他視線模糊，但他還是不由得看見這片風景有多美。在銀色的光線後面是呈波浪狀漸漸隆起的綠色丘陵，色彩柔和，由柏樹的細線勾勒出黑色陰影，丘陵後面則是陡峭的山岳，嚴峻但並不高傲，俯瞰著明媚的湖面，就像嚴肅的男子俯視著心愛的小孩玩著無邪的遊戲。這片風景溫和地敞開自己，開滿花朵，用坦誠、好客的姿態，勸誘世人做善良而快樂的人，上帝在南國露出祂永恆的幸福微笑！「幸福！」老人搖著他太過沉重的腦袋，心思混亂。

「在這裡一個人可以得到幸福。我也希望能夠擁有一次，也能夠感親身感受到一次，那些沒有煩惱的人的世界有多麼美好……經過五十年的書寫、計算、討價還價和錙銖必較，我也想享受幾天快樂的日子……一次，就這麼一次，在我入土之前……老天，我六十五歲了，在這個年紀，死神的手已經伸進你身體裡，金錢不再幫得了你，醫生也幫不了你……我只想在死前還能輕鬆地呼吸幾下，也為我自己做點什麼……可是我死去的父親總是說：『享樂不屬於我們這種人，一個人得背著他的擔子進墳墓。』……昨天我以為自己也可以舒服一下……昨天我可以算是個幸福的人，為了我美麗開朗的女兒而感到喜悅，為了她的喜悅而感到喜悅……而上帝就已經懲罰了我，把她從我身邊奪走……因為如今那幸福一去不回……我沒法再跟自己的孩子講話……沒法再看進她眼睛裡，我為她感到羞恥……不管是在家裡、在辦公室，還是夜裡在床上，我將時時想到：她人在哪裡？先前去了哪裡？她做了什麼？……以前我回到家裡，見她坐在那兒朝我跳起來，而我心花怒放，看著她這麼年輕美麗……現在我再也不會有這種感覺了……如果她親吻我，我會在心裡想：昨天有誰吻過這雙嘴唇……當她不在我身邊，我將時時刻刻活在恐懼中，當我看見她的眼睛，我將永遠感到羞恥。——不，一個人沒法這樣活下去……沒法這樣活下去……」

老人像個醉漢一樣步履蹣跚，喃喃自語。他一再凝視著湖面，眼淚一再流進鬍子裡。他不得不摘下夾鼻眼鏡，睜著患有近視的潮濕雙眼，呆呆地站在狹窄的小路上。一個剛好路過的年輕園丁驚愕地停下來，放聲大笑，用義大利文說了幾句玩笑話，取笑這個心慌意亂之人。這把老人從痛苦的暈眩中喚醒，他戴上夾鼻眼鏡溜到花園的側面，想在那兒找張長椅把自己藏起來，讓別人看不見他。

但他才接近花園中僻靜之處，一陣笑聲就從左邊傳來，又把他嚇了一跳……那是他熟悉的笑聲，此刻卻令他心碎。十九年來，她快活的輕笑曾經是他的音樂……為了這個笑聲，他連夜搭乘火車，坐三等車廂前往波森和匈牙利，只為了賺更多錢給她們，就像把黃色的肥沃土壤堆在她們身上，讓這無憂無慮的快活從那土中綻放……他就只為了這個笑聲而活，為了這個笑聲而積勞成疾……只是為了讓這個笑聲能一直在他所愛的那張嘴邊響起。而此刻這笑聲就像一把燒紅的鋸子，切進他的內臟，這該死的笑聲。

但他還是忍不住受到這笑聲的吸引。她站在網球場上揮舞著球拍，手腳靈活地把球拍高高揮出又再收回來。每次球拍揮舞，那歡快的笑聲就同時飛向蔚藍的天空。三位男士欣賞地看著她，巫巴第伯爵穿著輕鬆的網球衫，軍官穿著貼身的筆挺制服，騎師則穿著合身的馬褲，三個男子各具風格，像雕像一樣圍繞著這個如蝴蝶般飛舞的女孩。老人自己也看得入迷。天哪，陽光灑在她的金髮上，在這件露出腳踝的淺色衣裳裡她真美！她年輕的肢體在跳躍奔跑中感覺到自己的輕盈，舉手投足富有韻律，她陶醉在其中，也令人陶醉。此刻她興高采烈地把白色的網球扔到半空中，接著又扔出第二個，第三個，真美妙呀，看那苗條有如樹枝的少女身體在彎身接球時擺動，這會兒跳起來，接住最後一顆球。他從不曾見過她這副模樣，如此像火焰縱情燃燒，搖曳飄動的白色火焰，上方飄著夾帶笑聲的銀色輕煙，像個從南國花園的長春藤裡冒出來的青春女神，從映照出天光的淡藍湖面乍然浮現。在家裡，這具苗條結實的軀體從不曾在遊戲中如此盡情伸展，有如舞蹈。不，他從不曾看過她這副模樣，在那到處是圍牆的沉悶城市裡，在房間裡，在街道上，也不曾聽過她的聲音像這樣有如雲雀一般，擺脫了俗世的沉悶，快活的有如歌唱，不，她從不曾如此美麗。老人凝望再凝望，忘了一切，只看著這道搖曳的白色火焰。他可能會一直這樣站著，用熱情的目光吸進她的影像，若非她終於靈活地轉身，喘著氣，縱身一躍，接住了被耍弄的最後一顆球，氣喘吁吁，全身發熱，帶著自豪的眼神，笑著把球壓在胸前。「太棒了，太棒了。」三位男士鼓掌歡呼，就像剛聽完一曲歌劇詠歎調，興奮地看著她靈巧地接住了球。男子帶著喉音的嗓音把老人從陶醉中驚醒，他憤怒地盯著他們。

「這就是那些混蛋，」他一顆心怦怦跳動，「就是他們……不過，是他們當中哪一個呢？……是這三個人當中哪一個占有了她？……他們打扮得多麼高雅呀，搽了香水，刮了鬍子，這些遊手好閒的傢伙……我們在他們這個年紀的時候得要穿著補過的長褲坐在店裡，在顧客面前卑躬屈膝……而他們的父親也許直到如今還這樣坐著，為了他們做牛做馬，連指甲都磨出血來……他們卻到處旅行，向上天竊取了大好時光，臉曬成棕色，無憂無慮，眼睛明亮大膽……他們很容易就顯得容光煥發、輕鬆愉快，只需要對哪個虛榮的女孩說幾句甜言蜜語，就能把她弄上床……可是，是這三個人當中的哪一個呢？究竟是誰？……我知道是他們其中之一，他透過這件衣裳看見她的裸體，津津有味地咂著舌頭：我擁有過她……見過她熱情而赤裸，心裡想著今天晚上還能再擁有她而對著她眨眼，——噢，這隻狗！……我真想用鞭子把他打死，這隻狗！」

他們發現了他。女兒揮動球拍向他打招呼，對他露出笑容，那三位男士也向他致意。他沒有回禮，只是用泛著血絲的濕潤眼睛看著她笑盈盈的嘴：「妳這個不知羞恥的女孩，居然還能這樣笑……不過，那一個男的說不定也在心裡偷笑，心裡想著，那邊站著那個愚蠢的老猶太人，夜裡在他床上鼾聲大作……這個老傻瓜！假如他知道的話……是的，我知道，你們在笑，你們從我身上跨過，就像跨過一堆髒東西……可是我女兒青春溫順，像妓女一樣上了你們的床……而她母親雖然已經有點發胖，打扮過度，濃妝豔抹，不過，如果跟她說說好話，說不定她也還敢跳支小舞……你們這些狗，你們做的對，如果這些發情的女人追在你們後面，這些不要臉的女人……別人的心痛與你們有何相干……只要你們玩得開心……只要她們玩得開心，這些不要臉的女人。我該用手槍把你們給斃了，用鞭子去抽你們……可是你們做的對，只要沒有人拿手槍和鞭子來對付你們……如果我只是把憤怒往肚子裡吞，就像一條狗吞下別人扔給牠的東西……你們做的對，如果我這麼怯懦，怯懦的可悲……沒法走過去，抓住那個無恥女孩的衣袖，把她從你們身邊拖開……如果我只是無言地站在這裡，膽汁湧到嘴裡，怯懦……怯懦……怯懦……」

老人用雙手扶著欄杆，無助的憤怒搖撼著他。突然他朝自己的腳前啐了一口，蹣跚地離開了花園。

老人腳步笨重地走進那座小城，突然在一面櫥窗前停下腳步。觀光客用得上的各種物品在櫥窗裡堆疊，襯衫和網袋、女衫和釣魚用具、領帶、書籍、糕點餅乾，有些被隨便擺在一起，有些堆成了金字塔，五顏六色，層層堆疊。但他只凝視著一件物品，它不起眼地躺在那些高尚的物品當中。那是根有節的手杖，又粗又笨重，末端因包著鐵皮而更加堅硬，拿在手裡很沉，一杖打下去大概很可怕。「打死他……打死他，那條狗！」這個念頭讓他感到一陣暈眩，幾乎帶著快感。他進了這家雜貨店，只花了一點錢就買下這根有節的棍棒。他才把這件又笨重又危險的東西拿在手裡，就覺得自己強壯多了：一件武器向來能讓體弱之人對自己更有信心。他感覺到握住杖柄的肌肉用力繃緊，喃喃自語：「打死他……打死他，那條狗！」他沉重蹣跚的步伐不由得穩定起來，走得更挺、更迅速。他沿著湖濱走來走去，簡直是用跑的，已經流汗喘氣，不過這主要是由於情緒激動，並非由於腳步加快。他的手握住笨重的杖柄，越來越劇烈地痙攣。

老人帶著武器走進飯店大廳清涼的陰影中，立刻用怒氣沖沖的目光搜尋那個看不見的對手。果然他們全都坐在角落裡柔軟的藤椅上，他太太，他女兒，還有少不了的那三位男士，懶洋洋地聚在一起，用細細的吸管啜飲著威士忌和蘇打水，快活地聊著天。「究竟是哪一個？是哪一個？」他陰鬱地想，拳頭緊緊握住手杖上沉重的結。「該把他們當中哪個人的頭敲碎？……哪一個？……哪一個？」然而耶爾娜誤會了他不安的搜尋，跳起來走向他。「啊，爸爸，你在這裡！我們到處找你。你知道嗎？梅德維茲先生要用他的飛雅特汽車載我們去兜風，我們要繞過整座湖，直到岱森農鎮。」她一邊說一邊溫柔地把他推到桌旁，彷彿他還得為了對方的邀請而表示感謝。

三位男士禮貌地站了起來，伸手與他相握。老人顫抖著，但她溫暖的身體就在他手臂旁邊，柔軟而醉人地安撫著他。他失去了意志力，跟他們一個接一個地握了手，無言地坐下，掏出一根雪茄，用惱怒的牙齒咬進柔軟的雪茄來發洩他的怒氣。他們重新接續中斷的談話，無視於他的存在用法文交談，夾雜著興高采烈的笑聲。

老人無言地垂頭坐著，咬著雪茄，雪茄的褐色汁液流到他牙齒上。「他們做的對……他們做的對，」他想：「別人應該對我吐口水……現在我還跟他握了手！……三個人的手都握了，但我知道那個混蛋就是他們其中一個……我沒有把他打倒，反而平靜地跟他同坐一桌……沒有把他打倒，還有禮貌地跟他握手……他們做的對，他們是該嘲笑我……而他們這樣無視於我交談，彷彿我根本不在這裡！……彷彿我已經入土了……耶爾娜和她母親明明知道我一句法文也聽不懂……她們兩個都知道，都知道，可是她們誰也沒有做做樣子來問我些什麼，讓我不要這麼可笑地坐在這裡，可笑得要命……對她們來說我就像空氣，空氣……是個令人難堪的附屬品，是個累贅，妨礙了她們……令她們感到羞慚，她們之所以沒有拋棄我只是因為我會賺錢……錢，錢，這骯髒可悲的錢，我用錢把她們給慣壞了……這些該詛咒的錢……我的太太，我的女兒，她們一句話也不對我說，眼裡只有這些遊手好閒的傢伙，這些油頭粉面的紈絝子弟……看她們怎麼對他們笑，被搔了癢似的，彷彿他們伸手去摸她們的肉……而我，我容忍這一切……我坐在這裡聽著她們笑，什麼也聽不懂，我就只是坐在這裡，沒有掄起拳頭……沒有用這根手杖朝他們打下去，把他們打散，趁著他們還沒有在我眼前卿卿我我……我容許這一切……我坐在這裡，一聲不吭，愚蠢，怯懦……怯懦……怯懦……」

「您允許嗎？」在這一瞬，義大利軍官用不流利的德語問了一聲，伸手去拿打火機。

老人從激動的思緒中驚醒，抬起頭來，憤怒地凝視那個一無所知的人。那份怒火還在他心中，他頓時緊緊握住手杖，但嘴巴隨即斜斜地向下撇，露出一抹冷笑：「噢，我允許，」他重複著對方的話，聲音尖銳刺耳。「我當然允許，嘿嘿……我什麼都允許……我擁有的一切都任由您取用……您想怎麼做就怎麼做……」

義大利軍官訝異地看著老人。他的德文並不好，沒有完全聽懂老人的話，然而這抹歪斜的冷笑令他不安。同樣來自德國的男爵不禁嚇了一跳，兩位女士臉色灰白，有一剎那，眾人之間的空氣凝結，悄無聲息，一如閃電和雷聲之間的短暫寂靜。

但老人扭曲的表情隨即放鬆下來，手杖也從痙攣的拳頭裡滑出。老人像隻挨了揍的狗縮了回去，尷尬地咳嗽，被自己的大膽給嚇壞了。為了沖淡這難堪的緊張氣氛，耶爾娜急忙重新接續被打斷的談話，德國男爵也刻意輕鬆愉快地回答，幾分鐘之後，大家就又無憂無慮地繼續滔滔不絕。

老人坐在這群閒聊的人當中，跟眾人完全疏遠，別人甚至會以為他睡著了。那根笨重的手杖從他手裡掉出來，在他兩腿之間晃來晃去，腦袋撐在手上，滑得越來越低。但沒有人再去注意他，閒聊的話語像波浪一樣從他的沉默上滾過去，偶爾一句輕佻的玩笑激起了笑聲，像浪花一樣濺起白沫。他卻一動也不動地躺在無邊的黑暗中，被羞恥和痛苦淹沒。

三位男士站了起來，耶爾娜急忙跟在他們後面，她母親的動作稍微慢一點。她們聽從愉快的提議，到旁邊的音樂廳去，而她們覺得沒有必要特別去邀請昏昏沉沉打著瞌睡的老人。直到他感受到周圍驟然空了下來，他才醒過來，像一個睡著的人當夜裡被子滑落，冷風拂過赤裸的身體而被寒意驚醒。他的目光不禁望向那些空下來的椅子，而從旁邊的鋼琴演奏廳裡也已經叮叮咚咚傳來一首爵士樂，是首流行歌曲。他聽見笑聲和鼓勵的呼喊，他們在隔壁跳舞。沒錯，跳舞，總是在跳舞，他們就會跳舞！總是要讓自己血液沸騰，總是要淫蕩地在彼此身上摩擦，直到慾火難耐。跳舞，晚上跳，白天也跳，這些懶惰蟲、這些無所事事的人，他們就是這樣釣到女人的。

他惱怒地又握住那根結實的手杖，拖著腳步尾隨他們而去。他在音樂廳門口停下腳步，那位德國騎師坐在鋼琴前面，叮叮咚咚地彈著一首美國流行歌曲，他憑著記憶，彈得大致沒錯，半轉過身去，以便同時看著在跳舞的人。耶爾娜跟那名軍官共舞，瘦高的巫巴第伯爵則略顯吃力地把她強壯笨重的母親隨著節奏推向前，推向後。然而，老人只盯著耶爾娜和她的舞伴。那個靈活的軍官輕巧地把雙手擱在她柔嫩的肩膀上，彷彿她已經完全屬於他！看她的身體搖擺著，貼向他的身體，彷彿已經以身相許，看他們在他眼前彼此交纏，勉強克制住激情！沒錯，就是他——因為在這兩具搖擺的身體上明顯流露出一份熟悉，一種已經滲入血液中的相屬之感。沒錯，就是他——只可能是他，老人從她的眼睛裡看得出來，她的眼睛半閉，卻依舊熱情洋溢，在舞動中憶起一段熱烈享受過的激情，將之反映出來——就是他，這個賊，夜裡熱切地摟住她此刻藏在單薄衣裳裡的身體，那半透明的衣裳飄動著，他的女兒，他的女兒！他忍不住走近，想把她從那人身邊拉開，但她沒有發現他。她的每一個動作都隨著節奏、隨著帶舞之人暗中引領她的力道，把自己獻給這個引誘者。她把頭向後仰，濕潤的嘴巴微微張開，渾然陶醉忘我，在柔和流淌的音樂中輕輕搖晃，感覺不到空間，感覺不到時間，也感覺不到那個顫抖喘氣的老人，他泛著血絲的眼睛在狂怒中盯著她。她只感覺到自己，只感覺到自己年輕的四肢隨著舞曲旋律的節奏急速旋轉，毫無抵抗之力，她只感覺到自己，只感覺到一個貼近她的男子對她的渴望，感覺到他有力的臂膀摟著她，感覺到在這柔軟的飄浮中她必須要克制自己，不要帶著熱情的雙唇和意欲獻身的誘人熱氣倒在他身上。說來神奇，老人在自己沸騰的血液中也感覺到了這一切，每當那支舞把她從他身旁捲走，他就覺得她彷彿永遠地沉淪了。

音樂突然中斷，就像一根叮咚作響的琴弦斷裂。德國男爵跳起來，笑著用法文說：「我替各位彈得夠久了，現在我自己也想跳一會兒。」大家都興高采烈地表示贊成，兩兩成對的舞伴散開來，鬆散地站在一起。

老人又清醒過來：現在該做點什麼，說些什麼！不要像個傻瓜站在旁邊，多餘得可悲！他太太剛剛搖搖擺擺地從他身旁走過，由於費力跳舞而有點喘氣，神情卻滿足愉悅。憤怒讓他頓時做出決定，他擋住了她的路，不耐地喘著氣說：「來，我有話跟妳說。」

她訝異地看著他，他蒼白的額頭上汗涔涔的，眼神慌亂。他想幹什麼？為什麼偏偏要在這個時候打攪她？她正想說句話來打發他，但他的舉止帶著一種顫抖，一種危險，讓她突然回想起先前他所發的脾氣，於是便不情願地跟著他走。

「抱歉，各位先生，我離開一下！」走之前她還轉過身去用法文向那三位先生道歉。激動的老人慍怒地想：「她向他們道歉，但他們站起來離開座位時卻沒有向我道歉。對他們來說我只是一條狗，像塊破爛的踏腳布，任人踐踏。不過，他們做的對，做的對，因為我容忍他們這麼做。」

她嚴厲地揚起眉毛，等待著，他站在她面前，嘴唇顫動，像個站在老師面前的學生。

「怎麼啦？」她終於問道。

「我不希望……我不希望……」他終於結結巴巴地說，模樣笨拙。「我不希望妳們……不希望妳們跟這些人來往。」

「跟哪些人來往？」她故意裝作沒聽懂，不滿地抬起目光，彷彿他得罪了她。

「跟那邊那些人，」他怒氣沖沖地把低著的頭往音樂廳的方向一扭，「我不喜歡他們……我不希望……」

「為什麼呢？」

「老是這種質問的口氣，」他忿忿地想：「彷彿我是她的僕人似的。」他更激動了，結結巴巴地說：「我有我的理由……我不喜歡這樣……我不希望耶爾娜跟這些人交談……我不必把話全說出來。」

「這樣的話我很抱歉，」她盛氣凌人地拒絕了：「我覺得這三位男士全都非常有教養，比起我們在家裡來往的那些人要高尚得多。」

「高尚得多！……這些遊手好閒的傢伙……這些……這些……」他氣得無法呼吸，越來越難以忍受。突然他跺起腳來：「我不希望這樣……我不允許……妳明白了嗎？」

「不，」她冷冷地回答：「我什麼也不明白。我不知道我為什麼要敗壞女兒的興致……」

「她的興致！……她的興致！……」他彷彿受到重重一擊，踉踉蹌蹌，臉脹紅了，額頭上冒出涔涔汗水。他伸手去抓那支沉重的手杖，想用來支撐自己，或是用來打人，卻抓了個空，他忘記把手杖拿過來了。這讓他又清醒過來。他克制住自己，一道暖流突然從他心頭掠過，他走近了一些，彷彿想握住她的手。他的聲音變得很小，簡直像在乞求：「妳……妳不了解我……我並不是為了我自己……我只請求妳們這麼做……這是我多年來頭一次向妳請求：讓我們搭車離開這裡……離開……到佛羅倫斯去，還是羅馬，妳們想去哪裡都行，我都不介意……一切都由妳們來決定，隨妳們高興……只要離開這裡，我求求妳……離開……只要離開，今天就離開……今天……我再也受不了了……再也受不了了。」

「今天？」她驚訝地皺起眉頭，表示拒絕。「今天啟程？這個念頭太可笑了……就只因為那幾位先生不討你喜歡……你可以不必跟他們來往。」

他仍舊站在那兒，央求地舉起雙手。「我跟妳說過了，我受不了了……受不了，受不了了。我求妳別再多問，我求妳……但是請相信我，我受不了了……就是受不了了。就這麼一次，請為了我而這麼做……」

音樂廳裡的鋼琴聲又再度叮叮咚咚地響起。她抬起眼睛，不由得被他的呼喊打動。可是他的模樣說不出地可笑，這個又矮又胖的男人，臉像中風似的脹得通紅，眼神慌亂，眼睛腫脹，雙手從過短的衣袖裡顫抖著舉向空中。他這副可悲的模樣實在令人難為情，原先軟化下來的情感僵在話語中：

「這不可能，」她下了決定：「今天我們答應他們要一起搭車出遊……而且我們房間的租期是三個星期，如果明天就啟程離開會很可笑……我看不出有什麼理由要離開……我要留下來，耶爾娜也一樣……」

「而我要走可以走，對嗎？……我在這裡只會打攪妳們……只會妨礙妳們的……樂趣。」

他用這聲沉沉的呼喊把她的話從中截斷。他蜷縮著的胖大身體猛然直起來，雙手握拳，額頭上的青筋在憤怒中危險地抽搐。他還有些東西想要用言語或拳頭發洩出來，但他突然猛地轉過身，朝樓梯走去，步履蹣跚，雙腿沉重，腳步越來越快，匆匆爬上了樓梯，像是有人在追趕他。

老人氣喘吁吁地爬上樓梯，現在他只想回到房間裡，只想獨處，克制住自己，壓抑住神經，別做出荒唐事！他已經爬到了樓上，這時——彷彿體內有一隻灼熱的爪子撕裂了內臟——他突然臉色灰白，踉踉蹌蹌地倒向牆邊。噢，這種劇痛灼熱地絞動，他必須咬緊牙關，免得大聲叫出來。身體遭到這陣痛楚的突襲，呻吟著蜷縮起來。

他立刻明白這是怎麼回事：膽痙攣發作。這可怕的毛病最近經常折磨他，但沒有一次像這一次這麼厲害。就在這一瞬間，就在疼痛之中，他想起醫生告訴過他：「要避免情緒激動。」而就在疼痛之中，他還惱怒地自嘲：「說得倒容易，避免情緒激動……醫生應該來示範一下要如何避免情緒激動，如果……噢……噢……」

老人呻吟著，那隻無形的爪子在他受折磨的身體裡翻攪。他吃力地走到他所租套房的客廳門口，推開門，倒在沙發上，牙齒咬住椅墊。躺下來之後，疼痛立刻減輕了一些，那隻爪子的炙熱指甲不再那樣深深抓進他嚴重受傷的內臟。「我該替自己熱敷一下，」他想起來，「服用藥水，之後立刻就會好一點。」

但沒有人在這兒能扶他起來，一個人也沒有。而他沒有力氣走到另一個房間，就連走去按鈴叫人都走不動。

「沒有人在這兒，」他怨恨地想：「有一天我會像條狗一樣死掉……因為我知道是什麼在作痛，作痛的並不是我的膽……而是死亡，它在我體內生長……我知道自己已經完了，哪個醫生也幫不了我，去哪裡療養也幫不了我……一個六十五歲的人不可能再恢復健康……我知道是什麼在我體內鑽刺翻攪，那是死亡，而我僅剩的幾年將不再是生命，只是在等待死亡……而我究竟什麼時候活過呢？……為我自己活過？……那算是什麼樣的人生？總是在攢錢，攢錢，總是只為了別人而活，而現在這對我有什麼幫助？……我有過一個妻子，在她還是少女時娶了她，我是她的第一個男人，而她替我生了一個孩子。年復一年，我們在同一張床上一起呼吸……而現在她在哪裡……我不再認得她的臉……她跟我說話時完全像個陌生人，從不曾考慮過我的生活，沒考慮過我的感受、我的痛苦、我的想法……這麼多年來，她對我完全就像個陌生人……那份感情到哪兒去了，到哪兒去了……我也有過一個孩子……她長大了，離開了我的手心，我原本以為生命在她身上可以重新開始，比我活得更開朗、更幸福，我的生命就不會完全死去……而她在夜裡溜出去，獻身給那些男人……我只能孤單地死去，就只有我一個人……因為對其他人來說我已經死了……天哪，天哪，我從不曾如此孤單……」

那隻無形的爪子時而用力抓緊，時而鬆開。然而另一種痛楚越來越深地敲進他太陽穴裡，那些思緒刺進他額頭，就像堅硬、尖銳、炙熱無情的小石子。現在別再想了，千萬別再想了！老人把外套和背心扯開，腫脹的身體臃腫而不成形地在鼓起的襯衫下顫抖。他小心翼翼地用手壓住作痛的部位，心想：「只有那個作痛的部位是我，只有這一塊灼熱的皮膚是我……只有在身體裡面折磨我的東西還屬於我，這是『我的』病，『我的』死亡……我就只剩下這個……不再是商務顧問，沒有妻兒，沒有錢，沒有房子，沒有店鋪……只有我現在用手指摸到的東西才是真實的，我的身體，還有在體內發熱、作痛的東西……其餘一切都是蠢事，都不再有意義……因為那作痛的東西只會令我一個人疼痛……令我擔憂的事情就只令我一個人擔憂……她們不再了解我，我也不再了解她們……我從不曾感到如此孤單。但我現在知道了，當我躺在這裡，感覺到死亡在我體內生長，在六十五歲的時候才知道已經太遲了，我離死亡不遠了，而她們在跳舞，去散步，或是到處閒晃，這些不知羞恥的女人……現在我知道，我就只為了她們而活，從不曾為了自己而活，連一個小時也不曾，而她們並不感謝我……可是她們跟我還有何相干……還有何相干……何必想著她們，既然她們從不曾想到我？……我寧願翹辮子，也不要她們來同情……她們跟我還有什麼相干……」

疼痛一點一點漸漸消退，那隻憤怒的手不再像隻爪子一樣重重抓進這個受苦的人身上，但仍留下一種隱隱的感覺，幾乎不再覺得痛，某種陌生的東西壓著、擠著，向體內挖掘出坑道。老人閉著眼睛躺著，繃緊神經，傾聽這小聲的拉扯。他覺得這股異樣陌生的力量彷彿挖空了他體內某種東西，先用尖銳的工具，再用比較鈍的工具，彷彿在他封閉的體內有某樣東西的纖維一根一根地鬆開、脫落。不再撕扯得那麼厲害，也不再作痛，但他體內卻有某種東西在微微燃燒，在悄悄腐爛，某種東西開始壞死。他活過的一切，他愛過的一切，全都在這緩緩消耗的火焰中消失，燒得發黑，直到變成鬆脆的焦炭，化為微溫的泥渣，無人在乎☆2。當他這樣躺著，激動地思考他的一生，他隱隱感覺到某件事情發生了，某件事情到了終點。是什麼呢？他往自己的身體裡聆聽，聽了又聽。

漸漸地，他的心開始沉淪。

老人躺在逐漸昏暗的房間裡，閉著眼睛。他一半還醒著，一半已經在作夢，而在半夢半醒之間，這個心緒混亂的人覺得彷彿從某處（從一個他並不知道、也並未作痛的傷口）有種濕熱的東西悄悄滲進裡面，彷彿他在流血，流進他自己的身體。這種看不見的流動並不會痛，流量也不大，只是像眼淚一樣微溫地緩緩流淌、滴落，就這樣一滴滴落下，而每一滴都正中心臟。但顏色暗沉的心臟一聲不吭，默默吸進這陌生的液體，像塊海綿，因此變得

☆2
*Alles, was er gelebt, alles, was er geliebt, verging in dieser langsam zehrenden Flamme, brannte schwarz und schwelend, ehe es mürb und verkohlt niederfiel in einen lauen Schlamm von Gleichgültigkeit.*

越來越沉重，在狹窄的胸腔裡腫脹起來。漸漸地吸滿了，太滿了，由於本身的重量，他的心開始悄悄下墜，韌帶拉長了，拉扯著緗緊的肌肉，疼痛的心由於自身的重力越來越沉重地向下壓，向下擠，已經碩大無比。而此刻（好痛啊！），這個重物脫離了肌肉的纖維，十分緩慢，不像一塊墜落的石頭，也不像墜落的果實，而像一片泥沼，吸滿了水分，越來越深地陷落，陷落到某種微溫、空洞之處，落到他體外某個沒有實體的地方，一個寬廣無邊的黑夜。頓時，剛才那顆溫暖、漲大的心還在的部位變得安靜得可怕，那兒空蕩蕩的，陰森而寒冷。它不再跳動，不再滴血，變得完全寂靜，一片死寂。戰慄的胸膛又空又黑，像具棺材，包圍著這沉默無言、難以理解的虛空。

這種如夢的感覺如此強烈，這片迷惘如此深沉，當老人悠悠醒轉，他不由自主地去摸左胸，去摸摸他的心是否還在裡面。感謝老天！那兒還有個東西在跳動，在觸摸的手指下有節奏地隱隱跳動，然而，這彷彿只是麻木地敲進空無，彷彿他的心已經不在了。真奇怪，他彷彿覺得自己的身體突然脫離了他。不再有撕裂的疼痛，不再有回憶折磨他的神經，體內的一切全都沒有了聲音，僵住了，化做石頭。「這是怎麼回事？」他想：「剛才還有那麼多東西在折磨我，剛才我體內還灼熱地擠壓著，剛才每一根纖維還都在顫動。我出了什麼事？」他傾聽著，像是聽進一個空洞的地方，聽聽從前那顆心是否還在動。但他聽了又聽，什麼也沒有聽見，那流淌聲、沙沙聲、滴落聲和敲擊聲，全都沒有一點回音。再沒有什麼東西折磨他，再沒有什麼東西漲大起來，再沒有什麼東西在作痛。那裡面想必又空又黑，就像一個被燒焦的樹洞。他頓時覺得自己彷彿已經死了，不然就是體內有件東西已經死去，血液停滯無聲，如此恐怖。他的身體冷冷地躺在他下面，就像一具屍體，他害怕用溫暖的手去觸碰。

老人聽進自己的身體，沒聽見報時的鐘聲一再從湖上傳進房間，每一聲都籠罩在更深的暮色裡。在他周圍夜色越來越濃，黑暗把物件從漸漸模糊的房間裡抹去，就連四角形的窗戶裡那片明亮的天空也完全消失在黑暗之中。老人沒有察覺這一切，他只凝視著自己體內的黑暗，只聆聽自己體內的虛空，像是聆聽自己的死亡。

這時隔壁房間終於響起了開懷的笑聲，隔壁的燈光亮起，門只虛掩著，一道光束從門縫灑了進來。老人嚇了一跳：那是他的妻子和女兒！她們馬上就會發現他躺在沙發上，會問他怎麼了。他急忙扣上外套和背心，何必讓她們知道他的病又發作了，這跟她們有何相干？

但母女兩人並非來找他。她們顯然在趕時間，鑼聲第三度用力敲響，通知大家去用餐。看來她們是在梳妝打扮，隔著打開的門，老人聽得見每一個動作。現在她們把抽屜打開，現在她們把戒指擱在洗手台上發出叮叮輕響，現在鞋子砰一聲重重落在地板上，偶爾她們也說著話，每一句話、每一個音節都傳進老人傾聽的耳中，清晰得可怕。起初她們談起那幾位男士，嘲笑他們，談起乘車出遊途中發生的小事，全都是些輕鬆愉快的話，她們一邊梳洗、彎身、打扮，一邊斷斷續續地胡亂閒聊。這時話題突然轉到了他身上。

「咦，爸爸在哪裡？」耶爾娜問道，訝異自己這麼晚才想到他。

「我怎麼會知道？」是她母親的聲音，光是聽見女兒提起他就立刻感到氣惱。「他大概是在下面的大廳裡等，又在《法蘭克福日報》上讀他已經讀了一百遍的股市行情，除此之外，別的東西都引不起他的興趣。妳以為他去看過那座湖一眼嗎？今天中午他告訴我他不喜歡這裡，說他希望我們今天就啟程離開。」

「今天就啟程離開？……可是為什麼呢？」又是耶爾娜的聲音。

「我不知道。誰懂得他？我們交遊的對象不稱他的意，他顯然不喜歡那幾位男士，大概自己也感覺到他跟他們是多麼不相稱。看他那樣走來走去真是丟臉，衣服總是皺巴巴的，領口也敞開著……妳應該要提醒他一下，至少在晚上要稍微注意一下儀表，妳說的話他還會聽。還有今天上午……我恨不得有個地洞鑽進去，看他為了那個打火機是怎麼教訓上尉的……」

「是啊，媽媽……那是怎麼回事？……我本來就想要問妳……爸爸是怎麼回事？……我從來沒見過他這副樣子……我真的嚇壞了。」

「沒什麼，心情不好罷了……大概是股市又跌了……不然就是因為我們當時說的是法文……他受不了別人開心快活……妳沒注意到，我們在跳舞的時候，他站在門邊，像個躲在樹後面的凶手……啟程離開！馬上啟程離開！就只因為他突然想這麼做……就算他不喜歡這裡，總也該讓我們享受我們的樂趣……不過，我才不去管他的情緒，他想怎麼說怎麼做，都隨便他。」

談話中斷了，顯然她們已經在談話中完成晚間的梳妝。沒錯，門打開了，此刻她們走出房間，電燈開關喀噠一聲，燈光熄滅了。

老人安安靜靜地坐在沙發上。每一句話他都聽見了，但說也奇怪，那些話不再令他難過，一點也不再令他難過。那顆激動的心從前會敲擊、撕扯，此刻在胸腔中完全靜止，想必是碎裂了。這番猛烈的觸動沒有激起任何情感。沒有憤怒，沒有憎恨……什麼都沒有……什麼都沒有……他平靜地把衣服扣好，小心翼翼地摸索著走下樓梯，在她們那張桌子旁坐下，就像跟陌生人坐在一起。

那天晚上他沒有跟她們說話，而母女兩人也沒有注意到他那攥成拳頭的沉默。他沒有道晚安，就又走回他的房間，在床上躺下，關了燈。過了很久，他太太才開心地聊完天回來，以為他睡著了，就在黑暗中換衣服。沒多久，他就聽見她沉重無憂的呼吸聲。

老人睜著眼睛，獨自凝視著黑夜無邊的虛空。在黑暗中，某個東西躺在他身旁，在深深呼吸。他努力回憶，這具在同一個房間裡呼吸著同樣的空氣的身體，就是當年那具年輕灼熱的身體，曾經為他生下一個孩子，由於血緣的奧秘而與他相連。他一再強迫自己去想，身旁這溫暖柔軟的東西，他能用手去觸碰的東西，曾經是他的生命。可是真奇怪：這份回憶再也激不起任何感覺。這呼吸聲在他聽來就跟從敞開窗戶傳來的細碎浪花聲沒有兩樣，那細浪拍打在湖岸的碎石上汩汩作響。一切都遙遠而缺少實質，只不過是個身旁之物，一種偶然而陌生的東西，成為過去，永遠地成為過去。

聽見隔壁女兒房間的門悄悄地偷偷打開，他又顫抖了一次。「所以說今天她還要去。」在他認為已死的心裡還感覺到一陣小小的刺痛。有一秒鐘的時間，在那顆心完全壞死之前，有某種像是神經的東西在顫動。接著這陣顫動便也成為過去：「隨便她想怎麼做就怎麼做吧！

她跟我還有什麼相干！」

老人又躺回枕頭上。黑暗更柔和地貼近作痛的太陽穴，一陣涼意舒服地滲進血液中。沒多久，淺淺的睡意就籠罩了他疲憊的感官。

等他太太早晨醒來，看見先生已經穿上大衣，戴上帽子。「你在幹嘛？」她睡眼惺忪地問。

老人沒有轉身，還鎮靜地把睡衣及盥洗用具塞進手提箱裡。「妳知道的，我要搭車回去。我只隨身攜帶最必要的物品，其他東西妳們可以再寄給我。」

妻子嚇了一跳。這是怎麼回事？她從沒聽過他這種語氣：每一個字都十分冷漠、十分僵硬地從齒縫間吐出來。她把兩條腿一伸，下了床。「你該不會是要離開這裡吧？……等一等……我們也一起走，我已經跟耶爾娜說過了……」

但他用力揮手表示拒絕。「不……不……妳們別費事。」他沒有轉身，就笨重地走到門邊。為了按下門把，他必須暫時把手提箱擱在地板上。就在這一剎那，他憶起自己曾經千百次像這樣把裝著樣品的箱子擱在陌生的門前，再倒退著打躬作揖，卑躬屈膝地告別，請對方再關照生意。然而，這裡再也沒有他的事了，於是他一句道別的話也沒說。沒有看一眼，沒有說一句話，他又提起行李，門喀嚓一聲關上，隔開了他和他從前的人生。

母女倆都不明白發生了什麼事，但他這次離去的粗魯和堅決讓她們兩人都感到不安。她們立刻寫信回德國南部的家鄉給他，猜想這當中有什麼誤會，大費周章地解釋，近乎溫柔，充滿關懷地詢問他旅途是否順利，是否平安抵達，也突然讓步，表示願意隨時中斷假期。他沒有回信。於是她們更加急切地寫信，還打電報回來，但仍舊沒有回音。她們只收到從店裡寄去的一筆錢，是她們先前在一封信裡提到過所需要的款子。那是張郵局匯票，蓋著公司章，沒有他親手寫的一句話，也沒有問候。

這種情況無法解釋而又令人煩惱，促使她們提前踏上歸途。雖然她們事先打過電報通知，卻沒有人來火車站接她們，在家裡也沒人做好迎接她們回家的準備。僕人信誓旦旦地說，老人心不在焉地把電報扔在桌上，沒有任何交代就出門了。晚上當她們已經坐下來用餐，才終於聽見大門打開的聲音，母女倆跳起來迎接他。他吃驚地看著她們，顯然把那封電報給忘了，但卻沒有流露出任何特別的感受。他冷靜地容忍了女兒的擁抱，讓她帶他到餐廳去向他述說，但他什麼問題也沒問，無言地抽著雪茄，有時候用三言兩語回答，有時候對詢問和交談聽而不聞，彷彿睜著眼睛在睡覺。之後他沉重地站起來，走回他的房間。

接下來那幾天仍舊是這種情況。不安的妻子試圖跟他談話，卻徒勞無功。她越是激動地逼問他，他就越發迴避。他身上有某種東西被封鎖了，變得無法接近，入口被牆擋住了。他還跟她們同桌吃飯，有客人來時他仍舊坐在一旁，沉默不語，把自己埋藏起來。但他不再參與談話，當客人在談話中湊巧看進他眼裡，便會覺得難為情，因為那是一道沒有生命的目光，無神而呆滯，對他們視而不見。

沒多久，就連最陌生的人也注意到老人越來越奇怪。如果熟人在街上碰到他，他們開始會偷偷地碰碰彼此。財富在城中數一數二的老人像個乞丐一樣，躡手躡腳地貼著牆走，帽子歪了，而且被壓扁了，外套上沾著雪茄菸灰，每一步都怪異地搖搖晃晃，往往還會低聲地自言自語。若是有人跟他打招呼，他就會抬起受驚的目光，倘若有人跟他說話，他就眼神空洞地呆望著對方，忘了跟對方握手。有些人起初以為他是重聽，就更大聲地把話重複一遍。但他並非重聽，只是需要時間把自己從內在的睡眠中喚醒，而在談話當中，他也會再度陷入那種奇特的失魂狀態。於是他頓時雙眼無光，匆匆中斷談話，繼續蹣跚地向前走，沒有察覺對方的驚訝。似乎他總是從一場沉沉的夢境、從迷茫的出神思索中被吵醒。看得出來，旁人對他來說不再存在。他不問起任何人，在自己家裡也察覺不到妻子陰鬱的絕望和女兒不知所措的詢問。他不看報，不聽人談話，沒有一句話、一句詢問能穿透他那份陰沉的漠然，哪怕只有一瞬。就連他的商行，他最熟悉的世界，於他也變得陌生。他偶爾還會木然地坐在辦事處裡簽署信件，可是等秘書在一個鐘頭後來取簽好的信，發現老人就跟他先前離開時一樣帶著同樣空洞的眼神，彷彿在作夢，對那些未加閱讀的信件視而不見。到最後老人也察覺自己的多餘，就根本不再到店裡來。

不過，對全城居民來說最奇怪也最令人驚訝之處在於：從來不屬於信徒的老人突然虔誠起來。他對其餘一切都漠不關心，用餐和與人相約總是不準時，卻從不曾錯過在該上教堂的時候到猶太教堂去。他站在教堂裡，戴著黑色絲綢小帽，肩上披著祈禱時所穿的外套，總是坐在同一個位子，就跟當年他父親所坐的是同一個，在吟誦讚美詩時把疲倦的腦袋晃來晃去。在半空的教堂裡，當話語陌生而黑暗地在他周圍嗡嗡作響，他最能夠跟自己獨處，一種平和覆蓋了他的迷惘，他跟自己胸中的黑暗交談。然而，若是碰到為亡故之人禱告，而他看見死者的子女親友激動地善盡生者義務，一再彎身懇求，替死者祈求上帝的寬容，他的雙眼就會變得黯淡。他知道他是家族的最後一人，不會有人替他禱告。於是他虔誠地跟著喃喃祈禱，一邊想著自己，就像想著一個死人。

有一天晚上，他在心思混亂的漫遊之後回家，半途碰上下雨，而老人就跟平常一樣忘了帶傘。花一點小錢就能叫輛車，房屋的大門和遮篷也能讓人躲避驟來的豪雨，但這個怪人步履蹣跚、搖搖晃晃地繼續走，一點也不在乎身上在滴水。雨水在他被壓扁的帽子上累積成小水塘，往下滲透，從衣袖滴下的水像小溪一般落在他自己的腳步上。他毫不在意，繼續慢慢走，在空蕩蕩的街道上幾乎是唯一的行人。就這樣，他全身濕透，滴著水，更像個流浪漢，而不像那棟高級別墅的主人。他抵達家門前的車道入口時，一輛汽車正好緊挨著他停下，車燈還向前灑出光亮，停車時濺出的濕泥噴了這個不留心的行人一身。車門被拉開，他太太從電燈照亮的車廂裡匆匆走下來，在她身後有某個高尚的客人替她撐傘，除此之外還有另一位男士。快到大門時，他們碰到一塊兒。他太太認出了他，看見他這副模樣她嚇壞了，他身上在滴水，衣服皺巴巴的，就像剛剛被人從水裡撈出來。她不禁別過視線，而老人立刻就明白了：在客人面前他令她感到羞恥。為了避免她得要向客人介紹他而難堪，他像個陌生人再往前走了幾步，走到僕人專用的樓梯，並不激動，也不帶怨恨，卑屈地從那裡進了屋子。

從此以後，老人在自己家裡就只走僕人專用的樓梯。在那裡他確定不會遇到任何人，不會打擾到誰，也不會有人打擾他。他也不再和家人一起用餐，一個老女傭會把食物送到他房間去。如果妻子或女兒試圖接近他，他就會尷尬而堅決地抗拒，急忙把她們趕走。到最後她們就隨他去了，習慣了不再問起他，而他也不問起任何事。他常常聽見笑聲和音樂透過牆壁傳進來，來自那些已經變得陌生的房間，也聽見外面有車輛來來去去，直到深夜。但他對這一切都漠不關心，甚至不會向窗外望上一眼。這一切跟他有何相干？只有那條狗偶爾還會上樓來，躺在那張已被遺忘的床前。

那顆壞死的心不再作痛，但那隻黑色鼴鼠還在身體裡面繼續挖掘，把顫動的肉撕扯得鮮血淋漓。發作的次數一週比一週頻繁，受病痛折磨的老人終於在醫生的催促下去做了特別的檢查。醫生的目光很嚴肅，小心翼翼地讓他做好心理準備，表示一場手術如今無法避免。但老人並未受到驚嚇，只是陰鬱地微笑：感謝老天，終於熬到盡頭了。死亡的過程即將結束，死亡這件好事總算來臨。他不准醫生向他的家屬透露，自行決定了動手術的日期，做好了準備。他最後一次到他店裡去（店裡再也沒有人料到他會去，大家全都看著他，像看著一個陌生人），再一次坐上那張老舊的黑色皮椅，他在這張椅子上坐了三十年，坐了一輩子，坐了幾萬個小時。他請人把支票簿拿來，填寫了其中一張，把支票拿去給教區執事，對方看到那個巨額數字差點嚇壞了。這筆錢是要用來做慈善工作，以及建造他的墳墓。他不願接受道謝，急忙腳步蹣跚地再走出來，這當中他的帽子掉了，但他並未彎身去將帽子拾起。就這樣，沒戴帽子，臉色蠟黃，布滿皺紋的臉上目光渾濁，他慢慢走到墓園（大家詫異地目送著他），去到他父母墳前。墓園裡有幾個閒人觀察著這個老人，再一次感到訝異：他對著半朽的墓碑大聲說話，說了很久，就像對著活人說話。他是在預告自己即將來到？還是想得到他們的祝福？沒有人聽見他在說什麼，只看見他的嘴唇無聲地動著，搖晃的腦袋在祈禱中彎得越來越低。離開墓園時，乞丐紛紛朝這個大家都認識的人湧來。他急忙從口袋裡搜出硬幣和紙鈔，把所有的錢都分完了，這時候又來了一個乾癟的老婦，她一跛一跛地來遲了，哭著向他乞討。他慌亂地到處找，卻一毛錢也找不到，只有手指上還有某件陌生的東西，沈甸甸的：他的結婚戒指。某個回憶向他襲來，他急忙把金戒指褪下來，送給那個訝異的老婦。

就這樣，身無分文，囊空如洗，老人獨自去動了手術。

當老人從麻醉中醒來，醫生看出情況危險，把他此刻已接獲通知的妻女叫進病房。他的眼睛吃力地從青青的眼皮底下望出來。「我在哪裡？」他凝視著這個從未見過、陌生而潔白的房間。

這時女兒俯身在他可憐而虛弱的臉上表示親暱。那四下盲目摸索的瞳孔突然像是認出了什麼。一道微小的光在瞳孔中升起：那是她，他的女兒，他無限深愛的孩子，是她，耶爾娜，那個溫柔美麗的孩子！他怨恨的嘴唇緩緩放鬆開來，一絲微笑，很淺的一絲微笑開始小心地浮現，這張緊閉的嘴早已不習慣微笑。這吃力流露的喜悅令她感動，她湊得更近了，去親吻父親失去血色的臉頰。

然而這時候——是那帶著甜味的香水讓他回想起來了嗎？還是他尚未從麻醉中完全清醒的大腦憶起遺忘的瞬間？——他剛才還流露出喜悅的面容突然起了可怕的變化：失去血色的嘴唇一下子緊緊閉上，憤怒地抗拒著，毯子下的手使勁想要舉起來，像是想推開某件他厭惡的東西，手術後的身體由於激動而顫抖。「走開！……走開！……」他蒼白的嘴唇模糊不清地說，沒有發出聲音，卻還是能讓人明白。無法動彈的老人痙攣的臉上呈現出嚇人的厭惡，讓醫生擔心地把他的妻女推到一旁。「他在胡言亂語，」他輕聲地說：「兩位現在最好是讓他獨處。」

她們兩個一走，他扭曲的表情又無力地鬆弛下來，呈現出空虛的睏倦。他還在沉沉地呼吸，從胸膛越來越深處發出呼嚕聲，呼吸著生命的沉重空氣。但沒多久那胸膛就倦了，無力再吸進這苦澀的養分。當醫生伸手去檢查他的心臟，那顆心已經不再讓老人痛苦了。

# 巧識新藝

# Unvermutete Bekanntschaft mit einem Handwerk

在一九三一年四月那個不尋常的早晨，空氣潮濕，但已經又被陽光穿透，十分美好。那空氣有如一顆糖果，嚐起來甘甜清涼，濕潤閃亮，經過過濾的春天，純粹的新鮮空氣，在史特拉斯堡大道上，你能意外吸進綻開之草地及大海的芬芳。一場暴雨促成了這明媚的奇蹟，那種任性的四月陣雨，春天往往以頑皮的方式來預告自己的來臨。我們搭的火車在途中就已經朝著陰暗的地平線駛去，那烏黑的地平線從天空切進原野。不過，一直到了莫城，那吸滿水氣的臃腫烏雲才終於迸裂，宛如玩具骰子的郊區房屋已經在那一帶零星散布，頭幾個廣告看板已經刺眼地豎立在被惹惱的綠地上，同一個車廂裡坐在我對面的英國老太太已經急忙把她那十四件提袋、瓶罐和旅行用品收攏在一起；自從過了亞伯內鎮，這片鉛灰色的烏雲就凶惡地和火車頭賽跑。一道蒼白的小小閃電發出信號，好鬥的滂沱大雨隨即嘩啦啦地落下，用濕漉漉的水彈像機關槍一樣掃射這列行駛中的火車。車窗玻璃被重重擊中，在冰雹劈哩啪啦的敲擊下哀嚎，火車頭吐出的灰煙朝地面低垂表示投降。什麼也看不見了，什麼也聽不見，除了這陣滴落在鋼鐵和玻璃上的激動雨聲，而火車在發亮的鐵軌上一路飛奔，像一隻飽受折磨的野獸想逃離這場暴雨。可是看哪，才愉快地抵達，還站在東火車站的雨遮底下等待搬運行李的人把行李送來，在灰色的雨水天棚背後，那條林蔭大道的立體圖像又已經明亮地閃現；一道銳利的陽光用三叉戟刺穿散開的雲層，房屋的正面立刻閃閃發亮，有如擦亮的黃銅，天空則閃耀著大海般的蔚藍。猶如愛與美的女神赤裸而熠熠生輝地自波濤中升起，這座城市也褪下了雨的外衣，呈現一副美妙的景色。剎那之間，路人從左右兩邊紛紛自幾百個躲雨處湧上街頭，抖落身上的雨水，笑著奔向各自的去路；堵塞的車流滾動起來，唧唧嘎嘎，呼嘯而過，再度隨著幾百部車輛混亂地轉動；萬物都在呼吸，為了重新出現的陽光而喜悅。就連大道上被緊緊束縛在柏油路面的瘦弱樹木，才被大雨淋濕，還在滴水，就把小而尖的葉芽伸向重現的藍天，努力散發出些許香氣。而它們果然成功了，奇蹟一個接一個出現，有幾分鐘的時間，你能清楚聞到栗樹花朵怯生生的淡淡芬芳，就在巴黎市中心，就在史特拉斯堡大道上。

這個受到祝福的四月天還有第二個美好：剛剛抵達的我要直到午後才與人有約。巴黎的四百五十萬居民當中，無人曉得我在此地，也無人等待著我，因此我無比自由，可以想做什麼就做什麼。我可以散步閒逛或是看報，隨我高興，可以坐在一家咖啡館裡，或是去吃點東西，還是去逛逛博物館，瀏覽櫥窗或碼頭上的書籍，我可以打電話給朋友，也可以就只是凝視那溫暖的甘甜空氣。不過，幸好我出於無所不知的直覺做了最合理的事：亦即什麼也不做。我完全不做計畫，讓自己自由，擺脫願望和目的，完全讓巧合來決定我要走的路，意思是我隨意前行，看街道把我帶向何處，輕鬆地經過路邊五光十色的店鋪，加快腳步穿越人行道的急流。最後那道人潮把我拋進了幾條大道，我停泊在一家咖啡館的露天座位上，疲倦但愉快，就在豪斯曼大道和德魯奧路交口。

我輕鬆地靠坐在柔軟的藤椅上，一邊點燃一根雪茄，心想，我又回來了，而你仍在此，巴黎！整整兩年，我們這兩個老友不曾相見，現在我們要緊緊地互相凝視。那就來吧，開始吧，巴黎，讓我看看自從上次相見以來你又學到了什麼，來吧，開始吧，在我面前播放你那部傑出的有聲影片《巴黎大道》，這部光與色彩與動作的傑作，有著成千上萬數不清的臨時演員，全都無償演出，再配上你那獨一無二的街頭音樂，叮叮咚咚，鏗鏗鏘鏘，唧唧嗡嗡！不要有所保留，加快速度，讓我看看你的能耐，讓我看看你的面貌，奏起你的自動管風琴，演奏無調性、泛調性的街頭音樂，讓你的汽車行駛，讓你的小販大聲叫賣，讓你的海報劈啪作響，讓你的汽車喇叭震耳欲聾，讓你的商店閃閃發亮，讓眾人奔跑。我坐在這裡，敞開心胸一如既往，有時間也有興致看著你，聽著你，直到我眼花撩亂，心裡發暈。來吧，來吧，不要有所保留，不要有所壓抑，給得多一點，再多一點，狂野更狂野，更多不同的叫喚和呼喊，汽車喇叭和四分五裂的聲響不會令我疲倦，因為所有的感官都向你敞開，來吧，來吧，把你自己整個獻給我，一如我也樂意把自己整個獻給你，你這座獨一無二、一再重新令人著迷的城市！

因為——這是這個不尋常早晨第三個美好——我已經從發癢的神經感覺出，這又是好奇心發作的一天，我在一趟旅行或是徹夜未眠之後往往如此。在這種好奇心發作的日子，我彷彿化做兩個自己，甚至是多個自己，不再滿足於受到限制的生活，體內有種東西在向外擠，在繃緊，彷彿我必須鑽出皮膚，就像蝴蝶從蛹裡鑽出來。每一個毛孔都張大了，每一條神經都彎曲成精細、灼熱的鐵爪，聽覺和視覺頓時異常敏銳，神智清明得令人害怕，讓我的瞳孔和鼓膜變得更加銳利。目光所及之處，一切於我都變得神祕。我可以接連幾個小時看著馬路上一個工人用電鑽鑿開柏油路面，單是透過觀察就能強烈感受到他所做的事，他不停震動之肩膀的每一個動作都不由自主地轉而成為我的動作。我可以久久站在一扇陌生的窗戶前面，盡情幻想陌生人的命運，他或許就住在這裡，或是可能住在這裡。我可以接連幾個鐘頭注視某個行人，跟在他後面，被好奇心如磁鐵般無意義地拉著走，同時完全自覺這種行為對任何一個湊巧旁觀的人來說無法理解而又傻氣。然而對我來說，這種幻想和遊戲的欲望要比任何現成的戲劇或書中的冒險故事更令人陶醉。我從不曾試圖去解釋這種神祕的激動，這種興奮過度、這種神經質的敏銳視覺，有可能是自然而然地源自於地點的突然轉換，只不過是氣壓改變引起了血液中的化學變化。可是每一次當我感覺到這份激動，我平時的生活就顯得像是蒼白的昏沉度日，其餘的普通日子都顯得平淡而空洞。只有在這樣的瞬間，我才完全感受到自己，完全感受到生活的豐富多彩。

在那個受到祝福的四月天裡，我就也像這樣完全探出了自身之外，渴望遊戲，繃緊了神經，坐在那張椅子上，在人潮流動的岸邊，等待著，並不知道自己在等待什麼。但我等待時帶著釣魚者那種微微的顫抖，等待釣繩被扯動，我本能地知道自己一定會碰上某件事，遇上某個人，因為我是那麼渴望交流，渴望陶醉，想把某樣東西拉過來，供我的好奇心玩耍。然而那條街道起初什麼也沒扔給我，半個小時後，熙來攘往的人群讓我的雙眼疲憊，我不再能清楚看見個別的事物。大道有如河流，隨波流過的人群在我眼中漸漸失去了臉孔，他們成了一股模糊的洪流，黃、褐、黑、灰的帽子、便帽、船形帽，一張張化妝拙劣而空洞的橢圓形，一條人河的無趣髒水流動著，越來越失去了顏色，越來越灰暗，我也看得越來越疲倦。我已經筋疲力盡，有如看了一部因拷貝不佳而不斷閃動的影片，打算站起來繼續往前走。這時候，我終於發現了他。

起初我之所以注意到這個陌生人是由於一件簡單的事實，亦即他一再出現在我的視線中。其餘在這半小時裡從我眼前漂過的那幾千個人，都彷彿被看不見的皮帶給拖走了，他們匆匆露出一個側面、一個身影、一道輪廓，那道洪流隨即又將他們永遠捲走。這個人卻一再出現，而且總是在同一個位置上，我因此注意到他。如同海浪有時會以無從理解的固執把一株骯髒的海草沖上海灘，立刻又用它潮濕的舌頭把這株海草給吞回去，隨即又再吐出來，再吞回去，這個人影也一再隨著人潮漂過來，而且每一次都相隔著近乎規律的時間，並且總是在同一個位置，也總是帶著同樣那種下垂而遮遮掩掩的目光。除此之外，這個不倒翁並無可觀之處，身體乾癟瘦弱，不合身地裹在一件鮮黃色的夏季外套裡，顯然並非為他量身剪裁，因為他的雙手整個消失在過長的衣袖裡。這件早已過時的鮮黃色外套寬大得可笑，對這個老鼠般尖尖的瘦削臉龐來說過於巨大，他的嘴唇蒼白，幾乎根本看不見了，嘴唇上方一撇金色小鬍子彷彿在害怕地顫抖。這個可憐傢伙身上的一切都不自然而又鬆垮無力地晃盪，他歪著肩膀，一雙腿細瘦有如小丑，表情惶惶不安，從人潮漩渦裡溜出來，一會兒從左邊，一會兒從右邊，接著看似不知所措地站著，膽怯地抬起眼睛，像一隻小兔子從燕麥裡望出來，嗅了嗅，低下頭，再度消失在人群中。不知怎地，這個衣衫襤褸的瘦小男子令我想起果戈理小說中的一名官吏[1]，此外，他似乎嚴重近視或是特別笨拙，這是第二件引起我注意之處，因為我兩度、三度、四度看見較為匆忙、目的地更明確的行人擦撞到街上這個可憐的瘦小傢伙，差點把他撞倒。但他似乎並不怎麼在乎，他謙卑地閃到一旁，低下頭，又重新溜向前，總是在同一個地方，一而再，再而三，此刻在這短短半小時裡也許已經是第十次或第十二次了。

嗯，這引起了我的興趣。或者應該說，我先是感到生氣，而且是氣我自己，如此好奇的我居然沒能立刻猜出這個人在這裡是想幹嘛。我越是徒勞無功地費心思索，我的好奇心就越發強烈。可惡，老兄，你到底在找什麼？你在那兒等些什麼，還是在等什麼人？你不是乞丐，乞丐不會這樣笨拙地站在擁擠的人群中，在人潮裡誰也沒空伸手去口袋裡掏錢。你也不是個工人，因為工人在上午十一點鐘沒機會在這兒閒晃。而你更不可能是在等一個女孩，因為像你這樣的瘦竹竿就連老太婆和最潦倒的女人也不會想要。那麼，你到底在那兒找什麼？也許你是那種可疑的導遊，從旁邊偷偷走過來，從衣袖裡掏出猥褻的照片，向鄉下來的人承諾罪惡之城的一切美好，只要對方賞一點小費？不，這也不對，因為你不曾向人攀談，正好相反，你膽怯地避開每個人，目光奇怪地低垂。見鬼了，你這個膽小鬼究竟是什麼人？你在我的轄區做些什麼？我越來越銳利地盯住他，想弄清楚這個鮮黃色的不倒翁想在這條大道上做什麼，五分鐘之後，這就已經成了我的一份狂熱，一種癮頭。而我頓時明白了：他是個偵探。

一個偵探，一個便衣警察，我直覺地從一個小細節上認了出來，亦即那道斜斜的目光，他用這道目光匆匆打量每一個從旁經過的人，警察在受訓的第一年就必須學會這種檢視的目光。這道目光並不容易，因為它首先必須要像一把刀一樣迅速沿著衣縫由下而上，直到對方臉部，再用這具照亮的閃光燈一邊掌握對方的相貌，同時在心裡把這副相貌拿來跟已知的通緝犯特徵做比對。其次，啟動這道打量對方的目光必須要完全不引人注意。這一點也許更困

1. 果戈理（Nikolai Gogol, 1809-1852）俄國作家，著名作品包括小說《死靈魂》。

難，因為偵查者不能在其他人面前洩露出自己的身分。嗯，我注意到的此人成績優異地通過了他的訓練，他一臉瞌睡，像在作夢似的，悄悄在人群中穿梭，看似無動於衷，任由自己被推來推去，毫不在意，然而在那當中，他總是會突然睜開鬆垮的眼皮，就像一具相機按下快門時發出閃光，將目光投擲出去，宛如投擲一支鏢槍。周圍似乎沒有人在觀察他執行勤務，若非這個受到祝福的四月天湊巧也是我的「好奇日」，而我又焦躁不耐地在暗中守候了這麼久，就連我本來也不會注意到。

而在其他方面，這個便衣警察想必也是他這一行的高手，因為他的偽裝術真是高明，為了執行捕捉犯人的勤務，懂得在舉止、走路姿態和衣著（說是一身破布也許更為貼切）上，模仿道地的街頭流浪漢。平常你肯定能在百步之外就認出一個便衣警察，因為縱使喬裝改扮，這些先生總是無法下定決心，放下最後一絲公職尊嚴，他們永遠無法逼真地學會那種膽小畏怯的卑屈，凡是長年受貧窮壓迫的人在走路時都自然流露出這種卑屈。可是這一位，你得對他肅然起敬，他把流浪漢的襤褸潦倒簡直是學到了家，仔細鑽研過流浪者的樣貌直到最小的細節。那件鮮黃色外套和那頂微微歪戴的褐色帽子還勉強流露出一點高雅，褲腳已經脫線的長褲和破損的上衣則透露出赤裸裸的貧窮，單是這一點，在心理學上就何其正確。身為老練的搜捕者，他想必觀察到「貧窮」這隻貪吃的老鼠總是先從邊緣齧咬每一件衣物。在容貌特徵上，那副挨餓的模樣也與這一身悲慘的裝束配合得極佳，那一撇稀疏的小鬍子（說不定是黏上去的）刮得很差勁，那一頭刻意弄亂的頭髮，讓每一個客觀的人都會信誓旦旦地認為這個可憐的傢伙昨夜睡在一張長椅上，不然就是睡在警察局的木板床上。再加上他用手掩住那一陣病奄奄的咳嗽，怕冷地把那件夏季外套拉緊一點，步履蹣跚，彷彿四肢裡灌了鉛；老天可以作證：這個變身藝術家完美表現出肺結核末期的臨床症候。

我不羞於承認這個極佳的機會令我興奮，能夠在暗中觀察一名官方的盯梢警察。雖然在另一層感受裡，我同時覺得他這樣做很卑劣，在這樣一個受到祝福的晴朗日子，在上天親切的四月陽光之下，一位已可退休的公務人員喬裝改扮，想逮到哪個可憐傢伙，把他從這燦爛的春光中拖進牢房裡。不論如何，追蹤他令人興奮，我越來越急切地觀察他的一舉一動，每次發現新的細節就感到開心。然而，我這番揭發的喜悅驟然消逝，就像一件冰凍之物在陽光中融化，因為在我的推斷中有件事讓我覺得不太對勁。我失去了把握。他真是個偵探嗎？我越是銳利地仔細打量這個奇特的行人，我的懷疑就越發強烈，覺得他所流露出的窮困實在「太」真實了一點，不像只是警方設下的圈套。最初讓我起疑的是他的衣領。不，不會有人願意把這麼髒的衣服從垃圾堆裡撿起來，用赤裸的手指把它圍在自己脖子上，只有真正走投無路的潦倒之人才會穿這麼髒的衣服。其次，第二件矛盾之處是那雙鞋子，如果這塊可憐兮兮、就要散開的破爛皮革還能稱之為鞋子的話。右腳那隻靴子沒有用黑色鞋帶，只用一根粗糙的繩子綁住，左腳那隻靴子的鞋跟已經鬆脫，每走一步就像青蛙嘴一樣張開。不，就算是在喬裝改扮，也不會打造出這樣的鞋子，完全不可能。此刻我再無懷疑，這個衣服鬆垮、躡手躡腳的稻草人不是警察，我先前的判斷是個錯誤的結論。可是如果他不是警察，那麼他會是什麼人呢？為何這樣不停地來來去去？為何會有這道倉促窺伺的目光？這目光從下方往上瞄，在尋找，在打轉。我不禁為了看不透此人而生起氣來，恨不得抓住他的肩膀，問他：老兄，你想做什麼？老兄，你在這裡幹嘛？

可是突然之間，如同引信沿著神經點燃，我陡然一驚，頓時就像近距離射擊一般十拿九穩。剎那間我明白了一切，而且此時完全確定，徹底了解，不容駁斥。不，此人不是偵探，我先前怎麼會那樣任由自己被愚弄？可以說，此人跟警察正好相反：他是個扒手，一個道道地地、受過訓練、如假包換的專業扒手，在這條大道上試圖撈到皮夾、懷錶、女士的錢包和其他戰利品。我之所以能確定他所屬的行業，是當我察覺他總是往人群最擁擠的地方去，這會兒我也明白了他何以看似笨拙地去碰撞陌生人。對我來說情況越來越清楚，越來越明確。他之所以挑中咖啡館前面這個位置，靠近兩條街道相交之處，原因在於一位聰明店主的妙點子，那位店主替他的櫥窗想出了一個特別的花招。這家店賣的商品本身雖然都相當無趣，不怎麼吸引人，像是椰子、土耳其甜點、不同種類的彩色焦糖，但是店主想出了一個絕妙的主意，不僅用假棕櫚樹和熱帶圖片把櫥窗布置出東方情調，而且讓三隻活生生的猴子在這一片壯觀的熱帶景色中晃來晃去，在玻璃後面滑稽地扭動身體，齜牙咧嘴，在彼此身上尋找跳蚤，咧嘴微笑，吵吵鬧鬧，依照猴子的天性，舉止隨便放肆。這個聰明的生意人所料不差，因為路過的行人在這面櫥窗前聚集，女性對這一奇觀似乎尤其感到開心，尖叫連連。每次當一群好奇的路人在這面櫥窗前聚集得特別密，我這位朋友就躡手躡腳地迅速就位，帶著虛假的謙遜，輕輕擠進這互相推擠的人群。到目前為止鮮少有人研究街頭行竊這門藝術，就我所知，也從未有人好好加以描述。不過，我畢竟曉得扒手需要擁擠的人群才能出手，就跟鯡魚在排卵時會集結成群一樣，因為只有在推擠之中，受害者才不會感覺到那隻危險的手竊取了皮夾或懷錶。此外，我現在學到了，要好好出手顯然也需要一件能夠轉移眾人注意的事物，能夠暫時麻醉每個人保護自身財產的本能警覺。就眼前這個情況來說，那三隻猴子就轉移了大家的注意，牠們的舉止的確滑稽逗趣，其他事物難出其右。這幾隻光著身子獰笑冷笑的小猴兒不自覺地成為我這位新朋友持續行動的同謀和共犯，我這位扒手朋友。

這項發現簡直令我雀躍，請原諒我這麼說，因為我這一輩子還從不曾見過一個扒手。或者老實說，在我於倫敦求學期間見過一次。當時我為了加強英文，常去法院旁聽審判，有一次剛巧碰上一個長著青春痘的紅髮少年被兩名警察帶到法官面前。桌上擺著一個錢包做為犯罪證據，幾名證人說了話，宣了誓，然後那位法官嘟噥了一連串英文，那個紅髮少年被帶走了，如果我沒聽錯的話，刑期是六個月。那是我見過的第一個扒手，不過，差別在於我當時並無法確定那人真是個扒手。因為只有那些證人聲稱他犯了罪，我其實只聽到了司法程序中對該項罪行的追述，並未親眼見到犯行。我看見的只是個被告，只是個被判刑的人，沒有真正見到那個竊賊。因為一個竊賊其實只有在他偷竊的那一剎那是個賊，兩個月後為了犯行而站在法官面前時就不再是賊了。一如詩人本質上只有在創作時才是詩人，幾年之後在麥克風前朗誦他的詩時就不再是了。犯罪者就只有在他犯罪的那一瞬間才真正是犯罪者。然而，此刻我卻有了這個罕見的機會，能在最能表露出其特徵的一瞬看見一個扒手，在他本質最深的真相中，在那短短一秒，這一秒鮮少有人能仔細觀察，一如受孕和分娩。單單是想到這個可能性就令我興奮。

我當然打定主意，不要錯失這樣一個大好機會，不要錯過準備偷竊的細節和行動本身。

我立刻放棄了在咖啡館的座位，在這兒我覺得自己的視線太受阻礙。此刻我需要一個能綜觀全局的崗位，所謂的流動觀察哨，從那兒我可以放心大膽地窺伺。試過幾個地方之後，最後我選中了一根廣告柱，上面貼著巴黎各個劇院五彩繽紛的廣告。從那裡我可以不引人注意地假裝在專心研究那些節目預告，事實上卻藉由那根圓柱的掩護，緊緊追蹤那人的一舉一動。我就這樣盯著他，以一種如今幾乎已無法理解的耐力，看著這個可憐傢伙如何從事他沉重而危險的工作。我緊張地看著他，就我記憶所及，在劇院裡或是觀賞電影時我都不曾這麼緊張地注意一位藝術家，因為現實在最為濃縮的一瞬要遠遠勝過任何藝術形式。現實萬歲！

因此在巴黎這條大道上，從上午十一點到十二點這整整一個小時，對我來說的確有如短短一瞬，雖然這一小時充滿了緊張，充滿了無數令人興奮的小小決定和小插曲（或者應該說正因為如此）。關於這一個小時我可以說上幾個鐘頭，它載滿了神經能量，由於遊戲的危險性而引人入勝。因為在這一天以前，我從來不知道，哪怕只是約略知道，在光天化日之下要在大街上行竊是多麼困難的一門手藝，幾乎不可能習得。不，應該說那是多麼可怕、多麼緊張嚇人的一門藝術。到目前為止，想到扒手，我就只聯想到一種模糊的概念，涉及膽大和手巧。我的確以為這一行只跟手指有關，就像雜耍演員或魔術師的靈巧。狄更斯曾在《孤雛淚》裡描述過一個職業小偷如何訓練那些小男孩，在對方渾然不覺的情況下，把一條手帕從對方的上衣口袋偷出來。上衣上繫著一個小鈴鐺，如果一個新手把手帕從口袋裡拉出來時鈴鐺響了，那就表示動作錯誤，太過笨拙。然而，如今我發覺狄更斯只注意到這件事粗略的技術層面，亦即手指的靈巧，很可能他從不曾在一個活生生的對象身上觀察過一樁扒竊。他很可能從未有機會（如同我此刻由於一個幸運的巧合而有了這個機會），去察覺對一個在大白天裡行竊的扒手來說，涉及的不單是一隻靈巧的手，也涉及伺機而動和自我控制的心智力量，涉及老練、冷靜而且快如閃電的心理學，尤其需要一股荒謬的勇氣，幾近瘋狂的勇氣。因為經過六十分鐘的見習，此刻我已經明白，一個扒手必須具備外科醫生縫合心臟時那種必要的迅速，一秒鐘的延遲都會致命。然而在那種手術中，至少病人是被麻醉了躺在那裡，他不能動，也不能反抗；扒竊時卻必須輕輕地突然朝一個人完全清醒的身體伸過去，而皮夾周圍正是一個人特別敏感之處。當這個扒手出手時，當他的手在下方迅速伸出，就在這無比緊張而激動的一刻，他還得同時掌控自己臉部的每一條肌肉和神經，必須表現得若無其事，幾近百無聊賴。他不能洩露出他的激動，不能像一個暴徒、一個凶手用刀子刺下去時一樣，在瞳孔中反映出他那一擊的怒火。扒手必須在手已經伸出去時，還把清澈友善的目光投向他的受害者，在相撞時用極其低調的語氣恭謹地說聲「先生，對不起」。不過，扒手不僅在行動的那一剎那必須要聰明、警覺而熟練，在下手之前，他就得要證明自己的智力和他對人性的了解，他必須做為心理學家和生理學家來檢視他下手的對象是否合適。因為根本就只有那些漫不經心、毫不猜疑的人才能被納入考量，而在這些人當中，又只能考慮那些沒把外套扣上、走得不是太快的人，讓人可以不引人注目地接近。我在那一個小時裡數了一下，在路上一百個、五百個行人中，能當作目標的頂多只有一、兩個。一個理智的扒手其實只敢向極少數的對象下手，而在這少數對象身上，由於必須共同起作用的無數巧合，行動大多仍會在最後一分鐘失敗。要從事這一行必須具備大量的人生經驗、警覺性和自我控制（這一點我可以作證），因為還得要考慮到，竊賊在工作時必須要繃緊感官來挑選對象，並且悄悄接近對方，同時又得用另一份意識來提醒他緊張吃力的感官，不要在行動時被別人注意到。是否有一名警察還是一名偵探朝街角瞄過來？還是那些老是聚集在街上的好奇之人？這些人多得討厭。這一切他都必須時時留心，是否有哪個在匆忙中忽略的櫥窗會映照出他的手，從而揭穿了他，或是有人從哪家店鋪裡或哪扇窗戶後面監視著他的所作所為。所以說，這件工作異常吃力，而且跟承擔的風險幾乎不成比例，因為一次失手、一次出錯就會讓他三、四年看不見巴黎的大道；手指稍微顫抖、一個操之過急的緊張動作，就會讓他失去自由。如今我知道，在光天化日之下，在一條大道上扒竊是一種極其勇敢的行為。從那以後，每當報紙似乎把這種行竊視為無足輕重的小小犯罪，在短短一欄裡用三行字就報導完畢，我就為之抱不平。因為在這世上所有合法與非法的手藝中，這一項手藝最為困難，也最危險，在頂尖成就中幾乎有資格自稱為藝術。我可以這麼說，我可以為之作證，因為在那個四月天我曾經親眼見過，也親身經歷過。

當我說「親身經歷過」，我並未誇大其詞，因為只有在一開始，只有在頭幾分鐘，我能夠實事求是地冷靜觀察此人從事他的手藝；可是每一次熱情的旁觀都會無法抗拒地引發情感，而情感又會使人產生聯繫，於是我不知不覺、不由自主地漸漸認同這個賊，在某種程度上變成了他，和他感同身受，變成了他的雙手，從純粹的觀眾變成了他的同夥。轉變過程是這樣開始的：旁觀了十五分鐘後，出乎我自己意料之外，我已經在打量所有的路人，看他們是否適合被偷。他們的外套是扣著，還是敞開，他們的目光是渙散還是警醒，能否指望他們有個飽滿的皮夾，簡而言之，他們是否值得我的新朋友動手。沒有多久，我甚至不得不向自己承認，在這場正在展開的對抗中，我早已不再採取中立的立場，我內心絕對希望他終於能夠得手，是的，我甚至得要努力按捺住想去協助他的衝動。因為，就像牌局的旁觀者忍不住想用手肘輕輕碰一下玩家，提醒他出正確的牌，當我的朋友錯過了一個良機，我簡直心癢難耐，想向他眨眼示意：那邊那個人可以下手！就是那個捧著一大束鮮花的胖子。或是有一次，當我的朋友再度隱沒在人潮中，一名警察出人意料地從街角大搖大擺地出現，我覺得自己似乎有義務去向他示警，因為那陣驚慌讓我膝蓋發軟，彷彿我自己就要被逮，我已經感覺到警察的大手落在他肩膀上，落在我肩膀上。不過——解脫了！那個瘦小的男子已經又從人群中溜出來，從那個危險的執法人員旁邊走過，樣子平凡而若無其事。這一切都很刺激，但我還覺得不過癮，因為我越是融入此人之中，越是漸漸了解他這門手藝，眼看他做過二十次徒勞無功的近身嘗試，我就越發不耐煩他始終還沒有下手，一直還只是在試探和嘗試。對於他笨拙的猶豫和不斷的退縮，我真的生起氣來。可惡，你這個膽小鬼，你就趕緊下手吧！有勇氣一點！就挑那邊那個人！只要趕緊動手！

幸好我的朋友對我這份不請自來的關注一無所知，沒有由於我的不耐煩而有絲毫動搖。因為這正是經過考驗的真正藝術家和新手、外行人及業餘愛好者之間的差別，藝術家從許多經驗中得知，在每一次真正的成功之前必然會有命中注定的徒勞，他慣於耐心等候具關鍵性的最後機會。一如文學創作者會無動於衷地放過千百個看似誘人而豐富的靈感（只有外行人才會立刻魯莽地伸手抓住），以保留全副精力做最後一次投入，這個病奄奄的瘦小男子也放過了幾百個機會，我這個外行人認為極可能成功的機會。他試探、摸索、嘗試，他擠到別人身邊，想必已經上百次把手伸向陌生人的口袋和外套，但他從不曾下手，而是不知疲倦地耐著性子，依舊偽裝得不引人注目，一再來回走著通往那面櫥窗的那三十步路，同時用斜睨的警覺目光一再估算各種可能，並且和我這個生手還根本察覺不到的某種危險相衡量。不管我再怎麼沒耐性，在這份罕見的冷靜堅持中有種東西令我讚嘆，向我保證他終將成功，因為正是這股毅力透露出他在成功得手之前不會放棄。而我也同樣堅定地下定決心，在目睹他的勝利之前絕不離開，哪怕我得等到半夜。

就這樣到了中午，人潮洶湧的時刻，突然之間，所有那些小街小巷、樓梯和院落，把一股股宛如山澗的人流匯入了大道寬廣的河床。從時裝店、工作坊、辦公室、學校、政府機關，無數擠在三樓、四樓、五樓之工作場所的工人、縫紉女工和售貨員全都猛然衝出了戶外。如同一道四下飄散的昏暗煙霧，這散開的人群流到了街上，工人身穿白色上衣或工作服，店員小姐三三兩兩手挽著手，衣裙上別著一小束紫羅蘭，低階公務員衣著光鮮，或是把必不可少的皮製公事包夾在手臂下，抬行李的工人，身穿藍色制服的士兵，無數難以分辨的人物，來自一座大城市看不見的暗中繁忙。他們全都在空氣不流通的室內坐得太久，現在他們伸伸腿，混亂地行走奔跑，張嘴吸氣，抽著菸，吞雲吐霧，擠出擠進，由於他們同時出現，在這一個小時裡替街道注入了一股強烈的歡樂活力。因為就只有一個小時，之後他們又得回到緊閉的窗戶後面，做木工，縫衣裳，在打字機上敲敲打打，把一行行數字加總，或是印刷、裁剪、製鞋。這些人身上的肌肉知道這一點，所以愉快地大力伸展；心靈也知道這一點，所以快活地盡情享受這短短一小時；心靈好奇地摸索，探向光亮和喜悅，只要能好好開心一下，樂上一會兒，它樂意接受一切。由於這份追求免費娛樂的願望，難怪這個擺著猴子的櫥窗大受歡迎。一大群人聚集在這片令人期待的玻璃窗前，最前面是那些店員小姐，聽得見她們在嘰嘰喳喳，聲音尖銳刺耳，有如來自一個爭吵不休的鳥籠，那些工人和閒人則手腳俐落地擠向她們，說著俏皮的笑話。這群觀眾越多越密地緊緊擠成一團，我那條身穿鮮黃外衣的小金魚就越發活躍地迅速游動，一會兒出現在這兒，一會兒出現在那兒，在擁擠的人群中穿梭。此刻我在這個被動的觀察位置上待不住了，現在我必須從近處仔細注視他的手指，以認識這門手藝最重要的關鍵動作。然而這很困難，因為這隻訓練有素的獵犬具有一項特殊的技巧，能夠像條鰻魚滑溜溜地從人群中最小的縫隙擠過去。剛才他還站在我旁邊靜靜等待，這會兒我突然看見他神奇地消失了，一眨眼間就已經擠到了最前面緊靠櫥窗的地方。他想必是一口氣穿過了三、四排人群。

我自然跟著他擠過去，因為我擔心在我也擠到那面櫥窗去之前，他可能已經又以那種類似潛水的獨特方式消失在左邊或右邊了。不過他並未消失，而是靜止不動地在那兒等待，靜得出奇。當心了！這一定有什麼意義，我立刻這樣告訴自己，便打量著他旁邊的人。在他旁邊站著一個異常肥胖的婦人，看得出是個窮人。她右手溫柔地牽著一個臉色蒼白、大約十一歲的小女孩，左手臂掛著一個敞開的購物袋，廉價的皮革製的，兩條長長的法國麵包從袋子裡滿不在乎地突出來，提袋裡顯然塞著給丈夫的午餐。這個來自一般民眾的老實婦人沒戴帽子，繫著一條顏色刺眼的圍巾，穿著一件自己剪裁的格子花紋粗棉衣裳，她為那些猴子的表演深深著迷，樂得幾乎難以形容。她略微臃腫的胖大身體在大笑之下搖晃得厲害，使得那兩條麵包也來回搖動，她高聲歡呼，發出一陣陣呵呵大笑，沒多久，她給其他人帶來的樂趣就跟那隻小猴子一樣多。她享受著這場罕見的表演，帶著性格單純之人那種天真原始的喜悅，懷著生活貧乏之人的感激之情。唉，只有窮人能夠如此真正充滿感激之情，當一件享受是免費的，彷彿是上天所賜，他們就視之為至高的享受。在這當中，這個好脾氣的婦人一再朝小女孩彎下身子，問她是否看得清楚，是否沒有錯過那些滑稽的景象。「看哪，瑪格麗特，」她一再用濃濃的南部口音鼓勵那個蒼白的小女孩，那孩子在這許多陌生人當中過於羞怯，不敢大聲歡呼。看著這個婦人、這個母親實在令人欣喜，著實是大地女神蓋亞的子女，源自大地，是法國民族健康興旺的果實，讓人簡直想要擁抱她，這個了不起的婦人，為了她那快活無憂的歡聲喜悅。可是突然之間，我心裡有點發毛。因為我注意到，那件鮮黃外套的衣袖晃來晃去，越來越接近那個無憂敞開的購物袋（只有窮人不擔憂）。

看在老天分上！你總不會想從這個貧窮老實、無比善良而又歡樂的婦人身上，把那個單薄的錢包從購物袋裡偷走吧？我心裡頓時起了不平之意。到目前為止，我懷著觀賞運動的樂趣觀察這個扒手，我設身處地，從他的身體、他的心靈來思考、來感覺，希望他在投入了莫大的辛苦和勇氣，承受了這麼大的風險之後，終於能夠成功得手，甚至祝福他能成功。可是現在，當我頭一次不只看著偷竊的嘗試，而也看見那個將要被偷的、活生生的人，這個天真動人、渾然不覺的快樂婦人，為了幾枚銅板說不定要花好幾個小時擦拭房間、洗刷樓梯，我不禁憤怒起來。老兄，閃開！我巴不得這樣對他吼，去另外找個對象，別偷這個貧窮的婦人！我隨即擠向前，想擠到那個婦人身邊，去保護那個受到威脅的購物袋。可是就在我向前移動時，那個傢伙轉過身，滑溜地從我身旁擠過去。「先生，對不起，」一個單薄而且謙卑的聲音在與我擦身而過時向我致歉（我第一次聽見這個聲音），那件黃色外套也已經從人群中鑽了出去。不知道為什麼，我立刻覺得他已經動手了。現在可不能讓他離開視線！我粗魯地從人群中擠出去，剛好還來得及看見那件鮮黃色的外套已經從這條大道的轉角飄進一條巷子裡，一位先生在我背後咒罵，因為我重重地踩了他的腳。現在去追他，去追他！緊緊盯著他！但我得要加快腳步，因為我觀察了一小時的這名瘦小男子突然搖身一變，一開始我簡直不敢相信自己的眼睛。先前他步履蹣跚，像是羞怯，近乎微醺，現在他像隻黃鼠狼一樣沿著牆飛奔，步伐緊張，像個錯過公車的瘦削文書員匆忙趕路，想及時抵達辦公室。此時我再無懷疑，這是行竊之後的走路方式，是竊賊的第二種走路方式，為了不引人注目地盡快逃離犯案現場。沒錯，再也無可懷疑：這個壞蛋把那個窮苦的婦人的錢包從購物袋裡偷走了。

在最初的怒氣中，我差點就要大聲示警：抓小偷！但我沒有勇氣。因為我畢竟沒有觀察到實際的行竊，不能操之過急地指控他。再者，要抓住一個人，替天行道，這需要勇氣，而我向來不具備去指控一個人、告發一個人的勇氣。因為我清楚知道，正義是多麼脆弱，在這個混亂的世界上，妄想從一樁複雜的單一事件導出正義公理是何等自大。可是，當我在急忙追趕中一邊考慮著該怎麼做，一樁新的驚奇正等著我，因為才在兩條街之外，這個令人吃驚的人又啟動了第三種走路方式。他突然不再猛烈奔跑，不再低著頭，縮著身體，而是完全安靜從容地走著，彷彿是在私下散步。顯然他知道自己已經越過了危險區，沒有人跟蹤他，因此也就不再有人能夠舉發他。我明白了，在那巨大的緊張之後，現在他想要輕鬆地呼吸，可以說他是個下了班的扒手，他這一行的退休人士，巴黎千千萬萬個人當中的一個，他們安靜從容地抽著剛點燃的一根香菸，走在鋪石道路上。這個瘦小的男子帶著一副若無其事的樣子，踩著舒適、懶散、休息夠了的步伐，沿著安坦大道走下去。我頭一次感覺到他甚至在打量路過的婦人和少女，打量她們漂亮的程度或容易接近的程度。

那麼，現在你要上哪兒去？你這個總是令人驚奇的人。看哪，他走進三一教堂前方那個被剛發芽的綠樹圍繞的小廣場？幹嘛呢？啊，我懂了！你想在一張長椅上休息幾分鐘，為什麼不呢？那樣不停地來回奔跑想必讓你筋疲力盡。可是，不對，這個不斷令人驚奇的男子沒有在一張長椅上坐下，而是目標明確地朝著一間用來做最私密用途的公共小屋前進（請原諒我提到這個處所！），他謹慎地把那扇寬大的門在身後關上。

起初我忍不住放聲大笑：難道高明的藝術竟然結束在如此平凡的地方嗎？還是那番驚嚇擾亂了你的腸胃？然而我又看出，不斷惡作劇的現實生活總能發現最為逗趣的花樣，因為現實生活比虛構出故事的作家更為大膽，敢於毫無顧忌地把非凡之事物和可笑之事物並列，並且諷刺地把平凡無奇之事物與令人驚訝之事物擺在一起。當我在一張長椅上等待（我還能怎麼做呢？），等他從那間灰色小屋子再走出來，我明白了，這個經驗豐富、受過訓練的高手躲進四面可靠的牆裡清點他賺到的錢，是遵照他這一行自然而然的邏輯行事。因為對一個職業小偷來說，他必須及時想到徹底擺脫到手獵物的證據，讓人無從查證。這一點（我先前沒有想到）也屬於我們這些外行人根本沒考慮到的困難。在這樣一座永遠清醒的城市裡，總是有幾百萬雙眼睛窺伺著，要想找到能提供保護、讓你能夠完全躲藏起來的四面牆壁極其困難。即便是很少閱讀法院審判記錄的人，也會驚訝於有多少證人在最微不足道的事故上立即到場，同時具備驚人準確的記憶。在街上撕掉一封信，扔進水溝裡，就有幾十個人在看著，而你並未察覺；五分鐘後，也許會有哪個閒著沒事的男孩為了好玩，把那些碎片再拼起來。你若是在一棟屋子的走道上檢視皮夾，第二天，這座城市裡若有哪個皮夾申報為失竊，一個你根本沒看見的婦人就會跑到警察局去，針對你做出詳盡的特徵描述，足可媲美巴爾札克。走進一家餐館，你根本未加留意的服務生記住了你的服裝、鞋子、帽子、頭髮的顏色、還有你指甲的形狀是圓是扁。在每一扇窗戶、每一片櫥窗玻璃、每一幅紗簾、每一個花盆後面，都有一雙眼睛盯著你，就算你再怎麼幸福地自以為沒被觀察，獨自在街道上閒逛，到處都有不請自來的證人在場，好奇心撒下了一張每日更新的細密之網，包圍著我們的全部生活。因此，這是個妙主意，你這個受過訓練的行家，花五分錢就能擁有四面不透明的牆壁幾分鐘。沒有人能夠窺伺你，當你把錢從偷來的錢包裡挖出來，扔掉會讓你遭到控告的錢包；就連我，你的分身和同行者，既失笑又失望地在這兒等待，也無法算出你賺到了多少。

至少我是這麼想的，然而事情又和我所料不同。因為他才用細瘦的手指按下門把，開了門，我就已經得知他運氣不好，彷彿我也在那裡頭跟他一起清點了錢包：戰利品少得可憐！他失望地把雙腳向前挪，筋疲力盡，眼皮鬆垮，無力地覆蓋著下垂的目光，從他這副模樣我立刻看出：倒楣鬼，這一整個漫長的上午你都做白工了。在那個偷來的錢包裡肯定沒有多少錢（這一點我其實事先就可以告訴你），頂多只有兩、三張皺皺的十法郎鈔票，以你投入的技術和承擔的高度風險來說實在太少了。只不過很遺憾地，對那個打雜工的倒楣婦人來說，這是很大一筆錢。此刻她說不定在貝爾維爾區正第七度向急忙趕來的鄰居婦人哭訴她的厄運，咒罵那個可惡的壞蛋小偷，一再絕望地用顫抖的雙手展示那個錢包被扒走的購物袋。然而我一眼就看出，對這個同樣貧窮的小偷來說，他沒能撈到什麼。幾分鐘後，我就看到我的猜測獲得證實。因為身心俱疲的他此刻無比沮喪地站在一家小小的鞋店前面，渴望地久久打量著櫥窗裡最便宜的鞋子。他的確需要一雙新鞋來取代腳上那雙到處是洞的破鞋，有幾十萬人今天穿著完好的鞋底或輕聲的橡皮鞋底在巴黎的鋪石道路上閒逛，比起他們，他更加需要一雙新鞋，為了他這門可悲的手藝，他簡直非有一雙新鞋不可。然而那道飢渴又徒勞的目光明白透露出：要買這樣一雙鞋，如同這雙擦亮了擺在櫥窗裡、標價五十四法郎的鞋子，剛才偷到的錢還不夠。他轉身離開那有如鏡面的玻璃櫥窗，肩膀有如鉛般沉重，走開了。

走去哪兒呢？再度展開那高度危險的狩獵？再度大膽地拿自由做賭注，為了這樣可憐兮兮的戰利品？不，可憐的你，至少休息一下吧。而果然，彷彿他對我的心願有所感應，此刻他轉入一條巷子，終於在一家便宜的餐館前面停下腳步。對我來說，跟著他是自然而然的事，因為我想要得知關於此人的一切，我已經血脈賁張、緊張顫抖地跟著他一起生活了兩個小時。為了小心起見，我還趕緊去買了份報紙，以便能給自己更佳的掩護，之後我走進那家餐館，故意把帽子在額頭上壓得低低的，在他後面的一張桌子旁坐下。不過，我的小心是多餘的。這個可憐的人不再有力氣感到好奇。他虛脫無力地凝視著白色的餐具，目光呆滯，直到服務生送來麵包，他那雙瘦骨嶙峋的手才醒了過來，貪婪地伸出去。從他開始咀嚼的那份急促，我大受震撼地看出了一切：這個可憐的人肚子餓了，真的餓了，從清早餓到現在，也許從昨天就餓到現在，而當服務生把他所點的飲料送來：一瓶牛奶，我對他頓時感到難以抑制的同情。一個喝牛奶的小偷！這些微小細節總是像一根點燃的火柴，驟然照亮了整個心靈深處。當我看見他，這個扒手，喝著最純潔、最天真不過的飲料，喝著溫和的白色牛奶，就在這一瞬間，他在我眼中就不再是個小偷。他只不過是這個歪斜走樣的世界上，那無數窮人、病人、可憐人、流離之人當中的一個。我頓時覺得自己在一個比好奇心更深的層次上與他有了關連。在共同之塵世生活的所有形式中，在赤身露體時、在嚴寒中、在睡眠中、在疲憊中、在身體受苦的每一種困頓中，人與人之間的區分就瓦解了，人為的分類消失了，那種把世人分為正義之人與非正義之人、值得尊敬之人與犯罪之人的分類。剩下的就只是那永恆不變的動物，這個塵世間的生物，他會餓，會渴，會疲倦，需要睡眠，就跟你我一樣，跟所有的人一樣[☆1]。我著魔似地注視著他，看他小心翼翼，一小口一小口，卻又貪婪地喝下那濃稠的牛奶，最後還把麵包屑扒在一起，我同時為了我的注視而慚愧，慚愧這兩個小時以來為了自己的好奇心，任由這個不幸之人像匹賽馬一樣奔跑在黑暗的道路上，沒有試圖去攔下他，或是幫助他。我心中湧起一股無法估量的渴望，想朝他走過去，跟他說話，給他一些什麼。可是該如何著手呢？怎麼跟他攀談？我拚命思索，想找到一個藉口、一個托詞，卻沒有找到。因為我們就是這樣！得體周到，到了可憐的地步，就算明知道對方處於困境，當你需要下定決心，穿透隔開彼此的那層薄薄空氣，卻可悲地沒有勇氣，徒然有大膽的意圖。然而每個人都知道，沒有什麼比幫助一個不曾呼救的人更難，因為當他不呼救，他還擁有最後一

☆1
*In allen Formen der gemeinsamen Irdischkeit, in der Nacktheit, im Frost, im Schlaf, in der Ermüdung, in jeder Not des leidenden Leibes fällt zwischen Menschen das Trennende ab, die künstlichen Kategorien verlöschen, welche die Menschheit in Gerechte und Ungerechte, in Ehrenwerte und Verbrecher teilen, nichts bleibt übrig als das arme ewige Tier, die irdische Kreatur, die Hunger hat, Durst, Schlafbedürfnis und Mündigkeit wie du und ich und alle.*

樣東西：他的自尊，別人不能強行傷害。只有乞丐讓別人能輕鬆地幫助他們，為此我們應該要心存感謝，因為他們沒有拒人於千里之外。但此人卻屬於那種倔強之人，寧可以極其危險的方式賭上個人自由，也不願意乞討，寧可偷竊，也不要接受施捨。假如我隨便找個藉口，任笨拙地去接近他，豈不會把他嚇壞，傷害他的心靈？再說，他那樣疲倦不堪地坐在那兒，任何打擾都會太粗魯。他把椅子推到牆邊，身體靠在椅背上，頭倚在牆上，鉛灰色的眼皮閉上了一會兒。我明白了，也感覺到了，現在他巴不得睡一下，只要十分鐘、五分鐘。他的疲憊無力簡直滲入了我的身體。這蒼白的臉色莫非是牢房白牆的陰影？衣袖上一動就閃現的破洞豈非洩露出在他的人生中沒有女子溫柔照料？我試著想像他的生活：在一間位於六樓的斜屋頂閣樓裡，一張骯髒的鐵床，房間裡沒有暖氣，一個破了的洗臉盆，一個小皮箱，就是他全部的財產，而在這窄小的房間裡，還得時時擔心警察沉重的腳步聲爬上嘎吱作響的樓梯。在這兩、三分鐘裡，當他疲憊地把瘦骨嶙峋的身體和略似老人的頭倚在牆上，我看見了這一切。可是服務生已經招人耳目地過來收拾用過的刀叉：他不喜歡這種遲來的久留客人。我先付了帳，迅速走出去，以避開他的目光。等他在幾分鐘後走到街道上，我跟在他後面；我無論如何不想任由這個可憐人自生自滅。

此時讓我緊緊跟著他的已經不再是上午那好玩的好奇心，不再是那種貪玩的興致，想認識一門我不熟悉的手藝。當我一察覺他又走上通往那條大道的路，我直到喉頭都感到一股隱隱的恐懼，一種窒息的可怕感覺，看在老天分上，你該不會又想回到那面有猴子的櫥窗前吧？別做傻事！想一想，那個婦人想必早就去報警了，警察肯定已經在那兒等著，等著馬上抓住你那件薄薄的外套。再說，今天就別再工作了！你狀況欠佳，別再重新嘗試。你已經沒有力氣，沒有幹勁，你累了，何況在藝術上，凡是在疲倦中著手的永遠做不好。寧可好好休息，可憐人，上床去吧，今天別再做了，就只是今天！我無法解釋自己何以會有這種恐懼的念頭，確知他今天在第一次試圖出手時就肯定會被逮到，這份確知簡直接近幻覺。隨著我們越來越接近那條大道，我的擔憂越來越強烈，已經能聽見大道上那澎湃不息的湍急人流。不，千萬不能再到那片櫥窗前面，你這個傻瓜，我不容許你這麼做！我已經在他身後，準備伸手抓住他的手臂，把他拉回來。可是他彷彿再度聽見了我內心所下的命令，出人意料地轉了個彎，在那條大道之前的德魯奧路過了馬路，走向一棟屋子，態度突然篤定起來，彷彿他就住在那裡。我立刻認出了這棟屋子：那是德魯奧飯店，巴黎知名的拍賣機構。

我愣住了，嗯，這個令人驚訝的男子不知道是第幾次令我吃驚了。當我正努力想猜出他的生活，他體內想必同時有一股力量來迎合我最祕密的心願。在巴黎這座陌生城市的幾十萬間屋子裡，今天上午我正打算要去這一間，因為它總是帶給我最興奮、最能增長知識、也最有趣味的時光。這裡比一座博物館更生動，在某些日子就跟博物館一樣擁有豐富的珍藏，隨時充滿變化，總是不同，又總是相同，我熱愛這間毫不起眼的德魯奧飯店，視之為最美的陳列品，因為它呈現出巴黎生活整個現實世界的驚人縮影。平常在一間公寓封閉的牆壁裡結合為有機整體的東西，在此被分割成無數個別物件，如同在一家肉舖，一隻巨大動物被支解的身體。最陌生的和最矛盾的，最神聖的和最日常的，在此透過一切共同性中最俗氣之物產生關連：在此展覽的一切都想要變成金錢。床鋪、十字架、帽子和地毯，鐘錶和洗臉盆，法國雕刻家烏東[2]的大理石雕像和銅鋅合金的餐具，波斯袖珍畫像和鍍銀的香菸盒，骯髒的腳踏車擺在法國詩人梵樂希[3]的初版詩集旁邊，留聲機放在哥德式的聖母像旁，凡戴克的畫作跟拙劣的複製油畫並排掛在牆上，貝多芬的奏鳴曲擺在破爐子旁邊，必需品和多餘的物品，低劣的媚俗之作和珍貴的藝術，大大小小，有真有偽，或新或舊，人類之雙手與心靈所創造出的一切，不論崇高或愚蠢，全都湧進這個拍賣場所，冷漠無情地把這座巨大城市一切有價值之物都吞進來，又再吐出去。在這個無情的轉運中心，一切有價值的東西都被轉換成錢幣和數字，在這個人類虛榮心與必需品的巨大舊貨市場，在這個奇妙的地方，你比在其他任何地方都更能強烈感受到整個物質世界紛亂的多樣性。在急難中，任何東西都能拿到這兒來變賣，有錢的人在這兒什麼都能買到，不過在這裡，你能買到的不僅是物品，也能買到眼力和知識。透過觀看和聆聽，用心的人可以在這兒學會更加了解每一種學問，藝術史知識、考古學、善本圖書、郵票鑑定、錢幣學，尤其也能增加對人的認識。因為在這裡，物品和人一樣五花八門，在從這些拍賣廳轉賣至他人手中之前暫時休憩，免於被人擁有的奴役；來此的人在種族和階級上也同樣多元，他們好奇地圍擠在拍賣桌旁，充滿購買慾，眼神不安，出於做買賣的狂熱，也出於收藏慾的神祕熱情。在這裡，身穿皮草、頭戴圓頂硬禮帽的大商人坐在骯髒的小古董商旁邊，還有塞納河左岸的舊貨商，他們想用便宜價格收購物品好塞滿他們的小店，小投機商和批發商在其間穿梭閒聊，那些代理商、喊價者、宵小之徒，他們是戰場上免不了會有的土狼，在一件物品被便宜賣出之前迅速攫取，或是，如果他們看見一個收藏家真正醉心於一件珍貴物品，就會互使眼色來哄抬價錢。像羊皮紙般枯槁的圖書館員戴著眼鏡，躡手躡腳地四處走動，像打瞌睡的貘；接著又有色彩繽紛的天堂鳥沙沙作響地走進來，那是戴著珍珠的高雅仕女，她們先差遣了僕人來替她們占住靠近拍賣桌的前排座位；這時真正的行家像鶴一樣靜靜地站在角落觀望著，他們是收藏家的祕密共濟會會員。這些人都是由於真心關注而被吸引到這兒來，想做生意、出於好奇或是對藝術的喜愛。而在這些人之外，每次總有一大群純粹出於好奇而湊巧出現的人，他們只是想藉著免費的暖氣取暖，或是高興地看著價格數字被越抬越高，像閃亮的噴泉。不過，凡是來此之人都懷有一個目的，想要收集、玩耍、賺錢、占有，或者只是為了取暖，藉由陌生人的激動而感到興奮，而這群擁擠的混亂人群可歸類成各種外貌，種類多得難以想像。但唯有一種人我從不曾在這裡見過，也從未想過會在這裡看見：扒手這一行。然而此刻，看見我朋友以篤定的直覺溜進來，我立刻明白，這個地方想必是他施展高超技藝的理想地點，說不定是全巴黎最理想的地點。因為在這裡，一切必要條件全都奇妙地結合在一起，那令人幾乎難以忍受的可怕人潮，急切的觀賞、等待和拍賣轉移了注意力，這也絕對不可或缺。再者，除了賽馬場以外，當今世上幾乎只剩下在拍賣會場還必須把現金擺在桌上來支付，因此可以假定，在每一件外套底下都有一個圓鼓鼓的飽滿皮夾。對一隻靈活的手來說，絕無僅有的大好機會在這裡等待著，此刻我才明白，上午那番牛刀小試對我朋友來說也許只是個手指練習。在這裡他才準備好要大顯身手。

2. 烏東（Jean-Antoine Houdon, 1741-1828）法國雕塑家，以人物雕像知名。
3. 梵樂希（Paul Valéry, 1871-1945）二十世紀法國重要詩人，曾於大學教授詩學，也有詩學理論之著述。

然而，當他此刻懶洋洋地爬上通往二樓的樓梯，我巴不得拉住他的衣袖，把他扯回來。看在老天分上，你難道沒看見那邊那張用英文、法文和德文寫的告示嗎？「小心扒手！」你沒看見嗎？你這個粗心的傻瓜？在這裡大家曉得你們這種人，肯定有幾十個便衣警察在人群中悄悄穿梭，而且我再說一次，相信我，你今天狀況欠佳！但是這個熟悉情況的老手用沉著的目光掃過那張他看來很熟悉的告示，冷靜地爬上樓梯，這是個策略上的決定，就其本身而言我只能表示贊同。因為在一樓那幾個廳裡通常只出售粗糙的家庭用品，住宅陳設、櫥子櫃子，在那裡熙來攘往的是一群舊貨商，他們不討人喜歡，從他們身上也賺不到多少，這些人也許還按照鄉下人的好習慣把錢藏在腰帶裡，穩當地纏在肚子上，要想打那些錢的主意，想來收益既不高也不值得推薦。然而，在二樓那些廳裡拍賣的是比較精緻的物品，畫作、首飾、書籍、名人手稿、珠寶，在那兒肯定有荷包更飽滿、也比較不當心的買主。

跟在我朋友身後很吃力，因為他一進入口，就開始在各個拍賣廳裡鑽進鑽出，評估他在每個廳裡的機會。他在這當中耐心而執著地讀著貼出來的佈告，就像一個老饕在讀一份特別的菜單。終於，他選擇了第七廳，那兒拍賣的是「伊芙．G伯爵夫人著名之中國與日本瓷器收藏」。毫無疑問，今天在這兒有驚人的高價商品，因為人群站得密密麻麻，視線被那些大衣和帽子擋住，起初從入口處根本看不見那張拍賣桌。一道緊密的人牆大約有二、三十排，阻擋了投向那張綠色長桌的任何視線，從我們在入口門邊的位置，勉強還能瞥見拍賣官逗趣的動作，他站在架高的講台上，手裡拿著白色槌子，像個樂團指揮，指揮著整個拍賣的遊戲，在漫長得嚇人的休止符之後總是又再進入最快板。他很可能跟其他那些小職員一樣住在梅尼蒙當區[4]，或是另外哪個城郊，有兩個房間和一個瓦斯爐，一架留聲機是他最珍貴的財產，窗前有幾株天竺葵。在此處，在一群高尚的觀眾面前，他身穿筆挺的禮服，頭髮用髮油仔細分向兩邊，顯然樂於享受這非凡的樂趣，每天得以接連三個小時拿著一柄小槌子，槌子在桌上一敲，就把巴黎最有價值的物品變成金錢。他帶著雜技演員那種學來的和藹可親，優雅地從大廳左邊、右邊、桌上、以及大廳後方接獲不同的出價——「六百、六百零五、六百一十」——像接獲一顆彩球，再把同樣的數字擲回，母音飽滿，子音分得很開，彷彿把那數字變得高雅了。在那當中，他扮演勸酒女郎，在無人出價、數字漩渦停止轉動時，面帶誘人的微笑提醒大家：「右邊有人要出價嗎？左邊有人要出價嗎？」或是在兩道眉毛之間擠出一條戲劇化的小皺紋，用右手舉起那支決定一切的象牙槌子，威脅著：「要落槌成交囉，」或是微笑地說：「看哪，各位先生，這一點也不貴。」在這當中，他像個行家向幾個熟人打招呼，狡黠地向幾個出價者鼓勵地眨眼。每拍賣一件新物品，他都不帶感情地先務實地做必要的確認，「第三十三件」，隨著價錢提高，他的男高音就越來越刻意地提高，變得戲劇化。他顯然很享受，接連三個小時讓三、四百個人屏住呼吸，貪婪地一會兒盯著他的嘴唇，一會兒盯著他手裡那把神奇的小槌子。他以為一切都由他來決定，其實他只不過是那些隨意喊出價錢的工具，這種虛假的錯覺給他一種令他陶醉的自信。像隻孔雀開屏，他賣弄他的辭令，但這一點也不妨礙我在心中確認，對我朋友來說，此人和他誇張的手勢其實就像上午那三隻滑

4. 梅尼蒙當區（Ménilmontant）位於如今巴黎市的第二十區，傳統上居民多為勞工階層。

稽的小猴子，只不過是同樣不可或缺地幫忙轉移了眾人的注意。

我這個能幹的朋友暫時還不能善加利用此人提供的共犯協助，因為我們仍舊無奈地站在最後一排，要想穿過這堅實、溫熱、稠密的人群，往前鑽到拍賣桌前，在我看來根本毫無指望。可是我再次察覺，在這門有趣的行當中，我確實還是個只有一天經驗的門外漢。我的伙伴，這個有經驗的高手和專家，早就知道在那支槌子終於敲下的那一瞬間——那個男高音剛剛歡呼著喊出七千兩百六十法郎——在這短短一秒的放鬆當中，那堵人牆總是會鬆開一點。興奮的腦袋垂下來，商人把價格記在目錄裡，偶爾會有一個因好奇來此的人離開，在那一瞬間，空氣進入了擁擠的人群。而他高明地迅速利用了這一刻，低下頭，像枚魚雷一樣向前鑽，一口氣就擠過了四、五排人群。我明明發誓絕不拋下這個不小心的人，卻突然獨自站在那兒，少了他。雖然此刻我也擠向前去，但拍賣已經再度開始，那堵人牆已再度合攏，我無助地卡在擁擠的人群中，像一輛手推車陷在泥沼裡。這種又黏又熱的擠壓實在可怕，前後左右都是陌生人的身體和衣服，靠得那麼近，每一次旁邊有人咳嗽，就會連帶使我震動。更令人難以忍受的是那空氣，聞起來有灰塵的氣味，還有霉味、酸味，尤其是汗味，凡是跟錢有關的地方就有這股氣味。熱氣蒸騰之下，我試圖解開外套，想伸手去拿我的手帕，卻徒勞無功，我被擠得太緊了。但我不放棄，慢慢地不斷向前擠，一排接一排。可是太遲了！那件鮮黃外套不見了，隱藏在人群當中，看不見了。無人曉得有他在場的危險，只有我知道，我的全副神經都由於一種神祕的恐懼而顫抖，害怕這個可憐傢伙今天會遭遇可怕的事。我預料每一秒鐘都可能會有人大喊：抓小偷，接著會產生一陣騷動，一番對話，然後別人會把他拖出去，抓住他那件外套的兩個衣袖。我無法解釋自己心中何以會如此駭然地確定，知道今天他一定會失手，偏偏是今天。

可是看哪，什麼事也沒發生，無人呼喊，無人尖叫；正好相反，那些嘰哩咕嚕、窸窸窣窣全都嘎然而止，頓時變得異樣地安靜，彷彿這兩、三百人全都約好了一起屏住呼吸。此刻大家全都加倍緊張地望向那個拍賣官，他向後退了一步，走到燈光下，他的額頭格外莊嚴地發亮。原來現在輪到了最重要的拍賣品，一個巨大的花瓶，是三百年前中國皇帝親自派了一位公使送來贈與法國國王的禮物，在法國大革命期間神祕地離開了凡爾賽宮，就跟許多其他物品一樣。四名身穿制服的僕役抬著這個珍貴的物品，刻意小心地放在桌上，這花瓶有白閃閃的曲線和藍色的花紋。拍賣官先鄭重地清了清嗓子，然後宣布了起價：「十三萬法郎。」肅敬的沉默回應了這個由於有四個零而變得神聖的數字。沒有人敢立刻開始喊價，也沒有人敢說話，或只是挪動腳步；又擠又熱地卡在一塊兒的人群出於敬意，全都僵在那兒。然後拍賣桌左端終於有位矮小的白髮先生抬起頭來，很快地小聲說：「十三萬五千，」幾乎有點難為情。拍賣官立刻果決地回喊：「十四萬。」

刺激的遊戲隨即展開：美國一家大型拍賣公司的代表每次都只舉起手指，喊價數字就如同一支電錶一樣立刻向上跳了五千，從桌子的另一端，一個大收藏家（大家竊竊私語地小聲說出他的名字）的私人秘書使勁與之競價。漸漸地，這場拍賣成了那兩位出價者之間的對話，他們坐在彼此的斜對面，固執地避免互相注視，雙方都只對著拍賣官發話，他則顯然心滿意足地接受。終於，叫價到二十六萬的時候，那個美國人頭一次沒有再舉起手指；被喊出的數字懸在半空中，宛如凍結的聲音。激動的氣氛升高，拍賣官重複了四次「二十六萬……二十六萬……」他把這個數字高高地扔進大廳裡，像隻要捕捉獵物的老鷹。然後他等待著，緊張而微帶失望地左顧右盼（唉，他很想再繼續玩下去！）：「沒有人要再出價了嗎？」只有一片沉默。「沒有人要再出價了嗎？」聽起來簡直接近絕望。沉默開始擺盪，像根沒有聲音的琴弦。那把槌子慢慢舉起，此刻三百顆心都停止跳動……「二十六萬法郎，第一次……第二次……第……」

那片沉默像塊巨石壓在無人作聲的大廳裡，不再有人呼吸。拍賣官把象牙槌子舉在沉默的眾人之上，帶著近於宗教的莊嚴，再一次威脅著：「要落槌成交囉。」沒有聲音！無人回應。「第三次。」槌子單調地狠狠敲下。結束了！二十六萬法郎！在這單調的一敲之下，那堵人牆晃動了，又分散成一張張生動的臉孔，大家都在動，在呼吸，在喊叫，在嘆息，在輕咳。卡在一塊兒的人群猶如單單一具身體，在一道激動的波浪裡晃動，放鬆，向前推擠。

這一推也到了我這兒，而且一個陌生的手肘正中我胸膛，同時有人向我喃喃地說：「先生，對不起。」我嚇了一跳。這個聲音！噢，好個奇蹟，是他，那個我深深惦念、尋找良久的人，那道鬆開的波浪剛好把他又沖到我身邊，這是多麼幸運的巧合。現在他又在我身邊了，謝天謝地，現在我總算可以仔細看顧他，保護他。我當然避免去直視他的臉，只從旁邊偷偷望過去，並非去看他的臉，而是去看他的手，他從事這門手藝的工具，可是他的雙手卻奇怪地消失了。沒多久我就發現，他把外套兩個衣袖的下半截緊貼著身體，像個受凍的人把手指縮進禦寒的衣袖邊緣，於是手指就看不見了。如果現在他去碰一個受害者，對方就只會感覺到被柔軟的布料給湊巧碰了一下，並沒有危險，那隻準備扒竊的手藏在衣袖底下，像貓咪的爪子縮進了柔軟的腳掌。做得好，我心中讚嘆。可是他出手的對象是誰呢？我小心翼翼地瞟向他的右邊，那裡站著一個瘦削的先生，衣服鈕釦全扣緊了；在他前面是另一位先生，以難以下手的寬闊背部背對著他。因此我起初不明白，他要如何成功接近這兩位其中一位。可是這時我感覺到自己的膝蓋被輕輕壓了一下，一個念頭驀地攫住了我，如同一陣寒顫冰冷地通過我全身：難道這番準備竟是針對我而來？你這個傻瓜居然挑中了這座大廳裡唯一曉得你在這兒的人，而現在我將在自己身上測試你的手藝？做為令人迷惘的最後一課！果不其然，那似乎是衝著我來的，偏偏是我，這個無可救藥的倒楣鬼看來偏偏挑中了我，偏偏是我，曉得他念頭的朋友，唯一一個洞悉他手藝的人！

是的，那毫無疑問是衝著我來的，現在我無法再自我欺騙，因為我已經明白感覺到旁邊那個手肘悄悄壓在我身側，那隻被衣袖遮住的手一寸一寸地向前推進，大概準備趁著人群中的第一陣騷動，靈活地伸進我的外套和背心之間。雖然此刻我還大可以藉由一個小小的反制動作來保護自己，只要轉向側面或是扣上外套就夠了，但說也奇怪，我卻沒有力氣這麼做，因為我整個身體都由於興奮和期待而被催眠了。我的每一條肌肉、每一根神經都彷彿凍住了，當我荒謬地興奮等待著，我迅速思索皮夾裡有多少錢，而一想到我的皮夾，我感覺到（一想到皮夾，我們身體的每個部分都會立刻敏感起來，包括每一顆牙齒、每一個腳趾、每一條神經）皮夾還溫暖而平靜地壓在我胸膛上。所以說，我的皮夾暫時還在原位，在這有所準備下，我能夠坦然承受他的出擊。然而說也奇怪，我根本不知道自己希不希望他出手。

我的感覺一片混亂，彷彿被一分為二。因為一方面，為了他好，我希望這個傻瓜不會找上我；另一方面，我無比緊張地等待著他一展身手，等待著那關鍵的一擊，那種緊張就跟去看牙醫時一樣，等著鑽子逐漸接近牙痛的部位。可是他似乎想要懲罰我的好奇心，一點也不急著出手。他一再停下來，但始終靠得很近，不慌不忙地一寸寸推近。雖然我的感官完全與這股推擠的碰觸相繫，我同時卻以另一份意識清楚聽見拍賣會越來越高的喊價聲從桌子那邊傳來：「三千七百五十……有人要加價嗎？三千七百六十……七百七十……七百八十……沒有人要加價嗎？沒有人出更多了嗎？」然後槌子落下。又一次，在拍板成交之後，人群中出現一陣微微的鬆動，就在那一刻，我感覺人潮中有股波浪朝我襲來。那並非真正的攫取，而有點像是一條蛇滑過，我微微感覺到有東西在滑動，這麼輕，這麼快，假如不是我的全副好奇心都在那個受威脅的部位站崗，我絕對感覺不到。像湊巧被風拂過，我的大衣起了一道皺褶，我感覺到有件東西輕輕滑過，像一隻鳥，然後……

然後突然發生了我始料未及之事：我的手從下面猛地向上伸出，抓住了在我外套下那隻陌生的手。我根本不曾計畫要這樣粗暴地抵抗，那是肌肉的反射動作，出乎我自己意料之外。由於身體的自衛本能，我的手自動向上伸出。此刻，我的拳頭緊緊握住一個陌生人的手腕，一隻冰涼、顫抖的手，我自己也吃了一驚。太可怕了，不，我根本不想這樣！

我無法描述這一剎那。突然強行握住一個陌生人的手，把一塊活生生、冰冷的肉握在手裡，我完全嚇呆了，他也同樣被嚇呆了。一如我沒有力氣，也不夠鎮定來鬆開他的手，他也沒有勇氣，也不夠鎮定來把手掙脫。「四百五十……四百六十……四百七十……」拍賣官在台上慷慨激昂地高喊，而我仍然抓著那隻陌生的手，那隻冰冷顫抖的扒竊之手。「四百八十……四百九十……」仍然無人察覺在我們兩人之間發生了什麼事，無人意識到在這兩個人之間存在著異常緊張的命運，就只在我們兩人之間，這場無名戰役就只在我們緊繃的神經之間進行。「五百……五百一十……五百二十……」，數字越來越快地冒出來，「五百三十……五百四十……五百五十……」我總算又能呼吸了，整個過程持續不到十秒鐘。我鬆開那隻陌生的手，它立刻縮了回去，消失在那件黃色外套的衣袖裡。

「五百六十……五百七十……五百八十……六百……六百一十……」台上一再繼續喊下去，而我們仍舊並肩站著，這件祕密行動的共犯，雙方都由於同一件經歷而癱瘓。我仍然感覺到他的身體溫熱地貼著我，在激動消除後，我僵直的膝蓋開始顫抖，而我彷佛覺得這微微的顫抖也傳到了他身上。「六百二十……三十……四十……五十……六十……七十……」，數字迅速升高，而我們仍舊站著，被恐懼的冰冷鐵環圈在一起。我終於有了力氣，至少轉過頭去望向他。在同一瞬間，他也望向我。我們四目相接。饒了我，饒了我！不要舉發我！那雙潮濕的眼睛似乎在這樣央求，他飽受壓迫之心靈的全副恐懼，所有生物原始的恐懼，從這對圓圓的瞳孔中流露出來，那撇小鬍子也在驚嚇之中隨之顫抖。我只清楚看見這雙睜大的眼睛，那張臉在無比驚恐的表情中變得模糊，在那之前我從未在一個人臉上見過這種表情，在那之後也不曾見過。我感到說不出的羞慚，居然有人這樣看著我，像個奴隸，如此卑屈，彷佛我有權決定他的生死。他的這份恐懼讓我覺得自己很可恥，我尷尬地又把目光移開。

然而他明白了。現在他知道我絕對不會舉發他，這讓他又有了力氣。他把身體從我身邊輕輕轉開，我感覺到他想要永遠離開我。先是下面擠過來的膝蓋鬆開了，然後我的手臂感覺到那股緊貼的熱度消失，我覺得身體的一部分彷彿離我而去，我旁邊的位置突然空了。我那不幸的伙伴朝人群裡鑽，撤退了。起初我鬆了一口氣，覺得四周又有了空氣。可是在下一瞬間我嚇了一跳：這個可憐人現在會去做什麼？他需要錢呀，而我，我還欠他一聲感謝，為了這刺激的幾小時，身為他不由自主的共犯，我可得要幫助他才行！我急忙跟在他身後擠出去。可是糟了！那個倒楣鬼誤解了我的一片好意，當他遠遠地在走道上瞥見我，他害怕起來。我還來不及向他示意，要他放心，那件鮮黃色外套就已經飄下樓梯，飄進人潮洶湧的街道上，再也找不到了。而我這堂課就這樣意外地驟然結束，一如其開始。

# 西洋棋的故事
# Schachnovelle

一艘大型客輪將於午夜從紐約駛往布宜諾斯艾利斯，船上十分熱鬧，一片出航前習見的忙碌。岸上來替朋友送行的人擠成一團；遞送電報的男孩歪戴著便帽，高喊著姓名，跑過一間間交誼廳，皮箱和鮮花被拖來拖去，小孩子好奇地在樓梯跑上跑下，在此同時，管絃樂團沉著地演奏，做為船上的表演節目。我避開這片騷動，站在供散步用的甲板上跟一個朋友談話。此時在我們身旁閃起了兩、三次鎂光燈，白光刺眼，看來是哪個名人在啟程之前還匆匆接受了記者訪問和拍照。我朋友望過去，露出微笑。「您這艘船上有個少見的怪人，那個錢托維奇。」聽到這則消息，我想必一副不明所以的表情，於是他又解釋了一下：「米爾柯．錢托維奇，西洋棋世界冠軍，他走遍了全美國，從東岸到西岸，到處參加巡迴比賽，現在要搭船前往阿根廷去尋求新的勝利。」

這會兒我果然記起了這位年輕的世界冠軍，甚至記起了他在棋壇迅速崛起的一些細節。我朋友看報紙比我細心，又再補充了許多趣聞軼事。大約在一年前，錢托維奇驟然躋身於地位早已奠定的棋壇大師之列，像是阿廖辛、卡帕布蘭卡、塔爾塔可夫、拉斯克、波戈留博夫[1]。自從一九二二年七歲神童雷瑟夫斯基參加了在紐約舉行的棋賽以來，還不曾有過一個無名小卒躋身光榮棋壇如此廣受矚目。因為錢托維奇的智力似乎根本無法預示這樣輝煌的前程。沒多久就有祕密洩露出來，說這個西洋棋冠軍私底下寫不出一個沒有拼字錯誤的句子，不管是用哪一種語言，而且，如同他一個惱怒的同行忿忿譏嘲的：「他對所有的領域都同樣無知。」他父親是南斯拉夫多瑙河上的船伕，極其貧苦，有一夜，他那艘小舟被一艘運送穀物的輪船撞翻了。錢托維奇當時十二歲，父親死後，那個偏遠村落的神父出於同情收留了他，這個前額寬廣、沉默寡言、有點遲鈍的孩子，那位好心的神父竭心盡力在家裡替他補習，想教會他在村中學校沒能學會的東西。

可是那些努力都是徒勞。他仍舊茫然地盯著已經向他解釋過上百次的文字，即使是最簡單的課程內容，他那反應遲鈍的大腦也記不住。如果要做算術，他在十四歲時每次都還得扳手指來幫忙，都已經是少年了，要讀一本書或是一份報紙還是十分吃力。不過，絕不能說米爾柯不情願或是不服從。別人要他做的事，他就乖乖去做，去打水、劈柴、下田、整理廚房，可靠地做完別人交代他的工作，就算動作慢得令人生氣。不過，最讓那位好心神父煩惱的是這個古怪的男孩對一切都漠不關心。如果沒有人特別要求他，他就什麼也不做，從來不問問題，不跟別的男孩一起玩，也不會自己找事做，如果沒有人明白吩咐他去做。一旦做完了家事，他就呆呆地坐在房間裡，眼神空洞，那眼神就像牧草地上的羊群，對於身邊發生的事絲毫不感興趣。晚上，當神父愜意地抽著農民抽的長煙斗，按照慣例跟村中警官一起下三盤棋，這個遲鈍的黃髮男孩就默默地蹲在旁邊，從沉重的眼皮下呆呆望著那個方格棋盤，似乎打著瞌睡，而且漠不關心。

1. 阿廖辛（Alexander Aljechin, 1892-1946），俄國棋手，蟬聯多年之世界冠軍（1927-1935, 1937-1946）。卡帕布蘭卡（José Capablanca, 1888-1942），古巴棋手，一九二一年至一九二七年之世界冠軍。塔爾塔可夫（Ksawery Tartakower, 1887-1956），猶太裔棋手，一次大戰後入籍波蘭，曾帶領波蘭代表隊贏得世界棋賽冠軍。拉斯克（Emanuel Lasker, 1868-1941）德國數學家、作家及知名棋手，一八九四年至一九二一年之世界冠軍。波戈留博夫（Efim Bogoljubow, 1889-1952），知名棋手，原籍俄國，曾贏得多次蘇聯冠軍，後移民德國。

一個冬夜裡，當這兩個棋友正專注於他們每日的棋局上，一架雪橇的鈴鐺聲從村中道路傳來，聲音一陣比一陣急促。一個農夫踩著重重的腳步匆匆走進來，帽子上沾滿雪花，說他的老母親就要死了，請神父快點過去，及時為她施行臨終塗油禮。神父沒有遲疑，就跟著他走了。那個警官一杯啤酒還沒喝完，臨走前又點燃了一管煙斗，正準備要穿上厚重的長統靴，此時他注意到米爾柯目不轉睛地盯著棋盤上那局下了一半的棋。

「怎麼，你想把這盤棋下完嗎？」警官開玩笑地說，深信那個一臉瞌睡的男孩不會懂得該如何在棋盤上正確移動一枚棋子。男孩害羞地抬起眼睛，點點頭，然後坐在神父的位子上。走了十四步之後，警官輸了，而且他必須承認，他之所以輸棋絕對不是因為漫不經心不小心走錯了一步棋。第二盤的結果也一樣。

「巴蘭的驢子說話了[2]！」神父回來時吃驚地喊道，一邊向不太熟悉聖經的警官解釋，說早在兩千年前就曾經發生過類似的奇蹟，一個不會說話的生物突然說出了智慧的語言。儘管時間已晚，好心的神父還是忍不住要向這個接近文盲的弟子挑戰一盤棋。米爾柯也輕鬆地贏了他。他下棋頑強、緩慢、毫不動搖，垂下的寬廣額頭一次也不曾從棋盤上抬起來。但他下棋下得很穩，無懈可擊，不管是警官還是神父，在接下來那幾天裡都無法贏他一盤。神父比任何人都更能看出他這個學生在其他方面的遲緩，如今真正好奇起來，想知道這份單方面的特殊天賦是否經得起更嚴格的考驗。他先帶米爾柯到村中理髮師那兒修剪一頭蓬亂的黃髮，讓他看起來稍微體面一點，然後駕著雪橇帶他到鄰近的一座小城，他知道在城中主要廣場旁的那家咖啡館裡，有一個棋迷聚集的角落，依照他的經驗，他自己也下不贏那些人。當神父推著這個十五歲少年走進咖啡館，頗引起了店裡客人的驚訝。那少年一頭黃髮，臉頰紅潤，穿著毛皮翻向裡面的羊皮外套，腳上是厚重的長統靴。在咖啡館裡，這男孩害羞地垂下眼睛，不明所以地站在一個角落裡，直到別人喊他，要他到一張棋桌那兒去。米爾柯輸了第一盤，因為他在那位好心的神父那裡從沒見過所謂的「西西里開局法」。第二盤他就已經可以跟最好的棋手下成和局。從第三、四盤棋開始，他就一個接一個地擊敗了所有人。

在南斯拉夫的一個鄉間小城，很少發生令人興奮的事，於是，這個鄉下高手在全體鄉紳面前頭一次出場立刻造成轟動。大家一致決定，這個神童非得在城裡待到明天不可，好讓大家能去把棋社的其他成員都找來，尤其是去城堡裡通知年邁的希姆奇茨伯爵，他對下棋有份狂熱。神父帶著一份全新的自豪看著他的養子，他雖然高興自己發掘了這孩子的天分，卻也不想耽誤自己在週日主持彌撒的職責，表示願意把米爾柯留下來接受進一步考驗。咖啡館裡那群棋迷出錢讓年少的錢托維奇住進旅館，這一天晚上，他頭一次見到沖水馬桶。次日是星期天，下午時，棋室裡擠滿了人。米爾柯一動也不動地在棋盤前坐了四個鐘頭，一句話也沒說，也不曾抬起目光，贏過了一個又一個的棋手。到最後，有人提議讓他同時與多人對弈。大家費了不少功夫才讓這個學習能力欠佳的少年明白，同時與多人對弈的意思是由他一個人同時跟好幾個對手相抗。不過，米爾柯一旦懂得了這個規矩，就很快適應了這項任務，踩著

2. 見《舊約》〈民數記〉第二十二章。智者巴蘭騎驢趕路，途中遇到耶和華的使者持刀等待。驢子為了閃避使者而離開大路，後來又貼牆站立，巴蘭生氣地持杖打了牠三次。耶和華使驢子開口對巴蘭說：「我向你行了什麼，你竟打我這三次呢？」

他嘎吱作響的厚重靴子，緩緩地從一張桌子走到另一張桌子，最後在八盤棋中贏了七盤。

眾人於是熱烈商議。雖然嚴格說來，這個新科冠軍並非這座城市的居民，可是鄉土的民族自豪已被深深激起。到目前為止，這座小城在地圖上幾乎無人注意，也許這座城市將頭一次有此榮幸，成為一個名人的故鄉。有個經紀人名叫柯勒，平常只會介紹女歌手到軍營去表演歌舞，表示只要有人提供一年的津貼，他願意送這個少年到維也納去，在他認識的一位下棋高手那兒接受專業棋藝訓練。希姆奇茨伯爵立刻捐出那筆金額，他六十年來每天下棋，卻從未碰過如此奇特的對手。這個船伕之子驚人的棋壇生涯就從這一天展開。

半年後，米爾柯就掌握了下棋技巧的全部奧秘，只不過他有一個罕見的缺陷，後來在棋壇上廣受注意，也備受譏嘲。因為錢托維奇從來無法把棋局熟記在心，哪怕就只是單單一盤棋，用專業術語來說，就是他無法下盲棋。他完全沒有能力把棋局放進想像的無限空間裡。那個黑白相間的六十四格棋盤，還有那三十二個棋子，都必須確確實實地在他面前。在他已經舉世知名以後，他還是會隨身攜帶一個可以折疊的袖珍棋盤，如果他想重現一盤大師棋局，或是為自己解決一個問題，就能把棋子的位置具體擺在眼前。這個缺陷本身微不足道，卻洩露出想像力的缺乏，這在小圈子裡受到熱烈討論，就好比在音樂家當中有個傑出的演奏奇才或指揮家，但如果樂譜沒有攤開在眼前就無法演奏或指揮。不過這個特殊缺陷卻絲毫不曾減緩米爾柯驚人的竄升。十七歲時他就已經贏得了十幾個棋賽錦標，十八歲贏得匈牙利全國冠軍，二十歲時終於摘下世界冠軍。那些最厲害的高手，各個在想像力和膽量上都遠勝於他，卻都敗在他頑強冷酷的邏輯下，如同拿破崙敗給了遲鈍的庫圖佐夫，漢尼拔敗給了費比烏斯，根據歷史學家李維的記載，費比烏斯在小時候也表現出明顯的遲鈍和低能[3]。卓越的棋壇大師之中集結了各式各樣智力出眾的人物，包括哲學家和數學家，這些人精於算計、想像力豐富、往往充滿創造力，這會兒頭一次有個全然的局外人闖進來，一個遲鈍寡言的鄉下少年，就連最精明的記者也無法引他說出一句能刊載的話。不過，錢托維奇雖然沒能給報紙提供洗鍊的警句，關於他個人的軼事卻迅速地彌補了這一點。因為在棋盤前面他是舉世無雙的大師，可是一從棋盤前面站起來，錢托維奇就無可救藥地成了一個近乎滑稽的古怪人物。儘管他身穿莊重的黑色西裝，繫著華麗的領帶，配上有點刺眼的珍珠別針，指甲也費心修剪過，他的舉止和態度仍舊還是那個頭腦簡單的鄉下男孩，曾在村子裡替神父打掃房間。他試圖靠著他的天賦和名聲來撈錢，能撈多少算多少，手法笨拙而且近乎無恥，帶著小器的貪婪，甚至往往是粗鄙，這令他的同行取笑，也令他們生氣。他從一座城市旅行到另一座城市，總是住在最便宜的旅館；他在最微不足道的棋社裡下棋，只要對方同意付他酬勞；他允許別人把他的肖像登在肥皂廣告上，甚至還把自己的名字賣給一家出版社，在一本名叫《西洋棋哲學》的書上掛名，不在乎競爭對手的嘲諷。他們很清楚他連三個正確的句子都寫不出來，那本書實際上是加利西亞的一個窮大學生替那精明的出版商寫的。就跟所有天性頑強的

3. 庫圖佐夫（Michail Kurusow, 1745-1813），俄國統帥，於一八一二年拿破崙入侵俄國時擊潰了拿破崙的軍隊。漢尼拔（Hannibal, 247-183 BC），迦太基名將，曾經屢次擊敗羅馬軍隊。費比烏斯（Fabius Cunctator, ca. 280-203 BC）羅馬統帥，歷任執政官，曾以拖延戰術對抗漢尼拔，止住了羅馬軍隊之連敗。李維（Titus Livius, 59BC-17AD），羅馬歷史學家，曾撰寫共一百四十二冊之羅馬史，其中有三十五冊流傳下來。

人一樣，他完全不知道什麼叫做可笑。自從在世界大賽中獲勝，他就自認是全世界最重要的人物。意識到他擊敗了所有那些聰明有才、能言善道、文筆出眾的人，而且是在他們所擅長的領域，尤其是他比他們賺得更多這件事實明擺著，使他原本缺乏的自信轉化成一種冷漠的驕傲，而且往往表現得很笨拙。

「話說回來，如此迅速成名怎麼可能不沖昏這樣一個空洞的腦袋呢？」我朋友做出結論，他剛剛向我吐露了錢托維奇幼稚自大的幾個典型例子。「一個二十一歲、來自巴納特地區的鄉下小伙子，突然只要在一塊木板上把幾個棋子推來推去，一週之內所賺的錢就超過家鄉整個村子一整年靠著伐木和辛苦勞動所賺的錢，他怎麼可能不染上虛榮的毛病？再加上，如果一個人根本不曉得這世上曾經有過林布蘭、貝多芬、但丁和拿破崙，要把自己視為一個偉大人物不也是很容易嗎？這個小伙子在他那有所侷限的大腦裡只曉得一件事，就是幾個月以來他不曾輸過一盤棋。由於他不曉得在這個世上除了下棋和金錢以外還有別種價值，他大有理由以自己為傲。」

我朋友這番話自然引起了我的好奇。我一輩子都對各式各樣具有偏執狂的人感興趣，那種執迷於單單一種意念的人。因為一個人越是把自己隔絕開來，在另一方面就越接近無限；正是這種看似與世隔絕者用他們的特殊材料，像白蟻一樣建造出一種奇特、獨一無二的世界縮影。因此，我毫不隱瞞我的企圖，打算在前往里約的這十二天航程中，仔細觀察這個才智片面發展的特殊樣本。

然而朋友提醒我：「在這件事情上您不會有多少運氣。據我所知，還從來沒有人成功地從錢托維奇身上找出一丁點心理學的材料。在他深不可測的遲鈍背後，這個狡猾的鄉下人極為聰明，從不暴露自己的弱點，靠的是一種簡單的技巧，亦即避免跟任何人談話，除了跟他背景相似的同鄉之外，這些人他在小酒館裡找得到。只要感覺出有個具文化教養的人在場，他就縮進他的蝸牛殼裡；這樣一來，就沒有人能夠自誇曾經聽他說過一句蠢話，或是曾經測量過他那據說深不可測的無知。」

的確，我朋友說的沒錯。在航程頭幾天，事實證明要接近錢托維奇根本不可能，除非粗魯地去糾纏，而我畢竟不是那種人。偶爾他雖然會在供散步用的甲板上走動，但總是把雙手交疊在背後，擺出沉思的高傲姿勢，就像那幅名畫上的拿破崙。此外，他在甲板上散步總是匆匆忙忙，橫衝直撞，如果要和他攀談，就得要小跑步地追著他跑。另一方面，他從不出現在交誼場所，不管是酒吧，還是吸菸室。我私底下向服務生打聽，據他透露，錢托維奇整天大部分的時間都待在自己的艙房裡，在一個大棋盤上練習下棋或是重演過去的棋局。

三天之後，我的確生起氣來，想到他頑強的防禦技巧要比我想要接近他的意圖更為高明。我這一生當中，還從不曾有機會親自認識一位棋藝大師，而我越是努力去想像這種類型的人就越發覺得，一輩子都只圍繞著六十四個黑白格子打轉，這樣的大腦活動不可思議。從自身的經驗中，我當然知道這種「國王的遊戲」具有神祕的吸引力，在人類發明的各種遊戲中，只有這個遊戲完全不受巧合干擾，唯有靠心智才能贏得勝利，或者應該說是靠著心智天賦的一種特定形式。不過，把下棋稱為一種遊戲，不就已經犯下了一種帶有侮辱意味的限制？它不也是一種科學、一種藝術，飄浮在這些範疇之間，就像穆罕默德的棺木飄浮在天地之間一樣，獨一無二地結合了各種對立詞組：無比古老，卻又永遠如新；在設計上是機械性的，卻必須透過想像力才能發揮作用；被限制在呆板的幾何空間裡，卻有無限的組合；不斷發展，卻又不會有結果；一種沒有結論的思考，算不出答案的數學，沒有成品的藝術，沒有材料的建築。然而事實證明，它的存在要比所有書籍和作品更為持久，是所有民族與各個時代唯一共有的遊戲，而沒有人知道是哪個神把它帶到了人間，讓世人排遣無聊，砥礪心智，全神貫注。它從哪裡開始？又在哪裡結束？每個小孩子都能學會它的基本規則，每個生手都可以來嘗試，然而，在這個不能改變的小小正方形上卻培養出一種特殊的大師，有別於所有其他人，這種人侷限的天賦只在於下棋，是特殊的天才，在他們身上，想像力、耐心和技巧交互發揮作用，一如在數學家、詩人和音樂家身上，只是以另一種方式堆疊組合。在過去熱中於相貌學的年代，像加爾那樣的醫生或許會解剖棋藝大師的大腦[4]，以確定這些下棋天才的大腦灰質中是否有特殊的彎曲，一塊專司下棋的肌肉或是隆起比在常人頭顱裡更為明顯。而這種相貌學家對於像錢托維奇這樣的例子又將何等感興趣，在此人身上，這份特殊天才似乎有如一條細線分布在全然停滯的智力中，就像一縷黃金藏在一百公斤黯淡無光的石塊裡。原則上，我向來能夠理解，一種如此獨特而絕妙的遊戲想必會創造出特殊的勝利者；然而要去想像這樣一個心智活躍之人的生活卻是多麼困難，幾乎不可能。對他來說，世界就只縮小成黑格與白格之間的窄小單行道，他只在三十二顆棋子的一來一往和前進後退中尋求人生的勝利。在開局時，先走馬而不走卒就已意味著英勇，而在一本棋書的一隅占有小小一席就意味著不朽。一個有才智的人，在十年、二十年、三十年、四十年中，把思考的全部活力一而再、再而三地用來做一件可笑的事：在一塊木板上，把一個木頭刻的國王逼進角落！而他居然沒有發瘋！

如今這樣一個非凡之人、一個奇特的天才，或是一個謎樣的傻子，頭一次在空間上和我如此接近，在同一艘船上，只相隔六間艙房，而我這個無福之人卻無法接近他。在跟心智有關的事物上，我的好奇心往往變質成一種狂熱，我開始想出再荒謬不過的計策：像是去挑起他的虛榮心，假裝我要替一家大報社訪問他；或是利用他的貪婪，向他提議去蘇格蘭參加一場有利可圖的比賽。但最後我想起來，要把松雞引誘出來，獵人最經得起考驗的技巧就是模仿牠的發情叫聲。要引起一個棋藝大師的注意，還有什麼會比自己也來下棋更有效？

我這一輩子從不曾認真研究過棋藝，理由很簡單，我下棋總是很隨便，純粹是為了消遣。如果我在棋盤前面坐上一個小時，那絕對不是為了要絞盡腦汁，正好相反，是為了減輕精神上的緊張。我的確是在「玩」下棋，而其他人，那些真正的棋手，用我自創的這個大膽新詞來說，把下棋「嚴肅化」了。說到下棋，就跟戀愛一樣一定要有個對象，此時我還不知道船上除了我們之外，是否還有其他人喜歡下棋。為了把這些人從他們的洞穴裡引誘出來，我在吸菸室裡設下一個簡陋的陷阱，跟我太太對坐在一張棋盤前面，像個捕鳥人一樣，雖然她的棋下得比我更差。果然，我們才走了不到六步，就已經有人在經過時停下腳步，另一人

4. 加爾（Franz Joseph Gall, 1758-1828），德國醫生，「顱相學」創始人，聲稱由顱骨形狀可看出一個人的才能。

請求我們准許他觀棋，最後我想要的對手也終於出現，他向我挑戰，要跟我下一盤。那人名叫麥康納，是個蘇格蘭採礦工程師，據說在加州鑽探石油賺得了大筆財富。從外表看來，他身材矮壯，下顎結實有力，幾乎呈正方形，牙齒堅固，臉色紅潤，那鮮明的紅色很可能得歸因於大量享用的威士忌，至少是部分原因。他的肩膀寬得出奇，幾乎像運動員般粗壯，遺憾的是，這副肩膀在棋局當中也由於他的個性而引人注目。因為這位麥康納先生屬於那種自我意識太強的成功人士，就算是在根本無足輕重的遊戲中，也把落敗視為自身人格的貶低。這個白手起家的人在人生當中習慣肆無忌憚地達成目的，而且被實際的成功給寵壞了，粗壯的他懷著無法動搖的優越感，以致於任何阻力都令他惱怒，被他視為無禮的反抗，甚至是侮辱。當他輸了第一盤，他變得悶悶不樂，開始囉哩囉唆，專橫地解釋，說他之所以會輸，只是由於一時不夠專注。下到第三盤，他把自己輸棋歸咎於隔壁房間的喧鬧，只要輸了一盤，他就一定立刻要求再來一盤。起初我還覺得這種虛榮的求勝心切很有趣，到最後就只是無奈地接受，將之視為不可避免的伴隨現象，如果我想達成原本的目的，把那個世界冠軍引誘到我們桌邊來。

第三天，我成功了，卻只成功了一半。錢托維奇可能是在甲板上散步時，從甲板的窗戶觀察到我們坐在棋盤前面，也可能他只是湊巧大駕光臨到吸菸室來。總之，他一看見我們這些資格不足的人在從事他擅長的藝術，就不由自主地走近了一步，隔著適當的距離，朝我們的棋盤上審視地看了一眼。麥康納正好走了一步，而這一步棋似乎就足以讓錢托維奇得知，我們這種外行的較量根本不值得他這種大師繼續關注。他從我們的桌旁走開，離開了吸菸室，帶著一份理所當然，就像我們這種人在一家書店裡，別人遞來一本差勁的偵探小說，我們連翻都沒翻一下就把書給放回去。「他掂過斤兩，覺得太微不足道。」我心想，那道鄙夷的冷冷目光有點令我惱火，為了設法宣洩怒氣，我對麥康納說：

「那位大師對您這步棋似乎不怎麼欣賞。」

「什麼大師？」

我告訴他，剛剛從我們旁邊走過的那位先生就是西洋棋大師錢托維奇，而大師用不以為然的目光朝我們的棋局看了一眼。我又加了一句，說我們兩個承受得了的，不會因為他的輕視而傷心；技不如人就只好忍耐。可是我隨口說的這番話卻在麥康納身上產生完全出人意料的效果，令我大吃一驚。他立刻激動起來，忘了我們的棋局，而他的虛榮心開始跳動，簡直能聽得見。他說他不知道錢托維奇也在船上，而錢托維奇非得跟他下一盤不可。他這輩子還從未跟一位世界冠軍下過棋，除了有一次，他跟另外四十個人同時跟一位世界冠軍對弈，光是那樣就已經夠刺激了，而且那一次他差點就贏了。他問我跟那位西洋棋冠軍是否相識。我說不認識。他又問我願不願意去跟他攀談，請他到我們這兒來。我拒絕了，理由是據我所知，錢托維奇不怎麼樂意結識新交。再說，一位世界冠軍怎麼會有興趣紆尊降貴地來跟我們這種三流棋手下棋？

對一個像麥康納這樣虛榮心特別強的人，我實在不該說「三流棋手」的。他惱火地向後一靠，粗魯地說，他不相信錢托維奇會拒絕一位紳士的禮貌邀請，這件事他會想辦法。在他的請求下，我向他簡短介紹了這位世界冠軍的為人，而他就已經毫不在乎地撇下我們這盤棋，以按捺不住的急躁衝到散步甲板上去找錢托維奇。我又一次感覺到，這個肩膀如此寬闊的人一旦下定決心去做某件事是攔也攔不住的。

我相當緊張地等待著。十分鐘後，麥康納回來了，看來不怎麼高興。

「怎麼樣？」我問。

「您說的沒錯，」他有點惱火地回答：「那位先生不怎麼討人喜歡。我向他自我介紹，告訴他我是誰，而他甚至沒有跟我握手。我試著向他解釋，說如果他願意同時與我們對弈，這艘船上所有的乘客將會多麼自豪，多麼榮幸。但是他不為所動，真可惡。他說他很抱歉，可是他對他的經紀人有合約上的義務，合約上明文禁止他在巡迴比賽期間無酬下棋，說他的最低酬勞是一盤棋兩百五十美元。」

我笑了。「我還根本沒想到，把棋子從黑格推到白格居然是樁利潤如此豐厚的生意。嗯，希望您也就客客氣氣地告退了。」

可是麥康納還是十分嚴肅。「棋局安排在明天下午三點，就在這間吸菸室。我希望我們不會這麼容易就被打得落花流水。」

「什麼？您同意給他兩百五十美元？」我震驚地大喊。

「為什麼不呢？這是他的職業。假如我牙痛，而船上剛好有位牙醫，那我也不會要求他免費替我拔牙。那個人索取高價一點也沒有錯；在每一行，真正的好手也是最精明的生意人。對我來說，生意做得越乾脆越好。我寧可付現金，也不想讓錢托維奇先生向我施恩，到頭來我還得向他致謝。反正我在俱樂部裡一個晚上就輸掉過不只兩百五十美元，而且還不是跟一位世界冠軍下棋。對一個『三流棋手』來說，輸給像錢托維奇這樣的對手也不丟臉。」

察覺我用「三流棋手」那個無辜的字眼深深傷了麥康納的自尊，讓我感到好笑。不過，既然他打算為了那個昂貴的娛樂付錢，我對他那用錯地方的虛榮心也就沒什麼好反對的，畢竟他的虛榮心將讓我終於得以認識那個怪人。我們急忙去通知四、五位聲稱自己會下棋的先生，告訴他們將要發生的事，並且不僅預訂了我們那張桌子，也把旁邊幾張桌子一併預訂下來，以求盡量不受到從旁經過乘客的打擾。

第二天，我們那一小群人在約好的時間全數到齊。那位大師對面正中央的位子自然是分配給麥康納，他抽著粗粗的雪茄，一根接一根，藉此來消除緊張，同時一再不安地去看錶。可是那位世界冠軍讓我們足足等了十分鐘——在我那位朋友跟我說過那些故事後，這其實已經在我意料之中——而他的出現因此更引人注目。他冷靜而輕鬆地走到桌旁，沒有自我介紹，這份無禮似乎在說：「你們知道我是誰，至於你們是誰，我不感興趣。」他隨即以專家的單調語氣說起具體的安排。由於在船上沒有足夠的棋盤，無法同時與多人對弈，因此他提議我們可以聯手來與他對弈。每下完一步棋，為了不妨礙我們商量，他會改坐到吸菸室盡頭的另一張桌子旁。由於桌上沒有搖鈴可用，等我們下完了一步棋，就用湯匙敲敲玻璃杯。他提議走一步棋最多可以花十分鐘，如果我們沒打算做別的安排。我們就像羞怯的學生一樣，理所當然贊同他的每一個提議。挑選棋子顏色時，錢托維奇要了黑色；他還站著，就下了回應我們的第一步棋，隨即走到他所提議的等候位置，隨隨便便地倚在那裡，翻閱一本畫報。

報導這盤棋沒有什麼意義，這盤棋理所當然地以它勢必要結束的方式結束，亦即是我們全軍覆沒，而且才不過走了二十四步棋。一個世界冠軍輕輕鬆鬆地擊敗了六、七個中下等級的棋手，這件事本身不足為奇；讓我們大家受不了的其實只是錢托維奇傲慢的態度，讓我們明顯感覺到他對付我們輕而易舉。每一次他都只朝棋盤上草草瞄一眼，目光漫不經心地從我們身上掠過，彷彿我們也只是沒有生命的棋子。這副無禮姿態讓人不禁想起有人丟一口食物給一條癩皮狗，卻懶得看牠一眼。照我的看法，如果他體貼一點，可以提醒我們所犯的錯誤，或是說句客氣的話來鼓勵我們。然而就連這盤棋下完之後，這個沒有人性的下棋機器也一聲不吭，在他說了「將軍」之後，就一動也不動地在桌前等待，看是否還有人想跟他再下一盤。面對厚顏無恥的粗魯，你也只能感到無可奈何。我已經站了起來，打算無奈地用手勢來示意，至少就我而言，隨著這樁美元交易完成，我們結識的樂趣便已結束。此時麥康納在我旁邊用十分沙啞的聲音說：「再來一盤！」引起了我的不快。

那挑戰口吻簡直把我嚇著了，事實上在這一瞬間，麥康納給人的印象更像個即將出拳的拳擊手，而不像個有禮的紳士。不管那是因為錢托維奇對待我們的方式令人不悅，還是只是由於他那病態的虛榮心容易受到刺激，總之麥康納完全變了一個人。他一張臉漲得通紅，直到額頭髮際，鼻孔由於內部壓力而大大張開，明顯在流汗，一道皺紋從緊抿的嘴唇深深連到那好鬥地抬起的下巴。在他的眼睛裡，我不安地認出無法控制的激情，這種激情平時只會攫住在輪盤賭桌旁的人，當第六次、第七次加倍下注之後，他們所選的顏色還是沒有出現。在這一瞬間，我明白這個虛榮心太強的人將會和錢托維奇一直對弈下去，下普通注或雙倍下注，直到他至少贏了一盤為止，就算花掉全部的財產也在所不惜。如果錢托維奇能堅持下去，那麼他就在麥康納身上挖到了金礦，在抵達布宜諾斯艾利斯之前可以撈進幾千美元。

錢托維奇仍然面無表情。「請，」他禮貌地說：「這一次各位持黑棋。」

第二盤的情況也沒什麼不同，只不過有幾個好奇的人加進來，我們這個圈子不僅變大了，也變得更熱鬧。麥康納牢牢地盯著棋盤，彷彿想用贏棋的意志來催眠那些棋子；我覺得他會樂於犧牲幾千美元，只求能向那個厚顏無恥的對手喜孜孜地喊一聲「將軍！」說也奇怪，他那份慍怒的激動不知不覺也感染了我們。我們比先前更加激烈地討論每一步棋，總是在最後一刻又互相攔住對方，等到大家一致同意才發出信號，把錢托維奇喚回我們桌旁。漸漸地，我們走到了第十七步，而此時出現一個布局看來對我們有利，這令人訝異，讓我們自己也吃了一驚。因為我們得以把 c 線上的卒子推到 c 二線上的倒數第二格，只需要把它再往前推，推到 c 一線上，就能把它變成第二個王后[5]。當然這個機會過於顯而易見，讓我們不太放心，大家一致懷疑，這個看似由我們掙得的優勢，一定是錢托維奇故意當作釣餌送上門來的，畢竟他更能綜觀全局。然而，儘管我們絞盡腦汁，一起尋思和討論，卻還是識不破那個隱藏的圈套。到最後，眼看允許我們考慮的時限就要到了，我們決定大膽走這一步棋。麥康納已經伸手去碰那個卒子，打算把它推到最後一格上，此時突然有人抓住了他的手臂，小聲但激動地低語：「看在老天分上！別這樣走！」

5. 西洋棋中的卒子只要能抵達最後一排，就能升格為車、馬、象或是王后，由於王后的威力最大，所以一般都選擇升格為后。

我們全都不由自主地轉過身去。一位年約四十五歲的先生想必是在剛才這幾分鐘走到我們這邊來，當時我們正全神貫注於那個問題上。他一張臉瘦削，線條分明，之前在甲板上散步時我就已經注意到他，因為他的臉色白得出奇，幾乎像石灰。他感覺到我們的目光，急忙補充說道：

「如果各位現在把這個卒變成后，他立刻就會用c一的象把它吃掉，各位再用馬把它吃回來。可是這時候他就把那個不受牽制的卒子走到d七，威脅到各位的車，就算各位用馬去將他一軍，最後還是會輸，再走個九步、十步就被解決了。這跟一九二二年皮斯提亞納大賽中，阿廖辛對戰波戈留博夫的那一盤棋幾乎是同一個布局。」

麥康納驚訝地把手從棋子上縮回來，跟我們大家一樣詫異地看著這個人，他就像個天使意外地從天而降，前來援助。一個人若是能夠在九步棋之前就算出一盤棋的結局，想必是個一流高手，說不定還是爭奪冠軍的競爭者，正要去參加同一場比賽。而他突然來到，在這樣的關鍵時刻插手相助，幾乎有點不可思議。最先鎮靜下來的是麥康納。

「那您有什麼建議？」他興奮地輕聲問道。

「不要馬上向前，而是先行閃避！尤其是先把國王從受到威脅的g八挪到h七。這樣一來，他也許會把攻勢轉到另外一翼。不過，各位就把車從c八移到c四來反擊，這會讓他多走兩步，損失一個卒，因此也就失去優勢。到時候就是卒對卒，如果各位能正確防守，還可以下成和局。其他的就不能奢望了。」

我們再度大吃一驚。他計算之精準和迅速都令人困惑，彷彿他是從一本印出來的書裡把這幾步棋給讀了出來。畢竟，多虧了他的插手，我們出人意料地有了機會，能和一個世界冠軍下成和局，這樣的機會很誘人。我們一致退到旁邊，讓他能更清楚地看見棋盤。麥康納又問了一次：

「所以說，把國王從g八走到h七？」

「沒錯！先避開再說！」

麥康納聽從了，而我們用湯匙敲敲玻璃杯。錢托維奇踩著他慣有的那種滿不在乎的步伐，走到我們桌前，只瞄了一眼我們剛才走的那步棋，就把國王側翼的卒子從h二走到h四，就跟我們這位不知名的救星先前預告的一模一樣。而這位救星也已經激動地低語：

「車向前，車向前，從c八到c四，這樣一來，他就得要先去救卒。可是這也幫不了他！各位不要去管他的卒，把馬從c三走到d五，這樣就能重新取得均勢。全力向前方施壓，不要防守了！」

我們不懂他這話的意思。對我們來說，他所說的像是艱深的外語。但是麥康納已經被他吸引住了，沒有多做考慮就照他說的去走。我們又敲敲玻璃杯，把錢托維奇喚回來。他第一次沒有迅速決定下一步棋，而是聚精會神地注視著棋盤，不由自主地皺起眉頭。然後他走了一步棋，就跟那個陌生人預告的一模一樣，隨即轉身要走。不過在他走開之前，錢托維奇做了一件出人意料的新鮮事。他抬起目光，仔細打量我們這幾排人，顯然想要弄清楚，是誰突然如此強而有力地與他對抗。

從這一瞬間開始，我們的興奮升高到難以估量。到目前為止，我們其實沒有認真抱著希望來下棋，可是這會兒，想到能夠挫一挫錢托維奇冷冷的傲慢，這念頭讓我們全都熱血沸騰。而我們的新朋友也已經又安排好了下一步棋，我們可以把錢托維奇喚回來，當我用湯匙去敲玻璃杯時，我的手指頭在顫抖。接下來我們頭一次獲得了成功。到目前為止，錢托維奇一直是站著下棋，此時他躊躇再三，最後終於坐了下來。他笨拙地緩緩坐下，單就肢體語言來說，他一直以來「居高臨下」的架勢已經被破除了。我們迫使他必須跟我們平起平坐，至少是在空間上。他考慮了很久，垂下眼睛，一動也不動地盯著棋盤，在暗暗的眼皮下幾乎看不見他的瞳孔。在費力的思索中，他的嘴巴漸漸張開，讓他那張圓臉看起來帶點憨傻。錢托維奇考慮了一分鐘，下了那步棋，隨即站起來。而我們的朋友也已經輕聲說道：

「這是拖延戰術！想得好！不過不要上當！逼他以子換子，非這樣不可，那我們就能下成和局，哪個神仙也幫不了他。」

麥康納言聽計從。接下來在他們兩個之間你來我往，我們這些人早已淪為無足輕重的配角，而那幾步棋我們根本看不懂。走了大約七步之後，錢托維奇深思許久，宣告：「和棋。」

那一瞬間一片靜默。忽然聽得見海浪翻騰，聽得見收音機播放的爵士樂從交誼廳傳來，聽得見散步甲板上的每一個腳步聲，還有颼颼的風聲，輕輕地從窗縫裡吹進來。我們全都屏住呼吸，事情發生得太突然，這件難以置信的事簡直把我們全嚇壞了，那盤棋本來已經輸了一半，這個陌生人居然還能迫使那位世界冠軍屈服於他的意志之下。麥康納猛地向後一靠，清晰可聞地吐出了那口屏住的呼吸，愉快地脫口喊了一聲「啊！」我則觀察著錢托維奇，在下最後幾步棋的時候，我就已經覺得他的臉色漸漸蒼白。不過，他很懂得控制自己。他看似無動於衷地坐著不動，用冷靜的手把棋子從棋盤上推開，一邊懶洋洋地問道：

「各位還想再下第三盤嗎？」

他純粹是在商言商地提出這個問題。但奇怪在於他問這話時沒有看著麥康納，而是把銳利的目光直接投向我們的救星。如同一匹馬從背上那人更平穩的騎坐感覺出換了一位更優秀的新騎士，他想必從最後那幾步棋認出了他真正的對手。我們不由自主地跟隨他的目光，期待地看著那個陌生人。這人還來不及思索，更來不及回答，麥康納在虛榮的激動中就已經得意洋洋地朝他大喊：

「當然！可是現在得由您單獨跟他對弈！您一個人對上錢托維奇！」

此刻卻發生了一件料想不到之事。說也奇怪，那個陌生人仍舊凝視著已經被清空的棋盤，神情緊張，此時他驚醒過來，感覺到眾人的目光都投注在他身上，感覺到有人如此興奮地跟他說話。他的表情變得慌亂。

「這可不行，各位先生，」他結結巴巴地說，顯然驚惶失措。「這絕對不成……我完全不在考慮之列……我已經有二十年，不，有二十五年沒下過棋了……而且……現在我才看出我的舉止有多麼失禮，沒有徵得各位許可就來攪局……請原諒我的冒失……我肯定不會再繼續打擾。」我們尚未從驚訝中回過神來，他就已經退了出去，離開了房間。

「可是這根本不可能啊！」容易激動的麥康納大喊，用拳頭敲了一下桌面。「要說這個人有二十五年沒下過棋，這絕對不可能！他明明把每一步棋和每一步對應棋全都在五、六步之前就先算出來了。這種事誰也不可能輕而易舉做到。這根本不可能，對不對？」

問到最後一句，麥康納不由自主地轉向錢托維奇。但那位世界冠軍仍舊表情冷淡，不為所動。

「這一點我無法判斷。總之，那位先生棋下得有點令人意外，有點意思，就因為這樣，我才故意給了他一個機會。」他懶洋洋地站起來，同時又以他那種務實的口吻加了一句：「如果各位或是那位先生明天還想再下一盤，我從三點以後聽憑吩咐。」

我們忍不住微微一笑。我們全都知道，錢托維奇絕對不是大方地給了我們那位不知名的救星一個機會，他之所以那樣說，只不過是幼稚地找個藉口來掩飾自己的失敗。我們的渴望因此更加強烈，想看到這種無法動搖的傲慢遭到羞辱。突然之間，我們這些和平懶散的船上居民產生了一股強烈的虛榮鬥志，想到在我們這艘船上，在海洋之上，有可能摘下那位棋藝大師的桂冠，這項記錄將由各個電報局發送到全世界，這念頭無比刺激地吸引著我們。再加上那位救星正值關鍵時刻出人意料地插手，這件事帶著神祕，散發出一種吸引力，而他那近乎膽怯的謙虛又和那位職業棋手無法撼動的自信形成了對比。這個陌生人是誰？難道是偶然的機遇在此湊巧發掘了一位尚未被發現的下棋天才？還是一位知名大師基於不可知的理由隱瞞了姓名？我們極其興奮地討論了種種可能，那個陌生人謎樣的羞怯、那番令人訝異的自白，還有他明擺在眼前的棋藝，為了要替這幾件事找出一致的解釋，就連最大膽的假設在我們看來也不夠大膽。不過，在一件事情上我們卻全都意見一致：無論如何不放棄再觀戰一次的機會。我們決定盡一切努力，讓我們的救星於明天跟錢托維奇下一盤棋，麥康納承諾將承擔財務上的風險。藉由向服務生詢問，如今我們得知那個陌生人是奧地利人，身為他的同胞，向他提出請求的任務於是落到我身上。

沒花多久時間，我就在散步甲板上找到那個倉皇逃離之人。他躺在躺椅上看書。在朝他走過去之前，我先利用機會好好打量他。他輪廓鮮明的頭顱倚在靠枕上，樣子有點疲倦，我再次特別注意到他異樣蒼白的臉色，那張臉相對而言還算年輕，兩鬢的頭髮卻白得閃閃發亮。不知道為何，我覺得這個人想必是突然老去的。我一朝他走近，他就禮貌地站起來，向我自我介紹，他的姓氏我一聽之下就很熟悉，那是奧地利一個古老的名門世家。我想起來這個家族有個成員曾是舒伯特的好友，另一個則是老皇帝的御醫。我向B博士提出請求，請他接受錢托維奇的挑戰，他顯然很驚訝。原來他先前根本不知道剛才那盤棋通過了一位世界冠軍的考驗，而且還是目前最成功、名氣最大的一位。基於某種原因，這個消息似乎令他印象特別深刻，因為他一而再、再而三地問起，我是否確定他的對手果真是位眾所公認的世界冠軍。沒多久我就察覺，此一情況讓我的任務變得輕鬆，只不過我感覺出他為人周到，所以認為最好不要告訴他，萬一他輸了，財務上的風險將由麥康納承擔。B博士猶豫了許久，最後終於同意參加這場比賽，但他還是先明確地請求我再去提醒另外幾位先生，要他們千萬別對他的能力抱持過高的希望。

「因為，」他帶著沉思的微笑，又補充道：「我真的不知道自己有沒有能力按照所有的規則好好下一盤棋。請相信我，那絕對不是虛偽的謙虛，當我說我從中學以後就不曾再碰過一顆棋子，也就是自從二十多年以來不曾碰過。而就連在中學的時候，我也只被視為天賦平平的棋手。」

他這番話說得如此自然，不容許我對他的真誠有絲毫懷疑。儘管如此，我還是忍不住表達出我的訝異，問他怎麼能記得許多大師的每個布局，不管怎麼說，他想必至少用心鑽研過棋術的理論。B博士又露出那種作夢般的奇怪笑容。

「用心鑽研過！——老天，的確可以說我用心鑽研過棋術。不過那是發生在極其特殊的情況下，可以說是獨一無二的情況下。這是個相當複雜的故事，而在這個動人的大時代，我的故事頂多只能算是一件小小的插曲。如果您有耐心聽上半小時的話……」

他指指身旁的躺椅，而我樂於接受他的邀請。我們旁邊沒有別人，B博士摘下了閱讀用的眼鏡，擱在一旁，開始敘述：

「您剛才很客氣地提到，身為維也納人，您記得我們這個家族的姓氏。但我推測，您多半不曾聽過我們那家律師事務所，因為我們不接那些報紙上議論的案件，原則上也避免接新客戶。事務所起初是由家父和我共同主持，後來則由我獨自主持。事實上，我們根本就不再從事真正的律師工作，我們的工作範圍純粹只侷限於替幾家大修道院提供法律諮詢，尤其是財產管理，家父曾經是天主教政黨的議員，所以跟這些修道院關係密切。除此之外，我們也受託管理幾位皇室成員的資產，如今君主政體已成為歷史，說出來應該也無妨。我們家族跟宮廷和教士的淵源可以追溯到兩代以前，我有個叔叔是皇帝的御醫，另一個叔叔則是塞騰史特登修道院的院長，我們只需要把這份關係維持下去。藉由這份代代相傳的信賴而落在我們身上的工作，可以說是件安靜無聲的工作，所要求的只不過是嚴守祕密及忠誠可靠，這是先父充分具備的兩項特質。事實上，不管是在通貨膨脹嚴重的那些年，還是在皇室被推翻的那幾年，由於先父的審慎，他得以為客戶保住可觀的財產。後來，當希特勒在德國掌權，開始掠奪教會和修道院的財產，我們也在奧地利國界之外進行了一些談判和交易，以求至少能保住那些動產不至於遭到沒收。關於教廷和皇室的某些祕密政治談判，我們父子知道的遠超過大眾所知。然而，正由於我們的事務所不引人注目——我們的門上甚至連個招牌都沒有——再加上我們父子小心翼翼，刻意避開維也納所有的保皇黨人士，使我們得到最可靠的保障，免於受到閒雜人等的探詢。事實上在那些年裡，奧地利沒有一個政府機關猜想得到，皇室的祕密信差總是前去我們那間位在五樓、毫不起眼的事務所，來領取或寄送他們最重要的信件。

「那時候，早在納粹黨人把軍隊武裝起來對付全世界之前，他們已經開始在各個鄰國組織起一支訓練精良的危險部隊，由那些受到歧視、遭到冷落、受到屈辱之人組成的軍團。他們在每個政府機關、每個企業都安插了基層組織，每一處都有他們的耳目和間諜，包括多爾弗斯和舒斯尼格的私人宅邸[6]。就連我們那間不起眼的事務所都有他們的人，可惜我知道得太晚。那人其實只不過是個可憐而無能的文書員，是一位神父介紹來的，我之所以雇用他，純粹只是為了讓事務所看起來像間普通公司。實際上，我們只派他在無關緊要的事情上去跑腿，讓他負責接電話，整理檔案，意思是那些絲毫無足輕重、不會引人起疑的檔案。我從

6. 多爾弗斯（Engelbert Dollfuß, 1892-1934）奧地利政治人物，一九三二年起擔任總理，一九三四年於納粹分子發起的政變中身亡。舒斯尼格（Kurt Schuschnigg, 1897-1977）奧地利政治人物，於多爾弗斯死後繼任總理，於德軍占領奧地利後被捕。

來不允許他拆閱郵件，所有重要信件都由我親手用打字機書寫，不留副本，每一份重要文件都由我親自帶回家，祕密會談一律移到修道院院長辦公室或是我叔叔的診療室進行。多虧了這些防範措施，這個奸細什麼重要的事情也看不見。然而，由於一樁不幸的巧合，這個虛榮而且野心勃勃的小伙子想必察覺了我們不信賴他，察覺各種有趣的事都在他背後發生。也許有一次當我不在的時候，一名信差不小心提起『陛下』，而非按照我們的約定稱之為『費恩男爵』，不然就是那個壞傢伙違法地拆閱了信件。總之，在我尚未起疑之前，他就從慕尼黑或柏林獲得了監視我們的任務。很久以後，當我早已被監禁，我才想起來，起初他在工作上很懶散，在最後那幾個月卻突然勤奮起來，好幾次自告奮勇要替我把信件送到郵局去，態度近乎糾纏。所以，這也得怪我自己不夠小心。可是話說回來，就連那些偉大的外交官和軍事將領不也遭到希特勒那幫人陰險的暗算嗎？蓋世太保早就已經在注意我了，注意得多麼無微不至，從一件事情上就具體表現出來：就在舒斯尼格宣布下台的那一晚，在希特勒揮軍進入維也納的前一天，我就遭到納粹黨衛軍逮捕。幸好，一從收音機裡聽見舒斯尼格的辭職演說，我還來得及燒掉最重要的文件，把其餘的文件在最後一分鐘送走，真的是在最後一分鐘，包括那些修道院及兩位大公爵把財產存放在國外的必要憑據，藏在一個洗衣籃裡，交由我年邁可靠的女管家送到我叔叔那兒去。那些傢伙隨即破門而入。」

B博士停止了敘述，點燃一根雪茄。在閃起的火光中，我察覺他右邊的嘴角不安地抽動了一下，這一點我先前就已經注意到，就我的觀察，這陣抽動每隔幾分鐘就會出現。那只是個轉瞬即逝的動作，一閃而過，卻讓他整張臉呈現異樣的不安。

「現在您多半會以為，我將要向您說起集中營，說起我在那兒受到的屈辱、折磨和嚴刑拷打，畢竟凡是效忠於奧地利舊王朝的人都被送到那兒去。但是像那樣的事並沒有發生。我被歸類為另一種囚犯，沒有被送去加入那群不幸之人，他們承受身心的屈辱，納粹的爪牙藉此來發洩蓄積已久的怨恨。我被歸類為另一小群人，納粹黨人希望能從他們身上榨取金錢或是重要的情報。蓋世太保對於我這個卑微的人物當然絲毫不感興趣，但他們想必得知，我們是他們最頑強之敵人的代理人、財產管理人和親信。他們想逼我說出可做為罪證的資料：對修道院不利的資料，他們想證明修道院移轉財產；不利於皇室家族的資料，不利於奧地利所有那些為了君主政體而犧牲奉獻的人。他們猜想——而且他們的確沒有猜錯——我們經手的那些資產還有一大部分藏在某處，讓他們無法掠奪。因此，第一天他們就提訊了我，想用他們屢試不爽的方法來逼我吐露祕密。由於納粹想從我們這一類人身上榨取重要資料或金錢，因此我們沒有被送進集中營，而被留下來接受特殊待遇。您也許還記得，我們的總理並未被送進鐵絲網後面的戰俘營，羅特席德男爵[7]也一樣，納粹想迫使他的親戚交出幾百萬元。他們表面上受到禮遇，被送進一家飯店，大都會飯店，那同時也是蓋世太保的總部，每個人都得到一個被隔離的房間。我這個不起眼的人也獲得了這份殊榮。

「在一家飯店裡擁有自己的房間，這聽起來非常人道，不是嗎？但您可以相信我，如果他們沒有把我們這些『重要人物』塞進二十個人一間的冰冷棚屋，而讓我們分別住在還算有

7. 羅特席德（Rothschild）係德國知名的猶太家族，自十八世紀以來世代皆為大銀行家。

點暖氣的飯店房間裡，他們絕非想用更人道的方式來對待我們，而是用了一種更狡猾的手段。因為他們想用更微妙的方式來向我們施壓，迫使我們供出他們想要的『證據』，藉由再陰險不過的隔離，而非藉由粗暴的毆打或肉體上的折磨。他們沒對我們怎麼樣，只是讓我們置身於完全的虛空中，因為大家都知道，在這世上，沒有什麼能像虛空一樣對人類心靈產生如此巨大的壓力。他們把我們每個人關進全然的真空裡，在一個完全與外界隔絕的房間，藉此讓那股壓力從內心產生，而非藉由毆打或寒冷從外部產生，迫使我們最後不得不開口說話。乍看之下，分配給我的那個房間絲毫沒有不舒適。房間有一扇門、一張床、一把椅子、一個洗臉盆、一扇裝了鐵窗的窗戶。可是那扇門日日夜夜關著，桌上不准有書籍或報紙，也不准有一張紙、一支鉛筆，窗戶面對著一堵防火牆，在我周圍、在我身上，全都空空如也。他們拿走了我所有的物品：拿走了我的錶，讓我無法知道時間；拿走了鉛筆，讓我無法寫些什麼；拿走了小刀，讓我無法割腕；就連像香菸這種小小的麻醉品也不給我。除了警衛之外，我見不到任何人的臉，而他不准說一句話，也不准回答任何問題，我從來聽不見人類說話的聲音。從早到晚，從晚到早，眼睛、耳朵、所有感官都得不到一點養分，我獨自一人，一籌莫展，伴隨我的只有我的身體和那四、五件無言的物品：桌子、床、窗戶、洗臉盆。我活在寂靜中，就像一個潛水伕在黑暗的海洋裡，在玻璃罩之下，甚至這個潛水伕已經察覺那根與外界相連的繩索業已斷裂，他將永遠不會從這無聲的海底深處被拉回去。無事可做，什麼也聽不見，什麼也看不見，在我身邊就只有虛空，無處不在，無休無止，那種既沒有空間、也沒有時間的空無。我走來走去，思緒也隨著來來去去，來來去去，一而再、再而三。

然而，雖然思緒看似沒有實體，卻也需要支撐點，否則它們就會開始轉圈，毫無意義地圍著自己打轉；就連思緒也承受不了那種虛空。從早到晚，我等待著某件事發生，卻沒有事情發生。我等了又等，想了又想，直到太陽穴作痛。什麼也沒有發生。我還是獨自一人，獨自一人。

「我就那樣不知時間、與世隔絕地過了十四天。假如當時爆發了一場戰爭，我也不會知道；畢竟我的世界就只有桌子、門、床、洗臉盆、椅子、窗戶和牆壁。我一再呆呆望著同一面牆上的同一張壁紙，凝視得如此頻繁，壁紙鋸齒狀花紋的每一個線條都像用金屬雕刻刀刻進我大腦深處的皺摺裡。在那之後，審訊才終於展開。我突然被傳喚，不清楚那究竟是白天還是晚上。我被傳喚，被帶著穿過幾條走道，不知道自己被帶往何處；接著我在某處等待，不知道那裡是哪裡，隨後突然站在一張桌子前面，幾個身穿制服的人坐在桌旁。桌上擺著一疊文件：檔案夾，你不知道裡面有些什麼。然後他們開始問問題，真真假假的問題，有些明確，有些狡猾，有些是掩護，有些是圈套。在你回答的時候，陌生邪惡的手指在文件裡翻動，你不知道那些文件裡都包含了些什麼，陌生邪惡的手指也在審訊記錄裡寫下文字，而你不知道他們在寫些什麼。然而對我來說，審訊最可怕之處在於我永遠無法猜到、無法算出這群蓋世太保對我事務所裡的業務究竟知道多少，哪些事才是他們想要從我這兒問出來的。如同我先前告訴您的，那些可做為罪證的文件，我已經在最後一刻交由女管家送到我叔叔那兒去了。可是他收到了嗎？還是沒有收到？那個文書員又洩露了多少？他們從截獲的信件中得知了多少？在那些委託我們的德國修道院裡，如今他們或許已經從一個不夠機靈的神父那兒榨出了一些線索，而他們榨出了多少？他們一再盤問：我替某間修道院買了哪些有價證券，跟哪幾家銀行有書信往來，我是否認識某位先生，是否收到過來自瑞士的信，還是來自斯滕奧克爾澤爾？由於我永遠不知道他們已經打聽到了多少，每一個回答都成了無比巨大的責任。如果我承認了某件他們原本不知道的事，那麼我也許毫無必要地置某人於險境。如果我否認得太多，就會害了我自己。

「但審訊還不是最糟的。最糟的是在審訊之後回到我的空無之中，回到同一個房間，房間裡同樣是那張桌子、同一張床、同一個洗臉盆、同樣的壁紙。因為我才又獨自一人，我就試圖去回想應該怎麼回答才最明智，下一次該說些什麼來轉移他們的懷疑，也許是我一言不慎而引起的懷疑。我把我對預審法官說過的話一個字一個字地加以考慮，加以深思，加以研究，加以檢查；我重新整理出他們問的每一個問題，還有我做的每一個回答；我試著衡量，他們可能會把哪些回答記入筆錄，卻也知道我永遠無法推敲出來，也永遠不會得知。然而，在空蕩蕩的空間裡一旦動了這些念頭，它們就無法停止在腦中轉動，一再重新轉動，每次都以不同的組合出現，而且還進入我的睡眠。每一次接受蓋世太保的審訊之後，我的思緒就同樣無情地繼續拷問我，不停地盤問、追究和折磨，甚至也許還更加殘忍，因為蓋世太保的審訊畢竟在一個鐘頭之後總會結束，而由於寂寞這種陰險的酷刑，我對自己的審訊卻永無休止。在我身邊總是只有那張桌子、那個櫃子、那張床、那張壁紙、那扇窗戶，沒有東西能夠轉移我的注意力，沒有書籍、沒有報紙、沒有陌生的臉，沒有鉛筆能讓我記下什麼，沒有可以把玩的火柴，什麼也沒有，什麼也沒有。直到這時候我才明白，把我們拘禁在飯店房間的辦法是多麼殘酷有效，在心理上是多麼難以承受。在集中營裡，也許你得要用手推車運石頭，直到雙手流血，雙腳在鞋子裡凍僵，也許得要跟二十幾個人在臭氣和寒冷中擠在一起。可是你能看見人的臉孔，能夠凝視一片原野、一輛推車、一棵樹木、一顆星辰，能夠凝視任何一樣東西。而在這裡，你周圍永遠是相同的東西，永遠相同，相同得恐怖。在這裡沒有任何東西能轉移我的思緒、我的妄想、我那病態的反覆搬演。這正是他們的目的，他們就是希望我被自己的思緒壓得喘不過氣來，直到那些思緒令我窒息，到最後我沒有別的辦法，只能把它們吐出來，把話說出來，把他們想要的一切都說出來，終於把那些證據、那些人交由他們擺布。我漸漸感覺到，在這片空無的可怕壓力下，我的神經開始鬆弛，而我察覺到那份危險，便把神經繃緊，直到差點繃斷，想找到任何一種能轉移注意的東西，或虛構出這樣的東西。為了讓自己有事做，我試著複誦、追述所有曾經背熟的東西，不管是民歌還是童謠，不管是中學時代背誦過的荷馬史詩還是民法條文。然後我嘗試做算數，把任意的數字相加相除，可是我的記憶在空無中什麼也抓不住。我無法把注意力集中在任何事情上，總是會被一再閃現的同一個念頭打斷：他們知道些什麼？我昨天說了些什麼？明天我該怎麼說？

這種難以形容的情況持續了四個月。唉，四個月，這寫起來很容易，不過就是三個字！要說出來也很容易：四個月，不過就是三個音節。在四分之一秒的時間，嘴唇就能迅速發出這幾個音：四個月！然而，在沒有空間也沒有時間的情況下，一段時間會持續多久，無人能夠敘述、能夠測量、能夠說明，對別人、對自己都不能。而你無法向任何人解釋，這種情況是如何腐蝕了你，摧毀了你，這種虛空，這種空無，在你周圍總是只有桌子、床、洗臉盆和壁紙，除此之外一無所有，總是同樣的寂靜，同樣的守衛，他把食物推進來，看也不看你一眼。總是相同的念頭，在虛空中圍繞著一件事打轉，直到你要發瘋。從一些細微的跡象上，我不安地察覺自己的腦筋陷入了混亂。起初我在審訊時心裡還很清楚，說話時冷靜而且經過深思，還能夠同時想著我該說些什麼，不該說些什麼。如今就連最簡單的句子都只能結結巴巴地說出來，因為就在我說話時，我凝視著那個筆尖，彷彿受到催眠，看著它在紙上劃過，做筆錄，彷彿想要緊緊追著我自己說的話。我感覺到自己的力量在減弱，感覺到那一刻越來越接近，當我為了自救，將會說出我所知道的一切，也許還會說得更多，為了擺脫這令人窒息的空無，我將會出賣十二個人，供出他們的祕密，只為了讓自己能有片刻休息。有一天晚上，這一刻終於來臨：當守衛湊巧在這樣令人窒息的一刻把食物送來，我突然在他身後大喊：『帶我去接受審訊！我會把一切都說出來！全都說出來！我會說出那些文件在哪裡，那些錢放在哪裡！我全都會說出來，全部！』幸好他已經聽不見我說話了，或許他也不想聽見。

「在這極度危急的情況下，發生了一件始料未及的事拯救了我，至少是拯救了我一段時間。那是七月底，一個陰暗多雲的雨天。我之所以能清楚記得這些細節，是因為當我被帶去接受審訊時，雨水正敲打著走道旁的玻璃。我必須在預審法官的接待室裡等待。每次被帶去受審都必須等待，這也屬於他們的審訊技巧。先透過傳喚讓你神經緊張，藉由在夜裡突然把你從囚室裡帶走，然後，當你已經準備好接受審問，已經繃緊了理智和意志來抵抗，他們就讓你等待，無意義卻深具用心的等待，讓你在受審前等上一個鐘頭、兩個鐘頭、三個鐘頭，讓你身體疲憊，心靈脆弱。而在那一個星期四，七月二十七日，他們讓我等得特別久，在那個接待室裡，我站著等了足足兩個小時。他們當然不准我坐下，我站了兩個小時，站得腿都快斷了。而我之所以清楚記得這個日期也有一個特別的原因，因為在這間接待室裡掛著一份日曆。我無法向您解釋，出於對印刷品和文字的飢渴，我是如何一再緊緊盯著牆上這寥寥幾個字『七月二十七日』，簡直是把這幾個字給吞進了腦中。然後我繼續等待，等了又等，盯著那扇門，看它究竟什麼時候才會打開，同時考慮著審訊官這一次可能會問我什麼問題，卻也知道，他們會問的問題跟我準備好要回答的問題將完全不同。但不論如何，這種站著等待的折磨卻也是種享受，是種樂趣，因為這個房間畢竟跟我的房間不同，要更大一點，窗戶有兩扇而非一扇，沒有床，沒有洗臉盆，也沒有窗台上我打量了幾百萬次的那條裂縫。那扇門被漆成不同的顏色，牆邊擺著一張不同的椅子，左邊是個檔案櫃，還有一個有掛鉤的衣帽架，掛著三、四件濕漉漉的軍用外套，屬於那些將向我逼供的傢伙。也就是說，我有點新鮮的、不同的東西可以打量，我那雙挨餓的眼睛總算有點別的東西可看，而它們貪婪地抓住每一個細節。我端詳著那些外套上的每一道皺摺，例如，我注意到一顆水滴懸掛在一個淋濕的衣領上，您聽起來也許會覺得可笑，我懷著荒謬的興奮等待著，看那顆水滴是否終於會沿著那道皺摺流下來，還是能夠抗拒地心引力，掛在那兒更久一點。是的，我屏住呼吸，凝視著這顆水滴好幾分鐘，彷彿我的生命就取決於此。等到它終於滾落，我又數起那些外套上的鈕釦，一件上面有八顆，另一件也有八顆，第三件則有十顆，接著我又比較起每一件的翻領。我那雙餓壞了的眼睛貪婪地觸摸、圍繞、抓住所有這些毫不重要的可笑細節，那份貪婪我無法形容。然後，我的目光突然呆呆地停留在某件東西上。我發現其中一件外套的側邊口袋有點鼓起。我走近一點，從那隆起的長方形形狀，我自認為認出了這個略微鼓起的口袋裡藏著什麼：一本書！我的膝蓋開始發抖：一本書！整整四個月我沒有碰過一本書，光是對一本書的想像就令我陶醉，也令我暈眩，想到能在書裡看見連接成串的字，一行行，一頁頁，一張張，能在書裡讀到不同、新鮮、陌生、能轉移注意力的思想，能追隨這些思想，將之納入腦中。如同受到催眠，我的眼睛凝視著這本書在口袋裡形成的微微隆起，我的雙眼炙熱地盯著這個不起眼的地方，彷彿想在那件外套上燒出一個洞來。到最後我按捺不住貪婪，不由自主地走得更近。光是想到能夠至少用雙手隔著衣料去觸摸一本書，就讓我手指上的神經發熱，直到指尖。幾乎在不自覺的情況下，我把自己推得離那件外套越來越近。幸好守衛沒去注意我那顯然怪異的舉止，也可能是他覺得一個人在站了兩個鐘頭以後，想在牆邊靠一下也很自然。最後我已經離那件外套很近，我故意把雙手放在背後，讓它們能夠不引人注意地去觸摸那件外套。我去摸那塊衣料，隔著那塊布，的確感覺到一件長方形的東西，可以折彎，而且微微沙沙作響——一本書！一本書！一個念頭像子彈般倏地閃過：偷了這本書！也許你能成功，那你就可以把書藏在囚室裡，然後一讀再讀，終於又能夠閱讀！這個念頭才一閃現，就產生了有如強烈毒藥的作用，突然之間，我的耳朵開始嗡嗡作響，心臟劇烈跳動，雙手變得冰冷，不再聽使喚。然而在最初的麻木之後，我悄悄地偷偷朝那件外套又走近一點，用藏在背後的雙手把那本書從外套口袋裡一點一點地往上推，同時緊緊盯著守衛。然後我抓住了那本書，小心地輕輕抽出來，突然就把那本不怎麼厚的小書拿在手裡。直到此刻我才為自己做的事感到驚嚇，但我已經無法回頭。可是該把書藏在哪裡？我把那本書在背後推到長褲下，在長褲被皮帶繫住的地方，再從那裡慢慢推到臀側，讓我在走路時可以用手把它固定住，像個軍人一樣把手貼緊褲縫。接著要先測試一下。我從衣帽架旁邊走開，一步、兩步、三步。行得通。只要把手緊緊壓在皮帶上，我就能在走路時把那本書固定住。

「接下來是審訊。那對我來說比任何一次都更吃力，因為在回答時，我的全副精力並非集中在我所說的話上，而主要是用來不引人注目地扶住那本書。幸好那一次的審訊時間比較短，我把那本書安然帶回了房間。我不想用所有細節來耽擱您的時間，因為在走道上，那本書有一次危險地滑了下去，而我得要假裝咳嗽咳得厲害，好彎下身子，把那本書再平安地推回皮帶下。而當我帶著那本書回到我的地獄，終於獨自一人，卻又不再是獨自一人，那一瞬何其美妙！

「這會兒您多半會猜想，以為我立刻就拿出那本書來端詳、閱讀。才不是！我首先想要細細品嚐身邊有一本書的喜悅，我故意延長這份喜悅，讓它美妙地刺激我的神經，盡情想像這本偷來的書最好是本什麼樣的書：首先，字要印得密密麻麻的，包含許多許多字，許多許多薄薄的頁面，讓我能讀得久一點。接著我又希望那是本必須費心去讀的作品，不膚淺，也不輕鬆，而是能夠讓人學習、讓人背誦，像是詩集，而且最好是——多麼大膽的夢想！——歌德或荷馬。但最後我終於克制不住自己的貪婪和好奇。我躺在床上，顫抖地從皮帶底下把那冊書拉出來，就算守衛突然打開門，也不至於把我逮個正著。

「第一眼令我失望，甚至令我怨恨惱怒：我冒了這麼大的危險偷來的這本書，我如此熱切期待、捨不得去看的書，就只不過是本棋譜，收集了一百五十盤大師棋局。假如門窗並非緊緊關閉，我在最初的憤怒之下可能會把那本書從敞開的窗戶扔出去，因為這種沒有意義的玩意兒對我有什麼用？我在中學時代就跟大多數的男孩一樣，偶爾會出於無聊而試著下一盤棋。可是這種理論的東西對我有什麼用？畢竟沒有對手下不了棋，更別提沒有棋子、沒有棋盤了。我懊惱地翻閱，希望或許還能發現一點可讀的東西，一段引言，或是一段說明。可是什麼也沒找到，除了每一盤大師棋局的圖解，一張張正方形的圖，沒有文字，下面是我起初無法理解的符號，a一—a二，Sf一—g三，諸如此類。這一切在我看來都像種代數，而我找不出解答。漸漸地，我才解開那個謎題，原來字母a、b、c代表縱列，數字一到八代表橫列，表示每顆棋子當時所在的位置。如此一來，這些純粹的圖表至少有了一種語言。我心想，也許我可以在囚室裡做出一個類似棋盤的東西，然後試著按照棋譜把那些棋局重下一次。如同是上天給我的暗示，我發現我的床單剛好是大方格圖案。把床單按照正確的方式折疊起來，到最後就能出現六十四個方格。我先把那本書藏在床墊下，只把第一頁撕下來。接著我動手把省下來的小麵包塊捏成棋子，包括國王、王后……等等，當然捏得很不像樣，很可笑。費了無盡的功夫，我總算能夠在有方格圖案的床單上重現那本棋譜裡所畫的棋局。為了加以區分，我把一半的棋子用灰塵抹得黑一點，可是當我試圖把整盤棋演練一遍，卻因為那些可笑的麵包屑棋子而徹底失敗了。在頭幾天裡，我總是不停地搞混，必須一再從頭開始演練這一盤棋，五次，十次，二十次。不過在這個世上，還有誰跟我這個受制於空無的奴隸一樣，有這麼多未加利用的無用時間呢？又有誰有這樣無盡的貪婪和耐心？六天之後，我已經能夠完美地下完一盤棋；再過了八天，我連床單上的麵包屑都不再需要，就能夠具體想像棋譜中的位置；再八天，那條格子花紋的床單也用不著了；書中那些起初看來抽象的符號a一、a二、c七、c八在我腦中自動轉化成具體的位置。這種轉換徹底成功了：我把棋盤和棋子都投射到內心，單單靠著那些公式，就能縱覽各個棋子的位置，就像一個熟練的音樂家只要看看總譜，就能聽見各種樂器的聲音和它們的和聲。又過了十四天之後，我就能夠毫不費力地憑記憶把書中的每一盤棋照著下一遍，用棋界的專業術語來說就是能夠下盲棋。直到此時我才漸漸了解，我大膽的偷書之舉為我帶來了無法估計的愉悅。因為我突然有件事可做，要說是一件毫無意義、毫無用處的事也可以，但它畢竟能夠消除我周圍的虛空，擁有了一百五十盤棋的棋譜，我有了一件神奇的武器，來對抗時間與空間壓迫人的單調。為了維持這件新活動對我的吸引力，從這時起，我仔細分配每天的時間：上午下兩盤，下午下兩盤，晚上再很快地複習一遍。我的日子原本像塊凝膠一樣沒有形狀地延伸，現在則被下棋填滿，我有事可做，又不至於疲倦，因為下棋具有一種美妙的優點，藉由把心智能量侷限在一小塊被限定的範圍裡，就算極為費力地思考，大腦也不會鬆弛無力，反而會增強它的靈活和張力。起初我只是機械式地按照那些大師棋局來下，漸漸地，一份帶有藝術性和喜悅的理解開始在我心中甦醒。我理解了攻守之間的微妙、計謀和精準，掌握了預先設想、推理、重新布局的技巧，沒多久，我就能從每一位棋藝大師的布局中準確無誤地認出他的個人風格，如同一首詩讀了幾行，就能確認那是哪位詩人的作品。起初我做這件事只是為了填滿時間，如今它成了享受，那些棋術大師成了我在寂寞中的親愛伙伴，像是阿廖辛、拉斯克、波戈留博夫、塔爾塔可夫。無窮的變化每天都使這間寂靜的囚室充滿生氣，正是這規律的演練讓我的思考能力重新得回曾被動搖的自信。透過不斷的思考訓練，我覺得我的大腦恢復了活力，甚至有如被重新磨利。我的思考更清楚，更簡潔，這一點主要在審訊時顯現出來。不自覺地，我在棋盤上把抵禦虛假威脅和陰險詭計的功夫練得更加完美。從那時候開始，我在受審時不再暴露出弱點，我甚至覺得那些蓋世太保開始懷著一點敬意來看待我。他們眼看其他人全都紛紛崩潰，或許在暗中自問，我是從哪個祕密的泉源汲取這種撼動不了的抵抗力，而且就只有我。

「我每天有系統地把那本書裡的一百五十盤棋照著下一遍，這段幸福時光大約持續了兩個半月到三個月。然後我出乎意料地陷入僵局。突然之間，我又重新面對空無。因為一旦我把一盤棋演練過二十次、三十次，它就失去了新鮮的魅力，失去了驚奇，原本令人興奮、令人激動的力量枯竭了。那些棋局每一步我都早已背熟，一再去重新演練這些棋局還有什麼意義？我才一開局，接下來的過程就彷彿自動在我腦子裡往下發展，不再有驚奇，不再有懸疑，不再有難題。要讓我有事可做，提供我這種已經變得不可或缺的勞心和調劑，我其實需要有另一本棋譜，但這完全不可能。於是在這種奇特處境中，我只有一條路可走：我必須試著跟自己下棋，或者應該說是拿我自己當作對手來下棋。

「我不知道，關於一個人在玩『百戲之王』時的心智狀態，您曾經思索到何種程度。但只要稍加考慮，應該就足以弄清楚，下棋是種純粹的思考遊戲，與巧合無關，因此，想要跟自己對弈自然意味著一種荒謬。基本上，下棋的魅力就在於其戰術是在兩副不同的腦袋裡依不同的方式發展出來，在這場心智戰爭中，黑棋不曉得白棋的策略，必須不斷設法猜出，並試圖加以打亂，而白棋也得努力戰勝黑棋的祕密意圖，並加以還擊。一旦黑棋和白棋都是同一個人，就出現了一個荒謬的局面，亦即同一副大腦知道的事，它同時又不該知道，當他是持白棋者，他就得在一聲令下完全忘記一分鐘前持黑棋時的意圖。這樣的雙重思考其實需要先有完全分裂的意識，能夠把大腦的功能隨意開關，就像一件機械一樣。想要跟自己對弈意味著一種矛盾，就如同想躍過自己的影子。

「嗯，長話短說，在我的絕望中，我嘗試去做這種不可能的事、這種荒謬的事長達好幾個月。為了不要完全發瘋，不要陷入徹底的精神耗弱，除了這種荒謬，我別無選擇。那可怕的處境迫使我至少嘗試把自己分裂成持黑棋的我和持白棋的我，以免被周圍那恐怖的虛空給壓垮。」

B博士向後靠在躺椅上，把眼睛閉上了一會兒，彷彿想要強壓下一段令人心慌意亂的回憶。在他左邊的嘴角又起了那陣異樣的抽動，是他控制不了的。然後他從躺椅上稍微把身體抬起來。

「嗯，到這裡為止，我希望我把一切都向您說明得相當清楚。但很遺憾的，接下來的事我還能否像這樣清楚地向您說明，我就完全沒把握了。因為這種新活動要求大腦要絕對繃緊，使得大腦不可能同時進行自我控制。我已經向您約略提及，依我的看法，想要跟自己對弈這件事本身就很荒唐。不過，假如面前有張真實的棋盤，那麼這種荒謬畢竟還有一絲機會，因為棋盤的實體終究還允許雙方之間有某種距離，有實質上的治外法權。面對一張真實的棋盤，擺上真實的棋子，你可以插入思考的時間，可以把身體時而移到桌子這一邊，時而移到另一邊，藉此一會兒採取黑棋的立場，一會兒採取白棋的立場，來綜觀棋局。然而，我卻不得不把這場與自己對抗的鬥爭投射到一個想像的空間，或者也可以說是自我克制的鬥爭。我被迫在意識中把每顆棋子的位置明確地固定在那六十四個方格上，除此之外，不單是記得目前的組合，還得要算出雙方接下來可能會怎麼走，而且——我知道這聽起來有多荒謬——雙倍或三倍地加以想像，不，是六倍、八倍、十二倍，替持黑棋的我和持白棋的我各自先預想出四、五步棋。我必須——請原諒我勉強您仔細思索這件瘋狂的事——在這個想像的抽象空間裡，身為持白棋者先算出四、五步棋，同時身為持黑棋者也得先想出四、五步棋，也就是說，我等於是要用兩副大腦事先推算出在棋局發展中將出現的各種情況，一副白棋大腦，一副黑棋大腦。不過在這個難以理解的實驗中，這種自我分裂還不是最危險的，最危險的是不斷去想像棋局，這讓我頓失依靠，墜入無底深淵。在先前那幾個星期裡，我只是演練大師的棋局，那畢竟只是一種模仿的成就，只是重演已經存在的材料，因此並不比背誦詩歌或熟記法律條文更吃力。那是種受到約束、有紀律的活動，因此是種極佳的心智鍛鍊。我每天上午和下午各自演練兩盤棋，構成了一份定量的作業，我一點也不必費力就能完成。它們彌補了我無法從事的正常活動。此外，如果我在下棋的過程中走錯了，或是記不得接下去的走法，我還有那本書為依靠。正因為重演別人的棋局不會把我自己牽扯進去，這個活動對我受損的神經才會那般具有療效，令我的神經平靜下來。不管是黑棋贏，還是白棋贏，對我來說都無所謂，畢竟在爭奪冠軍桂冠的是阿廖辛或是波戈留博夫，而我自己，我的理智和心靈只是觀眾和行家，享受著每一場棋賽的轉折和優美。然而，從我開始嘗試跟自己對弈的那一刻開始，我不自覺地開始挑戰自己。持黑棋的我和持白棋的我必須互相競爭，各自湧起一股野心、一陣不耐，都想戰勝對方，贏得勝利。持黑棋的我每走一步，就急於知道持白棋的我接下來會怎麼做。當對方犯下錯誤，兩個我都感到得意洋洋，同時卻又為了自己的笨拙而氣惱。

「這一切都顯得毫無意義，事實上，這樣一種人為的精神分裂，這樣一種意識分割，賭上了危險的情緒激動，在正常狀態下，在一個正常人身上是無法想像的。但您別忘了，我被粗暴地扯離了一切正常狀態，我是個囚犯，無辜地受到監禁，被人狡猾地用寂寞折磨了好幾個月，早就想把蓄積的憤怒發洩出來，不管是發洩在哪件事情上。由於我除了荒唐的自我對弈之外一無所有，我的憤怒、我的報復心就瘋狂地投入了這番對弈。一部分的我想要證明自己是對的，而我能夠對抗的卻只有另一個我，於是在對弈時，我越來越激動，幾近瘋狂。起初我還能平靜而審慎地思考，還在兩盤棋之間插入了休息時間，讓我能從疲倦中恢復精神。但漸漸地，我受到刺激的神經不再允許我等待。持白棋的我才走了一步，持黑棋的我就迫不及待地出手；一盤棋才剛結束，我就向自己挑戰下一盤，因為那兩個我每一次對弈，總會有一個落敗，而想要復仇。由於這種瘋狂的永不滿足，我永遠也說不清楚在最後那幾個月裡，我在囚室裡究竟下了多少盤棋，也許上千盤，也許還要更多。那是種走火入魔，是我抵擋不了的，從早到晚，心裡就只想著象、卒、車和國王，只想著a、b、c、將軍和『王車易位』，我把全副身心都投入那個方格狀的四方形上。下棋的喜悅變成了棋癮，棋癮又變成了下棋強迫症，一種狂熱，一種瘋狂的癮頭，不僅滲透了清醒的時辰，也漸漸滲入了我的睡眠。我只能想到下棋，只想到棋子的移動，下棋的難題；有時候我汗水淋漓地醒來，發現我想必就連在睡眠中也不自覺地繼續下棋，如果我夢到了人，那些人也像棋子般移動，像是象和車，還有馬的前後跳躍。就連我被喚去受審，我也無法再清醒地想到我的責任；我感到在最後幾次審訊時，我說的話想必相當混亂，因為審問我的人有時會訝異地交換目光。然而事實上在他們問話和商量時，我身在不幸的棋癮中，只是在等待著被帶回囚室，好繼續我的棋賽，我那瘋狂的棋賽，再重新下一盤，一盤再一盤。每一次的中斷對我來說都是種干擾，就連守衛來整理囚室的那十五分鐘，還有他替我送食物來的那兩分鐘，都折磨著我激動的不耐。有時候那盤食物直到晚上我都沒有去碰，下棋下到忘了吃飯。我身體上唯一感覺到的是一種要命的口渴，想來已經是由於不斷動腦和下棋而造成的發燒。一瓶水我兩口就喝乾了，再去糾纏守衛，請他給我更多水，儘管如此，下一瞬間，我又覺得口乾舌燥。到最後，我從早到晚再也不做別的事，而我下棋時的激動升高到了一種程度，一刻也無法再靜靜坐著。在我思索棋局時，我不斷地走來走去，越來越快，越來越快，走過來，走過去，而且越是接近一決勝負的時刻就越激烈。想要贏棋、想要獲勝、想要戰勝自己，這種欲望漸漸成了一種狂熱，我由於不耐煩而顫抖，因為在下棋的兩個我當中，總有一個嫌另一個動作太慢。一方催促著另一方，這在您聽起來也許很可笑，但我開始斥責自己──『快一點，快一點！』或是『走啊，走啊！』──如果其中一個我覺得另一個我回手不夠快。如今我自然明白，我當時的情況已經完全是種病態，由於精神受到過度刺激，對這種病我想不出別的名稱，只能用截至目前為止醫學上還沒有的說法稱之為一種棋癮中毒。到最後，這種偏執的走火入魔不僅侵襲了我的大腦，也侵襲了我的身體。我日漸消瘦，睡不安穩，心煩意亂，每次醒來都需要費力地強迫鉛般沉重的眼皮張開，有時候我覺得非常虛弱，就連伸手去拿水杯，把杯子拿到唇邊都很吃力，因為我的手顫抖得那麼厲害。可是棋賽一旦開始，我就有了一股狂野的力量：我握緊拳頭，走來走去，有時我會聽見自己的聲音，如同隔著一層紅霧，沙啞而生氣地對自己大喊『將軍！』

「這種難以形容的可怕狀態是如何成了危機，我自己無法敘述。我只知道有一天早上我醒過來，而那次的甦醒跟平常不同。我的身體彷彿跟我分離了，我靜靜躺著，柔軟而舒適。一種舒服的濃濃倦意壓在眼皮上，是我幾個月以來不曾有過的感覺，那種感覺溫暖而愜意，讓我一時下不定決心把眼睛張開。我已經醒來好幾分鐘，但仍然享受這種沉重的麻木狀態，慵懶地躺著，感官有如麻醉般地舒暢。突然，我聽見自己身後彷彿有聲音，活生生的人聲，輕聲細語的聲音在吐出話語，您無法想像我的狂喜，因為好幾個月來，將近一年，除了從法官席傳來的那些尖銳無情的凶狠話語，我不曾聽見別的話。『你在作夢，』我對自己說：『你在作夢！千萬別張開眼睛！讓這場夢持續下去，否則你又會看見那個該死的囚室，看見那張椅子、那個洗臉台、那張桌子、還有那張圖案永遠相同的壁紙。你在作夢——繼續作下去吧！』

「可是好奇心占了上風，我小心翼翼地緩緩張開眼皮，而奇蹟出現了：我置身於一個不同的房間，比起我在飯店的囚室要寬敞一些。一扇窗戶沒裝鐵窗，光線自由地照進來，讓人能看見在風中搖曳的綠樹，而非那堵呆板的防火牆。牆壁平滑，白閃閃的，天花板在我上方，又高又白——我果然是躺在一張新的床上，一張陌生的床，而那的確不是夢，有人在我身後輕聲低語。由於驚訝，我想必猛烈地動了一下，因為我隨即聽見身後有腳步聲走近。一個女子輕盈地走過來，頭髮上戴著白帽，是名看護，是個護士。我起了一陣狂喜的戰慄：我已經一年沒見過女性了。我呆望著她嫵媚的模樣，而我的仰望想必充滿狂喜，因為走近的那名女子急切地安撫我，說道：『冷靜一點，請您冷靜下來！』我卻只傾聽著她的聲音——那不是一個人在說話嗎？在這世上難道果真還有一個不審問我、不折磨我的人嗎？而且還是——不可思議的奇蹟！——一個柔和、溫暖、近乎溫柔的女子聲音。我貪婪地凝視她的嘴，因為在這有如地獄的一年，我已經覺得一個人不太可能會親切地對另一個人說話。她向我微笑——是的，她在微笑，的確還是有人能夠親切地微笑——她把手指擱在嘴唇上，提醒我別作聲，然後輕輕走開了。但我無法聽從她的指示，那個奇蹟我還沒有看夠。我試著使勁在床上坐起來，好目送她離去，目送一個有如奇蹟的善良人類。可是當我想在床緣把自己撐起來，我沒有成功。我感覺到在原本右手所在之處，手指和手腕，有種陌生的東西，又厚又大、白白的一團，顯然是一大圈繃帶。我訝異地看著手上這團又白又厚的陌生事物，起初無法理解，然後才逐漸明白自己身在何處，並且開始思索自己出了什麼事。想必是有人傷了我，或是我自己弄傷了手。我躺在一間醫院裡。

「中午時醫生來了，是位和氣的老先生。他認得我們家族的姓氏，滿懷尊敬地提起我那位擔任過御醫的叔叔，讓我立刻感覺到他對我是一片善意。接下來他問了我各式各樣的問題，尤其是一個令我驚訝的問題——他問我是否是數學家或化學家。我說不是。『真奇怪，』他喃喃自語：『您在發燒時一再喊出奇怪的公式，像是c三、c四。我們全都聽不懂。』

「我問他我出了什麼事。他露出異樣的微笑。

「『沒什麼要緊。急性精神錯亂。』他小心地四下張望了一下，然後又低聲加了一句：『畢竟這也很容易理解。從三月十三號[8]直到現在，對不對？』

「我點點頭。

「『在這種方法之下，這一點也不奇怪。』他喃喃地說：『您不是頭一個。不過您不必擔心。』從他安撫地輕聲對我說這句話的態度，再加上那勸慰的眼神，我知道自己在他這裡很安全。

「兩天後，這位善良的醫生相當坦率地告訴我之前發生了什麼事。守衛聽見我在囚室裡大聲喊叫，起初以為是有人闖入，而我正在跟那人爭吵。可是他才出現在房門口，我就朝他撲過去，狂亂地向他尖叫，聽起來像是：『還不快走，你這個無賴，你這個膽小鬼！』我試圖掐住他的喉嚨，到最後猛烈地攻擊他，他不得不叫救兵。等到他們把發狂的我拖去給醫生檢查，我突然掙脫了，衝向走道上的窗戶，打破了玻璃，把手給割傷了——您還可以看到我手上這道深深的傷痕。在醫院的頭幾夜我的腦部發燒，但現在他覺得我的神智完全清明。

8. 一九三八年三月十二日，希特勒揮軍進入奧地利，將奧地利併入第三帝國。

『當然，』他小聲地加了一句：『這件事我最好別向當權者報告，否則到頭來他們還會把你再送回那裡去。相信我，我會盡力而為。』

「這位樂於助人的醫生向那些折磨我的人報告了什麼關於我的事，這我無從得知。總之，他達到了讓我獲釋的目的。有可能他宣稱我精神錯亂，也有可能是我對蓋世太保來說已經不再重要，因為希特勒在那之後占領了波希米亞，奧地利的問題對他來說已經解決了。我只需要簽字承諾在十四天內離開祖國，而這十四天裡排滿了上千種手續，從前的世界公民可以自由旅行，如今要出境卻必須辦理種種手續——軍事機關證明、警察局證明、繳稅證明、護照、簽證、健康證明——讓我沒有時間去多想之前發生的事。看來在我們的大腦裡有神祕的調節力量，凡是可能對心靈造成負擔、帶來危險的事物，就會被自動排除，因為每次當我試圖回想被監禁的那段時間，我的大腦裡就彷彿熄了燈。直到時間一週一週過去，其實是直到我在這艘船上，我才又鼓起勇氣去回想發生在我身上的事。

「現在您也會了解，何以我在您那些朋友面前如此失禮，甚至是令人費解。我其實只是湊巧經過那間吸菸室，看見您的朋友坐在棋盤前面。由於詫異和驚嚇，我不由自主地覺得雙腳彷彿生了根。因為我完全忘了可以用真實的棋子在一張真實的棋盤上下棋，忘了在下棋時，兩個完全不同的人活生生地坐在彼此對面。我的確花了好幾分鐘才想起，這些棋手在那兒做的事，跟我在無助之中有好幾個月試圖拿自己當對手來玩的，基本上是同一種遊戲。我在瘋狂的演練中拿來將就使用的代號只不過是種替代品，象徵這些象牙製的棋子。看到棋盤上這些棋子的移動就跟我在腦海中所想像的一樣，我大為驚訝，也許就跟一個天文學家同樣驚訝，當他用極為複雜的方法在紙上計算出一顆新的行星，然後果真在天空中看見這顆行星，一顆又白又亮、具有實體的星星。我像被磁鐵吸住了一樣盯著那張棋盤，看見我棋譜中那些符號，馬、車、國王、王后、卒子全是用木頭刻成的真實棋子，要綜觀整個棋局，我不由自主地得先把棋子的位置從抽象的數字世界裡變回來，變回有真實棋子在移動的世界。漸漸地，我湧起了好奇心，想觀察一盤在兩個對手之間真正的棋賽。令人難為情的事就在那時發生了，我忘了所有的禮貌，插手去干預各位的棋賽。可是您朋友走錯的那步棋就像一根針刺進我心裡。我之所以制止他，純粹是出於本能，是一種衝動之舉，就好比看見一個小孩趴在欄杆上，你會不假思索地把他拉回來。後來我才意識到自己的粗魯無禮，由於我的冒失而造成的失禮。」

我趕緊向B博士保證，我們全都非常高興由於這樁巧合而認識了他，又說在他向我吐露了這一切之後，我對於明天得以觀賞那場即興比賽倍感興趣。B博士不安地動了一下。

「不，真的，請不要有太多期待。那將只是對我的一個測試……測試……我到底有沒有能力下一盤正常的棋，在一張真正的棋盤上，用實實在在的棋子，跟一個活生生的對手……因為如今我越來越懷疑，我所下的那幾百盤棋，說不定是幾千盤，是否真是合乎規則的棋賽，而非只是一種夢中棋賽，在發燒中下的棋，就跟在夢中一樣，總是跳過了中間階段。希望您不至於認真指望我自以為能夠對抗一位棋藝大師，甚至還是世界第一的大師。讓我感興趣、吸引我的，就只是事後的好奇心，想確認我當時在囚室裡所做的事是否還算下棋，還是已經是種瘋狂，我當時究竟是站在那危險的懸崖邊緣，還是已經墜落。我想知道的就只有這件事。」

這時從船尾傳來了鑼聲，呼喚眾人去用晚餐。我們想必聊了快兩個小時，B博士向我敘述的一切要比我在此摘要敘述的詳盡得多。我衷心地向他致謝，與他道別。但我沿著甲板還沒走幾步，他就追了上來，補充了幾句話，顯然很緊張，甚至有點結結巴巴：

「還有一件事！希望您先轉告那幾位先生，免得我事後顯得失禮：我只下一盤……那將只是把一筆舊帳做個了結——是徹底的解決，而非新的開始……我不想再次陷入下棋的狂熱中，回想起來我只覺得可怕……再說……再說，當時那位醫生也告誡過我……明白地告誡過我。凡是曾陷入狂熱的人，終身都受到危害，曾經棋癮中毒的人——就算被治好了——也最好別再靠近一張棋盤……所以希望您能了解——就只是為我自己下一盤測試棋，如此而已。」

第二天下午在約好的時間，三點鐘，我們準時聚集在吸菸室裡。我們那夥人又多了兩個棋藝愛好者，船上的兩位高級船員，為了來觀賞這場比賽，他們特地請了假。錢托維奇也沒有像前一天一樣讓我們等待，按慣例挑選了棋子的顏色之後，這盤值得紀念的棋局就展開了，由這位無名氏對上那位知名的世界冠軍。很遺憾，這盤棋只是為了我們這些缺乏專業素養的觀眾而下，其過程對棋藝年鑑來說是永遠佚失了，就跟音樂界失去了貝多芬的鋼琴即興曲一樣。雖然在接下來那幾天下午，我們嘗試合力憑著記憶把這盤棋重新建構出來，但卻徒勞無功。也許我們在比賽當中全都過於熱情地去注意那兩位棋手，而沒去注意下棋的過程。因為從外表上，在下棋過程中，兩個對手心智上的對比越來越具體表現於肢體上。錢托維奇這個老手，在整段時間裡都一動也不動，像塊岩石，目光嚴肅而僵直地落在棋盤上。對他來說，思索簡直就像是身體在使力，需要全身器官都極度專注。B博士卻一派輕鬆，舉止自然。做為一個真正的業餘愛好者，以最美好的含意來說，在遊戲中就只有遊戲本身帶來喜悅。他全身放鬆，在頭幾次休息時跟我們聊天，向我們說明，輕快地點燃一根香菸，只有在輪到他時才朝棋盤上注視個一分鐘。每一次看起來都像是他已經事先料到了對手所下的那一步棋。

開棋時按照慣例所走的幾步棋很快就走完了。直到第七步或第八步棋，似乎才發展出一套特定的戰術。錢托維奇拉長了考慮的時間，由此我們感覺出爭奪優勢的對抗已經展開。不過說實話，就跟每一場真正的棋賽一樣，對我們這些門外漢來說，棋局逐漸開展意味著一種相當大的失望。因為那些棋子越是交織成一種奇特圖案，我們就越是看不清實際戰況。我們既看不出這一方的企圖，也看不出另一方的企圖，而且也看不出兩人之中究竟是誰占了上風。我們只注意到各個棋子像槓桿一樣被推向前，以求擊破對方的防線，可是由於這些高手每走一步都已預先算出了之後的好幾步，我們沒有能力在這一來一往當中領會他們的戰略企圖。再加上，一種令人麻木的疲倦漸漸出現，主要得歸咎於錢托維奇一思考起來沒完沒了，這顯然也激怒了我們那位朋友。我擔心地觀察到，比賽的時間拖得越長，他就越來越不安地在椅子上動來動去，一會兒由於緊張而點燃一根根的香菸，一會兒伸手去拿鉛筆，好記下些什麼。然後他又叫了一杯礦泉水，一杯接一杯地急忙往下灌。事情顯而易見，他推算的速度要比錢托維奇快上一百倍。每一次當錢托維奇在無盡的考慮之後下定決心，用沉重的手把一顆棋子推向前，我們那位朋友就只是露出微笑，像是看見早在預料之中的事情，同時已經回了一步棋。以他迅速運作的大腦，他想必已經把對手所有可能的步數都先算出來了。因此，錢托維奇下決定的時間拖得越長，他就越發不耐煩，在等待時，他嘴唇四周出現一種生氣的抽搐，甚至帶著敵意。然而錢托維奇絕對不讓別人催他。他固執地默默考慮，隨著棋盤上的棋子越來越少，他停下來考慮的時間就越長。走到第四十二步時，足足過了兩小時又四十五分鐘，我們全都疲倦地圍坐在棋桌旁，對棋局幾乎失去了興趣。一名高級船員已經離開，另一位拿了本書來讀，只在棋局有了變化時才抬起眼睛來看一會兒。然而，在錢托維奇下了一步時，出人意料的事突然發生。一察覺錢托維奇伸手去拿馬，準備把它挪向前，B博士就把身體縮起來，像隻準備躍起的貓。他整個身體開始顫抖，錢托維奇才移動了那顆馬，他就俐落地把王后推向前，得意洋洋地大聲說：「好了！解決了！」他往後一靠，把雙臂交叉在胸前，用挑釁的目光看著錢托維奇，瞳孔中突然閃出一道熾熱的光芒。

我們不由自主地朝棋盤彎下身子，想弄清楚他如此得意地宣告的那一步棋。乍看之下，看不出直接的威脅。也就是說，我們那位朋友所說的話想必指的是後續發展，我們這些沒法想得那麼遠的業餘棋手根本算不出來。在我們當中只有錢托維奇動都沒動，他那樣不動如山地坐著，彷彿根本沒聽見那聲侮辱人的「解決了！」什麼也沒發生，由於我們全都不由得屏住了呼吸，突然能聽見那支錶滴滴答答的聲音，我們為了確認走一步棋所需的時間而把錶放在桌上。三分鐘過去了，七分鐘，八分鐘，錢托維奇一動也不動，但我覺得他那厚厚的鼻孔彷彿由於內心的使勁而張得更大了。我們那位朋友似乎比我們更受不了這種無聲的等待，他猛地站起來，開始在吸菸室裡來回踱步，起初很慢，然後越走越快。我們全都有點訝異地看著他，但是沒有人比我更擔心，因為我注意到，他這番來回踱步雖然激烈，他的步伐卻總是侷限在相同的範圍裡。彷彿他每一次都在空蕩蕩的房間裡碰到了一道無形的柵欄，迫使他回頭。而我不寒而慄地看出，這番來回踱步不自覺地重現了他從前那間囚室的範圍。在他被監禁的那幾個月裡，他想必就是像這樣來回踱步，像隻被關在籠中的動物，就是這樣扭絞著雙手，縮著肩膀，想必就是這樣在那兒來來回回地走了千百次，只可能是這樣，眼神僵直，卻又狂熱，閃著瘋狂的紅光。不過他的思考能力似乎還完全正常，因為他不時不耐煩地朝棋桌轉過身來，看看錢托維奇在這當中是否已經做出決定。可是九分鐘過了，十分鐘過了，然後終於發生了一件我們全都沒有料到的事。錢托維奇慢慢舉起他沉重的手，那手到目前為止擱在桌上一動也不動。我們全都緊張地注視著他的決定，但錢托維奇沒有下那步棋，而是把手翻過來，用手背果決地一推，把所有棋子慢慢推出棋盤。在下一瞬間我們才明白：錢托維奇放棄這盤棋了。他投降了，以免在我們面前明顯地被將軍。不可思議的事情發生了，這個世界冠軍，贏得了無數比賽的冠軍，在一個沒沒無聞的人面前認輸，而此人已經二十年或二十五年不曾碰過一張棋盤。我們的朋友，這個匿名者，這個無名氏，在公開對抗中擊敗了世上最強的棋手！

在激動之中，我們全都不知不覺地一個個站了起來。每個人都覺得必須說些什麼或做些什麼，來發洩一下我們的驚喜。只有錢托維奇保持平靜，沒有移動。過了好一會兒，他才抬起頭來，用冷漠的目光看著我們的朋友。

「再下一盤嗎？」他問。

「當然。」B博士回答，帶著一股興奮讓我覺得不太自在，我還來不及提醒他先前說過只下一盤，他就立刻又坐下來，狂躁地把棋子擺回去。他激動地挪動棋子，動作之猛，一顆卒子兩度從他指間滑落到地板上。他這種不自然的激動先前就已經讓我十分難受，此刻這份難受升高成為恐懼。因為這個原本平靜安詳的人顯然頓時過於興奮，他嘴巴周圍的抽搐越來越頻繁，他的身體顫抖，像是被猛然發作的高燒給搖撼。

「別下了！」我小聲地對他低語。「現在別下了！今天就到此為止吧！對您來說這太費力了。」

「費力！哈！」他惡狠狠地大聲笑了。「這樣慢吞吞的下法，這時間都足夠讓我下十七盤棋了！對我來說，唯一費力之處是不要在這種速度下睡著！——好了！您就開始吧！」

他最後這句話是對錢托維奇說的，口氣激動，近乎粗魯。錢托維奇平靜而穩重地看著他，但那冷淡的僵直目光有點像個握緊的拳頭。突然之間，這兩個對手之間出現了一種新的情緒，一種危險的緊張，一種強烈的仇恨。他們不再是一對想玩一玩的棋友，藉由對方來測試自己的能力，而是兩個敵人，發誓要毀滅對方。錢托維奇猶豫了很久才下了第一步棋，而我明顯感覺到他是故意猶豫這麼久的。這個訓練有素的策略家顯然已經看出，他正好可以藉由他的緩慢來使對手疲倦，來激怒對方。因此他等了足足四分鐘，才下了那一步最普通、最簡單不過的開局棋，把國王前面的卒子依慣例向前推了兩格。我們那位朋友立刻把自己的王前卒也推出去，但錢托維奇又停頓了很久很久，幾乎令人難以忍受。那就好比一道強烈的閃電擊下，而你一顆心怦怦跳動等待著雷聲響起，可是那雷聲卻遲遲不來。錢托維奇一動也不動。他靜靜地慢慢思索，而我越來越確定他的緩慢帶有惡意。不過，這卻給了我充裕的時間來觀察B博士。他剛剛灌下了第三杯水，我不禁想起他向我說過他在囚室裡發燒般的口渴。異常激動的所有症候都明顯顯現出來，我看見他額頭上汗濕了，手上的傷疤變得比之前更紅、更顯眼，但他還能控制住自己。直到第四步棋，錢托維奇又考慮個沒完，他才失去了自制，突然氣呼呼地喊道：

「拜託，您總該走了吧！」

錢托維奇冷冷地抬起眼睛。「就我所知，我們講好了每一步棋有十分鐘的考慮時間。原則上，我下棋的時間不能更短。」

B博士咬住了嘴唇。我察覺他的鞋底在桌子底下越來越不安地敲打著地板，我自己也不禁更加緊張，由於那種壓迫人的預感，感到某件荒唐事正在他身上醞釀。果然，下到第八步時，發生了第二樁風波。B博士等得越來越失去自制，不再能克制他緊繃的情緒，他動來動去，開始無意識地用手指敲著桌子。錢托維奇再度抬起他那粗重的腦袋。

「可以請您別敲桌子嗎？這會干擾我。這樣我無法下棋。」

「哈！」B博士短促地笑了一聲。「看得出來。」

錢托維奇的額頭漲紅了。「您這話是什麼意思？」他問，語氣尖銳凶狠。

B博士又惡狠狠地短短笑了一聲。「沒什麼。我的意思只是您顯然很緊張。」

錢托維奇不說話了，把頭垂下。七分鐘之後，他才走了下一步棋，而這場棋賽就以這種要命的速度拖下去。錢托維奇彷彿越發成了一具化石，到最後他每次決定下一步棋，都要用掉全部的考慮時間，而從一次等待到另一次等待，我們那位朋友的舉止變得更加怪異。看起來就好像他根本不再關注這場棋賽，而在思索某件無關的事情。他不再激動地走來走去，而是動也不動地坐在位子上。他的眼神呆滯，幾近混亂，凝視著前方，不停地喃喃說些聽不懂的話語。他若非迷失在無盡的棋局組合中，就是——這是我心底深處的懷疑——在思索完全不同的棋局，因為每一次當錢托維奇終於下了一步，別人就得提醒他，把他從失神狀態中喚回來。然後他總是需要好幾分鐘才能再回到目前的棋局。我越來越懷疑，在這種冷靜的瘋狂中，他其實早就已經把錢托維奇和我們這些人全給忘了，此一瘋狂有可能突然激烈地爆發。果然，走到第十九步時，危機爆發了。錢托維奇才移動了他的棋子，B博士並沒有認真去看棋盤，就突然把象向前挪了三格，大聲叫喊，把我們全都嚇了一跳：

「將軍！將軍！」

我們立刻望向棋盤，期待看到一步特別的棋。可是一分鐘後，發生了一件誰也沒料到的事。錢托維奇十分緩慢地抬起頭來，目光從我們這群人身上掃過，一個接一個，到目前為止他不曾這麼做過。他似乎在深深享受著，因為他的嘴唇上漸漸浮起一抹心滿意足的微笑，明顯帶著譏嘲。直到他充分享受了這份我們還無法理解的得意，他才帶著虛偽的禮貌對著我們這群人說話。

「很遺憾，但我看不出來我被將軍了。各位當中也許有哪位看見我的國王被將了？」

我們看著那張棋盤，然後不安地望向B博士。的確，錢托維奇的國王——這一點就連一個小孩也看得出來——受到一個卒子的掩護，足以抵擋那個象，也就是說，他的國王不可能被將軍。我們不安起來。難道我們的朋友在激動中把一顆棋子挪錯了地方，多挪了一格，還是少挪了一格？我們的沉默引起了B博士的注意，此刻他也凝視著棋盤，開始嚴重地口吃：

「可是那個國王明明是在f七上……它擺錯位置了，完全錯了。您下錯棋了！這張棋盤上所有的棋子都擺錯了……那個卒子明明是在g五上，而不是在g四……這是個完全不同的棋局……」

他突然說不下去了。我用力抓住他的手臂，或者應該說是用力掐住了他的手臂，讓他就算在發燒般的迷亂中也不得不感覺到我抓住了他。他轉過頭來盯著我，就像一個夢遊者。

「您……您想做什麼？」

我就只說了聲「切記！」同時用手指撫過他手上的疤痕。他不由自主地注視著我的動作，眼睛呆滯地凝視那一道血紅的疤痕。然後他突然開始顫抖，一陣戰慄通過他全身。

「看在老天分上，」他用蒼白的嘴唇低語：「我說了什麼荒唐的話嗎？還是做了什麼荒唐事……莫非到最後我又……？」

「沒有，」我小聲低語：「可是您必須馬上中斷這盤棋，該是時候了。記得醫生對您說過的話！」

B博士猛然站起來。「請原諒我愚蠢的錯誤。」他說，用他原本的禮貌口氣，向錢托維奇鞠了個躬。「我說的話當然是胡說八道，這一盤當然是您贏了。」然後他轉身面向我們，「我也得請各位原諒。不過，我事先就警告過各位，不能對我期望過高。請原諒我出醜了——這是我最後一次嘗試下棋。」

他鞠了個躬，走了，以他最初出現時那種謙虛而神祕的方式。只有我知道這個人為什麼再也不會去碰一張棋盤，當其他人有點迷惑地待在那兒，隱約感覺到在千鈞一髮之際躲過了一件危險而不愉快的事。「該死的傻瓜！」麥康納在失望中發著牢騷。錢托維奇最後一個從椅子上站起來，又朝著那盤沒下完的棋看了一眼。

「真可惜，」他慷慨地說：「那波攻勢安排得一點也不差。對一個業餘愛好者來說，那位先生其實具有非凡的天分。」

國家圖書館出版品預行編目資料

一位陌生女子的來信 / 史蒂芬.茨威格(Stefan Zweig)著 ; 姬健梅譯. -- 初版. -- 臺北市 : 商周出版 : 家庭傳媒城邦分公司發行, 2014.09
面 ; 公分. -- (商周經典名著)
譯自 : Brief einer Unbekannten
ISBN 978-986-272-636-5(平裝)

882.257　　103014162

「線上問卷回函」

一位陌生女子的來信 Brief einer Unbekannten（改版）

作　　者 / 史蒂芬．茨威格（Stefan Zweig）
譯　　者 / 姬健梅
企劃選書 / 余筱嵐
責任編輯 / 余筱嵐、彭子宸

版　　權 / 黃淑敏、吳亭儀
行銷業務 / 周佑潔、黃崇華、張媖茜
總 編 輯 / 黃靖卉
總 經 理 / 彭之琬
事業群總經理 / 黃淑貞
發 行 人 / 何飛鵬
法律顧問 / 元禾法律事務所 王子文律師
出　　版 / 商周出版
台北市104民生東路二段141號9樓
電話：(02) 25007008　傳眞：(02)25007759
E-mail：bwp.service@cite.com.tw
Blog：http://bwp25007008.pixnet.net/blog
發　　行 / 英屬蓋曼群島商家庭傳媒股份有限公司 城邦分公司
台北市中山區民生東路二段141號2樓
書虫客服服務專線：02-25007718；25007719
服務時間：週一至週五上午09:30-12:00；下午13:30-17:00
24小時傳眞專線：02-25001990；25001991
劃撥帳號：19863813；戶名：書虫股份有限公司
讀者服務信箱：service@readingclub.com.tw
城邦讀書花園：www.cite.com.tw
香港發行所 / 城邦（香港）出版集團有限公司
香港灣仔駱克道193號東超商業中心1樓；E-mail：hkcite@biznetvigator.com
電話：(852) 25086231　傳眞：(852) 25789337
馬新發行所 / 城邦（馬新）出版集團 Cite (M) Sdn. Bhd.
41, Jalan Radin Anum, Bandar Baru Sri Petaling, 57000 Kuala Lumpur, Malaysia.
Tel: (603) 90578822　Fax: (603) 90576622　Email: cite@cite.com.my

封面設計 / 廖韡
排　　版 / 極翔企業有限公司
印　　刷 / 韋懋實業有限公司
經 銷 商 / 聯合發行股份有限公司
地址：新北市231新店區寶橋路235巷6弄6號2樓
電話：(02)2917-8022　傳眞：(02)2911-0053

■2014年9月2日初版
■2022年1月5日二版5.2刷
定價380元

Printed in Taiwan

城邦讀書花園
www.cite.com.tw

 ISBN 978-986-272-636-5